U0914434

Unicorn

独角兽书系

THE QUEEN'S FOOL

女王的弄臣

[英] 菲利帕·格里高利 —— 著
夜潮音 —— 译

PHILIPPA
GREGORY

重庆出版集团 重庆出版社

· 金雀花与都铎系列 ·

THE QUEEN' S FOOL
First published in Great Britain by HarperCollins Publishers Ltd. ,2003.
Copyright © Philippa Gregory Ltd. , 2003
Translation © CHONGQING PUBLISHING HOUSE CO, LTD. 2021, translated under licence from HarperCollins Publishers Ltd.

版贸核渝字（2017）第278号

图书在版编目（CIP）数据

女王的弄臣 / (英) 菲利帕 · 格里高利著 ; 夜潮音译 . —重庆 : 重庆出版社，2021.1

书名原文：The Queen' s Fool

ISBN 978-7-229-14555-2

Ⅰ . ①女… Ⅱ . ①菲… ②夜… Ⅲ . ①长篇小说—英国—现代
Ⅳ . ① I561.45

中国版本图书馆 CIP 数据核字（2019）第 249630 号

女王的弄臣

NÜWANG DE NONGCHEN

[英]菲利帕 · 格里高利 著 夜潮音 译

责任编辑：邹 禾 方 媛
装帧设计：徐 图
责任校对：何建云

重庆出版集团
重庆出版社 出版

重庆市南岸区南滨路162号1幢 邮政编码：400061 http://www.cqph.com
重庆出版社艺术设计有限公司 制版
成都国图广告印务有限公司 印刷
重庆出版集团图书发行有限责任公司 发行
E-mail:fxchu@cqph.com 邮购电话：023-61520646
全国新华书店经销

开本：890mm×1230mm 1/32 印张：17.5 字数：370千
2021年1月第1版 2021年1月第1次印刷
ISBN：978-7-229-14555-2
定价：106.80元

如有印装问题，请向本集团图书发行有限公司调换：023-61520678

版权所有 侵权必究

菲利帕·格里高利

Philippa Gregory

英国畅销作家，资深记者，媒体制片人。1954年出生于肯尼亚，后随家人移居英格兰，在获得萨塞克斯大学历史学学士、爱丁堡大学18世纪文学博士学位后，她出版了第一部小说《威德克尔庄园》，此书的畅销令她成为一名全职作家。此后她笔耕不辍，以严肃的历史背景为依托，融入女性写作者特有的细腻情感，创作了多部系列小说，其中“金雀花与都铎”系列作为她的代表作被多次改编为影视作品，收获广泛关注，也为她带来“英国王室历史小说女王”的美誉。

“金雀花与都铎”围绕14~16世纪的英国宫廷女性写作。许多女性在历史上并未留下浓墨重彩的痕迹，菲利帕结合想象与考据，丰满了史书间女人们的名字。这是一个相当庞大的系列，且仍在持续更新中。

在小说之外，她还写过童书、短篇集，并与大卫·巴德文及麦克·琼斯合著非虚构类作品《玫瑰战争中的女性》。同时，她还是英国广播公司第四频道《英国问答》的常客，都铎王朝时代频道的专家。

目前她和家人一起住在英格兰北部。她喜爱骑马、散步、滑雪和园艺，另外在冈比亚建立了一所园艺学习慈善机构。

金雀花与都铎 系列

另一个波琳家的女孩

女王的弄臣

处女的情人

永恒的王妃

波琳家的遗产

另一个女王

白王后

红女王

河流之女

拥王者的女儿

白公主

国王的诅咒

驯后记

三姐妹三王后

最后的都铎

献给安东尼

女王的弄臣 人物关系简表

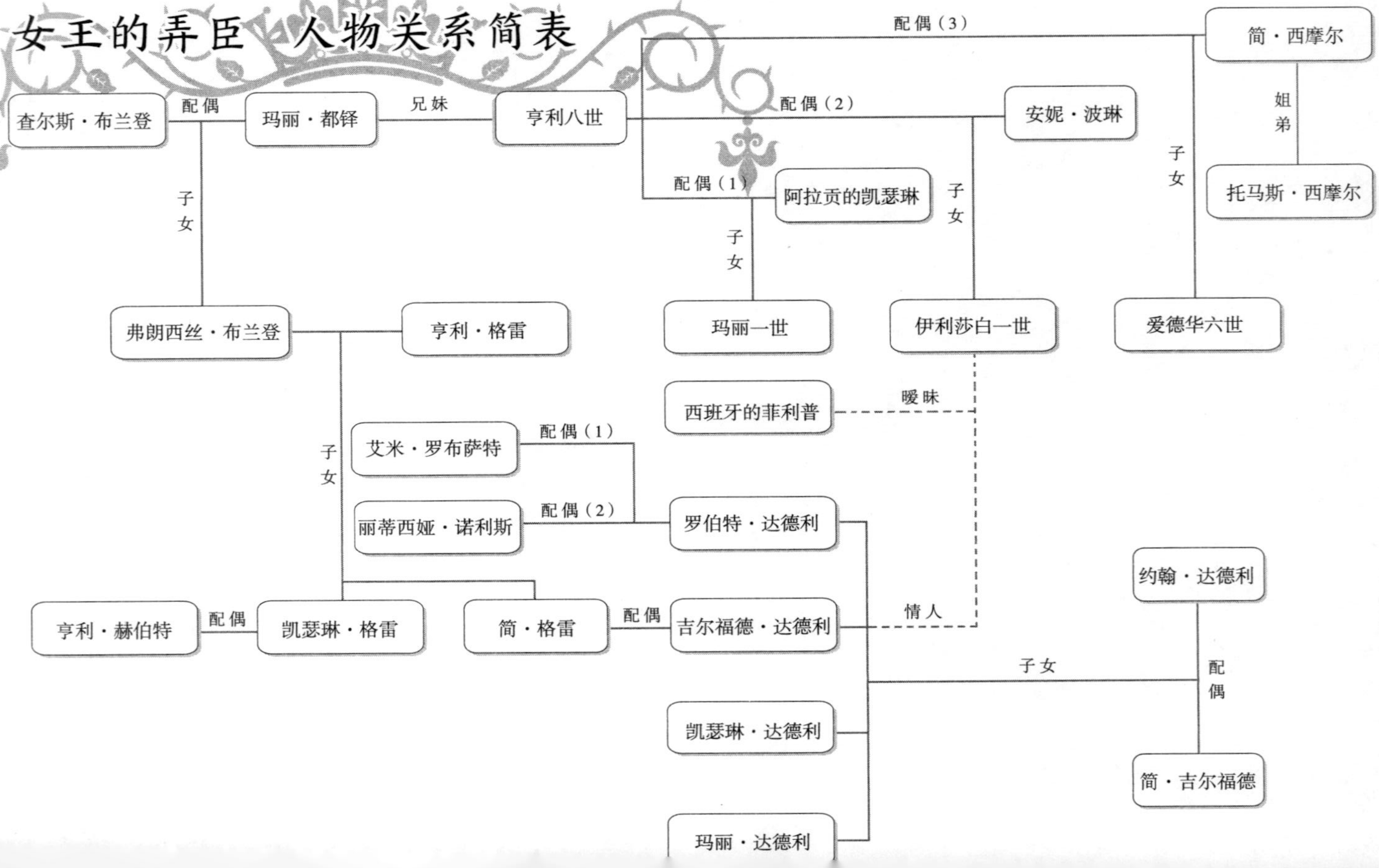

1548年夏

那女孩兴奋不已地咯咯笑着，在阳光明媚的花园里奔跑，躲避着继父的追逐，却又没有快到让他抓不到自己。她的继母坐在凉亭里，身侧环绕着罗莎蒙德玫瑰的花苞。她看着十四岁的女孩和英俊的男人在平坦草地上宽大的树木间追逐，不禁笑了笑，只是看到眼前这两人就让她心情愉悦：女孩是她一手抚养长大，而男人则是她多年来的挚爱。

他抓到了女孩飘扬的裙摆，然后把她拉向自己怀中。“你输了！”他说着，用他深色的脸庞贴上她飞红的双颊。

他们都知道这个“输了”意味着什么。她像水银那样滑出他的掌握，躲到那座有宽大圆形水池的华丽喷泉的另一边。肥硕的鲤鱼在池水里缓缓游动，伊丽莎白身子前倾，发出挑衅，兴奋的面孔倒映在水中。

“你抓不到我！”

“我能。”

她把身子俯得那么低，他甚至能透过绿色长袍的方形领口看到她小小的胸部。她觉察到了他的目光，脸色涨得更红。他以愉悦而充满欲望的眼神看着她，而她连脖颈也浮现出淡淡的玫瑰色。

“只要我想，什么时候都能抓到你。”他说着，心中想到的却是床笫间的角逐。

“那么来吧！”她说。她并不清楚对方会怎样理解这句话，但她知道自己想听到他的脚步声在身后的草地上响起，期待着他伸出双手追逐自己的感觉，而最重要的是，她想感受他的双臂拥着自己，想贴紧他富有魅力的身材，想让他紧身上衣的刺绣摩挲她的脸颊，让他的大腿抵着她的双腿。

她一声轻呼，沿着紫杉荫庇下的小路跑开，切尔西花园也是在那里与河流相邻。王后微笑着放下手中的针线活儿，抬起头，看着她钟爱的继女从树丛中跑过，英俊的丈夫在后面紧追不舍。她继续埋首手中的活计，并没有看到他抓到了伊丽莎白，转过她的身子，让她背抵在紫杉树薄薄的红色树皮上，手覆着她微张的唇。

伊丽莎白的双眸中闪动着兴奋的黑色火花，但她没有挣扎。当他发现她不打算叫喊的时候，他放开了手，低下头来。

伊丽莎白感受着他的胡须轻柔地拂过她的嘴唇，嗅到他发肤的醉人气息。她阖上双眼，微微昂起头，将自己的嘴唇、脖颈和胸部交给他的唇。她感觉到他尖利的牙齿摩擦着自己的皮肤时，发现自己已经不是只会傻笑的孩子，而是个年轻的、拥有最原始的欲望的女人。

他轻轻松开环在她腰上的手，悄悄地将她的三角胸衣推到长袍的领口，再将手指伸进亚麻内衣触到她的双乳。她的乳头坚挺而兴奋，当他揉捏的时候，她发出愉悦的轻吟，这让他明白了她作为女性的欲望，不禁笑出声来，又将低沉的笑声压抑在自己的喉咙深处。

伊丽莎白紧紧贴着他的身体，感到他的大腿也回应般地抵在她的双腿之间。强烈的好奇心彻底征服了她。她很想知道接下来会发生些什么。

他稍稍离开她的身体，似乎要放开对她的拥抱，她便伸出双臂搂住他的背，把他再度拥入怀中。他再次与她双唇相抵，舌头舔舐着她的嘴角，优雅得好像一只猫儿，而她觉得这一幕虽然羞耻，但总比看到汤姆·西摩尔脸上因她的背德行为而露出的得意笑容要好。面对这种非同寻常的体验，她在厌恶和渴望之间挣扎，最后伸出自己的舌头迎上他的，品尝着与成年男人亲密舌吻的感觉。

她突然觉得有些受不了，于是抽身推开，但他早已熟谙她在漫不经心之下开始的这场舞蹈的节拍，而如今欲望早已在她的每一条血管中蔓延。他扯住她织锦的裙边，然后双手不断向上，直到他可以将老练的手伸进她的双腿间，在她的亚麻内衣下摩挲。她本能地并拢双腿抵抗他的碰触，但他却刻意地温柔拂弄，用手背触动她隐蔽的欲望。在他指节的挑逗下，她动摇了：他能感觉到身下的她几乎融化。如果他有力的手臂没有环住她的腰，她也许会跌倒，他也知道此时此刻，他可以占有国王的女儿伊丽莎白公主，就在王后的花园里的这棵树旁。这女孩只在名义上是个处女。事实上，她并不比妓女好多少。

小径上传来的轻巧脚步声让他迅速转过身，放下伊丽莎白的衣衫，用自己的身体把她遮了起来。任谁也能看出她脸上恍惚的愉悦，她已然沉迷在欲望之中。他担心来人是他的妻子，也就是王后。凯瑟琳王后相信她能放心将继女交给他照看。她爱他，可他却辜负了她，每天在她眼皮底下勾引她的监护对象。这位王后坐在去世的亨利八世床前，脑海中梦想的却是他。

但出现在他眼前的并不是王后。只是一个女孩，一个大约只有九岁的小女孩，黑色的大眼睛满是肃穆，戴着白色的西班牙帽，帽绳系在下巴上。她手中拿着两本尚未取下书商包装袋的书，以冰冷而客观的兴味打量着他，仿佛她看到了一切，而且洞悉了一切。

“哎呀，亲爱的，”他故作欢快地大声说道，“你吓了我一跳。你出现得这么突然，我还以为你是个仙女呢。”

她听着他急促而过于响亮的话声，皱了皱眉，然后她带着浓重的西班牙口音慢慢地答道：“请原谅我，阁下。我父亲让我把这几本书带给托马斯·西摩尔阁下，他们说你在花园里。”

她递过那包书，汤姆·西摩尔①走上前从她的手里接过。“你是书商的女儿，”他愉快地说，“那个西班牙书商的女儿。”

她点点头表示承认，阴沉的目光始终不离他的脸。

“你在看什么，孩子？”他问道。他能感觉到伊丽莎白在他身后手忙脚乱地整理裙装。

“我在看你，先生，但我看到了非常可怕的事情。”

“什么？”他追问道。有那么一瞬间，他担心她会说看到了自己和荡妇一样靠在树上的英格兰公主一起，她的裙子被掀开着，而他用手指抚弄着她的下体。

“我看到你身后有个绞架。”那个语出惊人的孩子说完后转身离开，就好像她已经完成了自己的使命，而这座阳光照耀的花园里再没有她要做的事情。

汤姆·西摩尔急忙转向伊丽莎白，后者正努力用手指梳理自己凌乱的头发，但欲望仍令她颤抖不止。她随即再次向他伸出双臂，想要继续未竟的事情。

“你听到了吗？”

伊丽莎白眯起眼睛，黑色的双眸只露出一条缝。“没有，”她柔声开口，“她说了什么吗？”

“她说她看到了我身后的绞架！”他语气中透露的惊恐超出了他自己的想象。他想要自嘲地大笑，但发出的只是惊恐的颤音。

他提到绞架的时候，伊丽莎白突然警觉起来。“为什么？”她急促地问，“为什么她要说这个？”

“天知道，”他说，“无聊的小巫婆。或许她用错了词儿，她是个外国人。或许她想说‘王座’！或许她看到了我身后的王座！”

---

① 汤姆是托马斯的昵称。

但他的玩笑和夸夸其谈同样算不上成功，因为在伊丽莎白的想象中，王座和绞架总是挨得那么近。她脸上的红晕已然褪尽，只留下惊恐的灰黄。

“她是谁?”她焦灼的声音尖锐起来，“她为谁效命?”

他转头看向那个孩子的方向，但林荫小径上空空如也。在远处的尽头，他看到自己的妻子正缓缓走向他们，她弯着腰，小腹因怀孕而明显隆起。

“别提这事，”他迅速对身边的女孩说，“一个字也别提，甜心。你应该不想让你的继母感到不安吧。”

他几乎无须对她发出警告。危险的迹象甫现，女孩便小心起来，她整理着自己的裙子，心里清楚自己为了生存而必须扮演的角色。他完全可以信得过伊丽莎白口是心非的本领。她也许只有十四岁，但自从母亲死后，便每天接受种种骗局的熏陶，她学习欺骗已经有十二年了。她是骗子——两个骗子的女儿，他恨恨地想着。她也许有所欲求，但她对危险和野心要比欲望更加敏感。他拉起她冰冷的手，带她沿着小径走向妻子凯瑟琳。他勉力作出愉快的笑容。“我终于抓到她了!”他大喊道。

他环视四周，但视野中再也没有那个孩子的身影。“真是一场激烈的赛跑!”他大声说道。

我就是那个孩子，那是我第一次见到伊丽莎白公主的情形：压抑的欲望，渴望的喘息，像猫儿一样与另一个女人的丈夫厮磨。但那是我第一次也是最后一次见到汤姆·西摩尔。不到一年，他因叛国罪被绞死在绞架上，而伊丽莎白也再三否认自己与他有超乎熟识之外的关系。

1552年—1553年冬

“这个我记得!”我从我们搭乘的泰晤士驳船的栏杆边转过头，兴奋地对着父亲大喊，“父亲！这个我记得！我记得这些延伸到河边的花园，还有那些大房子，还有你让我送书给那位贵族的那一天，那位英国贵族，然后我看到他和公主在花园里。”

他为我挤出一个微笑，尽管他的脸仍带着漫长旅途后的疲惫。“真的吗，孩子?”他轻声问道，“那真是让我们开心的一个夏天。她说过……”说到这里他顿住了。我们从不提起母亲的名字，即使在只有我们两人的时候。起初是为了保证我们的安全，以防那些杀死她的人循迹而来；但现在我们除了逃避宗教法庭之外，也是为了逃避哀伤——那些挥之不去的哀伤。

“我们要在这儿住下吗?”我满怀希望地问着，一边打量那些美丽的湖边宫殿和平坦的草坪。几年的流离之后我渴望有一个崭新的家。

“没有比这更好的地方了，”他轻轻地说道，“我们会开一家小店，汉娜，一家很小的店。我们得重新开始生活。等我们安顿下来以后，你就能脱下这些男孩子的衣服，重新穿得像个女孩子，然后和你的小丹尼尔·卡朋特结婚。”

“我们不用再逃跑了吗?”我轻声地问。

我父亲迟疑了一下。我们逃避宗教法庭追捕的时间已经那么久，几乎对到达安全的港湾不抱期待。我们在母亲因为犹太人身份而获罪的那个晚上就开始逃跑。他们说她是假的基督徒，是个“玛拉诺”[①]，教廷认定了她的罪，而我们早在她离开民事法庭、被送往火刑柱之前很久就已逃亡。我们离她而去，就像两个背信弃义的犹大，拼命想保住自己的皮囊，尽管我父亲后来一遍又一遍地告诉我——眼中还含着泪水——说我们肯定救不了她。如果我们那时留在阿拉贡，他们就会来追捕我们，然后我们三个都会死掉，现在却有两个人活了下来。每当我恨恨地说没有了她活着倒不如死去的时候，他就会缓慢而哀伤地告诉我，生命是最最珍贵的东西，有一天我会明白，为了救我的命，她会毫不犹豫地牺牲自己。

起先我们越过边境，来到葡萄牙的时候，强盗拿走了我父亲钱包里的每个硬币，只留下他的手抄本和书本，仅仅因为那些物件对他们没什么用处。在乘船去波尔多的途中，风暴来袭，而我们却住在全无遮蔽的甲板上，顶着急风暴雨和飞溅的波浪，我一度以为我们会冻死或是溺死。我们将珍贵的书本紧紧抱在怀中，仿佛它们是受不了风吹雨打的小婴儿。在走陆路前往巴黎的途中，我们一直伪装成别的身份：商人和他的小学徒，前往沙特尔城的朝圣者，行脚小贩，做观光旅行的小贵族和他的仆童，前往巴黎的著名大学的学者和他的导师。总之就是不能承认我们的伪基督教徒身份：火刑仪式的烟气仍驻留在我们的衣服上，噩梦也仍与我们的睡眠如影随形。

我们在巴黎见了母亲的亲戚，他们打发我们去阿姆斯特丹的同族那儿，而那些同族又指引我们去了伦敦。我们要在英国的天空下隐藏自己的身份，我们要变成伦敦人。我们要变成新教徒。我们要学会喜欢这一切。我必须学会喜欢。

那些族人的势力——我不能透露他们的姓名，因为他们也隐藏了自己的信仰，注定四处流浪，为所有基督教国家所不容——在伦敦的不为人知

---

① Marrano，中世纪被迫改信基督教的犹太人和摩尔人，实际的信仰仍然是犹太教。

之处兴旺发展，就像在巴黎、在阿姆斯特丹那样。我们都像基督徒那样生活，遵守教会的律法、节日、斋日以及宗教仪式。我们中的许多人，就像我母亲那样，对两种信仰皆虔诚，秘密地守安息日，悄悄地燃起一支蜡烛，准备好食物，做好家务，用她依稀记得的零散犹太祷告词去铭记这一天的神圣，然后就在第二天问心无愧地去做弥撒。我的母亲教过我圣经和她仍旧记得的犹太教谕，将它们的神圣程度一视同仁。她警告我说我们家族的联系和我们的信仰都不为人知，是一个深刻而危险的秘密。我们必须谨言慎行并且相信上帝，相信我们曾经掏出过大笔资金捐赠的那些教堂，相信我们的朋友：那些和我们熟识的修女、神父和讲师。等宗教法庭到来时，我们却像无辜的鸡，被拧断脖子而不留任何痕迹。

其他人也逃走了，和我们一样；然后又再次现身，和我们一样，在其他基督教王国的其他大城市里寻找他们的同族，向远房亲戚和热心朋友寻求庇护和帮助。我们的亲戚帮助我们来到了伦敦，还带着一封寄给某个以色列家庭的介绍信——他们按照这里的习惯改姓卡朋特。他们安排了我和小卡朋特的订婚仪式，出资给我父亲买了印刷设备，又在舰队街的店面楼上给我们找了住处。

在我们抵达之初的几个月里，我熟悉着这个新的城市的大街小巷，而我父亲则带着和我生存下去的坚定决心开起了他的印刷店。很快，他的书籍存货便热门起来，尤其是他藏在马裤束腰带里带来的福音书译成英文后的复印本。他买下了那些曾经属于修道院图书馆的书籍和手抄本——现在那些地方已经被亨利下令摧毁了。亨利是现任少年国王爱德华的前任，他让几个世纪的知识都随风而逝，然后城里每家商店的每个角落都堆满了按蒲式耳[1]卖的废纸。那儿是目录学者的天堂。我的父亲每天都出去，带着一些少见而贵重的书卷回来，等他整理和排序之后，每个人都会抢着买。这些伦敦人为神圣的语句而疯狂。夜里，尽管他筋疲力尽，还是会着手印刷一些福音书中的短章节和简单的段落以供研读，全部都用英文，而且明晰易懂。毕竟这是个决心不靠牧师去阅读和生活的国家[2]，至少我应该为此庆幸。

我们廉价出售这些读本——只比成本高一点点——是为了传播上帝的圣言。我们告诉别人，我们之所以致力将圣言传达给他人，是因为我们已经是货真价实的新教徒了。不可能有比我们更虔诚的新教徒了，因为我们以此为生。

没错，我们的确是赖此生存。

我负责跑腿、校对、帮忙翻译、印刷、用装订机上锋利的针像缝马鞍那样装订，又阅读印刷机的刻石上的反字。在印刷店不忙的那几天，我就站在外面招揽客人。我依旧做逃亡时的男孩打扮，任谁也会错以为我是个懒散的小男孩，马裤的裤脚贴在赤裸的小腿上，赤脚套着旧鞋子，帽子歪戴。每到晴天，我就像个流浪的男孩那样靠在自家商店墙上，沐浴着英格兰微弱的阳光，懒洋洋地扫视着面前的街道。右方是另一家书店，比我们的那家要小一些，东西也卖得便宜些。左方是一家出版社，专为街边小贩和摆摊者提供廉价书、诗集和小册子，稍远处那个人既会画袖珍画，又会制作精巧的玩具，而更远处是一个肖像和素描画家。我们都是这条街上使用纸张和墨水的工人，父亲说过，我应该对这种双手不会长出老茧的生活心存感激。我确实应该如此，但我没有。

这条街很窄，甚至比我们在巴黎的临时住所更狭窄。每栋房子都紧挨

---

① 度量单位，等于8加仑或约36.4升。

② 指英国国王亨利八世和罗马教廷的决裂。

着另一栋，一直延伸到河边，而且全都像蹲坐的醉汉那样摇摇欲坠，山墙上的窗子高悬在鹅卵石路面的上方，遮蔽了天空，这让照在泥灰墙上的昏暗阳光斑斑驳驳，就像袖子上的开口。街道的气味之强烈堪比农场。每天清晨，女人都会在窗边倾倒夜壶和洗衣盆，又将装着排泄物的桶倒在街当中的那条缓慢的水流中，让它们随之缓缓流入泰晤士河的肮脏河道里。

我想住在一个更好的地方，比如伊丽莎白公主那种满花木、看得到小河的花园。我想要成为更好的人，不是衣衫褴褛的书商学徒，不是掩饰性别的女孩，不是将要嫁给陌生人为妻的女人。

正当我站在那儿，努力像一只生气的西班牙猫咪那样让自己暖起来的时候，我听到马刺碰到鹅卵石路面的鸣响，立刻睁开眼睛，挺直身体。在我面前投下细长影子的是一位青年男子。他衣着华丽，头上戴着一顶高高的帽子，斗篷从他肩上垂下，腰间挂着一柄细细的银色长剑。他是我见过的所有英俊男人之中最令人叹为观止的。

这些已经够让人吃惊的了，我能感觉到自己在盯着他看，仿佛在打量一位落入凡间的天使。但他身后还有一个男人。

那个男人年纪稍长，将近三十岁，皮肤是学者特有的苍白，双眸深邃。我以前见过这样的人。在阿拉贡，他本是父亲书店的常客之一，曾去巴黎拜访我们，而在伦敦，他也将成为我父亲的顾客和朋友。他是一位学者，我能从他佝偻的颈项和浑圆的双肩看出来。他是一位作家，我能看到他右手中指上难以洗去的墨渍；他实际的身份更加伟大：他是位思想家，是随时准备对不为人知之事一探究竟的那种人。他是个危险人物：不畏异端，不惧质问，总是想要知道更多。他是个能够从真相背后找出真相的人。

我认识一位与他相似的耶稣会牧师。在西班牙的时候他也来过我父亲的店里，向他讨要一些手抄本，古老的手抄本，比圣经还要古老，甚至比那些上帝的圣言更加古老。我还认识一位与他相似的犹太教学者，他也来过我父亲的店里想要一些禁书，索要旧约圣经中的律法篇。耶稣会士和学生也曾来购买书籍，但从某天开始他们再也不来了。在这个世界上，思想比出鞘的剑更危险，因为半数的思想都是禁忌，而另外一半则会引导人们去质疑地球是否真的稳稳地停留在宇宙的中心。

我对这两个人太过好奇——神明般的年轻人，还有牧师般的长者——所以没能看到第三个人。第三个人一袭白衣，仿佛上了釉的银器那样泛着光，耀目的阳光照在他闪亮的斗篷上，让我难以正视。我向他的脸庞望去，但只看到一片银光，我眨了眨眼睛，但还是看不到他的样子。然后我才清醒过来，发现无论他们是谁，他们的目光所向都是隔壁那家书店的大门。

我飞快地瞥了眼自家店面那扇深色的大门，看到我父亲正在里屋调配墨水，没注意到我根本没能成功招徕顾客。我暗自咒骂自己是个散漫的傻瓜，然后三步并两步跑到他们面前，用我最近才学会的英国口音清楚地说道："你们好啊，先生们。有什么可以帮忙的吗？我们有在伦敦能找到的最好的消遣和道德方面的书籍，有价格最公道、内容最有趣的手抄本，还有极具艺术笔触与魅力的画作……"

"我在找印刷商奥利弗·格林的店。"那个年轻人说。

就在那时他朝我眨眨眼睛，我觉得自己的身体冻住了，仿佛伦敦所有的钟突然停止，它们的钟摆也彻底沉寂了一般。我很想抱住他，就在那儿，抱住他冬日阳光下穿着红色开衩紧身衣的身体，直到永远。我很想让他看着我，看到我，看到真正的我：不是脸上脏兮兮的顽皮男孩，而是一个女孩，即将成为年轻女人的女孩。但他的目光很快就冷冷地越过我，看向我们的店，我很快醒转过来，为他们三人打开店门。

"这儿就是学者和出版人奥利弗·格林的店。往里走，诸位大人。"我一边领路，一边朝暗沉的里屋喊道："父亲！有三位大贵族要见您！"

我听到他推回高脚凳的声音，走了出来，双手在围裙上抹了抹，墨水和印刷品的气息随他而至。“欢迎，”他说，“欢迎，两位。”他穿着平时的那套黑色套装，亚麻袖口沾着墨迹。透过他们眼中的投影，我看到了一个五十来岁的男子，沧桑使他满头白发，脸上有着深深的皱纹，学者常有的驼背隐匿了他真正的身高。

他向我点头示意，我从柜台下拉出三张凳子，但那些贵族们并没有坐下，站立着打量四周。

“我能为你们做些什么？”他问。我能看出他很害怕他们，害怕他们三人：那个摘下帽子、将乌黑的卷发拂向耳后的英俊年轻人，衣着朴素的长者，还有他们身后一身闪亮白色的沉默贵族。

“我们在找奥利弗·格林，他是个书商。”年轻贵族说道。

我父亲点点头。“我就是奥利弗·格林，”他用很重的西班牙口音轻声说，“我会尽我所能为您提供服务。在这片土地法律和风俗所允许的情况下……”

“是啊是啊，”年轻的男人尖锐地说，“我们听说你们刚刚从西班牙来这儿，奥利弗·格林。”

我父亲又点点头。“我确实刚刚来英格兰，但我们离开西班牙已经三年了，阁下。”

“是英国人了？”

“现在是英国人了，如果您不介意的话。”父亲小心翼翼地说。

“你姓什么？是英国的姓氏吗？”

“我姓佛德，”他的笑容扭曲了，“我们叫自己格林是为了英国人叫起来方便。”

“那你是基督教徒？是基督教理论和哲学书籍的出版人？”

我看到父亲面对这个危险的问题时轻轻地吞了口唾沫，但他回答问题的声音依然平稳有力：“的确如此，阁下。”

“那你是新教徒还是旧教徒?”年轻人轻声问道。

父亲并不知道他们想要的是怎样的回答，也不知道这回答会带来怎样的后果。实际上，我们的后果也许是上绞刑架，或者被活活烧死，或者上断头台，毕竟是他们受年轻的爱德华国王之托选了这么一天来处置这个国家的异教徒。

“是新教徒，”他试探着说道，“虽然我在西班牙受洗的时候信的是旧教，但我现在遵从英国教会。”他停顿了一下。“赞美上帝，”他说道，“我是爱德华国王的忠实仆从，除了忙我自己的生意、遵从他的律法生活，并且在他的教会做礼拜之外，我没有更多的要求。”

我嗅得到他因恐惧而流下的汗水气息，有种烟气的辛辣味道，而这也吓到了我。我用手背拂过自己的脸颊，就像是在擦拭火炉留下的烟尘。“没事的。我相信他们想要的是我们的书，而不是我们。”我用快速而低沉的西班牙语说。

父亲点点头表示他听到了我说的话。但那个年轻贵族对我的低语立刻作出了反应:“这个小伙子说了什么?”

“我说你们都是学者。”我用英语撒谎道。

“进屋吧，querida[①],”我父亲对我说，“诸位大人，请你们一定要原谅这个孩子。我妻子去世三年了，这个孩子又是个傻子，也就能干个看门的活儿。”

“这孩子说的没错，”年长的男人和蔼地评论道，“希望我们的到来没有让你不安。不必害怕，我们是来看你的书的。我是个学者，不是宗教法官。我只是想看看你的藏书罢了。”

我在门旁犹豫着，那位长者转向我问道:“可你为什么要说‘三位贵族’呢?”

---

① 西班牙语，大意为“爱人、亲爱的”。

我父亲打了个响指，示意我离开，但那个年轻贵族却说："等一下，让男孩来回答。有什么关系呢？我们只有两个人，孩子。你看到几个？"

我看了看那位长者，又看了看那位年轻帅气的男子，眼前确实只有他们二人。第三个人，那个一袭白衣，仿若打磨过的白镴一样明亮的男子，已经消失不见，仿佛从未出现过一样。

"我在您身后看到过第三个人，阁下，"我对那名长者说，"那是在街上的时候。很抱歉。他现在已经不在了。"

"她是傻掉了，不过还是个好女孩。"我的父亲边说边挥手让我离开。

"不，等等，"年轻人说，"等一下。我还以为她是男孩。女孩？可你为什么打扮得像个男孩？"

"还有，那第三个人是谁？"他的同伴问我。

我父亲面对着连珠炮般的问题愈发焦虑起来。"让她走吧，大人们，"他可怜巴巴地说，"她只不过是个小女孩，只是个有些弱智的小仆女，她母亲的死让她受了打击。我可以给你们看我的书，还有一些你们看到就会喜欢的上好手抄本。我可以给你们看……"

"我确实想看看，"那个年长的男人沉声道，"不过我想先跟这个孩子聊聊，可以吗？"

父亲沉默了，他无法拒绝这两个有地位的人。年长的男子拉起我的手，领我走到这间小店的中央。一缕微光穿过窗子照到我的脸上，他将手放到我的下巴上，将我的脸扭过来，再扭过去。

"第三个人长什么样？"他轻声问我。

"他全身都是白色的，"我透过半抿着的嘴唇说，"闪着光。"

"他穿什么衣服？"

"我只能看到一件白斗篷。"

"那他头上戴着什么吗？"

“我只能看到一片白。”

“他的脸呢？”

“光线太亮，我看不到他的脸。”

“你觉得他有名字吗，孩子？”

我能感觉到自己口中吐出一个词儿，虽然我并不理解它的意义：“乌列[①]。”

握住我下巴的那只手僵住了。那人看着我的脸，仿佛他能像阅读我父亲的书那样阅读我的思想。“乌列？”

“是的，大人。”

“你以前听说过这个名字吗？”

“没有，大人。”

“你知道乌列是谁吗？”

我摇摇头。“我只觉得这是和你们一起的那个人的名字而已。但在说出这个名字之前，我从来都没有听说过。”

年轻男子转向我父亲：“你说她是个傻子，意思是不是说她有灵视能力？”

“她只是语无伦次，”我父亲固执地说，“仅此而已。她是个好女孩，我每天都让她去教堂。她无意冒犯，只是随口说说。她忍不住。她是个傻子，仅此而已。”

“那你为什么把她打扮成男孩子？”他问。

我父亲耸了耸肩：“噢，我的大人们，现在是非常时期。我带着她从西班牙到法兰西，然后又经过低地国家[②]，其间没有母亲的看护。我还得让她跑腿儿，帮我做一些店员的工作。扮成男孩对我来说要方便些。等她长

---

①《圣经》中有记载的天使长之一。

② 指荷兰、比利时、卢森堡三个国家。

大成人的时候，我想我就会让她穿上裙子，但我不知道该怎样管教她。我不会管教女孩子。但我可以管教好男孩子，而且她作为男孩还能派上点用场。”

“她有灵视能力。”长者深吸一口气，“赞美上帝，我本来是来找一些手抄本的，却发现了一个能够看到乌列并知道他圣名的女孩。”他转身看着我父亲：“她有宗教知识吗？她读过圣经和教义问答以外的书吗？她读过你的那些书吗？”

“上帝在上，没有，”我父亲诚恳地说，只是他的每一丝肯定都是伪装，“我向您发誓，大人，我只想让她长成一个无知的好女孩。她什么也不知道，我向您保证。什么也不知道。”

长者摇摇头。“拜托了，”他温柔地对我说，然后转向我父亲，“请别害怕。您可以信任我。这个女孩拥有灵视能力，对吗？”

“没有，”父亲说得很干脆，为了我的安全而否定着我，“她除了是傻子和我的生活负担以外什么都不是。别以为她还有什么别的价值。如果我有亲戚可以收养她，我早就送她走了。她不值得二位的关注……”

“冷静，”年轻男子轻声说道，“我们不是来为难你的。这位绅士叫做约翰·迪伊，是我的家庭教师。我是罗伯特·达德利。你无须害怕我们。”

他们的名字更添了我父亲的焦虑——如果他的焦虑还有增加的余地的话。那个英俊的年轻人是这片土地上最有权位之人——约翰·达德利大人，英格兰国王的保护者——的儿子。如果他们看中了父亲的藏书室，我们也许就能给国王，给那位喜爱学术的国王提供书籍，然后我们就能赚上一大笔钱。但如果他们认为我们的书籍具有煽动性、亵渎神明或者是带有异端邪说、通篇都在质疑教义或者提出新学说之类的东西，我们就会被丢进牢狱，或是再度流亡，再不然就是直接处死。

“您真是平易近人，大人。需要我将书送去您的宅邸供您挑选吗？这儿的昏暗光线不适合阅读，您无须自贬身价在我的小店……”

年长的男子还是没有放开我。他仍然捏着我的下巴，盯着我的脸。

“我这儿有圣经的论著，”父亲忙不迭地继续道，“有些非常古老，是用拉丁文和希腊文写成的，还有些用的是其他语言。我还有些关于罗马神庙的画作，上面附带各个部分的说明，我还弄到了一些数学方面的表格，只是我所受的教育不足以看懂，我还有一些希腊运来的解剖学画作……”

叫做约翰·迪伊的男人终于放开了我。“我可以看看您的藏书室吗？”

我看出父亲不太愿意让那个人去浏览存放藏品的书架和抽屉。他担心其中一些书在新的规定下已经成为异端禁书了。我知道那些用希腊语和希伯来语写就的神秘书籍总是被藏在书架的滑板背后。但在这样动荡不安的年代，就算是明面上的那些书也会令我们深陷麻烦之中。“要我给两位拿到这里来看吗？”

“不必了，我自己进去看。”

“当然可以，大人，”他妥协了，“这是我的荣幸。”

他沿路走进里屋，约翰·迪伊紧随其后。那位年轻贵族，罗伯特·达德利在一张凳子上坐下，饶有兴趣地打量着我。

“你十二岁？”

“是的，大人。”我流利地撒了谎，其实我已经快十四岁了。

“是个打扮成男孩的小女孩。”

“是的，大人。”

“还没有结婚？”

“现在还没有，大人。”

“但眼看就要订婚了？”

“是的，大人。”

“你父亲为你选了谁呢？”

“十六岁的时候，我要嫁给母亲家族的一位表兄，”我回答说，“其实我不特别想结婚。”

“你还是小女孩，”他语带嘲笑，“每个小女孩都说自己不想结婚。”

我盯着他，或许我的愤怒表达得太明显了些。

“啊哈！我冒犯你了吗，假小子？”

“我有我自己的想法，大人，”我轻声说，“而且我跟别的小女孩不一样。”

“明白了。那么你的想法是什么呢，假小子？”

“我不想结婚。”

“那你想怎样？”

“我想要一间自己的书店，印我自己的书。”

“这么说，你觉得一个女孩——哪怕是个穿马裤的漂亮女孩——没有丈夫也应付得来啰？”

“我相信我可以，”我说，“寡妇沃辛就在街对面有一家店。”

“寡妇也有个给她留下财产的丈夫，她可用不着自己赚钱。”

“女孩子可以自己赚钱，”我大胆地说，“我觉得女孩子管得了一家店。”

“那女孩子还能管得了什么呢？”他揶揄着我，“一艘船？一支军队？一个王国？”

“你将会看到女人统治的王国，你将会看到一个女人统治下的王国比世界上任何王国都好。”我回敬道，然后察觉到了他脸上的表情。我以手掩口。“我不是故意要说那些的，”我轻声地说，“我知道女人总得听从她父亲或是丈夫的话。”

他看着我，似乎想要继续听下去。“你觉得——假小子——我能在有生之年看到女人统治的王国吗？”

“西班牙就有过，”我支吾着说，“曾经有过。伊莎贝拉女王。”

他点点头，没再追问下去，神情也如释重负。“确实。你知道去白厅宫的路吗，假小子？”

“我知道，大人。”

“那么等迪伊先生挑好他要看的书，你就把它们带去那儿，带到我的住处。可以吗？”

我点点头。

“你父亲的店生意如何？”他问，“卖了很多书？有很多顾客？”

“有一些吧，”我小心翼翼地说，“不过我们才刚刚起步。”

“这么说你的天赋没有给他的生意带来益处？”

我摇摇头：“没什么天赋。就像他说的，比较接近蠢笨。”

“真的吗？你真能看到别人看不到的东西？”

“有时候。”

“那么你看到我的同时看到了什么？”

他的声音放得很低，似乎希望我也能低声回应。我抬起看着他靴子的目光，看到了他健壮有力的双腿，他华丽的外套，白色的褶领，迷人的嘴唇，半掩在眼睑之后的深色双眸。他对着我微笑，仿佛他了解我的脸颊、双耳，甚至头发的热度，因为他就如同西班牙的太阳在我的头顶照耀。“我第一次看到你的时候，就觉得我认识你。”

“你认识我？”他问。

“是以后会认识，”我不好意思地说，“我觉得我会认识你的，在未来的某一天。”

“除非你不是男孩儿！”他为自己的轻浮想法笑了笑，“你会在什么情形下认识我呢，假小子？我有没有变成很伟大的人？当你管理一间书店的时候，我是不是管理着一个王国？”

“是的，我希望你会成为伟大的人。”我拘谨地说。我不能再说下去了。

我不能受到这种温柔的戏弄的影响，从而相信他也没有害处。

“那时你觉得我怎么样?”他温和地问。

我深深地吸了一口气。“我觉得你会去找一个不穿马裤的女孩的麻烦。”

他大笑起来。“但愿你说的没错，”他说，“不过我可从来都不担心和女孩子有关的麻烦，通常都是她们的父亲提心吊胆。”

我也笑了，不能自已地笑了。他笑的时候双眸转动的那种方式让我忍俊不禁，让我不禁想说些特别机智和成熟的话，让他以看待年轻女人而不是看待女孩子的方式来看待我。

“你是否预言过未来，而那未来又最后成真?”他突然严肃起来，问道。

在这个国家里，这个问题本身就很危险，因为总是和巫术脱不开干系。“我没有什么魔力。”我立刻答道。

“可难道不施展魔法就能看不到未来了吗？这是上帝所赐的神圣赠礼，让我们中的一些人能够预知可能发生的事情。我那位朋友迪伊先生，他相信天使会指引人的方向，有时也会提醒我们去对抗罪恶，正如星辰可以预言一个人的宿命那样。”

面对如此危险的话题，我呆呆地摇了摇头，决心不作回答。

他面露深思之色。“你会跳舞或是演奏乐器吗？学过假面剧①中的台词吗?”

“不是很擅长。”我无助地说。

因为我的拘谨，他笑了起来。“好吧，我们会知道的，假小子。我们会知道你能做些什么的。”

我男孩子气地鞠了个躬，但谨慎地未发一言。

---

① 一种戏剧形式，由佩戴面具、代表神话或寓言人物的人表演，在16世纪和17世纪早期的英国相当流行。

第二天，我带着一包书和一份仔细卷好的手抄本，穿行于大街小巷，经过坦普尔栅门和考文特花园的绿地，来到白厅宫。天气很冷，雨雪交加，迫使我低下头，拉低帽子遮住耳朵。寒冷的河风仿佛径直从俄罗斯吹来，将我从国王街一直吹到白厅宫门前。

我从没进到过王宫里面，还以为只要将书交给门口的守卫就好，但当我将那张由罗伯特大人草草写就、下方印有达德利家族的“熊与木杖”纹章的便笺给他们看的时候，他们就像对待来访的亲王一样向我鞠躬，并让一个人给我带路。

大门后的宫殿就像是一连串庭院的集合体，每一座庭院都风景优美，中央有种着苹果树，建有凉亭和椅子的大花园。守门的那名卫兵带着我穿过第一座花园，没给我时间去驻足打量那些衣着考究的贵族男女，他们穿着皮裘和天鹅绒御寒，在绿地上漫不经心地玩着滚木球。里面的房门是由另外两名士兵打开的，室内是衣着更加华丽的人们，华美的房间一间挨着一间。我的向导带我穿过一扇接一扇的门，一直来到一条长长的走廊，罗伯特·达德利就在长廊的尽头，我看到他的时候松了口气，因为他是整座宫殿里我唯一认得的人，于是我快步向他走去，一面喊着：“大人！”

守卫犹豫起来，不知道是否该阻止我继续接近，但罗伯特·达德利挥手示意他走开。“假小子！”他大声说。他站起身，然后我看到了他身边的那个人。正是年轻的国王爱德华陛下，他只有十五岁，一身华丽而精致的蓝色天鹅绒，脸庞却是柔滑的牛奶的颜色，身体比我所见过的任何男孩都要纤薄。

我单膝跪下，握紧父亲的书，同时试着将帽子摘下，这时罗伯特大人开口道：“就是这个假小子。你觉得她会是个好演员吗？”

我没有抬头，但我听得到那位国王的声音，微弱而带着痛苦。“你的爱好可真不少，达德利。为什么她要做演员？”

“她的声音，”达德利说，“她的声音，非常甜美，那种一半西班牙一半伦敦腔调的口音，我真想一直听下去。而且她把自己看做一位穿着乞丐衣服的公主。你不觉得她是个讨人喜欢的孩子吗？”

我将头垂得更低，不让他看到我欣喜的笑容。我在心里默念着那些字句：“穿着乞丐衣服的公主”、“甜美的声音”、“讨人喜欢”。

年轻国王的声音把我拉回了现实：“哎呀，她能演哪幕剧？是扮作男孩还是扮作女孩呢？另外，女孩扮作男孩是有悖圣典的。”他的声音渐渐小了下去，最后以一阵令他全身发抖的咳嗽作结——抖得就像一只被狗熊摇晃的狗儿。

我抬起头，看到达德利作势想要扶住他。国王将手帕从唇边移开的片刻，我瞥见了一块暗色的污渍，比血更深。他连忙将手帕收了起来。

“这不是罪恶，”达德利安慰道，“她不是罪人。这女孩是个神启弄臣[①]。她看到有位天使在舰队街上行走。你能想象吗？我也在那儿，她确实看到了。”

年轻的国王转身看着我，脸上现出好奇的光彩：“你能看到天使？”

我保持单膝跪地，垂下目光。“我父亲说我是个傻子，”我坦白地说道，“很抱歉，陛下。”

“可你真的在舰队街上看到了天使吗？”

我点点头，双眸低垂。我无法否认自己的天赋。“是的，陛下。很抱歉。是我的错。我无意冒犯……”

“看着我，你能看到什么？”他打断了我的话。

我抬起头。从他的脸上，从他苍白的皮肤上，从他肿胀的双眼和他瘦

---

① 为弄臣职位。

骨嶙峋的身躯，任谁也能看到死亡的阴影，无须他手帕上的痕迹和他颤抖的双唇加以佐证。我试着撒谎，但话语却脱口而出："我看到天国的门敞开着。"

罗伯特·达德利再次作势搀扶，像是要触碰那个男孩，但随即又把手收回到自己身边。

少年国王没有生气。他笑了。"每个人都在骗我，只有这个孩子说了真话，"他说，"你们都在我周围挖空心思地说谎。除了这个小孩子……"他喘息着对我笑笑。

"大人，从您诞生之日起，天国的门就为您敞开了，"达德利安慰他说，"因为您的母亲已经去了那儿。这女孩没有别的意思。"他向我投来愤怒的目光："对吗？"

少年国王向我作了个手势："留在宫里吧。你将成为我的弄臣。"

"我父亲还在等我回家呢，大人，"我尽量低声而谦卑地说，假装没有看到罗伯特大人的怒视，"我今天只是来给罗伯特大人送书的。"

"你将成为我的弄臣，穿我的服色，"少年国王坚决地说，"罗伯特，感谢你为我找来了她。我不会忘记的。"

这是在下逐客令。罗伯特·达德利躬身行礼，然后向我打了个响指，转身走出房间。我犹豫着，想要拒绝国王，但又无能为力，只好向他鞠躬道别，然后快步跟着罗伯特·达德利穿过偌大的厅堂，还不小心撞到了两位想要向他打听国王身体情况的人。"现在不是时候。"他说。

他沿着长长的走廊前进，走向更多手持长矛的卫兵把守的那扇门，走近之后，卫兵们为我们拉开了门。达德利从敬礼的卫兵之间穿过，而我紧随其后，就像宠物猎犬蹦蹦跳跳地跟在主人身后。最后我们来到一扇身着达德利家族服色的卫兵们把守的高大房门前，走了进去。

"父亲。"达德利说着，单膝跪倒。

这座大厅的壁炉旁坐着一个人，正低头盯着炉火。他转身用两根手指放在儿子头上，冷漠地为他祝福。我也单膝跪下，并且保持着跪姿，即使我能感觉到旁边的罗伯特已经站了起来。

“今早国王的情况如何?”

“更糟了，”罗伯特淡淡地说，“咳嗽很厉害，连胆汁也咳出来了，呼吸困难。他撑不了多久了，父亲。”

“这女孩是谁?”

“那个书商的女儿，她说自己十二岁，我觉得不止，打扮得像个男孩但肯定是个女孩子。根据约翰·迪伊的说法，她有灵视能力。我按照您的吩咐带她去见了国王，为她讨到了弄臣的职位。她告诉他，说自己看到了天堂的门为他敞开。他喜欢这些话。她就要成为他的弄臣了。”

“很好，”公爵如是说，“你是否已将她的职责告知于她?”

“我直接带她来这儿了。”

“站起来，弄臣。”

我站起身，第一次打量罗伯特·达德利的父亲，他是诺森伯兰公爵，也是这片土地上最尊贵的人。我看到的他是这样的：马一样瘦长的脸、深色眼眸、厚厚的天鹅绒帽子遮掩下的秃头，外套上别着硕大的银制纹章胸针：图案是熊和木杖。饱满的嘴唇周围蓄着西班牙式的胡须。我看着他的双眸，看到的是——空无一物。这个人可以用表情来掩饰想法，又能用想法来掩盖真正的念头。

“那么?”他问我，“你那双乌黑的大眼睛看到了什么呢，我的假小子弄臣?”

“噢，我没看到你身后有天使。”我唐突地说，换来的是公爵愉快的笑容，还有他儿子的一阵大笑。

“真不错，”他说，“说得好。”他转身看我：“听着，小弄臣——你叫什么名字？"

"汉娜·格林。"

"听着，弄臣汉娜，我们为你谋求了弄臣的职位，而国王也根据法律和习俗接受了。你知道这意味着什么吗？"

我摇摇头。

"你会成为他的人，就像他的一条小狗狗，像他手下的一个士兵。而你的工作就是做你自己——比较像狗儿而不是士兵。只要说出你第一时间想到的话，做你想做的任何事情。这些都会让他开心，也会让我们开心。你会向我们展示上帝的意志，也凭此取悦他。在这个充满谎言的王宫里，你要说出真相；在这个邪恶堕落的世界里，你要成为最纯洁的人。明白了吗？"

"我该怎么做？"我真的迷茫了，"你要我做什么？"

"做自己就好。按照你天赋的指引去说话。说出你想说的一切。国王目前没有别的神启弄臣，而且他喜欢王宫中的单纯人。他已经下了命令，你现在就是宫廷弄臣了，王室家族的一分子。你会得到弄臣应有的报酬。"

我沉默了片刻。

"听明白了没有，小弄臣？"

"明白了。但我不能答应。"

"你不能选择接受与否。是别人帮你求得的弄臣职位，你没有法律承认的地位，也没有发言权。是你父亲把你带到罗伯特大人面前，而他将你交给国王。你现在已经是国王的人了。"

"如果我拒绝呢？"我感觉到自己在发抖。

"你不能拒绝。"

"如果我逃走呢？"

"按国王的意愿来治罪。像打狗儿一样鞭笞。你以前是你父亲的所有物，现在是我们的了。而我们又为你向国王求得了弄臣的活儿，所以你就是他的了。听明白了没有?”

“我父亲不会卖掉我的，”我固执地说，“他不想我离开他。”

“他没法反抗我们，”罗伯特在我身后轻声说，“而且我向他保证，你在这儿会比在那条街上安全。我向他保证，他也同意了。我们订书的时候，交易就已经达成了，汉娜。没有转圜的余地。”

“好了，”公爵继续说道，“你还有另一项任务要做，但既不是作为狗儿，也不是作为弄臣。”

我等他继续说下去。

“你要成为我们的‘臣属’。”

罗伯特·达德利说出那个古怪的英文词语的时候，我看了他一眼。

“就是终身效命的仆从。”他解释道。

“我们的臣属。你听到的一切、看到的一切，都要来告诉我。令国王渴望的事情，令他哭泣的事情，令他大笑的事情，你都要来告诉我，或是告诉罗伯特。你就是我们安排在他身边的眼睛和耳朵。明白了吗?”

“大人，我必须回家见我父亲，”我绝望地说，“我不能做国王的弄臣也不能做您的臣属。我在书店还有工作要做。”

公爵向他的儿子挑了挑眉毛。罗伯特弯下腰，小声地跟我说话。

“假小子，你父亲根本不在乎你。他说给你听的那些话，你还记得吗?”

“记得，可是，大人，他的意思只是说我是他的负担……”

“假小子，我觉得你父亲根本不是什么出生在好基督教家庭的好基督徒，而是个犹太人。我觉得你们离开西班牙只是因为犹太人的身份让你们遭到驱逐，如果你的邻居和伦敦城的好市民们知道你们是犹太人，你们在这个新家恐怕就待不了太久了。”

“我们是玛拉诺，我们全家几年前就已经改变了信仰，”我低声说道，

"我受过洗，我还和父亲挑选的一位英国基督徒订了婚……"

"我可不这么想，"罗伯特·达德利突然出言警告，"如果你带我们去见那个年轻人，我想你只会带我们找到一个居住在英格兰腹地的犹太家庭，接下来——你说的是哪儿来着？阿姆斯特丹？然后还有巴黎？"

我张口想要否认，却害怕得什么也说不出。

"那些都是基督教所不容的犹太人，却都假扮成基督徒的样子。在每个星期五晚上点燃蜡烛，不吃猪肉，过着脖子上套着绞索的生活。"

"大人！"

"他们都竭力帮助并指引你来到这里，对吧？所有犹太人都在暗地里信奉禁忌宗教，也全都相互帮助。这是一张隐秘的网，也是基督徒的心头大患。"

"大人！"

"你真的想亲手带领这位虔诚的基督教国王把你们这些人从暗处揪出来吗？你不知道新教燃起的火刑柴堆堪比天主教的明亮吗？你想让自己的族人上火刑架？还有他们的所有朋友？你闻过炙烤人肉的味道吗？"

我吓得浑身发抖，喉咙发干，什么话也说不出。我就这么看着他，清楚自己的眼中充满恐惧，而他也看得到我额头汗水的反光。

"我明白的，你也明白。你父亲知道他无法保护你。但我可以。完全可以。我可以只字不提。"

他停顿了一下。我想要说点什么，但只能发出惊恐的咯咯声。看到我的恐惧之深，罗伯特·达德利点点头。"现在，你走运了，你的灵视能力换来了你所能想象到的最安全也最高的地位。好好侍奉国王，好好侍奉我们的家族，你父亲就会平安无事。只要办砸一件事，他就得玩甩毯子[①]游戏

① 一种游戏，众人拉着一张毛毯的边缘，将一个人反复用毛毯抛起并接住。

玩到翻白眼，然后你就会嫁给一个只去路德会礼拜室的红脸养猪人。你自己选吧。”

那一刻显得格外短暂。然后诺森伯兰公爵就挥手让我走开。他根本没等我做出选择。他不需要什么灵视能力也知道我的选择会是哪一个。

“你要去宫里生活了?”父亲向我确认道。

我们正在吃晚餐——从这条街尾的面包店买来的一块小馅饼。陌生的英国油酥皮的味道卡在我的喉咙里，父亲则喝着点缀有几块咸肉皮的肉汤。

“我会跟女仆们睡在一起，”我闷闷不乐地说，“穿着国王侍从的制服。我会整天陪着他。”

“比替我干活儿要好，”我父亲说着，努力让语气显得欢快，“我们赚的钱不够付下个季度的房租了，除非罗伯特大人再订一些书。”

“我可以把工钱寄给你，”我提议说，“他们会给我工钱的。”

他轻抚我的手。“你是个好女孩，”他说，“别忘记这点。别忘记你的母亲，也别忘记你是以色列人的孩子。”

我点点头，什么也没说。我看到他用勺子舀了些肉汤，喝了下去。

“我明天就进宫了，”我低声说，“他们要我马上开始干活。父亲……”

“我每天晚上都会去大门那里看你的，”他承诺道，“如果你不开心，或者他们对你不好，我们就逃走。我们可以回阿姆斯特丹，我们可以回土耳其。我们总会找到个地方安身的，querida。勇敢点，女儿。你可是被选中的人。”

“我的斋戒日要怎么过?”我突然觉得一阵悲伤，“他们会让我在安息日工作的。我又该怎么祈祷呢?他们会让我吃猪肉的!”

他对上我的目光，低下头。“我会在这里替你遵守教义的，”他说，“上帝是善良的。他理解人们的难处。你记得那个德意志学者说过的话吗？在面临性命之虞的时候，上帝允许我们打破原则。我会为你祈祷，汉娜。即使你跪在基督教教堂里祈祷，上帝也会看到你，听到你的祈祷。”

“父亲，罗伯特大人知道我们的身份。他知道我们为什么离开西班牙。他知道我们的身份。”

“他什么也没对我说。”

“他威胁我。他知道我们是犹太人，他说如果我服从他，他就会为我们保密。他威胁我。”

“女儿，我们在哪里都不会安全的。至少你还在他的庇护下。他对我发誓说你在他的家里会很安全。没有人会为难他的仆人。没有人会为难国王的弄臣。”

“父亲，为什么你会让我走？为什么你会允许他们带我走？”

“汉娜，我怎么阻止得了他们？”

在王宫屋檐下的浆洗房里，我把自己那堆新衣服翻了个底朝天，又看了看从王宫总管那里拿到的清单：

物品：黄色仆童制服一件。

物品：长筒袜一双，深红色。

物品：长筒袜一双，深绿色。

物品：外套一件，长款。

物品：内着亚麻衬衫两件。

物品：袖套两副，红绿各一。

物品：黑色帽子一顶。

物品：黑色骑乘用斗篷一件。

物品：舞蹈用拖鞋一双。

物品：骑乘用靴子一双。

物品：步行用靴子一双。

每一样都是旧的，但都经过清洗和缝补，之后才交给国王的弄臣——汉娜·格林。

“这回我真的像是个弄臣了。”

那天晚上，父亲站在便门旁，而我靠着大门，一半身子在门内，一半在门外，对父亲低声讲述我的一天：“宫里已经有两个弄臣了，一个是叫做托马西娜的侏儒，一个是叫做威尔·萨默斯的男人。他对我很好，告诉我应该坐在他身边的什么位置。他是个聪明人，能让每个人都开心。”

“你做了些什么呢？”

“什么都还没做。我想不到有什么可说的。”

父亲四下里张望。花园的暗处有只猫头鹰在叫，像是某种征兆。

“你什么也想不到吗？他们难道不会有意见吗？”

“父亲，我没有办法让自己看到东西，我不能控制自己的灵视能力。要么能看到，要么就看不到。”

“那你见到罗伯特大人了吗？”

“他对我眨了眨眼。”我靠在冰冷的石墙上，扯了扯肩上温暖的新斗篷。

“国王呢？”

“他连晚饭时都没出现。他病着，食物直接送到他的房间里。他们还是会像他在餐桌上一样准备丰盛的晚餐，但送到他房间里的只是个小盘子。公爵坐在首席，就差点直接坐在王位上了。”

“那公爵有没有特意打量你？”

“他好像看都没看我一眼。”

“他不是忘了你吧？”

“哈，他用不着看，也知道谁在哪儿、又在做什么。他不会忘记我的。他是个不会忘记任何事情的人。”

公爵打算在圣烛节举行一场化装舞会，并且以国王的名义下了命令，因此我们只好穿上特制的戏服，背诵各自的台词。威尔·萨默斯——那个弄臣在和我年纪相仿的时候就已经入宫，如今已有二十个年头，他负责报幕以及吟诵韵诗，国王的唱诗班负责唱歌，而我要朗诵一首专为这次盛会谱写的诗歌。我的戏服是特别为我缝制的新制服，用了弄臣专用的黄色。我那些旧衣服胸前太紧了。我曾经是个半男不女的怪人，一个即将成为女人的女孩。某一天，在明亮的灯光下，我在镜子前转过脸，或许瞥见一个陌生的身影：一个美人儿；再过一天，我就又会变回一块无人在意的石头。

舞会操办人给了我一柄小剑，命令我和威尔准备进行一场格斗，以便在这场化装舞会中穿插表演。

我们在大厅的接待室见面，开始进行第一次排练。我尴尬又不情愿，我不想学着像男孩子那样用剑打斗，我不想在众目睽睽之下以败北逗人发笑。除了威尔·萨默斯，宫里没人能说服我这么做，但他对待这堂课的态度却像是在帮我提高希腊语水平。就好像这是一门我应当学会的技艺，而且他希望我学得足够好。

他从我的站姿开始着手。他将双手搭在我的肩上，轻轻按平，然后抬起我的下巴。“把你的头抬高，像个公主那样，”他说，“你见过玛丽女士没精打采的样子吗？你见过垂头丧气的伊丽莎白女士吗？没有。她们从出生以来就像公主那样走路，优雅得像一对儿山羊。”

“山羊？”我问他，一面试着在抬头的同时不拱起肩膀。

威尔·萨默斯咧开了嘴：他的笑话终于有机会说出口了。“前一刻高高在上，后一刻销声匿迹，”他说道，“王储没多久，马上变私生。才上山，就下山。既公主，又山羊。你必须站立时像位公主，跳舞时像只山羊。”

“我见过伊丽莎白女士。”我脱口而出。

“真的？”

“真的，那时候我的年纪还很小。我父亲带我来过一次伦敦，然后我去了海军上将西摩尔那里送书。”

威尔将一只温柔的手搭上我的肩。“说话少，结束早。”他轻声建议道。接着他拍了拍自己的额头，露出愉快的微笑：“我居然叫一个女人管住自己的嘴！我真是个傻弄臣！”

课程继续下去。他给我示范剑士的站姿，扶着我的腰让我保持平衡；又教我如何在前脚不离地面的情况下向前滑行，以免绊倒或是跌倒；他还教了我如何在握剑时移动步子，又怎样把它收回剑鞘。然后我们开始练习佯攻和躲闪。

威尔先是命令我用剑刺他。我有些犹豫：“万一真的刺到你呢？”

“那我也只会擦破点儿皮，不会致命，”他指出，“这只是把木剑而已，汉娜。”

“那就准备好吧。”我紧张地说着，然后向前突刺。

让我惊讶的是，威尔竟侧身闪过，站到我的身旁，他的木剑指向我的咽喉。“你死了，”他说，“看来你也不那么擅长预见未来嘛。”

我笑了起来。“我本来就不擅长，”我承认道，“再来一次。”

这一次我更加用力地刺了过去，在他避让时刺中了他外衣的褶边。

“不错，”他气喘吁吁地说，“再来一次。”

我们一直练习到我能够像样地刺中他为止，然后他开始向我攻击，并教给我如何闪避到一侧或是另一侧。接下来他在地上铺了一块薄地毯，给我演示如何翻筋斗。

“很滑稽。”他说着挺直背脊地坐在地上，像读书的孩子那样双腿交缠。

“不算太滑稽。”我说。

“噢，你只是个神启弄臣，不是小丑，”他说，“你不懂什么叫好笑。”

“我懂。”我恼火地说，“只是因为你不够有趣。”

“我是将近二十年来全英格兰最滑稽的人了，”他强调道，“我进王宫的时候，亨利还爱安妮·波琳，我还因为开她的玩笑而吃过耳光。但那个玩笑不久后就在她身上应验了。早你出生以前，我就是英格兰最有趣的人了。”

“哦？你多大了？”我直视他的脸问道。他的唇边有两条深深的笑纹，眼角也含着笑。可他的身体却柔软瘦削，如同男孩。

“和我的舌头一样大，比我的牙齿稍微大一点儿。”他说。

“不，我是说真的。”

“我三十三岁了。怎么，你想嫁给我吗？”

“一点儿也不想。谢了。”

“你会嫁给全世界最聪明的弄臣。”

“我可不想嫁给弄臣。”

“这是不可避免的。那个聪明人还是个单身汉。”

“好了，你这笑话并不好笑。”我生气地说。

“哦，你还是个小女孩。女人从来都没有幽默感。”

“我就有。”我固执地说。

“众所周知，女人不是模仿上帝的形状造出来的，所以她们不知道什么好笑什么不好笑。”

“我知道！我知道！”

“女人才不知道呢！”他得意扬扬地说，“不然为什么女人会嫁给男人？你见过男人迷恋女人时的样子吗？”

我摇摇头。威尔将木剑夹在自己的双腿间，跑向房间一侧，然后又跑向另一侧。“他无法思考，无法言语，也无法控制自己的想法和意愿，他总是跟着老二跑来跑去，就像一头嗅到猎物气味的猎狗，他能做的只有号叫。嗷嗷嗷嗷嗷……！”

看到威尔身子后仰，仿佛被木剑拖着满房间跑的时候，我大笑起来。他停了下来，向我微笑。“女人当然不懂何谓机智风趣，”他说，“机智的女人怎么会找男人呢？”

“噢，没错。”我说。

“上帝保佑你，保佑你永远的处女之身，假小子。可如果你不想找男人的话，又怎么会有丈夫呢？”

“我不想要丈夫。”

“看来你确实是个傻瓜。没有丈夫，你要怎么活下去？”

“我可以自己谋生。”

“那你还是个傻瓜，因为你唯一的谋生手段就是做傻事。这样一来你就成了三倍的傻瓜。一是因为你不想要丈夫，二是因为你想自己谋生，三是因为你要靠做傻事来谋生。我只不过是个傻瓜弄臣，可你一个就顶了我三个。”

“根本不是！”我的回答根本跟不上他的节奏，“你做弄臣好多年了，已经做了两代国王的弄臣，而我才来几星期而已。”

他闻言大笑起来，又拍了拍我的肩。“当心点，假小子，否则你就会从神启弄臣变成风趣的弄臣，而且我得告诉你，每天装傻逗乐比每月语出惊人一次要困难多了。”

听到他说“每月语出惊人一次”的时候，我笑出声来。

“就这样吧！”威尔·萨默斯说着，把我拉了起来，“我们得计划一下，圣烛节那天你用什么方法杀掉我会比较有趣。”

我们花了好些时间去计划这场剑舞的套路，而且看起来真的非常有趣。至少有两次排练都是在大笑中结束的：或是因为算错了突刺的时机，两颗脑袋撞到一起，或是同时虚晃一招向后退去，又仰天倒下。但有一天，操办人将头探进我们的房间说：“你们不用排练了。国王的化装舞会取消了。”

我手里还握着那柄剑：“可是我们都已经准备好了！”

“他病了。”操办人阴郁地说。

“那玛丽女士还会来宫里吗？”威尔问道。他披上他的短上衣，以抵挡敞开的门里吹进的寒风。

“据说会，”大臣说，“她会得到更好的房间，分到更好的一块肉，你不这么认为吗，威尔？”

没等威尔回答，他便关上了门，于是我转身问道：“他说的话是什么意思？”

威尔表情严肃。“他是说那些亲近继承人而疏远国王的人就要有所行动了。”

“因为？”

“因为苍蝇总会蜂拥着飞向刚拉下来的粪便。扑、扑、嗡嗡嗡。”

“威尔？你说的又是什么意思？”

“哈，孩子。玛丽女士就是继承人。如果国王去世——上帝保佑他，可怜的孩子——她就会成为女王。”

“但她是个异教——”

“天主教徒。”他平静地纠正我的话。

“那爱德华国王……”

“他会因为要将王国交给一个天主教徒继承人而心碎，但他无能为力。亨利王当初也是这样[①]。上帝保佑他，看到这一切的时候，他恐怕在墓穴里也睡不安稳了。他曾以为爱德华国王能够成长为强壮而又快乐的男人，再养育出五六个小公主。你现在开始思考了，对吗？难道英格兰就得不到安宁吗？两位精力旺盛的年轻国王：亨利的父亲，以及太阳般英俊的亨利本人，他们两位如同麻雀一样喜爱拈花惹草，可他们留下的为什么只有一个女孩般羸弱的小子，外加一个继承他王位的老处女？”

他看着我，我看着他揉着自己的脸，像是要将湿润的眼角抹干一样。“这对你来说毫无意义吧，”他粗鲁地说，“你才从西班牙过来没多久，该死的黑眼睛小女孩。但如果你是个英国人，现在就该担心了：如果你是个男人，如果你是个有头脑的男人，而不是女孩和弄臣的话。”

他打开门，迈开长腿走进大厅，向大声问好的卫兵们点头致意。

“如果少年国王死去，他的妹妹也继承了王位，”我快步跟在他身后，低声问他，“我们会怎样？”

威尔侧过身对我笑笑。“那我们就是玛丽女王的弄臣了，”他简洁地说，“如果我能逗得她发笑的话，我可是会很吃惊的。”

那天晚上，父亲来侧门口的时候带来了一个人，一个穿着深色精纺斗篷的年轻人，深色的卷发几乎垂到领子上，还有深色的眼睛和孩子气的羞

① 指亨利八世（1491—1547）的病逝。

涩笑容。我好一会儿才认出他来：他就是丹尼尔·卡朋特，我的订婚对象。这是我和他见的第二面，没能认出他让我觉得很尴尬，很快又因自己穿着金黄色的仆童制服而更加尴尬起来，这是弄臣的颜色。我将身上的斗篷拉紧了些，遮住自己的马裤，而他笨拙地轻轻鞠了一躬。

他已经是个二十岁的年轻人了，正在学习做一名内科医生，像他一年前过世的父亲那样。他的家族在八十年前就从葡萄牙迁到了英格兰。他们改成了自己所能想到的最像英国人的姓氏，并用这个工人的姓氏隐瞒了自己受过的教育和异国血统。他们讽刺地选择了最有名的那位犹太人——也就是耶稣——的职业。我只和丹尼尔聊过一次天，那时他和他的母亲为欢迎我们来到英格兰送来了面包和葡萄酒，但我还是几乎对他一无所知。

和我一样，他对这场婚姻也别无选择，我不知道他的抱怨是跟我一样多还是更多。他们让他和我结婚是因为我们是六代表亲，相隔两辈，并且我们年龄相差不到十岁。这些就已经足够了，甚至绰绰有余。对想要寻找特定结婚对象的女人来说，英格兰的表兄表弟、叔叔伯伯、侄子外甥的数量实在不够多。在伦敦，有犹太血统的家庭不会超过二十个，还有十来个分布在全英格兰的大小城镇里。因为我们必须在族人之间通婚，所以选择也就少得可怜了。丹尼尔完全可能是个半瞎不瞎半死不活的十五岁少年，而我还是得在自己十六岁生日的时候嫁给他，和他上床。比世界上的任何事情都更加重要，甚至比财富和健康更为重要的，就是我们这样不为人知地维系在一起。他知道我的母亲作为暗中信奉犹太教的异端被烧死的事情。我知道在他那优雅的英式马裤底下有过割礼的证据。至于他的心中是否转而支持耶稣，是否听信了当地教堂每天一次、周日两次的布道，这些都可以留待我以后去发现，正如他不可避免地了解我。我们能够肯定的是彼此对基督教的信仰才开始不久，而种族的血统却非常古老，我们在欧洲大陆上受人憎恨已有三百多年的历史，而时至今日，犹太人仍旧没有资格踏入大多数基督教国家一步——包括我们称之为“家”的英格兰。

“丹尼尔想单独见见你。”父亲笨拙地说着，后退几步，站到听不到我们说话的地方。

“我听说你求得了一个弄臣的职位。”丹尼尔说。我看着他的脸色泛红，渐渐地红到了耳朵。他的面容很年轻，皮肤像女孩子一样柔软，唇上留有深色的八字须，和他深陷的眼窝里的深色双眸上那对柔软的深色眉毛很相配。乍看之下，他更像是葡萄牙人而非犹太人，但他下垂的眼睑却暴露了他的身份。

我的目光从他的脸上转到了他那副有着一对宽肩的单薄身躯上，再转到他纤细的腰、修长的双腿：真是个英俊的人。

“是的，”我简短地说，“我在宫里有了一席之地。”

“等你到了十六岁就得离开王宫回到家里。”他说。

我对这个年轻人挑了挑眉毛：“这是谁的命令？”

“我的。”

我任由冰冷的沉默笼罩周围。“我不认为你有权力命令我。”

“等我成为你丈夫的时候……”

“那是以后的事。”

“我是你的未婚夫。你将来会是我的人。我有这个权力。”

我回给他一个愠怒的表情。“我服从国王的命令，我服从诺森伯兰公爵的命令，我服从伯爵的儿子罗伯特·达德利大人的命令，我服从我父亲的命令，也许还会服从你的命令。伦敦的每个人好像都以为自己能命令我。”

他把不由自主的大笑声咽回肚里，神情立刻轻松了不少，就像个大男孩。他像对待朋友那样温柔地握住我的肩。我发现自己回以微笑。“噢，可怜的小女仆，”他说，“可怜的受了刺激的小女仆。”

我摇摇头。“实际上，我是弄臣。”

“你想要逃离这些命令你的人吗?”

我耸耸肩。“我在这儿过得很好，比作为我父亲的负担要好。”

“你可以和我回家。”

“那我就会成为你的负担了。”

“等我结束学徒生涯，成了一名内科医生。我们就可以有自己的家了。”

“那要等什么时候呢?”我用小女孩的残忍犀利质问他。再目睹痛苦慢慢浮现在他的脸上。

“两年之内，”他固执地说，“等你准备好结婚的时候，我也就有娶妻的能力了。”

“那到时候再来找我吧，”我用事不关己的态度说，“到那时再带着你的命令过来，如果那时我还在的话。”

“在此期间，我们的婚约依然存在。”他寸步不让。

我试着解读他的表情。“我们对彼此一无所知。那些老女人安排这桩婚姻似乎为的是她们自己而不是我们。难道你这样就满足了吗?”

“我喜欢了解自己的位置，”他执拗地说，“我一直等着你和你的父亲，等着你们从巴黎到阿姆斯特丹再到这儿。有好几个月的时间，我们都不知道你们是生是死。等你们最终来到英格兰的时候，我以为你会高兴……因为……因为你就要得到一个家了。然后我就听说你和你父亲要自己找住处，不打算搬来跟母亲和我一起住，而且你也不打算换下男孩子的打扮。我又听说你像个男孩子一样为父亲工作。再后来我听说你脱离了父亲的庇护。现在我知道你进了王宫。”

我察觉到了他的言外之意，但并非是用灵视能力，而是即将成为女人的女孩子的直觉。“你以为我会扑向你，”我笑了起来，“你以为你是来拯救我的，以为我是吓坏了的小女孩，渴望着男人的怀抱，还随时准备将自己交给你!”

他脸上的红晕变得更深，突然甩了甩头，这让我明白自己戳到了他的痛处。

“好吧，你记住，年轻的内科医师学徒，我见过的景致和去过的国家都是你无法想象的。我曾经害怕，也曾经身陷危机，但我从来没有想过扑向一个男人，向他寻求帮助——一瞬间也没有。”

“你真是……”气愤令他一时失语，“你真是不够……淑女。”

“感谢上帝。”

“你也不是那种……顺从的女孩。”

“这要感谢我的母亲。”

“你不是……”他的情绪开始失控，“你不会是我的最佳选择！”

这些话让我沉默了，我们四目相对，对彼此在如此短暂的时间里就变得疏远而惊讶。

“你想找别的女孩子？”我有点惊讶地发问。

“我不认识什么别的女孩子，”他愠怒地说，“但我也不想找一个不想要我的女孩子。”

“我讨厌的并不是你，”我脱口而出，“而是婚姻本身。我根本就不打算结婚。既然女人的臣服是为了安全着想，而男人却连自保之力都没有，那么婚姻的意义何在？”

我父亲好奇地看了看我们，看到我们面面相觑的样子，吓得说不出话来。丹尼尔转过身，向我的反方向走了两步，我则靠在门柱冰冷的石头上，看他是否会大步迈入夜色之中，而这是否是我最后一次见到他。我很想知道，因为我的失礼而失去这样合适的结婚对象，父亲会不会对我大为光火，如果丹尼尔和他的家人认为他们受到了我们这些新来者的羞辱，我们还有没有办法继续待在英格兰。我们本来有可能成为家人，也有资格得到我们的族人的帮助，但藏身在英格兰的犹太人是个非常狭小的圈子，如果他们排斥我们，那我们除了继续逃亡以外就将无法可想。

丹尼尔控制住了自己的情绪，走回到我身边。

“你不应该嘲笑我，汉娜·格林，”他的声音随着情绪的起伏而颤抖，“不管怎样，我们都对彼此做过承诺。我将自己的人生交给你，而你的人生将交给我。我们不应该产生分歧。我们面对的世界太凶险。我们应该彼此依靠，让彼此安全。”

“没有什么安全可言，”我冷冷地说，“如果你觉得我们这种人还有什么安全可言，只说明你在这个平静的国家住得太久了。”

“我们可以在这儿建立家庭，”他诚恳地说，“你可以和我结婚，这样我们的孩子就是英国人了。他们会对过去的事一无所知，我们也不必将你母亲和她的信仰告诉他们。也不必把我们自己的事告诉他们。”

“噢，你会和他们说起的，”我预言道，“你现在说你不会说，但一旦我们有了孩子，你就会忍不住说出口。而且你会想方设法在星期五的晚上燃起蜡烛、在安息日那天停止工作。你很快就会成为一名医生，会给男孩子们秘密进行割礼，教他们祈祷。你会让我教女孩子们做无酵面包、将牛奶和肉分开存放，以及挤去牛肉的血。等你有了孩子的时候，你就会想要教导他们。然后就像我们之间传播的疾病那样，一代一代地传下去。”

“这不是什么疾病。”他激动地低声说道。即使在我们口角的过程中，谁也没有提高声音。我们一直提防着花园里的那些影子，一直戒备着他人的偷听。“把它说成疾病根本是侮辱。这是我们的天赋，我们是被选中来坚持信仰的。”

我本可以为了反驳他而还嘴，但这有违我内心对母亲和她那份信仰的爱。“没错，”我承认了事实，“这不是一种疾病，但和疾病一样会害死我们。我的祖母和我的姑姑都因此而死，我的母亲也是。这也正是你提议要给我的生活。一辈子的恐惧，不是被上帝选中，反而更像是受了诅咒。”

“如果你不想嫁给我的话，你可以嫁给基督徒，并且假装你什么也不知道，”他指出，“我们谁也不会出卖你。我会放你走的。你可以否认你的信仰，虽然你的母亲和祖母都因此而死。你只需要一句话，我就会去转告你的父亲，说我想要放弃婚约。”

我犹豫起来。尽管装作很有勇气的样子，但我还是不敢告诉父亲我要推翻他的计划。我不敢告诉为此做好了周全准备、一心期待我的安全和丹尼尔的未来的那些老妇人，说我并不需要她们所做的一切。我想要自由，但又不想遭到放逐。

“我不知道，”我用上了女孩式的借口，“我还没有心理准备……我现在还不知道。”

“那就让知道的人来教你。”他平淡地说。他看出了我的轻蔑。“听着，你不能和所有人抗争，”他建议道，“你必须选择自己的立场，不要瞻前顾后。”

“这对我来说代价太高了，”我低声说道，“对你而言，这是幸福的一生，整个家都围绕着你，等孩子们来了，你就坐在长桌的首席，带领他们祈祷。对我而言这意味着失去我可能成为的一切身份，做不到我可能会做的任何事，而我却只能变成你的伴侣和仆从。”

“这不是因为你是犹太人，而是因为你是女孩，”他说，“无论你嫁给基督徒还是犹太人，你都会成为他的仆从。一个女人还能成为什么？你打算像拒绝你的信仰一样拒绝你的性别吗？”

我什么都没有说。

“你不是个虔诚的女人，”他缓缓地说，“你会背叛自己的。”

“你说得太过了。”我低语道。

“但却是事实，”他断言道，“你是个犹太人，是个年轻女人，是我的未婚妻，这一切你都想拒绝。你在宫里为谁工作？国王？那位达德利大人？

你对他们忠诚吗?"

我想到了自己已经发誓效忠，成为弄臣，还同时担负着探子的使命。"我只想要自由，"我说，"我不想成为任何人的东西。"

"凭你这身弄臣制服吗?"

我发现父亲正朝我们这边看。他能感觉到我们绝不是在谈情说爱。我发现他试着朝我们走近了些，但还是忍住了。

"要不要我告诉他们我们个性不合，我还向你提出了解除婚约的要求?"丹尼尔追问道。

我正想横下心答应，但他的平静，他的沉默，他等我答复的耐心让我更加仔细地打量起这个年轻人，这位丹尼尔·卡朋特来。天空照下一线光芒，在半明半暗之间，我能看到这个男人未来的样子。他会变得更加帅气，有一张轮廓清晰的深色脸庞、灵活敏锐的眸子、敏感的嘴唇、和我一样坚挺的鼻子、和我一样浓密的黑色头发。他会变成一个睿智的男人，他本就是个睿智的年轻人，他见到了我，理解着我，又与我如此格格不入，可他仍然站在这里，等待着。他打算给我一个机会。他会成为一个宽厚的丈夫。他会变得更加谦和。

"你走吧，"我有气无力地说，"我现在不能说。我已经说太多了。我很抱歉刚才说的话。如果惹你生气了，我很抱歉。"

但他的怒气消失得和来时一样快，这是我喜欢他的另一点。

"我还能再来吗?"

"可以。"

"我们的婚约还在吗?"

我耸了耸肩。我的这句回答将会决定很多事。"我并没有打破婚约，"我用尽量从容的口气说出这句话，"现在还没有。"

他点点头。"你要知道，"他警告我说，"如果我不能娶你，我就会去娶别人。我会在两年内结婚：娶你，或是另一个女孩。”

“你有那么多女孩可以选吗？”我明知故问地嘲弄他说。

“伦敦有很多女孩子，”他还嘴道，“我也可以娶族人之外的女孩为妻。”

“我可不觉得他们会同意！”我大声说道，“你一定得娶一个犹太人，这是你无法逃避的。他们会让你娶一个肥胖的巴黎女人，或是泥土色皮肤的土耳其女人。”

“我会努力成为好丈夫的，即使对方是个肥胖的巴黎女人或是土耳其女人，”他坚定地说，“爱护和珍惜上帝赐予的妻子总比追逐某个不知道自己在想什么的愚蠢小女仆要好。”

“在说我吗？”我尖锐地质问。

我以为他会脸红，可这次他却没有。他真诚地直视我的双眼，而这回是我偏开了目光。“如果你选择逃避一个能够成为好丈夫的男人的爱意和保护，一辈子在宫廷的尔虞我诈中度过，那么你就确实是个愚蠢的小女仆。”

没等我来得及回答，我父亲便走到丹尼尔身边，将手搭在他的肩上。

“看来你们两个都互相了解了不少，”他的口气满怀希望，“你怎么看你将来的妻子，丹尼尔？”

我以为丹尼尔会和我父亲诉苦。大多数年轻人都会在自尊心作祟下语出伤人，但他只是对我微微苦笑。“我想我们正在彼此了解，”他温和地说，“我们很快就超越了陌生人的礼节，开始有了些争论，不是吗，汉娜？”

“确实很快。”我这样说着，而他回以温和的笑容。

玛丽女士按照计划在圣烛节来到了伦敦：似乎并没有人告诉她弟弟已经卧床不起。她骑马穿过白厅宫大门，身后随从如云，公爵和他的儿子们——罗伯特大人也站在他的身旁——在门前第一时间致以问候，英国国会成员也纷纷向她鞠躬行礼。她高高地骑在马上，小小的、坚定的脸孔看向云集在旁的那些谦卑低垂的头颅，我觉得自己似乎看到了她在伸出手让人亲吻前，唇角的一丝愉悦的笑容。

我以前听说过很多关于她的事情，这位国王的爱女曾经因为国王的情妇安妮·波琳的一句命令遭到驱逐。这位公主一度被贬落凡尘，甚至不能去看望她垂死的母亲。我本以为会看到一个悲剧式的人物，因为她经受的人生足可以摧毁绝大多数的女人。但我看到的却是个坚定而娇小的战士，有足够的头脑，可以笑着面对宫廷，让他们拼命地鞠躬弯腰，鼻子几乎贴在膝盖上，就因为她突然间成为了前程远大的继承人。

公爵已经将她当做女王对待了。他牵着她的马引她前往宴会地点。国王在自己的房间的小床上咳嗽呕吐，但宴会依然如常举行。我看到玛丽女士四下打量着那些笑脸，似乎意识到自己这个继承人时来运转的时候，众人根本不在乎那位卧病在床、无人照看的国王。

晚餐过后，舞会开始了，但她还是坐在座位上，只是轻轻用脚打着拍子，似乎很享受这音乐。威尔逗得她几次大笑，她还对他露出微笑，仿佛他的面孔在这个危机四伏的世界里显得尤为亲切。她在他还是她父亲的弄臣时就认识他了，那时他让她的弟弟骑在自己背上，唱着乱七八糟的歌儿，还发誓说那是西班牙语。她四下打量如今的宫廷，看到了那些曾目睹她受到自己幼弟冒犯和羞辱的人们脸上的严肃神情，又略感宽慰地发现威尔·萨默斯的幽默感始终未变。

她没有喝很多，吃得也少，跟她出名的贪吃鬼父亲可不一样。我像宫廷里的所有人那样看着她，看着也许会是我下一位主子的那个女人。她三十七岁的年纪，但还是有着女孩般的肤色：皮肤洁白，双颊泛着玫瑰粉色。她仍然戴着兜帽遮住她轮廓分明的脸庞，只露出深棕色里带着一丝都铎红的头发。她的微笑极富个人魅力：笑容绽开得很慢，目光温暖。但让我无法移开目光的还是她那种真诚的气质。她一点也不像我之前想象中的公主——在宫里度过了几个星期之后，我还以为每个人微笑时都眼神冷硬，说话时口不对心。但这位公主似乎从来都心口如一，仿佛她愿意相信其他人也是真诚的，仿佛她认为人生没有岔道和弯路一般。

休息的时候她也会现出一丝痛苦的表情，但依靠笑容很快收复了失地。这位曾经备受溺爱的公主是她父亲的第一个孩子，而那时她父亲还是个仍旧爱慕自己妻子的年轻人。她有着灵活的黑色眼眸，西班牙式的眼眸，这得自于她的母亲，还有对周遭一切都怀着感激之情的性格。她在椅子上挺直背脊，礼裙的黑色领子衬托出她双肩和脖颈的曲线。她颈上戴着珠宝缀饰的硕大十字架，仿佛要在这新教徒的宫廷中夸耀她的宗教信仰，我想她要么是非常勇敢，要么就是非常鲁莽，竟然在她弟弟的手下还在焚烧异端的时候坚持自己的信仰。但随后我看到她伸向金酒杯的手在颤抖，于是猜想她像很多女人那样，正在努力表现得比自己内心更具勇气。

舞会中场休息时，罗伯特·达德利来到她身边，对她低声耳语，她看了我一眼，然后他招手示意我过去。

“我听说你来自西班牙，是我弟弟的新弄臣。”她用英语说道。

我深鞠一躬。“是的，殿下。”

“说西班牙语。”罗伯特大人命令道，我再次鞠躬，用西班牙语告诉她我很愿意在宫里效力。

我抬起头，看到她听到母语时脸上的欣喜。“你是西班牙哪里的人？”她急切地用英语问道。

“卡斯蒂利亚，殿下。”我立刻撒谎说。我不希望把我在阿拉贡的生活和家破人亡的经历告诉任何人。

“那你为什么会来英格兰呢？”

我早已准备好了答案。父亲和我已经讨论过每种答案的危险性，最终确定了最安全的一种。“我父亲是位了不起的学者，”我答道，“他想把他收藏的那些手稿付印成书，他也想在伦敦工作，因为这是著名的文化中心。”

她突然不笑了，脸色严肃起来。“我想就是他制造的那些圣经印刷本引得那些缺乏理解能力的人们误入歧途的。”她愠怒地说。

我的目光转向罗伯特·达德利，后者才购买了一本我父亲刚刚译成英文的圣经。

“只有拉丁文版本而已，”他柔声说，“非常单纯的翻译，玛丽女士，几乎没什么谬误。如果您想要的话，我敢说汉娜也会给您带一本的。”

“这是我父亲的荣幸。”我说。

她点头。“你是我弟弟的神启弄臣，”她说，“你有什么饱含智慧的话语要送给我吗？”

我无助地摇摇头。“我真希望我能随心所欲地看到启示，殿下。但我想我的智慧远不如您。”

“她告诉我的导师约翰·迪伊，说她看到天使和我们一同行走。”罗伯特插嘴道。

玛丽女士看我的目光多了几分敬意。

“可她告诉我父亲，她在他身后没看到什么天使。”

她的面孔在大笑中皱了起来。“没看到！她这么说的吗？你父亲又说了什么？他是不是因为身边没有天使而感到遗憾啊？”

“我想他并不太惊讶，”罗伯特说着也笑了，“但这个小女孩很不错，我认为她确实拥有天赋。在您弟弟生病期间，她让他得到了很大的宽慰。她的天赋是看到真相并说出真相，而他喜欢这个。”

“这种天赋在宫里的确罕见得很。”玛丽女士说。她向我温和地点点头，我退了下去，音乐声再次响起。我的目光始终没有离开罗伯特·达德利，看到他在玛丽女士面前邀请一位又一位的女士跳舞，而几分钟后，他望向我这边，给了我一个难以察觉的赞许笑容。

那一夜玛丽女士没有看到国王，不过侍女之间有流言说，她进了国王的房间直到第二天才出来，脸色苍白如同皱掉的床单。她直到那时才知道自己的弟弟就快病死了。

之后她没了继续待下去的理由。她像来时那样骑马回去，身后跟着长龙般的侍从，所有人都竭尽所能地深深向她鞠躬，表达着不知从何处冒出来的忠诚：他们中有一半人都在默默祈祷，祈祷国王死后她能继承王位，她会原谅过去，忘记那些被他们烧死在木桩上的神父和劫掠过的教堂。

我透过宫中的玻璃注视着他们所谓的谦逊，这时有只手轻轻碰了碰我的袖子。我转过身，看到罗伯特大人正低头看着我，面露微笑。

"大人，我还以为您会和您的父亲一起来向玛丽女士道别呢。"

"不，我是来找你的。"

"找我？"

"我想问问你，是否愿意帮我一个忙？"

我的脸红了起来。"哪种……"我话也说不连贯了。

他笑了。"只是一件小事。你愿意和我去我的导师那里，看看你能否协助他进行一项实验吗？"

我点点头，罗伯特大人拉起我的手，让我的手勾住他的手臂，带我往诺森伯兰家族的私人住所走去。诺森伯兰家族的守卫们驻守在华丽的大门前，他们看到这位备受宠爱的子嗣到来，连忙立正，为他打开大门。华丽的厅堂中空无一人，仆人和诺森伯兰的族人都去了白厅花园恭送玛丽女士的离开。罗伯特大人带着我沿着宏伟的台阶走上楼，穿过一条走廊，来到他的房间。约翰·迪伊就坐在俯瞰着内庭花园的藏书室里。

看到我们进了房间，他抬起头来。“噢，汉娜·佛德。”

听到自己的真名让我吃了一惊，好半天没有反应，然后我微微鞠了一躬。“您好，大人。”

“她说她愿意帮忙。但我还没提到你要她做什么。”罗伯特说。

迪伊先生从桌边站起身。“我有一面特别的镜子，”他说，“我认为有特殊视觉能力的人也许能够看到普通人看不到的光线，你明白我的意思吗?”

我并不明白。

“这就像我们看不到声音或是气味一样，但我们知道有东西存在。我认为行星或是天使也许会发射出光线，我们也许可以透过某种玻璃看到这些光线。”

“哦。”我茫然地说道。

导师笑了起来。“没关系。你无须明白我的意思。我只是从你看到天使乌列的那天就在想，你也许能从这面镜子里看到那样的光。”

“我不介意看看，如果罗伯特大人想让我这么做的话。”我说。

他点点头。“我已经准备好了。进来吧。”他带我走进里面的一间房间。房间的窗子都被厚厚的窗帘遮掩着，寒冬的每丝阳光都被挡在窗外。窗前有一张方桌，四条桌腿分别搁在四块封蜡上。桌子上放着一面不同寻常的漂亮镜子，金色的镜框，边角倾斜，镀银部位泛动着金光。我走近那面镜子，看到了自己反射着金光的影像，看起来不像平时的那个假小子，而像是一个年轻女子。有那么一会儿，我想我看到了自己的母亲正在镜子里看着我，她转过头来，露出甜美的笑容。“噢!”我惊叫出声。

“你看到了什么吗?”迪伊先生问。我听得出他的口气中带着兴奋。

“我想我看到了我母亲。”我轻声说。

他沉默了片刻。“你听到她说什么了吗?”他声音颤抖着问。

我等了一会儿，全心全意地期待她出现在我面前。但当我再次看去，回望着我的却只有我自己的面孔，我张大的双眼里盈满泪水。

“她不在了，”我难过地说道，“我愿意付出任何代价，只要能听到她的声音，可是我听不到。她走了。我只是觉得自己看到了她，但镜子里只有我自己的面孔。”

“我希望你闭上眼睛，”他说，“仔细听我现在要读的这段祷告词。等到你说‘阿门’的时候再睁开眼睛，然后再告诉我，你看到了什么。准备好了没有？”

我闭起眼睛，听到他轻轻燃起几支蜡烛，照亮了昏暗的房间。我能感觉到罗伯特大人安静地坐在我身后的一把木制椅子上。我想要的仅仅是取悦他而已。“我准备好了。”我轻声说。

这是一段很长的拉丁文祷文，尽管迪伊先生的拉丁文带有英国口音，但我还是听懂了。这是一段祈求指引并让天使到来护佑我们的工作顺利进行的祷文。我低声说了一句“阿门”，然后睁开了双眼。

所有蜡烛都熄灭了。镜中一片混沌，黑色倒映着黑色，我什么都看不到。

“告诉我们，国王何时死去。”迪伊先生在我身后低声说。

我看了一会儿，等着有什么事情发生，双眼紧盯着那片混沌。

什么都没有。

“国王的死期。”迪伊先生低声重复了一遍。

说真的，我什么都看不到。我等了一会儿。可还是什么也没有发生。怎么会这样？我并不是希腊某座小山坡上的女先知，也不是那些能够揭示真相的圣人。我注视着黑暗，直到双眼又热又干，我明白自己离所谓神启弄臣还差得很远，我只是一个普普通通的弄臣，看着虚空，看着虚空的倒影，而这个国家最聪明的人却在等待着我的回答。

我必须说点什么。我不能就这么转身说我的灵视能力鲜少生效，然后道歉说自己应该早点提醒他们，说他们本该把我留在父亲店铺外的墙边。他们知道我的身份，他们承诺给予我庇护。他们买下了我，现在他们期待着我能物有所值。我必须说点什么。

“七月。”我轻轻地、尽可能用平静的语气说。

“哪一年的七月？”迪伊先生进一步提示道，他的声音细腻温柔。

我只凭常识就能知道，那位年轻的国王活不了太久了。“今年。”我不情不愿地说。

“哪一天？”

“六号。”我低声回答，同时听到罗伯特大人沙沙的笔声，他在记录我信口胡诌的预言。

“告诉我英格兰下一位掌权者的名字。”迪伊先生低声说。

我刚要回答“玛丽女士”，因为那也正是他的心声。“简。”我简短地答道。连我自己都吓了一跳。

我转身看向罗伯特大人。“我不知道我为什么要这么说。我很抱歉，大人。我不知道……”

约翰·迪伊迅速捏住我的下巴，将我的头转向镜子。“别说话！”他命令道，“只要告诉我们，你看到了什么。”

“我什么都没看到，”我无助地说，“很抱歉，我很抱歉，大人。我很抱歉，我什么都看不到。”

“简后面的国王又是谁，”他催促我道，“再看看，汉娜。告诉我你看到了什么。简有儿子吗？”

我很想说“是”，但口中干涩，舌头也无法动弹。“我看不到，”我恭敬地回答，“真的，我什么都看不到。”

“听我念结束祷文。”迪伊先生说道，紧紧抓住我的肩将我按在椅子上。他再一次用拉丁文祈祷，希望得到上帝的赐福，希望预言能够成真，并且希望这个世界上没有人会因为我们的预言而受到伤害。

“阿门。”我说着，更加深切地感受到这份工作的危险。也许甚至牵扯到叛国。

我感觉到罗伯特大人起身离开了房间，迪伊先生拉起我跟在他身后追了出去。

“这是你想要的结果吗?”我问。

“你告诉我的，是你认为我想听的话吗?”

“不是！我只是说出自己想到的话而已。”当时突然冒出的词儿确实是“简”没错。

他目光锐利地看着我。“你发誓？假小子，如果你仅仅是为了取悦我的话，你对我和迪伊先生就没有任何用处了。你唯一能够取悦我的办法就是说出你所看到的真相。”

“我发誓！是真的!”我急于取悦他的心情和对那面镜子的恐惧交织在一起，令我难以承受，我的声音也近乎呜咽，“是真的，大人。”

他的脸色并没有好转。“你发誓?”

“我发誓。”

他将一只手放在我的肩上。我的头在抽痛，渴望将脸颊贴在他冰凉的袖子上，但我知道自己不该那么做。他观察着我的神色，而我像个男孩子那样动也不动地站在原地。

“那么对我来说，你做得很好了，”他说，“这就是我想要的。”

迪伊先生从里屋走出来，神色愉悦。“她有灵视能力，”他说，“确实有。”

罗伯特大人看向他的导师。“这是不是给你的工作带来了很大变化呢?”

年长的男人耸了耸肩。“谁知道呢？在黑暗之中，我们都会变回小孩子。但她确实有灵视能力，”他顿了顿，然后转身看着我说，“汉娜·佛德，我必须告诉你一件事情。”

“什么事，大人?”

“你的灵视能力来自你心灵的纯洁。请你为了自己，为了你身负的这种天赋，拒绝一切求婚，抵挡任何诱惑，保持你的纯洁。”

在我身后，罗伯特大人愉快地哼了一声。

我从脖子红到了耳根。“我没有肉欲。”我用近乎耳语的声音低声说道，不敢抬头去看罗伯特大人。

“那么你将会看到真相。”约翰·迪伊说道。

“但我不明白，”我说，“简是谁? 陛下死后，继位的应该是玛丽女士才对呀。”

罗伯特大人将手指放到我的嘴唇上，我立刻噤了声。“坐下。”他说着把我按在椅子上。他拉过一把椅子坐在我身边，把脸转向我。“假小子，你今天看到的这两件事不要对其他人提起，否则我们都会上绞架。”

我因恐惧而心跳加快。“大人?”

“你在镜中看到的事情会让我们置身险境。”

我将手放在脸颊上摩挲，像是要将在火旁弄上的尘灰抹去似的。“大人?”

“对此你必须只字不提。卜算国王的命运是叛国之罪，而叛国罪的处罚是死刑。你今天进行的占卜预言了他的死期。你希望我被绞死吗?”

“不! 我……”

“你希望自己被绞死吗?”

“不!”我听得到自己的声音在发抖，“大人，我好怕。”

“那就不要对任何人提起。你父亲也不行。关于镜中出现的简……”

我等他继续说下去。

“忘了你看到的一切吧，忘了我问过你在镜中看到了什么。忘了那面镜子，也忘了这个房间。”

我认真地看向他。“我下次不用做这种事情了吗？”

“除非你自己愿意，否则你再也不用做这样的事情了。但你现在必须忘记。”他向我露出迷人的微笑。“因为这是我的要求，”他低声说，“因为这是我作为你的朋友的要求，我将自己的命运交予你的手中。”

我目眩神迷。“好的。”我说。

二月的时候，格林威治宫里传出了国王病情好转的消息。但他再也没有找过我，也没有找过威尔·萨默斯，他既不想要音乐也不想要陪伴，甚至不会来这间华丽的厅堂用晚餐。而那些医师长袍飘飘地等候在宫殿一角，一边谈话一边小心翼翼地应付着各种人的询问，似乎随着时间过去，他们的数量也越来越少，却没有任何关于国王痊愈的消息传出，就连他们原本认为水蛭疗法能清洁这个年轻人的血液和体内的毒素、从而一步步遏制疾病的乐观展望似乎也不那么可信了。罗伯特的父亲诺森伯兰公爵如今是一人之下万人之上，每星期他都坐在空王座的右边就餐，每星期都坐在议事桌的首席，但他对每个人都说国王身体的情况很好，而且正在越来越好，说他正期待着天气转好，还计划要出外游玩。

我一言不发。他们花钱雇我做一个语出惊人或出言不逊的弄臣，但我想不到任何比真相更无礼、更惊人的事情——少年国王在他的保护者手上近乎囚徒，没人陪伴，没人看护，濒临死亡，而整个宫廷甚至整个国家里的人都在惦念着王冠的归属而不是这个男孩。让这么一个只比我大上一点、没有父母照看的男孩自生自灭，实在是非常残忍的事。我看着周围的那些人们口口声声地说，那个在暗处几乎把肺都咳出来的十五岁年轻人，应当在今年夏天娶个妻子，我不禁觉得，如果我看不出他们是一群骗子和流氓，那我恐怕真的是个傻子。

当少年国王在房间里咳出黑色的胆汁时，外面的人们却不动声色地拿着年金，政府的报酬，还有从他们为信仰而关闭、又因贪婪而劫掠的那些修道院收来的租金。如果我在这个充斥骗徒的宫廷里说出真相，那我就真的成了个傻瓜，我会像舰队街上的天使那样显得格格不入。晚餐时，我一直低着头坐在威尔身旁，不发一语。

我有了新的工作要做。罗伯特大人的导师迪伊先生找来，让我帮他做阅读工作。他的眼睛很累，他说，我父亲给了他一些新的手稿，年轻人应该比较容易辨认那些文字。

“我认识的字不太多。”我小心翼翼地说。

他走到我身旁，看着阳光普照的河流，听到我的话他转身笑了起来。

“你真是个非常谨慎的年轻女人，”他说，“在动荡的时代，谨慎是明智的。但你和我还有罗伯特大人在一起时很安全。我认为你能流利地阅读英语和拉丁语，我说得对吗?”

我点点头。

“当然还有西班牙语，也许还有法语?”

我保持缄默。很明显我能说会读自己的母语西班牙语，他又从我曾在巴黎待过推测出我学到了一些法语。

迪伊先生走近了一些，俯身在我耳边低语。“你会读希腊语吗？我需要一个能够读希腊语给我听的人。”

如果我年长一些或聪明一些，我就会将自己的知识掩藏起来。但我只有十四岁，正是为自己的才能骄傲的年龄。我母亲曾经教过我希腊语和希伯来语，我父亲称我为小学者，说我和某些男孩子一样棒。

“我会，”我说，“我会读希腊语和希伯来语。”

“希伯来语?”他吃了一惊，突然来了兴趣，“天哪，孩子，你看的是哪部希伯来文著作？是律法篇吗？”

我立刻意识到自己不该说的。如果我说“看过”，也就是说我看过犹太教的律法和祷文，那么我就等于承认自己和父亲不但是犹太人，而且还是信奉犹太教的犹太人。我想起了我母亲说过的话，她说自负会让人陷入麻烦。我以前总以为她说的是我对好衣服的喜爱和我头发上的缎带。现在，穿着弄臣装束、打扮得像个男孩的我犯下了大错，我为自己受到的教育而自负，而随之而来的惩罚也将极度可怕。

“迪伊先生……”我轻声说着，面露惊惶。

他向我微微一笑。“我们第一次见面时，我就猜测你们是从西班牙逃过来的，”他柔声说道，“我猜你们是康伏索[①]。但我要说的并不是这些。因为某人父辈的信仰而加以迫害可不是罗伯特大人的本性，更别提他们早已放弃了那种信仰。你经常去做礼拜，对不对？而且遵守所有的节日？也相信耶稣基督和他的救赎？”

“噢，是的，大人。一次也没落下。”我根本不用告诉他，再没有比试图不引人注目的犹太人更虔诚的基督徒了。

迪伊先生顿了顿。“就我而言，我希望有一天我们能消除那些分歧，看到真相本身。有些人认为，既没有什么上帝，也没有什么安拉和以罗欣[②]……”

他说出唯一神的圣名之时，我惊讶地吸了口气。“迪伊先生？您也是神的选民之一吗？”

他摇摇头。“我相信有创世者的存在，但我不知道他姓甚名谁。我只知道人们取给他的那些名字。为什么我要从中选出一个名字来呢？我想要知道的，是他的神圣本质，我想要的是他的天使们的帮助，我想要做的是继

① 同上文的玛拉诺，都指被迫改信基督教的犹太人和摩尔人。

② 《旧约圣经》中上帝的别名。

续他未完的工作，自泥土中造黄金，从粗鄙中见神圣。”他停顿了一下，“这些你听得懂吗?”

我仍然一脸茫然。在我父亲西班牙的那间书房里，有很多书描写了创世的秘密，这个学者多半也读过那些书，而这个耶稣会信徒想要知道那些存在于教会之外的秘密。

“炼金术?”我将声音压得很低很低。

他点点头。“创世者留下的是个充满神秘的世界，”他说，“但我相信有一天我们会揭开它们的面纱。我们才窥见了些许端倪，教皇的教会、国王的教会，还有这片土地上的所有律法都声称我们不该去质疑。但我不相信神的律法是不容置疑的。我认为他制造的世界是个庞大、壮丽而又自行生长的花园，它按照它自己的律法去运作和生长，而我们总有一天将会理解这种律法。炼金术——变化的艺术——就是让我们明白这一切的方法，等我们了解了这一切是如何产生的，我们就能自己创造一切，我们就有了等同于上帝的知识，我们自己也就会发生改变，我们会变成天使……”

他停了下来。“你父亲有很多关于炼金术的著作吗？他只给我看过宗教相关的那部分。他有用希伯来语写的炼金术资料吗？你能读给我听吗?”

“我只知道那些合法的书，”我小心翼翼地说道，“我父亲没有私藏禁书。”即使是这个向我吐露自身秘密的好心人也别想引诱我说出真相。我会守口如瓶，我不会再忘记口是心非的习惯。“我能读希伯来文，但我没看过犹太教的祷文。我和父亲都是很好的基督徒。他没有给我看过任何关于炼金术的书，他也没有收藏那样的书。我太小了读不懂那种书。我不知道他愿不愿意让我给您读希伯来语，大人。”

“我会问他的，而且我保证他会同意，”他轻描淡写地说，“能够读希伯来语也是上帝赐予的天赋，运用语言的技巧也是纯洁心灵的象征。希伯来语是天使的语言，是让凡人可以和上帝以最近距离交流的语言。你不知道这些吗?”

我摇了摇头。

“但这是显而易见的,”他比先前更加热情地说道,“在人类堕落之前,神曾在伊甸园对亚当和夏娃说话,而他们是世界上最早的人类。他们说的一定是希伯来语,他们也必定能用这种语言和上帝交流。还有种语言比希伯来语更早,是上帝对天国的生灵所用的语言,也是我想要找到的语言。但我必须通过希伯来语,通过希腊语和波斯语来寻找它。”他停了一会儿,然后说:“你不会说波斯语,对吗?也不会说阿拉伯语?”

“不会。”我说。

“没关系,”他答道,“你每天早上来给我读一个小时的书,我们的进展会很快的。”

“如果罗伯特大人同意的话。”我迟疑着说。

迪伊先生笑了。“年轻的女士,你将要帮我了解的是万物的意义。这是通向宇宙的关键,而我们才刚刚开始抓到窍门。规律、恒久不变的规律控制着行星运作、海水潮汐、人类行事的规律,我知道,我相当确信,这一切都有所联系:海洋、行星以及人类的历史。凭借上帝的祝福和我们拥有的全部技艺,我们将会发现那些规律,等到那时……”他停顿了一下,“我们就将了解一切。”

1553年春

四月时，我获准回家探视父亲，于是我将自己第一季的薪水交给了他。我穿回了刚到英格兰的时候他买给我的男孩装束，发现袖子已经磨破，鞋子也已经小得穿不上了。我得踩着鞋跟，趿着脚穿行在城市之中。

“他们很快就会让你穿上长裙了，”我父亲评价说，“你已经差不多是个女人了。王宫里有什么消息吗？”

“没，”我说，“每个人都说天气越来越暖和，国王也越来越健康。”我没有说我觉得每个人都在说谎。

“愿上帝祝福他、保佑他，”父亲虔诚地说道。他看着我，似乎想要了解更多，“那么罗伯特大人呢？你见到他没有？”

我感到自己脸颊发红。“有时候吧。”我完全可以告诉他，我上次见到罗伯特大人是在哪一分哪一秒。他没有和我说话，也许他根本没看见我。他那时骑在马背上，准备用他的猎鹰在河旁的泥滩捕猎苍鹭。那时他穿着黑色的斗篷，戴着黑色的帽子，黑玉别针别着的饰带上钉有一根黑色的羽毛。他的手腕上停着一只罩住头部的美丽猎鹰，骑马行进的时候，他伸出一条手臂，让鸟儿稳稳地停在上面，另一只手控制着腾跃的马儿，后者急不可耐地用蹄子刨着地面。他看起来就像故事书里描写的王子，正大笑不止。我望着他，就像望着一只海鸥乘风掠经泰晤士河：那一幕是如此美丽，甚至映亮了我的天空。我看着他，怀着的并非是女人对男人的渴望，而是女孩对偶像的崇拜——他是那样高不可攀而又完美无瑕的存在。

“马上会有一场盛大的婚礼，”我趁机说道，“罗伯特大人的父亲安排的婚礼。”

“谁的婚礼？”我父亲好奇地打听道。

我伸出三根手指，代表那三对新人：“凯瑟琳·达德利女士要嫁给黑斯廷斯大人，还有格雷家的两姐妹分别嫁给吉尔福德·达德利大人以及亨利·赫伯特大人。”

“他们你全都认识啊！”父亲夸耀地说，他以我为荣，就像所有父母那样。

我摇了摇头。“我只认识达德利一家，”我说，“如果我不穿制服，他们恐怕没有人认得出我。我在宫里是地位非常低下的仆从，父亲。”

他切了薄薄一片面包给我，又切了一片给自己。面包是昨天的，已经不太新鲜了。他面前的一只碟子里还有一小片奶酪。房间的另一边还有一片肉，我们要过会儿再吃，这是对英国人用餐方式的藐视：他们把所有食物——肉、面包，还有布丁——全都同时摆在餐桌上。我觉得无论我们怎么伪装，任何一个在此刻走进我们的房间的人都会发现我们在试图以正确的方法进餐：将乳制品和肉类分开。任何人都能从父亲的棕色皮肤和我的黑色眼睛认出我们是犹太人。我们可以说我们已经改换了信仰，如同备受赞誉的伊丽莎白女士本人一样热诚地参加礼拜，但任何人都会知道我们是犹太人，所以如果他们想要抢劫或是告发我们的话，他们就已经有了借口。

“你不认识格雷姐妹吗？”

“几乎完全不认识，”我说，“她们是国王的表妹。她们说简女士根本不打算结婚，只想一个人好好研读她那些书。但她的父母痛打她直到她答应下来为止。”

父亲点点头，他对强迫女儿服从的事毫不惊讶。“那别的那些人呢？”

他问，“罗伯特的父亲，诺森伯兰公爵怎么样？”

“他非常不受欢迎，”我压低了声音说，“但他的做派倒是挺像国王的。他在国王的房间里进进出出，说这件事或者那件事是国王本人的意愿。其他人又怎么能反驳他呢？”

“就在上星期，我们隔壁那位肖像画师被带走了，”我父亲说，“就是图勒先生。他们说他是天主教徒和异端。说是带他去询问，然后他就再也没有回来。几年前他为圣母玛利亚画过一幅肖像画，有人搜查某栋房子，发现了藏起来的这幅画，下方有他的签名。”父亲摇了摇头。“这在法律上根本没有根据，”他抱怨道，“无论他们给他定什么罪，都根本是胡说八道。他画下那幅画的时候还是被允许的。现在就成了异端。他画下这幅画的时候，它还是艺术作品。现在就成了罪恶。画本身并没有变化，变化的是法律，而他们却要去追溯连法律条文本身都还不存在时的事情。这些人根本是野蛮人。他们做事没有任何理性可言。”

我们都向门看了一眼。街上一片寂静，门也紧锁着。

“你觉得我们该离开了吗？”我非常小声地问。我意识到自己第一次想要留下来。

他嚼着面包，思索着。“还不是时候，”他小心翼翼地说，“还有，我们去哪儿才算安全呢？我宁愿待在信新教的英格兰也不愿去信天主教的法兰西。我们现在是优秀的新教徒了。你经常去做礼拜，是不是？”

“每天两次，有时候三次，”我向他保证道，“王宫里的规矩很严。”

“我也确保自己常去。我还会捐善款和缴纳教区费。我们不能再做更多了。我们都受过洗，还有什么人能质疑我们呢？”

我什么也没有说。我们都明白任何人都能够质疑任何人。在这些国家里，教堂里的宗教仪式是件麻烦事儿，没有人能确保他们的祈祷方式合乎礼法，就连祈祷时面对错了方向都可能惹来麻烦。

“假如国王病倒死去，”父亲低声说，“玛丽女士就会继承王位，她是罗马天主教徒。她会让整个国家重新信仰罗马天主教吗？”

“谁知道会发生什么？”我反问道。我想起自己说出继任者的名字是“简”的时候，罗伯特·达德利毫不意外的样子，“我可不会跟人打赌说玛丽女士能够登上王位。这场棋局中有比你我有力得多的棋手，父亲。我不知道他们在谋划什么。”

“如果玛丽女士继位，这个国家也再度兴起罗马天主教，我就得赶紧处理掉一些书了，”父亲激动地说，“毕竟我们可是有名的路德派书商。”

我抬起手摩挲自己的脸颊，仿佛要拂去脏污。他立刻碰了碰我的手：“别这样，querida。别担心。这个国家里每个人都不得不改变，不只是我们。每个人都一样。”

我四下打量，安息日的蜡烛正在倒扣的水罐里燃烧，光芒被遮蔽着，但火焰依然为我们的上帝而燃烧着。“可我们并不一样。”我直白地说。

每天早上我都和约翰·迪伊一同像热诚的学者那样读书。大多数时候，他会让我用希腊语读《圣经》，然后用拉丁语读同样的章节，以便他比较翻译上的不同之处。他一直致力于研究圣经最古老的部分，试图从那些辞藻华丽的文字中解读缔造世界的真正秘密。他坐在那儿，一手支撑着头，在我阅读的时候匆匆作着记录，有时他突然想到了什么，就会举起手让我停下。对我而言这份工作很是轻松，我无须理解也可以阅读，当我不知道某个词语该怎么发音的时候（这样的词语相当不少）只需将字母拼出，迪伊先生就会明白。我忍不住喜欢上了他，他是个善良又温和的人，我很仰慕他广博的知识。他在我看来简直拥有超凡的理解力。当他独处的时候会研究数学，玩一些密码和数字的游戏，创作极其复杂的离合诗以及谜题。他与基督教王国中最伟大的思想家们交流信件和理论，每次都抢在罗马教皇的宗教裁决下令禁止之前——他们总是在禁止所有人的研究和各种质疑。

他发明了只有他和罗伯特大人可以玩的游戏，叫做“多层棋戏”，迪伊先生发明了用三重斜面厚玻璃制成的棋盘，棋子可以前后走动，也可以走上走下。棋局因此变得更加复杂，只有他和罗伯特大人会花上几星期的时间玩上一局。其余时间他会回到自己在里屋的书房里，整个下午或者整个早晨都一言不发，我知道他是在凝视着那面占卜镜，试图从中找出现世以外的世界的存在，他知道灵魂的世界肯定是存在的，但他只是偶尔才得以窥见。

他这间里屋有一只小小的石制长椅，还有一座挖空的石制壁炉。他会点起一丛炭火，在上方挂起一些装满水和药草的玻璃容器。复杂交错的玻璃导管可以将其中一瓶的液体导入另一瓶，然后静置冷却。有时他会在那里待上几个小时，我一页一页帮他抄写书上的数字时，都听得见他倾倒液体时细颈瓶之间撞击的叮当轻响，或是他在火上加热液体时的嘶嘶声。

到了下午，我和威尔·萨默斯会练习剑术，抛开滑稽的把戏，专心练习正确的招式，最后他说我在弄臣之中算得上了不起的剑客了，如果发现我自己遇到什么麻烦，完全可以用剑杀出一条路来。“就像个骄傲的西班牙下级贵族那样。”他说。

尽管我很高兴自己学到了有用的技艺，但我们都觉得这样的训练根本毫无意义，因为国王的病情一直在加重；到了五月份，我们接到命令去参加在斯特兰德大街的达勒姆宫举行的盛大婚宴。公爵想举行一场让他的家人难忘的婚礼，我和威尔也成为晚宴娱乐中的一环。

“你还是把这看做一场王室婚礼比较好。”威尔狡黠地对我说。

“为什么是王室？”我问。

他将手指放到嘴唇上：“新娘简的母亲弗朗西丝·布兰登是亨利国王的

侄女，他妹妹的女儿。简和她妹妹凯瑟琳都是王亲。”

“没错，”我说，“那又怎样？”

“而简即将嫁给达德利家的一员。”

“嗯。”我这样说着，完全没理解他的意思。

“有谁比达德利家更尊贵呢？”他问道。

“国王的姐妹。”我指出，“简自己的母亲。还有别人。”

“要是以‘欲望’来衡量，那就不一样了，”威尔悦耳地说道，“从欲望的角度来看，没有人比公爵更尊贵。他对王座的热爱简直像要亲口尝尝那样。他都快吞掉它了。”

威尔说的话对我来说太难懂了。我站起身。“我不明白。”我语气平淡地说。

“你的迟钝真是太明智了。”他说着拍了拍我的头。

剑术表演被安排在舞蹈和假面剧之后、魔术表演之前，我们的表现相当不错。宾客们因威尔翻的那些跟斗、我的制胜招式与我们外表的反差而大笑不断：威尔瘦高而颀长，挥剑的方式凌乱，而我的姿态利落而坚定，绕着他翩翩起舞，不时刺出我的小剑，又挡开他的攻击。

为首的那位新娘白皙得如同她金色礼裙上装饰的珍珠一样。新郎坐在自己的母亲而不是他的新娘身旁，新娘和新郎对彼此不发一言。简的妹妹也在这次典礼上履行她的婚约，她和丈夫彼此祝福，深情地喝着同一个酒杯中的酒。但当众人高声为简和吉尔福德祝酒的时候，我看得到简女士勉力向她的新婚丈夫举起了手中的金杯。她的双眸通红，眼神冰冷，眼眶因疲惫而浮出深色的阴影；她的颈项侧面有着像是拇指印的痕迹。看起来非常像是有人掐着她的脖颈摇晃，直到她同意宣誓为止。她只是用嘴唇稍稍碰触了一下麦酒，我没看到她吞咽的动作。

“你有什么看法，弄臣汉娜?”诺森伯兰公爵在大厅另一头大声喊道，“她会是一位幸运的新娘吗?”

我的邻座转过头看着我，我有种过去常有的晕眩感，那是灵视能力即将出现的征兆。我努力压抑这种感觉，宫里可不是适合讲出真相的好地方。我无法抑制地脱口而出。“再也不会比今天更幸运了。”我说。

罗伯特大人向我投来警告的眼光，但我无法收回那些话。我说出的是自己的感受，根本没来得及去奉承。我的感觉就是，简的运气在她带着喉咙的瘀伤结婚时已经到达低谷，但此后还会迅速滑向更深处。但公爵大人却将此看做对他儿子的赞美，向我报以笑容，举起酒杯。吉尔福德像个傻瓜那样向他的母亲微笑，而罗伯特大人摇着头，微阖双眼，仿佛希望自己没有在场目睹这一幕。

接下来是舞会，新娘必须在她的婚礼上跳舞，可简女士仍坐在椅子上，执拗得如同一匹雪白的骡子。罗伯特大人温柔地将她领到舞池中。我看到他对她轻声说着什么，她露出一丝无力的浅笑，将手放进他手中。我很想知道他对她说了什么鼓励的话。当舞者们停下脚步，等待自己起舞的时刻到来时，他的嘴如此贴近她的耳际，我想她光滑的脖颈一定能感受到他呼吸的温暖。我毫无妒意地注视着这一切。我并不想变成她，任由他修长的手指握住我的手，深色的眸子凝视我的脸。我注视着他们，像是在欣赏肖像画中的神仙眷侣，他转头看她，侧脸如鹰喙一样明晰，她苍白的面孔因他的善意而温暖起来。

这场宫廷舞会持续到很晚，仿佛这样一场婚礼也能给人以巨大的喜悦，然后三对新人被带到他们各自的卧室，去到撒满玫瑰花瓣和玫瑰香水的床上。但这整个过程都是在做戏，并不比我和威尔的木剑格斗更加真实。这三对新人都还没来得及圆房，第二天简女士就和她的双亲一同回到了萨福克郡，而吉尔福德·达德利则和母亲回到自己家里，还抱怨自己的胃又痛又胀，罗伯特大人和公爵也早早回到格林威治宫的国王身边。

“您的弟弟为什么不跟他的妻子一起住呢？”我问罗伯特大人。我和他在马厩的门前相遇，他站在我身旁等他们将他的马牵出来。

“噢，这不奇怪。我也不和妻子一同生活。”他说。

我看到达勒姆宫的屋顶在天空下倾斜，我摇摇晃晃地后退了几步，伸手扶住墙，直到整个世界恢复平稳。“您有妻子？”

“啊哈，你不知道吗，我的小先知？我还以为你什么都知道哪。”

“我不知道……”我说。

“噢，没错，我还是孩子的时候就结了婚。感谢上帝。”

“因为你非常爱她？”我吞吞吐吐地说着，感到肋下一阵异样的痛楚。

“因为如果我还没结婚，那么听从父亲的命令娶简·格雷为妻的人就会是我了。”

“您的妻子没来过王宫？”

“几乎没有。她一直住在乡下，因为她不喜欢伦敦，我们无法互相妥协……这样对我反而好些……”他停了下来，望向他的父亲，后者骑上了一匹高大的黑色猎马，又叮嘱马夫们好好照看其他的马匹。我立刻明白过来，这样对罗伯特确实更好些：他是他父亲的间谍，是他的探子，而陪伴在他身边的妻子的表情很可能泄露天机。

“她叫什么名字？”

“爱米。”他漫不经心地说，“为什么问这个？”

我没有回答。只是木然地摇摇头。我的腹部涌起强烈的不适感。有那么一会儿，我还以为自己感染了吉尔福德·达德利的腹胀。它就像怒火那样灼烤着我。“您有孩子吗？”

如果他回答说他有了孩子，如果他回答说他有了一个女孩儿，深受他喜爱的女儿，我想我恐怕会弯下腰，在他面前的鹅卵石地上呕吐了。

但他却摇了摇头。“没有，”他简单地回答说，“我需要你告诉我，什么时候我会有一个儿子，一个继承人。你能做到吗?”

我抬起头，挤出一个微笑，尽管我的喉咙疼得仿佛火烧一般:“我想我做不到。”

“你是在害怕那面镜子吗?”

我摇摇头:“如果有您在的话，我就不怕。”

他笑了起来。“你已经有了女人的狡猾，更别提作为神启弄臣的技巧了。你把我当成了追求的对象，是不是，假小子?”

我摇摇头。“不是的，阁下。”

“你不喜欢我已经结婚的事实。”

“我只是惊讶而已。”

罗伯特大人用他戴着手套的手托起我的下巴，将我的脸转向他，强迫我注视他深色的双眸。“别变成会说谎的女人。告诉我事实。你是不是被少女的欲望困扰着，我的假小子?”

我年纪太轻，还没有学会掩饰。我感觉到泪水溢出眼睛，而我没有动，任由他托着我的下巴。

他看出了那些泪水的含义。“是欲望对吗？因为我吗?”

我还是什么都没有说，只是透过我模糊的视线，默默地看着他。

“我答应过你的父亲，不会让你受到任何伤害。”他温柔地说。

“我已经受伤了。”我说出了那无可避免的真相。

他摇摇头，眼神温柔。“噢，这算不了什么。这只是青涩的爱，青春的病痛。我年轻时犯下的错就是草率地结了婚。可是你，你会挺过这一切，然后嫁给你的未婚夫，生下满屋黑眼睛的小孩子。”

我只是摇头，喉咙仍然紧得说不出话来。

“重要的不是爱情，假小子，而是你选择怎样对待爱情。你会怎样对待你的爱情呢？”

“我会服侍您。”

他拉起我的一只冰冷的手，放到他的唇上。我感觉到他的嘴唇贴上我的手指，像是贴在唇上那样亲密。我的嘴唇也软化下来，因渴望而微微翘起，仿佛他会在大庭广众之下亲吻我一样。

“好了，”他语气温柔。他没有抬起头，而是仍然贴着我的手指窃窃私语，“你可以服侍我。对任何男人来说，一名爱慕自己的仆人都是天赐的礼物。你是我的吗，假小子？心和灵魂都是？无论我要你做什么？”

他的髭须拂过我的手，像他的猎鹰胸口的羽毛一样柔软。

“是的。”我几乎察觉不到自己许下了多么重大的承诺。

“无论我要你做什么？”

“是的。”

他立刻直起身子，突然变得坚定起来。“很好。那么我为你准备了新的职务、新的工作。”

“不在宫里吗？”我问。

“不在。”

“可之前是您向国王亲口请求的，”我提醒他，“我是他的弄臣。”

他撇了撇嘴表示遗憾。“那个可怜的小子不会想念你的，”他说，“我会把一切都告诉你。明天到格林威治宫来，到时候我再告诉你。”

他自顾自地笑了，就像未来是一场冒险，而他已经迫不及待想要动身。“明天到格林威治宫来。”他扭转肩头大步走向自己的马。他的马夫掬起双手给主人提供踏脚之处，而罗伯特大人随之一跃跳上高高的马鞍。我看着他掉转马头，伴随着马蹄声离开马厩前的空地，走上斯特兰德大街，迎向英国冰冷的朝阳。他的父亲以沉稳的节奏紧随其后，我看到他们所到之处，所有人都按照公爵的命令摘下帽子，脸色铁青地低下头表示敬意。

我骑在一匹拉车的马儿背上，在嘚嘚的马蹄声中进入格林威治宫的庭院，马车上装载着补给品。这是个明媚的春日，绵延直至河畔的田野盛开着金色和银色的水仙花，它们使我想起迪伊先生将基本金属炼化为黄金的愿望。我停下马，感受着温暖的微风拂过脸庞，达德利的一名仆从向我喊道："是弄臣汉娜吗？"

"什么事？"

"马上去罗伯特大人和他父亲的房间。马上，孩子！"

我点点头跑进宫邸，经过王室专用的房间，来到那些不那么华丽、身穿达德利家制服的卫兵们的房门前。他们为我打开大门，来到公爵聆听平民们请愿的接见厅。穿过另一道门，然后又是一道门，房间越来越小，也越来越私密，直到最后两扇门开启，我看到罗伯特大人坐在他的书桌后，面前放着展开的手抄本卷轴，他的父亲在身后看着他。我认出了那卷摹本出自迪伊先生之手，它是一张地图，部分参考了父亲借给他的一张古代不列颠地图，另一部分则是他基于水手绘制的海岸线图自行计算的结果。迪伊先生准备这份地图是因为他坚信英格兰最珍贵的财富就是海岸周围的海洋；但公爵拿这份地图却另有用途。

他在伦敦的位置放有许多小巧的筹码，还有更多筹码放置在涂成蓝色的海域。一批不同颜色的筹码则放置在这个国家的北部——也就是苏格兰，我心想——而另外一小堆像是属于罗伯特大人的棋子则在东部。我向罗伯特大人和他的父亲深深鞠了一躬。

"必须尽快进行，"公爵皱着眉头说，"如果能赶在他人提出反对之前迅速完成，我们就能有时间处理好北方和西班牙的事宜，再处理好对她死心塌地的那些手下。”

“她？”罗伯特大人轻声地问。

“她什么也做不了，”公爵说，“如果她试图逃走的话，你的小间谍会通知我们的。”说这些话的时候，他抬头看我：“汉娜·格林，我要派你去服侍玛丽女士。你将作为她的弄臣，直到我召你回宫为止。我的儿子向我保证说你会一直守口如瓶。是这样吗？”

我后颈的皮肤感到一阵凉意。“我会保守秘密，”我无助地说，“可我不喜欢这样。”

“你该不会陷入恍惚，然后胡言乱语什么预言、烟雾、水晶球，还有背叛一切什么的吧？”

“您就是因为我会在恍惚时说出预言才雇我的呀，”我提醒他道，“我没有办法控制我的灵视能力。”

“她经常陷入恍惚吗？”他问他的儿子。

罗伯特大人摇摇头。“很少，而且从来没有失控过。她的恐惧感比她的天赋更强烈。她的机智足以应对任何变数。另外，谁会听信一个弄臣的话呢？”

公爵发出一阵大笑。“傻子才会。”他说。

罗伯特笑了。“汉娜会为我们保守秘密的，”他温柔地说，“她是我的，心和灵魂都是。”

公爵点点头。“那好吧。把其余的事情也告诉她。”

我摇摇头，想要堵住自己的耳朵；但罗伯特大人绕过桌子，走过来抓住我的手。他站得很近，我的目光从地上抬起时正对上他深沉的凝视。“假小子，我需要你去玛丽女士身边，并且写信告诉我她想过什么、去过什么地方、又和什么人见过面。”

我眨了眨眼睛：“监视她？”

他犹豫起来："是做她的朋友。"

"其实就是监视她。"他父亲突然地说。

"你愿意为我这么做吗？"罗伯特大人问，"这会帮上我很大的忙。我要你用你的爱去帮我做这件事。"

"我会有危险吗？"我问他。我在脑海里仿佛听到我家的木门传来宗教法庭的敲门声，还有他们的脚踩进我家门槛的响声。

"不会的，"他对我保证道，"你是我的人，我会保证你的安全。你会成为我的弄臣，在我的保护之下。只要你是达德利家的人，就没有人能伤害你。"

"我要做些什么？"

"监视玛丽女士，然后汇报给我。"

"你要我写信给你？我再也见不到你了吗？"

他笑了。"我召见你的时候你就会见到我，"他说，"如果有事情发生……"

"什么事情？"

他耸耸肩。"这是个激动人心的时代，假小子。谁知道会发生些什么呢？这也是我让你向我汇报玛丽女士行踪的原因。你愿意为我做这件事吗？为了你对我的爱，假小子？为了保证我的安全？"

我点头："我愿意。"

他将手伸进上衣，拿出一封信来。是我父亲写给公爵的信，内容是答应将一些手抄本交给他。"这是给你的密码表，"罗伯特大人温柔地说，"看到第一句前二十六个字母了吗？"

我看了一眼。"看到了。"

"把它们看做你的字母表。你写信给我的时候要用到。这里的'我的大人'就代表你的ABCD。其中的'我'就是'A'，'的'就是'B'。你明白了吗？如果有某个字母出现了两次，那么以第一次为准。你第一次给我写信时，以前二十六个字作为第一套字母表，第二次给我写信时用第二套字母表，以此类推。我有这封信的副本，收到你的消息我能解译出来的。”

他看着我的目光在信纸上扫视。我在看这封信有多长，这套方法能够用多久。这些句子足够写一打信？他这次派我出去应该会持续好几个星期。

“我非得用密码写信吗？”我紧张地问。

他温暖的手包裹了我冰凉的手指。“只是为了避免闲言碎语，”他安慰我说，“好让我们之间的通信不引人注意。”

“我要在那儿待上多久？”我轻声问。

“噢，不会太久的。”

“你会回信给我吗？”

他摇摇头。“除非我有事问你，我才会回信，我也会用这套密文。我的第一封信也用前二十六个字母，第二封信用接下来的二十六个。别保留我寄给你的信，读过后立即烧掉。给我写信也别留副本。”

我点点头。

“假如有人发现了这封信，就说这只是你的父亲写给我的信，而你忘记转交了。”

“好的，大人。”

“你答应完全按照我的吩咐做事吗？”

“是的，”我可怜巴巴地说，“我什么时候走？”

“三天之内，”公爵在桌子后面说道，“有一辆马车即将出发去玛丽女士那儿，载着给她的一些货物。你可以骑马跟在一旁。你可以从我的小马中挑选一匹，小丫头，一直带着它去到玛丽女士的宅邸，方便你回来的时候用。如果发生任何你认为会威胁到我和罗伯特大人的事，而且情况特别严重，你可以马上骑着它回来提醒我们。你能做到吗？”

“呃，什么事能够威胁到你们?”我问这位掌控着整个英格兰的人。

“如果真有什么事会对我造成威胁，吃惊的应该是我才对。如果真的发生这种事，你就要做提醒我的那个人。你就是罗伯特在玛丽女士宅邸的眼睛和耳朵。他说过他信任你，你可别辜负他的信任。”

“是，阁下。”我顺从地说。

罗伯特大人说我可以送信给父亲，让他来和我道别，于是我父亲在退潮时出现在格林威治宫下游的一条渔船里，丹尼尔坐在他身旁。

“你来了。”我看着他搀扶我父亲走出摇摆的渔船，冷淡地说。

“我来了，”他面带微笑地回答，“我一向很忠实，不是吗?”

我走向父亲，他伸出手臂环抱着我。“噢，爸爸，”我用西班牙语低声说，“我真希望我们根本没有来到英格兰。”

“Querida，有人伤害你了吗?”

“我要去玛丽女士那里了，我害怕这次旅途，我害怕在她的宅邸生活，我害怕……”我停了口，品尝着徘徊于舌尖的诸多谎言，又意识到自己恐怕再也不能对任何人提起关于自己的真相了。“我觉得自己真的是个傻瓜。”

“女儿，跟我回家吧。我会去请求罗伯特大人放了你，我们可以关掉书店，可以离开英格兰。你不必被束缚在这儿……”

“是罗伯特大人让我去的，”我直接地说，“我已经答应他了。”

他温柔地抚摸着我的短发。“Querida，你不开心吗?”

“我不是不开心，”我说着，向他挤出一个笑容，“我只是好傻。瞧，我被派去在王位继承人身边生活，是罗伯特大人亲自委派的。”

他并没有完全放心。“我会待在这儿，只要你一个口信，我就去你那儿。或是让丹尼尔去接你回来。可以吗，丹尼尔?”

我在父亲的怀中望向自己的未婚夫。他靠着码头周围的木制栏杆。他等得很耐心，只是神色苍白，焦虑地皱起眉头。

“我宁愿现在就把你接走。”

父亲放开了手，我向丹尼尔走近了一步。在他的身后，小船还在码头旁摆荡，等待着他们。我看着打转的河水，发现潮水即将转向，我们可以立刻沿着河水向上。他肯定是仔细计算过这一时刻。

“我已经答应去服侍玛丽女士。”我轻声对他说。

“她是身处新教国家的天主教徒，”他说，“你不可能选择一个自己的信仰和宗教习俗将受到更严苛审查的地方吧。叫做丹尼尔的人是我，不是你。为什么你要深入狮穴[①]？你要为玛丽女士做些什么？”

他走近我，我们现在近得可以耳语。

“我去陪伴她，作她的弄臣。”我顿了顿，决定将真相告诉他，“我是去为罗伯特大人和他父亲刺探消息的。”

他凑得那么近，在我耳边说话的时候，我甚至能感觉到他脸颊贴上我额头时的暖意。

“刺探玛丽女士？”

“对。”

“你答应了？”

我犹豫起来。“他们知道我和父亲都是犹太人。”我说。

他沉默片刻。我感觉得到抵着我肩膀的他的胸膛的坚定。他的手臂环住我的腰，拉我向他贴近，我感觉到他紧握的手的温度。他抱住我时，有种奇特的安全感包围了我，那一瞬间我怔在原地。

---

① 丹尼尔（Daniel）在圣经中的译法为“但以理”。根据《圣经·但以理书》记载，但以理因不理禁令照常向耶和华祷告祈求，被扔进狮子坑里。但耶和华施行奇迹，派天使封住狮子的口。

“他们打算对我们采取行动?”

“不。”

“但他们拿你做了人质。”

“从某种角度来说是这样。感觉上更像是罗伯特大人知道了我的秘密，才认为我值得他信任。让我受他制约。”

他点点头。我伸长脖子抬头望向他那阴郁的脸孔。有好一会儿我还以为他生气了。后来我才明白他正在奋力思索。“他知道我的名字吗?”他问，“还有我母亲、我姐妹的事情？我们都会有危险吗?”

“他知道我有婚约在身，但不知道你的名字。他也不知道你家里的任何事情，”我说着，有些骄傲了起来，“我不会把危险带去你家的。”

“是啊，你把危险都留给自己了，”他露出一丝不快的笑容，“如果你受到质问，这些秘密就保守不久了。”

“我不会出卖你的。”我立刻说。

他神情复杂。“没有人能在刑具面前保持沉默，汉娜。压力可以迫使大部分人吐露实情。”他越过我的头看向河流，“汉娜，我要阻止你前去。”

他感到我有片刻的抵触。“别为我不得体的用词而和我争吵，”他立刻说，“我并不是在像你的主人那样发号施令。我是请求你不要去——可以吗？这条路直通险境。”

“无论我做什么都身处险境，”我说，“而且走在这条路上，罗伯特大人还可以保护我。”

“可前提是你听从他的命令。”

我点点头。我不能告诉他自己是自愿去涉险的，我冒这样的险完全是出于对罗伯特大人的爱。

他轻轻放开了我。“很抱歉让你留在这儿无人保护，”他说，“如果你送口信的对象是我，我会赶到得更快些。你无须独自承受这样的重担。”

我想起了自己童年的恐惧，以学徒的身份漫游欧洲的恐惧。“这是我自己的事。”

“但你现在有了亲族，你有了我，”他像一个过于年轻的一家之主那样，用少年骄傲的口吻说道，“我会为你承受。”

“自己的重担我自己承受。”我倔犟地说。

“噢，是啊，你是个独立的女人。但如果你面临危险时愿意屈尊送个口信给我，我就会赶来，或许还能帮助你逃走。”

听到这里我轻笑起来。“我答应你，我会的。”我以符合我这身男孩子装束的姿势向他伸出手。但他却牵起我的手，再次将我拉近他，然后低下头。他非常轻柔地吻了我，我感觉到我的嘴唇上他的嘴唇的温度。

他松开手，走回小船。我有点儿头晕，如同刚刚吞下了一大口浓烈的葡萄酒。“噢，丹尼尔！”我吸了一口气，但他正在爬上船，并没有听到我的呼喊。我转身看向父亲，发现他正在偷笑。

“上帝保佑你，女儿，愿你平安归来。”他轻声说。我在父亲的祈祷中跪了下来，在码头的木质地面上，他的手以熟悉的方式放在我的头顶，充满爱意地抚摸着。他握住我的双手拉我起身。“他是个很有魅力的年轻人，不是吗？”他的话里藏着笑意。然后他裹紧自己的斗篷，几步走到渔船上。

他们解开渔船的缆绳，小船迅速穿过暗沉的水面，将我一个人独自留在木头码头上。雾气盘桓于河面，夜色掩去了他们的身影，我还能听到船桨溅起的水声和桨架发出的吱嘎声。后来连这些声响也消失了，只留下涨潮的拍打声和风声的低啸。

1553年夏

玛丽女士身处赫特福德郡中汉斯顿的宅邸。我们从伦敦骑马出发，向北行进了三天才到达她那里，我们沿着蜿蜒的路，穿过泥泞的山谷，在名为北部旷野的地方爬过许多山，其中曾有几段路和别的旅者同行，有时在路上过夜，一次是在小旅馆，还有次是一座宏伟的房舍，它过去是修道院，如今则属于为谋求私利而将异端清洗一空的那个人。这些天来，他们为我们提供的住处不比马厩和干草棚更好，车夫抱怨说以前这儿曾经住着许多好心的僧侣，任何到访的游客都能得到丰盛的饭菜和舒适的床铺，还有旅途平安的祝愿。他曾待在这里陪伴他病重得快要死去的儿子，那些僧侣们帮忙照料他护理他，用他们的药草和医术帮助他康复。他们没收他一分钱，只是说帮助穷人是为上帝尽职。一路上，在这个国家的每一座大型修道院或者僧院里，我总是能听到相似的故事在反复传诵。但现在，这些修道院都成了大领主们的所有物：那些王公大臣们提议说，如果剥夺属于英国教会的财产再塞进他们的口袋，世界将会变得更加美好。他们因此发了一大笔财。原本在僧院门口的穷人救济，修女院医院提供的免费药物，还有乡间的儿童教育和老人看护全都不复存在，只剩下漂亮的雕塑、辞藻华丽的书稿和庞大的图书馆。

车夫对我低声抱怨说，这种事在整个国家都在发生。这些宏大的修道院正是英格兰的支柱，如今那些受到上帝感召的虔诚信徒却已不复存在。

公众的利益变成了私人财产，而且再也不会有什么公众利益了。

“假使可怜的国王死去，玛丽女士就会登上王位，把一切都恢复原样，”他说，“她会成为人民的女王。一位可以带我们回到过去生活的女王。”

我勒住自己的小马。我们此时身处高地，没有人听得到我们的对谈，可我总害怕任何带有密谋嫌疑的事。

“看看这些道路，”他打开身后的车厢，以便他转身继续抱怨，“夏天飞灰冬天泥泞，每个坑里都灌满了水，拦路的强盗从没人追捕。你知道这是为什么吗？”

“我得骑马去前面，你说得对，灰尘太厉害了。”我说。

他点点头，示意我可以骑马走在前面。我听到他冗长的抱怨渐渐远去。

“因为圣地都关闭了，所以也没什么朝圣者会来，没有了朝圣者，也就没有人走在这些路上，除了那些坏人，还有那些靠抢劫他们为生的人。没有一句好话，没有一处好房，没有一条好路……”

我让小马攀上一座小土丘，它蹄下的土丘柔软，我们得以远远地行进在马车前方。

因为我并不了解他口中迷失的英格兰，所以我也不像他那样觉得这个国家已经大不如前。我喜欢它初夏的清晨，玫瑰花缠绕在树篱上，许多蝴蝶围着忍冬和豌豆花盘旋。田野里的作物一行行整齐排列，仿佛捆扎好的书脊，羊群在山坡上闲逛，像是潮湿的浓绿底色上的毛绒小点儿。这里的乡间与我的家乡迥然相异，令我无法压抑地惊叹，开阔的村中有泛动着黑白相间光泽的建筑，屋顶被金色的芦苇重重覆盖，每条河流似乎都与掩映在浅滩转角的草丛中的道路交融。这是个如此潮湿的国度，难怪每间村屋的花园都是一片绿意盎然，即使在粪堆上也有雏菊盛开，即使是那些老旧房屋的屋顶上，石灰也附着苔藓呈现出一片鲜绿。和我的祖国相比，这儿就像是画家的海绵，浸满了生机。

起初我注意到的只有两者的不同。这儿没有绞缠的树藤，没有压弯了枝条的橄榄树。这儿也没有种满橘树、柠檬或酸橙的果园。群山被绿意环绕，并非巍峨而又炎热的岩山，高处的天空被云遮掩得斑斑驳驳，而非我家乡那种连酷热都无法令其失色的蔚蓝，这儿云雀高飞，没有盘旋的鹰。

我这样走着，想着这个国家怎么会这样繁茂苍翠；但在这片丰饶之中却仍有饥饿存在。我看到阴影盘桓在某些村民的脸上，还有坟场中刚刚垒起的土堆。车夫说得没错，英格兰的短暂和平早已被上一位国王亲手结束，而他的继任者只会让国家的动荡愈演愈烈。宏伟的修道院已经关闭，令那些为上帝不辞辛劳的信徒们无家可归。宏伟的图书馆藏书满溢却形同废纸——我在父亲店里看到过许多人为损毁的手抄本，知道人们因为害怕被诬为异端，将许多个世纪以来积累的知识弃如敝屣。原本富庶的教会的庞大金库被人窃取一空，美丽的雕像和艺术作品——有些雕像的手脚还被信徒的亲吻打磨得格外光滑——被人推倒在地，摔得粉碎。在这个富饶和平的国度中，曾发生过如此可怕的毁灭。恐怕要在多年以后，教会才能变回虔诚的朝圣者和疲惫旅人们的避风港湾。如果它还有这个机会的话。

在陌生国度中这样无拘无束地旅行，感觉就像是一场冒险，因此当我听到车夫向我吹起口哨，大喊说："我们到汉斯顿了。"我竟然觉得颇为遗憾，随后我才意识到，自己无忧无虑的日子结束了，我必须开始工作，现在我有两个任务：一是在这个将信念和信仰视为头等大事的家族中作好一名神启弄臣，另一个任务是在这个以充满背叛与谣言而闻名的家族中作好一名间谍。

我吞了口口水，路上的尘埃以及恐惧让我的喉咙发干，我拉着马儿跟着马车前进，一同穿过重重大门，仿佛我可以用这四只轮子之上的庞大车厢遮蔽身形，躲过那些空空的窗棂后射来的、从我们甫一抵达开始就监视着小路的目光。

玛丽女士在她的房间里绣着黑线绣，这是一种风靡西班牙的刺绣，以黑线在白色亚麻布上进行绣作，她身边有位女士站在诵经台上，大声地给她读着什么。我见到她时，听到的第一个词儿就是西班牙语，还发错了音，看到我的紧张神情，她给了我一个欢快的笑容。

“啊，终于！一个会讲西班牙语的女孩儿！”她大声说着，伸出一只手让我亲吻，“要是你能读懂就更好了！”

我想了一会儿。“我能。”我说。考虑到我是一名书商的女儿，能够阅读自己的本土语言也是合情合理的。

“噢，是吗？那么拉丁语呢？”

“拉丁语不行，”我说，自从那次和约翰·迪伊的交谈后，我就明白炫耀自己受过的教育是一件危险的事，“我只会西班牙语，英语的读写我目前还在学。”

玛丽女士转向侍立一旁的女仆：“你一定很高兴听到这个消息，苏珊！现在你可以不必每天下午读书给我听了。”

苏珊看上去并不情愿被一位穿制服的弄臣取代，但她还是搬过一把椅子，像其他女人一样埋首绣工之中。

“你来给我们讲讲宫里的消息吧，”玛丽女士邀请道，“也许我们应该单独谈谈。”

她向其他的女士们稍一点头，她们便纷纷走到一扇凸窗旁，在明亮的阳光下围成一圈，小声交谈着，仿佛要给我们营造出所谓的“私密”气氛。我猜想她们都在留神倾听我接下来要说的话。

“我的王弟怎么样了？”她一边问，一边以手势命令我坐下，“你有没有带来关于他的口信？”

“没有，玛丽女士。”我看到了她的失望。

“我还以为他会对我更亲切些呢，毕竟他都病得这么重了，”她说，“他还是个小孩子的时候，我照顾他度过许多次病痛，我希望他还记得这一切，觉得我们……”

我等待她继续说下去，但她只是轻轻将指尖搭在一起，像是要将自己从回忆中抽离。“没什么了，”她说，“还有什么别的消息吗？”

“公爵给您带了一些猎物和刚采摘的沙拉叶，”我说，“它们和家具一起放在马车里，已经给您送去厨房了。他还让我带了这封信给您。”

她接过来，拆开封蜡，抽出信展开。我看到她先是微笑，然后听到她咯咯轻笑起来。“你给我带来了非常好的好消息，弄臣汉娜，”她说，“这是一笔以我已故父亲的名义支付的款项，是他死后一直欠着我的。我还以为我永远都不会见到这笔钱了，可这张金匠的汇票如今就在我手中。我可以付清欠款，也有脸去面对瓦尔镇的店主了。”

“很高兴听到这些。”我呆呆地说完，不知接下来该说些什么。

“是啊，”她说，“你肯定觉得亨利国王的唯一有合法继承权的女儿早该得到属于她的财产，但他们之前一直在拖延和拒绝付款，我都觉得他们想让我饿死在这儿了。不过现在情况总算好转了。”

她顿了顿，思索起来。“剩下的问题是，为什么我突然会得到这种优待。”她望着我，一副揣测的表情，“伊丽莎白女士也得到了遗产吗？你也带了这样一封信去看她吗？”

我摇摇头。“女士，我怎么可能知道这些？我只不过是个信使。”

“一点也不知道？她现在没有在宫中拜访我弟弟？”

“我离开的时候她并不在。”我谨慎地说。

她点点头。“我弟弟怎么样了？他好些了没有？”

我想起了那些带着满口承诺到来，又继而无声无息地消失的医生们，而他们离开之前所做的无非是用某种新疗法去折磨他。我离开格林威治宫的那天早上，公爵带了一位老女人来照料国王——那是个老态龙钟的接生婆，只会接生婴孩和料理死者。很明显，国王是没有好转的可能了。

“恐怕没有，女士，”我说，“他们都希望这个夏天他的胸痛会有所缓解，但他看起来比以前更痛了。”

她倾身靠近我。“告诉我，孩子，把真相告诉我。我弟弟快要死了吗？”

我犹豫起来，不确定自己说出国王的死算不算背叛。

她拉起我的手，我看向她那轮廓分明的坚毅脸庞。她真诚的深色双眸迎上我的眼睛。她看上去完全是个值得信赖的女人，值得爱戴的女主人。“告诉我吧，我会保守秘密的，”她说，“我已经保守了很多很多秘密。”

“从您问我的那一刻起，我就决定告诉您了：我确信他就快死了，”我低声说出了实情，“但公爵一直拒绝承认。”

她点点头：“婚礼怎么样？”

我疑惑道：“什么婚礼？”

她有些不快地咂了咂嘴：“当然是简·格雷女士和公爵之子的婚礼。宫廷里对这件事是怎么说的？”

“他们说她是被迫的，而他也好不到哪儿去。”

“那为什么公爵还要坚持？”她问。

“因为吉尔福德也到了该娶妻的时候了？”我大胆猜测说。

她看向我，目光锐利如刃。“他们有没有再多说些什么？”

我耸耸肩。“这我就没听说了，女士。”

“那你呢？”她这样问，显然已经对简女士的事情失去了兴趣，“你有没有问过被流放至此的原因？为何要离开格林威治的王宫，又远离你的父亲？”她讽刺的笑容表示她觉得这件事很是蹊跷。

“罗伯特大人让我来的，”我承认道，“还有他的父亲，公爵大人。”

“他们有没有告诉你原因?”

我很想咬住嘴唇，免得说漏了嘴。“没有，女士。只是说来给您作个伴儿。”

我从没在任何女人脸上见过她这样的神情。西班牙女人都习惯于偏开目光，端庄的女人从来不和人目光交汇。英格兰的女人则总是让自己的目光落在脚前的地上。我喜欢这套仆童制服的原因之一就是：装扮成男孩子的我可以抬起头四下张望。但玛丽女士却拥有她父亲画像上那样大胆的眼神，走起路来大摇大摆的样子，还有那种生来就认为自己可以掌控整个世界的神情。她的目光也像他一样，像男人一样直视前方，扫过我的脸庞，阅读我的双眼，让我看到她无所遮掩的脸孔和清澈的双眸。

“你在害怕什么?”她直截了当地问。

有那么一会儿我几乎忍不住要告诉她了。我害怕被逮捕，我害怕被审问，我害怕刑讯室，也害怕赤裸的双脚被点燃的柴堆所围绕，无从脱逃，只能作为异端而死去。我也害怕自己的背叛带来他人的死亡，甚至害怕阴谋的气氛本身。我用手背擦了擦自己的脸颊。“我只是有点儿紧张，”我轻声说，“我刚来这个国家，刚来宫中生活。”

她让寂静持续了一会儿，然后更加温柔地看着我。“可怜的孩子，你这样小小年纪就四处漂泊，在水深火热中独自一人。”

“我是罗伯特大人的臣属，”我说，“我不是独自一人。”

她笑了。“或许你会成为一个非常不错的伴儿，”最后，她说，“我上一次为欢快的面孔和嘹亮的嗓音而喜悦，已经是很多天、甚至很多年前的事了。”

“我不是个机智的弄臣，”我小心翼翼地说，“恐怕我没法让您太欢快。”

听到这里玛丽女士高声笑了起来。“恐怕我也没法笑得太欢快，”她说，“也许你会跟我非常合得来。好了，来见见我的其他同伴吧。”

她叫了身边的女伴们，将她们介绍给我。她们中有那么一两位是信仰坚定的异教徒之女，坚持旧信仰且以服侍罗马天主教的公主为荣，另外两位表情阴郁，看起来像是那种没有多少嫁妆的女孩子，觉得既然同样可以离家，侍奉这位不受宠的公主总略好于被迫接受一桩不太美满的婚姻。这是个带着绝望气息的小小宫廷，位于王国的边境和异端的边缘，也处在礼法的边际。

用过晚餐之后，玛丽女士会去做弥撒。她本该独自前往，因为如果有别人看到礼拜仪式的话，这件事就成了罪恶。但实际上，她就公然跪在礼拜室的最前方，而她的全部仆从和侍女都悄然站在后排。

我跟着她的女伴们走向祈祷室的门，然后我为接下来该做什么而急得团团转。我曾向国王以及罗伯特大人保证，我和父亲已经改换了信仰，但国王和罗伯特大人都知道，玛丽女士的宅邸是在新教国家里的一座非法的天主教孤岛。看到最为卑微的女佣都从我身边挤过，开始念诵她自己的祷文，我感觉到自己的汗水伴随着恐惧滑落，但我确实不知道该做什么才算安全。我害怕被人告密说我是个罗马天主教徒，可我又该如何作为一个坚定的新教徒在这个家族中生存下去？

最后，我选择了折中的办法，在最靠外的地方坐下来，这里听得见牧师的低语和轻声的回应，但这样一来就没有人能指控我参与礼拜仪式。自始至终，我都很不安稳地坐在通风良好的临窗座位上，准备好随时一跃而起，逃之夭夭。我的手经常触摸自己的脸，摩挲着脸颊，仿佛要将宗教法庭的火堆沾到我皮肤上的炭灰抹去。我的腹部又不适起来，不知何处才是最安全的地方。

弥撒之后我被召到玛丽女士的房间听她用拉丁语读圣经。我努力让自己的表情显得茫然，仿佛一个词也听不懂似的，当她读完将书交给我，让我放到诵经台上的时候，我提醒自己不要去检视扉页上的出版商姓名。我觉得这个版本没有我父亲印得好。

她睡得很早，总是将明灭闪烁的蜡烛握在身前，在走廊上留下长长的影子，经过那些昏暗的通风良好的窗，又俯瞰摇摇欲坠的城墙下黑暗笼罩的空地。其他人也都各自去睡了，没有人熬夜守望，没有什么事情会发生。不会有宾客前来拜访这位著名的公主，也不会有哑剧演员、舞者或是小贩带着他们的行头来到宫里。我觉得难怪她不是那种笑容欢快的公主。如果公爵本就想让玛丽女士待在人迹罕至的地方，让她的心和灵魂消沉，每天都历经寒冷与孤独，那就再没有比这里更合适的了。

这座位于汉斯顿的宅邸正如我的想象：这里充斥着被社会排斥的异类，气氛忧伤，而支配这里的那个人又缺乏法律上的权力。玛丽女士深受头痛之苦，而且往往是在夜晚，痛楚令她面容失色，如同黯淡无光的天空。她的女伴会看到她眉头紧蹙，但她从不对人提起这些痛楚，从不在她木制的座椅中垂下头或是靠向雕花的椅背，也不肯用手臂支撑着歇息。她像她的母亲教导的那样坐着，像个女王那样挺直背脊，头颅总是高高昂起，但即使在注视昏暗的烛光时也要眯起眼睛。我曾经对玛丽女士最亲近的朋友和侍女简·多摩尔女士提起过玛丽女士虚弱的身体，她只是简单地回答说我看到的那些痛苦根本算不了什么。当每个月的那几天到来的时候，她的腹部就像妊娠时那样剧痛难当，而且没有任何办法可以缓解。

"她生了什么病?"我问。

简耸耸肩。"她从小就不够健康，"她说，"总是那么纤弱无力。但当她母亲失宠，父亲又否认她的地位时，简直就像是他给她下了毒。她止不住地呕吐，直到把吃下的东西全吐出来，她连床都爬不起来，但她还是费力地在地板上爬动。有人说波琳家的那个女巫确实给她下了毒。公主眼看快要死了，可他们还是不准她见她母亲。王后也害怕没有机会重返宫廷，不敢去见她。那个波琳家的女人和国王同时毁掉了她们俩：母亲，还有女儿。凯瑟琳王后竭力坚持，但病痛和心碎杀死了她。玛丽女士本该一并死去——她承受了太多痛苦，但她活了下来。他们让她否认原先的信仰，他们让她否认母亲的婚姻。从那时起，她便开始被这些痛苦所折磨。”

“医生就不能……”

“这些年来他们甚至不让她看医生，”简没好气地说，“如果她指望医生，那她恐怕早就死了很多次了。女巫波琳渴望看到她死掉，而且我敢发誓，她下了不止一次的毒。公主过去的人生很悲惨：既是囚犯，又是圣徒，而且总是在压抑悲伤和怒火。”

清晨对玛丽女士来说是最好的时刻。在做过弥撒、吃过早餐之后，她喜欢散一会儿步，这时候她总是挑我与她同行。七月末温暖的一天，她要我走在她身边用西班牙语叫出花儿们的名字，描述西班牙天气的情况给她听。我只得减小步幅，以免走到她前面，而她常常停下脚步，手扶着一旁，脸上渐渐失去光彩。“您今早不舒服吗，女士？”我问。

“只是有些累，”她答，“我昨晚没有睡。”

她看到我脸上的关切，露出笑容。“没事的，不比以往更严重。我应该学着更沉着些。可是我不知道……而且还得这么等着……操控他的那些重臣又下定决心……”

“您是说您的弟弟？”见她沉默不语，我便问道。

“从他出生以来，我每天都在想着他！”她热切地说，“年纪那么小，又背负着那么多期待。他学得很快，而且——要怎么说呢——他本该温暖的心中竟如此冷漠。可怜的男孩，小小年纪就没了母亲！命运把我们三人聚在一起，没谁的母亲还在人世，也没有人知道接下来会发生什么。”

“当然了，我对伊丽莎白的关心比对他的还要多。现在她和我少了联系，而我连他的面也见不到。我当然担心他：担心他们会对他的灵魂做些什么，担心他们会对他的肉体做些什么……也担心他们会对他的遗嘱做些什么。”她低声补充了最后一句。

“他的遗嘱?”

“就是我的继承权，”她恨恨地说，“如果你要通风报信的话——我相信你会的——那就告诉他们，我永远也不会忘记。告诉他们继承权是我的，什么也改变不了。”

“我不会通风报信的!”我颤抖着大声说。这是事实，我还没有送出过报告，这样乏味的生活和平静的夜晚没什么可汇报给罗伯特大人和他父亲的。她只是一位受到监视、时刻有性命之忧的病弱公主，不是什么筹划着阴谋的叛徒。

“不管你会不会，”她驳回了我的辩词，“没有什么东西，也没有什么人能够否定我的地位。我父亲将继承权留给了我。它首先是我的，然后才是伊丽莎白的。我从未谋划过反对爱德华的事情，尽管曾经有人前来找我，要我以母亲的名义站出来反对他。我知道伊丽莎白到时也同样不会密谋反对我。我们是三个继承人，我们会按照顺位继承王位，以对我们共同的父亲表示敬意。伊丽莎白很清楚我的顺位在爱德华之后，他作为男性排在第一位，而我作为第一位合法的公主排在第二位。我们三人都会遵从父亲的旨意顺位继承。我相信伊丽莎白，正如爱德华相信我。既然你发誓不会通风报信，那么如果有人问起你，告诉他们，我会保有我的继承权。告诉他们，这是我的国家。”

她的倦意消散，双颊的颜色像火。她打量四周矮墙围砌的花园，仿佛在遍览整个王国，兴旺与繁荣会再度恢复，而她即位后将会带来种种的变化。修道院将会重建，僧院也将会落成，她会将往昔的生活复兴。“继承权是我的，”她说，“我是英国未来的女王。没有人能够忽视我的存在。”

她的脸庞因使命感而散发出光彩。“这是我生命的意义，”她说，“不会再有人觉得我可怜。他们会看到我嫁给这个国家，奉献一生。我将成为一位处子女王，我除了这个国家的子民将不会有任何子嗣，我将是他们的母亲。没有什么能够使我分心，也没有什么能够凌驾于我。我将为他们而活。这是我神圣的使命。我将为他们付出所有。”

她转身大步走回房间，我跟在她身后，和她保持着一段距离。朝阳吹散了雾气，将她四周的空气照亮，我有瞬间的眩晕，意识到这个女人即将成为英格兰的女王，一位能够真正为国家着想的女王，她会将她父亲从教会和日常生活中夺去的富庶、美丽和仁爱带回来。阳光明亮，将她的黄色丝制兜帽映得如同一顶王冠，我突然在草丛里绊了一下，跌倒了。

她转身看到我跪在地上。“汉娜？”

“您将成为女王，”我说得很简短，那是灵视能力在借用我的声音，“国王一个月内就会死去。女王万岁。可怜的男孩。真是个可怜的男孩。”

她立刻扶住我的身侧。“你说什么？”

“您将成为女王，”我说，“他很快就会死去。”

有那么一会儿我失去了知觉，然后我再度睁开双眼，她低头看我，仍然紧紧地搀扶着我。

“你能再多告诉我一些事情吗？”她温柔地问我。

我摇摇头。“很抱歉，玛丽女士，我几乎不明白我说了什么。我并不是故意说那些话的。”

她点头。“是圣灵在驱使你开口，就是为了将这个消息传达给我。你能发誓不把秘密告诉别人吗？”

我犹豫了一会儿，发现我身边那张忠贞之网更加复杂起来：有我对罗伯特大人的责任，对我父母及同胞的忠诚，对丹尼尔·卡朋特的誓言，以及现在这个烦恼不安的女人要我保守的秘密。我点点头。不告诉罗伯特大人他肯定已经知晓的事情应该算不上不忠。“我发誓，玛丽女士。”

我试着起身，但眩晕感让我再次跪倒在地。

“等一下，”她说，“等到你的头脑清醒后再起来。”

她在我身旁的草地上坐下，将我的头轻轻放在她的腿上。朝阳和煦，花园中充满了蜜蜂催眠的嗡鸣及远处布谷鸟萦绕不去的鸣叫。“闭上眼睛。”她说。

她的拥抱让我昏昏欲睡。“我不是间谍。”我说。

她伸出手指按住我的唇。“嘘，”她说，“我知道你为达德利家族工作。我也知道你是个好女孩。有谁会比我更了解难以两全的人生？你不用怕，小汉娜。我明白的。”

我感觉到她在我的发间温柔抚摸，她将我短短的卷发在她指间缠绕。我觉得和她在一起很安全，于是闭上了双眼，背部和颈部的肌肉也渐渐放松下来。

过了很久，她才再度开口。“当年伊丽莎白午睡的时候我也常常这样坐着，”她说，“她会将头枕在我的腿上，我趁她睡去的时候给她编辫子。她的头发有青铜、黄铜和黄金的颜色，就像所有的金属都融合在一起。她真是个漂亮的孩子，有那种孩子特有的单纯动人。那时我只有二十岁。我经常假装她是我自己的孩子，假装我幸福地嫁给了一位深爱我的男子，而且很快我们就会有另一个孩子——一个男孩。”

我们静坐许久，忽然听见房门砰地打开。我站起身，看到玛丽女士的一位女伴从阴影中跑出，匆忙地寻找着她。玛丽女士挥了挥手，她便跑了过来。她是玛格丽特女士。当她走近的时候，我感觉到玛丽女士站起身来，直起背脊，听到我预言之后的兴奋也平静下来。她要让她的这位女伴看到她坐在这座英式花园里，她的弄臣在她身边打着盹儿，而她会以赞美诗中的句子表达她听到关于继承权消息时的反应。此刻她正在低声念诵："这是主所作的，在我们眼中看为稀奇。[①]"

"玛丽女士！噢！"

那女孩迫不及待地说着，跑得上气不接下气。"刚刚在教堂……"

"什么？"

"他们没有为您祝祷。"

"为我祝祷？"

"没有。他们像以往那样为新王和他的顾问们祝祷，但说到祷文里的'也祝福国王的姐姐们'的时候，他们就给遗漏了。"

玛丽女士明亮的目光扫视过女孩的脸。"遗漏了我们两人？也包括伊丽莎白吗？"

"是的！"

"你确定？"

"确定。"

玛丽女士站起身，焦急地眯起双眼。"让汤姆林森先生去瓦尔，必要的话再让他去见斯托福德主教，告诉他把其他教堂的情况汇报给我。看看这是不是普遍现象。"

女孩拉起裙角行了个屈膝礼，跑回了房子。

"这是什么意思？"我双脚不住颤抖地问。

她向我这边看过来，并没有看我。"这意味着诺森伯兰家族开始选择与我对立。起初，我弟弟病得多重他都没有告诉我。然后他又命令牧师们把我和伊丽莎白从祷文中除去；接下来，他会让他们提到另一位新的继承人。再接下来，等我可怜的弟弟死去，他们就会逮捕我，逮捕伊丽莎白，将他

① 本处译文取自《圣经·新约·马可福音》中译本。

们伪造出来的王储送上王位。"

"谁?"我问。

"爱德华·考特尼,"她很肯定地说,"我的亲戚。他是诺森伯兰公爵会挑选的唯一人选,因为他明白自己和儿子们都无法登上王位。"

我突然明白过来。那场婚宴、简·格雷女士苍白的脸、她咽喉那里被人掐过的瘀痕,似乎有人想要将自己的野心加诸给她。"噢,但他是有办法的简·格雷女士。"我说。

"她刚刚嫁给诺森伯兰的儿子吉尔福德·达德利。"玛丽女士赞同道。她停了好一会儿,又说:"我没想到他们竟敢如此。她母亲是我的亲戚,她因为自己的女儿而必须放弃继承权。但简是一位新教徒,而达德利的父亲掌控着王国的大权。"她刺耳地笑了起来。"上帝啊!她是多么虔诚的一位新教徒啊。她对新教的虔诚更甚于伊丽莎白,在这点上她肯定下了不少工夫。她在遵循新教方面更顺我弟弟的意。可她却因为新教而走上了叛逆之路,上帝原谅她吧,可怜的小傻瓜。他们会带走她、毁了她,可怜的孩子。但他们先要毁了我。他们必须如此。最先剥夺的是我的人民对我的祝祷。接下来,他们就会逮捕我,然后有了借口就将我处决。"

她苍白的脸忽然变得更加苍白,我看到她的身子摇晃起来。"上帝啊,伊丽莎白她怎么样了?他会杀了我们的,"她轻声说,"他一定会的。否则新教徒和天主教徒都会起兵反抗他。为了摆脱那些勇于面对真实信仰的人,他就必须摆脱我。但他也必须摆脱伊丽莎白。如果新教徒们有伊丽莎白可以奉为女王,又怎么会去追随简女王以及吉尔福德·达德利这样的傀儡?如果我死了,她就是下一个继承人,一名新教继承人。他肯定在想方设法为我们捏造叛国的罪名;只有我们之中的一个远远不够。伊丽莎白和我都会在三个月之内死去。"

她从我身边走开两步,然后再转身走回来。"我必须拯救伊丽莎白,"

她说，“不管发生什么。我必须提醒她不要去伦敦。她必须来我这儿。他们不能将王位从我手中夺走。我经历了这么多，活了那么久，不是为了让他们夺去我的国家、再将我的国家推入罪恶深渊的。这次我不会失败的。”

她转身向房子走去。“来吧，汉娜！”她挺直双肩，“快来！”

她写信提醒伊丽莎白，也写信去征求建议。我没看到那两份信的内容；当夜我拿出罗伯特大人交给我的手稿，用父亲的信作密码，小心翼翼地写下了这样的讯息：“M因为祷文中剔除她而非常警惕。她相信J女士将会成为继承人。她写信提醒伊丽莎白。也写信给西国使臣征求建议。”写到这里我停下了。这是个辛苦的工作，要将每一个字母都转化成另一个，但我还想写些什么，一行字、一个词儿，让他想起我，提醒他召我回宫。只要写几行简单的字句，让他挂念我，但并非挂念他的间谍，也不是挂念一个弄臣，而是挂念我，我自己，一个答应为了爱而全心全意服侍他的女孩儿。

“我想你。”我写道，然后很快将这些字删去，并没有费力将它们写成密码。

“我什么时候能回去呢?”写完我又删去了。

“我害怕。”这是我最真实的心声。

最后我什么也没有写，没有写任何会让罗伯特大人注意到我的字句，因为年轻的国王生命垂危，而罗伯特大人那面色苍白的弟媳即将继承英格兰的王位，为达德利家族带来无上的荣光。

之后，我们除了静候国王的死讯从伦敦传来以外无事可做。玛丽女士的私人信件往来频繁。但每隔三天左右她就会收到一封来自公爵的信函，告诉她好天气正在发挥效力，国王逐渐康复，他已经退烧了，胸痛也有所缓和，新来的医生说他很有希望在仲夏的时候复原。我看到玛丽女士读那些乐观的消息时，她的眼睛略略眯起表示质疑，然后她将信叠起，放进一旁书桌的抽屉里，再也不会看上一眼。

七月初的几天里，有那么一封信让她呼吸急促，更将手放在自己的心口上。

“国王怎么样了，女士?”我问，“没有更糟吧?”

她的双颊飞上红晕。“公爵说他好转了，他的精神恢复了不少，想要见我。”她站起身走向窗边。“上帝啊，希望他真的好转了，”她轻声地自言自语，“好转到想要恢复我们往日的关系，好转到足以看透他那些虚伪的朝臣们。也许是上帝赐给了他力量，让他恢复了健康和看人的眼光。至少让他能够阻止这场阴谋。噢，圣母啊，请指引我们该何去何从吧。”

“我们要走了吗?”我问。我已经迫不及待要回去伦敦，回去王宫，再次见到罗伯特大人，见到我的父亲，还有丹尼尔，回到相对安全的、愿意保护我的那些人身边。

我看到她突然挺直身体做了决定。“如果他要见我，我当然应该前去。去告诉他们备马。我们明天就动身。”

她穿着一件沙沙作响的厚重裙装走出房间，我听到她招呼女伴们为她收拾衣服，告诉她们即将前往伦敦。我听到她跑上楼梯，她的鞋子像个年轻女孩那样拍打着木地板，她的声音清朗兴奋，吩咐楼下的简・多摩尔小心打包带上她最好的珠宝，如果国王确实康复了，她将戴着它们出席宫里的舞会和筵席。

第二天我们上了路，玛丽女士的旗帜先行，她的卫兵围绕在我们周围，小镇上的人们纷纷走出各自的房子，高呼她的名字为她祝福，还带着他们的孩子来看看这位真正的公主，这位有着迷人微笑的公主。

玛丽女士坐在马背上，和我初到汉斯顿时的那位脸色苍白、受到软禁的女子判若两人。她在英格兰人民的欢呼声中骑马步向伦敦，看起来就像一位真正的公主。她身穿深红色礼裙和短上衣，衬得她的深色眼眸闪闪发亮。她骑术高明，一只戴着陈旧红色手套的手握着马缰，另一只手向每个欢呼的人挥动致意，她的双颊红彤彤的，一缕棕色发丝逸出帽外，她高高地扬着头，精神饱满，完全看不到倦色。她稳稳地坐在马鞍上，骄傲得如同一位女王，随马儿的步伐轻摆，在通往伦敦的大道上前行。

路上的大半时间，我都骑马跟在她身边，公爵给我的枣红小马几乎跟不上玛丽女士的高头大马。她让我给她唱一些西班牙童谣，有时她听出有些词句和调子是她母亲曾经给她唱过的，她就会和我一起唱，回想起曾经深爱她的母亲，她的声音也轻轻地颤抖起来。

我们一路跋涉，趟过夏日低洼的浅滩，在地面足够柔软之处让马儿慢跑起来。她急着想赶到王宫，去弄清究竟发生了什么。我想起了约翰·迪伊和我推测的国王的死期，七月六日，但我什么也不敢说。我说过下一任英格兰女王的名字，但那并不是玛丽女王。七月六日是我为了取悦主人而做的猜测，而“简”这个名字不知从何而来——但这两者也许都没有意义。玛丽女士骑着马向着伦敦进发，心里期望自己的担忧并未成真，而我骑马跟在她身旁，心里期望自己所预言的那些只是欺骗与胡言乱语而已。

陪伴在她身边的人都很紧张，而我是最紧张的那个。因为假如我的预言不假，她此行并不是去与王弟和解，而是去参加简女士的加冕礼。她正在向失去王位的道路上迅速前进，届时我们也将分担她的坏运气。

我们走了整整一上午，恰在正午时分抵达霍兹登城，马背上的疲惫让我们期待在继续旅途之前能吃上一顿大餐，并且好好休息。毫无预兆地，一名男子从门口走出，向她作了个手势。显然她认出了那名男子。她立刻向他挥了挥手，让他过来和她低低私语。他站在她的马颈旁，亲密地伸手挽住马缰，她跳下马靠近他。他的话不多，我竭力去听，可他的声音压得很低。然后他转身走开，消失在这个小镇的街道上，玛丽女士突然喝令队伍停下，然后翻下马背，快得连一旁的马夫长也差点来不及扶住她。她跑进最近的酒馆，高声叫人拿来纸笔，又下令每个人在这里进食喝水，看好他们的马儿，准备一小时以内再度出发。

“圣母在上，我真的不行了，”玛格丽特女士在她尊贵的女主人走过时痛苦地说，“我累得一步也走不动了。”

“那就留下！”玛丽女士厉声道。她从来没有厉声呵斥过什么人。她严厉的声音提醒我们，这次满怀希望的伦敦之行、去拜见那位即将康复的年轻国王的旅行，突然间遭遇了变数。

我不敢写信向罗伯特大人汇报。要把口信递送给他可不太容易，而且旅途的气氛也完全变了。无论那个男人和玛丽女士说了些什么，肯定不是说她的弟弟健康，又邀她去参加宫中的舞会。当她步出旅店的时候，面色苍白，双眼血红，但并没有因悲痛而屈服。她神情坚定，而且她生着气。

她派出一位信使，让他沿路南行，去见西班牙使臣，乞求他的建议并提醒这位使臣她需要他的帮助去取得王位。她又派了另一位信使带口信给伊丽莎白女王，她不敢写下来，害怕让别人以为她们姐妹要密谋加害她们垂死的弟弟。“等她左右无人的时候再告诉她，”她加重了语气，“告诉她不要去伦敦，那是个陷阱。告诉她为了她的安全，立刻到我这里来。”

她又另写了一封信给公爵本人，称自己因病无法赶去伦敦了，只能先回汉斯顿的家中静养。然后她让所有人都留下来。“我要带上你，玛格丽特女士，还有你，汉娜。”她说。她对着她最钟爱的简·多摩尔笑了笑。“跟我来，”她说完，在简的耳边低语道，“你带着这些人跟在我们后面。我们会走得很快，其他人跟不上。”

她挑选了六个人护送我们，简单地和她的随从们道别，打响指让马夫长扶她上马。她骑马走了一圈，让我们离开霍兹登，沿我们的来路出城。但这一次我们走上了向北的大道，远离伦敦。太阳在空中缓缓滑过，在我们的左方落下，天空失去色彩之时，一轮小巧的银月也升起在暗沉的树影之上。

“我们要去哪儿，玛丽女士？天都黑了，”玛格丽特女士可怜巴巴地问，“我们不能在夜里骑马。”

“肯宁霍尔。”玛丽女士干脆地答道。

“肯宁霍尔在哪？”我这样问道，同时看到了玛格丽特女士惊骇的表情。

“诺福克，”她说着，仿佛那里就是世界尽头一般，“上帝保佑我们，她在计划逃亡。”

“逃亡？”我感到喉咙因危险的气味而抽紧。

“在靠海的方向。她会找一艘船离开洛斯托夫特，逃往西班牙。不管那个男人跟她说了什么，肯定表示她身临险境，必须逃离这个国家。”

“什么险境？”我焦急地追问。

玛格丽特女士耸耸肩。“谁知道呢？叛国的罪名？可我们怎么办？如果她去了西班牙，我就骑马回家。我可不想跟叛国的女主人待在一起。英格兰够糟了，我不想被流放到西班牙。”

我一言不发，绞尽脑汁地想着对我来说什么地方才最安全：和父亲待在家里，和玛丽女士在一起，还是骑上马赶回罗伯特大人身边。

“你呢？”她问我。

我摇摇头，因害怕而几乎失声，手也拼命地擦拭着脸颊。“我不知道，我不知道。我想我应该回家。但我自己不认得路。我不知道我父亲是不是希望我这么做。我不知道怎样是对、怎样是错。”

对一个年轻女人而言，她的笑容有些过于苦涩了。“根本没有什么对错，”她说，“只有赢面较大的人和赢面较小的人。玛丽女士带了六个卫兵，还有我和一个弄臣，要对抗诺森伯兰公爵和他的军队，还有伦敦塔以及这个王国里的每座城堡——我们恐怕会输。”

这是场近乎自我惩罚的骑程。我们直到深夜时分才停下，在一位名叫约翰·赫德尔斯通的绅士居住的索斯顿宅邸里过夜。我从主人那里讨了一张纸和一支笔，写了一封信，不是写给罗伯特大人，因为他的地址我不敢让别人知道，信是写给约翰·迪伊的。“我亲爱的导师，”我写道，希望有别人拆看这封信也不会产生误解，“这是一个也许会逗您一笑的谜题。”然后我在下面用密码文字写成了一条首尾相接的蛇，希望这看上去像是我这个年纪的女孩子会发给一个和蔼学者的游戏。内容很简单：“她正前往肯宁霍尔。”我又写道：“我该做些什么?”

主人答应明天就派车送信去格林威治，我希望能顺利抵达目的地，并准确送交到那个人手中。然后我躺进带有滑轮的小床，他们再将它推近厨房的火旁，尽管我已经筋疲力尽，可躺在缓缓燃烧的昏暗火旁并没有睡着，我很想知道自己在哪儿才能得到安全。

我很早便挣扎着醒来，清晨五点钟的时候，厨房小弟在我身旁搬运水桶和成捆的柴火。玛丽女士在约翰·赫德尔斯通的礼拜室里做完了弥撒，仿佛那根本就不是什么禁忌的仪式。用完早餐，七点钟的时候她就又骑上了马，打起十二分的精神从索斯顿宅邸出发，约翰·赫德尔斯通一路陪伴，给她指明方向。

我骑马跟在后面，前面有十几匹马矫健如飞，我的小母马则疲于奔命，这时我又一次在空气里闻到了熟悉的危险气息。我嗅到了火味和烟气。并非有如烤肉叉上的烤牛肉那种令人食指大动的烟气，也并非每年到了这个季节烧落叶的烟气。我闻到异端的气息，燃烧着的仇视之火，焚毁着什么人的幸福，焚毁着什么人的信仰，焚毁着什么人的房屋……我在马上转身回望，看到地平线处，我们刚刚离开的房子，索斯顿宅，烧了起来。

“女士!”我大叫出声。她听到我的呼声，转过头来勒住马，约翰·赫德尔斯通就在她身边。

“您的房子!”我向他大喊道。

他看向我身后，眯起双眼。他还不敢确信，因为他无法像我一样闻到烟的气味。玛丽女士看着我，问:“你确定吗，汉娜?”

我点点头。“我闻得到。我能闻得到烟的气味。”我听到自己的声音里带着恐惧的颤抖。我伸手摩挲自己的脸颊，仿佛那些烟灰正落在我身上。“我能闻得到烟的气味。您的房子烧起来了，阁下。”

他掉转马头，像是要径直赶回家中，随即想起了那个来到他家中，让他的房子和财产蒙受损失的女人。“原谅我，玛丽女士。我必须赶回家……我的妻子……”

“去吧，”她温和地说，“而且尽管放心，一旦我得到我应得的，你也会得到你应得的。我会再给你一座房子，比你为我效忠而损失的这一座更大也更华丽的房子。我不会忘记的。”

他点点头，因为担心几乎什么也没听进去，接着他纵马飞奔，赶向地平线处他那火光冲天的房子。他的马夫仍在玛丽女士身旁。“您需要我继续给您带路吗?”他问。

“需要，”她答道，“您能带我去贝里·圣·埃德蒙兹镇吗?”

他将帽子戴回头上。“穿过米尔登霍尔和塞特福德森林？没问题，女士。”

她作了个手势示意他继续前进，绝不回头。我心想，既然她能眼看着昨晚的庇护所焚烧殆尽，心里想的却是前方的险阻，而非身后的这片废墟，那么她应该是个真正的公主。

那一夜我们在塞特福德附近的尤斯顿宅邸度过，我躺在玛丽女士卧室里的地板上，裹着自己的斗篷，和衣而卧，等待着我确信一定会到来的警报。整晚我都在留神戒备轻微的脚步声、一闪即逝的身影和火把的烟气。我只是稍稍打了会儿瞌睡，整夜都在等待那些新教暴徒前来毁掉这个避风港，就像他们对索斯顿宅邸所做的那样。我最害怕的是他们将天花板和楼梯都付之一炬，将我困在屋里。我因为恐惧而始终难以合眼，生怕自己会被浓烟呛得醒转过来，所以快到黎明的时候，我听到鹅卵石路上传来一匹马的蹄声，立刻起身向窗外看去，心知我不眠不休的守夜得到了回报。她也醒了过来，而我向她伸出手，提醒她别作声。

“你能看到什么？”她在床上推开被子问道，“他们来了多少人？”

“只有一匹马，那人看起来很累的样子。”

“去看看那个人是谁。”

我赶紧走下木制楼梯来到门厅。门房打开窥孔，正和那位旅人争吵，对方似乎想要请求在此过夜。我拍了拍门房，让他站到一旁，我踮起脚尖直走到门旁从窥孔看出去。

“你是谁？”我尽可能粗声粗气地问，努力想表现出我并不具备的自信。

“你又是谁？”他反问我。我很快听出他的声音中带着伦敦腔。

“你最好告诉我你的来意。”我坚持道。

他进一步贴近窥孔，压低声音道：“我给尊敬的女士带来了重要的消息。是关于她弟弟的。你听懂了吗？”

无法确定这是不是一个陷阱。我选择冒这个险，退开几步，对门房点点头。“让他进来，然后闩上门。”

他进来了。我祈求上帝让我的灵视能力现在生效。我愿意付出一切，只要能知道他身后是不是还跟随着十几个人，那些人又是否已经将这栋房子团团包围，更在干草仓里敲打燧石。但我可以确定的只有他的疲惫，以及他经过了长途跋涉，却又因兴奋而强打精神。

“什么消息？”

“我只能告诉她本人。”

沙沙的丝绸裙摆声响起，玛丽女士走下楼来。“你是谁?”她问道。

他在看到她时的回答让我相信他的确是我们的人，而一夜之后，世界又将为我们改变。他仿佛猎鹰般低下头颅，单膝跪地，摘下头上的帽子，像对待女王那样屈身行礼。

上帝保佑她，她竟然不动声色。她向他伸出手，仿佛她已经当了一辈子的英国女王。他恭恭敬敬地吻上她的手，又抬起头看向她的脸庞。

“我是罗伯特·雷恩斯，伦敦的一名金匠，尼古拉斯·斯洛克莫顿阁下让我带来您弟弟爱德华的死讯，陛下。您是英格兰的女王。”

“上帝保佑他，”她轻声说，“愿上帝拯救爱德华的灵魂。”

短暂的沉默。

“他死得虔诚吗?”

他摇头。“他是作为新教徒死去的。”

她点点头。“那么我可以成为女王了吗?”她提高了嗓音说道。

他摇了摇头。“能否恕我直言?”

“你长途跋涉可不是为了来这里说个谜语的。”她干巴巴地评论道。

“六日晚上，国王死得非常痛苦。”他轻声说。

“六日?”她打断了他的话。

“是的。死前他改写了他父亲的遗嘱。”

“他无权这样做。他不能更改遗嘱。”

“可是他改了。您的继承权被剥夺了，伊丽莎白女士也一样。他将简·格雷女士指定为他的继承人。”

“这绝对不是他的本意。”她说着，面色发白。

来人耸耸肩。“是在他手中完成的，国会和公证人都同意并且签了字。”

“所有的国会议员?”她问。

“无一例外。”

“那我呢?”

“我来提醒您，您现在的身份是叛国者。罗伯特·达德利大人正要来逮捕您，打算将您押去伦敦塔。”

“罗伯特大人要来?”我问。

“他要先去汉斯顿，”玛丽女士安慰我说，“我给他父亲写过信，说我在那儿。他不知道我们在这里。”

我没有出言反驳，但我知道约翰·迪伊会将我的情报及时送到他那儿的，多亏了我，他会知道在哪儿可以找到我们。

她开始担心起她妹妹来。“那伊丽莎白呢?”

他耸了耸肩。“这我就不知道了。她也许已经被逮捕了。他们也赶去了她的家。”

“罗伯特·达德利现在在哪儿?”

“这我也不知道。找到您已经花了我一整天。我从索斯顿宅邸一路找来，因为我听说那儿发生了火灾，猜您也许去过那里。我很抱歉，大人……陛下。”

“那国王的死讯要何时才会宣布呢？简女士已经登上王位了吗?”

“我离开的时候都还没有。”

她用了片刻的时间去思考，然后愤怒起来。“他已经死了，但迟迟没有公开？我弟弟临死的时候没有人照管？没有教堂为他举行仪式？没有人对他表达敬意?”

“直到我离开时，他的死还是个秘密。”

她点点头，把要说的话咽回肚里，眼神警惕起来。“感谢你来和我说这些，”她说，“感谢尼古拉斯先生出人意表的效命。”

她语气中的讽刺格外犀利，甚至令来者双膝跪地。“他告诉我说，您才是真正的女王，”他脱口而出，“他和他家族的所有人都会听候您差遣。”

“我确实是真正的女王，”她说，“我一直都是真正的公主。我会有自己的王国。你今晚可以在这里留宿。门房会给你找一张床。早上回伦敦向他转达我的谢意。他来通知我的决定是正确的。我是女王，而我会登上属于我的王座。”

她转身走上楼梯，而我犹豫了一会儿。

“您刚才说的是六日那天？”我问那个伦敦人，“七月六日，国王死去？”

“是的。”

我向他行了个屈膝礼，跟随玛丽女士走上楼梯。我们刚一踏进她的房间，她就关起了门，抛开了那副高贵庄严的架势。“给我拿一套侍女的衣服来，把约翰·赫德尔斯通的马夫叫醒，”她急迫地说，“再去马厩里牵两匹马备好，一匹有软马鞍的给我和马夫，另一匹给你。”

“女士？”

“从现在起，你要叫我‘陛下’了，”她严肃地说，“我是英格兰的女王。快去吧。”

“我要怎么跟马夫说？”

“告诉他我们今天之内必须抵达肯宁霍尔。我跟他骑一匹马，把其余的人留在这里。你跟我走。”

我点点头，快步离开房间。昨晚等候我们的侍女和另外六七个人已经在阁楼的卧室里睡着了，我走上楼梯朝门内窥去。我在昏暗中找到了她，轻轻将她摇醒，将手覆在她嘴上，在她耳边轻声说：“我受够了，我要逃走。给你一个先令买下你的衣服。你可以说是我偷走的，你只是疏忽大意罢了。”

“两先令。”她立刻说道。

“成交。”我说，“给我吧，我去拿钱给你。”

她伸手在枕头下摸出她的内衣和罩衫来。“只要长袍和斗篷。”我命令道。想到英格兰女王会裹上这些爬满虱子的亚麻布，我就浑身不自在。她将我要的衣服叠好，连同她的帽子一同递给了我，我轻手轻脚走下楼，回到玛丽女士的房间。

“给您，”我说，“我花了两先令。”

她从钱包里摸出两枚硬币。“没有靴子。”

“您还是穿自己的靴子吧，”我热心地说，“我以前也逃亡过，我了解情况。穿着借来的靴子哪儿也去不了。”

听到这话她笑了起来。“快点儿。”她说。

我带着两先令回到楼上，然后找到了汤姆——约翰·赫德尔斯通的马夫，让他去马厩备马。我溜下楼，钻进厨房门外的面包房，如我所愿地找到了昨晚烤好还有热度的长棍面包。我装满了裤子和上衣的口袋，差不多装了半打，让我看起来像头驮着篮子的驴，然后我又回到大厅里。

玛丽女士已经在那儿了，穿着侍女的装束，还拉下兜帽遮住她的脸。门房嘟哝个没完，不太情愿给这个侍女打开通往马厩的门。她听到我轻轻踏在石地上的脚步声渐渐接近，转过身来，又松了口气。

“行啦，”我用通情达理的口气对那个人说，“她是约翰·赫德尔斯通的仆人，他的马夫正在外面等着呢。他让我们天一亮马上离开。我们必须赶回索斯顿宅邸，如果迟到了就要挨鞭子。”

他抱怨着夜晚到访的客人们打扰了这一大家子人的清梦，然后又早早离开；但他还是为我和玛丽女士打开了门，我们走了出去。汤姆等在马厩前的空地上，牵着一匹加了软鞍的猎马，以及一匹给我准备的体格较小的马。我必须将之前的那匹小马留下，因为接下来的路会很难走。

他跨上马鞍，驾马走到踏脚台边。我扶着玛丽女士坐到他后面。她紧紧抱住他的腰，又用兜帽遮住自己的脸。我也得牵着马走到踏脚台边上，因为马镫对于没人搀扶的我实在太高了。等我骑上马背再看地面，这才感觉到有多高。马儿紧张地横跨一步，而我却把缰绳拽得太紧，使得它抬起头侧身走了几步。我从前从未骑过这么高大的马儿，非常害怕；但小马根本应付不了我们今天将要度过的艰苦旅途。

汤姆掉转马头，离开马厩。我跟在他后面，听到自己的心在狂跳，明白自己又开始了逃亡，恐惧也卷土重来，而这次或许比我逃离西班牙和葡萄牙时的情况更糟，甚至比我逃离法国时的情况更糟。因为这一次我和英格兰王位的觊觎者一起逃亡，罗伯特·达德利大人以及他的军队在后追赶，而我是对他宣誓效忠的陪臣，也是她信任的仆从，还是个犹太人；但又是个虔诚的基督徒，还在新教徒管辖下的国度里侍奉着一位天主教公主。也难怪我的心已经提到了嗓子眼里，心跳声盖过了这两匹大马的马蹄声，我们一路向东，向着太阳升起的方向飞奔。

我们到达肯宁霍尔时已是正午，我看到了我们竭尽马力赶往这里的原因。太阳在空中高悬，照耀着这座围墙环绕的庄园，令它在周围平坦的地貌中显得格外牢固。这是一座护城河围绕的可靠大宅，接近之后，我发现它并非供人游乐的漂亮城堡；只有一座升起的吊桥，门上还悬着一扇铁闸门，随时可以降下并封锁唯一的入口。这座暖红色砖体砌成的美丽宅邸足以在攻城战中屹立不倒。

他们没有料到玛丽女士的到来，只有几名住在这里看家护院的仆从吓得手忙脚乱地跑出门，前来迎接。经玛丽女士首肯之后，在将我们的马牵去马厩的时候，我将那个从伦敦传来的惊人消息告诉了他们。他们听闻她即将登上王位时，迸发出一阵稀落的欢呼，他们将我从马鞍上拉下，用力拍拍我的背脊，就像对待和我同龄的男孩子那样。我痛得叫出了声。三天来，我从汉斯顿一路颠簸到霍兹登，又从索斯顿到塞特福德，最后再到这里，我双腿的内侧从脚踝到大腿都被马鞍擦破了皮，背脊、肩膀和手腕也僵硬得要命。

玛丽女士在软鞍上坐了那么久，肯定早已精疲力竭，毕竟她年近四十，又身体欠佳，但只有我看到了她下马时的痛苦表情；其他人都只看到了她倾斜着头，仿佛在聆听他们为她的呐喊，然后她露出都铎家族特有的迷人微笑，招呼他们一起进大厅去，好好庆祝一番。她为自己死去弟弟的灵魂默默地祈祷了一会儿，然后昂起头对人们承诺：既然她能做他们的好领主和好主人，也就一定能成为一位好女王。

她的话又掀起了一阵欢呼，厅堂中挤满了人，工人们从工场和树林中赶来，村民们从家中赶来，仆从们带着一壶又一壶的麦酒、一杯又一杯的葡萄酒，还有大块的面包和肉。玛丽女士坐在首席，向每个人微笑，仿佛一生中从未经历过病痛一般，这场集会在愉快的气氛中进行了一小时之后，她大笑出声，说她必须脱去这件斗篷和可笑的礼裙，于是去了自己的房间。

几名仆人早就收拾好了她的房间，在床上铺好了亚麻床单。这不是她最好的床单，但如果她像我这么疲累的话，她肯定也会睡在这张朴素的床单上。他们搬来一只浴缸，用被单裹住缸边免得她被木刺扎伤，又灌满热水。他们找到了一些旧礼裙，都是她以前住在这里时留下的，他们将这些旧衣服放在床上供她挑选。

“你可以走了。”她对我说着，将自己披着的侍女斗篷丢到地板上，转身让女仆帮她解开衣带。“去找些吃的然后去睡吧。你一定累坏了。”

“谢谢您。”我说着，拖着疼痛的脚走向门外。

“对了，汉娜？”

“什么事，女……什么事，陛下？”

“不管你留在我身边的这段时间里你都从谁那儿领取报酬，也不管他们让你为此做些什么——今天你都是我的好朋友。我不会忘记的。”

我停下脚步，想到是自己写给罗伯特大人的两封信才导致他对我们的紧追不舍，想到他抓到我们后，会对这位坚强而野心十足的女人做些什么，想到他一定会在这儿抓到我们，因为我将此行的目的地告诉了他；之后等待着她的会是伦敦塔监狱，或许还会因叛国罪而死。我是住在她家里的间谍，同时也是她最虚伪的朋友。我是卑劣的代名词，她也许已经有所察觉，但她肯定从未想过虚伪竟会变成我的天性。

假如我能够向她坦白的话，我会的。那些词句已经到了喉咙口，我想告诉她我被安插到她的住处，其实是为了出卖她；但现在我了解了她，喜欢上了她，我愿意为她做任何事情。我想告诉她，罗伯特·达德利是我的主人，我会听从他的要求去做任何事情。我想告诉她，我所做的一切似乎总是充满矛盾：黑与白、爱与恐惧，总是同时存在。

但我什么也不能说，我从小就学会了在我这张惯于说谎的舌头下面保守秘密，于是我在她面前单膝跪倒，低下头来。

她没有伸出手让我亲吻，就像一位女王该做的那样。但她却像我母亲那样将手放到我的头上，对我说：“上帝保佑你，汉娜，保佑你远离罪孽。”

在那一刻，面对那超乎寻常的温柔，面对仿佛母亲的手的抚摸，我感到有泪水从我眼中溢出。我费力地走出房间，回到自己阁楼上的卧室，没有洗澡也没有吃晚餐就躺上了床，没有人看到我像个小女孩那样失声痛哭。

我们在肯宁霍尔待了三天，时刻提防着敌军的攻打，但罗伯特大人和他的骑兵队却迟迟没有到来。住在周围乡间的绅士们领着他们的仆从和亲族纷至沓来，有些带着武器，有些带来了铁匠，将他们拿来的修剪钩、铁铲和镰刀打造成了长矛和长枪。玛丽女士在宅邸的大厅中宣布自己为女王，不顾那些较为谨慎者的劝告，更不顾西班牙使臣那封言辞恳切的信件中对她的当头棒喝。他写信告诉她说她的弟弟死掉了，说诺森伯兰是不可战胜的，她应该想办法和对方沟通，而她在西班牙的叔叔会尽全力帮助她洗清对方捏造的叛国罪，以及避免随之而来的死刑。信中的这部分内容让她的脸色铁青，但下文犹有过之。

他警告她说，诺森伯兰公爵已经派军舰进入了诺福克外的法国海域，就是为了提防西班牙的舰船搭救她和庇护她。她无法逃脱，皇帝本人甚至连出手救援她的机会都没有。她必须向公爵投降，放弃对王冠的追求，束手就擒。

“你能预见到什么，汉娜?”她问我。天色还早，她刚刚做完弥撒，她的玫瑰念珠①还捏在指间，额头上还沾着圣水。这个早晨对她来说真是非常糟糕，她那张会因愉悦和希望散发光亮的面孔，如今却阴沉而倦怠。她看起来已经连恐惧本身都厌倦了。

我摇摇头。“我只为您预见过一次，大人，但我很确定您会成为女王。现在您已经是了。从那以后我就什么都没看到过。”

“现在我确实是女王了，”她语带讥讽，“至少我宣称自己是个女王。我希望你告诉我这会持续多久，告诉我别人是否会认同我。”

“我也希望我可以，”我诚恳地说，“接下来我们要做些什么?”

“他们要我投降，”她只说，“我平生最信任的那些顾问们，我的西班牙的男性亲属们，我母亲仅有的朋友们让我投降。他们说如果我继续下去，就会被处死，这是一场我无法胜出的战争。公爵拥有伦敦塔，拥有伦敦，拥有整个国家，他拥有整片海域的战舰和军队以及王室卫队。他拥有整个王国的所有货币，拥有皇家铸币厂，他在伦敦塔拥有整个国家的武器。我

① 基督教徒念诵玫瑰经时用以计算次数的念珠，通常有五十粒小珠子，十粒为一组。

只有这座城堡，这个村庄，屈指可数的忠诚手下和他们的干草叉。而且罗伯特大人正在某个地方带着他的军队朝我们进军。”

“我们不能逃跑吗？”我问。

她摇了摇头。“我们逃不快，也逃不远。如果我能搭上一艘西班牙的战舰，也许还能……公爵的舰队控制了这里和法兰西之间的海域，他准备万全，而我措手不及。我被困住了。”

我记得公爵的书房里展开的那张约翰·迪伊的地图，和诺福克周围那些代表了满载士兵和水手的战舰的指示物，还有它们其间包围的玛丽女士。

“您必须投降吗？”我小声问。

我想她在害怕，但听到我的问题时她的脸上立刻有了颜色，她笑了起来，仿佛我在向她提出挑战，向她提议一场豪赌。“你知道的，如果我投降，我就完蛋了！”她咒骂道。她大笑出声，仿佛赌注并非自己的生命一般。“我一生都在逃亡、说谎与躲藏。就这么一次，就这么一次，我要骑马行进在自己的旗帜之下，对抗那些否认我、否认我的权利、否认教会的威严与上帝本身的人。”

我觉得自己的心灵也被她的热情鼓舞了。“女……陛下！”我颤抖着说。

她转身对我灿烂一笑。“为什么不呢，”她说，“就这么一次，像个男人一样对抗他们？”

“可您能赢吗？”我茫然地问。

她耸耸肩，这是个彻彻底底的西班牙姿势。“噢！恐怕不能！”她笑了起来，仿佛她为这个渺茫的机会感到真心的愉悦。“啊，不过汉娜，将简女士这种平民的地位排在我之前的那些人，曾将我贬得一钱不值。他们还一度将伊丽莎白排在我前面。他们让我服侍她，就好像我是看护她的女仆。现在我终于有了机会。我可以不必对他们卑躬屈膝，而是与之一战。我可以不必对他们阿谀奉承、求他们放我一条生路，而是决一死战。当我明白这一点之后，我也就别无选择。感谢上帝，对我来说，再没有比举起我自己的旗帜，为父亲的王位、母亲的荣耀和我的继承权一战更好的选择了。而且我还要考虑到伊丽莎白。我要保证她的安全。我要将属于她的继承权交给她。她是我的妹妹，她是我的责任。我写信给她让她来我这儿，以确保她的安全。我答应过为她提供庇护，我要为我们的继承权而战。”

玛丽女士看了看她那工人般短粗的手指之间的玫瑰念珠，将它们塞进她礼裙的口袋里，向大厅的门走去，她手下的绅士和士兵们都在那儿用早餐。她走进大厅，站上讲台。“今天我们就出发，”她宣布说，声音洪亮而清晰，让大厅对面的人也能听到她的话，“我们搬去法拉姆灵厄姆，骑马过去只要一天，不会更久。我将在那里建立据点。如果我们能在罗伯特大人之前赶到那里，就能阻挡他的攻势。我们可以阻挡他几个月。我要在那里和他一战。我可以在那里招募自己的军队。”

人们惊讶地低语了一阵，继而纷纷表示认同。

“相信我！”她大声说道，“我不会让你们失望。我已经宣布成为你们的女王，你们会看到我登上王座，我也会记得今天在场的各位。我会记得，以后会加倍报答你们对真正的英格兰女王所尽的责任。”

人们发出一阵低吼，对于刚刚吃了顿饱饭的人来说这并不难。我发现自己因目睹她的勇气而双腿颤抖。她走向大厅的后门，我不安地赶在她前面，为她打开了门。

“他在哪儿？”我这样问。我用不着说，她也明白我问的是谁。

“噢，不远了，”玛丽女士笑起来，“听说已经到了金斯林港南方。肯定有什么事拖延了他的行程，如果他即刻出发，早就该攻下这里了。但我没有确切的消息来源。我不能确定他现在的位置。”

“他会猜到我们要去法拉姆灵厄姆吗？”我问道，想起自己写给他的情报，说她的目的地是这儿，想到纸上蜿蜒如蛇的字句。

她在门旁停住脚步，回头看我。“这样的集会上肯定会有个什么人走漏风声，把情况通报给他。营地里总是少不了间谍的。你不这么认为吗，汉娜?”

有那么一会儿，我还以为她在诱骗我招认。我抬头看她，谎言卡在我干涩的喉咙里，我的脸色逐渐苍白。

“间谍?”我颤抖着问，将手放在脸颊上用力揉搓着。

她点点头。“我从来不相信任何人。我一直知道我们身边有个间谍。如果你的童年和我一样，那么你以后也会学到同一件事。自从我父亲强迫我母亲离开我，我身边的每个人就都开始劝说我相信安妮·波琳是真正的王后，她的私生子也是真正的继承人。诺福克的公爵当面朝我咆哮，说如果他是我父亲一定会将我的头撞到墙上，直到我脑浆迸裂为止。他们逼我否认我的母亲，否认我的信仰，又威胁要我死在绞架上，像托马斯·摩尔和费舍尔主教一样——他们都是我熟知并爱戴的人。那时我只是个二十岁的女孩，而他们要我宣称自己是个私生子，我的信仰则是异端邪说。

“之后的一个夏日，安妮死去，他们整天说的又变成了简王后和她的孩子爱德华，还说小伊丽莎白也不再是我的敌人，只是个失去了母亲的孩子，被父亲遗忘的女儿，就像我一样。然后其他那些王后……”她微笑了，“一个接一个地，三个女人来到我面前，我被迫向她们屈膝行礼，叫她们母亲，她们没人能真正贴近我的心。在那段漫长的岁月里，我学会了不去相信任何男人说的任何一句话，甚至不去听女人所说的任何话。我最后爱过的女人是我母亲。最后信任的男人是我父亲。可他毁了她，让她死于悲伤，所以我还能怎么想？我又能变成一个值得信任的女人吗?”

说到这里，她停下来看着我。“我二十岁刚过时就伤透了心，”她惊讶地说，“可你知道吗？现在我才开始思考自己的人生。”

她笑了。“噢，汉娜!”然后她叹了口气，轻轻拍了拍我的脸颊，“别这么严肃。那是很早以前的事了，如果我们能够在这场冒险中获胜，我就会迎来圆满的结局。我会将母亲的王位夺回，我会戴上她的首饰。我会为她洗清过去的屈辱，而她也会从天堂看下来，看到她的女儿坐在生来就该继承的王位上。我会认为自己是个快乐的女人。你明白了吗?”

我笑得很不自然。

“怎么了?”她问。

我用口水润了润发干的喉咙。“我害怕，”我说，“对不起。”

她点点头。“我们都害怕，”她说得很坦率，“我也一样。去马厩里挑一匹马，再去拿一双马靴。今天我们也是军中成员。上帝保佑我们避过罗伯特和他的军队，顺利抵达法拉姆灵厄姆。”

玛丽女士在法拉姆灵厄姆建起了据点，它足可以媲美英格兰任何一处的要塞，难以置信的是，半个世界的人们或骑马或徒步前来，向她宣誓效忠、宣誓消灭那些叛逆。我骑马跟着她从一望无际的行伍间走过，她则对他们的到来表示感谢，并发誓一定会成为他们正直而公正的女王。

最后我们得到了从伦敦传来的消息。他们不体面地推迟了爱德华国王的死讯。在那个可怜的男孩死后，公爵将尸体藏在他的房间里，等待他遗嘱的墨迹变干，而这些当权者们思索着怎样使自己的利益最大化。简·格雷女士被她的公公逼上王位。他们说她当时失声痛哭，说自己不能做女王，她说玛丽女士才是合法的继承人，每个人都知道。但这并不能让她摆脱命运。他们将华盖遮在她低垂的头上，不顾她的流泪反对而对她卑躬屈膝，诺森伯兰公爵宣布她从此成为女王，同时向她低下他狡诈的头。

内战眼看就要爆发，他们的矛头直指我们这些叛逆。伊丽莎白女士并没有回应玛丽女士的警告，也没有到我们所在的法拉姆灵厄姆来。听到弟弟的死讯时她正躺在自己的床上，病重得连信也没法读。玛丽女士得知这些后，将脸转过去掩盖自己受伤的表情。她指望着伊丽莎白的支持，指望着她们两位公主可以一同守护父亲的遗愿，她更曾向自己保证要保护这个妹妹。得知伊丽莎白宁愿躲在被单底下，也不愿赶来与她的姐姐并肩作战，这对于玛丽的内心是个沉重的打击。

我们听说温莎堡加强了防御和补给以应对围困，伦敦塔的大炮炮口朝着内陆，已准备好随时投入使用。简女王在塔内的王家套间住下了，据说塔门夜夜深锁，以防她的其他大臣逃脱：一位身不由已的女王和她身不由己的朝臣。

诺森伯兰公爵本人也是个身经百战的老兵，他召集了一支军队前来清剿我们的玛丽女士，后者已经被宫廷称之为背叛简女王的叛徒。“好一个简女王!”简·多摩尔愤愤地宣称道。国会下令以叛国罪的名义逮捕玛丽女士，她的头也被以叛国者的价格悬赏。她在英格兰是孤身一人。她是反对正统女王的叛逆者，而且还在逍遥法外。就连她的叔叔西班牙皇帝也不会支持她。

没有人知道诺森伯兰公爵调集了多少兵力，也没有人知道我们能在法拉姆灵厄姆支撑多久。他将会跟罗伯特大人的骑兵团会合，两人一同对抗玛丽女士：一群训练有素、薪水可观又身经百战的士兵一同对付一个女人和一群志愿参军的乌合之众。

然而，每天都会有更多的人从周边的乡镇赶来，发誓为真正的女王而战。那些停泊在雅茅斯的舰船上的水手们原本领命袭击有可能前来搭救她的西班牙船只，现在也纷纷发动了兵变，他们说她不能离开这个国家：不是因为他们要阻止她的逃亡，而是因为她是理所应当的王位继承人。他们离开了舰船，进入内陆，前来支援我们。他们是真正的、惯于作战的军队。他们队列整齐地进入城堡，完全不同于我们那些脚步拖拉的农场工人。他们很快开始教导聚集在堡中的那些人如何作战，以及行军的基本：冲锋、转向，以及撤退。我看着他们到来，看着他们驻扎进城堡，也头一回觉得玛丽女士也许有了逃离被捕命运的机会。

她指定了一个人负责派遣马车将食物分发给这支临时拼凑起来的大军，因为他们已经在城堡周围扎了营。她指派建筑队修理周围宏伟的外墙，又派了一群人前去讨借武器。她还在每天黎明和黄昏向每个方向派出探子，确认公爵和罗伯特大人的军队是否正在悄然逼近。

每天她都会阅兵，对他们表达谢意，并承诺如果他们始终站在她这一方坚守阵线，就将会得到更加实质性的回报；每天午后，她都会在城垛上巡视，沿着环绕着这座固若金汤的城堡的厚重围墙，看向伦敦大道，因为如果那里出现弥漫的烟雾就意味着英格兰最有权力的男人正率领他的部队朝她进军。

有很多顾问告诉玛丽女士，说她无法在这样实力悬殊的情况下击败公爵。我听惯了他们信誓旦旦的预言，也曾思索在迎来最终的败战之前，现在逃离是否对我来说更加安全。公爵曾经打过十余场大小战役，他在战场上和国会大厅里同样有力。他与法兰西结了盟，所以如果他不能马上打败我们，还能够调遣法国的军队来对付我们，随后英国人的生命就将掌握在法国人手里，法国人也将在英国的土地上战斗，而这一切都是她的错。如果玛丽女士还是不听劝告，不肯投降，那么玫瑰战争①的可怕，兄弟之间的争斗都将一一重演。

但在不久后的七月中旬，公爵的一切都分崩离析。他的盟友，他的条约，都无法阻止每一个英国人认为亨利的女儿玛丽才是合法的女王。诺森伯兰被很多人恨之入骨，人人都能看出他会像对待爱德华那样，将简当做

① 玫瑰战争又称蔷薇战争，指1455—1487年英格兰内部两个家族之间的王位争夺战，因两个家族的家徽分别是红玫瑰和白玫瑰而得名。

傀儡。整个英格兰的人们，从贵族到平民，先是暗地里、继而公开地反对他。

他通过简女王进而掌控英格兰的美梦破碎了。越来越多的人们公开地站到玛丽女士这边，越来越多的人们悄悄地脱离公爵的势力。罗伯特大人已经被义愤填膺的公民们组成的军队击败了：他们从耕过的犁沟里一跃而出，发誓要保护合法的女王。罗伯特大人声称自己背叛了父亲，站在玛丽女士一方，尽管他已经改变立场，但贝里那些声称他是叛逆的公民们仍然逮捕了他。至于被困在剑桥的公爵本人，他的军队如同晨雾一样消失殆尽。他也突然宣布自己站在玛丽女士一方，并捎信给她解释说，自己只是想为这个王国尽心尽力。

“这是什么意思？”我看她拿信的手抖得厉害，几乎读不下去，于是问道。

“意思就是，我胜利了，”她简短地回答，“凭借权力而非战斗赢得了胜利。我是人民推选的女王。不管公爵怎么说，人们都在说我才是他们想要的女王。”

“那公爵接下来会怎么样呢？”我这样问，心里想的是他的儿子，不知被囚禁在何处的罗伯特大人。

“他是个叛徒，”她双眸冰冷，“你觉得如果换成我失败的话，接下来会怎么样呢？”

我说不出话来。等了好一会儿，我听到自己的心跳声，女孩子的那种心跳声。“那罗伯特大人接下来会怎么样呢？”我用非常微弱的声音问。

玛丽女士转过身。“他既是叛徒，又是叛徒的儿子。你觉得他接下来会怎么样呢？”

玛丽女士牵过她的马，跃上马鞍，向伦敦进发，一两千人骑着马跟随在后，他们各自的佃户、仆人和追随者也步行跟在他们身后。玛丽女士走在这支大军的最前面，策马陪伴在侧的只有她的侍女们，还有她的弄臣——也就是我。

我回望的时候只能看到马蹄和脚步掠起的尘烟，像一张遮住金色田野的面纱。我们穿过村镇之时，男人们都纷纷跑出家门，手中拿着镰刀和锄钩，加入我们的军队，跟着众人行进的步伐。女人们挥手欢呼，怀抱鲜花跑向玛丽女士，或是将玫瑰花抛在她的马前。玛丽女士穿着她红色的旧骑装，昂着头，骑着她的高头大马，就像是一位赶赴战场的骑士，也像是一位取回应得之物的女王。她就像故事书里的那位愿望终究得偿的公主。她全凭决心和勇气取得了一生中最为辉煌的胜利，而她得到的奖赏则是她即将领导的人民的敬爱。

每个人都觉得只要她登上王座，好年头就会归来，还有丰收和温暖的气候，就连从不间断的瘟疫、酷暑与严寒也会随之终结。每个人都觉得她将会恢复教会的富庶、圣殿的美丽，还有信仰的坚定。每个人都记得她母亲的亲切与美丽，那位女士做英格兰的王后比做西班牙的公主更久，她是国王爱得最久也爱得最深的好妻子，甚至在去世时还不忘为他祝福，尽管他早已抛弃了她。每个人都愿意看到她的女儿登上母亲的王位，头上戴着金冠，身后跟着她的军队，他们的表情灿烂愉悦，仿佛在说能为这样一位公主效力并护送她返回首都令他们感到格外自豪，而伦敦城也已宣布对她的拥护，每座教堂钟塔的钟都在鸣响，表达着对她的欢迎。

在去伦敦的路上，我给罗伯特大人写了一张便条，译成了密码。上面写着："您会因叛国罪受到审判并处死。求您了，大人，快逃吧。求您了，大人，快逃吧。"我将它丢进一间旅馆的壁炉里，看着它烤成黑色，然后我用拨火棍将它捣成了灰。我没有办法将这样的警告转达给他，事实上，他也不需要什么警告。

他早对风险心知肚明，而且在他落败并在贝里投降之后，也早该清楚自己的命运。他应该明白，无论他身在何方，是被关进某个小镇的监牢，忍受着一个月前还亲吻他鞋子的那些人的奚落和嘲笑，还是已经身陷伦敦塔中——他都是个将死之人，是个身负重罪的人。他因与王位的继承人为敌而犯下了叛国罪，而叛国罪的下场就是死刑，他将会被吊起来，直到他失去意识，然后由刽子手剖开他腹部，拖出他的肠子放到他眼前，他会因极度的痛苦而醒来，死前最后看到的一幕是自己抽搐的内脏，然后他们还会将他分尸：首先将他的头颅从身体上砍下，然后将他的身体劈成四份，将他帅气的头颅高挂在木桩上以警告其他人，再将他身体的碎块运往城市的四个角落。这是谁也不愿意面对的糟糕死法，几乎就和活生生烧死一样糟糕，而我比其他人更了解这种死法的可怕之处。

在我们前往伦敦的路上，我没有为他哭泣。虽然我只是个小女孩，但我见过太多的死亡，也见过太多可怕的事情，早已学会不因悲伤而哭泣。不过我发现自己在夜里无法成眠，而且夜夜如此，我想知道罗伯特大人会在哪里，想知道我能否再次见到他，还有他是否能够原谅我骑着马，在人们的欢呼和祝福声中，陪着彻底击败了他、也将见证他和他的家族灭亡的那个女人踏入英格兰的首都。

在最危险的那段时日卧床不起的伊丽莎白女士，却在我们之前抵达了伦敦。“那女孩儿无论去哪都喜欢第一个到。”简·多摩尔语气刻薄地对我说。

伊丽莎白女士骑着马，率领着一千个士兵出城来迎接我们，他们都穿着都铎家族白绿相间的服色，而她骄傲地骑着马，仿佛从未因恐惧之顽疾而躲藏在病榻上。她的样子就像是伦敦的市长大人，前来为我们奉上这座城市的钥匙，而伦敦市民的欢呼声围绕着她，仿佛阵阵钟声。他们对两位公主高喊着："上帝保佑你们！"

我勒住马，稍稍和队伍拉开几步，以便打量她。玛丽女士充满爱怜地提起过她，威尔·萨默斯也曾说她是一只山羊：前一刻高高在上，后一刻又销声匿迹，因此我很期待能再次见到她。我记起了一闪而过的绿裙，诱人地斜靠在树上的通红脸孔，还有在花园里跑在她继父前面，又让他能抓到自己的那个女孩子。我的心里充满十二分的好奇，想看看那个女孩变成了什么样子。

马背上的女孩和玛丽女士口中那个"天真迷人的孩子"大相径庭，也远非威尔想象那样的"大环境下的受害者"，甚至也不是简·多摩尔憎恨的那个"心思缜密的妖女"。我看到的是一个以坚定的决心向自己的命运前进的女人。她很年轻，只有十九岁，却令人印象深刻。我立刻看出，这场欢迎仪式是她一手操办——她了解外表的魅力，也知道如何去设计和安排。她选定了绿色的制服，为的就是衬托出她松垮垮地裹在绿色兜帽里的火红色头发，也仿佛要以她的老处女姐姐衬托出自己的年轻未婚。绿与白是她父亲的都铎家族的颜色，只要看到这女孩高挑的眉毛和红发，就没有人会怀疑她的血统。离她最近的那些护卫都是她亲自挑选，这点从他们的外表就可以断定。她身边的男人无一不英俊非凡。长相平凡的那些则分散于队伍后排。她的女伴们则完全相反，她们没有一个能掩盖她的光彩，这么做很聪明，但只有轻佻的女子才会做出这样的选择。她骑着一匹高大的骟马，几乎比得上男人骑的战马。她的全身散发着健康、青春与活力，闪耀着功成名就的魅力。在她的光辉面前，因过去的两个月而耗尽精力的玛丽女士只能退居其次。

伊丽莎白女士的大队人马在我们面前停下，玛丽女士正要下马时，伊丽莎白女士飞身跳下马背，仿佛她的一生一直在等待此刻，仿佛她从未瑟缩在被子里，咬着指甲担忧着何去何从。看到她的时候，玛丽女士突然间容光焕发，就像母亲看到孩子那样笑逐颜开。显然伊丽莎白高傲的骑马姿态在她姐姐看来只是纯粹而不带私心的喜悦。玛丽女士张开双臂，伊丽莎白扑到她怀里，玛丽女士亲热地吻了她。她们拥抱了一会儿，注视着彼此的脸庞，伊丽莎白明亮的目光对上玛丽诚挚的双眼，而我明白，我这位女主人没有能力去看透那众所周知的都铎式魅力，从而发觉暗藏其下的同样无人不知的都铎式虚伪。

玛丽女士转向伊丽莎白的随从们，将手递给他们，亲吻他们每个人的脸颊，感谢他们陪伴伊丽莎白以及如此盛大地欢迎自己一行人来到伦敦。玛丽女士让伊丽莎白挽着自己，再次细细打量她的脸庞。她应该也看得出伊丽莎白身体无恙，全身洋溢着健康和活力，但我也曾经听人信誓旦旦地提到伊丽莎白时常头晕，腹部鼓胀和头痛，以及在玛丽女士直面自身的恐惧，于乡间招募军队、准备为她父亲的遗愿而战的时候，离奇的疾病将她困在床上动弹不得。

伊丽莎白对姐姐的到来表示欢迎，并为她的辉煌胜利而祝贺。“这是民心的胜利，”她说，“你是人民心中的女王，是统治这个国家的不二人选。”

“是我们的胜利，”玛丽慷慨地回答，“诺森伯兰要将我们两人都置于死地，无论是你还是我。我为我们两个赢得了属于我们的继承权。你又可以理所当然地做回公主、做回我的妹妹和我的继承人了，当我进入伦敦的时候，你应当骑马陪在我的身边。”

“您真是太慷慨了。”伊丽莎白甜甜地说。

“确实如此。”简·多摩尔低声地对我抱怨道，“狡猾的杂种。”

玛丽女士示意上马，伊丽莎白走回她的马，马夫扶她坐上马鞍。她对着周围的人们微笑，然后看到了身穿着仆童制服骑在马上的我，然后她的目光越过我，一副兴趣缺缺的样子。她没认出我就是当年在花园里看到她和汤姆·西摩尔在一起的那个小女孩。

但我对她很有兴趣。从我看到她像个普通荡妇那样靠在树上的那一刻起，她就在我的记忆中盘桓不去。她身上有什么东西令我着迷。我第一次见她的时候，她还是个愚蠢的女孩，一个不够诚实的轻浮女儿，但她总有些让我看不透的东西。她的恋人被处死，而她却幸免于难；她经历了许多阴谋事件却毫发无伤。她能控制自己的欲望，她拍马逢迎的时候就像个行家里手，而非少不更事的小姑娘。她曾经是她弟弟最爱的姐姐，新教的公主。她置身于宫廷阴谋之外，却对每条人脉了若指掌。她的笑容全无顾忌，大笑时清亮得如同鸟鸣；但她的目光却锐利得如同猫儿的黑眸，不会错过任何东西。

我想知道有关她的每一件事情，弄清她做过的、说过的和想过的所有事情。我想知道她是否给自己的亚麻内衣缝边，想知道她的褶领由谁浆洗。我想知道她蓬松的红发多久洗一次。我看着她穿着绿色长裙，骑着白色的高头大马走在列队而行的男女前面，也看到了我未来想要成为的那个女人。那个因自己的美丽而骄傲又因骄傲而美丽的女人；我期待能够长成那样的女人。伊丽莎白女士在我看来是弄臣汉娜有可能会成为的那种人。我曾经作为一个不快乐的女孩过了很久，后来又成了男孩，再后来是一个弄臣，我不知道怎样才能成为一个女人——这个问题一直困扰着我。可当我看到高高坐在马背上、光彩照人而又自信满满的伊丽莎白女士的时候，我就觉得我或许能成为那样的女人。我想我从未见过这样的女人。这样对碍手碍脚的少女羞怯不屑一顾的女人，这种看上去随时会索要自己走过的土地的女人。

可她的举止却并不粗鲁，那股大胆的气质表现在她的一头红发、微笑的表情和举手投足间的精力上。她动用了一个年轻女子所能拥有的全部端庄，向那个扶她上马的男人侧脸微笑，然后轻浮地甩过头，握起缰绳。她看起来仿佛对年轻女人的所有消遣全部了如指掌，却又不准备为此承担后果。她看起来就像个知道自己在想什么的年轻女人。

我的目光又转到玛丽女士身上，看着我越来越爱戴的女主人，不禁希望她能马上着手安排，把伊丽莎白女士嫁出去，送到很远很远的地方去。没有哪个家族能在这堆炽烈的篝火旁安然无恙，而上了年纪的女王身边如果有这样一位耀眼夺目的继承人，任何王国也都无法安定下去。

1553年秋

玛丽女士已经确立了自己作为下一任英格兰女王的人生，我也意识到我必须和她谈谈自己的未来。九月到来的时候，我收到了由女王家族这边发放的薪水，就好像我实际上是个乐师或者仆童，或是她的其他什么下人那样。很明显，我已经易主，我曾经作为弄臣而侍奉的国王已经死去，我曾经宣誓作为臣属的那位大人已然身处伦敦塔中，而与我一起熬过这个夏天的玛丽女士现在成了我的女主人。我做出了与时势相反的决定——这个国家的每个人都来到宫廷里伸手讨赏，还信誓旦旦地说要不是他们个人做出的艰苦努力，那些村子根本不会宣布对她的拥护——认为这也许是我结束宫中生活，回到父亲身边的时候了。

我小心地选定了时机，就在玛丽女士在里士满的祈祷堂做完弥撒，心情愉悦地归来之时。圣体①对她来说并非虚幻的仪式，它代表了高高在上的上帝，你可以从她的眼神、从她平静的微笑看出来。她备受鼓舞的神情我只在为宗教奉献一生的那些人身上见到过。她做完弥撒回来时，更像是修女院院长而非女王，我就是在那时走到她身旁。

“陛下？”

“怎么了，汉娜？”她向我微笑，“你有什么智慧的箴言要对我说吗？”

---

① 天主教的弥撒仪式中的重要环节，以祝圣后的面包和葡萄酒作为圣体和圣血的象征，并由教徒分食，寓意为与神同在。

“我是个非常不称职的弄臣，”我说，“我明白自己预言的次数很少。”

“你说过我会成为女王，而我在感到恐惧的那些日子也牢记在心，”她说，“我会耐心等待圣灵降临到你身上。”

“这就是我想说的，”我笨拙地说，“我刚从您的管家那儿领到薪水……”

她等了一会儿。“他少付给你了吗?”她礼貌地问。

“不是！不是这样的！我不是这个意思!”我拼命想要解释，“不是的，陛下。这是我第一次从您那儿领到薪水。以前的薪水都是国王支付的。但我为他效命是因为诺森伯兰公爵帮我求得了弄臣的工作，然后他又派我来陪您。我只是想告诉您，呃，您不是非留下我不可的。”

我说话的时候，我们已经走进了她的私人房间，幸好如此，因为她突然非常之不女王地咯咯大笑起来。“也就是说，你不是我的义务了?”

我发现自己也笑了起来。“求您了，大人。我因为公爵的一时兴起离开了父亲，然后又成了国王的弄臣。然后我又不请自来地跑到了您的家里。我只想说，您可以放我走，我知道您不是自愿要我来的。”

她立刻明白过来。“你是想回家吧，汉娜?”

“不是太想，大人，”我试探着说，“我非常爱我的父亲，但回了家我就得给他做店员和印刷工。在宫里自然愉快得多也有趣得多。”我没有加上“如果我在这儿能平安无事的话”，虽然这正是我心中所想。

“你有个未婚夫，是吗?”

“是的，”我很快想起了他，“但我们几年之内不会结婚。”

面对我孩子气的回答，她笑了起来。“汉娜，你想不想和我待在一起?”她温柔地问道。

我在她脚边跪下，说出了内心的想法。“我愿意，”我说。我相信她，我想我和她在一起也许能得到平安。“但我无法对我的灵视能力作出保证。”

“我知道，”她温和地说，“这是圣灵赐予的礼物，而圣灵自有安排，我可没想过你会成为我的占星师。我想要你做我的小女仆，做我的好朋友。你愿意吗？”

“我愿意，大人，我很愿意。”说话间，我感觉到她的手抚摸着我的头。

她沉默了一会儿，手仍然轻轻地放在跪着的我的头上。“我没找到过几个能够信任的人，”她轻声说道，“我知道你到我这边来是出于我的敌人的授意，但我认为你的天赋是由上帝赐予，我相信你也是上帝派到我这里的。现在你喜欢上我了，对吗，汉娜？”

“是的，陛下，”我答道，“我觉得任何一个侍奉您的人都不可能不爱戴您。”

她笑得有些伤感。“噢，也许吧。”她说。我知道她想到了那些受雇于王家育儿所的女人们，她们收了别人的钱，于是对伊丽莎白公主爱护有加，却再三羞辱年长的那个孩子。她收回自己的手，我能感觉到她走开了，于是抬起头，看到她走向窗边，望着外面的花园。“你可以跟我一起来，陪着我，”她轻声说，“我要去和我的妹妹聊聊。”

我跟着她，穿过她的私人房间，再经过那条可以眺望河景的走廊。金黄的田野才经过收割，但今年的收成并不好。秋收时节下了雨，如果他们没法沥干麦子，那么麦粒就会腐烂，也就没有足够的粮食储备可以过冬，这片土地会出现饥荒。随着饥荒而来的将是疾病。要想在潮湿的英格兰成为一个好女王，你就必须掌握气候本身。而即使玛丽女士每天都用几个小时去跪拜祈求，也办不到这一点。

丝绸衬裙的沙沙声传来，我四下打量，看到伊丽莎白女士从走廊另一端走来。这位年轻女子看到了我，向我调皮地一笑，就好像我们不知为何成了盟友。我觉得我和她就像是被一位严师唤到面前的两个学生，不禁也对她报以微笑。伊丽莎白向来如此：她只需要转过头就能赢得他人的好感。

然后她将目光转到姐姐身上。

“陛下，您还好吗?”

玛丽女士点点头，冷冷地开了口：“是你说要见我的。”

那张漂亮的俏脸突然变得冷静而庄重。伊丽莎白女士双膝跪地，低下头，浓密的红铜色头发垂在肩上。“姐姐，我只是担心您会怪罪我。”

玛丽女士沉默了片刻。我看到她突然伸出手，想要扶起她同父异母的妹妹。但她最后还是选择了保持距离和冷淡的语气。“所以呢?”她问。

“我想不到可能令您生气的原因，除非您质疑我的信仰。”伊丽莎白女士说话时仍忏悔似的低垂着头。

“你没有来做弥撒。”玛丽女士生硬地说。

她点了点头。“我知道。这就是我对您的冒犯之处吗?”

“当然了!”玛丽女士答道，“我将你当做妹妹看待，你却不肯接纳我的信仰?”

“噢!”伊丽莎白轻呼一声，“我担心的就是这个。但姐姐，您没能理解我的意思。我也想来做弥撒。但我害怕。我不想暴露我的无知。那样太可笑了……您明白的……我不知道该怎么做弥撒。”伊丽莎白抬起泪痕交错的脸，看向她的姐姐：“没有人教过我应该怎么做。我从小到大所学习的信仰方式和您不同。没有人教过我。您应该记得，我是在哈特菲尔德长大的，后来和凯瑟琳·帕尔[①]一起生活，她是个特别虔诚的新教徒。我怎么可能懂得您在您母亲面前学到的那些东西呢？求您了，姐姐，求您不要因为我无法知晓之事而责怪我。我还很小的时候我们就住在一起了，那时候您也没有教过我信仰方面的事情。”

“他们根本不允许我做弥撒!”玛丽女士大声说道。

“那么您应该明白我的理由了，”伊丽莎白有条不紊地说道，“别再因为

①亨利八世的最后一任王后。

我成长中的过失而责怪我了，姐姐。”

“现在你大可做出选择，”玛丽女士十分执着，“现在你身处于自由的宫廷。你可以做出选择了。”

伊丽莎白犹豫起来。“我能得到指导吗？”她问，“您能不能推荐些我该读的书，或者我该和您的神父谈谈？我觉得有很多事都没法理解。陛下，您能帮帮我吗？您能为我指点迷津吗？”

要不相信她简直是不可能的。她双颊的泪痕显得如此真实，甚至连她的脸也涨红了。玛丽女士轻轻地走上前去，伸出手轻轻地抬起伊丽莎白的头。那位年轻女子因她的触碰而颤抖。“求您不要生我的气，姐姐，”我听见她低声说道，“除了您之外，我在这世上已经是孤身一人了。”

玛丽用双手扶住妹妹的肩，帮她站起身。伊丽莎白原本比玛丽高半个头，但她现在因悲伤而弓着背脊，所以得抬起头才看得到自己的姐姐。

“噢，伊丽莎白，”玛丽低声说，“如果你能够承认自己的罪恶，并转向真正的信仰，我会很高兴的。我希望的，我唯一希望的，就是看到这个国家处在真实的信仰之中。如果我永远也不结婚，如果你能继我之后成为下一位天主教公主，下一位童贞女王，我们就将会共同建起一个美好的国家。我会让这个国家回归真实的信仰，你应当追随我，一同执行上帝的旨意。”

“阿门，阿门。”伊丽莎白低声附和，我听着她愉悦而真诚的声音，不禁想起了自己有多少次站在教堂里，或是参加弥撒的时候低声念诵“阿门”，这句话虽然听起来十分悦耳，却从未具有过任何意义。

对玛丽女士来说，这几天过得并不轻松。她正为自己的加冕礼做准备，但英格兰国王通常进行加冕礼的伦敦塔如今塞满了几个月前武装对抗她的叛徒们。

她的顾问们——尤其是那位西班牙使臣——对她说，她应该立刻将那些参与过反叛的人一一处死。如果留下他们的性命，只会引来更多的不满，只有死能让众人忘记他们。

“我不会让自己的手沾上那个蠢女孩的鲜血。”玛丽女士说。

简女士写信给她的表亲，忏悔说自己不该登上王位，她这么做是出于他人的胁迫。

“我了解我的表外甥女简，”有天晚上，当乐师们不再拨动琴弦，宫中的人们也打起呵欠、等待就寝的时候，玛丽女士轻声对简·多摩尔这样说，“她还是个孩子的时候我就认识她了，我像了解伊丽莎白一样了解她。她是非常虔诚的新教徒，她的一生都在研读书籍。她比任何女孩子都要学识渊博，呆板得像匹小公马，顽固起来就像圣方济会修士那样无礼。我和她虽然不接受彼此的信仰，但她确实没有世俗方面的野心。她绝不会有跻身于我父亲的指定继承人之中的想法。她知道我应当成为女王，而她绝不会否认这一点。这桩罪孽是诺森伯兰公爵和简的父亲两个人犯下的。”

“您不能将所有人都赦免，”简·多摩尔很直接，“她也是正式继位的女王，也曾坐在华盖之下。您不能当这件事情从未发生过。”

玛丽女士点点头。“公爵必须死，”她赞同地说，“但这样就可以结束了。我打算放过简的父亲萨福克公爵，还有简和她的丈夫吉尔福德，就让他们待在伦敦塔里，一直到我加冕好了。”

“那罗伯特·达德利呢?”我尽量放低了声音问。

她四下打量，然后看到我就坐在她王座前，她的灵缇犬正趴在我身边。“噢，你也在啊，小弄臣?”她柔声说，“是啊，你的旧主人将会因叛国罪受到审讯，但不会处死，只会被收押在牢房里，直到确认没有问题之后再行释放。这样你满意吗?”

“一切听凭陛下安排。”我顺从地说，但听到他会活下来的时候，我的心狂跳起来。

“那些希望你平安的人可不会满意，”简·多摩尔直截了当地指出，“如果那些本可以毁灭你的人仍旧行走在这片大地上，你又怎么能过得安稳？你要怎样才能让他们不再密谋？如果获胜的是他们，你觉得他们会宽恕你释放你吗？”

玛丽女士笑着按住她这位挚友的手。“简，王座是上帝赐予我的。没有人认为我能在肯宁霍尔活下来，没有人认为我能够不动刀兵就离开法拉姆灵厄姆。但我却在人们的祝福下走进了伦敦。上帝指派我成为女王。只要有机会，我就会将上帝的仁慈展现给众人。甚至是那些不了解仁慈的人。”

我写了张便笺给父亲，说我可以回家过圣米迦勒节，我将薪水存了起来，穿过漆黑的街巷去找他。我穿着合脚的新靴子，腰里别着一把小剑，毫无惧意地大步走着。我穿着受人爱戴的女王的服色，没有人会骚扰我，如果他们胆敢如此，那么感谢威尔·萨默斯，我会保护自己的。

书店的门关着，烛光透过百叶窗照射出来，整条街平安而寂静。我上前轻轻拍门，他小心翼翼将门打开。那是个星期五的夜晚，安息日的蜡烛扣在柜台下的水罐里面，在黑暗中闪烁着圣洁的光。

进房间的时候，我看到他脸色苍白，同样是难民的我很快明白过来，是敲门声吓到了他。即便他知道我会来，即使他根本没有恐惧的理由，他的心脏还是被夜晚的敲门声吓得少跳了一拍。我明白个中缘由，因为我也有过同样的体验。

“父亲，是我。”我轻声说着，在他面前跪下，他祝福了我并扶我站起。

“那么，你现在又在为王家做事了，”他笑了起来，“你可是时来运转了，女儿。”

“她是个了不起的女人，”我说，“所以并不是我时来运转。刚开始的时候我还想过逃跑，可现在在这片土地上，我只想为她一个人效力。”

“那罗伯特大人呢？”

我看了一眼关着的门。“没有人为他效力了，”我说，“只有伦敦塔的守卫，我希望他们能够对他好些。”

我父亲摇了摇头。“我还记得到这里来的那天的他，看起来就像是那种能够掌控半个世界的人，可现在……”

“她不会处死他的，”我说，“公爵已经死了，她会宽恕所有人。”

父亲点了点头。“世道艰险，”他说，“迪伊先生曾经说过，艰险的时代就像是创造改变的熔炉。”

“您见过他？”

父亲又点点头。“他来看看我这里是不是有他要的手抄本的最后几页，或者能不能帮他找到另外一册复印本。这真是令人懊恼的损失。他买下了那本书，那是一本关于炼金术流程的书，但最后三页不见了。”

我笑了起来。“是做金子的配方吗？不知怎的缺了几页？”

我的父亲也报以微笑。这是我和父亲之间的一句玩笑话：如果我们照那些声称记载了“贤者之石”配方的炼金术书籍去做的话，早就活得像个西班牙贵族了，因为据说这种石头能将基础金属转化为黄金，以及永生灵药。我父亲有十几本这方面的书，我小时候还曾求他给我看，满以为我们也许能做出那种石头，变成有钱人。但他给我看的却是一堆让人头昏脑涨的神秘学著作、图片、诗歌、咒语和祷文，到头来没有人变得更聪明或者更有钱。很多人，很多聪明人，他们都一本接一本地买这些书，试着破解那些总是号称隐藏着炼金术秘密的谜题，却没有人回来告诉我们说他们揭开了谜底，将从此永生不死。

“如果真有什么人能发现炼金术的奥秘，并且制造出金子来，那个人一定是约翰·迪伊，”父亲说，“他是最渊博的学者和思想家。”

“我知道，”我说着，想到我坐在他的高脚凳上度过的那些个下午：我读着一段又一段的希腊文或是拉丁文，而他用和我语速相同的效率进行着翻译，身边堆满了他亲手制作的各种器材，“可你觉得他看得到未来吗?”

“汉娜，这个人连转角那边的东西都能看到！他发明了一台机器，可以越过或者绕过建筑，看到更远处。他能够预知星辰的轨迹，能够量度和预测潮汐的动向，他绘制了这个国家的地图，足以让船只在整条海岸线畅行无阻。”

“嗯，我看到过，”我赞同道，又想起上次我在女王的敌人们的书桌上见到过它，“他应该留心一下使用他这些发明的人是谁。”

“他的工作只是纯粹的研究，”父亲很肯定地说，“不能因为那些运用他的发明的人而谴责他。他是个伟大的人，赞助者的死不会影响到他。直到公爵和公爵的家族都被人遗忘之后很久，他仍然会为人所铭记。”

“罗伯特大人不会被忘记的。”我信誓旦旦地说。

“他也会的，”父亲断言道，“告诉你吧，孩子，约翰·迪伊读起文字、表格、机械图表甚至是密码都特别快，我从没见过比他还要快的人。噢！我差点忘了。他还预订了几本书，要寄给塔中的罗伯特大人。”

“是吗?”我的注意力猛然集中起来，“要我把这些书给罗伯特大人送去吗?”

“等书到货就送去吧，”父亲柔声说，“还有，汉娜，如果你见到罗伯特大人……”

“什么事?”

“Querida，你必须让他解除你的臣属身份，然后和他道别。他是个即将被处死的叛徒。现在你该和他告别了。”

我刚想和他争辩，他却抬起了手。“这是我的命令，女儿，”他坚持道，

"我们在这个国家得像犁铧下的蟾蜍那样生存。我们不能拿性命冒险。你必须和他划清界限。他现在是公认的叛徒。我们不能和他扯上关系。"

我低下了头。

"丹尼尔也是这样想的。"

听到这话我抬起头来。"什么？为什么他会知道这些？"

父亲笑了起来。"他可不是个无知的孩子，汉娜。"

"他不在宫里。他不了解那个世界运转的方式。"

"他就要成为一位伟大的内科医生了，"父亲轻声说，"他有很多个晚上都来这里读那些关于药草和药物的书。他还在研读关于健康与疾病的希腊文著作。你不应该因为他不是西班牙人就觉得他很无知。"

"但他对摩尔人的医术一无所知，"我说，"你亲口说过他们才是世界上最有智慧的人。你说他们得到了希腊人的真传，而且还更进一步。"

"确实，"父亲也承认这一点，"但他是个有见地的年轻人，也是个勤勉的工作者，他在学习方面有天赋。他来这里读书，每周两次。而且他总是提起你。"

"提起我？"

父亲点了点头。"他把你称为他的公主。"他说。

我惊讶得好一会儿才能开口说话。"他的公主？"

"对。"父亲看着迷惑的我微笑道，"他说话的口气像是个沉浸在爱情中的年轻人。他来看我的时候会问我：'我的公主怎么样了？'——他说的是你，汉娜。"

我的女主人玛丽女士的加冕礼在十月的第一天举行，整个王宫、整个伦敦城、整个王国都用了夏天的大部分时间来筹划这场终于能让亨利的女儿登上王座的盛典。簇拥在伦敦街头的那些面孔中少了一些人。虔诚的新教徒们不相信女王发自真心的宽容承诺，早已胆战心惊地逃往远方，甚至漂洋过海。他们在法国受到了友好的接待：法兰西王国再次厉兵秣马，准备对付他们的宿敌英格兰。女王的国会也少了些面孔：如果女王的父亲仍在世，定会疑惑他曾经最欣赏的几个人如今去向何方。有些人因过去对待她的方式而羞愧，有些人是不愿效忠于她的新教徒，还有些人不失风度地以那些信奉新教的修道院为家。但宫廷里、城里还有全国各地的支持者都蜂拥而来，只为向他们的新女王道贺，她将会支持他们对抗那些深知她信仰之热诚，却依然不愿改旗易帜的新教徒。

这是我第一次见到的，仿如童话般的加冕礼。盛大的场面如同我父亲书中的情景。一位金色战车上的公主，穿着饰以白色貂皮的蓝色天鹅绒袍子，穿过城中悬挂着挂毯的街道，经过涌动着葡萄酒的喷泉，空气都因此充满了温暖的气息，她从人群旁经过，人们看着他们的公主、他们的贞洁女王，迸发出喜悦的高呼，她停在一群孩子的身旁，他们正唱着颂歌，赞美她不懈抗争最终成为女王，赞美她带回旧日信仰。

第二辆战车里是新教的公主，但人们献给她的喝彩完全无法与女王得到的震耳欲聋的欢呼相比。与伊丽莎白公主同乘一辆战车的是一直被亨利冷落的王后，克利夫斯的安妮①，她显得前所未有地丰满，带着安逸的微笑看向人群，我想那种神色恐怕只有同样逃过劫难的人才能明白。这辆战车的后面，则是来自宫中和全国各地的四十六位女士，穿着她们最好的装扮步行其后，等我们开始从白厅向伦敦塔前进的时候，她们明显露出了疲态。

在她们的后面则是朝中的大臣们，包括所有小贵族和小官员，我也位列其中。从我到英格兰的那天起，我就明白自己只是个局外人，只是因恐

① 玛丽与伊丽莎白的父亲亨利八世的第四任妻子。

惧而逃亡的难民，又必须装出并不害怕的样子。可我走在女王的加冕礼队伍里，那位机智的弄臣威尔·萨默斯走在我身边，而我戴着黄色的帽子，手里拿着弄臣的带有小铃的手杖，这时我却有一种回归自我的感觉。我是女王的弄臣，我的宿命指引我来到她那里，从最初的间谍到与她一同逃亡，再到见证她勇敢的宣言。她赢得了自己王座的同时，我也在她身边赢得了自己的一席之地。

我不介意自己弄臣的身份。我是个神启弄臣，大家都知道我拥有灵视能力，也都知道我曾经预见到她成为女王的这一天。有些人甚至在我经过时画起了十字，也等同于承认了我所拥有的力量。所以我走路的时候扬起头，不再惧怕那些注视着我黄褐色皮肤和黑色头发的目光，也不怕他们说我是个西班牙人。我觉得自己在今天算得上一个英格兰女人，而且是个忠实的英格兰女人，因为我爱自己的女王，爱这个接纳我的国家，并且我为此而欣喜。

当晚我们在伦敦塔里过夜，第二天玛丽女士加冕成为了英格兰的女王，妹妹伊丽莎白在她身后托着裙摆，而她也是第一个单膝跪地发誓效忠女王的人。我几乎看不到她们俩，因为我挤在修道院后部的人群中，宫中的一位绅士遮挡着我的视线，但无论如何，我亲眼看到了玛丽女士登上属于她的王位，她的妹妹陪伴在她身旁，而她毕生为荣誉和正义的奋斗也到此告一段落。那一刻泪水模糊了我的视线，神（不管他的圣名是什么）终究还是祝福了她，让她取得了胜利。

尽管伊丽莎白单膝跪倒在玛丽面前的那一刻，两姐妹看起来是那么团结，可伊丽莎白女士仍然将弟弟的祈祷书用细链拴在自己的腰间，只穿式样朴素的长裙，而且很少在做弥撒的时候出现。她用尽一切方法要让世人明白，她这个新教徒是除了她刚刚宣誓毕生效忠的那位女王之外的另一个选择。像以往那样，女王没有特别的理由可以谴责伊丽莎白，因为她的问题只是出在态度上：她总是和她略微拉远一些距离，似乎她一直心怀歉意，但就是没办法完全认同她的做法。

几天以后，女王派人带了封便笺给伊丽莎白，说希望她早上能和宫中的其他人一起参加弥撒。我们正准备离开女王的接见室的时候，回复送来了。女王才刚把手放在自己的弥撒书上，转头就看到伊丽莎白的女伴站在门口，还捎来了伊丽莎白女士的口信。

“她请您原谅，她身体不舒服。”

“哎呀，她怎么了？”女王的语气有些尖锐，“她昨天还好好的。”

“她的胃不舒服，很痛，”那位女士答道，“她的侍女艾什莉还说她的身体没办法参加弥撒。”

“告诉伊丽莎白女士，我希望她今天上午到我的礼拜室来，不要缺席。”玛丽女士平静地说着，转身看着她的侍女们，又拿起弥撒书，但我发现她翻找页数的手在不停颤抖。

我们走到玛丽女士房间的门口，守卫正要给她打开门，让我们走进那条塞满了道贺者、旁观者和请愿者的走廊时，伊丽莎白的侍女之一突然从侧门走了进来。

“陛下。”她拿着一张便条，嗫嚅道。

女王甚至没有转头。“告诉伊丽莎白女士，我希望在做弥撒的时候看到她。”她说着，对守卫点头示意。守卫用力打开大门，我们听到了敬畏的低呼，女王无论走到哪里都听到这样的声音。人们纷纷屈膝或躬身行礼，她从他们之间穿过，双颊红润有光，这意味着她在生气，她握着珊瑚制玫瑰念珠的手抖个不停。

伊丽莎白很晚才来参加弥撒，我们听到她穿过拥挤走廊时的叹息声，看到她难受地深深弯着腰。有人在对这位身怀病痛的年轻女子低声表达着关切。她坐进女王身后的长凳上，我们能清楚地听到她对一名侍女的耳语："玛莎，如果我晕倒了，你能扶我起来吗？"

女王的注意力仍然放在那位背对着她主持弥撒的神父身上，而他的全部注意力则集中在面前的面包和葡萄酒上。对玛丽来说，对这位神父来说，现在是一天中唯一真正重要的时刻，其余那些只是凡俗的事务而已。当然了，像我们这样的罪人早就等不及凡俗事务的到来了。

伊丽莎白女士跟着女王的队伍离开教堂，同时按着自己的腹部低声呻吟。她几乎无法行走，她的面色苍白得就像死人，也像是扑上了一层米粉。女王走在前面，神情严厉。到达住处的时候，她便吩咐将门关起，也将伊丽莎白女士苍白的脸色和病弱的举止引来的关切，还有女王坚持让这个身患重病的女孩出席弥撒引来的不满声音关在门外。

"那个可怜的女孩应该在床上休息。"有个女人在紧闭的门外大声说道。

"确实如此。"女王自语道。

1553年冬

漆黑如夜，尽管现在才傍晚六点，雾气弥漫，如同裹尸布那样包覆了冰冷的河面。我嗅到绝望的气息，它来自伦敦塔湿气沉重的高墙，这儿想必是所有君王曾经建造的行宫之中最为阴森的一处。我来到侧门，那里的守卫举起明亮的火把，照着我苍白的面孔。

“一个小男孩。”他武断地说。

“我来给罗伯特大人送几本书。”我说。

他将火把放回原位，黑暗立刻吞没了我，紧接着的铰链的吱嘎声提醒我他正在拉开大门，我退了几步好让那两扇巨大而潮湿的木板能够彻底打开，然后我走向前去。

“让我看看你的书。”他说。

我欣然拿出了书。这些是为天主教观点进行辩护的神学著述，梵蒂冈发放了许可，女王治下的国会也予以承认。

“进去吧。”守卫说。

我踩着滑溜溜的鹅卵石路穿过守卫室，沿着堤道前行，另一侧是月光下闪闪发光的泥泞，然后我爬上一段木制台阶，来到这座白色高塔的高大门口。如果遇到袭击或是救援行动，塔内的卫兵只需要撤除内部的阶梯，就没有人能进到塔里了。没有人能将我的大人救出去。

另一个卫兵守在门口。他领我进到里面，敲了敲里间的门，然后打开门让我进去。

我终于见到他了，我的罗伯特大人，他埋首于书页中，手肘边放着一支蜡烛，金色的烛光照亮了他的黑发和他苍白的皮肤，然后是他缓缓焕发出光辉的微笑。

“假小子！噢！我的假小子！”

我单膝跪地。“大人！”只说了这一句，我便流下了泪水。

他笑了起来，拉我起身，将手臂环在我的肩上，擦去我的眼泪，他的触摸令人迷醉。“好了，孩子，好了。发生什么事了？”

“因为您！”我哽咽着，“因为您到了这儿。而且您看上去这么的……”我不忍心说“苍白”、“病弱”、“疲惫”、“落魄”之类的词，但所有这些都是真话，“而且您被囚禁于此，”我终于想到了合适的词，“还有您那些漂亮衣服！还有……接下来会发生什么？”

他大笑起来，仿佛这些根本都不重要，然后他带着我来到火边，坐到椅子上，拉过一张凳子给我，让我和他面对面地坐下，像是对待他最爱的外甥一样。我怯生生地坐在对面，将双手放在他的膝上。我很想摸摸他，看看他是不是真的。我经常梦见他，现在他就在我面前，依然如故，只是脸上因挫折和失望而留下了深深的纹路。

“罗伯特大人……”我轻声说。

他迎上我的目光。“我在，小家伙，”他温柔地说，“这是一次豪赌，而我们输了，所以得为此付出沉重的代价。你已经不是孩子了，你该知道世事不易。我会为此付出必须的代价。”

“他们会不会……？”我感到不忍，但我还是想知道他坚强的微笑所面对的是不是自己的死期。

“噢，我想应该会吧，”他轻松地说，“很快。如果我是那位女王的话。现在来说些最近的消息吧。我们可没多少时间。”

我将自己的凳子拉近了一些，整理了一下自己的想法。我不太想和他说起最近的消息，因为都是些坏消息，我只想看看他平静的面孔，摸摸他的手。我想告诉他，我一直都想见他，在知道他落败以后，我写了一封又一封密码信，但都丢进火中燃烧殆尽。

“来吧，”他催促道，“把一切都讲给我听。”

“女王在考虑她是否应该结婚，我想您应该也知道，”我用很低的声音说，“而且她生了病。他们提议了一个又一个男人。最好的选择是西班牙的菲利普。西班牙大使说这将是一场非常美满的婚姻，但她仍在担心。她知道她无法独力执政，但她也担心会有越权的情况发生。”

“可她还是会答应下来吧？”

“她也许会放弃。我不清楚。她病倒的一半原因就是担心这件事。她害怕床上多一个男人，又害怕没有男人会让王位不保。”

“那伊丽莎白女士呢？”

我看了一眼厚重的木门，把声音压得比之前更低。“这些天来她和女王一直不和，”我说，“她们起初很亲密，玛丽女士希望伊丽莎白始终站在她这边，也认可了她的顺位继承权；但她们最近生活上起了龃龉。伊丽莎白女士不再是听从女王教导的小女孩了，而且在争辩方面，她远胜过玛丽。她像炼金术师一样机智。女王很讨厌有关宗教的讨论，伊丽莎白女士则凡事都要争论，什么都不认同。她看待任何事物的目光都很吓人……”我停了口。

“吓人？”他有些疑惑，“她的眼睛很美。”

“我是说她看待事物很苛刻，”我解释说，“她没有什么信仰，她从来也不会因畏惧而阖起双眼。她不像我的女士那样，你从来都看不到她举起圣体时有任何崇敬。她想知道一切的真相，又不相信任何事情。”

罗伯特大人点点头，对我准确的形容表示肯定。“没错。她总是不相信任何事情。”

“女王强迫她出席弥撒，伊丽莎白女士手按着肚子去了，一边还痛苦地呻吟。然后，等女王再次强迫她的时候，她却说自己已经皈依天主教。女王想让她吐露真相。她想让她说出心底的秘密，想知道她究竟相不相信圣餐礼。”

“伊丽莎白心底的秘密!”他惊叫一声，大笑起来，“女王到底在想些什么？伊丽莎白不会允许任何人接触到自己心底的秘密。甚至当她还是个育儿所里的小孩子的时候，就很少自言自语地吐露心声了。”

“噢，她说她会公开表示自己已为天主教的诸多美德所折服，”我说，“但她并没有这么做。她只会在迫不得已的时候去做弥撒。每个人都说……”

“他们说什么，我的小间谍?”

“说她正在给真正的新教徒写信，说她已经有了大批拥护者。说法兰西准备资助反抗女王的势力起义。还有人说，至少她可以等女王死后坐上王位，然后抛开所有伪装，从新教公主成为一位新教女王。”

“啊哈，”他顿了顿，花了点时间去消化这些信息，“而且女王相信这些都是诽谤?”

我抬头看他，希望他能够明白。“她认为伊丽莎白会成为她的好姐妹，”我说，“取得大胜的那一刻，她和她一起走进伦敦城。加冕礼的那天她也把伊丽莎白带在身旁。她还能怎样表达对她的爱、对她的信任和对她顺位继承权的认同呢？从那以后的每一天，她都能看到伊丽莎白说一套做一套，看到伊丽莎白在逃避弥撒，一面假装她会去，一面又毫不顾忌地想来就来想走就走。伊丽莎白她……”我停了口。

“伊丽莎白什么?”

“她出席了加冕礼，根据女王的要求就排在队列的第二位。她的马车就在女王后边，”我语气没那么忿忿，但还是压低着声音，“她带自己的人出席了加冕礼，第一个在新女王的面前跪倒，发誓要做她最真诚也最忠实的臣民。她在上帝面前宣誓效忠。她怎么能密谋反抗呢？”

他听出了我话语中的气愤，靠向椅背。“女王生伊丽莎白的气了吗？”

我摇摇头。“没有。比生气还要糟糕。她对她很失望了。她很孤独，罗伯特大人。她希望自己的妹妹能够陪在身边。她的爱和尊重都留给伊丽莎白一人。她几乎无法相信伊丽莎白并不爱她：如果发现伊丽莎白在密谋反叛，她一定非常痛苦。而且她在密谋这件事几乎已经确定了。每天告密者都带来新的消息。”

“他们有什么证据吗？”

“我想证据多到足够逮捕她十几次了。相比她表面上的无辜来说，有关她的谣言也太多了。”

“可女王还是没有做出任何对她不利的事？”

“她希望一切和平，”我说，“除非迫不得已，她不想做出不利于伊丽莎白的举动。她说她不会处死简女士和您的弟弟……”我没有说出“还有您”，但我们在想的事情都是威胁着他的绞刑。“她想为这个国家带来和平。”

“噢，阿门，”罗伯特说，“伊丽莎白会留在宫里过圣诞节吗？”

“她请求过要离开。她说她又病了，需要乡间的平静。”

“她真的病了？”

我耸耸肩。“谁知道呢？我们看到她的那天，她面孔浮肿，一副病恹恹的样子。但没有人仔细打量过她。她总是待在自己的房间里，只有在必要的时候才出来。没人和她讲话，女人们都对她很不友善。人人说这只是出于嫉妒，不是她的过错。”

听到我提起女人之间的互相鄙夷，他连连摇头。“尽管这样，这个可怜的女孩儿还得拿着玫瑰念珠和弥撒书去做弥撒！”

“她不是个可怜的女孩儿，”我愤怒地说，“女王宫里的那些女士对她是不够好，但这全是她自己的错。只有在外人面前，她才话语温柔，走路的时候也垂着头。而且做弥撒的时候每个人都必须去，一向如此。每天要在女王的祈祷室里唱七次弥撒曲。至少每人每天两次。”

他几乎就要为宫中如此迅速地恢复虔诚而失笑。“简女士呢？她真的不会因叛国罪而被处死吗？”

“女王不会杀自己年轻的表亲的，”我向他保证说，“她还会以囚徒的身份在塔里住上一段时间，然后等国家恢复平静之后就会被释放。”

他的脸稍稍抽搐了一下。“女王冒了很大的险。如果我是她的顾问，我会建议她趁早结束这一切，结束我们所有人的性命。”

“她知道这不是简女士自愿的。残忍的女王才会惩罚简女士，而她并不残忍。”

“那个女孩才十六岁。”他半是对我说，半是在自言自语。他站起身，几乎没看我一眼。“我本该阻止这一切的，”他说，“我本该让简平安无事地远离这些，无论我父亲究竟有什么打算……”

他看向窗外暗沉的庭院，他的父亲就是在那儿被处决的。他也曾乞求宽恕，提出证据证明自己与简为敌，与自己的儿子和其他人为敌，只求饶他一命。他跪倒在处刑台时，蒙眼布滑落下来，他拉起蒙眼布，又以双手和双膝摸索着地面，恳求刽子手等到他做好准备。这是个悲惨的结局，但却比不上他给予年轻国王的结局那样悲惨，因为后者才是真正无辜的。

“我是个傻瓜，”罗伯特不无痛苦地说道，“被野心冲昏了头脑。我惊讶的是你竟然没有预见到我的下场，孩子，我真觉得达德利家族的傲慢甚至能让天国也为之震动。要是上帝能让你及时警告我就好了。”

我背对着火光站着。“我也希望这样，”我伤心地说，“只要能把你救出这儿，我愿意做任何事。”

“我是不是要在这里待到腐烂为止？”他轻声地问，“你能帮我预见一下吗？有些夜里，我听到老鼠爬过地板的声音，我会觉得这是我唯一能够听到的声音了，还有透过窗能够看到的那块天空也是我唯一能够看到的东西。她不会砍我的头，但她会耗尽我的青春时光。”

我在沉默中摇了摇头。“我道听途说，也曾经直接问过她。她说她不希望有太多不必要的流血。她不会处死你，等到她释放简女士的时候，也会释放你的。”

“如果我是她，我可不会这么做，”他轻声说，“如果我是她，就会铲除伊丽莎白、简、我弟弟还有我，让玛丽·斯图亚特①做下一任继承人，管她是不是法国人。斩草除根。这是让王国回归天主教并继续保持下去的唯一办法，很快她就会明白的。她会将我们这批新教的阴谋者全部铲除。如果她不这么做的话，她就只能砍掉一颗又一颗脑袋，却永远也砍不完。”

我穿过房间，站到他身后。我怯怯地将手搭上他的肩头。他转身看着我，仿佛刚才忘记了我的存在。“你呢？”他柔声问，“你在宫廷里安全吗？”

“我从来都没有安全过，”我低声说，“你知道为什么的。我永远也得不到安全。永远也感觉不到安全。我爱女王，没有人会质问我是谁，我从哪里来。人们只知道我是她的弄臣，仿佛我一生下来就陪伴在她身边。我本该觉得安全的，但我总是有如履薄冰的感觉。”

他点点头。“我会将你的秘密带到绞刑架上的，如果我被绞死的话，”他允诺道，“你不必因为我而担心，孩子。关于你的身份和你的来历，我不会告诉任何人。”

我点点头。当我抬头看他的时候，发现他也在注视着我，漆黑的眸子充满温暖。“你长大了，假小子，”他评价道，“很快就会变成女人。很遗憾

---

①亨利八世的姐姐玛格丽特的后裔。

我看不到那一天了。”

我说不出话来，只能呆立在他面前。他微笑起来，仿佛深谙我矛盾的心情。“哈，小弄臣。那天我应该直接离开你和你父亲的书店，这样就不会把你卷进来了。”

“我父亲让我和你道别。”

“嗯，他是对的。你现在就可以走了。你不用再遵守发誓爱我的那个承诺了。你也不再是我的臣属了。我允许你离开。”

这对他来说只是个玩笑。他和我一样清楚，没有人能解除女孩对一个男人的爱的承诺。要么是她自己抽身离开，要么因此束缚一生。

“我不是自由之身，”我低声说，“父亲让我来看你，和你道别。但我并不是自由之身。而且永远不会是。”

“你想要继续为我效力？”

我点头。

罗伯特大人笑着将身体向前倾，他的嘴唇凑近我的耳边，我甚至感觉得到他呼吸的温暖。“那么为我做最后一件事吧。去伊丽莎白女士那里。给她带去衷心的问候。告诉她去跟我的导师约翰·迪伊学习。让她务必想办法找到他，协助他的研究。然后你再去找约翰·迪伊，告诉他两件事情。第一件是：我觉得他应该和他旧主威廉先生取得联系。听明白了吗？”

“好，”我说，“威廉先生。我认识他。”

“第二件事情是：让他和詹姆斯·克劳夫特还有汤姆·怀亚特见个面。我认为他们正在进行一场会让约翰·迪伊很感兴趣的炼金术试验。爱德华·考特尼可以筹划一场化学婚礼。你记得住这些话吗？”

“记住了，”我说，“但我不明白这些话的意思。”

“那就更好了。他们想用最基础的金属来提炼黄金，再将白银化为灰烬。这么告诉他就好。他会明白我的意思的。再告诉他说我会在那场炼金术表演里扮演好我的角色，如果他能带我去那里的话。”

“哪里?”我问。

“记住我说的话，”他说，“给我重复一遍。”

我一字一句地重复了一遍，他点了点头。“最后，再回到我这里一次，最后一次，然后告诉我你在约翰·迪伊的镜子里看到了什么。我要知道。不管我将来会如何，我都要知道英格兰接下来会发生什么。”

我点点头，但他没有立刻让我离开。他将唇贴在我的脖颈上，就在耳朵下面的位置，轻轻一吻，呼吸般地轻轻一吻。“你是个好女孩，”他说，“谢谢你。”

然后他让我离开，我向后退去，一步一步地退后，仿佛转个身都令我无法忍受似的。我轻轻拍了拍身后的门，守卫将门打开。“愿上帝保佑您平安无事，大人。”罗伯特大人转头向我微笑，那微笑甜蜜得让我心碎，然后门就关上了，将他与我隔绝开来。

“快走吧，小子。”他对着渐渐关上的门平静地说道，随后的我伫立在没有了他的黑暗与寒冷之中。

到了外面的街上，我迈开步子，想要跑回家里。这时门口突然走出一个身影，挡住了我的去路。我警觉地深吸一口气。

“嘘，是我。丹尼尔。”

“你怎么知道我在这儿?”

“我去了你父亲的店里，他说你去了伦敦塔给罗伯特大人送书。”

“噢。”

他几步走到我身旁。“现在你应该不用为他效力了。”

“对，”我说，“他给了我自由。”我多么希望丹尼尔能马上离开，我就可以好好地回味罗伯特大人带着呼吸印在我脖颈上的那个吻的温度。

“所以说你不用再为他效力了。”他咬文嚼字地说。

“我说过了，”我很生气，“我没在为他效力。我只是帮我父亲送书到这儿来。而主顾恰巧是罗伯特大人。我甚至没有看到他。我只是把书带了进去，交给了一个守卫。”

“那他什么时候给了你自由呢？”

“几个月前。”我撒了谎，试图掩饰过去。

“是在他被捕的时候吗？”

我打量着他。“这关你什么事？我不再为他效力，现在我为玛丽女王效力。你还想知道些什么？”

他也像我一样生起气来。“我有权知道你所做的一切。你是我未来的妻子，你以后会跟我的姓。因为你坚持离开宫廷，前往伦敦塔，你也就给你自己、给我带来了危险。”

“你根本没有什么危险，”我反驳他说，“你怎么知道自己有危险？你什么也没做过，哪儿也没去过。世界翻天覆地然后又恢复原状，可你一直安全地待在家里。你为什么会有危险？”

“我的确没有挑拨一个主人跟另一个对抗，也没有戴着假面具去刺探别人，再做出虚假的见证，如果这就是你所谓的‘什么也没做’的话，”他言辞尖锐，“我根本不觉得这些是多么伟大多么令人钦佩的举动。我坚持自己的信仰，我父亲的葬礼也是根据恰当的仪式而操办。我供养自己的母亲和妹妹们，为了婚礼存钱。为了我们的婚礼。而你在昏暗的街巷间奔走，穿得像个仆童，为天主教的宫廷效力，探视一位戴罪的叛徒，还要责怪我什么都没有做。”

我从他掌中抽回我的手。“难道你不明白他快死了吗？”我大吼着，意识到有泪水流过自己的脸庞。我气恼地用袖子擦去泪水，“你不知道他们就要处死他，没有人可以救他吗？你不知道即使在最好的情况下，他们也会把他留在这里，一直一直一直地等，一直等到死去吗？你不知道他连自己都救不了吗？难道你不明白，我所爱的每个人都会无辜地死去，而且没有可以拯救他们的办法？难道你不明白我这辈子的每一天都在想念我母亲吗？难道你不明白，我每天夜里做梦都闻得到烟味，而现在这个人……这个人……”泪水又止不住地流了下来。

丹尼尔抓住了我的双肩，但并不是拥抱，而是伸直双臂结结实实地按着我，以便长久地、目不转睛地打量我的脸。“这个男人跟你母亲的死没有任何关系，”他语气平淡地说，“他和为信仰而死的人完全不同。所以别再用悲伤掩饰你的欲望了。你曾经为两位主人效命，而他们彼此为敌。他们其中一人注定会被囚禁在这里。如果不是罗伯特大人，那就会是玛丽女王了。胜利者只有一个，而另外一个注定会死去。”

我挣脱他的双手，避开他苛刻无情的目光，步履艰难地向家的方向走去。片刻后，我听到他尾随的脚步声。

“如果关在这儿的是玛丽女王，如果上断头台的人是她，你会像这样哭泣吗？”他问道。

“小声点。”我警觉地说，“我会的。”

他什么也没说，但他的沉默足以证明他深深的怀疑。

“我没做什么不光彩的事。”我冷冷地说。

“我很怀疑，”他的口气和我一样冷冰冰的，“你只是缺乏做不光彩的事的时机。”

“混蛋。”我压低声音说，没有让他听到，他跟着我回了家，一路上沉默不语，我们在门口握手道别，但既不带亲情也不带爱意。我目送他离开时，真想找本大部头书丢向他那高昂着的脑袋。然后我去了父亲那里，心里思索着要过多久丹尼尔才会来找他，说他想解除我们的婚约，又想着我那时将会怎样反应。

作为女王的弄臣，我本该每天都待在她的房间里，待在她的身边。但等到我能够擅离职守一个钟头而不引起注意的时候，我就趁机去达德利以前的房间找约翰·迪伊。我轻轻地拍了拍门，一个穿着古怪的仆从打开门，神色诧异地打量我。

“我还以为达德利家族的人是住在这儿。”我羞怯地问。

“已经不住这儿了。”他巧妙地答道。

“那我在哪儿能找到他们呢？”

他耸耸肩。“公爵夫人的房间就在女王的房间旁边。她的儿子在伦敦塔里。她的丈夫在地狱里。”

“那位导师呢？”

他耸了耸肩。“他走了。回他父亲那里去了，我这么认为。”

我点点头，转身回到女王的房间，坐在她脚边的一块小垫子上。她的小狗，那只灵缇犬，也有一块和我这块很搭调的小垫子。狗儿坐着，我也坐着，我们俩的鼻子平行，用同样迷茫的棕色眼眸四下打量，当其他朝臣前来躬身行礼，然后要求封地与拨款的时候，有时女王会拍拍狗儿，有时候会拍拍我；而我和狗儿会保持沉默，从不会说出我们对这些虔诚的天主教徒们的看法，也从不谈论他们如何将自己对信仰的热情巧妙地隐藏了这么久。当他们宣布自己对新教的虔诚时，当他们眼看着天主教徒被烧死时，他们都深藏自己的信仰，等到此刻才像复活节的水仙花一般盛开和绽放。原来这个国家有着如此多的虔信者，直到现在我们才知道他们的存在！

等他们都离开以后，她会走到一面斜墙的窗边，在那儿没人听得到我们说话，她示意我走过去。“汉娜？”

“什么事，陛下?”我立刻来到她身边。

“现在不正是你脱去这身仆童装扮的时候吗？你很快就会变成女人了。”

我迟疑起来。“如果您不介意的话，陛下，我倒是宁愿穿得像个仆童呢。”

她诧异地看着我。“孩子，难道你不渴望穿上漂亮的长裙，不想留一头长发吗？你不想成为年轻女人吗？我想我可以送你一条长裙作为圣诞节礼物。”

我想起母亲将我浓密的黑发编成辫子，再把小辫子绕在她的手指上，对我说，我会长成一个美人，一个以美丽而闻名的女人。我想起她因为我贪慕昂贵的衣服而责骂我，想起我是怎样央求她买一条绿色天鹅绒长裙给我做光明节礼物。

“我失去母亲的同时也失去了对服装的热爱，”我轻声说，“不是她为我挑选、亲手为我穿上、告诉我很适合我的衣服，不会让我开心。没有她在这里为我梳理头发，我甚至都不再想拥有一头长发。”

她的表情温柔起来。“她什么时候过世的?”

“我十一岁的时候，”我撒了谎，“她染上了瘟疫。”我绝不会冒险说出她作为异教徒被烧死的真相，即使是面对这位庄重而感伤地看着我的女王。

“可怜的孩子，”她温柔地说，“这是你永远也忘不掉的伤痛。你可以学会忍耐，但永远也忘不掉。”

“有好事发生的时候总想告诉她。有坏事发生的时候我总想得到她的帮助。”

她点点头。“我以前也常常给我母亲写信，就算我知道那些信件根本送不到她那里去。即使里面没有任何会受人责备的内容，没有秘密，仅仅诉说了我对她的需要和无法见到她的悲伤。但他们还是不允许我写信给她。我只想告诉她，我爱她、想她。等到她过世的时候，我仍然不能去见她。

我甚至不能握住她的手，为她阖上眼睛。”

她将手捂在自己的眼睛上，用她冰冷的指尖按压着眼睑，仿佛要止住那些泪水。

她清了清喉咙。“但这并不表示你不能穿上长裙，”她轻声说，“生活还要继续，汉娜。你的母亲不会希望你难过的。她想让你长成女人，一个年轻漂亮的女人。她可不想让自己的女儿永远穿着男孩子的衣服。”

“我不想长成女人，”我说，“我父亲为我安排了一桩婚姻，但我知道我还没有做好准备成为女人，成为妻子。”

“你不会想要像我这样永保处子之身的，”她挤出一丝笑容，“这并不是大多数女人的正确选择。”

“不，”我说，“和您这样的处子女王不一样，我并不是决定要做个单身女人，而是说……”我停顿了一会儿，然后继续说。“而是说，我不知道该如何成为一个女人，”我尴尬地说，“我观察您，也观察宫里的其他女士们。”我明智地省去了后半句话：在她们之中，我最关注的是伊丽莎白女士，她就像是女孩的优雅与公主的端庄的代名词。“我观察每一个人，我想我总有一天会学会的。但现在还没有。”

她点点头。“我很理解。我也不知道没有丈夫的我要怎样做好一位女王。我从来没听过有哪位女王不依靠男人的指引。可我现在如此畏惧婚姻……”她停顿了片刻，“我觉得男人无法理解女人对婚姻的恐惧。尤其是像我这样的女人，既不年轻，也不能献上肉体的欢愉，甚至没有什么吸引力……”她伸出一只手示意我不要反驳，“我明白的，汉娜，你不需要奉承我。”

“比这些更糟的是，我不是那么容易相信男人的女人。我不想和男人分享权力。当男人们在议会上辩论的时候，我的心就在胸腔里怦怦地跳个不停，担心自己说话的时候声音会颤抖。”

“我也蔑视那些羸弱的男人。每当我看着我表弟爱德华·考特尼，也就是大法官大人希望我嫁给的那个人的时候，我就会为他的想法大笑出声。那个男孩是个木偶，是个虚荣的傻瓜，我永远、永远也不会让自己躺在他这样的男人身下的。”

“但如果嫁给一个惯于发号施令的男人……”她顿了顿，“那会是多么可怕的事情啊，”她轻声说。“将你的心交给一个陌生男人！承诺对一个可能命令你做任何事情的男人服从，那会是多么可怕的事情啊！承诺爱一个男人直到死亡……”她沉默了一会儿，“而且男人并不总是觉得这种承诺对他们也有约束力。那样的话，好妻子该怎么办？”

“您觉得您直到死去都会是处子之身？”我问她。

她点点头。“我还是位公主的时候就一次又一次地和别人订婚。但自从我父亲拒绝承认我，说我是他的私生子那时起，我就知道不会再有人向我求婚了。后来我就再没了结婚的想法，还有生儿育女的想法。”

“您的父亲拒绝承认您？”

“对。”女王简短地说，“他们让我按着圣经起誓，说我自己是个私生子，”她声音颤抖，深吸一口气。“从那以后，整个欧洲都没有哪个王子愿意娶我。说实话，我那时羞愧得根本不想要什么丈夫。我没法直视任何一个地位高贵的男人。等我父亲死后，我弟弟成了国王，我觉得自己就像个上了年纪的贵妇人，像一个受人喜爱的老教母，是个可以给他忠告的大姐姐，我觉得他也许会有可能让我照顾他的孩子。但一切都变了，现在我变成了女王，但即使做了女王，我发现自己也没有办法做出自己的选择，”她顿了顿，“他们让我嫁给西班牙的菲利普，你知道的。”

我等她继续说下去。

她朝我转过身，仿佛我比她的灵缇犬更加敏锐一般，仿佛我能有什么建议给她一般。“汉娜，我既比不上男人也比不上女人。我无法像个男人一样掌权，也无法让这个国家得到它有权利要求的继承人。我既不是女王也不是国王。”

“确实，这个国家只需要一位值得尊敬的当权者，”我试探着说，“也需要几年的和平。我才来到这片土地不久，但即使是我，也能看出这里的人们已经不知道什么是对什么是错了。在他们的生活里，教会已经变了又变，他们也只有随着它变了又变。城里有太多的贫穷，国中有太多的饥饿。您就不能再等等吗？您就不能让穷人吃饱饭，让失去土地的人得到土地，让人们回去工作，让乞丐和小偷销声匿迹，让教会恢复从前的美丽，让修道院回归往日的繁荣？”

“那等我做完这些以后呢？”玛丽女士问道。她的嗓音出奇地发着抖，“接下来呢？等到这个国家回归教会的保护，等到每个人都得到温饱，等到谷仓装满，等修道院和修女院都繁荣兴旺，然后呢？等到神职人员们都无欲无求，再也不向人们曲解圣经的含义，然后呢？等到每个村镇都做起弥撒，晨祷的钟声也在每天早上响彻田野，就像他们早就该做的那样，然后呢？然后我又该做什么呢？”

“然后您就该去做上帝指示您做的事了，不是吗？……”我犹豫着说。

她摇摇头。“我来告诉你我会做什么。接下来会有伤痛和意外降临到我身上，我会在没有子嗣的情况下死去。然后安妮·波琳和那个鲁特琴师马克·斯米顿生下的私生女——伊丽莎白就会继承王位。而在她登上王位的那一刻，她就会撕下面具，露出她的本来面目。”

她嘶哑的嗓音和憎恨的表情令我感到陌生。“她怎么了？她做了些什么，让您如此不安？”

“她背叛了我，”她口气平淡，“当我为了我们的继承权抗争的时候，她却在写信给那个领军对抗我的男人。我现在才知道。当我为自己也为了她而抗争的时候，她已经和那个男人就我死后的问题达成了协议。她将会在我的断头台上签署那份协议。

“当我带她进入伦敦城的时候，他们为新教公主欢呼，而她也回以微笑。当我派教师和学者们纠正她的错误信仰的时候，她也朝他们微笑，用她母亲那样的狡猾笑容，然后她告诉他们，说她明白了，她会参加弥撒，接受祝福。

“后来她来参加弥撒的时候，简直就像在违逆自己的良心似的。汉娜！我比她还小的时候，就忍受过英格兰最伟大的人们当面的咒骂，并以死亡来逼迫我接受新教。他们把我的母亲从我身边带走，她病死的时候伤心而又孤独，但她从来都没有向他们低过头。他们威胁说，要将我以叛国罪的名义绞死！他们威胁说，要将我以异教徒之名烧死！而且他们根本用不着这些理由就烧死了那么多男男女女。我用所有的勇气来坚持自己的信仰，而且直到西班牙的皇帝亲口对我说应该放弃的时候，我才选择放弃，而且我非放弃不可，因为坚持下去就意味着死刑。他知道如果我不改换信仰的话，他们就会杀死我。可我对伊丽莎白所做的只是祈求她拯救自己的灵魂，重新做回我的小妹妹！”

“陛下……”我低声说，“她还小，她会学会明白这些道理的。”

“她已经不小了。”

“她会学……”

“就算她想学着明白道理，也选择了错误的导师。她和法兰西王国密谋对付我，她手下有一伙人愿意不计代价帮助她继位。每天都有人告诉我不同的阴谋，而她也总是会在阴谋的中心。现在我每次看着她，看到的都是一个沉浸在罪恶之中的女人，就像她母亲、那个囚徒一样。我几乎能看到她的肉体因心中的罪恶而渐渐变黑。我看到她摒弃神圣的教廷，我看到她摒弃我的爱，我看到她对罪恶与叛逆趋之若鹜。”

“您说过她是您的小妹妹，”我提醒她，“您说过您爱她就像爱自己的孩子一样。"

"我的确爱过她，"女王语气苦涩，"比她记得的更深。比我所该爱的更深，因为我知道她母亲对我母亲做过些什么。我爱过她。但她不再是那个我爱过的孩子了。她不是那个向我学习读书写字的小女孩了。她走上了歧途。她堕落了。她沉浸于罪恶中。我救不了她，她是个女巫，是女巫的女儿。"

"她是个年轻女人，"我轻声反驳，"不是什么女巫。"

"比女巫更坏，"她控诉道，"她是个异教徒。是个伪善者。是个荡妇。这些我早就心知肚明。说她是异教徒，是因为虽然她来参加弥撒，但我知道她还是个新教徒，她对着圣体做了伪誓。说她是伪善者，是因为她甚至不敢承认自己的信仰。在这片土地上，勇敢的男男女女愿意为自己的错误赌上性命，但她却并非其中之一。我弟弟爱德华在位的时候，她就成了宗教改革中的一道耀眼之光。那位新教公主曾经穿着她的深色长裙，戴着她的白色皱领，双目低垂，耳朵和手指上没有任何珠宝金饰。现在他过世了，而她双膝跪在我身边看着高高举起的圣体，画着十字，向圣坛行屈膝礼，但我知道这一切都是虚假的。这是对我的侮辱，这倒不算什么，但这也侮辱了我的母亲，以及神圣的教廷，这是对抗上帝的原罪。"

"以及，愿主宽恕她，说她是个荡妇，是因为她和托马斯·西摩尔的所作所为。全世界原本都会知道这件事，但另一个伟大的新教徒荡妇替他们做了隐瞒，而且到死都隐瞒着。"

"那是谁?"我问道。我惊讶而又入迷地听着，记起了阳光明媚的花园里的那个女孩，还有那个把她按在树上、将手伸进她裙下的男人。

"凯瑟琳·帕尔，"玛丽女王从齿缝间挤出几个字来，"她知道伊丽莎白勾引了她的丈夫托马斯·西摩尔。她在伊丽莎白的卧室里抓到过他们，伊丽莎白躺在床上，托马斯大人正对她上下其手。凯瑟琳·帕尔把伊丽莎白赶到乡下以杜绝后患。她直面流言蜚语，半个字也不承认。她保护着那个女孩——好吧，她必须如此，那个孩子是她家族的一员。她保护着自己的丈夫，然后又为他生下了孩子。愚蠢。愚蠢的女人。”

她摇了摇头。“可怜的女人。她非常爱他，所以我父亲还尸骨未寒，她就嫁给了他。她令整个宫廷蒙羞，也冒着失去自己地位的风险。而他回报她的就是在她的房间里，在她的监督下，撩拨一个十四岁的女孩儿。那个女孩儿，就是我的伊丽莎白，我的妹妹，就在他的爱抚下扭动身子，说着再这样她要死了之类的话，但她从不曾锁上卧室的门，从不曾向她的继母抱怨，也从不曾去找过更适合的住处。

“这些我都知道。天哪，这流言传播之广，甚至传到了隐居乡间的我的耳中。我写信给她，让她到我这里来，我这里有住处，能够同时容纳我们两人。她回信的口气非常温柔，非常正直。她写信告诉我，说她没有做过那些事，所以她也不需要搬家。可每天早上她都让他进到自己的房间里，让他掀起自己的裙子窥视裙底风光，还有一次，主啊，她竟然让他扯下了自己的裙子，在他面前赤身裸体。

“她从未向我求助，尽管她知道我会立即将她带离那儿。那时是个小荡妇，现在成了荡妇，而且我一直都知道，上帝宽恕我，我还希望她能好起来。我想如果我在自己身边给她留出一席之地，让她得到荣耀，她就会成长为一位真正的公主。我以为可以将她成长时的恶习抹消，让她重获新生，能将她教导成真正的公主。但我错了。她不愿意。只要她有机会和别人勾搭，到时候你就看她的表现吧。”

“陛下……”她无法抑制的愤懑让我不知所措。

她深吸了一口气，转身看向窗外。她将前额抵在厚厚的窗玻璃上，我看到她的头发散发出的热气迷蒙了玻璃。外面很冷，这是难挨的英格兰的冬日，冰冷的花园之外，泰晤士河在铅色的天空下呈现出铁灰的色彩。我看得到厚厚的玻璃上映出女王的面孔，就像沉浸在水中的一块浮雕宝石，我看得到她身体中汹涌的怒气。

“我必须摆脱这种憎恨，”她低低地说，“我必须从她母亲带给我的痛苦中解脱。我必须与她断绝关系。”

“陛下……”我更加温柔地叫了她。

她转过身看我。

“如果我死后没有继承人，她就会登上我的位置，”她说，“那个谎话连篇的荡妇。我所做的一切都会被她推翻，被她夺走。我生命中的一切都是被她夺走的。我曾是英格兰唯一的公主，是我母亲的掌上明珠。就那么一瞬间，一眨眼间，我就在伊丽莎白的襁褓旁变成了她的女仆，我的母亲与我分离，随后死去。伊丽莎白，荡妇的女儿，则自己堕落了。我必须生一个孩子，让这个孩子阻挡在她和王位之间。这是我对这个国家，对我的母亲和我自己应该尽到的最大的责任。”

“您要嫁给西班牙的菲利普吗?”

她点头。“他和其他人没什么分别，”她说，“我可以和他达成协议。他明白，他的父亲也明白，这个国家现在是什么样子。我可以成为女王，并且嫁给他这样的男人。他有自己的领地，有自己的财产，他不需要小小的英格兰。然后我就会成为自己国家的女王，成为他的妻子，成为一位母亲。”

在她说“母亲”这个词儿的口气让她吃惊。我能感觉到她在抚摸我的头，仿佛能看到她带着孩子们从肮脏的村舍里走出的样子。

“您一直渴望有个自己的孩子!”我吃惊地说。

我能看到她眼中的渴望，然后她转身看向窗子，再次注视着冰冷的河水。“噢是啊，”她对着冷冰冰的花园轻声说，“我一直渴望有个自己的孩子，已经渴望了二十年。所以我才那么爱我可怜的弟弟。我的渴望是如此强烈，甚至爱过还是个婴孩的伊丽莎白。也许上帝现在愿意发发善心，给我一个儿子。”她看着我：“你有灵视能力。我会有个孩子吗，汉娜？我会有一个能够抱在怀里疼爱的、自己的孩子吗？一个能够长大成人，最终继承我的王位、让英格兰更加强盛的孩子吗？”

我等待了片刻，以为会真的感觉到什么。但我所感到的只有深深的绝望和无助，再无其他。我盯着脚下的地板，单膝跪倒在她面前。“很抱歉，陛下，”我说，“灵视能力从来不听我的使唤。我无法回答您的这个问题，或者别的什么问题。我看到的景象总是来去不定。我无法预见您是否会有个孩子。”

“那么我会为你预言，”她严肃地说，“我会告诉你答案。我会嫁给西班牙的这位菲利普，虽然我们之间没有爱、没有欲望，但这是这个国家的需要。他会带给我们西班牙的财富和力量，他会让这个国家成为帝国的一部分，这就是我们所需要的。他会帮助我，让这个国家重归真正教廷的秩序井然，他会给我一个孩子，这个孩子将会成为神圣的基督教继承人，保证这个国家走上正确的道路。”她顿了顿。“你应该说‘阿门’。”她提醒我。

“阿门”说起来并不难。我是个犹太基督徒，穿得像个男孩的女孩子，爱上了一个男人而却和另一个男人订下婚约的年轻女人。一个为她的母亲悲伤但却从来不提起她的女孩。我的一生时间都在伪装。“阿门。”我说。

门开了，简·多摩尔示意两个搬着镜框的搬运工进到房间里，镜框上盖着一块亚麻布。“这是给您的，陛下！”她调皮地笑着说，“您应该会有兴趣看看。”

女王从沉思中缓缓醒转。“是什么呢，简？我现在很累。”

作为回答，多摩尔夫人等着两个搬运工将手中的东西靠在墙上，然后走上去，抓住那块布的一角，然后转身看着她的女主人。“您准备好了吗？”

女王努力微笑了一下。“是菲利普的画像吗？”她问，“我不会被骗的。

你忘了吗，我父亲因为画像结婚而又离婚的那时，我的年纪已经能记事了。他说这是戏弄一个男人最糟的把戏。画像总是很英俊的。我可不想被画像吸引。”

简·多摩尔掀开了盖在上面的布作为回答。我听到女王深吸了一口气，看到她苍白的脸上泛起了红色，也听到了随后她孩子气的笑声。“上帝啊，简，这是个男人！”她低呼道。

简·多摩尔放声大笑起来，然后她丢下那块布，飞快地退到房间的另一边，欣赏起那幅画像来。

他确实是个英俊的男人。他很年轻，二十四五岁的样子——而女王今年已经四十了——留着棕色的胡须，蕴涵笑意的黑色双眸，丰满性感的嘴，健壮的身材，宽阔的肩膀和结实瘦长的腿。他一袭暗红衣装，棕色的卷发上戴着暗红的帽子。他看起来像是那种会在女人耳边爱语绵绵，直到她屈服于他膝下的人。看上去像是一个英俊的浪荡子，但他的唇角带着坚毅，坚实的双肩也暗示着他有能力承担责任与信誉。

“您看怎么样，陛下？”简问道。

女王什么话也没有说。我看了看画像又看了看她的脸。她凝视着他。有那么一会儿，我不清楚她让我想起了什么，后来我明白了。那正是我想起罗伯特·达德利的时候，镜子里映出的我的脸。和她同样地如梦方醒，同样大睁着眼睛，同样露出不自觉的微笑。

“他很……讨人喜欢。”她说。

简·多摩尔和我对视，向我微笑。

我也想给她一个微笑，但我的头脑中响起一阵奇怪的杂音，像是铃铛的噪音。

“他的眼睛多么深邃。”简·多摩尔指出。

“是啊。”女王深深地吸了一口气。

“他的领子多高啊，这一定是西班牙流行的风格。他会为宫里带来最新的流行时尚。”

我头脑中的声音变得更大了。我用双手堵住耳朵，但头脑中的声音还是回响不停，现在变成了嘈杂的噪声。

“是啊。”女王说。

“看到了吗？项链上有个金色的十字架，”简轻轻地说，“感谢上帝，英格兰又会有一位天主教亲王了。”

我已经无法忍受了。那噪声就像是在钟塔里听着轰鸣的钟声一般。我弯下腰蜷起身子，试着赶走在耳中鸣响的可怕铃声。然后我大叫出声：“陛下！您会心碎的！”顿时所有的噪音戛然而止，重归寂静，而这寂静甚至比刚才的铃声更加震耳欲聋。女王看着我，简·多摩尔也看着我，我才意识到自己刚才就像弄臣那样失礼地大喊出声。

“你刚才说什么？”简·多摩尔挑衅我重复刚才说过的话，也迫使我去破坏这个午后、两个女人观赏一幅英俊男人画像的愉快气氛。

“我说‘陛下，您会心碎的’。”我重复道，“但我不知道原因。”

“如果你不知道原因，那你最好什么都不要说。”对女主人忠心不贰的简·多摩尔发起火来。

“我知道，”我呆呆地说，“我只是忍不住。”

“告诉一个女人她会心碎，却不知道为什么以及如何心碎，这算不上什么智慧！”

“我知道，”我又重复了一次，“对不起。”

简转身向着女王。“陛下，不用搭理这个弄臣。”

女王那张原本喜悦又富有生气的脸，突然间阴沉下来。“你们都可以走了。”她语气平淡地说。她双肩一沉，转过身去。她固执的姿势让我明白，她已经做出了决定，而且任何睿智的话语都无法改变她的想法。弄臣的话语也不会。“你们可以走了。”她说。简将画像用布重新遮起。“你可以把画像留下,”她说,“我也许会再看看。”

女王和议会就她的婚姻问题进行了漫长的协商，他们生怕西班牙打算侵占英格兰王位，将另一个王国纳入他们肆意扩张的帝国版图之内，而在此期间，我去了约翰·迪伊父亲的家中。那是一栋位于城中河边的小房子。我轻轻敲了敲，却一时间无人应声。然后正门上方有扇窗子开了，有人向下喊道：“是谁?”

“我找罗兰德·迪伊。”我喊道。门前小小的屋檐遮住了我，他只能听到我的声音看不到我的人。

“他不在。”约翰·迪伊答道。

“迪伊先生，是我，弄臣汉娜!”我大喊，“我是来找您的。”

“嘘。”他匆匆说着，用力关紧窗户。我听到他踩在木楼梯上的脚步声从房子中传来，然后是抽门闩的声音，接下来那扇门向里打开，露出昏暗的门厅。“快进来吧。”他说。

我从门缝中挤了进去，他关上门重新闩好。我们伫立黑暗的走廊中，沉默地对视。我想要说些什么，但他伸手握住我的手臂提醒我保持安静。我立刻噤了声。外面是伦敦街头一贯的喧闹，有人经过，有商人大声地讨价还价，街头小贩叫卖着他们的商品，更远处的喊声来自于河边装卸货物的工人。

“有人跟踪你吗？你对别人说过要来找我吗?”

我的心因为他的问题狂跳起来。我感觉到自己的手抚上了面颊，像是要擦掉上面的炭灰。“怎么了？发生什么事了?”

“有人跟踪你吗?”

我试着回想，但除了因惊恐而剧烈跳动的心脏之外什么也感觉不到。“没有，大人。我想没人跟踪我。”

约翰·迪伊点了点头，然后他转身走上楼，不发一言。我犹豫了一会儿，最后还是跟了上去。只要再有点什么刺激，我肯定会溜出后门，跑到我父亲的家里，再也不来见约翰·迪伊。

楼上的门开着，他示意我进到房间去。他的书桌放在窗边，桌上的显著位置摆着一架漂亮而又陌生的黄铜仪器。旁边是一张擦得非常干净的大橡木桌，上面铺着他的纸、尺子、铅笔、钢笔和墨水瓶，还有写满了蝇头小字和许多数字的卷轴。

知道自己安全之后，我的好奇心再也无法控制。“您被通缉了吗，迪伊先生？我是不是该离开？”

他笑着摇摇头。“我只是过于谨慎了，”他坦白地说，“我父亲的确被带走讯问，但他是阅读协会‘新教思想者’的知名成员。他们没有指责我的理由。我只是看到你的时候吃了一惊而已。”

“您确定？”我追问。

他又笑了。“汉娜，你就像只随时会逃跑的小母鹿。镇定点儿。你在这儿很安全。”

我平复心情，四下打量。他看到我的视线落回窗边的仪器上。

“你认为那是什么？”他问。

我摇摇头。它很漂亮，但我认不出那是什么仪器。它由黄铜所制，中心有个鸽蛋大小的球，围绕着它的是个黄铜环，巧妙地由另外两根长杆支撑，让它可以旋转和移动，环上还有个球体可以滑动。再外面还有一个环和一个球，如此反复。整个仪器上有一系列铜环和球体，离中心最远的环和球体也最小。

“这个，”他轻声说，“是世界的模型。造物主，也就是天堂最伟大的手艺人，就是这样制造了世界，并令其运转的。它包含了上帝的思维方式的奥秘。”他身子前倾，轻轻碰了碰第一个环。如同魔术一般，每一个环都缓缓转动起来，各自以自己的步调，以自己的轨道运转，时而交错，时而彼此追逐。只有正中那个金色的蛋没有动，其余的一切都围绕着它运转。

“哪个是我们的世界？”我问。

他笑了起来。“这儿。”他指着正中央那个金色的蛋说道。他指了指在邻近的环上缓慢绕行的球：“这是月亮。”他又指着下一环说：“这是太阳。”他继续指向另外几个环上说：“这些都是行星，在它们之外，是恒星，还有这个——”他指着一个不同于其他的环，这个环是银色的，就是他最先触动，也带动其他一切的环：“这是*原动天*。它象征着上帝对这个世界的触碰，它令万物运转，而世界也随之苏醒。这是一句圣言。它就是那句‘要有光’的体现。”

“光。”我轻声重复道。

他点点头。“要有光。如果我知道了它是怎样动起来的，我就会了解天堂运作的秘密，”他说，“在这个模型中，我扮演了上帝的角色。但在真正的天堂里，是什么力量推动这些行星运转的呢，是什么让太阳围着地球运转呢？”

他在等我回答，而且他知道我无法回答，因为没有人知道答案。我摇摇头，被这些金色环上的金色球体弄得有些头晕目眩。

他伸出一只手按在上面，我看到它渐渐停了下来。“我的朋友杰勒德·墨卡托①在我们一起学习的时候给我做了这个模型。我知道他总有一天会成为伟大的地图绘制家。还有，我——”他顿了顿，“我也会走上自己的路。”他说：“不管这条路带我去往何方。我必须肃清自己的头脑，从野心中解

① 即格拉尔杜斯·墨卡托，16世纪著名的地图绘制家，也是地球仪的发明者。

脱，不带杂念地自由地生活。我必须走上一条纯粹的道路。”

他停顿了片刻，然后好像突然想起我似的。“那你呢？你来这儿做什么？”他突然用完全不同的语调问，“你为什么要找我父亲？”

“我不是来找他的。我是来找您的。我只想来问问他，您在哪儿，”我说，“在宫里，他们告诉我说您回家找您的父亲去了。我是来找您的。我有个消息要告诉您。”

他突然兴奋起来。“消息？谁的消息？”

“罗伯特大人。”

他面色一沉。“我还以为你看到了天使，是天使带消息给我呢。罗伯特大人有什么要求？”

“他想知道接下来会发生什么。他给了我两个任务。第一，让伊丽莎白女士来找您，让您做她的导师，另一个是让您见一些人。”

“什么人？”

“威廉·皮克林大人，汤姆·怀亚特大人和詹姆斯·克劳夫特大人，”我说，“他说要告诉您的是：他们想用最基础的金属来提炼黄金，再将白银化为灰烬，您可以在这方面帮助他们。爱德华·考特尼可以筹划一场化学婚礼。然后我还要回去告诉他，接下来会发生什么。”

迪伊先生看了看窗外，仿佛担心屋檐下有人偷听一样。“现在这种时候，我可不太应该去服侍一位嫌疑颇多的公主和因为叛国罪被关在伦敦塔的男人，至于另外三个名字我大概已经知道，而且我已经在考虑他们的计划了。”

我平静地看了他一眼。“如您所愿，大人。”

“而你也本可以找个更稳妥的雇主的，小姑娘，”他说，“他究竟在想什么，居然让你冒这样的危险？”

“我听从他的命令，”我坚定地说，“我发过誓。”

“他应该已经给你自由了，”他轻声道，“他在伦敦塔中不能命令任何人。”

“他确实给了我自由。我只会再去探望他一次，”我说，“我回去的时候要告诉他，您对英格兰的预言是什么。”

“那我们现在就来看镜子吧？”他问。

我犹豫起来。我很害怕那面暗沉的镜子和那间暗沉的房间，害怕黑暗中出没的东西。“迪伊先生，上次我什么都没看到。”我坦白道。

“是你说出国王死期的那次吗？”

我点点头。

“是你预言下一任女王是简的那次吗？”

“是的。”

“但你的预言没错。”他评论道。

“那一切只是猜测，”我说，“是我凭空捏造的。很抱歉。”

他笑了。“那么就再来一次，”他说，“再猜一次。为了我，也为了罗伯特大人。看在是他要求的分上？”

我知道自己无法拒绝。“好吧。”

“我们再来一次，”他说，“坐下，闭上眼睛，什么也不去想。我给你准备一下。”

我按他教我的那样坐在一张凳子上。我听到他在隔壁房间轻轻走动的声音，拉上窗帘的声音，他用壁炉里的一小块木片点燃蜡烛的声音。然后听到他轻声说：“好了。来吧，愿善良的天使指引我们。”

他拉过我的手，带我走进了一个小小的储藏室。我们用过的那面镜子就靠在墙上，镜子前面有张桌子，放着一块印有古怪符号的蜡板。一支蜡烛在镜子前燃烧，他在对面又放了一支，看上去就像是有无数支蜡烛消失在无尽的远处，消失在世界之外，在太阳、月亮以及他给我看过的那个模型上的所有行星之外。但并非一路通往天堂，而是深入彻底的黑暗，最后黑暗盖过了烛光，笼罩一切。

我深深地吸了一口气，摒除自己的恐惧，坐到镜子前。我听到他低声的祈祷，便跟着他重复：“阿门。”然后我看向镜中的黑暗。

我听得到自己的声音，但辨认不出那些词句。我听到他的笔在记录着我说的话。我听到自己念出一串数字，然后是一些奇怪的词语，像是首自有其韵律与优美之处的狂野诗歌，但我不理解其中的意思。然后我听到自己用英文清楚地说：“**一子但非子。一王却非王。处子女王被人遗忘。虽是女王却非处子。**”

“那罗伯特·达德利大人呢？”他低声问。

“他将会成为一位能够改变历史的亲王，”我低声回答，“然后他会在一位女王的挚爱下，平安地死在自己的床上。”

当我恢复神志的时候，发现约翰·迪伊站到了我的身边，拿着一杯像是果汁却带有金属余味的饮料。

“你还好吗？”他问。

我点点头。“好了。只是有点儿困。”

“你最好回宫里去，”他说，“免得被人挂念。”

“您不一起去见见伊丽莎白女士吗？”

他若有所思。“等我确定自己安全了就会去。你可以告诉罗伯特大人，我会继续为他效劳，继续为那件事尽心尽力，而且我也觉得现在时机已经成熟。我会在变动到来时向她提出谏言，充当她的情报来源。但我必须行事谨慎才行。”

“您不怕吗？”我问他，想起自己对他人窥视的恐惧，对每一次黑暗中响起的敲门声的恐惧。

“不太怕，”他缓缓地说，“我有很多当权的朋友。我还有计划要完成。既然女王正在重建修道院，也就一定会重建那些图书馆。我要找到并归还图书馆书架上的书籍、手稿和知识，这是上帝赐予我的使命。我希望亲眼看到普通金属变成金子。”

“是贤者之石吗？”我问。

他笑了。“此时还是个谜。”

“我回到伦敦塔见罗伯特大人的时候，应该告诉他什么？”我问。

约翰·迪伊若有所思。“告诉他，他会死在自己的床上，死于一位女王的挚爱中，”他说，“你看到了，即使你并不知道自己看到了什么。那就是真相，即使现在看起来有多不可能。”

“您确定吗？”我问，“您确定他不会被处死？”

他点点头。“我确定。他还有很多事要做，而黄金女王的时代将会来临。罗伯特·达德利不会尚未成就事业便早早死去。我能预见他会拥有一段伟大的爱情，是他前所未遇的不朽之爱。”

我几乎无法呼吸。“您知道他会爱上谁吗？”我轻声问。

我半点也没想过那个人会是我。怎么可能？我只是他的臣属，他叫我“假小子”，他笑我脸上出现过的爱慕表情，又允许我不再为他效力。即使约翰·迪伊预言他会有一段广为传颂的爱情，我也没想过那个人会是我。

“一位女王会爱上他，”约翰·迪伊说，“他将会是她一生的挚爱。”

“但她就要嫁给西班牙的菲利普了。”我说。

他摇了摇头。“我没看到西班牙人登上英格兰的王位，”他预言说，“另外一些人也没这个机会。”

要想跟伊丽莎白女士说话，又不引来半个宫廷的人闲言碎语，这实在很困难。尽管她在宫中没什么朋友，只有自己家族的小圈子，但时不时会有看起来只是路过的人在她身边出没，其中半数都是派到她身边的探子。法兰西国王让他的探子来到英格兰，西班牙皇帝也布下了他的眼线。每一个大人物都在其他家族安插了仆从和仆妇，监视是否有任何变化或是叛国的征兆，女王本人也动用人力物力，建立了情报网。据我所知，也有人监视着我，光是想到这个就让我满心恐惧。这个世界充满了猜疑与虚伪的友情。我想起了约翰·迪伊的模型，那所有行星环绕着的地球。这位公主就像地球，处在一切事物的中心，天空中的星辰都用羡慕而又恶意的目光注视着她。难怪她日复一日地苍白，眼圈由蓝色渐渐变成深紫色的青肿，因为圣诞晚宴即将到来，却没有任何人对她表达出善意。

女王的恨意也日渐增长：每一天伊丽莎白都高扬着头，翘着鼻尖穿行于宫中；每一次她都转脸不看礼拜堂里的雕像；每一次她都放下玫瑰经，将一本穿在链子上的小祈祷书挂在胸前。每个人都知道，那本祈祷书里写着她弟弟在临终前的祷告："伟大的上帝，请保佑这个国度免除天主教的威胁，维护真正的信仰。"戴着这样的东西，而非女王送给她的玫瑰经，光是用"公然挑衅"来形容已经不够了——这简直是活生生的一幕违逆的戏码。

对伊丽莎白来说，这也许只是忤逆尊长的行为，但对我们的女王来说，这就是直刺她内心的侮辱。当伊丽莎白穿着华丽色调的衣服骑马出行，微笑挥手的时候，人们都为她欢呼，摘下帽子向她致敬，当她待在家中的时候，就会一身简单的黑白色调，而人们来到白厅宫看着她在女王的桌边进餐，谈论着她精致的美貌和她符合新教教义的朴素衣着。

尽管伊丽莎白从来没有公然反抗女王，可女王还是看得出，她不断给喜好家长里短的人提供谈资，让他们传播到宫外，传到那些仍旧遵守新教教义的人们耳中：

“新教公主今天脸色苍白，没有触碰圣水台。”

“新教公主请求缺席晚弥撒，因为她身体再次不适。”

“新教公主在天主教宫廷犹如囚徒，但她仍竭尽所能坚持自己的信仰，在敌基督的魔爪下静候良机。”

“新教公主是忠于信仰的殉道者，她那长相平凡的姐姐顽固得就像要熊人，时刻烦扰着那位年轻女子的纯洁心灵。”

女王身穿华贵的长裙，戴着她母亲的璀璨首饰，但在伊丽莎白火红的长发、苦修士般的苍白面孔和异常庄严的黑色长裙面前，却显得相形见绌。不管女王穿什么衣服，戴什么首饰，新教公主伊丽莎白总是闪动着即将成熟的少女的光彩。女王站在她身旁，苍老得足以做公主的母亲。她面容憔悴，看上去被她继承的重担压得喘不过气。

于是我没法直接去伊丽莎白的房间请求见她。我原本打算和那位监视她一举一动并逐一向女王汇报的西班牙使臣见面。但有一天，我跟在她身后进了走廊，她突然跌跌撞撞地走了几步。我上前搀扶，而她拉住我的手臂。

“我的鞋子后跟断了，我得找人拿去给修鞋匠。”她说。

“我来扶您回房间，”我提议道，然后又低声补充了一句，“我有个消息要告诉您，是罗伯特·达德利大人的。”

她没有侧过脸看我一眼，看着她全然镇定的神色，我立刻明白她有多么深藏不露，而女王的担心也是正确的。

“除非有我姐姐的认可，否则我不会接收任何消息，”伊丽莎白柔声说，“但我很乐意让你扶我回房间，我的鞋跟折断的时候也扭到了脚。”

她弯腰脱掉自己的鞋子。我情不自禁地盯着她长袜上漂亮的刺绣看，但我觉得现在向她询问花纹大概不太合适。她拥有的一切东西，她所做的一切事情，一如既往地吸引着我。我伸出手臂让她挽住。有位朝臣经过，看着我们。“公主的鞋跟折断了。”我解释说。他点点头走开了。他可不是那种会帮她的忙，从而给自己惹上麻烦的人。

伊丽莎白注视着前方，用穿着长袜的脚蹒跚行走，走得很慢。她给了我充足的时间，让我可以传达那个她自称未经许可就不能听取的消息。

“罗伯特大人要您找约翰·迪伊做您的导师，”我小声说，“他还说了‘务必’。”

她还是没有看我一眼。

“我可以告诉他，您会这么做吗?”

“你可以告诉他，我不会做任何让我那位女王姐姐不开心的事，”她轻描淡写地说，“但我一直想和迪伊先生学习，所以我会去请求他教我读书。我对早期的神圣教廷的神父们提出的教义尤其感兴趣。”

她用眼角余光看了我一眼。

“我在试着了解罗马天主教，”她说，“我一直忽略了这方面的学习。”

我们来到她房间的门口。在我们靠近的时候，有名守卫马上立正，为我们打开了门。伊丽莎白放开了我的手臂。“谢谢你的帮助。”她冷冷地说完，走了进去。门在她的身后关了起来，我看到她俯身放好鞋子。完好无损的脚跟发出优雅的响声。

约翰·迪伊预言过英格兰人会群起反对女王嫁给西班牙人，而如今每天都有数十起事件对这句话加以印证。四处传唱着反对这场婚礼的歌谣，无畏的传教士们高喊着国家的主权面临危险。城中的每面石灰墙上都有着凌乱的涂鸦，到处都在散发手抄的传单，写满了诋毁西班牙王子的内容，甚至辱骂只是在考虑嫁给他的女王。即使西班牙大使对宫廷中的每位贵族保证，说他们的王子对夺取英格兰的大权毫无兴趣，说王子本人是在他父亲的劝说下才答应这桩婚姻，说菲利普王子年纪还不到三十，又风度翩翩，比起年长他十一岁的英格兰女王来，他本该追求更令人愉悦也更有利可图的新娘才对。可王子赞同这桩婚姻的任何证据都被看做是西班牙的野心，而他的任何其他意图都被认为是侮辱。

女王本人几乎被谏言者们的唇枪舌剑所打垮，她非常担心自己失去英格兰人民的爱，而又得不到西班牙的支持。

“为什么你说我会心碎？”有一天，她头脑发热地质问我，“是不是你预见到事情会变成这样？你预见到了我手下的每位议会成员都要求我拒绝这桩婚姻，却又希望我立刻结婚生子？预见到了整个国家的人都在我的加冕礼上欢喜雀跃，没过多久却又开始诅咒我的婚事？”

“不是的，”我说，“我无法预言这些。我想没人能预言这么短的时间里的这么巨大的变故。”

“我必须小心提防，”与其说她是对我说话，不如说她更像是在自言自语，“我必须时刻将他们控制在股掌之中。所有达官贵人还有他们的手下，本该是我忠诚的仆从；但他们无时无刻不在角落低语，裁决着我的言行。”

她从座位中起身，向窗户的方向走了八步，然后再转身走回。我记起在汉斯顿第一次见到她的时候，在那座狭小的宫殿中，她几乎从来不笑，而且并不比囚徒好多少。现在她成了英格兰的女王，但民众的愿望仍然禁锢着她，而她也依然不苟言笑。

“议会比我房间里的那些女伴还要可恶！”她大声说，“他们就当着我的面争论个没完，足有几十个人在场，但我听不到哪怕一个字的明智建议，他们各自有不同的目的，而且他们全部——每一个人！——都在欺骗我。我的探子们告诉我的故事是一个版本，西班牙使臣说的又是另外一套。而且我一直都知道，他们正在联合起来反抗我。他们会竭尽疯狂地将我拖下王座，再将伊丽莎白推上去。他们这么做是在偏离天堂的路而步向地狱，因为他们修习过异端的教义，如今在真相面前也充耳不闻。”

“人们都是为自己着想的……”我说。

她发起火来。“不，根本不是。他们想追随一个可以为他们着想的男人。现在他们认为自己已经找到了。他们已经找到了托马斯·怀亚特。噢，是啊，我认识他。他是安妮·波琳的情人的儿子，你觉得他是哪一方的人？他们还有正在塔里等待时机的罗伯特·达德利，也有伊丽莎白这样的公主：一个傻女孩，年少无知，虚荣无度，急功近利，而我只能等待，只能光明正大地等待，因为我经历过这么多年的考验。我曾在一片荒芜中等待，汉娜。但她根本不会等待片刻。”

“您不必担心罗伯特·达德利，”我立刻说道，“您还记得他对您的表态吗？他说过自己是反对他父亲的。但这位怀亚特又是谁？”

她走向墙的方向，然后又回到窗边。“他曾发誓对我忠诚，但却拒不承认我的丈夫，”她说，“就好像真能这样似的！他说他会把我拖下王位，然后把我赶回乡下去。”

“有很多人站在他一方吗？”

“一半的肯特人，”她轻声说，“还有那个狡诈的恶棍爱德华·考特尼，作为王储，伊丽莎白也想要嫁给他。他这番罪行肯定会得到一笔可观的报酬，这点我毫不怀疑。”

“报酬？”

她的嗓音苦涩。“法兰西。英格兰的敌人向来是从法兰西那里得到报酬。”

“您不能逮捕他吗？”

“等找到他的时候，我会的，”她说，“他已经犯下过多次背叛的罪行了。但我不知道他在哪儿，也不知道他打算什么时候行动。”她走到窗边向外看去，仿佛她的目光能够越过宫墙下的花园，越过银色的泰晤士河冬日阳光下的冰冷水面，看到远方的肯特郡，还有隐藏着阴谋的那些人。

我对比着前往伦敦路上的她和加冕为女王的现在的她，不禁为情景的相似而震惊。“您知道吗，就在我们骑马去伦敦的途中，我还以为您的苦难会就此结束呢。”

她转头看我，一脸愁苦，眸子中有棕色的阴影笼罩，皮肤像烛蜡一般凝重。她看起来比我们当初带领军队，骑马穿过欢呼着的人群的那一刻要老了好多岁。“我也这么以为，”她说，“我以为我的不幸已经结束了。那种恐惧陪伴了我整个童年：整夜为噩梦所困扰，而当白天醒来，却发现它竟然成真。我以为只要成为女王再戴上王冠，自己就会感到安全。但现在却比从前更糟。每天我都会听到不同的针对我的密谋，每天我去做弥撒的时候都会看到有人面露不快，每天我都会听到别人称赞伊丽莎白女士的学识或是她的高贵或者优雅。每天我都知道有人和法兰西使臣窃窃私语，散布谣言，说些谎话，说我会将整个国家交由西班牙控制，就好像我不是等待了大半辈子才得到王位似的！就好像为了保留我的继承顺位，我母亲没有牺牲自己似的！她死的时候没有我陪在她身旁，没有从父亲那里听到一句好话，她躺在湿冷破旧的房间里，远离她自己的朋友，就为了我有朝一日能够成为女王。就好像我会为了对一幅画像的迷恋而抛弃她遗留给我的一切似的！他们是不是疯了，居然以为我会如此忘乎所以？

“现在已经没有什么对我来说比王位更珍贵的了。没有什么对我来说比这些人民更珍贵的了。可他们还不明白，而且不相信我！”

她颤抖起来，我从没见过她如此忧愁的模样。“陛下，”我说，“您一定要保持冷静。您一定要表现出沉着的样子，即使事实不是这样。”

“我需要有人在我身边，”她低声说，仿佛没有听到我说话似的，“在我身边关心我，理解我身处的危险。在我身边保护我。”

“西班牙的菲利普王子不会……”我开口说到一半，但她挥手示意我安静。

“汉娜，除了他以外，我没有别的希望了。我期待他能来见我，尽管心怀不轨的人都在诽谤他，尽管对我们两人皆有危险。尽管他们威胁说他一踏上这片土地就要他的命。我期待上帝能赐予他勇气，让他来见我、娶我为妻、保护我。上帝作证，没有他，我无法统治这个王国。”

“您说过您要做一位处子女王，”我提醒她说，“您说过您会为了人民像修女般生活，不嫁人也不生子。”

她从窗边转过身，不再注视冰冷的河流和铁灰的天空。“我说过，”她没有否认，“但我那时并不知道后来会怎样。我不知道后来女王的身份会带给我比做公主时更深的痛苦。我不知道作为处子女王也就意味着永远处在危险之中，永远对未来充满恐惧，永远孤独。更糟的是，我的心里会自始至终清楚一点：我所做的一切努力都无法流传后世。”

女王的沉郁情绪一直延续到晚餐时分，她低头落座，面色严峻。死寂笼罩了堂皇的大厅，没有人能够在女王的阴郁下展颜，而且每个人都有各自的担忧。如果女王的王位不保，谁还能够保证他们的家族平安？如果她被废黜，而伊丽莎白继位，那些刚刚重建礼拜堂，又花钱请人来唱弥撒的人就又得改变立场了。如今的宫廷平静而又令人不安，每个人都在四下张望，所以当威尔·萨默斯站起身，傻乎乎地用手腕抹平紧身上衣，走近女王的桌边时，大家立刻来了兴趣。他知道所有人的目光都集中在自己身上，于是优雅地单膝跪地，挥着一方手帕深深弯下腰。

“什么事，威尔？”她心不在焉地问。

“我是来求呜呼婚咿呀的。”威尔以主教般严肃的口气和荒谬可笑的尾音说着那些词儿。整个王宫都屏住了呼吸。

女王抬起头，眼眸里闪烁着笑意的光。“求婚？威尔？”

“我是个众所周知的单身汉哪，”他说着，大厅的后面传来压抑过的笑声，“每个人都知道呀。但在这种场合哪，我打算忽略这件事儿啊。”

“哪种场合？”女王的声音都笑颤了。

“在我求婚的场合哪，”他说，“对陛下您求呜呼婚咿呀。”

这么做很危险，即使是对威尔而言。

“我并不想找丈夫。”女王一本正经地说。

“那我就放弃啦。”他十分郑重地说。他站起身，倒退着从王座边走开去。整个王宫的人因为他的笑话而屏住了呼吸，女王也不例外。他停下了脚步：他对时机的把握就像一位以笑声谱曲的作曲家。他转过身。“但您不要多想哪，”他摇晃着又细又长的食指，警告说，“您不要觉得自己非得随便嫁给哪个皇帝的儿子哪。现在您还可以选择我，您明白的。”

整个宫廷突然爆发出一阵笑声，连同女王也像威尔那样大笑起来，看着他以滑稽的步子走向自己的座位，用酒灌满自己那特大号的酒杯。我越过人群看向他，发现他在向我举杯，一个弄臣向另一个弄臣举杯。他做了自己该做的事情：选择最艰难最痛苦的事情，然后将它变成一个玩笑。但威尔总是能做得更好，他知道事情的要点在哪儿，他的玩笑不会伤害到任何人，所以即使是女王——即使是她明白自己结婚的决定将导致国家的分裂——至少今晚也能笑着吃晚餐，忘记那些联手对抗她的势力。

我离开了流言纷扰的王宫，穿过叛乱四起的城市，回到家里，回到了我的父亲身边。到处都有谣言说，有一支秘密军队将集结起来对女王宣战。每个人都听说有人离开家中，加入了反叛军的行列。据说伊丽莎白女士已经准备好嫁给一位优秀的英格兰人——爱德华·考特尼——并且承诺在姐姐退位之后立刻继承王位。肯特人不会容许西班牙王子征服和打压他们。英格兰不是这位有着一半西班牙血统的公主的嫁妆，可以就这么拱手让给西班牙。如果女王想要结婚，有大把的英格兰好男人供她挑选。有年轻英俊、具备王室血统的爱德华·考特尼，也有整个欧洲的新教王子们，他们都是受过良好教育，足以胜任女王配偶的绅士。她必须结婚，必须马上结婚，因为世界上没有哪个女人能不靠男人的指引独自统领家族，更何况是一个王国；女人的天性注定不适合担任这样的职责，她的智慧不足以做出决定，她的勇气不足以应对困难，她天生就无法长时间维持坚定的立场。女王当然需要结婚，为这个王国诞下男丁以及继承人。但她又不该结婚，永远不该有嫁给西班牙亲王的念头。这个想法本身就是对英格兰的背叛，而她肯定爱他爱得发狂，因为每个人都这么说，每个人都这么想。一位为了欲望而抛弃理智的女王不适合掌握政权。最好推翻这位被欲念冲昏头脑的老女王，以免一位西班牙暴君上位。

书店里有人陪着我父亲。丹尼尔·卡朋特的母亲坐在柜台后的一张凳子上，她的儿子陪在她身边。我跪在父亲身前，听完他的祝福，然后向卡朋特太太和我未来的丈夫微微鞠躬。两位家长看着我和丹尼尔仿佛花园墙上两只好斗猫儿的样子，失败地掩饰着自己的愉悦——那是老于世故的人看到年轻情侣拌嘴时的感受。

“我等在这里是想见你，听听宫里有什么消息，”卡朋特太太说，“当然了，丹尼尔也想见见你。”

丹尼尔瞥了她一眼，明显是不希望她说出他对我的心意。

“女王在筹划婚礼了吗?”我父亲问。他倒了一杯上好的西班牙红葡萄酒给我，又为我将一张凳子拉到柜台边。我自嘲地想着，原来我作为弄臣的工作也让我成了值得尊敬的人物，有了我自己的座位和自己的一杯酒。

“这是当然的，”我说，“女王亟需一位帮手和伴侣，她自然希望能嫁给一位西班牙王子。”

我没有提起她在自己房间的祈祷台对面墙上挂着的画像，每当她遇到困难的时候，她就会将目光从上帝的雕像上移开，征询般地看向她未来丈夫的画像，再转回目光。

我父亲看了看卡朋特太太。“上帝保佑，愿我们的生活不会有变化，”他说，“上帝保佑，愿她不要带来西班牙人的行事方法。”

她点点头，但没有照规矩画十字，而是身子前倾，拍了拍我父亲的手。“忘了过去吧，”她安慰他说，“我们三代人都住在英格兰。人人都觉得我们是虔诚的基督教徒，是优秀的英格兰人。”

“如果这儿变成第二个西班牙的话，我就不能再待下去了，”父亲压低了声音说，“你知道的，每个周日，每个圣徒纪念日，他们都会烧死异教徒，有时一次烧死几百人。我们之中多年严守基督教教义的同胞和连伪装都懒得做的那些人一起受审。而且没人能够证明他们的无辜！因为生病而没去做弥撒的老人，弥撒仪式时走神的年轻人，任何借口、任何理由都可能导致你被人告发。而且被告发的从来都是那些赚了些钱，或者因为比他人优越而树敌的人。因为我的书、我的事业和我在学识方面的声名，我知道他们会来找我的麻烦，我也做好了准备。但我没有想到他们会先行带走我的双亲、我妻子的姐姐，还有我的妻子……”他停了口，“我早该想到的，我们应该更早些离开的。”

“爸爸，我们救不了她。”我以前哭着说我们应该和她一起死去的时候，他就是用这些话来安慰我的。

“那是以前，”卡朋特太太口气轻快，“他们不会来这儿的。不会有什么宗教审判，不会在英格兰。”

“噢不，他们会来的。”丹尼尔断言道。

就好像他说了什么不堪的词儿一样，大家突然沉默了，他的母亲和我的父亲不约而同地看着他。

“一位西班牙王子，一位二分之一血统的西班牙女王，她一定会下决心重建教会的。还有什么比用宗教审判铲除异端更好呢？菲利普王子也是宗教审判方面的狂热支持者。”

“她太仁慈了，做不出这样的事，”我说，“她甚至没有处死简女士，尽管她的顾问都说应该这么做。伊丽莎白女士参加弥撒总是不情不愿，而且一有机会就缺席，但没有人说什么。如果让宗教法庭来裁决，伊丽莎白早就被宣判有罪十几次了。但女王相信圣典中的事实终会为世人所知。她绝不会焚烧异教徒。她知道为自己性命而担忧的感觉。她知道承受错误指控的感觉。

“她会嫁给菲利普王子，但她不会将国家交到他的手里。她不会成为他的附庸。她想要成为一个好女王，就像她的母亲那样。我想她会用温柔的方式为这个国家恢复信仰，她已经让半数的国民重拾弥撒，其他人也会继而跟随。”

“但愿如此，”丹尼尔说，“但我还想说一次——我们应该有所准备。我可不想在某天夜里听到敲门的声音，那时候再想自保已经太迟了。我不会全无防备地被人解决，我不会不加抵抗就被带走。”

“那我们要去哪儿？”我问。我的胸中涌现出过去那种恐惧的感觉，那种不再有任何安全场所的感觉，我会时刻担心踩在楼梯上的脚步声，闻到空气中的烟味。

“先是阿姆斯特丹，之后是意大利，”他口气坚定，“我们一到阿姆斯特丹就马上结婚，然后继续沿着陆路前进。我们可以一起旅行。你的父亲、我的母亲和妹妹们也都一起。我可以在意大利完成内科医生的学业，意大利的几个城市也都能容忍犹太人，我们可以住在那里公开我们的信仰。你的父亲可以继续卖他的书，我的妹妹们也能找到工作。我们一家人可以一同生活。”

“看看他，想得多周到啊。”卡朋特太太赞许地对我父亲低声道。他也朝丹尼尔笑笑，仿佛这个年轻人就是一切问题的答案似的。

“我们说好到明年之前都不会结婚的，”我说，“我还没有做好结婚的准备。”

“噢，又来了。”我父亲说。

“女孩子都是这么想的。”卡朋特太太说。

丹尼尔什么也没有说。

我从凳子上滑了下来。“我们能私下谈谈吗？”我问。

“进印刷间里谈吧，”父亲建议丹尼尔说，“我和你妈妈可以在这儿喝几杯。”

他又给她斟了些酒，我看到她对丹尼尔露出愉快的笑容，然后走进那间放着一台大印刷机的里屋。

“迪伊先生告诉我说，一旦我结了婚就会失去灵视能力的，”我认真地说，“他认为这是上帝的礼物，我不能轻易舍弃。”

“只是臆测和白日梦吃罢了。”丹尼尔直率地说。

他的说法其实也差不多是我的想法，所以我无法反驳。“它超出了我们的认知，”我坚定地说，“迪伊先生想让我做他的占卜者。他是位炼金术士，他说……”

“听起来像是巫术。等西班牙的菲利普王子到了英格兰，就会把约翰·迪伊当做巫师来审判。”

“他不会的。他的工作是神圣的。他在占卜之前都会祈祷。这是神圣的宗教事业。”

“那到目前为止你学到了什么？”他语带讥讽。

我回想着我了解的那些秘密，那个并非孩子的孩子，并非女王的处子，与并非处子的女王，还有我将会重获平安和荣耀的主人。“有些我不能告诉你的秘密。”我说，然后又补充道：“这也是我不能做你妻子的另一个原因。夫妻之间不该有秘密存在。”

他愤怒地转过身去。“别和我耍小聪明，”他说，“你在我母亲和你父亲面前侮辱了我，说你根本就不想结婚。别又在这儿推翻之前的话。你满嘴花言巧语，最后只会带来不幸和心碎。”

“如果我什么都不是，我还怎么开心?”我问，“玛丽女王喜欢我，给我很高薪水。我能得到价值好几百镑的奖赏。女王本人也信任我。这片土地上最伟大的哲人认为我拥有着上帝赐予的预知未来的天赋。你却觉得我的幸福是嫁给一个见习内科医生，远走高飞!”

他抓住我的双手，把它们攥在一起，将我拉向他。他的呼吸渐渐变得和我一样急促。“够了，”他愤愤地说，“我觉得你对我的侮辱已经够多了。你不必嫁给一个见习内科医生。你可以去做罗伯特·达德利的情妇或是他导师的学生。你可以自以为是女王的好友，但谁都知道你只是个弄臣。你想要得到的那些远远不如我将给予你的。你完全可以做一个爱你的体面男人的妻子，而不是任由他人捡拾的路边垃圾。”

“我没有!”我喘息着，试图将自己的双手挣脱。

他突然将我拉到怀里，用双臂环抱住我。他的深色面庞垂下来，嘴唇向我贴近。我可以闻到他头发上发油的气味，感觉得到他脸颊上的温度。尽管我感觉到自己渴望凑向前去，可还是退缩了。

“你爱上其他人了?”他急切地问道。

“没有。”我撒了谎。

“那你能不能以你信仰的一切发誓——不管那是什么——说你是自由之身，可以嫁给我?”

“我是自由之身，可以嫁给你。”我尽可能让自己的语气真诚，上帝作证，再没有别人想要我了。

“而且很荣幸。”他强调说。

我感觉到自己的嘴唇动了动，几乎气愤地朝他吐口水。“当然了，很荣幸，”我说，“我没告诉过你，我的天赋与处子之身息息相关吗？我没说过我不想冒这个险吗?”我想抽身推开，但他紧紧抓着我。我的身体也违背想法地感受着他：他有力的双臂，紧贴着我的大腿的力量，他身体的气味，还有出于某些奇怪的理由而感到的彻底的安心。我必须挣脱他的怀抱，免得让自己继续屈服下去。我明白自己想要拥抱他，想将自己的头靠在他的肩上，让他抱住我，让自己觉得安全——如果我能允许他爱上我的话，如果我能允许自己爱上他的话。

“如果他们引入宗教法庭，我们就必须离开，你明白的。”他抱着我的力度丝毫不减，我感觉到他的髋骨贴近我的小腹，于是努力阻止自己踮起脚尖，靠在他身上。

“是的，我明白。”我说着，但我听得并不专心：我在感受到他身体的每一寸肌肤。

“如果我们离开，你就必须以妻子的身份与我同行，我带你和你父亲到安全的地方，而且不会再提别的条件。”

“嗯。”

“这么说你同意了?”

“如果我们必须离开英格兰的话，我就嫁给你。”我说。

“而且无论如何，等你一到十六岁我们就结婚。”

我点点头，闭上眼睛。接着我感觉到他与我嘴唇相触，他的吻融化了之前的一切争执。

他放开了我，我靠在印刷机上让自己平静下来。他笑了起来，仿佛他知道欲望让我头晕目眩一般。“至于罗伯特大人，我要求你不再为他效力，”

他说，“他是个罪证确凿的叛国者，是个囚犯，如果你继续与他来往，你自己和我们都会受到牵连，”他表情沉重，“而且，我不放心他这种人和我的未婚妻在一起。”

“他一直都当我是个孩子，是个弄臣。”我反驳道。

“你已经不是孩子了，”他柔声说，“我也一样。你快要爱上他了，汉娜，而且我不能容忍这种事。”

我犹豫着，正准备争辩，突然有了我这一生中最奇异的感觉：想要对什么人说出真相。我从没有如此渴望坦诚，我的一生都深陷谎言之中：基督教国家的犹太人、穿着男孩衣服的女孩、弄臣打扮却充满热情的年轻女人，现在则是和一个男人订了婚却爱着另一个男人的年轻女人。

“如果我告诉你一些真相，你会帮助我吗?”我问。

“我会竭尽所能地帮助你。”他说。

“丹尼尔，和你说话就像和法利赛人[①]谈生意。”

“汉娜，和你说话就像在加利利[②]的海里捉鱼。你想告诉我什么?”

我正要转身走开，但他一把抓住我把我拖回他的身边。他用身体紧紧抵住我，我感受到他的强硬，突然就明白了——更年长些的女孩子早就该明白了——这就是所谓的欲望。他是我的未婚夫。他想要我。我也想要他。我应该做的就是告诉他真相。

“丹尼尔，我会告诉你真相。我预见国王会死，我说出了那一天的日期。我预见简会成为女王。我预见玛丽女王会成为女王，我还预见她未来将会心碎，还有英格兰的未来，虽然看得并不清楚。约翰·迪伊说我有灵视天赋。他说这是因为我是处子，我不想轻易失去这项天赋。而且我想和

---

① 古代犹太教派，该派标榜墨守传统礼仪，《圣经》中称他们为言行不一的伪善者。

② 位于巴勒斯坦北部，以耶稣基督的故乡而闻名。

你结婚，而且我想要你。而且我无法自拔地爱着罗伯特大人。就这些。这些是我同一时刻的感受。”我将额头贴在他的胸前，他上衣的纽扣贴着我的额头，而我不快地想着，当我抬头的时候，他会看到我的皮肤上有他纽扣的印痕，会让我看起来不再有吸引力，反而愚蠢可笑。尽管如此我还是待在那里，紧紧地抱着他，而他还在思忖我刚才告诉他的那么多真相。片刻之后他放开了我，盯着我的眼睛。

“你说的爱，是仆从对主人的那种敬爱吗？”他问。

他看着我避开他严肃的目光，于是抬起我的下颌，强迫我看着他。“告诉我，汉娜。你是我未来的妻子。我有知情权。你对他是敬爱吗？”

我嘴唇颤抖，眼里涌出泪水。“各种感情都有，”我轻声说，“我爱他，因为他……”我沉默了，因为我意识到自己无法将自己对罗伯特·达德利的感情正确传达给丹尼尔：他的模样、他的衣着、他的财富、他的靴子还有他的马，都是我难以用言语表达的。“因为他……太出色了。”我不敢回望丹尼尔的眼睛，“我爱他，因为他可能成为——他会被释放，他会成为一个了不起的人，一个伟人，丹尼尔。他会为英格兰带来一位王子。今晚他还在伦敦塔中，等待着自己的死刑判决，我想起了他，想起我母亲也曾经像他这样等待，等待第二天早上被人带走……”我失声摇头，“他和当年的她一样是个囚徒。他也和她一样濒临死亡。我当然爱他。”

他又抱了我几秒钟，然后他冷冷地推开我。我几乎能感觉到安静的印刷室里吹过我们之间的冰冷的风。“他和你母亲不同。他不是因信仰被囚禁的，”他轻声说，“审判他的也不是宗教法庭，囚禁他的是你所谓慈爱智慧的那位女王。你没有理由爱上这样一个密谋叛国的男人。他本可能将简女士推上王位，再砍掉你自称深爱的那位玛丽女王的头。他不是什么正人君子。”

我张口想要分辩，但什么也说不出。

"你被他和他的缜密心思迷惑了，被他的计划和你对他的感觉迷惑了。我不将它称之为爱情，要不是我始终认为这只是女孩常做的白日梦，我早就去见你的父亲，解除我们的婚约了。但我要告诉你。你必须离开罗伯特·达德利，不再为他服务，不管你看到了他怎样的未来。你必须提防约翰·迪伊，必须放弃自己的天赋。直到你年满十六岁之前，你可以为女王效力，但你无论是言语还是行为都必须遵守婚约。从现在算起，还有十八个月，等你到了十六岁，就得嫁给我、离开王宫。"

"十八个月?"我非常小声地说。

他拉起我的手贴近自己的嘴唇，咬着我的拇指根部，丰满的肌肉就像集市上的小贩和占卜者那样大声宣告：我已经是个准备好迎接爱情的女人。

"十八个月，"他不紧不慢地说，"否则我发誓，我会再找一个女孩做妻子，让你跟那个预言家、那个叛国者还有女王见鬼去。"

这个冬天很冷，甚至连圣诞节也没有带给人们欢愉。每一天都有针对女王的琐碎控诉和暴动的消息传来。每件事都是小事，几乎不值得关注：有人向西班牙大使丢雪球，一只死猫挂在教堂的过道上，墙上潦草地写着辱骂的字句，一个女人在墓园中预言末日将至——每件事单独拿出来，都吓不倒神职人员和达官贵人们，但加在一起，就成了无法忽视的不安蔓延的征兆。

女王在白厅宫庆祝圣诞节，她指定了一名司戏者，又下令以从前的方式布置节庆时的王宫，但结果并不理想。圣诞宴席上那个空缺的座位述说着自己的故事：伊丽莎白女士甚至没来探望她的姐姐，仍然留在阿什里奇的那栋坐落于北方大道旁的屋子里，打算收到某个人的消息就立刻前往伦敦。女王的议会有半数成员无故缺席：法兰西大使在圣诞节期间比任何一个虔诚的基督徒都要忙碌。毫无疑问，有人正在酝酿阴谋，觊觎王座，女王也知道，我们都知道。

首相、加德纳主教和西班牙大使都建议她去伦敦塔，全国实行战时体制；或是立刻离开伦敦，去温莎堡筹备守城战。但她和我骑马穿行于乡间、只有一位马夫指路时的勇气又回来了，她发誓她不会在登基以后的第一个圣诞节就逃出王宫。她加冕为英格兰女王还不到三个月，她会不会成为另一个简女王？她是不是应该在那位更受欢迎的公主集结大军准备进军伦敦的时候，把自己和她缩了水的议会关进伦敦塔？玛丽发誓她会在圣诞节期间待在白厅宫中，藐视任何说她将会败北的谣言。

“汉娜，气氛不太愉快是吧？”她难过地对我说，“我一生中都在期待这个圣诞节，但现在看起来人们都忘记了高兴是什么。”

那时我们正待在她的房间里。简·多摩尔坐在隔间的窗旁抓紧下午最后一缕昏暗的光线做着针线活儿。一位女士在弹奏鲁特琴，那是一曲悲伤的调子，另一位女士正在穿针走线，做着刺绣。周围丝毫没有愉悦可言。任何人都会觉得这位女王大限将至，而非即将大喜临门。

“明年会好起来的，”我说，“等到您结了婚、菲利普王子也来到这儿以后。”

听到这个名字的时候她苍白的脸上泛起了红晕。“嘘，”她的神情明亮起来，“期待他到这儿来可就错了。他会在自己的其他领地上。世界上再没有哪个帝国比他所要继承的这个更强大的了，你明白的。”

“我明白，”我说着，想起了宗教法庭的火刑，“我知道西班牙帝国有多么强大。”

“你当然知道，”她也想起了我的国籍，“我们应该一直说西班牙语，好纠正我的口音。我们现在就开始说吧。”

简·多摩尔抬头笑了起来。“哈，我们很快就都得说西班牙语了。”

“他不会颁布这种命令的，”女王连忙说道，她总是能察觉到探子的存在，即使是在这儿，在她自己的房间里，“他只会为英格兰的人民着想。”

“我知道，”简平静地说，“我只是开个玩笑，陛下。”

女王点点头，但仍然紧蹙着眉头。“我已经写信给伊丽莎白女士让她回宫，”她说，“她必须回来过圣诞节，没有我的允许她不能离开。”

“噢，她来了也没法带来多少欢乐。”简随口评价道。

“她的到来的确不会带给我欢乐，”女王尖锐地说，“但知道她身在哪里就是莫大的喜悦了。”

“您会原谅她的吧，如果她真的因病不能出行……”简说。

“我会的，”女王说，“如果真是这样。可如果她病到不能出行，那为什么她能从阿什里奇到唐宁顿城堡呢？为什么一个病弱的女孩，病得无法来伦敦接受大家关怀的女孩，却会前往位于英格兰中心地带，极其适合守城的那座城堡呢？”

我们识趣地选择了沉默。

“这个国家将会由菲利普王子带来新的开始，”简·多摩尔轻声说，“一切烦恼都将被遗忘。”

突然，门外的守卫用力敲起了门，那道两开大门猛地打开。我吓得连忙起身，心也狂跳起来。一位信使站在门口，他身旁是首相大人，还有老兵托马斯·霍华德以及诺福克公爵，他们的脸色都无一例外地严峻。

我向后退去，像是要藏在她身后一样。我突然非常确定，他们是来找我的，他们不知从哪里得知了我的身份，拿着授权令要将我以犹太异教徒的罪名逮捕。

但他们看着的并不是我。他们看着女王，嘴巴紧闭，目光冰冷。

“噢，不。”我低声说。

她一定以为这就是她的结局了，因为她缓缓站起身，逐个打量他们严肃的面孔。她知道公爵随时都会改变立场，议会也会迅速制订计划，然后他们就会再做一次他们对简做过的事情。但她没有退缩，她正视他们，平静得就像他们是来邀请她用餐的一样。在那个时刻，我敬仰她的勇气，敬仰她不露惧色的名副其实的女王气度。“怎么了，我的大人们?”她愉快地说，尽管那些人已经走到房间中央，用严厉的眼神看着她，她的语气依旧平静，“看你们都这么严肃，希望你们给我带来的是好消息。”

“陛下，不是好消息，”加德纳主教直截了当地说，“叛军正在往您这里进军。我那位年轻的朋友爱德华·考特尼明智地向我坦白，将自己交由您发落。”

我看到她的视线飞快地转向另一边，而她机智的头脑也在分析着这个消息；但她的表情并没有丝毫改变，她依然在微笑。“爱德华说了什么?”

“说了他们的计划：也就是准备进军伦敦，将你投入伦敦塔，然后让伊丽莎白坐你的王位。我们知道参与这个计划的其中一些人：威廉·皮克林大人，德文郡的皮特·加露大人，肯特的托马斯·怀亚特大人以及詹姆斯·克劳夫特大人。”

她开始颤抖起来。“皮特·加露，就是秋天时助我于危难的那位？募集德文郡的人民为我而战的那位?”

“是的。”

“还有詹姆斯·克劳夫特，我的好友?”

“是的，陛下。”

我仍然躲在她身后。我的主人曾经告诉我这些名字，他还让我转告给约翰·迪伊。这就是想要安排化学婚礼，毁掉白银并替代为黄金的那些人。现在我想我明白了他的话中之意。我想我明白了，在他的隐喻中，哪个女王代表白银，哪个女王又代表黄金。我想我明白了，我又一次领着女王的报酬但却背叛了她，也明白要不了多久就会有人发现，为阴谋推波助澜的那个人究竟是谁。

她深吸一口气，让自己平静下来。“还有其他人吗？”

加德纳主教看了看我。我在他的注视下向后退了几步，但他的目光却越过了我。他根本没看见我，只是努力想把更坏的消息说出口。“萨福克公爵现在已经不在他位于希恩的住处了，没有人知道他去了哪里。”

我看到坐在窗旁的简·多摩尔身体僵硬。如果说萨福克公爵不见了，那么只能说明一件事情：他带着自己的数百佃农和扈从前去支持他的女儿简重返王位了。我们需要同时面对伊丽莎白的起义和简女王的反叛。这两个名字能够让全国家半数以上的人起兵反抗，而玛丽女王早先表现出的勇气和决心如今也毫无意义。

“伊丽莎白女士呢？她知道这些吗？她还在阿什里奇吗？”

“考特尼说她准备和他结婚，他们将一同夺取您的王座掌握大权。感谢上帝，那个小伙子及时弃暗投明。她知道一切，她在等待一切就绪。法兰西国王会支持她，会派出一支法兰西军队帮助她登上王座。很可能她现在已经带领叛军上路了。”

我看到女王的脸色变了。“你确定吗？我的伊丽莎白打算来处决我？”

“是的，”公爵肯定地说，“她正为这事忙得不可开交呢。”

“感谢上帝，幸好考特尼告诉了我们，”主教插话道，“我们还有时间保护您安全离开。”

“要是考特尼没有参与这件事，我会更感谢他的，”女王尖锐地反驳道，“你那位年轻的朋友是个傻瓜，大人，而且是个软弱不忠的傻瓜。”她没给他反驳的机会，“那我们该做些什么？”

公爵向前走了几步。“您必须立刻赶去法拉姆灵厄姆，陛下。我们会在那里为您准备一艘军舰载您去西班牙。这场战争您没有获胜的希望。您平安到达西班牙以后就能重整军队，菲利普王子也许会……”

我看到她紧紧地靠着椅子直起身。“我刚刚从法拉姆灵厄姆到伦敦六个月,”她说,“那时候人们还都希望我成为女王。”

“比起被萨福克公爵当做木偶操纵的简女王来说,他们更愿意选择您,”他无情地提醒她,“但无法与伊丽莎白相提并论。人们乐于接受新教信仰和那位新教公主。说真的,他们或许都愿意为此付出性命。他们不会让您和西班牙的菲利普王子一同执掌王位。”

“我不会离开伦敦的,”她说,“我等这个王位等了一生,现在也不会轻言放弃。”

“您别无选择,”他提醒道,“他们几天之内就会来到城门前了。”

“我会一直等到那一刻的到来。”

“陛下,”加德纳主教说,“您至少应该撤退到温莎……”

玛丽女王转身看向他。“我不去温莎堡,也不去伦敦塔,除了这里我哪儿也不去!我是英格兰的公主,我要一直待在自己的宫中,直到有人告诉我说英格兰不再需要我这位公主为止。别劝我离开,各位大人们,我不会考虑离开的。”

主教在她的气势下让步了。“如您所愿,陛下。但在这样的动乱时期,还是不要用您的生命犯险……”

“时期也许动乱,但我不会慌乱。”她断言道。

“您在拿您的王位和生命作赌注。”公爵几乎在对她大吼了。

“我知道!”她大声回答。

他深吸一口气。“您能让我召集王家卫队和城中的精锐部队,出城去和肯特的怀亚特一战吗?”他问。

“可以,”她说,“但不许围攻城镇,也不准洗劫村庄。”

“这办不到!”他抗议道,“在战争中,没有人能保证战场的平安。”

“这是给你的命令,”她冷冷地说,“我不会让内战蔓延到我的麦田里,特别是在这样的饥荒时期。你必须像消灭害虫那样消灭反叛。我不会让无辜的人们受到伤害。”

有那么一会儿，他的表情像是要争辩。然后她向他凑近身子。“相信我，”她劝说道，“我知道我在做什么。我是处子女王，我唯一的孩子就是我的子民。他们一定看得到我是多么爱他们、多么关心他们。我不能在无辜者遍洒的鲜血中结婚。这一切必须要平静地进行，而且干脆利落。你能做到吗？”

他摇摇头。“不行，”他说。他没时间出言婉转了，“没人做得到。他们已经集合了几百人，甚至几千人。那些人只知道一件事。他们只知道十字路口的绞架和长矛上的头颅。您不能在统治英格兰人的同时又如此仁慈，陛下。”

“你错了，”她说着，用和他同样的语气，同样的坚决，“我能坐上王位是一个奇迹，上帝也并没有改变主意。我们在上帝的庇佑下一定能够取得胜利。你必须照我的命令去做。这件事必须按照上帝的旨意去做，否则他就不会再施展同样的奇迹。”

公爵又露出了想要争辩的表情。

“这是我的命令。”她平静地说。

他耸耸肩，鞠了一躬。“那么我会谨遵您的命令，”他说，“不管结果如何。”

她越过他看向我，表情古怪，仿佛想问我在想什么。我微微鞠了一躬：我并不想让她知道我所感到的强烈恐惧。

1554年冬

我真希望自己当时提醒了她。诺福克公爵带着伦敦城的志愿兵和女王自己的卫队，开赴肯特郡，准备和怀亚特的军队交手，而后者原本会在后天拔营出发。但王家部队与怀亚特军遭遇的那一刻，看到他们真诚的面容和坚定的神情，我们这些原本发誓保护女王的士兵便将帽子丢向空中，高喊道："我们都是英格兰人！"

双方都没有开火，他们就像兄弟那样互相拥抱，转而对抗他们的指挥官，对抗女王。急于逃命的公爵飞也似的逃回了伦敦，除了让怀亚特原本的杂牌军收编一支正规部队以外毫无建树，而敌军则以更快的速度和更坚定的决心向着伦敦城门进发。

在停泊于梅德韦的战舰上，那些行事向来雷厉风行的水手们全体投靠了怀亚特，对西班牙人的仇恨让他们团结起来，决定拥立一位新教女王。他们带来了船上的轻型武器与货物，还有他们战斗的技巧。我想起了我们还在法拉姆灵厄姆的时候，雅茅斯的那些海员的到来改变了一切。我们从而知道，如果连水手们都加入我们，来到陆地上作战，也就代表了这场战斗得到了民心，而团结起来的人民是不可战胜的。当女王听到梅德韦传来的消息时，我还以为她应该明白，她已经打输了这场仗。

她在充斥着恐惧的辛辣气味的房间里落座，身边是已经大幅缩水的女王议会。

“一半议员已经逃回乡下的家了，”她看着桌旁空荡荡的座位，对简·多摩尔说，“他们现在正在给伊丽莎白写信，权衡自己的利弊，努力想站在胜利的一方。”

各种建议让她心烦意乱。剩下的朝臣分成了两派，一派主张让她取消婚事、并承诺为她选择一位新教王子做丈夫，另一派则请求她求助西班牙，以残暴的手段镇压反叛。

“这就会告诉所有人，我根本无法独力治国！”女王大吼道。

在伦敦大道行进的途中，托马斯·怀亚特的军队不断得到附近村落的兵员补充和壮大，他们带着狂热的气势赶到泰晤士河南岸，却发现伦敦桥高高吊起，伦敦塔上的大炮已经对准了他们。

“他们不可以开火。”女王命令道。

“陛下，看在上帝的分上……”

她摇了摇头。“你想要我向索斯沃克、那座对我以女王之礼相待的镇子开火？我不会向伦敦城的人民开火的。”

“叛军正在射程之内驻营。我们只用一轮炮火就能摧毁他们。”

“他们会一直待在那里，除非我们的军队将他们赶走。”

“陛下，您没有军队。这里没有人会为您而战。”

她沮丧起来，但并未因此有丝毫动摇。“我现在是没有军队，”她强调道，“但我会以伦敦城的男儿组建一支军队。”

不顾议员们的反对，也不顾日渐一日地庞大的敌军，不顾他们好整以暇地在城市的南岸扎营，女王身着华丽的长裙，出现在市政厅，与市长和民众会面。简·多摩尔、其他的女伴还有我都跟着她一同前往，我们穿得尽可能郑重，摆出自信的神情，即使我们明知道危机已迫在眉睫。

“真不知道为什么你会来，”一位上了年纪的议员针对我说，“她的手下已经有足够多的傻瓜了。”

“但我是个神启弄臣[①]，清白的弄臣，”我骄傲地说，“清白的人可不多。我觉得您也不是。”

“我会来这儿，就足够证明我也是个傻瓜了。”他愠怒地说。

在女王的全体议员和她的全部女伴之中，只有我和简有希望活着逃出伦敦城；但我和简都见到过法拉姆灵厄姆时的女王，我们明白这位女王面对任何困难都不会退缩。我们看得到她黑色眼眸中的锐利目光和一举一动的骄傲。我们看到她将王冠戴上她那颗小小的头颅，对着镜子里的自己微笑。我们看到这位女王没有被无法战胜的敌人吓倒，而是拿自己的生命冒着险，仿佛一切只是一场套环游戏。当她与她的上帝并肩面临灾难的时候，她就会无比乐观：在兵临伦敦城下的此刻，你找不出比她更优秀的女王。

但尽管如此，我还是觉得害怕。我看到过遭逢惨死的男男女女，我闻到过异教徒被焚烧时的烟气。我明白，她的少数女伴们也都明白——死意味着什么。

“你会跟着我吗，汉娜?”她登上市政厅的台阶，语调轻松地问我。

“噢会的，陛下。”我冰冷的双唇间吐出这几个字。

他们为她在市政厅准备了王位，一半的伦敦人都纯粹出于好奇而赶来庆祝，人群聚集起来，想要聆听女王为自己的性命而争辩。她站了起来，小小的身躯顶着沉重的金冠，披着厚重的斗篷，有那么片刻，我觉得她没法说服他们继续忠于她。她看起来太脆弱了，更像是一个女人，一个需要丈夫的协助来掌控全局的女人。她看起来像是那种不可靠的女人。

她张开嘴，但却没有发出任何声音。“亲爱的上帝，让她说。”我以为她因恐惧而失声，而怀亚特也会随即领军开进大厅、宣布王位属于伊丽莎白女士，因为女王根本没有自保之力。但她的话声很快大声传出，嘹亮得仿佛每个字都是喊出来的，而且清晰悦耳，一如圣诞节那天，她在礼拜堂

① 此处为双关，fool一词既可指傻瓜又可指弄臣。

里仿佛唱诗班的歌手那样歌唱。

她告诉了他们一切，就这么简单。她将有关自己继位的故事讲给他们：她是一位国王的女儿，她接管了父亲的权力，同时也接管了他们的忠诚。她再次提醒他们，她是没有子嗣的处子，她爱这个国家的人民如同母亲爱自己的孩子，也如同一位女主人地爱着他们，而且爱得如此热切，她也毫不怀疑他们会以同样的爱作为回报。

她的话充满魅力。我们的玛丽，在事实上的软禁中病弱、烦恼而又孤独得可怜的玛丽，只率领过一次军队的玛丽，站在他们面前，慷慨激昂地讲述，直到他们都被她感染，情不自禁地参与进去。她向他们发誓，说她的婚姻是为了他们的利益，只是为了让他们的国家得到一个继承人，如果他们觉得这个选择不好，她会为他们守身如玉直至终老，因为她是他们的女王——有没有男人对她毫无意义。对她而言最重要的是王位，还有她将会交给自己儿子的继承权。其他的一切都比不上这些。其他的一切绝不可能比得上这些。她的婚姻会以这些为重，而在其他的事情上也一样。她会作为一个独立的女王统治他们，无论结婚与否。她是他们的，他们也是她的，这一点绝对不会改变。

我环顾大厅四周，看到人们露出了笑容，对她颔首。这些人想要爱戴一位女王，想要相信世界可以维持不变，想要相信一个女人可以遏止自己的欲望，保证国家的安全，阻止改变的到来。她向他们发誓，如果他们忠实于她，她也会忠实于他们，然后她对他们露出微笑，仿佛一切只是一场游戏。我熟悉这种笑容，也熟悉那种语调：就像她在法拉姆灵厄姆质问说，为什么她不能在实力悬殊的情况下出战？为什么她不能为自己的王位而战？现在也一样，她获胜的希望依旧渺茫：受人拥戴的大军驻扎在索斯沃克，受人拥戴的王子起兵反叛，欧洲最强大的势力开始了动员，她的盟友却不见踪影。玛丽在沉重的王冠下抬起头，上面的钻石的光芒照亮了整个房间。

她对人山人海的伦敦市民微笑，仿佛他们都是她的仰慕者——而在那一刻，他们确实仰慕着她。

“现在，我的好国民们，坚定你们的心，像个真正的男人一样面对叛军，无须恐惧，我向你们保证，我半点也不害怕他们!”

她太棒了。他们将帽子抛到空中，为她欢呼，仿佛她就是圣母玛利亚本人。他们跑到外面，向所有没能进到市政厅里的人们传达这个消息，直到整个城市都在传送玛丽女士的誓言：她会成为他们的母亲、他们的女主人，她深爱着他们，所以只要他们也以同样的爱回报，她不会违背他们的意愿结婚。

整个伦敦都为玛丽疯狂。男人们自愿加入了平定叛军的军队，女人们撕碎了她们最好的亚麻衣服为他们做绷带，为他们烤好了面包塞满行囊。成百上千、成千上万的志愿军取得了最终的胜利，但胜利并非是几天后怀亚特溃不成军之时，而是在那天下午的那一刻：玛丽女士高扬头颅、浑身散发出勇气的光芒，宣布自己是处子女王，她需要他们回报给她相等的爱。

女王再一次学到了这个道理：巩固王位比赢得它更加艰难。叛乱结束后的那几天，她一直在强迫自己面对那个恼人的问题：她该拿这些前来对抗她而又遭受如此戏剧化失败的叛军怎么办。很明显，上帝保佑了玛丽，让她继续稳坐王位，但上帝的努力不容轻视。玛丽必须学会保护自己。

她所咨询的每位顾问都坚持说，除非所有麻烦的根源遭到逮捕，以叛国罪受审并且处死，否则这个国家就不会得到和平。这位心地温柔的女王不该有更多的仁慈。即使过去赞赏女王将简女士和达德利兄弟关入伦敦塔来以防万一的那些人，如今也催促她尽快将他们处死，送他们上断头台。简是否真的领导了此次叛乱无关紧要，正如她也并没有指挥那场让她登上王位的叛乱。他们将王冠戴在了她的头上，所以她的脑袋只好跟身体搬家了。

“换做是她也会这么对您的，陛下。”他们对她抱怨说。

“她才十六岁。”女王回答，用手指按着她隐隐作痛的额角。

“她父亲参加叛乱是为了她，其他人是因为伊丽莎白。这两个年轻女人就是笼罩着您的最深的阴霾。她们生来就是您的敌人，她们的存在就意味着对您生命无休止的威胁。必须将她们彻底消灭。”

女王在祈祷台前聆听着他们无情的劝告。“简只是因为自己的血统而获罪。”女王轻声说着，抬头看向十字架上的耶稣。

她等待着，仿佛在等待上帝展示奇迹，回答她的话。

“你我都知道，伊丽莎白确实有罪，”她用很低很低的声音说，“但我怎么能将自己的外甥女和妹妹推上绞架？”

简·多摩尔对我使了个眼色，我们俩移动凳子，挡住了其他女伴们的视线，遮住了女王的话声。跪倒在地的女王说出的话不可以被人偷听。她只是在向她真心信任的顾问请求建议。她跪倒在她的上帝被木桩刺穿的赤脚之下，想要知道自己该做出怎样的决定。

议会搜罗了伊丽莎白叛乱的证据，他们的发现足以绞死她十几次。她既见过托马斯·怀亚特也见过威廉·皮克林，甚至是在叛乱发动以后。就我而言，我知道她从我这里听取消息的时候，完全是一副老练阴谋家的从容神态。我毫不怀疑，女王也毫不怀疑，如果叛乱成功——要不是爱德华·考特尼的愚蠢，他们本该成功的——就会是伊丽莎白女王坐在议会的首席，考虑着要不要在她同父异母的姐姐的处死授权令上签字。我毫不怀疑伊丽莎白女士也会跪地祈祷许多个钟头。但伊丽莎白一定会签字的。

一名守卫敲了敲门，看向寂静的门内。

“什么事？”简·多摩尔轻声问道。

“侧门那边有给弄臣的消息。”年轻的守卫说。

我点点头，轻手轻脚地走了过去，穿过偌大的会见厅，当我打开女王的居所出来时，会见厅里的人们小小地骚动了一阵子。那些是来自各个乡村的请愿者：来自威尔士、来自德文郡、来自肯特郡，那些曾起兵反抗女王的地方。他们现在来祈求宽恕，祈求这位原本会死在他们手下的女王的宽恕。门打开的时候，我看到他们充满期待的面孔，并不疑惑女王为何会长跪不起地探求上帝的旨意。女王曾对夺走她王位的那些人展露仁慈，这一次也会吗？那下一次呢，下一次的下一次呢？

我没必要对这些叛徒彬彬有礼。我沉着脸用手肘分开人群。我能感觉到自己对他们毫不动摇的憎恨，他们曾经有可能杀死女王，而且不止一次，现在他们却来到宫中双手扭捏着帽子，垂下脑袋请求女王给他们返回家中、再次叛乱的机会。

我从他们中间挤了过去，走下蜿蜒的石阶步向大门。我突然很希望丹尼尔出现在那里，但我却失望地看到一个并不认识的仆童，穿着自家编织的衣服，既没穿制服，身上也没有纹章。

“你找我做什么？”我立刻警觉起来。

“我给你带了些书，让你交给罗伯特大人。”他直截了当地说着，拿出两本书——一本是祈祷书，另一本是圣约书——塞进我的臂弯。

“谁给我的？”

他摇摇头。“他想要这些书，”他说，“我只是听说你会很愿意把这些书交给他。”没有等我回答，他便消失在黑暗之中，沿着墙跑开了，只留下我手中的两本书。

在我回宫之前，我把两本书翻了个底朝天，检查末页里是否藏着什么密信。什么也没有。如果我愿意，就可以把这两本书带给他。虽然我不清楚自己是否愿意。

我选择在早晨的明亮阳光中走进伦敦塔，以显得自己光明正大。我在门口让守卫检查过我带的书，这次他们翻了翻书页，还看了看书脊，确保没有藏着什么东西。他看着上面的字问："这是什么？"

"希腊语，"我说，"还有拉丁语。"

他上下打量了我。"让我检查下你的上衣里面。把口袋翻出来。"

我按吩咐做了。

"你是男孩还是女孩，或者介于两者之间？"

"我是女王的弄臣，"我说，"如果您检查好了就让我进去吧。"

"神佑陛下！"他突然热情地说，"也保佑她选择来取悦自己的任何怪人！"他带着我穿过草坪进入一栋新楼。我跟在他身后，不时转头避开他们通常搭建绞架的地方。

我们穿过一道壮丽的门，走过一段蜿蜒的石阶。石阶顶上的守卫退到一边，为我打开门锁，示意让我进去。

罗伯特大人就站在窗边，呼吸着从河畔吹来的冰冷空气。门打开的时候他转过头来，看到我的时候脸上露出喜色。"假小子！"他说，"你终于来了！"

房间比他先前待的那间大一些，也更舒适一些。向外看去能够看到昏暗的庭院，还有高耸入云的白塔。房间的显眼位置有只巨大的壁炉，上面满是刻痕：那些在这里经历了漫长等待的人们用折叠小刀刻下了他们的名字或是缩写。上面还有他的家族纹章，是他弟弟和父亲在等待宣判的时候刻上去的，在窗外为他们搭起绞架的同时，他们又刻下了自己的名字。

几个月的监禁生活在他身上留下了痕迹。他的皮肤苍白，更甚于冬日的寒霜，自从叛乱以后，他便被禁止在花园里走动。他的眼窝比当年作为英格兰最有权势者的儿子那时更加深陷。但他的亚麻衬衫一尘不染，两腮刮得干干净净，头发也柔滑闪亮，看到他的刹那我的心又抽动了一下，但我还是犹豫起来，试图看清他真实的本质：他是个叛国者，是个面临死刑，正等待判决之日的人。

他一眼就看透了我的内心。“你讨厌我了吗，假小子？”他问，“我惹恼你了吗？”

我摇了摇头。“不是的，大人。”

他走近我，近得我可以闻得到他靴子上干净的皮革气息和他天鹅绒上衣上温暖的香水气味，我的身子微微后仰。

他用手抬起我的下巴。“你不开心，”他评论道，“怎么了？肯定不是因为婚约吧？”

“不是的。”我说。

“那么？想念西班牙了？”

“不是的。”

“在宫里不开心？”他猜测，“女孩子的勾心斗角？”

我还是摇头。

“你不想来这儿是吗？你不想来这儿？”他突然捕捉到了我表情的细微变化，“啊哈！背信弃义！你叛变了，假小子，探子们经常会这样。你改变了立场，现在来刺探我了。”

“不是的，”我说，“绝对不是。我不会刺探您的。”

我想走开，但他的双手按上我的脸，然后紧抓不放，令我无法逃离。他可以透过我的双眼看透我的心，仿佛我只是一段遭到破解的密码。

“你为我的事业失望，对我失望，所以做了她的仆从，”他语带指责，“你爱那位女王。”

“没有人能不爱她，”我反驳说，“她是最美的女人。她是我见过的最勇敢的女人，而且她每一天都在为自己的信仰，为这个世界做斗争。她简直是个圣人。”

他笑了。“你真是个小孩子，”他笑我，“你总是会爱上别人。所以在我和女王之间，你选择了女王做你真正的主人。”

“不是的，”我说，“我服从您的命令到这儿来了。至少我是这么听说的。尽管来转达消息的是个陌生人，尽管我不知道自己是否安全。”

他耸了耸肩。“那你敢说你没有背叛过我吗?”

“我什么时候背叛过您?”我吃了一惊。

“我要你捎信给伊丽莎白女士，让她去见我的导师的时候。”

他能从我的表情看出，光是想到背叛就让我多么惶恐。“上帝啊，我没有，大人。两件任务我都完成了，也没有告诉任何人。”

“那计划是怎么出错的?”他放下按着我脸孔的双手，转过身去。他先是向窗边走了几步，然后又走回他平时读书的桌旁。他在桌旁转身，走向壁炉。我想这一定是他平常踱步的路线，向桌子走四步，再向壁炉走四步，然后再向窗边走四步；这是一个习惯在早餐前骑马，然后打一整天的猎，又和宫中的女士整夜跳舞的男人，但如今他只有这么远的路可走。

“大人，这个问题很容易回答。是爱德华·考特尼告诉了加德纳主教，整个计划就暴露了，”我的声音很轻，“主教将消息告诉了女王。”

他急转过身。“他们让那个没骨气的狗崽子偷偷溜出去了?”

“主教早就知道有人在计划着什么。大家都知道有人在计划着什么。”

他点点头。“汤姆·怀亚特总是这么冒失。”

“他会付出代价的。他们正在审问他呢。”

“为了得知密谋的其他参与者?”

“为了让他指证伊丽莎白公主。”

罗伯特大人将拳头抵在两侧窗框上，仿佛他要撑开窗子飞出去似的。

“他们有对她不利的证据吗?”

“够多了,”我刻薄地说,“女王现在正跪在地上祈求指引。如果她认为上帝希望她牺牲伊丽莎白的话,那她的手里的证据就够多了。”

“那么简呢?”

“女王正在想办法救她。她问简是否愿意接受真正的信仰。她希望她皈依正统,这样她就能宽恕她了。”

他笑了几声。“你是说真正的信仰吗,假小子?”

我脸色发红。“大人,宫里的每个人都是这么说的。”

“你也是他们中的一员吗,我的小conversa[①],我的nueva cristiana[②]?”

“是的,大人。”我注视着他的双眼,平静地说。

“居然让一个十六岁的少女来做这种选择,”他说,“可怜的简。保留信仰就等于死亡。女王想让她的外甥女成为殉道者吗?”

“她只想让她改换信仰,”我说,“她想从死亡和地狱中拯救简。”

“那我呢?”他轻声问,“我是会被拯救,或是注定被烧死,你觉得呢?”

我摇了摇头。“我不知道,大人。但如果玛丽女王听从顾问的意见,那么所有忠诚存疑的人都会被吊死。有些参与叛乱的士兵已经吊在街角的绞架上了。”

“那我最好快点读这些书,”他讽刺地说,“或许能从中找到一线曙光。你怎么看,假小子?你的曙光也快要到来了吗?按照你们的叫法,你找到真正的信仰了吗?”

门上响起一阵沉重的敲打声,然后守卫打开门:“弄臣是不是该走了?”

“马上就走,”罗伯特大人连忙说,“我还没有付给他钱。再给我点时间。”

---

① 西班牙语,意为“改变信仰后的犹太人”,泛指犹太人。

② 西班牙语,意为“新基督教徒”。

守卫警觉地打量我们，又关上门重新锁好。接下来的沉默短暂而又令人痛苦。

“大人，”我脱口而出，“别再折磨我了。我和平时没什么两样。我是您的人。”

他深吸一口气，努力挤出笑容。“假小子，我已经死定了，”他直白地说，“你应该为我哀悼，然后将我遗忘。感谢上帝，你没有因为认识我而遭受不幸。我把你安排在了胜利的那一方。这是我对你做的一件好事，我的小家伙。我为此感到高兴。”

“我的大人，”我认真地低声说道，“您不会死的。我和您的导师看过那面镜子，看到了您的未来。您的未来绝对不会在此结束。他说您会平安地死在自己的床上，会拥有一场伟大的爱情，和一位女王。”

他听到这些话的时候皱了皱眉，发出一声叹息，就像个受到虚假希望诱惑的人。“换做几天之前，我会恳求你继续说下去。但现在已经太晚了。守卫马上就来了。你也该离开了。听着。我在此解除你对我和我这一方的臣属关系。你为我工作的时日到此结束。你可以在宫中赚钱生活，然后嫁给你的未婚夫。你可以真心诚意地做女王的弄臣，把我忘记。”

我走近了一点儿。“大人，我永远都忘不了您。”

罗伯特大人笑了。“感谢你记得我，如果我死的时候你能为我祈祷些什么就更好了。我跟大多数英格兰同胞不一样，我真的不介意你向哪位神明祈祷。我知道那些祷告词将会发自内心，而你的心中充满爱意。”

“要不要我为您带信给谁?”我渴望地问，“给迪伊先生？还是给伊丽莎白女士?”

他摇了摇头。“没什么信了。一切都结束了。我想我很快就会在天堂见到我的同伙们。也可能不会，这取决于你我二人谁对神明的看法才是正确的。”

“您不会死的。”我痛苦地叫道。

“我不觉得他们会给我别的什么选择。”他说。

他的痛苦几乎令我无法忍受。“罗伯特大人，”我轻声说，“我什么都不能为您做吗？一点儿也不能吗？”

“是的，”他说，“看看你是不是能说服女王宽恕简和伊丽莎白吧。宽恕简，因为她无论从任何角度都该被宽恕，宽恕伊丽莎白，因为她是应该活下去的人。像她这样的女人不应该死得这么早。如果我知道自己给你留下了这种委托，而你也能够办到，我就能安然赴死了。”

“那您呢？”我问。

他再次将手放在我的下颌，俯身在我的唇上温柔一吻。“为了我，什么也别做，”他柔声说，“我注定将会死去。这个吻，假小子，我亲爱的小臣子，这个吻是我给你的最后一吻。这代表告别。”

他转身背对我，面对窗子大喊：“守卫！”守卫过来开了锁。我别无选择，只能抛下他离开，留他一个人待在冷清的房间里，看着窗外的黑暗，等待着有人告诉他绞刑架已经竖起，刽子手也准备就绪，那也是他的生命终结的时刻。

我恍惚地回到宫里，每天四次弥撒的时候我都双膝跪倒，诚挚地祈求拯救过玛丽的上帝也拯救我的罗伯特大人。

我的情绪和女王一样悲观低落。宫廷和城市都没有胜利的气氛。整个王宫充斥了犹豫与忧心。每一天，在弥撒和早餐之后，玛丽女王会在河边散步，冰冷的双手深埋在她的皮手筒里，冷风将她的裙摆向前吹拂，也加快了她的步伐。我裹紧自己身上的黑色斗篷，跟在她身后，将自己的脸缩在衣领里。我很庆幸这套制服的长袜和外套很厚很暖。我可不想像西班牙帝国的公主们那样，在冬天还打扮得像个女人。

我知道她遇到了麻烦，所以我一言不发。我像狗儿那样跟在她身后两步远处，因为我明白她喜欢听到身后的同伴踩在冰冷碎石路上的脚步声。她度过了那么多年孤寂的岁月，一直以来都是孤独地散步，她喜欢有人在她身旁守护她的感觉。

河面吹来的风太过冰冷，让她没法散步太久，即使她穿着厚厚的长袜，脖子上还围着毛皮衣领。她突然转过身，埋头前进的我差点儿撞到她身上。

“请原谅，陛下。”我说着，躬身给她让了路。

“你可以走在我旁边。”她说。

我走在她身旁，什么都没有说，只是等着她说些什么。她也一直沉默着，直到我们来到小花园的门口，守卫为她打开了门。里面等待着的女仆接过她的斗篷，又为她递来一双干燥的鞋子。我也脱下斗篷拿在手里，在地毯上跺着脚，希望能暖和起来。

“一起进来吧。”女王转过头说道，然后攀上盘旋的石阶，走向她自己的房间。我知道她为什么会选择花园这边的阶梯。如果我们从主楼那边进来，就会发现大厅、楼梯和会见厅里挤满了请愿者，其中半数的人都是为了请求女王宽恕他们的兄弟或是儿子而来：那些人因为跟随汤姆·怀亚特而被判了死刑。玛丽女王每次做弥撒、每次去用餐都得从这些泪眼婆娑的女人中穿过。她们十指交握地向她伸出手，呼唤着她的名字。她们不停地向她乞求宽恕，而她只能不断拒绝。难怪她宁愿独自在花园里散步，然后从秘密阶梯回去。

阶梯通往一个小小的休息间，进而通向女王的居所。简·多摩尔在窗边的椅子上做她的针线活儿，六个女人在她旁边忙碌，女王的一位女伴在读《诗篇》。我看到女王四下打量，如同一位审视她听话的班级的老师，然后她满意地略微点头。等西班牙的菲利普来到这里的时候，会发现这个宫廷虔诚而又沉稳。

“过来，汉娜。”她说着，在壁炉边坐下，又扬手示意我坐在她旁边的凳子上。

我坐了下来，双手抱腿，下颌放到膝盖上，又抬起头望着她。

“我想让你帮我个忙。”她突然说。

“当然可以，陛下。”我说。我正想站起身，免得她要派我去跑腿什么的，但她却伸手按住了我的肩。

“我不是要你去送信，”她说，“我要你为我看一些东西。”

“看一些东西?”

“用你的天赋，用你的眼睛。”

我有些犹豫。“陛下，我会尽力，但您知道的，我控制不了自己的这种能力。”

“没关系，你已经为我预言了两次，一次你说我会成为女王，另一次你提醒过我会心碎。现在我希望你再提醒我一次。”

“提醒您什么?”我的声音和她一样低沉。在噼噼啪啪的炉火声的掩饰下，没有人能够听到我们的对话。

“小心伊丽莎白。”她说。

我沉默了片刻，目光定格在炉中那根苹果木下红色的灰烬上。

“陛下，如果您想要建议，比我睿智的人有的是。”我艰难地说。在明亮的火光中，我仿佛看到了那位公主的火红的秀发，还有她自信满满、令人目眩的笑容。

“但我最信任的是你。没人有你这样的天赋。”

我犹豫着问。“她到王宫来了吗?”

玛丽摇摇头。“她不会来的。她说她病了。她说她病得快死了，腹部和四肢都在发肿。她病得下不了床。病得不能走路。这是她的旧病，我相信这是真的。但它总是在特定的时候发作。”

“特定的时候?”

“她非常害怕的时候,”玛丽轻声说,“或是做错事被人发现的时候。她第一次发病是托马斯·西摩尔被处死的时候。这次我觉得她是害怕别人指控她筹划下一个阴谋。我派了医生去看她,我希望你也能一起去。”

“当然。”我不知道自己还应该说些什么。

“和她坐在一起,给她读书,像陪着我这样陪着她。如果她的身体好转到可以到宫里来,你可以陪她一起上路。如果她快死了,你可以安慰她,还可以派人找神父来,帮助她皈依正统,得到救赎。趁着上帝还能够原谅她。为她祈祷吧。”

“还有什么吗?”我的声音几乎微不可闻。女王得将身子前倾才能听清。

“监视她,”她直白地说,“留神她所做的一切、她见的每个人,还有她的宅邸住着的那些异教徒和骗子,留神每个人。留神你听到的每一个名字、她的每一个亲近的朋友。每天写信给我,告诉我,你知道的事情。我要知道她是否计划着对付我。我要找出证据。”

我用双手紧紧抱住膝盖,感觉到自己双腿和手指的颤抖。“我没法做探子,”我嗫嚅着说,“我不能出卖一个年轻女人导致她的死。”

“你现在没有别的主人了,”她温柔地提醒我,“诺森伯兰公爵已经死了,罗伯特·达德利关在伦敦塔里。除了我的命令你还能做什么?”

“我是个弄臣,不是探子,”我说,“我是您的弄臣,不是您的探子。”

“你是我的弄臣,你应该运用自己的天赋向我提出建议,”她要求道,“我希望你去伊丽莎白那里,像服侍我一样服侍她,再把你听到的和看到的一切回报给我,但更重要的是,你要等待着你的天赋让你开口。我想你会看透她的谎言,然后告诉我,她的内心究竟在想什么。”

“但如果她真的病得快死了……”

她的嘴唇紧咬，目光柔软了下来。“如果她死了，我就会失去我唯一的妹妹，”她语气凄楚，“我会派审问官去见她，虽然我本该自己前去，将她拥入我的怀抱。我没有忘记她还是个婴孩的时候，我是那么关心她，我没有忘记她握住我的手指学习走路的样子。”她停顿片刻，想到了那双胖乎乎的小手，不禁莞尔，然后她摇摇头，仿佛要把对于那个红发小女孩的爱从头脑中抹去一般。

“太巧合了，”她说，“汤姆·怀亚特才刚刚被捕，他的军队刚刚溃败，伊丽莎白就病得没法写字，没法给我回信，也没法来伦敦看我。简登上王位的时候我多希望她能在我身边，可她那时又生病了。她总是在危难时刻生病。她密谋对抗我，却没有受到任何惩罚，只是又改变了立场：连洗心革面都算不上。我要知道我们还能否作为女王和继承人、作为姐妹活下去，还是说她已经是我的敌人，除非我死否则绝不罢手。”她转过身，以诚挚的黑色眼眸回望着我。“这些你可以告诉我，”她说，“如果她恨我，并且想要我的命，那你警告我也算不上不光彩。你可以带她来伦敦，如果她真的病了就写信告诉我。你只需要到她的床边，做我的眼睛和耳朵，上帝会指引你的。”

我被她说服了。“我什么时候动身？”

“明天一早，”女王说，“如果你愿意，今晚可以去看看你的父亲，不用来我这里吃晚饭了。”

我站起身向她鞠躬。她将手伸给我。“汉娜。”她轻声说道。

“什么事，陛下？”

“我希望你能看透她的内心，看到她还能够爱我，看到她还能够皈依真正的信仰。”

“我也希望我能看到。”我热切地说。

她嘴唇颤抖，强忍眼泪。“但如果她真的背信弃义，你也要告诉我，尽管我会非常伤心。”

“我会的。”

“如果她还有救，那么我们就可以一起掌权。她可以成为我的左右手，我的第一臣民，一人之下万人之上的女孩。”

“愿上帝保佑。”“阿门。”她轻声说，“我想念她。我想让她平安地和我在一起。阿门。”

我给我父亲捎信说我会带晚餐回来看他。我敲门的时候发现他还在工作，黑暗的店堂后面，印刷室的灯还亮着。他打开印刷室的门，高举着蜡烛走出来，灯光也随之流泻到店里。

“汉娜！Mi querida①！”

他取下门闩，而我跌跌撞撞地走进门里，放下手中装着食物的篮子，抱住了他，跪倒在他面前听他的祝福。

“我从宫里带了晚餐给您。”我说。

他笑了起来。“真丰盛！今晚我会吃得像女王一样。”

“她吃得可不好，”我说，“她的胃口向来都很差。如果你想胖一点的话可以吃得像个议员。”

他在我身后关上门，转头向印刷室叫道：“丹尼尔！她回来了！”

“丹尼尔也在？”我紧张地问。

“他是来帮我整理一本医学书籍的资料的，我说你今天要回来，他就等在这儿了。”父亲欢快地说。

“他在就不够吃了。”我很没礼貌地说。我可没忘记上次和他是在争吵中收场的。

① 西班牙语，意为“我亲爱的”。

父亲看到我的任性笑了起来，但他什么都没说，这时印刷室的门开了，穿着黑色马裤、围着围裙的丹尼尔走了出来，他的围裙前方染上了黑色的墨水，双手脏兮兮的。

“晚上好。”我面无表情地说。

“晚上好。”他答。

“开饭吧！”父亲期待着自己的晚餐，满脸愉悦。他拉过三张高脚凳放到柜台边，丹尼尔去了院子里洗手。我打开篮子。一罐鹿肉酱，一条尚留有炉温的白面包，两片从烤肉叉上切下，以薄纱包裹的牛排，还有半打细细的烤小羊排。我的篮子里还有从女王的酒窖里取出的两瓶上好的红葡萄酒。我没有带蔬菜，但我从厨房中偷了一碗奶酒冻[1]。我们把奶酒冻连同奶油放到一旁，准备待会儿吃，将其余的菜摆在桌子上。我父亲打开葡萄酒，我从柜台下的碗橱里取了三个大酒杯和一把牛角柄的刀子。

“有什么新消息吗？”我们开始吃饭的时候，父亲问道。

“我要去伊丽莎白公主那里了。她说她生病了。女王让我去陪她。”

丹尼尔抬起头，但什么也没说。

“她在哪儿？”父亲问。

“在阿什里奇的住处。”

“你一个人去吗？”他关切地问。

“不是。女王派了她的几个医生和两个议员。我想我们一共差不多十个人一起去。”

他点头。“那我就放心了。我想路上恐怕不太安全。很多逃跑的叛兵都在回家的路上，他们是一群暴民，还带着武器。”

“我会好好照顾自己的。”我说。我咬着排骨抬起头，发现丹尼尔在看

---

① 起源于都铎王朝的一种甜品，做法是在大量的牛奶或奶油中添加糖和少量葡萄酒，直至凝结。

着我。我把排骨放在一旁，没了胃口。

“你打算什么时候回来？”丹尼尔轻声问。

“等伊丽莎白公主能动身的时候。”

“你有罗伯特大人的消息吗？”我父亲问。

“我已经不再为他效力了。”我生硬地说。我让自己的目光始终注视着台面，不想让他们中的任何一个看出我的痛苦，“他已经做好死的准备了。”

“他肯定会死，”父亲说，“女王是不是已经在处死他弟弟和简女士的授权令上签了字？”

“还没，”我说，“但就这几天了。”

他点点头。“世道艰难啊，”他说，“谁能想到女王能唤起市民们的忠诚，然后打败叛军呢？”

我摇了摇头。

“她可以掌控这个国家，”父亲说，“只要她能像这样掌控民心，她就能继续当女王。她甚至可能会成为一个伟大的女王。”

“您有约翰·迪伊的消息吗？”我问。

“他去旅行了，”父亲说，“他买了很多手抄本。他把那些书都送到我这儿保管了。他要远离伦敦，因为他们注意到了他。大部分反叛者之前都是他的朋友。”

“他们都是朝廷里的人，”我反驳道，“他们认识每一个人。玛丽女王本人就曾与爱德华·考特尼亲密无间。从前还有传闻说她会嫁给他。”

“我听说是他指证其他反叛者的？”丹尼尔问。

我点点头。

“他既不是个好臣民也不是个好朋友。”丹尼尔评论道。

“但这个男人面对的诱惑是我们无法想象的。”我巧妙地说。然后我想起了自己印象中的爱德华·考特尼：单薄的唇和红润的面色。像是假装成大人的小男孩，却不是个开心的男孩。他是个牛皮大王，想要靠追求玛丽女王、伊丽莎白女士、或者任何能帮他提升地位的女人来往上爬。

“请原谅，”我对自己的未婚夫说，“你说得对。他既不是个好臣民也不是个好朋友，他甚至只能算是个男孩子。”

他脸上浮现了笑容，温暖了自己也温暖了我。我拿了片面包，感觉轻松了起来。“你的母亲还好吗？”我礼貌地问。

“她病了，因为这样湿冷的天气，但现在好多了。”

“你的妹妹们呢？”

“都很好。等你从阿什里奇回来以后，我很乐意带你去我的家里见见她们。”

我点点头。我无法想象与丹尼尔的妹妹们见面的情景。

“要不了多久，我们就能一起生活了，”他说，“所以最好现在就和她们见见面，互相熟悉一下。”

我什么也没有说。我们上次分别时，已经不算是互有婚约的一对儿了，但很明显丹尼尔打算忽略那次争吵，正如他忽略了从前的那些争吵。这么说我们的婚约还在。我对他笑了笑。我也无法想象和他发号施令的母亲以及缠着他不放的妹妹们生活在同一屋檐下的情景。

“你觉得她们会赞美我的裤子吗？”我挑逗地问。

我看到他脸泛潮红。“不，应该不会。”他简短地答道。他靠在柜台上，喝了一口酒。他看着我的父亲。“我想我现在就能印完那一页。”他说。他跳下凳子，拿起自己的围裙。

“要我等会给你拿些奶酒冻过去吗？”我问。

他看了看我，眸子暗沉严肃。“不了，”他说，“我不喜欢酸甜混合的味道。”

我们为马儿装好马鞍，准备上路的时候，威尔·萨默斯站在马厩的院子里，和男人们高声谈笑。

“威尔，你要和我们一起走吗?”我满怀希望地问他。

他摇头。“不！太冷了！我原本以为也没你什么事儿呢，汉娜·格林。”

我做了个鬼脸。“是女王命令我去的。她要我看穿伊丽莎白的心。”

“看穿她的心?”他夸张地说，“那先要找到它才行!”

“我还能怎么办?”我问。

“服从命令，没别的了。”

“我现在能做什么?”

“服从命令。”

我靠他近了一些。“威尔，你觉得她是不是真的在密谋将女王推下王位，自己取而代之?”

他又露出那种玩世不恭的笑。“小弄臣，这是毫无疑问的。而且你这个问题太傻了。”

“如果我说她是假装生病，如果我报告说她撒了谎，就会害死她。”

他点点头。

“威尔，我不能对公主做那样的事情。这就像捕猎云雀一样。”

“那你就失职了。”他说。

“我应该对女王撒谎说公主是无辜的吗?”

“你有灵视的天赋，对吧?”他问。

“我宁愿自己没有。”

“是时候培养睁眼瞎的天赋了。如果你没有任何看法，就不会有人让你解释。你只是个无辜的弄臣，努力做到比傻瓜还要无辜吧。”

我点点头，有些高兴。有人牵来我的马，威尔用双手将我托上马鞍。

“往高处去，”他说，“越来越高。先是弄臣，现在是议员。多孤独的女王才会让弄臣做顾问啊。”

我们花了三天时间，走了三十英里的路才到达阿什里奇，一路挣扎，低头弯腰穿过冰雹和彻骨的寒风。伊丽莎白女士的亲属威廉·霍华德大人带领着议会成员，他们担心路上会有反叛分子出现，于是我们只好努力跟上守卫们的步伐，而狂风吹拂着唯一印证道路存在的车辙印，冬日无力的淡黄色阳光穿过暗沉的云隙间撒下。

中午时分我们抵达了目的地，欣喜地看到高高的烟囱中有烟雾升起。我们在嘈杂的马蹄声中来到马厩，却发现没有马夫出来帮我们牵马，也没有人愿意为我们服务。伊丽莎白女士手下管理马厩的仆人为数不多，只有一名马夫长和半打马夫，而且他们都不乐意迎接我们这一行人。我们让士兵们自己找地方休息，然后成群结队地来到了房子的正门。

公主自己的亲戚上前拍了拍门，转了转门把手。门从里面闩住了。他走了回来，四处寻找着这儿的守卫队长。就是在那时，我意识到他得到的命令与我不同。我负责来看透她的心，帮她重新得到姐姐的喜爱。他则负责带她前往伦敦，无论生死。

“我再敲一次，”他沉声说道，“然后就撞门了。”

门应声而开了，门后是两个神情冷漠的男仆，他们焦虑地看着那位大人物，那几个穿着毛皮大衣的医生，还有站在他们身后那些全副武装的人。

我们像入侵者那样不请自入。周围一片静寂，厚厚的地毯压抑了仆从的脚步声，空气中有强烈的薄荷精油的气息。一位令人敬畏的女人——凯特·艾什莉夫人，伊丽莎白最忠实的仆从和护卫——带头走进大厅，双手交握在她坚挺的胸前，头发披散下来掩饰在风帽中。她上下打量着王室的人群，仿佛他们是一群海盗。

议员和内科医生们递上各自介绍函。她看也不看地接了过来。

“我会告诉女士你们到这里了，但她病了不能接见任何人，”她淡淡地说，“我来负责为你们准备一顿丰盛的晚餐，但我们没有房间能容纳你们这么多人。”

“我们会待在希尔汉姆厅，艾什莉夫人。”托马斯·康沃利斯先生说道。

她挑了挑眉毛，似乎对他的提议漠不关心，然后便转身走向大厅另一头的房门。我跟在她身后。她立刻转过身来。

“你这是要去哪儿？”

我抬头看着她，一脸无辜。“跟您走，艾什莉夫人。去伊丽莎白女士那儿。”

“她不想见任何人，”那女人不容反驳地说，“她病得很重。”

“那么让我在她的床尾祈祷就好。”我轻声说。

“如果她病得很重，她会想要这个弄臣为她祈祷的，”大厅里传来一个声音，“那个孩子能够看到天使。”

凯特·艾什莉发现了自己话中的纰漏，只得点点头让我跟着她走出大厅，穿过会见厅，来到伊丽莎白的房间里。

门上遮着厚重的锦缎帘幕，隔绝了会见厅的声音。窗户上也挂着同样款式的窗帘，而且盖得很紧，遮蔽了空气和光线。房间里只有一支蜡烛摇曳着微光，照着这位公主，她的红发披散在枕头上如血一般，她的面色苍白。

我立刻看出，她确实病了。她的腹部肿胀仿佛怀孕一般，垂在绣花床单上的双手也一样肿胀，她的手指粗得就像个乡下老女人而不是个二十岁的少女。她可爱的脸也浮肿起来，甚至连脖颈也粗大不堪。

“她到底怎么了？”我问。

“水肿，”艾什莉夫人答道，“比之前恶化了。她需要休息和安静。”

“我的女士。”我轻声叫她。

她抬起头，肿胀的眼皮张开一条缝隙，看了我一眼。“谁啊？”

“女王的弄臣，”我说，“汉娜。”

她阖上双眼。“有什么消息吗？”她气若游丝地问。

“没有，”我立刻答道，“我从玛丽女王那里来。她让我来陪陪你。”

“谢谢她了，”她用仿若耳语的声音说，“你可以告诉她，我确实病了，需要独处。”

“她派了医生来给您看病，”我说，“他们都在等着见您。”

“我病得太重走不了路。”伊丽莎白第一次抬高了嗓音。

我咬着嘴唇忍着笑。她确实病了，即使为了逃脱叛国罪的指控，也没人有办法伪装出指节肿大的模样。但她却把她的病当做王牌来打。

“她派了她的议员来陪您。”我提醒她。

“谁？”

“您的叔公威廉·霍华德大人，还有其他人。”

我看到她肿胀的嘴唇挤出个苦涩的笑容。“她对付我的态度非常坚决，连我的亲戚也被她派来逮捕我了。”她说。

“在您养病期间，我可以陪着您吗？”我提议。

她转过头去。“我太累了，”她说，“等我好一些你再来吧。”

我从床边站起身，退了几步。凯特·艾什莉扬头示意我从门离开房间。

“你可以告诉那些来带她走的人，她已经快死了！”她粗鲁地大喊，“你们别想用绞架来威胁她，她本来也快要死了！”她几乎要哭出来了，我看得出她对公主的担心就像鲁特琴绷紧了弦。

“没有人威胁她。”我说。

她不屑地哼了一声。“他们是来带她走的，不是吗?”

“是的，”我不情愿地说，“但他们没有授权令，所以不是来逮捕她的。”

“那她就不会离开。”她生气地说。

“我会和他们说，她病得不能出门，”我说，“但无论我说什么，那些内科医生还是会来看她的。”

她发出愠怒的喘息声，走向床边铺好被子。我瞥见伊丽莎白肿胀的眼皮下闪过一道亮光，我再次鞠躬行礼，走出她的房间。

然后我们就等了下去。主啊，我们等了好久好久。她真是个拖拖拉拉的女主人。等医生们说她康复得可以旅行了，她却拿不定主意要带哪些长裙，然后她的女仆又没法在傍晚前帮她收拾好行李。接着因为我们还要多待一天，所有东西都要重新拿出来，然后伊丽莎白又筋疲力尽，第二天任何人都不能见，伊丽莎白那让人等待的欢快舞蹈就这么周而复始地进行着。

这期间有一天早上，巨大的行李箱被费力地抬进了马车，我去了伊丽莎白女士的房间看她是否需要我帮忙。她躺在长椅上，一副精疲力竭的样子。

“都收拾好了，”她说，“我太累了，不知道自己能不能上路。”

她身体的浮肿已经消退了，但看起来还是很虚弱。我敢发誓，如果在脸颊上扑些粉，减轻她深深的黑眼圈，她看起来应该会好一些。她看起来像个扮演病人的病人。

“女王决定让您去伦敦，”我提醒她说，“她派来接您的轿子①昨天就到了，你愿意的话可以一路都躺着。”

① 轿子虽然起源于中国，但在大航海时代之后便传入欧洲，直到舒适的马车出现之前，在整个西方都相当盛行。

她紧咬嘴唇。“你知不知道我们一到她就会指控我?”她压低嗓子问道，“我是无辜的，我没有密谋反抗她，虽然有很多人都在指责我。那些都是诽谤和谎言。”

“她爱您，”我宽慰她说，“我想她只是想让您重新回到她的关爱之下，回到她的心里，如果您能够接受她的信仰的话。”

伊丽莎白望着我的眼睛，一副正直的都铎式的表情，跟她父亲和她的姐姐如出一辙。“你说的都是真的?”她问，“你是神启弄臣还是个骗子，汉娜·格林?”

“都不是，”我迎上她的目光，“罗伯特·达德利为我谋得了弄臣的职位，但这并不是我的意愿。我从来都不想做个弄臣。我有自己无法控制的灵视天赋，有时候它会展现一些我并不理解的事情。而且大多数时候它根本不会出现。”

“你曾经看到过罗伯特·达德利身后的天使。”她提醒我说。

我笑了起来。“是的。”

“天使是什么样子的?”

我不能自已地笑出了声。“伊丽莎白女士，我只顾看罗伯特大人了，没怎么注意到那位天使。”

她站起身也笑了起来，顾不上自己在装作生病。“他确实非常……确实很……确实是会让你目不转睛的男人。”

“而且我后来才知道那是一位天使，”我解释道，“那时候我还以为他们就是三个人来的，迪伊先生、罗伯特大人和第三个人。”

“那你的预言成真了吗?”她关切地问，“你为迪伊先生占卜过，是不是?”

我犹豫起来，觉得脚下的地面仿佛出现了一道裂缝。“谁这么说的?”我小心翼翼地问。

她笑了，一闪而过的雪白牙齿让她看起来像只狡猾的狐狸。“别管我是怎么知道的。我在问你知道些什么。”

“我预见的一些事的确应验了，”我实话实说，“但有时我想知道的事情、对整个世界都很重要的事情，我却预料不到。这真是个没用的天赋。如果它能给我些警示——哪怕只有一次——”

“警示什么？”她问。

“我母亲的死。”我说。我几乎是一字一句地说出那几个词儿。我不想对这位思维敏捷的公主道出我的过去。

我看向她的脸，但她却非常同情地望着我。“我之前都不知道，”她轻声说，“她在西班牙过世的吗？你来自西班牙，对吗？”

“在西班牙，”我说，“因为瘟疫。”想起母亲，我的胸中便感到一阵绞痛，但我不敢在这个年轻女人的注视下去回想宗教法庭的火刑。我觉得她好像能从我的眼中看到摇曳的火光。

“抱歉，”她用很轻的声音说道，“没有母亲的孩子成长得很艰难。”

我知道她是想起了自己，想到了以女巫、淫妇和娼妓的罪名被绞死的母亲。她收起了那些念头。“可你来英格兰的原因是什么？”

“我们在这里有亲戚。我父亲也在为我筹备婚礼。我们想在这里重新开始。”

她对着我的马裤笑了起来。“你的未婚夫知道他即将娶一个像男孩子的女孩为妻吗？”

我略微噘起了嘴。“他不喜欢我待在宫里，他不喜欢我穿着仆从的制服，也不喜欢我穿着这样的马裤。”

“但你很喜欢他？”

“作为亲戚够喜欢了，但作为丈夫还不够。”

“你有别的选择吗？”

“几乎没有。”我说。

她点点头。“女人都是一样的，”她的口气中隐藏着一丝怨，“唯一能够选择自己人生的就是那些穿着马裤的人。你穿上它是正确的决定。”

“我很快就要脱下它了，”我说，“我穿上它那会儿还只比孩子大一点点，但现在我已经……”说到这里我突然停了下来。我不想和她提起我的秘密。这位公主也有着一种天赋，来自都铎家族的天赋：能够让他人吐露心声。

“我在你这个年纪的时候，也以为自己永远学不会怎样去当一个年轻女人，”她像是看穿了我内心的想法，“我一心想要做个学者，这我知道该怎样做。我有一位了不起的导师，他教我拉丁语和希腊语，还有各种各样的语言。我非常想取悦我的父亲，我觉得如果我能像爱德华一样聪明，他就会以我为荣。我经常用希腊文写信给他——你能想象吗？我一生中最大的担忧曾是自己出嫁的时候会离开英格兰。而我一生里最大的希望曾是做一个伟大而又博学的女人，永远留在宫中。我父亲过世的时候，我还以为我会永远留在宫里了：做我弟弟最爱的姐姐，照顾他的许多子女，一起为我们的父亲完成他未竟的事业。”

她摇摇头。“确实，我恐怕不想要你的灵视天赋，”她说，“如果我知道自己会变成现在这副模样，总是惹我姐姐不快，我最爱的弟弟死去，我父亲遗留的一切也被人抛弃……”

伊丽莎白说到这里停了下来，转身看我，她漆黑的眼眸里全是泪水。她伸出手，掌心向上，我看到她在微微颤抖。“你能看到我的未来吗？”她问，“玛丽会将我当做姐妹看待，知道我并没有做错什么吗？你能告诉她，我的内心有多么无辜吗？”

“如果她可以的话，她会的。”我握住她的手，双眼一直注视着她突然变得苍白的脸庞。她靠着自己花纹繁复的刺绣枕头。“是真的，公主，女王愿意成为您的朋友。我很清楚。如果您的内心真的是无辜的，她会非常高兴。”

她收回自己的手。“即使梵蒂冈人都认为我是圣徒，她也不会高兴的，”她说，“我来告诉你为什么。不是因为我不在宫中，也不是因为我质疑她的信仰。是因为我们两人之间生活的反差。她永远都不会原谅我，因为他们对她母亲做的事情，因为他们对她做的事情。她永远也不会原谅我，因为我成为了父亲和整个宫廷最宠爱的孩子。她永远也不会原谅我，因为她才应该是最受宠爱的女儿。我记得她还年轻的时候，坐在我的床角凝视我，仿佛随时都要用枕头蒙住我的脸，但又一刻不停地对我哼唱着摇篮曲。她对我既爱又恨，两种情绪交织在一起。她最不想在宫廷里看到的，就是一个比她更年轻的妹妹。”

我沉默不语：这样的评断太狡猾了。

“比她年轻、也比她美丽的妹妹，”伊丽莎白提醒我说，“一个看起来更像父亲，而且没有一半西班牙血统的妹妹。”

我转过头去：“说话要小心，公主。”

伊丽莎白笑了起来，笑得有些肆无忌惮。“她派你到这儿来看透我的心，对吧？她坚信自己的人生是由上帝指引的。那就告诉她好了。但我觉得，她的上帝在带给她快乐方面总是慢吞吞的。她等啊等啊等到了王位，然后就来了一场叛乱。现在是一场婚礼，但那位新郎却不着急赶来，只顾和他的情人们待在家里。你为她预见了怎样的未来呢，弄臣？”

我摇头。“什么也没看到，公主。我没法操纵这种能力。更何况我不敢看。”

“迪伊先生觉得你是个了不起的预言家，也许能帮助他揭开天堂之谜。”

我转过头，唯恐我的脸会暴露出脑海中那些生动的影像：暗沉的镜子，还有那些自我口中吐出的字眼，预言着将会统治英格兰的两位女王。一子却非子。一王却非王。处子女王被人遗忘。虽是女王却并非处子。我不知道这些究竟指的是什么。“我已经几个月没有和迪伊先生说话了，”我谨慎地说，“我跟他不太熟。”

“你曾经自行和我提起过他的名字，还有其他人的名字。”她低声说。

我的嗓音颤抖了片刻。“我没有，女士。如果您还记得，那次您的鞋跟断了，是我扶您回的房间。”

她眯起眼睛，露出微笑。“这么说你根本不是什么弄臣，汉娜。”

“我不会把老鹰错看成苍蝇[①]。”我说。

我们都沉默了片刻，接着她试着站起身来。“帮我一把。”她说。

我搀起她的手臂，然后她靠在我的身上。她站起身时有些摇晃，这并不是装出来的。她确实病了，我能感觉到她的颤抖，明白她确实患上了名为恐惧的顽疾。她走向窗边，看着外面清冷的花园，每一片叶子都垂落着冰晶。

“我不敢去伦敦，”她呻吟着，“救救我，汉娜。我不敢去。你从罗伯特大人那里听到什么消息了吗？约翰·迪伊真的没有请你告诉我什么吗？其他人呢？就没人愿意救我了吗？”

“伊丽莎白女士，我向您保证，一切都结束了。没有人能够救您，已经没有反对您姐姐的势力存在了。我已经有好几个月都没看到迪伊先生了，最后一次见到罗伯特大人是他在伦敦塔等待处决的时候。他觉得自己活不久了。他允许我不再为他效力，”我听到自己的嗓音中有轻微的颤抖，我深吸了口气让自己平静下来，“他最后让我做的事情是替简女士求情。”我没有补充说他也让我为伊丽莎白求情。用不着别人提醒，她也知道自己离断头台有多近。

她闭起双眼，靠在木制的窗棂上。“你能帮我求求她吗？她会原谅

① 出自《哈姆雷特》第二幕，第二场。

我吗？”

“女王一向都很仁慈。”我说。

她看着我，眼中充满泪水。“但愿如此，”伊丽莎白严肃地说，“不然我会变成什么样子呢？”

第二天她没法再继续拖延了。马车已经带着她的行李、家具和衣服离开了，颠簸着走上了由南向北的大路。女王自己的那顶铺着软垫和温暖羊毛毯的轿子等在门外，四头白色的骡子装上了挽具，抬着轿子，赶骡人也等待在旁。伊丽莎白在门口摇摇晃晃，像是要晕厥过去，但医生们都在她身旁，他们半抬半拖地将她塞进轿子。她发出仿佛痛呼的大叫声，但我明白真正的原因其实是恐惧。她患上了恐惧的疾病。她明白这次旅途的终点将是叛国罪的审判，然后便是死亡。

我们这一路走得很慢。每一次休息，公主都会拖延很久，要求休息更长时间，抱怨一路颠簸，她从轿子下来都无法行路，甚至无法爬回轿子里。她唯一暴露在寒风中的脸，因寒冷而发红，而且更加肿胀。这天气根本不适合长途跋涉，更不适合病人长途跋涉，但女王的议员们不愿耽搁。伊丽莎白自己的那位叔公也竭力催促她上路，他们的坚定清楚地暗示着伊丽莎白，如果他们手里有授权令，她就死定了。

没有人敢像他们对待她这样冒犯第一顺位的王位继承人。没有人敢于让下一任英格兰的君主在昏暗的早晨爬进轿子，天还没亮就在满是车辙印的冰冷道路上颠簸。用这样的态度对待伊丽莎白的人都很肯定，她永远没有机会成为女王了。

这段看起来将会无穷无尽的旅程度过了三天，而公主每天早晨都会起得更晚，因为关节的疼痛，直到中午才能爬上轿子。每次我们停下来用餐的时候，她总是很晚才离开桌边，不情愿地走回轿子。等我们赶到过夜的那栋屋子以后，议员们恼怒地咒骂着他们的坐骑，脚步沉重地走向各自的房间，把地毯踢到一旁。

“您觉得这样拖延会有什么好处?”有天早上，霍华德大人第十次派我去她的卧室追问她何时能准备好起程的时候，我这样问道，“您再让女王等下去，她原谅您的可能性也不会增加。”

她只是静静地站着，等着一位女伴缓缓给她的脖子缠上围巾。“我会多得到一天的时间。”她说。

“用来做什么?”

她看着我笑了，尽管她的双眼仍然因恐惧而黯淡。“哈，汉娜，你从来不曾像我一样渴望活下去，所以你不知道新的一天是多么珍贵。我现在做的每一件事都是为了得到多一天时间，到了明天也是一样。我们一天不到伦敦，我就能多活一天。我每天早上醒来、晚上睡去，于我而言都是一次胜利。”

第四天的时候我们在路上碰到了一位信使，给威廉·霍华德大人送来一封信。他读过以后塞到自己的上衣口袋里，脸色突然严肃起来。伊丽莎白等他看向别处的时候向我勾了勾手指。我策马走到她的轿旁。

“我很想知道那封信上写了什么，”她说，“去帮我打听看看。他们不会注意到你的。”

进餐的时候我的时机就到了。霍华德大人和其他议员为了看守自己的马就在马厩边搭起桌子。我看到他从上衣口袋里拿出那封信，我就在他身边停下，低头紧了紧自己的马靴。

“简女士死了，”他不加掩饰地说，“两天前被处死了。吉尔福德·达德利在她之前也被处死了。”

“罗伯特呢？”我连忙直起身子，在嘈杂的议论声中问道，“罗伯特·达德利呢？”

大部分人通常不会介意弄臣的举止。他对关切的我点点头。“我没得到他的消息，”他说，“我觉得他也和他的弟弟一样被处死了。”

我觉得世界刹那间变得模糊，我意识到自己快要晕过去了。我倒在冰冷的石阶上，脸埋进自己的手中。“罗伯特大人，”我跪倒在地，低声念道，“我的大人啊。”

他的死让我难以接受，他那双明亮黑眸中的活力永远地消失了。想到刽子手将他当做普通的叛国者而砍下他的头让我难以接受，他漆黑的双眸和甜美的笑容，还有他那平易近人的魅力都没能拯救他。谁能下手杀死英俊的罗伯特？是谁在这种死刑授权令上签的字，又是哪个刽子手能够忍心做出这种事情？想到我曾经为他预言的未来就更让我难以接受。我曾经听到过从我口中说出的话，嗅到蜡烛的烟气，我看到过迪伊先生的黑暗房间的镜中微光摇曳的倒影。我知道将来会有一位女王爱上他，而他会死在自己的床上。我亲眼看到了这些画面，也亲耳听到了这些话。如果罗伯特大人真的死了，那么不仅我生命中的挚爱已经死去，我也以最残酷的方式得知，我的天赋只是妄想和错觉而已。大斧一挥，一切都彻底毁灭。

我站起身，跌跌撞撞地将身体贴靠在石墙上。

“你生病了吗，小弄臣？”霍华德大人手下的一名士兵说。他的主子却以漠不关心的眼神打量着我。

我咽了咽口水，将梗塞在我喉中之物吞下。“我可以把简女士的事情告诉伊丽莎白女士吗？”我问他，“她应该想要知道。”

“可以，”他说，“我觉得她确实会想知道。要不了几天，所有人就都会知道了。简和达德利兄弟都是死在几百人面前的断头台上的。这是公开的事。”

“他们的罪名是什么?”尽管我已经知道了答案，还是问了。

“叛国，”他简短地说，“告诉她。是叛国罪。以及窃占王位。”

再没有人多说一个字，他们转过身，回到了伊丽莎白的轿前，她将手伸给艾什莉女士，另一只手扶着轿门，费力地走了下来。

“所有叛国者都死了，”她的亲属说着，盯着这个脸色苍白的女孩，他的侄孙女，这个与绞架上的所有人都私交甚密的女子，“所有叛国者都死了。”

“阿门。”他身后的人群传来一个声音。

我一直等到她吃过饭，才有机会走到她身边。她在简陋的房间里，把手伸进仆人端着的那盆水，然后等着仆童帮她擦干。

“信?”她头也不回地问我。

“只是用不了几天就会传开的消息，”我说，“很遗憾地告诉您，伊丽莎白女士，您的亲戚简·格雷女士和她的丈夫已经被处死……还有罗伯特·达德利大人。”

她伸给仆童的手仍是优雅而稳健，但我看到她眼眸突然黯淡下去。“这么说她还是下手了，”她轻声说，“我是说女王。她终于鼓起勇气处死自己的亲戚、自己的表外甥女，那个她从小就认识的女孩。”她看着我，双手仍和仆童的双手一样平稳，她在绣有名字的亚麻方巾上擦了擦手。“女王发现了刽子手的力量。再没有人能够安睡了。感谢上帝我没有犯下任何罪行，我是无辜的。”

我点点头，但几乎没有听进去半句话。我在想罗伯特大人的死，他满是黑发的头颅高高吊起来的样子。

她擦干手，将毛巾放到桌子上。“我很累了，”她对自己的叔公说，“很累了，今天再也不想走动了。我要休息。”

“伊丽莎白女士，我们必须继续走。”他说。

她态度坚决地摇摇头。“我走不了，”她说，“我现在就要休息，明天一早再动身。”

“那么就要尽早，”他只得让步，“拂晓就走，女士。”

她笑了笑，但只是微微抽动嘴唇的那种笑。“当然。”她说。

无论她如何拖延，这段旅途总会到达终点。从出发算起十天后，我们在接近夜半时分赶到了海格特[①]的一位平民的宅邸。

我和伊丽莎白的侍女们睡在一起，她们早早起了床，开始为她准备进入伦敦城时的行头。我看到人们将刷好折平的洁白的亚麻内衣、裙子和崭新的白色长裙送进她的房间，想起了她迎接自己的姐姐进入伦敦的那一天，那天她穿着都铎家族的绿色与白色长裙。现在的她一袭雪白，仿佛一位即将为信仰献身的新娘。轿子等在门口的时候，她已经准备就绪：有人群等着见她的时候，她可从来都不拖延。

“您应该想要放下垂帘吧。”霍华德大人粗鲁地说。

“别放下，”她立刻答道，“让人们看看我。让他们看看被迫远离自己的住处、风雨无阻连续奔波了十四天的我是个什么样子。”

“十天，”他粗声粗气地说，“而且本该是五天的。”

她不屑于回应他，只是靠在自己的枕头上，挥手示意他可以走了。我听到他压低了声音的咒骂声，然后翻身回到自己的马背上。我牵过马，走在轿子后面，这支小小的骑兵队离开宅邸的院子，向伦敦城中走去。

① 位于伦敦北郊的地区。

伦敦弥漫着死亡的恶臭气息。每个街角都树立着令人生畏的绞架。你抬起头看的时候就能看到面如石像鬼的死人，嘴唇紧绷，双眼肿胀地低头看你。每每有风吹过，尸臭就会飘得到处都是，死尸们的外套也会随风摆动，仿佛他们仍然活着，正在挣扎求生。

伊丽莎白直视着前方，不敢左顾右盼，但她能察觉到每个街角的绞架上摇晃的死尸，其中半数人她都认识，而他们全都因叛乱而死，并且坚信这场叛乱是出于她的意愿。她刚刚坐进轿子的时候，脸色和长裙同样苍白，但等我们走上国王大道的时候，她的脸已经如同脱脂牛奶一样雪白。

几个人向她高喊："上帝保佑您！"她回过神来，虚弱地抬手示意，一脸地楚楚可怜。她看起来就像是个正被人拖向死亡的殉道者，走在这条绞架组成的林荫道下，没有人会怀疑她的恐惧。这就是伊丽莎白的叛变，而那四十五具摇晃的尸体证明了叛变失败的事实。现在的伊丽莎白将会面对处决了这些人的审判。没有人觉得她还能活下来。

在白厅宫前，人们为我们打开大门，我们的骑兵队伍缓缓行进宫中。伊丽莎白在轿子里站起身来，看向王宫华丽的台阶。玛丽女王没有来迎接她的妹妹，宫中的其他人也没有出来迎接。这片寂静是为了让她蒙羞。只有一名男仆站在台阶上，可他却直接和霍华德大人交谈，没有理会公主，仿佛她是囚徒，而他们则是看守。

霍华德大人走向轿子，将手伸给她。

"已经为您准备好住处了，"他简略地说道，"您可以挑选两名随从一起住。"

"我的女伴们必须全都和我一起住，"她立刻反驳道，"我身体不舒服。"

"这是命令，只能带两名随从，"他说，"挑吧。"

他在旅途中对她的冷漠如今换成了尖锐的讽刺。我们身处伦敦，一百双眼睛和一百对耳朵都在盯着他。霍华德大人想要确保所有人都看到，他对自己戴罪的亲戚没有显露半点仁慈。“挑吧。”

“艾什莉夫人和……”伊丽莎白环顾周围，目光落在我的身上。我退了一步，就像其他人那样，不想再跟这位必死无疑的公主扯上关系。但她明白，通过我可以得到和女王接触的机会，“艾什莉夫人和弄臣汉娜。”她说。

霍华德大人大笑起来。“三个傻瓜住在一起了。”他低声说着，然后对男仆挥挥手，示意他带我们三人到伊丽莎白的住处去。

我没有等着看伊丽莎白收拾自己的房间，而是去找自己的弄臣同伴威尔·萨默斯。他正在大厅里的一张长椅上打着瞌睡。有人在他睡着的时候给他盖上了一件斗篷。大家都喜欢威尔。

我在他身旁坐了下来，想着是不是该叫醒他。

他就这么闭着眼睛开口说道：“我们这对儿弄臣哪，分别了几个礼拜却不说一句话。”他站起身来紧紧抱住我。

“我还以为你在睡觉。”我说。

“我是在工作，”他严肃地说，“我觉得一个睡着的弄臣要比清醒的弄臣有趣得多。特别是在这个王宫里。”

“为什么？”我问。

“没有人因我的玩笑而笑，”他说，“所以我在尝试，看他们会不会因我的沉默而笑。既然他们更喜欢沉默的弄臣，也就会喜欢睡着的弄臣。而且如果我睡着，就不会知道他们有没有笑。我就能自我安慰说我很逗人喜爱。我做梦都梦到自己的风趣，然后我就会笑着醒来。这个主意很聪明吧？”

“非常聪明。”我说。

他转身看我。“公主回来了，对吗？”

我点头。

“病了？”

“病得很重。我想是真的病了。”

“不管什么病痛，女王都能马上给她治好。她现在是外科医生了，特别擅长截肢。”

“上帝保佑，别走到那一步才好，”我立刻说道，“可是威尔，告诉我——罗伯特·达德利死得很安详吗？很快吗？”

“他还活着，”他说，“真是奇迹。”

我感到自己的心像是翻转了过来。“上帝啊，他们说他已经被砍头了。”

“冷静，”威尔说，“来，把你的头靠在膝盖上。”

我远远地听到他在问我：

“现在好点没有？爱晕倒的小女仆？”

我站起身来。

“这下又脸红了，”威尔评论道，“你的血流得真够快的，我的小女仆。”

“你确定他还活着？我以为他死了。他们告诉我说他死了。”

“天知道，他本来是该死的。他看着自己的父亲、弟弟和他那可怜的弟妹在他的窗户下面被处以死刑，可他还关在那里，”威尔说，“也许他的头发都吓白了，可他的头确实还在肩膀上好好的待着。”

“他还活着？”我还是觉得难以置信，“你确定？”

“目前还活着。”

“我可以见到他而不惹上麻烦吗？”

他笑了起来。“达德利一家总是惹麻烦。”他说。

“我是说不引起怀疑。”

他摇头。“这个王宫变得阴暗了，”他不无悲哀地说，“任何人做任何事都会受到怀疑。这就是我在睡觉的原因。不可能有人指控我梦中谋反。我的睡眠是清白的。我很谨慎，不会去做梦。”

“我只是想见见他，”我说。我无法抑制自己话语中的期盼，“只是见见他，知道他还活着，并且会一直活下去。”

“他和其他人一样，”威尔说得很客观，“他只是个凡人。我能向你保证，他今天还活着。但我不知道他能活多久。你知道这些就该满意了。”

1554年春

接下来的几天里，我在女王的住处和伊丽莎白女士的住处之间穿梭，但这两个地方都让我感觉不自在。女王紧咬着嘴唇神色坚定。她明白伊丽莎白肯定会因为叛国罪而死，可她甚至无法忍受把这个女孩送进伦敦塔。议会审查了这位公主，很确定她知道有关这次密谋的一切，她参与了至少一半的筹划，而且打算在反叛军从南部攻陷伦敦城的时候，在阿什里奇阻挡北面来的援军，另外——更糟糕的是——她为反叛军寻求了法国人的支援。全赖伦敦市民的忠诚，女王才能够坐在王座上，并且将公主逮捕，而不是反过来。

即使所有人都在催促，女王仍然不大愿意将伊丽莎白以叛国罪论处，因为这样做会引发时局动荡。协助伊丽莎白发动叛乱的人数已经让她惊愕，没人能预知到底有多少人会挺身而出保护她的生命安全。又有三十个曾在肯特参与叛乱的人即将在自己的村镇被吊死，但毫无疑问，如果得知他们的新教公主将会被送上绞架，就会有成千上百的人取代他们挺身而出。

更糟的是：玛丽女王无法下定决心。她希望伊丽莎白能够回到宫里忏悔，那样她们就能够和解。她希望伊丽莎白能够知道玛丽比她更强大，尽管伊丽莎白召集了半个肯特郡的人民，她却动员了整个城市。但伊丽莎白不肯招认，也不愿祈求她姐姐的原谅。她骄傲不屈，不断发誓说自己是无辜的，玛丽光是看着吐出那些谎言的她都感到无法忍受。玛丽一直跪在自己房间的祈祷台前，双手托着下颌，双眼紧盯着耶稣受难像，希望能够得到指引，明白该如何对待她背信弃义的妹妹。

“您应该赶快将她砍头。”简・多摩尔对着起身走向壁炉旁，将头靠在石制的炉腔边，看着熊熊火焰的女王直白地说，“她戴上王冠的那一天，就会将您的头从肩上砍下。她才不会在乎你的罪过是嫉妒还是反叛。她只会单纯的因为你是继承人而杀死您。”

“她是我的妹妹，”玛丽答道，“是我教会她走路的。她蹒跚学步的时候是我扶着她的手。现在你要我送她去地狱吗?”

简・多摩尔耸耸肩表示不以为然，然后继续拿起了她的针线活儿。

“我会继续祈祷以求指引，”女王轻声说，“我一定会找出和伊丽莎白共处的办法。”

三月的时候，寒冷的天气渐渐暖和起来，每天的天色早早显露苍白，夜来得更迟。宫里的人们走路都踮着脚尖，观望着会有怎样的事情发生在这位公主身上。议员们几乎每天都在审查她，但女王却不肯和她见面。“我办不到。”她简短地说，我知道她正在鼓起勇气让伊丽莎白接受审判，这样一来，离上绞架也就不远了。

他们掌握的证据足以将她绞死三次，但女王却一直在等待。快到复活节的时候，我很高兴地收到了父亲的来信，他问我是否可以向宫里请一周的假回店里去。他说他身体不好，需要人替他开店管店，但又要我不必担心，他只是发烧，很快就会好的，丹尼尔每天也都会来。

想到丹尼尔一直坚持照料父亲，我有一点点不安，但我还是拿着信去了女王那里，她准了假，我把换洗的裤子和一件崭新的亚麻衬衫装进行囊，去了公主的住处。

“我已经请了假，要回去家中的父亲那里。”我单膝跪在她面前说。

楼上的房间里传来一阵嘈杂的响声。王室成员玛格丽特·道格拉斯女士的厨房搬到了伊丽莎白的卧室上方，而且没人要求他们轻声工作。从那阵噪音判断，他们似乎带了许多平底锅专门用来摔打。玛格丽特女士是个长着一副刻薄面孔的都铎家族成员，如果伊丽莎白女士死掉，她就会是王位的有力竞争者，所以她有充分的理由招惹伊丽莎白。

听到响动，伊丽莎白颤抖了一下。“回去？那你什么时候回来呢？”她问。

“一周之内，女士。”

她点点头，我惊讶地看到她的嘴唇在动，像是要哭出来似的。“你非得回去不可吗，汉娜？”她用很细的声音问。

“非回去不可，”我说，“父亲病了，他在发烧。我必须回去看他。”

她转过身去，用手背轻轻揉着眼睛。“仁慈的上帝，我脆弱得像个失去了保姆的婴儿！”

“怎么了？”我问。我从未看过她如此低落。我曾经看过她卧病在床上挣扎，但即便那时她的眼中仍有狡黠的光芒，“出什么事了？”

“我的骨头都因为恐惧而冻结了，”伊丽莎白说，“听我说，汉娜，如果恐惧是冰冷而又黑暗的，那么我现在就是在俄罗斯的荒原上。除了审讯之外，没有人会来看我，除了押我去接受质询，没有人会碰我。没有人会对我笑，他们盯着我看，仿佛能看透我的心。我在这个世界上仅余的那些朋友都被流放、监禁或是砍头。我只有二十岁，却这样孤单。我这么年轻，却没人来爱，没人关怀。没有人愿意接近我，除了凯特和你，现在你又说你要离开。”

“我必须回去看我父亲，”我说，“但只要他好转过来，我就马上回来。”

她转向我的那副面孔，一点也不像那个目中无人的公主，也不像被这个虔诚的天主教宫廷恨之入骨的新教徒。她转向我的那副面孔只是个年轻的女人，没有父母也没有朋友的孤单的年轻女人。一个试图鼓起勇气面对将至的死亡的年轻女人。“你会回来的吧，汉娜？我已经习惯你的存在了。除了你和凯特，再没有人陪着我了。我以朋友而不是以公主的身份问你：你会回来吗？”

“会的，”我答应道。我握住她的手。她在感到寒冷这点上并没有夸大，因为她的手就像死人那样冰冷，“我发誓我会回来的。”

她湿冷的手指回应着我的紧握。“你也许会觉得我是个胆小鬼，”她说，“但我向你发誓，汉娜，如果没有一张友善的面孔在我身边，我的勇气就支撑不下去。而且我想我很快就需要鼓起全部的勇气了。拜托一定要回到我身边。快一点。”

父亲的店在下午的时候就早早门窗紧闭。转进那条街的时候，我加快了脚步。我头一次想到他也是罗伯特·达德利那样的凡人，恐惧顿时攫住了我的心：我们谁也不知道自己能够活多久。

丹尼尔将最后一扇窗关好，听到我匆匆的脚步声，于是转过身来。

“很好，”他说，“进来吧。”

我按住了他的手臂。“丹尼尔，他病得很重吗？”

他将手搭在我的手上。“进来再说。”

我走进店里。柜台上没有什么书，印刷室也安静得很。我沿着后面摇摇晃晃的楼梯走上楼，看向房间一角那张装着滑轮的小床，生怕看到床上的他，病得无力站起的他。

床上堆着报纸和一小堆衣服。我父亲站在床前。我很快就从那些行装猜到即将要有一场长途旅行。

“噢，不。”我说。

我父亲转身看我。“我们该走了，”他说，“他们是不是准了你一个星期的假?”

“是的，”我说，“但他们希望我按时回去。我忧心忡忡地赶回这里是因为您病了。”

“那就给了我们一个星期的时间，”他顾自说着，没有理会我的解释，“足够我们搬到法兰西了。”

“不要再搬了，”我突然说，“您说过我们会一直待在英格兰的。”

“这儿不安全，”丹尼尔走进房间站在我身后，坚定地说，“女王的婚礼即将举行，西班牙的菲利普亲王也会带来宗教法庭。每个街角已经竖起绞架，每个城中都有告密者。我们不能再待下去了。”

“您说过我们会成为英格兰人的，”我没有看他，直接对我父亲说，“而且那些绞架是给叛国者准备的，不是因为异教徒。”

“她今天绞死的是叛国者，明天就是异教徒，”丹尼尔肯定地说，“她已经发现，唯一能让自己坐稳王位的方法就是流血。她处死了自己的亲人，她也将要处死自己的妹妹。你以为她在绞死你之前会犹豫吗?”

我摇了摇头。“她不想处死伊丽莎白，她还犹豫着要不要宽恕她。这与伊丽莎白的信仰无关，只取决于她是否顺从。而我们都是顺从的臣民。她很喜欢我。”

丹尼尔拉起我的手，走到堆满了手抄本卷册的床边。“看到这些了吗?每一卷都是现在的禁书，”他说，“这些是你父亲的财产，也是你的嫁妆。你父亲到达英格兰的时候，这儿就成了他的书房，他伟大的藏品，现在它们只会成为诋毁他的证据。我们要怎么处理这些书？在他们烧死我们之前，先烧掉这些书?”

“放到安全地方等时局好转吧。”我这个无可救药的图书馆员的女儿说道。

他摇摇头。“对这些书来说，没什么地方是安全的，而且在西班牙统治下的这个国家，就连这些书的主人也不会安全。我们必须带着它们一同离开。”

“可我们现在能去哪儿?”我大喊。这是一个经历过太多次长途旅行的孩子的哀号。

“威尼斯，”他说，“去法兰西，然后去意大利，然后再到威尼斯。我会在帕多瓦进修，你的父亲可以在威尼斯开印刷店，我们都会很安全。那些意大利人热爱学识，城市里到处都是学者。你父亲就又可以收购和贩卖书籍了。”

我知道他接下来要说什么。“而且我们可以结婚，”他说，“我们一到法兰西就立刻结婚。”

“那你母亲和妹妹们呢?”我问。和她们住在一起和婚姻同样令我惧怕。

“她们现在就在收拾行装。”他答。

“我们什么时候动身?”

“两天之内。棕枝主日那天拂晓动身①。”

“为什么这么快?”我喘息着说。

“因为他们已经来盘问过我们了。”

我盯着丹尼尔看，说不出话来，最担心之事的发生让我满心恐惧。“他们来找过我父亲?”

“他们来我的店里找约翰·迪伊，”父亲低声说，“他们知道他给罗伯特大人送了些书。他们知道他和公主见过面。他们知道他预言了少年国王的死，这就是叛国。他们想来看看他在我这里存了些什么书。”

---

① 主日即指周日，另外也叫做圣枝主日或耶稣受难主日，因为耶稣在那一周被出卖并处死而得名，代表了圣周的开始。

我将双手交握在一起。“书？什么书？藏起来了吗？”

“我存放在地下室了，很安全，”他说，“不过他们只要掀起地板就能找到。”

“为什么你要藏这些禁书？”我气急败坏地大喊，“为什么要帮约翰·迪伊存放他的书？”

他面色和蔼。“因为在一个国家陷入恐慌的时候，所有的书就都会变成禁书。竖立在街角的绞架，还有列着禁书的清单。这些东西总是一起到来。约翰·迪伊和罗伯特大人，甚至是在这里的丹尼尔和我，甚至是你，我的孩子，每个沉浸在知识中的学者都会突然违反法律。要阻止我们读禁书，他们就必须烧毁每一本抄本。但要阻止我们生出违禁思想，他们就必须砍下我们的头。”

“我们没有犯叛国罪，”我执拗地说，“罗伯特大人还活着，约翰·迪伊也还活着。他们的罪名是叛国，不是异端思想。女王很仁慈……”

“如果伊丽莎白招认呢？”丹尼尔打断了我，“如果她吐露那些叛党同谋的名字，而且不仅仅托马斯·怀亚特，还有罗伯特·达德利与约翰·迪伊，也许甚至还有你。你是不是从来没有为她传过一封信，也没有为她跑过一次腿？你能发誓吗？”

我犹豫起来。“她不会招认的。她知道坦白的代价。”

“她是个女人，”他说，“他们会恐吓她，再答应宽恕她，她就会招认一切了。”

“你一点也不了解她，你一点也不了解这件事！”我激动起来，“我了解她。她不是那种会被人轻易吓倒的年轻女人，还有，她害怕的时候从来也不流泪。她害怕的时候会像猫儿那样奋力挣扎。她不是轻言放弃轻易哭泣的小女孩。”

“她是个女人，”他又说了一遍，“而且她和达德利、迪伊或是怀亚特还有其他人纠缠不清。我警告过你的。我告诉过你，在宫里扮演双重间谍很容易给自己带来危险，也给我们所有人带来危险，现在你已经把危险带进门了。”

我气得喘不过气来。“进什么门?”我说，“我们根本没有门。我们有露天的大道，有大海阻挡在我们和法兰西之间，然后我们还得像一家子乞丐那样经过法兰西，就因为你像个懦夫，甚至害怕你自己的影子。”

有那么一会儿我以为丹尼尔会打我。他的手扬了起来，然后停住了。“我感到很遗憾，你竟然当着你父亲的面说我是个懦夫。”他狠狠地吐出这几个字，“我感到很遗憾，你把我……把你未来的丈夫看得这么低贱，我甚至还想着保护你和你的父亲，让你们不会被当做叛国者处死。但不管你怎么看待我，我现在命令你帮助你的父亲收拾行装，准备出发。”

我深吸一口气，心脏还在因愤怒而狂跳不止。“我不去。”我决绝地说。

“女儿!”父亲喊道。

我转身看他。“您走吧，父亲，如果您想走的话。但我不会因为看不到的危险而逃亡。我在宫里受到女王的宠爱，没什么危险，而且我这样的小角色根本不会吸引议会成员的注意。我也不相信您会有什么危险。请您别放弃我们刚刚建立起来的一切。请您别让我们继续逃亡了。”

我父亲将我抱在怀里，让我的头靠在他的肩上。我在他怀里感觉到放松下来，突然希望自己变回从前那个会向他求助的小女孩，那个认为他的判断永远正确的小女孩。“您说过，我们会一直待在这里的，”我低声说，“您说过这儿就是我们的家。”

“Querida，我们必须离开，”他轻声说道，“我认为他们一定会来：先是镇压叛乱者，然后是镇压天主教徒，接下来就是我们了。”

我抬起头，退开了几步。“父亲，我不能一辈子都在逃亡中度过。我想要个家。”

“我的女儿，我们是无家可归的人。”

片刻的沉默。“我不想成为无家可归的人，”我说，“我在宫里有个家，在宫里有朋友，那儿有属于我的位置。我不想去法兰西，也不想去意大利。”

他怔了一下。“我以前很担心你说出这些话。我不想强迫你什么。你可以做出自己的选择，我的女儿。但我希望你能和我们一起离开。”

丹尼尔向阁楼的窗子走了几步，然后转身看我。“汉娜·佛德，你是我的未婚妻，我命令你和我一起离开。”

我站起身面对他。“我不会走的。”

“那么我们的婚约也就结束了。”

父亲抬起手表示反对，但什么都没有说。

“那就结束吧。”我感觉身体很冷。

“你真的希望我们的婚约结束吗？”他又问了一遍，仿佛不相信我会放弃他似的。那一丝傲慢让我做出了决定。

“我希望我们的婚约结束，”我的声音和他同样冷静，“你可以不再履行对我的誓言，请你也别再要求我履行对你的誓言。”

“结束得真轻率，”他突然发了火，“我答应你，汉娜，但愿你永远不会后悔这个决定。”他转身向楼梯走去。然后他又停下了脚步。“虽然如此，你还是得帮你父亲的忙，”他说着，我注意到他仍是命令的口吻，“如果你改变主意想要跟我们走的话，我不会介意的。你们还是父女，我们是陌生人。”

“我不会改变主意的，”我恶狠狠地说，“不用你教我，我也会帮父亲的忙。我是他的好女儿，对于合适的男人，我也会是他的好妻子。”

“那个合适的男人会是谁呢？”丹尼尔讥讽道，“已婚而且戴罪的那个？”

“好了，好了，”父亲温和地说，“好聚好散吧。”

“真遗憾你把我想得这么坏，”我冷冷地说，“我会照顾父亲，等你把马车赶来，我就帮他搬行李。”

丹尼尔脚步沉重地走下楼梯，很快我们听到店门发出“砰”的响声，随后他走了。

我们几乎一言不发地忙碌了两天。我帮父亲将他的藏书捆扎起来，将手抄本卷起装进卷轴筒，将它们堆在印刷室的印刷机后面。他只能带走藏书中最重要的那部分，其余的就只能以后再说了。

“我希望你也一起走，”他认真地说，“你太小，不适合独自留在这里。”

“我在女王的庇护之下，”我说，“而且宫里有好几百个和我同龄的人。”

“你是被选中的见证者之一，”他压低声音狠狠地说，“你应该和你的同胞在一起。”

“被选中的见证者？”我语气苦涩地质问，“是。你是说被选中的永远不能有家的人才对吧。你是说永远只能带走最珍贵的东西，把其余的全都抛下的人吧？你是说永远只能在火堆面前或者绞索里挣扎的人吧？”

“火堆比较好些。”父亲不无讽刺地说。

出发前一整晚我们都在忙碌，他甚至不肯停下来进餐，我知道他正在把我当做已经失去的女儿而哀悼。黎明时分我听到车轮在街上吱嘎作响，我透过窗子向楼下看去，看到马车的昏暗轮廓向我们驶来，丹尼尔赶着两匹健壮的马儿坐在前面。

“他们来了。”我轻声对父亲说，开始把成箱的书籍搬去门外。马车在我身旁停下，丹尼尔轻轻将我推开。“我来。”他说着，抱起书箱放进马车后面，我看到那儿有四张苍白的面孔：是他母亲和三个妹妹。“你们好。”我尴尬地说，然后走回店里。

我感到身心疲惫，几乎无法把箱子从印刷店里抬出，再搬到马车那里交给丹尼尔。父亲什么也没做。他站在那里，额头抵在房子的外墙上。

“印刷机。”他小声地说。

“我会负责拆卸，然后包好存放到安全的地方，”我承诺道，“还有其他那些东西。等到你决定回来的时候，它还会在这儿等你，我们就可以重新开张了。”

“我们不会回来的，”丹尼尔说，“这个国家很快就要被西班牙统治了。我们在这儿还有什么安全可言？你在这儿还有什么安全可言？你以为宗教法庭没有记录吗？你以为你的名字不在他们的异教徒逃亡者名单里吗？他们即将来到这里，这片土地的每个城市很快都会遍布宗教法庭。你以为你和你的父亲能够逃得掉吗？作为刚来不久的西班牙人？还姓佛德？你真的以为你会被当做名叫汉娜·格林的英格兰女孩吗？就凭你的口音？你的长相？”

我双手抚上脸颊，几乎就要按住自己的耳朵了。

“女儿。”父亲叫我。

我受不了了。

“好了！”我生气而绝望地吼道，“够了！我去就是！”

丹尼尔对自己的胜利什么也没说，甚至连笑容也没有。父亲轻声说着“赞美上帝”，一边像二十几岁的搬运工那样抬起一个箱子放进车厢后面。几分钟之内一切就已收拾妥当，我用钥匙锁上店门。

“我们把明年的租金也付了，”丹尼尔说，“这样我们就能回来拿其余的东西了。”

“你要带着一台印刷机走过英格兰、法兰西和意大利？”我狐疑地问。

“必要的话，”他说，“我会的。”

我父亲钻进马车后面，将手伸给我。我犹豫起来。丹尼尔的三个妹妹转过苍白而茫然的面孔看我，带着敌意。“她要一起走了吗？”其中的一个问道。

“你可以帮我牵马。”丹尼尔匆忙说道，我离开车厢，走向最近的一匹马。

我们牵着马，在鹅卵石的小路上缓缓地走着，一直走到舰队街的坚实大道上，然后向城中走去。

“我们去哪儿？”我问。

“去码头，”他说，“有一艘船正在那里等待涨潮，我订了去法国的船票。”

“我有钱付自己的船票。”我说。

他对我露出狡黠的笑：“我已经帮你买好了。我知道你会来。”

对于他的傲慢，我龇了龇牙，扯着马缰说：“那就走吧！”仿佛过错都在马儿身上似的，而它感觉到脚下平坦的街道，开始稳步前进，而我也跳上了马车的驾驶座。过了一会儿，丹尼尔也坐了上来。

“我无意嘲笑你，”他口气僵硬地说，“我只是想说，我知道你会做出正确的选择。你不会选择离开你的父亲和你的同胞，永远生活在陌生人之中的。”

我摇了摇头。在泰晤士河面上盘旋的雾气中，凭借清冷的晨光，我看到宏伟的宫殿在对岸伫立，美丽的花园与河水接壤。作为女王的跟班，我曾在主人们的热情欢迎下游览过那些地方。我们进入这座蠢蠢欲动，将要开始新一天的城市，我看到面包房的烟囱中升起袅袅的烟，经过圣保罗教堂时，我又一次嗅到了焚香的气息，然后我们沿着同样的路线走向伦敦塔。

丹尼尔知道我在高墙的阴影笼罩我们的小型马车时，心中想念的是罗伯特·达德利。我抬起头，墙那边的巨大白塔就像一只高举的、挥向天空的拳头，仿佛在示意掌控着伦敦塔就掌控着伦敦：而在此地，无论正义还是怜悯都毫无作用。

“也许他会逃走。”丹尼尔说。

我转过头去。“反正我要走了，不是吗?”我一副无所谓的样子，“对你来说这就足够了。”

其中一扇窗子有光透出，是一支小蜡烛的烛光。我想到罗伯特·达德利的桌子就摆在窗边，桌前放着他的椅子。我想到他彻夜不眠，时刻准备着他自己的死亡，为自己害死的那些人哀悼，为那些仍在等待判决的人担忧——比如伊丽莎白公主——也等待着哪天黎明有人来告诉他，这就是他的最后一天。我想知道，在那片黑暗中的他能否察觉到，我正在离他远去，心中渴望陪伴着他，可那些马儿迈出的每一步都在让我背叛他。

“别动，”丹尼尔轻声说着，就好像我坐得很不安分似的，“这儿没你能做的事儿了。”

我安静下来，看着高墙下的浓重阴影，还有伦敦塔旁边墙上冷峻的大门，这时我们已经绕过了伦敦塔，回到了河边。

丹尼尔的一个妹妹在马车后车厢探出头。“我们快到了吗?”她的声音尖锐，带着恐惧。

“快了，”丹尼尔轻声说，“和你的新姐妹打个招呼，汉娜。她是玛丽。”

“你好，玛丽。”我说。

她对我点点头，就像看巴塞罗缪市场上的畸形人那样盯着我看。她看着我华丽的斗篷和上好的亚麻衬衣，接着看着我的光亮的靴子、带着刺绣的长筒袜和马裤。然后不发一言地转过身，退到车厢里和她的姐妹们窃窃私语，我听到她们掩口偷笑的声音。

“她只是害羞，”丹尼尔说，“并没有无礼的意思。”

我很确定她是故意对我无礼的，但告诉他也没有意义。我只能用斗篷将自己裹得更紧，一边看着暗沉的流水，在沉重的马蹄声中向码头前进。

回望上游的时候，我看到一幕景象，我立刻向丹尼尔挥了挥手：“停一下！”

他没有勒马。“为什么？怎么了？”

“我说，停一下！”我大叫，“我看到河里有东西。”

他停了下来，马儿踏了两步也停了下来，我得以看到那艘王室驳船，但船上没有旗帜飘扬。那是玛丽女王的船，但她本人并没有出现在甲板上，只有鼓声催促着桨手及时划桨，有个黑影站在船头，还有两个戴着兜帽的人，一个站在船头，一个站在船尾，察看着岸上的动静。

“他们肯定带着伊丽莎白。”我推测道。

“你不能确定，”丹尼尔说，他看了我一眼，“就算他们带着她又怎么样呢？对我们毫无意义。他们本来就会逮捕她的，怀亚特都已经……”

“如果他们去伦敦塔，那么一定带着她，会将她处死，”我断言道，“也会处死罗伯特大人。”

他轻轻拉动缰绳让马儿继续前行，但我紧紧抓住了他的手腕。“让我看看，你这该死的。”我骂了他一句。

他等待了片刻。这时我们看到驳船转过船头，突然逆流而行，向着伦敦塔的方向驶去。那道黑色的水闸——一座立于河上，守卫伦敦塔的沉重吊闸——缓缓升起：这次来访是秘密的、无声无息的。驳船驶入，水闸缓缓放下，除了水花泼溅的声音再无声息。仿佛那艘驳船和船头船尾负责瞭望的那两人从来没出现过一样。

我跳下马车，靠在前车轮上闭起双眼。我脑海中想象的场景仿佛正午般明亮：伊丽莎白吵嚷挣扎，在从水闸到他们为她在伦敦塔准备的房间的路上拖延每一分钟。我能看到她努力争取着沙漏中的每一粒沙落下的时间，一如以往。我能看到她为了每个片刻而争论。最后，我能看到她在自己的房间里，看着自己的母亲被最为锋利的法兰西长剑砍下头颅的那片绿地，看着他们为她搭起的绞架。

丹尼尔走到我的身旁。“我必须到她那儿去。”我说。我睁开双眼，仿佛从一场梦中醒来。“我必须去。我答应过会回到她身边，现在她快要死了。我不能背弃一个将死的女人。”

“如果你和她和他在一起，你就会被指控，”他激动地低语，“他们绞死那些仆从的时候，你也会位列其中。”

我没有搭腔，有些想法在我头脑里萦绕。“你刚才说怀亚特怎么了？”

他脸一红，显然之前是说漏了嘴。“没说什么。”他说。

“你说了。就在我看到船的时候。你说了关于怀亚特的事情。他怎么了？”

“他受了审讯，被宣判有罪，将要处以死刑，”丹尼尔粗鲁地说，“他们用他的证词给伊丽莎白定了罪。”

“你知道这些？而且故意不告诉我？”

“对。”

我用斗篷裹住自己的裤子，绕向马车后面。

“你去哪儿？”他伸出手，抓住了我的手臂。

“去拿我的包，我要去伦敦塔，我要去见伊丽莎白，”我说，“我要去陪她直到她死，到时候我会去找你的。”

“你没办法只身一人到意大利去，”他突然火冒三丈，“你不能这么轻视我。你是我的未婚妻，我告诉过你我们该做什么。看看，我的妹妹，我的母亲，她们都听我的话。你也应该这样。”

我咬紧牙关，坚定地看着他，仿佛我实际上是个年轻男人，而不是穿着马裤的女孩儿。“哈，我不会听你的话，”我直白地告诉他，“我不是你妹妹那样的女孩。即使我会成为你的妻子，我也不会逆来顺受。现在把你的手从我手臂上拿开。我不是轻易能被吓到的女孩。我是王室仆从，敢碰我就是叛国。放开我!"

我父亲爬下马车，丹尼尔的妹妹玛丽跟着他摇摇晃晃地爬了下来，神色激动。

"出什么事儿了?"我父亲问道。

"伊丽莎白女士刚被带去了伦敦塔，"我解释说，"我们看到那艘王室驳船进了水闸门。我很肯定她在甲板上。我答应她会回到她身边去。如果跟您走就等于违背了这个誓言。但现在她去了伦敦塔，即将被判处死刑。我不能离开她。我一定要回去她身边，我要走了。"

父亲看着丹尼尔，等待他做出决定。

"这事跟丹尼尔无关，"我继续说道，努力维持着话语中的怒意，"不用看他。这是我的决定。"

"我们按计划去法兰西，"丹尼尔平静地说，"但我们会在加莱等你。我们会等到伊丽莎白被处死，等你过来找我们。"

我犹豫起来。加莱也是个英国城市，地处法兰西但仍然属于英格兰王国的管辖之下。"你不害怕加莱会有宗教审判庭吗?"我问，"如果他们能来这儿，那么加莱也会有他们的搜查令。"

"如果加莱也有，我们就去法兰西，"他说，"我们应该可以得到预警。你能发誓你会来找我们吗?"

"我发誓，"我感觉到愤怒和恐惧都离自己远去了，"是的，我发誓等这件事结束以后，等到伊丽莎白平安或是死去，我就会去找你们。"

"等我听说她死掉的消息，我就来接你，"他说，"这样我们还能把印刷机和其余的书也一起带走。"

我父亲将我的手握在他的手里。"你会回来吗，querida?"他柔声问，"你不会辜负我们吧?"

"我爱你，父亲，"我轻声说，"我当然会回到您身边。但我也爱伊丽莎白女士，她很害怕，我答应过要陪着她。”

“你爱她?”他诧异地问，“你爱一位新教公主?”

“她是我所认识的最勇敢最聪明的女人，她就像一头聪敏的狮子，”我说，“我爱女王，没人不爱她，但公主就像一团火焰，没有人不想靠近她。现在她感到害怕，正面对死亡，我必须陪着她。”

“她现在在做什么?”丹尼尔的一个妹妹兴奋地从后车厢探出头，玛丽走到她身边，我又听到她们令人恼火的窃窃私语。

“把我的包给我，让我走。”我对丹尼尔说。我爬上车厢，对其他人说了句“再见”。

丹尼尔把我的包丢在鹅卵石路上。“我会来接你的。”他提醒我说。

“知道了。”我说着，尽可能让自己的口气显得冰冷。

父亲亲吻了我的额头，又将他的手放在我的头上祝福了我，然后一言不发地转过身，走回马车。丹尼尔等他回到座位，然后伸手抓住了我。我本想抽出手臂，而他却将我拉回怀中，狠狠吻了我的嘴唇，给了我充满欲望和愤怒的一吻，然后粗鲁地推开我，跳上驾驶座，我这才意识到自己渴望着那个吻，希望他能再度吻我。但说什么做什么都已经太迟了。丹尼尔抖了抖缰绳，马车从我身边驶过，只留下我一个人，小包落在脚边，嘴唇滚烫发肿，背负着向一个叛国者许下的誓言伫立在冰冷的伦敦清晨。

和伊丽莎白公主在塔里生活的那几天——继而延长到几周——是我在英格兰度过的最糟糕的时日。对伊丽莎白来说也一样。她常常因为无法排解的忧郁和恐惧恍惚出神。她知道自己即将死去，而且就在她的母亲安妮·波琳、她的婶婶简·罗奇福德、她的表亲凯瑟琳·霍华德和简·格雷被人砍了头的地方。那里浸透了她的亲戚们的鲜血，她也即将血染那片土地。位于伦敦塔内，白塔的阴影笼罩下的那片绿地虽然没有任何石头作为标记，却是她家族的那些女性死去的地方。她来到近处的那一刻，就感觉到自己难逃厄运，她很确定自己通红的眼眶中的双眸看着的将是她的性命终结之地。

伦敦塔的守卫起初因她戏剧化的到访吃了一惊——那时伊丽莎白坚决地坐在水闸那边的阶梯上，拒绝进塔躲雨——等她陷入恐慌和绝望以后，他们又变得更加警觉，因为这些比她的伪饰更令人信服。他们允许她在高墙围绕下的监狱花园里散步，但接下来就有个拿着束鲜花的小男孩在大门那里偷偷张望，而且第二天他还会来。到了第三天，女王的议员们出于担心和恶意，认为让她在那儿放松身心也不够安全，于是她被赶回了自己的房间。我曾给一只狮子取过她的名字，现在她像狮子那样来回踱步，接着就躺在床上长久地注视着华盖，一言不发。

我以为她在为自己的死做准备，我问过她需不需要去见见神父。她毫无生气地看了我一眼，仿佛闭上眼就会死去一样。她身上的所有活力都消失了，只有恐惧留存。

“是他们让你来问我的吗?”她轻声问，“他要来给我做临终涂油礼吗?就在明天吗?”

“不是!”我赶忙说道，一面责备自己把事态弄得更糟了，“不是的！我只是觉得您会想要祈祷自己平安获释。”

她转头看着狭窄的窗户，那儿看得到一抹灰色的天空，些许冷空气也从那里流入。“不,”她说，“她送来的神父我可不要。她当初不就是拿宽恕的希望来折磨简的吗?”

“她希望简能改换信仰。”我尽量客观地说。

“她希望简用信仰来换取生路。”她的嘴角轻蔑地牵了牵，“居然让一个年轻女孩做这样的选择。要是简胆敢拒绝，她就是罪有应得了。”她的目光又黯淡下去，看向床上的床罩，“我可没有那样的勇气。我不会做那种决定。我一定要活下去。”

在她等待审判期间，我两次去宫里拿衣服和收集消息。第一次我和女王短暂地聊了几句，她冷淡地询问了有关囚徒的消息。

“你去看看她是不是有所悔意。只有忏悔能够拯救她。告诉她如果她愿意坦白，我就会宽恕她，放她出来。”

“我会转达的，”我应道，“可您能饶恕她吗，陛下？”

她抬起目光看我，眼中满是泪水。“我心里不会饶恕，”她柔声说，“但如果可以，我会让她免于一死。我不想看到我父亲的女儿以罪人的身份死去。但前提是她必须坦白。”

我第二次去宫里的时候，女王正在和议会商谈，但我发现威尔坐在大厅的椅子上，抚摸着一只狗儿。

“你还没睡？”我问。

“你还没被砍头？”他答非所问。

“我必须陪着她，”我说，“她请求我陪着她。”

“希望她最后的要求不是你，”他讥讽地说，“免得她把你当做最后一餐吃掉。”

“她要死了？”我低声问。

“当然，”他说，“怀亚特在绞架上否认她有罪，但所有的证据都指向她。”

“但他为她洗清了罪名吗？”我满怀希望地问。

威尔笑了。“他为所有人都洗清了罪名。说得好像整场叛乱只是他一人所为，那些什么大军都是我们想象出来的。他甚至还为考特尼开脱，而后者早就已经坦白了！我不认为怀亚特的话有什么作用。而且我们不会再听到他的话了。他已经没法再重复了。”

“女王已经决定要对付她了?”

“所有证据都对她不利,”他说,“她不能绞死一百个人,却放过他们的首领。伊丽莎白培养的叛徒就像腐肉培养的蛆虫一样多。打死苍蝇却任由肉块腐烂变质,这可说不过去。”

“多久以后?”我惊慌地问。

“问她本人好了——”他收了声,点头向会客室的门示意。那扇门开了,女王走了出来。她看到我,发自内心地露出笑容,我走过去,单膝在她面前跪倒。

“汉娜!”

“陛下,”我说,“很高兴再次见到您。”

她的脸上浮起一层阴云。“你是从伦敦塔来的?”

“按照您的吩咐。”我立刻答道。

她点头。“我不想知道她做了些什么。”

看到她冰冷的神色,我紧闭双唇,低下了头。

她面对我的顺从点了点头。“你可以跟我来。我们正要去骑马。”

我加入了她的队伍。队伍里有两三张新面孔,有男也有女,但对于女王的宫廷而言,他们的衣着太过庄重了些,对于骑马出游的年轻人而言,他们又太过安静了。这个宫廷开始让人不安了。

我一直等到所有人都骑上马,出了伦敦城,一路向北经过美丽的南安普顿宅邸,又踏上开阔的乡村地带,这时我才驾马走到女王身边。

“陛下,我能陪着伊丽莎白,直到……”我顿了顿,“直到一切结束吗?”我问。

“你这么爱她吗?”她语气苦涩,“你现在是她的人了?”

“不是,”我说,“我同情她,如果您去见她,您也会同情她的。”

“我不会去见她的,”她固执地说,“我也不敢同情她。不过确实,你可以陪着她。你是个好女孩，汉娜，我不会忘记我们一起骑马进入伦敦的那一天。”她回头看去。眼下的伦敦街头变得截然不同，每个街角都竖着一座绞架，上面吊着一个叛徒，每个屋顶上吞食腐肉的乌鸦都吃得很肥。城里的恶臭仿佛一团瘟疫之云，散发着英格兰人的背叛气息。“它会恢复原样的，”她说，“我对此充满希望。”

“我也相信会的。”我说着空话。

“西班牙的菲利普到来的时候，我们会做出许多改变，”她向我保证道，“你会看到的，一切都会好起来。”

“他快要来了吗?”

“这个月内。”

我点点头。那也就是伊丽莎白的死期。他曾发誓，那位新教公主活着他就不会踏入英格兰。她只有二十几天可活了。

“陛下，”我试探着说，“我的旧主人罗伯特·达德利，他还在塔里。”

“我知道，”玛丽女王轻声说，“和其他的叛徒在一起。我不想听到他们的事情。他们都是罪人，必须处死才能保证国家安全。”

“我知道您会主持正义，我知道您会仁慈大度。”我暗示她说。

“我肯定会主持正义，”她答，“但有些人，包括伊丽莎白，已经不配得到我的仁慈了。她最好更加虔诚地祈祷，乞求上帝接纳她。”

她用鞭子轻轻拍了拍马儿的侧腹，接着所有人都策马小跑起来，我也再没有说话的机会。

1554年夏

五月中旬时，女王预计的婚期将近，天气也越来越暖，但伊丽莎白的绞架仍未竖起，西班牙的菲利普也还是没有来。然后有一天，伦敦塔中突然起了变故。诺福克公爵的一名侍从和他手下穿着蓝色制服的士兵开进伦敦塔，驻扎下来。伊丽莎白惊恐莫名地从门口走向窗边，伸长了脖子从箭孔向外张望，又透过房门的钥匙孔窥视着外面的情况。最后，她派我出去问他是不是来执行她的死刑的，又问门口的守卫草地上的绞架是否已经搭好。他们发誓说不是这么回事，但她依然要我去看看。她不相信任何人，除非她亲眼见到，否则绝不安心，但她又受到限制，无法外出。

“相信我。”我简短地说。

她紧紧抓住我的手。“你得发誓不会对我说谎，”她说，“我一定要知道是不是今天。我必须做好准备，我还没有准备好。”她咬着嘴唇，唇上已经留下了许多细小的伤痕。“我才二十岁，汉娜，我不想明天就死。”

我点点头，走了出去。草坪上是空的，连在草地上锯木的工人也不在。看来她又能再活一天。我站在水闸前和一个蓝色制服的守卫聊了一会儿。听到他告诉我的消息，我立刻飞奔回公主那里。

“您得救了。”我说着走进她狭小的房间里。凯特·艾什莉抬起头，在胸前画着十字，试图用这个老习惯赶走自己的恐惧。

伊丽莎白正半跪在窗边，看着窗外盘旋的海鸥，她转过身，脸色苍白，双眼红肿。“什么?”

“您已经被释放到了亨利·拜丁菲尔德爵士那里,”我说,“然后和他一起去伍德斯托克宫。”

她的脸上并没有希望闪现。“然后呢?”

“软禁起来。”我说。

“我还没有洗清罪名?宫廷不接受我了吗?”

“您不会受审,也不会被处刑,”我告诉她说,“而且您可以离开伦敦塔。还有其他囚徒仍然留在这里,情况更糟。”

“他们要把我葬在伍德斯托克,”她说,“送我远离伦敦的目的是让我被人遗忘。等我离开人们的视线,他们就会下毒杀掉我,然后把我葬在远离宫廷的地方。”

“如果女王想让您死,她完全可以派刽子手来,”我说,“这意味着您自由了,至少是一部分自由了。我还以为您会高兴呢。”

伊丽莎白表情阴郁。“你知道我母亲对她母亲做过什么吗?”她低声问我,“她就是把她送去了乡下的一栋房子,然后是另一栋——更小也更狭窄的地方,然后又是另一栋,环境更糟——直到那个可怜的女人在潮湿的废墟中度过她最后的时日,因为没有医生,她病得奄奄一息,因为没钱买吃的,她忍饥挨饿,每日哭喊着想见自己的女儿,却又见不到。凯瑟琳王后死于穷困艰苦,而那时她的女儿还在我的保育室里做女仆,服侍我。你觉得那个做女儿的会不记得吗?她难道不会对我这么做吗?你不明白这正是玛丽的报复吗?你看不出这完全在她计划之中吗?”

“您还年轻,”我说,“什么事都有可能发生。”

“你知道我生了病,你知道我彻夜难眠。你知道自从我两岁那年,他们指控我是私生女的那天起,我的生命就像悬在了刀刃上。我无法忍受忽视。我无法挺过毒药,我无法在夜晚刺客的刀刃下存活。我也觉得我再也无法忍受寂寞和恐惧了。”

“可是伊丽莎白女士，”我恳求她说，“您告诉过我，您多活片刻就意味着片刻的胜利。您离开这里，也就是又取得了片刻的胜利。”

“我离开这里，去到一个不为人知的地方，就会有失体面地死去。”她说得很直白。她离开窗边，走到自己的床前跪了下来，脸埋在绣花床罩上的双手之中。“如果他们在这里杀了我，至少我还能以殉道公主的身份死去，像简一样被人们铭记。但他们甚至没有勇气把我吊在绞架上。他们只会把我带去不为人知的地方，偷偷摸摸地处死我。”

我知道自己做不到离开伦敦塔而不尝试看望罗伯特大人。他关押在同一区域，就在这座塔楼对面的老地方住着，和他父亲与弟弟在壁炉台上刻下的家族纹章一起。我想那个房间对他而言充满了忧伤，俯瞰下去的那片绿地就是他们被处决之处，也是他即将死去的地方。

他的守卫增加了一倍。他们在允许我进去之前，先搜了我的身，而且我也头一次无法和他独处。我对伊丽莎白的侍奉玷污了我忠于女王的名声。

他们推开门的时候，他就坐在临窗的书桌旁，傍晚的余晖将热气送进窗内。他正在读书，光线映照在他的书页上。门打开的时候他转过身，想看看来人是谁。看到我的时候，他笑了起来，正是那种玩世不恭的笑。我走进房间，看到了他的变化。他变胖了，面庞因疲劳和烦闷而肿胀，数月的监禁令他的皮肤变得苍白，但他黑色的双眸依然沉静，唇角上扬，一如他往日愉悦的微笑。

“是你啊，假小子，”他说，“我让你走是为了你好，孩子。为什么你不听我的话又跑回来了？”

“我本来是走了，”我说着走进房间，尴尬地意识到守卫还跟在我身后，

“但女王让我来给伊丽莎白女士做个伴儿，所以我和您一样，一直都在伦敦塔里，但他们不允许我见您。”

他阴郁的眸子突然闪现出兴趣。“她还好吗？”他装作不经意地问。

“她病了，而且非常焦虑，”我说，“我现在来看您是因为我们明天就要走了。她得到了释放，现在交给亨利·拜丁菲尔德爵士软禁，我们就要一起去伍德斯托克宫了。”

罗伯特大人从座位上站起身来，走到窗旁向外看去。我只能推测是他的心因为希望而狂跳着。“释放了，”他轻声说，“为什么玛丽会这么仁慈？”

我耸了耸肩。这样做对女王的利益有损，但这正是她的本性。“她直到现在都很关心伊丽莎白，”我脱口而出，“她一直都把她看做自己的妹妹。她不会为了取悦新婚丈夫就将自己的妹妹送上绞架。”

“伊丽莎白总是幸运的。”他说。

“那大人您呢？”我控制不住自己话语中的爱意。

他转过身对我微笑。“我比较安于现状，”他说，“不管是生是死都由不得我，我现在终于明白了。但我也想知道自己的未来。你告诉过我，我会死在自己的床上。你现在还这么认为吗？”

我尴尬地看了眼守卫。“我还是这么认为，”我说，“不仅这么认为。我认为您还会得到一位女王的爱。”

他努力让自己大笑，但小房间里回荡的笑声中却没有喜悦。“是吗，假小子？”

我点点头。“而且将会带来一位能够改写世界历史的王子。”

他蹙起眉头。“你确定吗？你这是什么意思？”

守卫清了清喉咙。“打扰一下，”他有些为难地说，“不要用密语交谈。”

罗伯特大人为守卫的蠢钝摇了摇头，但他压下了自己的不耐烦。“好吧。”他说着，对我一笑，“你不认为我会随父亲而去，这让我很高兴。”他对着窗外的绿地点点头。“我渐渐习惯这种监狱生活了。我有我的书、我的访客，待遇也不错，我已经学会为父亲和弟弟哀悼了。”他伸手抚摸壁炉上他们留下的刻痕，“我为他们的叛国行为感到懊悔，但我还是祈祷他们能够安息。”

我们身后响起了敲门声。“我现在不走!”我大叫着转过身，但我发现门口站着的并不是另一名守卫，而是一个女人。那是个漂亮的棕发女人，有着奶油色的迷人皮肤和温柔的棕色眼睛。她衣着华丽，我匆匆的一瞥看到了她长裙上的刺绣，还有以天鹅绒和丝绸作为装饰的袖子。她一只手捏着帽子上垂下的丝带，另一只手拿着装满新鲜沙拉叶的篮子。她看到了整个场面，看到我面色潮红，双眼含泪，我的主人罗伯特大人却坐在椅子里微笑，她穿过房间走向他，而他起身相迎。她平静地吻了他的双颊，挽着他的手臂，转身看着我，仿佛在说：“你是谁?”

“这位是?”她问，“噢！你一定就是女王的弄臣。”

我有好一会儿没有答话。我之前从没介意过我的头衔。但她说出那句话的方式让我迟疑了。我等待罗伯特大人告诉她说我是个神启弄臣，说我在舰队街上看到过天使，说我也曾经做过迪伊先生的占卜者，但他却什么也没说。

“您一定就是达德利夫人了。”我有些无礼地说，既然她叫我弄臣，我也就可以借用弄臣的特权。

她点点头。“你可以走了。”她轻声说着，转过身去看她的丈夫。

他制止了她。“我和汉娜·格林还有事要谈。”他示意她在自己书桌旁的椅子上坐下，然后拉着我走向另一扇窗边，走到旁人听不到我们对话的地方。

“汉娜，我不能再让你为我效力，你已经从誓言中解放，不必再爱我了，但如果你能记得我，我会很高兴的。”他轻声说。

“我会一辈子都记得您。”我也轻声说。

“那就在女王面前给我求个情吧。”

“我求过了，大人。她不听伦敦塔里任何人的话，但我会再试试看。我永远不会停止尝试的。”

“如果公主和女王之间发生了什么变化，如果你碰巧遇到了我们共同的朋友约翰·迪伊，我很乐意得知一切。”

我笑了，因为他拉着我的那只手，因为他对我说的那些话，因为他还活着，而且又燃起对生命的渴望。

“我会写信给您的，”我承诺道，“我会尽我所能地把一切告诉您。我不会对女王不忠——”

“也不会对伊丽莎白不忠?”他笑了起来。

“她是个了不起的年轻女人，”我说，“只要侍奉过她，就不可能不敬慕她。”

他大笑出声。“孩子，你太想要爱和被爱了，所以你总是站在所有人的一方。”

我摇了摇头。“我的做法无可指责。每个仆从都爱戴着女王，而伊丽莎白……她可是伊丽莎白啊。”

“我认识了她一辈子了，”他说，“她骑马的时候我教过她纵马跳跃。她那时就是个令人印象深刻的孩子，等长大以后，又成了前途无量的小女王。”

“是公主。”我提醒他说。

“是公主，”他改口说，“向她转达我的祝福、爱与忠诚。告诉她，如果可能的话，我早就请她共进晚餐了。”

我点点头。

“她是她父亲的女儿，”他深情地说，“上帝作证，我对亨利·拜丁菲尔德充满同情。只要伊丽莎白能从恐惧中恢复出来，就会把他带进她自己的舞步。他不是那种能够掌控伊丽莎白的人，就算有全体议员支持也不行。她的机智和支持者都远胜于他，而他只不过是她的消遣罢了。"

"亲爱的?"艾米从座位上站起身。

"什么事?"他放开我的手，走回她的身边。

"我想和你单独相处。"她说。

我突然莫名地恨起她来，眼前有那么一瞬间的昏暗，让我不由得后退了几步，发出沙哑的叫声，像一只朝着陌生狗儿吐唾沫的猫咪。

"怎么了?"罗伯特大人问我。

"没什么。"我说。我摇着头想把脑海中的画面赶走。确实没什么：我看得并不清楚，也不值得说出来。那是艾米被人推开的画面，有人将她从罗伯特·达德利身边推开，我明白是我的嫉妒和敌意扰乱了我的灵视能力，让我看到她被人推开，推入死一般的黑暗之中。"没什么。"我重复道。

他疑惑地看着我，但并没有开口质疑。"你还是走吧，"他轻声说，"不要忘记我，汉娜。"

我点点头向门口走去。守卫给我打开门，我向达德利夫人欠了欠身，她则轻蔑地点点头表示回应。她迫不及待地想和丈夫独处，顾不上礼貌地对待一个不比仆役好多少的人。

"祝您愉快，女士。"我说道，只想强迫她开口回答。

我没能让她作出任何回应。她转身背对着我，于是我远远地走开了。

伊丽莎白的忧虑和恐惧一直未消，直到轿子停在了伦敦塔外，而她从黑暗的吊闸下走过，走向伦敦城内。等我们穿过城区以后，我和她的几个女伴骑马紧随其后，而我们越是向西，这场行军就越充满胜利的意味。在一座小村那里，村民们听见马的嘶鸣和马蹄的响声，便沿路奔跑、跳跃和起舞，孩子们喊叫着攀高想见见那位新教公主。在温莎的那座小镇上，在女王城堡的阴影之下，在伊顿和之后的维肯比，人们从住所蜂拥而出，对她微笑和挥手，从来都拒绝不了观众的伊丽莎白拍松了坐垫，坐直身子以便看到他们，也让他们看到自己。

他们给她献上食物和葡萄酒，很快我们的行囊里就塞满了蛋糕和甜品，还有路边的花朵做成的花束。他们砍下山楂树的树枝，高声说着祝福的话将树枝抛到她的轿前。他们将樱草和雏菊扎成的花束抛给她。亨利爵士骑着马来回奔走，拼命想要阻止汹涌的人群，也阻止他们高喊着爱戴和忠诚的言语，但他的努力就像试图阻止高涨的潮水一般。人民敬爱着她，当他派士兵先行，禁止他们离开大门的时候，他们就探出窗来，大声呼喊她的名字。伊丽莎白铜红色的头发垂在肩上，苍白的面孔上浮现出红晕，她挥舞着纤长的手掌，显得——这点只有伊丽莎白能办到——既像个即将赶赴刑场的殉道者，也像一位为人民的热爱而喜悦的公主。

过了一天，然后又过了一天，公主到来的消息已经传得比我们赶路的速度还要快，我们经过的时候，城中教区的教堂都纷纷鸣响钟声。确实有不少牧师担心为新教公主鸣钟会引来主教的惩罚，但赶来敲钟的人实在太多了，亨利大人只能让他的士兵们更加靠近轿子，确保没人能够营救公主。

这些恭维与奉承对伊丽莎白来说就如同食物和饮料。她肿胀的手指和脚踝已经恢复原状，面色也红润起来，眼眸中透露着生气，开始妙语连珠。晚上她无论是在住处用餐还是就寝都受到了王位继承人般的礼遇，而她大笑着容许他们以对待王室的礼仪招待自己。白天她醒得很早，愉快地上路。阳光如同美酒一般泼洒在她身上，她的皮肤很快在阳光中闪耀起来。她每天早上都会千百次地梳理头发，好让它们倾泻在她肩头，而她随意歪戴着的帽子一侧系着都铎绿的丝带。她对每个士兵微笑，对每个送上祝福的人挥手回应。伊丽莎白这段穿越英格兰的旅途闪耀着初夏鲜花的光彩，尽管前往牢狱，她却悠然自在。

伍德斯托克的旧宫已多年被人遗忘，成为荒芜之地。他们为伊丽莎白新建了警卫室，但做工粗劣，风吹过窗户和破破烂烂的地板时还会发出阵阵哀号。这里比伦敦塔的环境要好，但她无疑仍是个囚徒。起初她的活动范围只是警卫室的四个房间，但后来伊丽莎白争取到了进入花园的许可，再后来是那座大果园。

起初她连一张纸和一支笔也要提出请求，但随着时间逐渐流逝，她不断地对不堪其扰的亨利大人提出请求，得到的权利也越来越多。她执意要求给女王写信，她要求向女王的议会上诉的权利。随着天气渐渐转暖，她也要求给她出宫散步的权利。

她变得越来越自信，知道自己不会被亨利大人暗杀，于是对他的恐惧之情变成了彻底的蔑视。他这个可怜人——一如我的大人的预言那样——头发一天比一天花白和稀疏，被女王的囚徒、英格兰王位的继承人呼来喝去。

不久后，初夏的一天，从伦敦来了一位信使，带来了一叠给伊丽莎白的信件，还有一封给我的信。收件人写的是“伦敦塔的伊丽莎白女士身边的汉娜·格林”，我不认得信上的笔迹。

亲爱的汉娜：

写这封信是要告诉你，你的父亲已经平安到达了加莱。我们已经租好房子，还有一间店面，他开始继续买卖书籍。我母亲为他持家，而我的妹妹们也工作了，一个给女帽商工作，另一个给手套商工作，还有一个给别人做保姆。我为一名外科医生工作，很辛苦，但他是个技艺高超的人，我从他那里获益良多。

很遗憾你不能和我们同行，很遗憾我用那样的方式还是没能说服你。你觉得我很粗鲁，也许还觉得我喜欢发号施令。你应该记得，我作为一家之主已经有不短的时间了，我已经习惯了指示母亲和妹妹们该做什么。你是父母溺爱的女儿，早就习惯了自行其是。你之后的生活给你带来了一段危险的经历，现在的你缺乏正确的指引。我知道你不愿听从我的命令，也明白你不懂我凭什么命令你。这些不够淑女，但这就是真实的你。

让我试着向你解释清楚：我不能变成傀儡。我不能对你唯命是从，把你当做家里的女主人来供奉。我必须成为一个男人，自己床上和地盘的主人，我无法想象还有别的可能，我相信我也不该去想别的可能。上帝给了我在两性之间的主宰权。至于是否要在这个权利上加上同情、善待并保护你不受你我过错的伤害，这取决于我。我注定要成为你的主人。我不能交出一家之主的权力，这是我的责任和义务，而不是你的。

听听我的建议吧。我会成为你的好丈夫。你可以去问我的妹妹们——我脾气并不坏，我不是个情绪化的人。我从来也没对她们动过手，对她们一直都很温柔。我觉得自己可以发自内心地温柔对你，远比你想象的要温柔得多。说真的，我想要好好待你，汉娜。

简而言之，我后悔解除我们的婚约，写这封信是想问你能不能再给我一次机会。我想和你结婚，汉娜。

我一直都想着你，我想见你，我想抚摸你。当我和你吻别的时候，我很害怕自己会伤害你，怕你拒绝我的吻。我不想惹你讨厌，只是当时的我愤怒和欲望交织在一起，没去顾及你的感受。上帝保佑，希望那个吻没有吓到你。你明白的，汉娜，我想我爱上你了。

说这些是因为我不知道在心绪凌乱的时候还能做些什么。我寝食难安。我做了一切该做的事情，但还是无法安心。如果这些话冒犯了你，还请原谅，但我还能做什么？我应该告诉你不是吗？如果我们结婚，这个秘密本该在婚床上分享——但我无法想象和你结婚，和你同床共枕的情景，因为只是想到你成为我的妻子，我就会热血沸腾。

读完这封信以后，请尽快给我回信，告诉我你的想法。如果会惹来你的嘲笑，那我还不如撕碎它的好。也许这封信不寄出比较好。我会将它和那些写给你却从未寄出的信放在一起。这样的信已经有好几打了。我不能把自己的感受告诉给你。我不能在信里告诉你我想要什么。我不能告诉你，我有多么想你、多么需要你。

我祈求上帝，希望你会回信给我。我祈求上帝，希望你能理解我对你的狂热。

丹尼尔

渴望爱情的女人一定会立刻回信，准备成为女人的女孩至少会考虑某种形式的回复。而我仔细地读过之后，便将它放进火中烧成灰烬，仿佛这样就能把自己的欲望也一并烧成灰似的。至少我能坦诚地认识到自己的欲望。他在昏暗的印刷间抱紧我的时候，我就能感觉到欲望的存在，在马车那里，他强行把我拉近的时候，我能感觉到欲望在熊熊燃烧。但我明白，如果我回信给他，他就会来接我，我就会成为他的妻子，成为温顺的女人。他是一个相信上帝让他成为我未来主人的男人。爱上他的女人就必须学会顺从，我却还没有做好成为温顺妻子的准备。

此外，我根本没时间考虑丹尼尔的事情，也没时间考虑自己的未来。伦敦来的那位信使也给伊丽莎白带来了信件。当我走进她房间的时候，看到她因为姐姐的婚姻和自己继承权的前景激动得快要崩溃了。她在房间里来回踱步，就像一只气冲冲的猫儿。她从女王的管家那里得到了一个严峻的消息，西班牙的菲利普已经离开了自己的祖国，正乘船驶往他的新家英格兰，整个宫廷会在温彻斯特迎接他——但受邀的人中并没有伊丽莎白。并且，仿佛要往伊丽莎白受创的自尊心上撒盐似的，女王要我收到命令立刻去她那里。弄臣比公主更受重视。信里要求我暂时放下为伊丽莎白效力的使命，但我觉得这件事很快就会被人遗忘，正如已经被人遗忘的伊丽莎白。

“这是对我的侮辱。”她唾骂道。

“这应该不是女王的主意，”我安慰她说，“只是为了召集宫里的所有人而已。”

“我也是她宫里的人！”

我明智地没有提起伊丽莎白有多少次拒绝出现在宫中，或者装病和迟到，因为她总是有留在自己家里的理由。

“她不敢带着我去见西班牙的菲利普！”她口无遮拦地说，“她知道如果他看到上了年纪的女王和年轻的公主肯定会选择我！”

我没有纠正她。眼下没人看着伊丽莎白还能燃起欲望，她的身体又因病浮肿起来，双眼也红通通的。她只是凭借怒意才勉强站着。

“他是女王的未婚夫，”我轻声说，“这和欲望没有关系。”

“她不能把我留在这儿自生自灭！我会死在这儿的，汉娜！我病得快死了，这里没有人照顾我，她不会派医生过来的，她希望我死掉！”

“我相信她不会这样……”

“那她为什么不邀请我进宫？”

我摇了摇头。这场争论就像伊丽莎白在房间里的脚步一样循环往复。她突然停住了脚步，伸手按住了自己的心口。

“我病了，”她声音非常低，“我紧张得心跳不止，我病得这么厉害，明天早上连床也不能起。真的，汉娜，没有人看到我也要说。我无法忍受了，我没办法继续这样下去。每天我都以为自己会听到她做出处死我的决定。每天早晨我醒来时都以为有士兵来抓我了。你觉得这样下去，我能活多久，汉娜？我是个年轻女人，我只有二十岁！我本该在宫中期待我的生日宴会，我本该收到礼物和赞美。我本该在这个年纪缔结婚约！如果继续忍受这样无穷无尽的恐惧，我会变成什么样子？没有人会知道。”

我点点头。唯一能了解这一切的人是女王，因为她也曾是所有人都憎恶的王位继承人。但伊丽莎白自己抛弃了女王给她的爱，再要找回来可就难了。

“您请坐，”我柔声说，“我去拿些淡啤酒来给您。”

“我不要淡啤酒，”她生气地说着，虽然她连站都站不稳了，“我要在宫里有自己的一席之地。我要自由。”

“会有的。”我从餐具柜取出一只壶和一个杯子，给她倒了些喝的。她抿了一口，看着我。

“你一切都好，”她不满地说道，“你不是囚徒。你甚至不是我的仆从。你可以想来就来想走就走。她想要你回到她身边。你还能在温彻斯特的婚宴上再次见到你那些老朋友。他们肯定会为你准备新衣服和新裤子——为你这个阴阳人宠物。你肯定会在女王的队伍中出现。”

“或许吧。”

“汉娜，你不能离开我。”她突然说。

“伊丽莎白女士，我必须走了，这是女王对我的命令。”

“是她让你来陪我的。”

“现在她让我回去。”

“汉娜！”她失声大叫，泫然欲泣。

我缓缓地在她脚边跪下，抬头望着她的面庞。伊丽莎白总是处于混合了盛怒与深思的情绪中，让我几乎无法捉摸。“女士?”

“汉娜，除了你和凯特，还有那个白痴亨利爵士，我身边再也没有别人了。我是个年轻女人，在我最最美丽最最聪明的年龄，却独自一人，成为囚徒，没人陪伴，除了一个女仆，一个弄臣还有一个白痴。”

“那您恐怕不会想念那个弄臣的。”我讽刺地说。

我以为这么说会换来她一笑，但她看向我的眼中却充满泪水。“我会想念这个弄臣的，”她说，“再没有人做我的朋友，再没有人跟我聊天。再没有人关心我。”

她站起身来。“陪我走走吧。”她命令道。

我们穿过断壁残垣的宫殿，穿过几欲从铰链上脱落的门，走进花园。我搀扶着她，能够感觉到她的虚弱。绿地沿着小径一直延展开去，沟渠周围长满了茂盛挺拔的荨麻。我和伊丽莎白像两个上了年纪的女人一样彼此搀扶，蹒跚着穿过这片废墟。有那么片刻我相信她的恐惧是真实的：这次的监禁也许就意味着她的死，即使女王没有把她交给刽子手和他的利斧。我们穿过摇摇欲坠的大门，走进果园。花瓣像雪花一样落在草坪上，沉甸甸的花瓣把树枝压弯了腰。伊丽莎白四下打量这座果园，然后将手放在我的手臂上将我拉近。

“我也完了，”她轻声地说，“如果她能为他生下一个儿子，那我就完了。”她转身背对我，穿过草地，她凌乱的黑色长裙拖过地上那些湿润的花瓣。“一个儿子，”她轻声说着，尽管灰心沮丧，她仍然谨慎地压低了声音，“一个该死的西班牙人的儿子。一个该死的天主教徒的儿子。英格兰将会成为西班牙帝国的前哨站。英格兰，我的英格兰，将会成为西班牙统治下的傀儡。神父会回归，火刑也会兴起，我父亲的信仰和遗产尚未开花结果就会被扼杀在英格兰的土地里。该死的她。该死的她该和她的杂种儿子一起下地狱。”

“伊丽莎白女士!”我惊呼，“别那么说!”

她突然发起火来，她举起手，攥紧了拳头。如果我再靠近一些，她就会打我了。她太激动了，恐怕都意识不到自己做了什么。“她该死，站在她那边的你也该死。”

“您应该早就知道这一切会发生，”我说，“婚礼早就安排好了，他不可能永远耽搁下去……”

“为什么我要想她结婚的事情?”她突然叫道，“谁会要她？她又老又平凡，而且半辈子都是私生子的身份，半个欧洲的王子都拒绝过她。如果不是她那该死的西班牙血统，菲利普根本不可能要她。他肯定找过借口想要拒绝。他肯定双膝跪地，祈求命运不要迫使他娶那个干瘪的老处女。”

“伊丽莎白!”我震惊不已地大叫道。

“怎么?”她的眼中燃烧着怒火。有那么片刻我很肯定她并不知道自己在说什么。“说真话有什么不对吗？他是即将继承半个欧洲的年轻英俊的男人，而她是个既古板又老到不行的女人。想到他们俩像小猪崽子跟老母猪那样胡搞我就恶心。太令人厌恶了。而且如果她和她母亲一样，那她除了死婴以外什么也生不出。”

我用手捂住耳朵。“您太失礼了。”我坦言道。

伊丽莎白转身面向我。“而你一点也不忠实!”她大喊道，“你应该做我的朋友，不管发生什么，不管我说什么都是我的朋友。你是我手下的弄臣，你应该是我的人。而且我刚才说的全部都是真话。如果我是她，我会为自己追求这样一个年轻人而羞愧。如果要我追求一个年龄足以做我儿子的男人，我宁愿去死。我宁愿现在就死，也不愿变成她那个年纪的没人要的老女人，一无是处，没人喜欢，毫无价值!”

“我没有不忠实，”我平静地说，“而且我是您的伙伴，她没有让我做您的弄臣。我会做您的朋友。但我没法听着您像个乡下渔妇那样破口大骂她。”

她跪倒在地放声痛哭，脸色白得苹果花一样，她的头发散下来垂在肩上，双手掩住自己的嘴。

我在她身旁跪下，拉起她的手。她双手冰冷，神情接近崩溃。“伊丽莎白女士，”我安慰她说，“请镇定。这场婚姻是注定会到来的，而您做什么都无法改变。”

“可他们甚至没有邀请我……”她低声呜咽道。

“确实。但她对您依然是宽容的，”我顿了顿，“别忘了，她本来想砍下您的头的。”

“难道我应该愉快地接受这些?”

“您需要镇定。还有等待。”

她看向我的表情突然变得冰冷。“如果她为他生下男孩，那么我就只能等着被迫嫁给一位天主教王子，或是被处死。”

“您说过，只要您多活一天就是胜利。”我提醒她。

她没有笑。摇了摇头。“活下去并不重要，”她轻声说，“从来也不重要。我活着是为了英格兰。我要作为英格兰的公主活着。为我的继承权活着。”

我没有反驳什么，那些话确实是她此刻心中所想，尽管我对伊丽莎白的了解让我觉得，她并不是那种只会为了祖国而活的女王。但我不想让她再次大发雷霆。“您必须这样，”我安慰她说，“为了英格兰活下去。等待。”

到了第二天，她答应让我离开，虽然她就像被小伙伴排除在外的小孩子那样满心怨愤。我不知道哪一样更让她心烦：作为罗马天主教的英格兰里唯一新教公主的沉重负担，还是因为这场金缕地会晤[①]之后基督教国家最大的盛事没有邀请她出席。当她一言不发地挥手示意我离开，又愠怒地转过头去的时候，我觉得没法出席婚宴恐怕是那天早上对她来说最糟糕的事情。

即使亨利爵士的手下不知道通往温彻斯特的路，我们也能跟着人群找到那里。看起来每个男人、女人和小孩最后还是想见见女王和她的丈夫，于是路上挤满了拿着农产品奔赴全国最大集市的农夫，街头艺人们沿途设下摊位，随处可见妓女、行脚医生和小贩，卖鹅的少女和洗衣妇，马夫和骑手也牵着多余的马儿前来。然后是穿戴整齐，举止有礼的宫中成员：来来回回的信使，穿着制服的仆从，全副武装的士兵，骑着马的侍从，还有那些策马飞奔，努力想要跟上步伐的人。

亨利爵士的人要将伊丽莎白的消息带给女王的议会，于是我们在沃夫西宫的大门处分别，女王就待在主教这座庞大的宅邸里。我径直走向女王的房间，一路上发现每个门口都挤着一群打算向女王请愿的人。我从那些胳膊下面钻过、挤过他们的肩膀之间，悄悄钻过镶板墙壁和魁梧的护卫们之间，最后来到门口的守卫处，站在他们交叉的戟前。

“女王的弄臣。”我报上头衔。有个人认出了我。他和他的同僚走前几步，让我能钻到他们身后，又在打开门的同时挡住人群的推挤。

会见室里的人几乎一点儿没少，但他们穿的衣服更多是丝绸和绣花皮衣，争论的声音除了英语还有法语和西班牙语。王国中那些野心勃勃的男男女女为了站在这里明争暗斗，一心想要让那位新国王看到自己，因为他即将组建的新宫廷里——这点毫无疑问——会包括至少一部分土生土长的英格兰人，外加他坚持作为私人随从而带来的几百个西班牙人。

---

① 1520年法国与英国君主为加深友好关系，在法国的金缕地（Field of the Cloth of Gold）进行的会谈。

我绕过大厅的围墙，听着那些谈话的只言片语，大部分都是污蔑和中伤，而且几乎都是在推断英俊的年轻王子会如何对待上了年纪的女王，等我走到她房间的门边时，我愤怒得双颊滚烫，牙关紧咬。

守卫认出了我，点点头示意我进去，但女王自己的房间也并不安宁。这里有更多的侍女和侍从，还有乐师、歌手、护卫和普通随从，数量之多是我从未见过的。我四处寻找她，但她不在这儿，壁炉旁充当王位的那张椅子空荡荡的。简·多摩尔坐在窗边刺绣，和我第一次见到她时同样毫不起眼：那时的女王还是个病弱的女人，住在那座阴影笼罩的宫殿里，毫无继承王位的希望。

“我是来见女王的。”我对她微微鞠了一躬。

“你也跟他们一样。”她冷冷地说。

“我看到他们了，”我说，“你们从伦敦来的时候也是这样吗？”

“这儿每天都这么多人，”她说，“他们一定觉得她的思想和内心一样柔弱。就算她有三个王国可以送给他们，也没法满足他们的要求。”

“我可以进来吗？”

“她在祈祷，”她说，“但她想见见你。”

她从窗边的座位上站起身来，我发现她坐着的位置正好挡住女王所在房间的狭小门口，没有人能不经过她进去。她打开门向里面看了看，然后招手示意我进去。

女王在黄金与珍珠母雕刻的精巧塑像面前祈祷，跪坐在自己的脚跟上，脸色平静而富有生气。她跪在那里，全身散发出喜悦之情，沉浸在幸福中的她安详而甜蜜，谁都能看出她即将成为新娘，也准备好为爱而活。

她听到我关上门的声音，慢慢地转过头，对我微笑。“啊，汉娜！见到你回来真高兴，你真的及时回来了。”

我走进房间跪在她面前。“愿上帝在这最好的日子里祝福您。”

她将手放到我的头上，用熟悉的亲切手势祝福了我。“这是个好日子，不是吗?”

我抬头，她面孔的光辉有如阳光照耀一般。“是的，陛下，”我对这一点毫无疑问，“我看得出您今天非常愉快。”

“这是我新生活的开始，”她轻声说，“作为已婚女人的新开始，成为一位有王子陪伴在侧的女王，我的国家恢复了和平，而基督教国度中最强大的国家，我母亲的家乡，也将成为我们的同盟。”

我微笑着抬起头，仍然跪在她面前。

“我会有个孩子吗?”她轻声地问，“你能为我预言吗，汉娜?”

“会有的。”我和她一样轻声回答。

她的脸上浮现出欣喜。“是你的心还是你的天赋告诉你的?”她问我。

“都是，”我回答，“肯定会有的，陛下。”

她闭起双眼，我知道她在感谢上帝：既是为我的肯定，也是为英格兰的未来能够结束宗教争端迎来和平。

“现在我得做准备了，”她说着站起身来，“汉娜，让简把我的女仆们叫来。我要穿衣打扮。”

真正的婚礼仪式我并没有看到太多。菲利普王子站在温彻斯特大教堂的金色圣坛时，我瞥见了他一眼，但接着站在我面前的那个人，那个来自索莫瑟的胖侍从动了动身子，正好挡住了我的视线，就只能听见女王的唱诗班高唱着婚礼弥撒曲，然后传来的是加德纳大主教举起那对新人紧握的双手、示意婚礼结束时众人的低呼声：英格兰的处子女王从此成为了已婚女子。

我以为我能在婚宴上清楚地看到王子的模样，但我快步走向大厅的时候，听到了西班牙卫队的武器碰撞的响声，于是我退到一个炮眼那里，这时全副武装的士兵们大步走来，而紧随其后的是王子带来的那些宫人。在这片兴高采烈的混乱中，我发生了一些变化。是因为琳琅满目的丝绸和天鹅绒，刺绣和钻石，因为西班牙宫廷那深色的华贵服饰。是因为他们头发和胡须上涂的发蜡，腰带上用金扣环扣着的香盒。是因为那些士兵身上昂贵的珠宝胸甲的哐当响声，式样漂亮的长剑碰触墙壁的轻响。而他们飞快的交谈声，在我这个长期身处异乡的人听来，就像是家乡的鸽房里的鸽子叫声。我闻到西班牙人的气息，看到他们的样子，听到他们的声音，又以某种前所未有的方式感受着他们，我跌跌撞撞地退了几步，伸手扶住身后冰冷的墙壁，我几乎晕厥过去，思乡之情和对西班牙的极度渴望压倒了我，给我几近腹部绞痛的感觉。我想我大概是喊出了声，有人听到了，那人转身用他漆黑而熟悉的眼眸注视着我。

“怎么了，孩子？”他看着我金色的仆童制服问道。

“那是女王的神启弄臣，”有人用西班牙语说道，“她喜欢的玩具。是个既男又女的小双性人。”

“上帝啊，干瘪的老女人身边连个女仆都没有。”有人出言讽刺，他的话带着卡斯蒂利亚口音。王子说着“嘘”，但表情却心不在焉，仿佛他并不是在维护自己的新婚妻子，只是在训斥手下的出言不逊。

“你病了吗，孩子？”他用西班牙语问我。

他的随从之一走上前来，拉起我的手。“王子问你病了吗？”他的英语吐字清晰。

我的手在他的触碰下颤抖，那是一位西班牙领主对我这副西班牙皮肤的碰触。我期待他立刻就认识我，知道我理解他所说的每一个字，而我回答时先想到的不是英语，而是西班牙语。

“我没生病，”我用英语回答，声音很轻，又在心里祈祷没人听得出我的口音，“我只是被王子吓着了。”

“她只是被您吓着了，”他大笑着转向王子，用西班牙语说道，“愿上帝保佑您也能吓到那位女主人吧。”

王子点点头，对我的态度转为漠不关心，就像对待一个不值他一顾的仆从，然后继续向前走去。

“她吓到他的可能性更大些，”王子身后有人悄声评论道，“愿上帝拯救我们，我们要怎么才能让王子跟这么个老夫人上床?”

“还是个处女，”另一个人回答，“甚至不是那种温暖又有欲望，而且知道自己缺了什么的寡妇。女王会冻坏我们的主人，他会在她的床边枯萎的。”

“而且她多无趣啊。”前一个人说。

王子听到了他们的话，他停下脚步，看着队列的后排。“够了，”他用西班牙语清楚地说，以为只有他们才能听懂，“到此为止。我已经娶了她，我会和她上床，如果你们听说我真的不行，再去推测什么原因吧。在那之前，你们还是安分点好。到了他们的国家还要侮辱他们的女王，这对英格兰人太不礼貌了。”

“他们也没对我们礼貌过……”有人开了口。

“这儿到处都是白痴……”

“又穷又有臭脾气……”

“而且还贪心!”

“够了。”他说。

我跟着他们沿着走廊一直来到通往大厅的楼梯。我跟着他们，仿佛有根铁链拴在我身上，我无法和他们分开，仿佛我的生命维系于此。我回到了自己的同胞之中，听着他们的说话声，虽然他们所说的每一个字，不是在诽谤唯一真正对我好的那位女子，就是在侮辱我的第二故乡英格兰。

是威尔·萨默斯把我从恍惚中唤醒。我正要跟着西班牙人进入大厅的时候，他拉住了我的手臂，轻轻摇晃。“你怎么了，小女仆？你在做白日梦？”

“威尔，”我边说边抓住他的衣袖，仿佛随时会倒下似的，“噢，威尔！”

“好了好了，”他轻轻地拍着我的背，像是我只是个激动过度的仆童，“傻乎乎的小女仆。”

“威尔，西班牙人……”

他将我从大门前拉走，用温暖的手臂环住我的肩。

“当心点，小弄臣，”他提醒我，“温彻斯特隔墙有耳，而且你永远不会知道自己冒犯了什么人。”

“他们都那么……”我找不到合适的词儿，“他们都那么……那么帅！”我突然说道。

他大笑起来，放开了我，然后拍了拍手。“很帅，不是吗？你也像陛下那样被西班牙男士迷住了吗？愿上帝祝福她。”

“是因为他们……”我又顿了顿，“他们的香水，他们的香水太好闻了。”

“噢小女仆，你该结婚了，”他一本正经地开着玩笑，“如果你跟在男人屁股后面乱跑，像一条狩猎时的小母狗那样嗅着他们的脚印，那么有一天你就会找到自己的猎物，不再当什么神启弄臣了。”

他停下滑头，打量起我来。“哈，我都忘了。你来自西班牙，对吧？”

我点点头。欺骗弄臣根本没有意义。

“他们让你想家了，”他猜测道，“对不对？”

我点点头。

"噢好吧，"他说，"这几天对你来说是好日子，比那些花了大半辈子的时间憎恨西班牙的英格兰人要好多了。你又会有西班牙主子了。而对我们其余的人来说，简直就像世界末日。"

他把我拉近了一些。"伊丽莎白公主怎么样了？"他低声问。

"很生气，"我说，"焦虑不安。她六月就病了，你可能已经听说她希望女王派医生去，又因为医生没来伤心得很。"

"上帝保佑她，"他说，"谁能想到今天的她会在那儿，而我们会在这儿？谁能想到这一天的来临？"

"告诉我一些消息作为回报吧。"我说。

"罗伯特大人的？"

我点点头。

"仍然在监禁，但宫里没人再谈起他，也没有人想听他的消息。"

一阵号声响起，女王和王子进了大厅，各自落座。

"该走了，"威尔说。他露出明朗的笑容，步态比以往更加夸张，"你一定会惊讶的，孩子，我学了点杂耍。"

"能表演好吗？"他向着大开的门走去，我亦步亦趋地跟在他身边，"熟练了吗？"

"非常不熟练，"他愉快地说，"但非常滑稽。"

他进门的时候，众人发出一声欢呼，我看着他走向前去。

"你还不懂怎样做一个纯粹的女人，"他转头说道，"所有的女人都笑得很谦卑。"

我忘不了丹尼尔·卡朋特，还有他写给我而我只读了一遍就丢进火里的那封信。我本来也可以将它折好放进上衣口袋里，贴近我的心，因为我记得他写下的每一个字，仿佛我是个每晚都会拿出来重读的相思女孩一般。

我发现自己自从那些西班牙人到来以后，就愈发频繁地想念他。看到女王的人没有人会质疑她的婚姻：当她从婚床上起来的那个早上，她散发出从未有人看到过的温暖。她的身上有了沉着的气质，看起来就像是个找到了安全港湾的女人。她是个沉浸于爱中的女人，是被丈夫爱着的妻子，她有个可以信任的议会，一个为她的幸福努力的强有力的男人。终于，在充满焦虑和恐惧的孩提和成年时代之后，她终于能够在爱她的男人的臂弯里休息了。我看着她，不禁想着，如果像女王这样坚定的处子和虔诚的教徒都能找到真爱，也许我也能找到属于自己的爱情。婚姻对女人来说也许并不意味着死亡和她自我的终结，而是展露出真正的她来。也许女人即使成为妻子也不必割舍她的自尊和灵魂。也许成为妻子能让女人真正如同鲜花般绽放，而不是委曲求全。这让我想起丹尼尔也许会成为我能够依靠、能够信任的男人，他爱着我，他告诉我说他因为想我彻夜难眠，而我将他的信读过一遍就丢到了火里，但从来也没有忘记——真的，我甚至能逐字逐句地背诵出来。

他的恐惧和担心也经常浮现于我的脑海里，尽管我总是嘲笑它们。即使那些西班牙宫人像磁石那样吸引着我，但我知道那对我来说意味着危险和死亡。毫无疑问，到了英格兰的菲利普已经不像他在西班牙那样了。英格兰的菲利普更加温和，渴望带来和平，决心不去冒犯他的新王国，也不在宗教问题上惹出更多麻烦。但菲利普毕竟是在那片由他的父亲和宗教法庭共同管辖之下的土地上长大成人的。正是菲利普父亲的法律导致我的母亲在火刑柱上死去，如果我和父亲被捕，那我们同样会被烧死。丹尼尔确实有理由保持谨慎，我甚至觉得他带着全家和我父亲离开这个国家的选择是正确的。我是女王的弄臣、神启弄臣以及陪她度过艰难时日的伙伴，我可以隐藏在所有这些身份之后，但没有这些身份的人很可能会在将来的某一天受到调查。现在来说为时尚早，但种种迹象都表明，女王那众所周知的仁慈——甚至恩及敢于挑战她王位的那些人——恐怕不会施加在那些侮辱她信仰之人的身上。

我非常小心，每天都和女王及她的女伴一同去做弥撒，每天三次，我连细节也做得很仔细，生怕自己像许多西班牙的同胞那样暴露真正的身份：在正确的时刻转身朝向祭坛，捧起圣体的时候要低下头，仔细念诵祈祷词。对我来说这并不难。而我对我的同胞们的那位上帝的信仰，那位沙漠与燃烧荆棘的上帝，遭受流放与压迫者的上帝，那位并不十分热情，也并不十分强大的上帝，则埋藏在我心灵的深处。我不觉得上帝会仅仅因为我假装低头和说着阿门就抛弃我。事实上，我认为无论上帝让我们这个民族成为基督教国家最悲惨的流民是出于怎样伟大的目的，他都会原谅这么一颗无足轻重的头颅的小小动作。

但宫中对这些事的关注让我对丹尼尔的小心翼翼心怀感激。最后，我觉得我应该写信给他，也写信给我的父亲，再请那些准备开赴加莱、加强防御工事以对抗法兰西的士兵们带过去：在我们拥有一位西班牙国王以后，法兰西无疑就成了我们的敌人。这封信会经历一番周折：它也许会落到探子们手中，经过英格兰、法兰西、西班牙、威尼斯，甚至是瑞典，但作为一个少女写给她的恋人、内容清清白白的信，它终究会送到的。我只能相信他能读懂这封信的言外之意了。

亲爱的丹尼尔：

我这么晚回信给你是因为我不知道该说些什么，而且我一直和公主待在伍德斯托克，没有办法写信给你。现在我和女王一起待在温彻斯特，我们很快就要去伦敦了，所以我写了这封信给你。

我很高兴你们已经到了加莱，我也准备在这里的事情出现转机的时候去找你和父亲，就像我们之前说好的那样。我觉得你之前离开的决定非常正确，我也做好了准备，等时机合适就去和你们会合。

我仔细读过了你的来信，丹尼尔，我也经常想起你。和你说实话吧，我以前从没有对婚姻充满期待，但当我看到你信里写的那些话，还有你吻我那时，我的感觉既不是恐惧也不是厌恶，而是一种难以言说的愉快，并不是我假装矜持，而是我确实没法用语言表述。你并没有吓到我，丹尼尔，我喜欢你的吻。我想要你做我的丈夫，丹尼尔，等我结束宫里的工作，等到了合适的时机，等我们都做好准备之后。对于成为新娘我还是有些担忧，但看到女王在婚姻中的幸福，我仿佛看到了自己的婚姻。我接受你的求婚，愿意继续做你的未婚妻，但我必须明言我对婚姻的看法。

我不想把你变成自己家中的傀儡，你不该担心这一点，也不该责备我并不存在的想法。我并不想操纵你，但我也不想被你操纵。我想做个行使自己权利的女人，而不只是一位妻子。我知道这不符合你母亲的看法，或许甚至不符合我父亲的看法，但是，正如你所说的，我已经习惯了自行其是：我已经成为了这样的女人。我曾经以自己的方式远行和生活，而我穿着这条马裤的时候似乎也得到了男孩子的自尊。我脱下这套制服后也不想放弃自尊。我希望你对我的爱能够包容我未来的样子。这点上我要清楚地告诉你，丹尼尔，我不想成为丈夫的仆从，我想成为他的朋友、他的伙伴。我写信是想问问你是否愿意接受这样的妻子？

我希望这些不会让你烦扰，写下这些话真的很不容易，但我们谈到这些事的时候总是争吵——也许通过信件能够让我们达成共识？我想和你达成一致，既然我们约定结婚，就更该订立彼此认同的条件。

信封里还有一封信是给我父亲的，他会告诉你关于我的其他消息。我向你保证，我现在在宫里很安全也很快乐，如果有所转机我会履行承诺去和你们会合。我没有忘记自己离开你是为了去伦敦塔陪伴那位公主。她已经被放出了伦敦塔，但仍然是个囚徒，说真的，我仍然觉得自己应该为女王尽忠，也为公主尽忠，并且听从命令陪伴她们其中之一。如果事情出现转机，如果女王不再需要我，我就会去你那里。但这些是我的责任。我明白如果自己是个平凡的订了婚的女孩，那么除了嫁给你再无其他责任——但是丹尼尔，我不是那样的女孩。我要对女王尽忠，接着——紧接着——就会嫁给你。我希望你能够理解。

但我会做好你的未婚妻的，如果我们能够达成共识的话……

汉娜

我又读了一遍这封信，发现即使是写下这封信的自己，也因为这样夹杂了期待和退缩的矛盾感情而笑了起来。我希望自己能表达得再清楚一些，但前提是我能理清心里这堆乱麻。我将信折起来，放到一旁，准备等八月份宫廷搬回伦敦时再寄给丹尼尔。

女王为她的新婚丈夫安排了盛大的欢迎仪式，而拥戴玛丽的这座城市终于从遍布街头的绞架和恶臭中解脱出来，取而代之的是一座座象征凯旋的拱门，市民们也蜂拥而来，只为一睹女王的风采。西班牙人的陪伴并不是他们喜闻乐见的选择，但看到那位穿着金色长裙的女王露出幸福的笑容，也知道至少这件事告一段落以后，国家就能够恢复某种程度的稳定和平和，大多数市民也就没什么意见了。除此之外，这桩婚姻也带来了一些好处：它让西班牙治下的荷兰对英格兰的商人开放，这显然是针对那些想要增加财产的富人们。

女王和她的新婚丈夫在白厅宫安顿下来，开始确立这个联合宫廷的日常事务。

有天清早我去了她的房间，等着她一起做弥撒，她穿着睡裙慢慢地走出来，一言不发地跪在祈祷台前。她的沉默告诉我，她内心有很剧烈的挣扎，我跪在她身后，低着头，等待着。简·多摩尔从女王的卧室出来——国王不在女王身边的时候，她就会睡在那里——然后也跪了下来，低下了头。很明显发生了什么大事。整整半个小时沉默的祈祷之后，女王仍然双膝跪地，我小心翼翼地挪到简的身边，靠在她的肩上用极低的声音对她耳语，尽量不去打扰女王。“发生什么事情了?”

“她那几天没来。”简的回答几乎微不可闻。

“那几天?”

“会流血的那几天。她可能有了孩子。”

我觉得腹部一阵抽搐，像是有一只冰冷的手按在那里。“真的会这么快吗?”

“只需要一次就行，”简粗鲁地说，“而且上帝保佑，他们可绝对不止一次。”

“然后她就有了孩子?”我曾经预言过，但我还是难以相信。我也没有感受到玛丽的梦想成真本该带给我的愉快。“她真的有了孩子?”

她听到我的话声里的质疑，转头严肃地注视着我。“你在怀疑什么，小弄臣？怀疑我的话？怀疑她的话？还是你觉得自己知道什么我们不知道的事?”

简·多摩尔只会在生气的时候叫我“小弄臣”。

“我谁也不怀疑，”我赶忙回答，“愿上帝保佑真是这样。没有人比我的愿望更强烈了。”

简摇了摇头。“没有人能比她的愿望更强烈，”她说着，对着那位跪着的女王点点头，“她祈祷这个时刻已经快一年了。说真的，她从年纪大到能够祈祷的那一天起，就一直祈祷能为英格兰生下一子。”

1554年秋

女王什么也没有对国王和宫里的人们说，但简却以母亲般的无私照顾着她，到了九月，见女王依然没有流血，她对我得意扬扬地点了点头，我对她报以微笑。女王只在私下里告诉了国王，不过任何人看到他对她加倍温柔体贴的样子，都一定能猜到她有了他的孩子，而这是他们两人之间温馨的秘密。

他们的幸福照亮了王宫，我也第一次见到这个宫廷洋溢着发自内在的喜悦和快乐。国王的随从们依然骄傲迷人，一如他们第一次踏入英格兰的时候，“像西班牙先生一样骄傲”这句话成了人们的日常用语。没有人能看到他们华贵的天鹅绒和沉重的黄金锁链，却不仰慕他们的。他们骑着最好的马外出游猎，他们打赌时出手阔绰，当他们一起大笑的时候墙壁都颤动起来，当他们和我们跳舞的时候，我们得以看到真正美妙的西班牙舞蹈。

英格兰的女士们涌入女王麾下，并且全都迷上了西班牙人。她们开始读西班牙诗，唱西班牙歌曲，学习新鲜的西班牙纸牌游戏。这些调笑、音乐、舞蹈和社交聚会使整个宫里生气勃发，而这一切的中心便是女王，她祥和而面带笑容，她年轻的丈夫总是怜爱地陪在她身旁。我们是所有基督教国家之中最睿智、最优雅、也最富有的宫廷，而且我们很清楚这一点。有了玛丽女王带领这光芒四射的宫廷，我们也在这极度满足的愉悦中翩翩起舞。

十月的时候，女王听说伊丽莎白又病倒了。她躺在躺椅上，让我读亨利·拜丁菲尔德爵士发来的报告。伍德斯托克、伊丽莎白、伊丽莎白的各种引人注目的花招在女王注视窗外的迷蒙目光中显得那么遥远，而窗外花园里的树叶已经变成了黄色、金色和古铜色。“如果她觉得有必要，可以让我的医生们去看看，”她心不在焉地说道，“汉娜，你能和他们一起去吗？看看她是不是真像自己说的那么糟糕。我不想对她不好。如果她承认自己在密谋中扮演的角色，我就放了她，我不想再为这件事烦恼了，至少现在不想。”

仿佛她的幸福太过巨大，无法不与人分享似的。

“但如果她承认自己的过错，议会或是国王一定会送她去接受审判的，对吗？”我提醒她。

玛丽女王摇了摇头。“她可以私下找我承认，我会原谅她的，”她说，“她的同谋都已经或是即将被处死，她已经没法再筹划什么阴谋了。而且我已经怀上了王位的继承人，也是英格兰和整个西班牙帝国的继承人，他将成为世界上最伟大的一位王子。如果伊丽莎白承认过错，我就会原谅她。然后她可以结婚，国王提议了自己的表亲——萨伏伊的公爵——作为人选。告诉伊丽莎白，等待和怀疑可以就此告终，告诉她我有了孩子。告诉她，我会在五月初将孩子生下来。到了明年夏天，她对王位的所有期待就都可以结束了。一定要让她明白，汉娜。只要她认同这一点，我们之间的恩怨就可以一笔勾销。”

我点了点头。

“亨利爵士在信里写到，她每天都虔诚地在教堂参加弥撒，”她说，“告诉她，我感到很欣慰，”她顿了顿，“但他还告诉我，每当为我祈祷的那一段祷告词的时候，她从来都不说‘阿门’，”她又顿了顿，“你对此怎么看？她从来都不会为我祈祷，汉娜。”

我沉默着。如果女王说这话时非常生气，我可能会尝试为伊丽莎白，为她的自尊和独立精神辩护。但女王并没有生气。她的表情最多只能说是伤心。

“你知道的，如果我和她的处境反过来，我也会为她祈祷的，”她说，“我会在祈祷的时候提到她，因为她是我的妹妹。你可以告诉她，我每天都在为她祈祷，从我在哈特菲尔德照顾她那时起，一直到现在，因为她是我的妹妹，因为我试着原谅她阴谋对抗我的事，因为我在努力做好释放她的准备，努力告诉自己，要以宽容对她，以仁慈之心来评判她，正如我自己希望的那样。我祈祷她生命中的每一天都幸福安宁，可我竟然听说她祈祷的时候连句‘阿门’都不肯为我说！”

“陛下，她只是个非常孤独的年轻女人，”我轻声说道，“没有人给她忠告。”说真的，我也为伊丽莎白的固执和灵魂中的卑劣而惭愧。

“看看你能不能用智慧点拨她，我的弄臣。”女王微笑着建议道。

我单膝跪倒，低下头去。“我会想念您的，”我真诚地说，“特别是现在如此快乐的您。”

她将手放在我的头上。“我也会想念你的，我的小弄臣，”她说，“但你可以赶回来参加圣诞宴会，等我分娩的时候，你要在我身边陪着我。”

“大人，能够陪伴您是我的荣幸。”

“一个春天出生的孩子，”她憧憬地说，“诞生于春天的上帝之羔羊。难道不是很棒吗，汉娜？英格兰和西班牙的继承人就要诞生了。”

从白厅宫到伍德斯托克，就像是去了另外一个国家旅行。我离开那座在欢喜和乐观中等待继承人到来的欢乐宫廷，来到这所由伊丽莎白的旧仆从们供给食物和打理的小小监狱，他们甚至不能进到那间摇摇欲坠的警卫室里去服侍她，所有事务都得在附近旅店的小隔间完成，他们还在那里和一些相当古怪的顾客打交道。

在伍德斯托克，我发现伊丽莎白病得很重。没有人能质疑她的虚弱。她躺在床上，萎靡而又肥胖，看起来比二十一岁要老上许多。她看上去甚至比她的姐姐更老。我想起她早先凭借自己的年轻美貌嘲笑女王老到无法生育，而在这个秋季，情况发生了无情的变化，她身材臃肿，胖得就像克利夫斯的安妮，女王却像谷物女神那样魅力尽现。伊丽莎白肿胀的面庞就像是她父亲晚年的肖像一般。他粗犷的五官出现在少女的面孔上尤其显得可怖。她的下颌胖得已经完全没有了轮廓，双眼被红肿的眼皮覆盖，她漂亮的花蕾般的嘴唇已经淹没在脸颊的赘肉和鼻子到下巴的深深沟壑之中。

甚至连她美丽的双手也变得肥胖。她脱下自己的戒指放到一旁，它们不再适合她的手指，就连她的指甲也掩盖在长势骇人的肥肉之下。

我一直等到医生给她看了病，放了血，又让她休息以后，才走进她的卧室。她向我投来充满愤懑的眼神，但她依然躺在自己的床上，什么话也没说。凯特·艾什莉闪身出门，然后站在那里提防他人的偷听。“别太久，”她走过我身边的时候说，“她很虚弱。”

“她生了什么病?”我轻声问。

她耸耸肩。“他们不知道。他们什么都不知道。这是关于水的疾病，她喝下的水不能自行排出体外。但不开心又加重了她的病情，而且他们让她在这儿非常不开心。”

“伊丽莎白女士。”我双膝跪倒在她床前唤她。

“叛徒。”她几乎睁不开眼睛。

我几乎因为她刻意戏剧化的话语而失笑。“噢，女士，”我语带责备，“您知道我离开是因为命令。您应该还记得，我在没有人命令的情况下一直在伦敦塔陪着您。”

“我只知道你蹦蹦跳跳地去温彻斯特参加婚礼，从此我就再也没见过你。”她的嗓音高亢，一如她高涨的怒气。

“当初是女王命令我陪她去伦敦，现在她命令我来您身边。我还捎了口信给您。”

她靠着枕头稍稍直起身。“我病了，听不太清楚，你简单告诉我就好。是不是她要释放我了？”

“如果您能坦白认错的话。”

她漆黑的双眼在肿胀的眼皮下熊熊燃烧。“告诉我，她都说了些什么。”

我像书记官一样精准地将女王的提议转达给她，毫无遗漏。我说了女王怀孕的消息，转达了她姐姐对她的愤恨的伤心，也告诉她女王与她和好的想法。

我本以为她听到女王怀了孩子的消息会大为光火，但她连句评论也没有说。我明白她早在这之前就已经得知了消息。这么说，她安插的探子的地位足以得知那个据我所知只有国王、女王、简·多摩尔和我本人知道的秘密。伊丽莎白如今就像一只走投无路的狗儿，但要是低估她可就大错特错了。

“让我考虑一下你告诉我的这些事，”她本能地争取着时间，“你是待在这里陪我？还是马上要回去向她汇报？”

“圣诞节前我都不会回宫。”我说。然后又用诱惑的口气补充道：“如果您能向她乞求宽恕，也许圣诞节也可以进宫。宫里现在很欢乐，公主，到处都是英俊的贵族，每晚都有舞会，女王的心情也很好。”

她别过头去不看我。“即使我去，我也不会和西班牙人跳舞的，”她想象了一下那幕场景，“即使他们围在我身边求我和他们跳舞，我也不会挪动一下脚步。”

“而且您会是唯一的公主，”我劝说她道，“宫里唯一的公主。如果您拒绝跳舞，他们就都会围在您身边。而且您会有新裙子。您也会是英格兰唯一的处子公主，是全世界最伟大的宫廷中的处子公主。”

“我已经不是会被玩具吸引的小孩子了，”她颇为庄严地说，“我也不是傻瓜。你可以出去了，汉娜，你已经达成了她给你的使命。但你在我身边的这些日子必须为我效力。”

我点了点头，站起身来。我犹豫了一会儿：她就这么病恹恹地躺在床上，面对着要么坦诚叛逆、要么继续忍受囚禁和羞辱的选择。“愿上帝指引您，”我带着油然而生的同情说，“愿上帝指引您，伊丽莎白公主，愿他能带给您平安。”

她闭起双眼，我看到她的睫毛已经被泪水打湿。“阿门。”她轻声说。

她没有答应。她不肯认罪。她知道自己的固执可能会导致自己永远待在伍德斯托克，又担心自己的身体无法坚持到女王的怨气消解。但认罪就等于让自己彻底处在女王的控制之下，她可不愿意。她不相信玛丽的仁慈，姐妹俩都有着都铎家族毫不动摇的固执。玛丽曾经是继承人，紧接着成了私生子，然后又重新成为继承人。伊丽莎白如今便遭受着同样的磨难。两个人都没有选择屈服，都坚持着自己与生俱来的权利，永远没有放弃戴上王冠的希望。伊丽莎白不会放弃自己毕生的坚持，甚至可以因此放弃在宫中艳光四射的机会。她也许有罪，也许没有，但她永远也不会认罪。

“要我和女王怎么说？”在漫长的一周过后，我问她。医生说她的身体已经开始好转了，还说可以帮我往宫里带个口信。如果伊丽莎白照这个趋势调养下去，就能大摇大摆地骑马去宫里参加圣诞节——如果她愿意忏悔的话。

“你可以说个谜语给她。”伊丽莎白的口气有气无力，但仍旧带着恶毒。

她坐在椅子上，背靠着枕头作为支撑，下面垫着热砖的地毯裹着她冰冷的双脚。

我等待着下文。

“你懂韵律诗吧，对吗?”

“不，公主，”我轻声说，“您知道的，我并没有弄臣的才能。”

“那我来教你一首韵律诗，”她恶狠狠地说，“如果你愿意的话，可以写下来交给女王。如果你愿意的话，可以刻在这鬼地方的每一扇窗子上，”她冷冷地笑了起来，“这首诗是这样的：

许多人怀疑我，

却不能证明我的罪过，

——囚犯，伊丽莎白。

是不是很简单?”

我鞠了一躬，离开去给女王写信了。

1554年冬—1555年冬

我们等待着，圣诞节来了又去，就连我也不快乐起来，因为我接到命令要留在伊丽莎白身边，直到她乞求宽恕为止。伍德斯托克冷得要命，只要开窗就会吹进一股寒流，只要生火就会冒出浓浓的烟雾。床上的被单总是湿漉漉的，脚下的地板摸起来也像是浸了水。在冬天，这儿真是最糟糕的住处。我刚到这里的时候身体还好，但就连我也因为这里无穷无止的严寒和黑暗、迟到的黎明和早来的黄昏而逐渐虚弱。对伊丽莎白而言，伦敦塔的折磨已经让她精疲力竭，总是因焦虑而生病，而这栋屋子就如同杀手一般。

她病得太重，即便是节庆活动也没法给她带来丝毫喜悦，而且庆祝也办得捉襟见肘。她太虚弱了，只能望向窗外，看着门口那些化妆参与节庆的人们。她抬起手，向他们挥手示意，伊丽莎白从不会让自己的观众失望，但他们走后，她便瘫倒在躺椅上，动弹不得。凯特·艾什莉又丢了一根木柴到火里，上面的冰碴融化，嘶嘶地升腾起一股白烟。

我写信给父亲祝他圣诞快乐，还告诉他我很想他，希望尽快见到他。我也附上了给丹尼尔的短信，给他送上祝福。几周后，飘雪的正月到来，在灰白的黎明与早至的黄昏之间，四处漏风的伍德斯托克宫成了冰冷与黑暗的梦魇，而我分别收到了他们的回信。父亲简短而亲切地告诉我说他在加莱的生意不错，希望我下次回伦敦的时候能去察看一下他的店。然后我打开了丹尼尔的来信。

我亲爱的未来妻子：

我正在帕多瓦给你写这封信，希望你节日过得愉快，也希望这封信能安全送到。你的父亲和我全家都健康地生活在加莱，每天都期待你的到来，我们听说英格兰的时局已经平静下来，女王有了孩子，伊丽莎白女士也要离开英格兰，住到匈牙利的玛丽王后那里去。等她离开英格兰的时候，我相信你会立刻赶来加莱，我母亲和妹妹都在等你。

我在这里的医药大学读书。我的导师建议我到这里来学习外科方面的技艺，意大利、尤其是帕多瓦的大学在外科和药理学方面都非常出色。我不想用自己学业上的事情来打扰你——可汉娜！这些人正在逐渐揭开生命的谜题，他们也同样能看清人体的潮汐与流向。我无法描述身在此地的感受，每一天我都感觉自己和万物的奥秘更加接近——根据心脏搏动的起起落落，根据贤者之石的关键成分中萃取出的精华。

你一定会很惊讶吧：我上个月的时候在威尼斯见到了约翰·迪伊，那时我正在听一位学识渊博的行乞修道士①的演讲，后者非常善于以毒物杀死病原并治愈病人。迪伊先生因为学术方面的名声很受敬重。他关于欧几里德的演讲我去听了，虽然我能听懂的部分不超过一成，但我对他的看法改观了，因为我看到他身边是一群努力以新的方式去诠释世界的人，这种方式终将改变我们对一切的认知——从最微小的谷粒到最庞大的星球。他拥有极为聪明的头脑，现在我明白你为什么那么高看他了。

收到你的信让我很高兴，你说你服侍公主的工作很快就要结束，我相信那时你会请求女王允许你离开宫里。我在考虑我们是否应该暂时离开英

① 又译“托钵僧”，天主教内一种宣誓贫穷，不可拥有私人财产的修道士，以工作或化缘维持生活。

格兰一段时间。汉娜，我的爱，威尼斯是个很棒的城市，气候良好，人们生活富足，医生们也都学识丰富——请别责怪我，因为我想继续留在这里，想让你也来陪我。这儿真的是个非常富裕而又美丽的城市，这里没有道路，到处都是运河和潟湖，人们往来时都要乘坐小艇。这里的学术界和学者都非常了不起，任何事情都能够得到解答。

我在上衣口袋靠近心脏的位置保留着你给我的第一封信。现在我将你在圣诞节寄来的短信放在它旁边，希望你能再写信给我。我每天都在想你，每晚都会梦到你。

通过对行星和潮汐的了解，我们正在创造一个全新的世界。一个男人和他的妻子当然也可以以全新的方式相处。我不想让你成为我的仆从，我想让你成为我的爱人。我向你保证你可以拥有自由和自我。请再给我写信，并且说你很快就会来找我。我的思想和言行都忠实于你，即使是那些让我充满希望和兴奋的研究，如果没有能够与你分享的那一天，对我来说都会变得毫无意义。

丹尼尔

丹尼尔发誓爱我的第二封信和第一封一样，被我丢进了火中；但我已经读过了六遍。我必须将它烧毁，因为里面充斥着异端的想法，如果被别人看到我就会惹来麻烦。不过我有些后悔烧掉第二封信。我想我在其中听到了真正的心声：那心声属于一个正在增长智慧的年轻男子，属于一个向往着与自己所爱的女子共度人生的热情男子，属于一个我能够信任的男人。

那个冬天漫长而寒冷，伊丽莎白的病情没有丝毫好转。宫里传来消息说女王身体健康，而且还长胖了，但她同父异母的妹妹并没有感到高兴：她躺在床上，包裹着毛皮，鼻子也因为寒冷变得通红，透过遍布裂纹的玻璃看向窗外冷风呼啸的荒寂花园。

我们听说议会恢复了罗马天主教，教徒们纷纷为重回教会的怀抱喜极而泣。他们举行了感恩祈祷仪式，重新接受教皇的统治——尽管当初他们将之弃如敝屣。得知自己父亲和弟弟引以为傲的遗产被姐姐的胜利所取代的那天，伊丽莎白显得非常凄凉。从那天起，伊丽莎白开始每天三次出席弥撒，顺从地低垂着头。她再也没有缺席任何仪式。坚持的理由已经不存在了。

早晨的光线越来越明亮，雪也渐渐融化，汇成冰冷的水洼，伊丽莎白的身体好转了些许，开始在花园里散步，我穿着薄底的马靴跑在她身边，裹着毯子御寒，向自己冰冷的双手呵气，抱怨着寒冷的晨风。

“匈牙利会更冷的。”她简短地说。

似乎每个人都知道女王对她的下一步计划，但我并没有把这句话说出口。“您在匈牙利将会是贵客，”我答道，“他们会为您准备温暖的炉火。”

“女王会为我准备的只有一把火，”伊丽莎白冷冷地说，“一旦我去了匈牙利，你就会发现那儿变成了我的家，我就再也不能回到英格兰了。我不会去的。我不会离开英格兰。如果她问起你，你可以把这话告诉她。我永远也不会自愿离开英格兰，英格兰的男男女女永远也不会让我像个囚徒一样被强行送走。虽然我没有姐姐，但我不是没有朋友的。”

我点点头，聪明地选择了沉默。

“但如果不是匈牙利——她永远也没有勇气直接建议我去那儿——那又会是哪儿？”她大声问道，“而且上帝啊——会是什么时候？”

1555年春

令所有人惊讶的是，女王的身体虚弱起来。在苦涩的寒冬逐渐融化为湿润的春日之时，伊丽莎白收到了进宫的命令，但并没有附带必须认罪的要求，女王甚至没有写信给伊丽莎白，而我奉命骑马陪同，没有人解释她为何出人意料地转变心意。对伊丽莎白来说，这并不是她想要的回归方式：她这一路上简直就像是囚徒，我们只在清晨和傍晚赶路，为的是不引人注意，于是也就没有了微笑和挥手的人群。我们在城市边缘绕行，女王曾下令不准伊丽莎白走上伦敦的大路，当我们穿行于小巷的时候，我突然因恐惧而心跳加速。我在小路中央停下马，示意公主停下。

“继续走啊，小弄臣，”她很没教养地说，“让马儿前进。”

“上帝保佑，上帝保佑。”我结结巴巴地说。

“怎么了？”

亨利·拜丁菲尔德爵士的手下看到我停下了，于是掉转马头走了回来，“继续走吧，”他说，“命令是一直走，不要停下。”

“我的上帝。”我只能说出这句话来。

“她是个神启弄臣，”伊丽莎白说，“也许她预见到了什么。”

“我来帮她一把。”他说着，牵起我的马缰拉着我的马向前走。

伊丽莎白跟了上来。“瞧，她面色苍白得像纸一样，还在颤抖，”她说，“汉娜，你怎么了？”

我差点从马上摔下来，但她伸出手扶住了我的肩。那位士兵骑马行在另一侧，他一边拉着我的坐骑前进，一边用膝盖抵住了我，让我保持在马鞍上。

“汉娜!”伊丽莎白的声音仿佛从遥远的地方传来，“你生病了吗?”

“烟,”我只说得出几个字儿，“火。”

伊丽莎白沿着我手指的方向看向城中。“我什么也闻不到,”她说，“你是在预言吗，汉娜？那儿就要发生一场火灾是吗?”

我麻木地摇了摇头。我的恐惧如此强烈，什么话也说不出，但是，不知从什么地方，我听到呜呜的像是孩子极度痛苦的哭声。“火,”我轻声说，“火。”

“噢，是史密斯菲尔德的火,”那兵士说道，“吓到这小丫头了。是不是，小姑娘?”

看到伊丽莎白询问的表情，他解释道:“是新法律。异教徒都要被烧死。他们今天在史密斯菲尔德举行火刑。我闻不到气味，不过也许你这个小丫头能闻到。她给吓坏了。”他伸出他温和的大手拍了拍我的肩。“不奇怪,”他说，“这可不是什么好事儿。”

“火刑?”伊丽莎白质问道，“烧死异教徒？你是说新教徒？在伦敦？就今天?”她眼中闪着忿恨的光，但那个兵士没什么反应。对他来说，我们并不比其他人更重要多少。只是两个女孩，一个吓坏了，还有一个在生气。

“好啦,”他轻描淡写地说，“世界变样儿啦。新女王继位，新国王在她身边，所以也会有相应的新法律。每一个曾经改换信仰的人都得赶快改回来。这挺好的，我得说，上帝保佑。自从亨利国王跟教皇大人决裂以后，就带来坏天气和坏运气。但现在，教皇的统治回来了，圣父也会重新保佑英格兰，我们会得到男性继承人和像样的空气。”

伊丽莎白不发一言。她从腰间拿出香盒，放进我手里，又将我的手托到我的鼻子下面，我闻到了干燥的栀子花和丁香的香气。但焚烧肉体的恶臭仍然没有散去，无论什么也无法让我摆脱那段记忆。我甚至听得到那些人在火刑柱上的哭喊，乞求着他们的家人扇火添柴，只为死得更快一些，不再逗留在这世间，也不用再闻着自己的身体烤焦的气味、发出极度痛苦的尖叫。

“妈妈。”我哽咽着说，但马上恢复了沉默。

我们在冰冷的沉默中前往汉普顿宫，一名守卫以对待囚徒的方式欢迎了我们。他们让我们从后门进入，仿佛问候我们都是种耻辱。当等到他们锁上了伊丽莎白房间的门，她便转身握住我冰冷的双手。

“我闻不到烟的气味，没有人闻得到。那个兵士只知道他们今天举行火刑，可他也闻不到。”她说。

我还是一言未发。

“是你的天赋，对吧?”她好奇地问。

我清了清喉咙，我还记得自己舌头上的浓郁味道，记得炙烤人肉的烟气。我揉搓着自己的脸，但我的手却干干净净。

“是的。”我如实回答。

“是上帝让你来提醒我有什么事发生，”她说，“别人也许会口头警告我，但你见过火刑的场面：我看到你的脸上满是恐惧。”

我点点头。随便她怎么想吧。我知道她看出了我的恐惧，那是一个孩子的恐惧——在一个周日的下午，作为每个周日下午的例行仪式的一部分，我亲眼看到自己的母亲被人从家里拖走，绑在火刑柱上，又在她的脚下点起火，对其他人来说，这只是一种愉快而虔诚的传统；但那对我来说，却代表了我母亲的死，代表了我童年时代的终结。

伊丽莎白公主走到窗边跪下，双手抱住自己火红的头颅。“上帝啊，感谢您为我送来这位信使，”我听到她轻轻地说，“我明白您的用意，我也终于明白了我的宿命是什么。将我推上王座，我就会为您和我的人民尽职尽责。阿门。”

我没有跟着说“阿门”，尽管她转头望着我，希望我跟她一起祷告，即使是在与上帝交流的神圣时刻，伊丽莎白也总是依赖他人的支持。但我不能向那位眼睁睁看着我母亲烧死的上帝祈祷。我不能向那位接受行刑者的请愿的上帝祈祷。我既不需要上帝也不需要他的宗教。我只想让自己的头发、皮肤和鼻孔摆脱那样的气息。我想擦去脸上的尘灰。

她站起身。“我不会忘记这件事，”她说，“你今天给了我启示，汉娜。我以前就知道你的能力，但现在我亲眼见到了。我一定要成为这个国家的女王，亲手制止这样恐怖的行为。”

到了傍晚，晚餐前的时候，我被召唤到女王的房间里，发现她正在商讨事务的对象除了国王，还有新近到来的那位大人物：新任大主教、教皇特使兼枢机主教雷金纳德·波尔。我进了会见室才发现他也在场，如果知道他在这儿，我是绝对不会跨过门槛的。我本能地对他产生了惧意。他有着洞悉一切的锐利目光，注视罪人和圣徒都同样毫不退缩。他毕生都因信仰而遭受放逐，也坚信所有人的虔诚都可以也应当以火焰加以考验。我觉得如果他看到我，哪怕只有一秒钟，他也会嗅出我的气味，知道我是个玛拉诺——转换信仰的犹太人——而在他和国王以及王后努力营造的这个天主教统治下的新英格兰，他们至少也会将我流放到西班牙等死，如果可以的话，他们会在英格兰就处决我。

我走进房间的时候他抬起头，目光冷冷地扫过我，但女王从桌边起身向我伸出手。我快步走了过去，在她脚边跪了下来。

“陛下！”

"我的小弄臣。"她温柔地说。

我抬头看她，立刻看出了她的外表因为怀孕而发生的变化。她气色很好，双颊粉红，脸颊圆润丰满，双眼因健康而明亮。她的腹部骄傲地隆起，只是部分掩盖在她的三角胸衣和宽松的礼裙之下，我想到她每天放松腰带以适应日渐成长的孩子时该有多么自豪。她的乳房也更加丰满了，整个脸孔和身体都在宣告着她的幸福和身孕。

她把手放到我的头上祝福了我，然后转向另外两人。"这是我亲爱的小弄臣汉娜，我弟弟死后她就一直陪在我身边。她陪我走过很长一段路，现在有资格分享我的喜悦。她是个忠诚可爱的女孩，也充当了我和伊丽莎白之间的使者，伊丽莎白也很信任她。"她转身看我，"她在吗?"

"她刚到。"我说。

她拍拍我的肩让我站起来，我小心翼翼地站起来看着那两个人。

国王看起来不像他妻子那样容光焕发，他看上去憔悴又疲累，似乎对他这样习惯了绝对权力和阿尔罕布拉[①]的明媚天气的人来说，在英国政界钩心斗角的日子和漫长的英格兰冬天根本是种煎熬。

主教有着真正苦行修道者的瘦削而英俊的面孔。他的目光锐利如刀，直直戳进我的双眼、我的嘴唇，然后是我的仆童制服。我觉得他只需要一眼，就能立刻看透我的背教，我的欲望，还有我的身体，即将成长为成年女人的身体，尽管我自己和我借来的衣服并不承认这一点。

"神启弄臣?"他的声音不带任何波澜。

我低下头。"他们都这么叫我，阁下。"我尴尬地红了脸，我不知道怎样用英文正确地称呼他。我们的王宫以前从没来过教皇特使。

"你能预示未来?"他问，"听到奇特的声音?"

我很明白，我的口气越大，换来的就是更加彻底的怀疑。普通的演技

① 即西班牙王宫阿尔罕布拉宫的所在地。

可骗不过这个人。

“很偶尔，”我说，努力纠正自己说英语时的口音，“而且很不幸，总是不在我自己选择的时候出现。”

“她预言过我会成为女王，”玛丽说，“她还预言了我弟弟的死。第一任主人注意到她，是因为她在舰队街看到了天使。”

主教笑了起来，他瘦削阴郁的脸上忽然出现了一抹神采，看上去是个很有魅力的男人，很帅气。“天使?”他问我，“他长什么样子？你怎么知道他是天使?”

“他当时和几位绅士一起，”我吞吞吐吐地说，“我几乎看不到他，因为他被耀眼的白光笼罩着。然后他就消失了。他只待了一会儿就不见了。其他人都说他是个天使。不是我说的。”

“真是位谦虚的预言家，”主教笑了，“听口音你是西班牙人?”

“我父亲是西班牙人，但我们现在住在英格兰。”我谨慎地回答。我感觉到自己向女王身边靠近了半步，然后身体僵住了。我不可以退缩，这些人最先能够察觉的就是我的恐惧。

但主教对我没什么兴趣。他对着国王笑了笑。“你能给我们些建议吗，神启弄臣？我们正说到上帝的事务已经有好几个世代没在英格兰实行了。我们要让这个国家重归教廷。我们要扭转长久以来的恶习。我们要让上帝指引议会的众人。”

我犹豫起来。我很明白，他只是在夸夸其谈，而不是想要什么答案。但女王看着我，等我开口。

“我觉得应该有温和的解决办法，”我说，“但只是我的看法，不是来自我的天赋。我只是希望这件事能温和地解决。”

“这件事应该迅速有力地得到解决，”女王说，“夜长梦多。一次彻底的解决好过一百次细微的变化。”

两个男人看起来不太信服。“对于能够说服的人，不应该加诸武力。”她那掌握着半个欧洲的丈夫对她说。

她听到他的声音时仿佛融化了一般，但她并没有改变主意。“英格兰的人民很顽固，”她说，“给他们选择的机会，他们就会永远举棋不定。他们逼迫我处死了可怜的简·格雷。她就给了他们选择，而他们没法决定。他们像孩子一样从苹果咬到李子，把一切都毁掉了。”

主教向国王点了点头。“女王陛下是对的，”他说，“他们忍受过形形色色的变化。我们最好一次确立整个国家的信仰，然后加以实施。接着就可以把异端连根拔出，再彻底摧毁，一劳永逸地让整个国家回归和平和从前的生活方式。”

国王露出思索的神情。“我们做这件事不能拖泥带水，但应当有怜悯之心，”他转脸看着女王，“我明白你对教会的热情，我也很敬佩。但你必须做人民温柔的母亲。必须说服他们，而不是强迫。”

她轻柔地将手按上自己隆起的腹部。“我确实想做个温柔的母亲。”她说。

他按住她的手，仿佛他们都能通过她坚硬的三角胸衣，感觉到孩子在子宫中的踢打和躁动。“我明白，”他说，“谁能比我更明白呢？我们要共同为这个年轻人留下一份神圣天主教的赠礼，好让他登上英国和西班牙王座的时候，能够得到基督教诸国间最博大、也最和平的王国。”

威尔·萨默斯在晚餐时又表演起来，他路过我的座位时对我使了个眼色。“瞧这个。”他说。他从衣服的袖子里拿出两只小球，抛入空中，接着加入另一只，然后是又一只，直到四只小球同时在他手中起起落落。

“技艺娴熟。”他评论道。

“但并不有趣。”我说。

作为回答，他转过他的圆脸看我，摆出心烦意乱的神情，完全忽视了空中的小球。它们立刻掉在我们周围，撞到桌面弹开，或是碰翻酒杯，洒出的葡萄酒弄得到处都是。

女人们尖叫着跳了起来，试着挽救她们的长裙。威尔被他自己引发的混乱吓呆了，那些西班牙贵族面对英国宫廷里这场突如其来、仿佛狂欢节一般的慌乱放声大笑起来，女王也笑着，一手按着自己的腹部，叫道：“噢，威尔，小心点儿！”

他向她深鞠一躬，鼻子触到了自己的膝盖，而起身时显得容光焕发。“您应该指责您的神启弄臣，”他说，“是她分散了我的注意力。”

“噢，她有没有预知到你会引起这场骚乱？”

“没有，陛下，”他语调柔和，“她从来都预知不到什么。从我认识她以来，从她成为您的仆从，作为神启弄臣以来，她天天都吃得很好，可却从没说过比随便哪个懒女人更睿智的话。”

我边笑边反驳着，女王也大笑出声，就连国王也微笑起来，努力领会着这个玩笑。“噢，威尔！”女王责备他说，“你知道这个孩子有灵视能力的！”

“灵视也许有，但话可没有，”威尔欢快地说，“因为她从没说过一个值得听的字儿。如果您想把她当做新鲜玩意儿收藏的话，我要提醒您，她的胃口可不小。她可是长得很快的。”

“嘿，威尔！”我大喊。

“她半个字儿也没说过，”他强调，“她是个神启弄臣，就像您的丈夫是国王一样。只有字面上的意义。”

对于西班牙人的自尊来说，这个玩笑过分了。英格兰人对此哄堂大笑，但西班牙人听懂之后便皱起了眉头，女王的笑容也顿时消退。

“够了。”她严厉地说。

威尔鞠了一躬。“但就像国王本人一样，这个神启弄臣所拥有的天赋是我这样逗人发笑的弄臣无法描述的。”他很快挽回了局面。

“噢，是什么天赋?”有人喊道。

“国王带给了整个王国中最优雅的女士以欢乐，正如我立志要做的那样，”威尔小心翼翼地说，“这位神启弄臣将女王的心带回给了她，正如国王漂亮地做到的那样。”

女王点点头，松了口气，挥手示意威尔去和群臣一起吃晚饭。他向我使了个眼色。“很有趣。”他断言道。

“你让那些西班牙人感到不舒服，”我低声说，“而且还诋毁了我。”

“我让整个宫廷的人大笑了，”他辩驳道，“我是英国宫廷里的英国弄臣。我的工作就是让西班牙人不舒服。你的事就更不重要了。你是谷子，孩子，是我的风趣之磨坊中的谷子。”

“你磨得太狠了，威尔。”我还是有些生气。

“就像上帝本人那样。”他以显而易见的满足口吻说道。

那晚我去给伊丽莎白女士道晚安。她穿着睡袍，搭着一条披肩，坐在壁炉边。发光的余烬给她的双颊添上了温暖，而她的长发披散在双肩上，在将熄的炉火照耀下几乎闪闪发光。

“晚安，女士。”我轻声说着，鞠了一躬。

她抬起头。“噢，小间谍。”她不快地说。

我再次鞠躬，等她下令让我离开。

“你知道的，之前女王召我过去，”她说，“就在晚饭后，我们这对相亲相爱的姐妹做了一场私密的谈话。那是我最后的坦白机会。而且如果我没猜错的话，那个可悲的西班牙佬就躲在房间里的某个地方，听着每一个词儿。或许是两个，包括那个叛徒波尔。”

我等着她继续说下去。

她耸了耸肩。“噢，没关系，”她说，“我什么都没有承认，我是无辜的。我是王位继承人，他们拿我没办法，除非有什么办法谋杀我。我不会接受审判，我不会结婚，也不会离开这个国家。我只会一直等下去。”

我一言不发。我们都在想着女王即将到来的分娩。一个健康的男婴就意味着伊丽莎白是空等一场。她或许应该趁着自己仍有继承人的名声的时候结婚，否则她很可能会迎来像她姐姐那样的结局：做一个上了年纪的新娘，又或者更糟一些，做一个老处女。

“我很想知道自己还要等多久。”她直白地说。

我又欠了欠身。

“噢，走吧，”她有些急躁，“如果我知道你带我来宫里是为了让我姐姐有机会做床头说教，我才不会来呢。”

“抱歉，”我说，“但我们之前都认为在宫里总比在伍德斯托克那个冰冷的谷仓里要好。”

“那儿也没那么糟。”伊丽莎白闷闷不乐地说。

“公主，那儿比猪舍还糟。”

她笑了起来，是那种真正的女孩子的笑。“没错，”她也不反对，“被玛丽责备不像在拜丁菲尔德受人看守那么糟。没错，我想这儿更好些。只是……”说到这里她停了口，然后站起身，用拖鞋尖踢了踢那些没燃的圆木，“我很想知道自己还要等多久。”她重复道。

我按照父亲在圣诞节来信里的吩咐去了他的店，确认那里是否一切正常。现在那里一片荒凉：冬天的暴风雪把房顶上的一块瓦片吹落，我从前的卧室的石灰墙上留下了斑驳的水渍。印刷机上覆盖着一张积满灰尘的床单，它仿佛一条藏身其下的恶龙，随时会冲出来咆哮。但在这个连圣经都被教区收回、禁止自行阅读、只能听神父讲读教义的新英格兰，还有谁是安全的呢？如果连“上帝”这个词都成了禁语，那还有什么书不是禁书呢？我沿着父亲长长的书架看过去，那卷册有一半都是现在的“异端邪说”，而像这样收藏它们就是一种罪行。

我感到极度的疲惫和恐惧。为了我们的安全，我要么得花一天时间把父亲的这些书烧掉，要么就是再也不回到这里来。当他们将许多的木材和火把存放在史密斯菲尔德的时候，像我这样的女孩不应该待在像这样放满了书籍的房间里。但这些都是我们的财产，我父亲在西班牙积攒了很多年，又在英格兰搜罗了很多年。这些是学者几百年的研究成果，而我不仅仅是所有者，更是保管人。如果要为了保存我自己这具皮囊而烧毁这些书，那我作为它们的守护者可就太差劲了。

轻轻的拍门声吓得我深吸了一口气：我是个非常胆小的守护者。我走进店里，关上印刷室的门，把那些足以惹祸上身的书关在身后，但来者只是我们的邻居而已。

“我刚才看到你进来了，”他兴高采烈地说，“你父亲还没回来？他很留恋法兰西吗？”

“也许吧。”我试着平复自己的呼吸。

“我有封信要给你，”他说，“是订单吗？你要不要直接跟我拿货？”

我看了一眼那封信。上面有达德利的印章。我尽量让自己的表情显得与往常无异。“我得先看看，大人，”我礼貌地说，“如果您的库存里有我需要的东西，我会去找您的。”

“我还可以弄到一些手抄本，你知道的，”他急切地说，“趁现在还不是禁书。当然不是神学方面的，不是科学或者占星学方面的，也不是行星及行星射线或潮汐方面的。不是关于新兴科学，不是关于圣经解读。其他的全都有。”

“我想既然您已经否认自己有这些类型的存货，其他的已经没剩什么了。”我有些恼火，又想起约翰·迪伊长年以来所探究的就是能囊括一切的学问。

“有娱乐方面的书，”他解释说，“还有教会认可的关于圣父的著作。不过只有拉丁语写的。如果宫里的先生女士们需要什么书，我可以接受订单。”

“好的，”我说，“不过他们不会向弄臣寻求书籍的智慧的。”

“确实。但如果他们真的问了……”

“也许他们真的问了，我会让他们去找您。”我非常希望他赶快离开。

他点点头走向门口。“见到你父亲的时候转达我的问候，”他说，“房东说你父亲可以把印刷机继续存在这儿，直到他找到下一位租客。不过生意萧条……”他摇了摇头，“没什么人有钱，没什么人对做生意有信心，我们都在等着新的继承人，盼着更好的时代。她还好吗，上帝还保佑她吗？我是说女王，是不是气色不错，正准备生孩子呢？”

“是的，”我说，“而且只剩下几个月的时间了。”

“愿上帝保佑这位小王子。”邻居在胸前虔诚地画着十字。我也照着样子做了，然后帮他打开门，他就离开了。

我上好门闩，然后立刻打开了信。

亲爱的假小子：

如果你有时间探望一位老朋友的话，他一定会很高兴。我想要一些纸来绘画，还有上好的钢笔和铅笔，用诗歌来安慰自己，在这样的时代表达任何事情都会惹上麻烦，但表达美却不会。如果你的店里有这些东西，方便的话请带来给我。罗伯特·达德利。（你会找到我的，在伦敦塔的会面室，每天都可以，无须预约。）

他正看着窗外的绿地，书桌靠近窗边的光照。他背对着我，直到我穿过房间走到他身旁的时候才转过身来。下一秒我就到了他的怀里，他抱着我，像个成年男人抱着小孩，受宠的小女孩。可是我感觉到他双臂的环绕，突然像女人渴望男人那样渴望着他。

他很快就感觉到了。他是个多年的情场高手，不可能察觉不到臂弯中的一个充满欲望的女人。他立刻放开我，后退几步，仿佛害怕自己也涌起欲望似的。

“假小子，你吓到我了！你已经长成女人了。”

“我自己都不知道，”我说，“我在想别的事情。”

他点点头，敏捷的头脑追寻着我话里的暗示。“世界变化快。”他说。

“是啊。”我注意到门好好地关着。

“新国王，新法律，新的教会首脑。伊丽莎白还好吗？”

“她病了，”我说，“但现在好多了。她现在在汉普顿宫，和女王在一起。我和她刚从伍德斯托克过来不久。”

他点点头：“她见到了迪伊吗？”

“没有。我觉得没有。”

“你最近见过他吗？”

“我想他去了威尼斯。”

“是去过，假小子。他还从威尼斯给你在加莱的父亲寄了个包裹，你父亲会转寄到伦敦的店给你，等你方便的时候再交给他。”

“包裹?”我小心翼翼地问。

“一本书。”

我没有说话。我们都知道拿着不该看的那种书足以让我们吊死在绞架上。

“凯特·艾什莉还跟公主在一起吗?”

“那当然。”

“帮我转告凯特，要私下说，问她能不能替我买些丝带。”

我有些退缩了。“大人……”

罗伯特·达德利不容反抗地对我伸出一只手。“我以前曾经让你身处险境吗?”

我犹豫起来，想起了怀亚特的计划，想起那时我曾捎过一条自己并不明白的叛国口信。“没有，大人。”

“那么就帮我捎口信过去，但不要让任何人知道，不管凯特让你做什么都不要答应。一旦你告诉她购买丝带，并且把约翰·迪伊的书交给了他，就不要再做别的事情了。书不是禁书，丝带也只是丝带而已。”

“您也在策划一个阴谋，”我闷闷不乐地说道，“而且把我也卷进去了。”

“假小子，我必须做些什么，我总不能整天写诗。”

“女王会原谅您的，那时候您就可以回家了……”

“她永远也不会原谅我，”他断然说，“我必须在这里等待转机的出现，而且是巨大的转机；我等待的同时，也必须保障自己的权益。伊丽莎白很清楚自己不会去匈牙利，不会去任何地方，是这样吗?”

我点点头。“她很坚决，既不会离开，也不会结婚。”

“菲利普国王现在会留她在宫中，让她做他的朋友，我是这么想的。”

“为什么?”

“一个尚未出生的婴孩，不足以保住王位，”他指出，“而下一顺位的继承人是伊丽莎白。如果女王因难产而死，他就会陷入最为危险的处境：困在英格兰，而新女王和她的子民都是他的敌人。”

我点点头。

“如果他剥夺了伊丽莎白的继承权，那么下一位继承人就是玛丽，那个嫁给法国王子的玛丽。你觉得西班牙国王菲利普更想看到英格兰的魔鬼化身还是法国人的后代做国王？”

“噢。”我说。

“没错，”他颇为满意地说，“你可以提醒伊丽莎白，她现在处于有利形势，因为菲利普身处女王的议会。议会里没几个人能做有条理的思考，但他显然可以。加德纳是否还在说服女王，想让她宣布伊丽莎白是私生子并且剥夺她的继承权？”

我摇摇头。“我不知道。”

罗伯特·达德利笑了。“我有证据。事实上，我知道他正在这么做。”

“对于没有朋友、没有消息来源也没有访客的囚徒来说，您可真是消息灵通啊。”我尖刻地评论道。

他又露出那种迷人的坏笑：“没有哪个朋友像你跟我这么贴心，亲爱的。”

我试着报以同样的微笑，但我能感觉到自己的面孔在他的注视下开始发烫。

“你确实已经长成年轻女人了，”他说，“已经可以脱掉仆童的衣服了，我的小鸟儿。已经该结婚了。”

我的脸突然红了起来，因为我想到了丹尼尔，想着他听见罗伯特大人叫我“甜心”和“我的小鸟儿”的时候会有什么反应。

“你的小情人怎么样了？”罗伯特大人问着，坐进书桌边的椅子里，又把靴子放在散落一桌的纸上，“已经在准备礼服了吗？他是不是很热情？而且很着急?”

“在帕多瓦忙着呢,”我有些骄傲地说,“在大学里学医。”

“他什么时候回家来娶他的小新娘?”

“等我不再为伊丽莎白效力的时候,”我说,“我就和他一起去法兰西。”

他若有所思地点点头。“假小子,你知道自己是个有欲望的女人了吗?你已经完全不像从前那个半男半女的模样了。”

我能感觉到自己的双颊绯红滚烫,但我没有像合格的仆从那样垂下视线,没有像他们那样因为主人的笑容而不知所措。我仍然高扬着头,感受着他投下的目光。

“我不会碰你的,你还是个孩子,”他说,“这是种罪恶,而且不对我的胃口。”

我点点头,等着他的下文。

“而且你还在为我的导师占卜,”他说,“我不想夺走你,也不想夺走你的天赋。”

我保持着沉默。

“但当你成长为一个女人,成为一个男人的妻子,你就可以和我在一起了,如果你想要我的话,”他说。他的声音很轻、很温暖,充满无限的诱惑,“我会爱上你的,汉娜。我会将你抱在怀里,感觉到你心跳加速,我想现在就这样做,”他停顿了一下,“我说得没错吧?心跳加速,喉咙发干,双腿发软,欲火焚烧?”

我沉默不语,发自内心地点了点头。

他笑了起来。“那么我应该待在桌子这边,而你待在那边,你要记得,等你不再是处子和女孩的时候,我就会想要你,你也可以来找我。”

我本该辩驳说自己多么真诚地爱着和尊敬着丹尼尔,我本该对罗伯特大人的傲慢发火才对。而我却好像答应了一般对他微笑,慢慢地向后退却,一步、再一步，从桌边一直走向门口。

“我下次来的时候，需要我给您带些什么吗?”我问。

他摇摇头。“除非我派人找你，否则别来找我，”他冷冷地吩咐道，像是在拉远我们的距离，“还有，为了你自己好，在你转达过口信以后，记得跟凯特·艾什莉和伊丽莎白保持距离，我的小鸟儿。别来找我，除非我派人指名找你。”

我点点头，发现自己的身后就是木门，我用颤抖的手指轻轻拍了拍。

“可您会派人来找我吗?”我压低声音追问道，“您会不会就这么忘了我?”

他将手指放在唇上，给了我一个飞吻。“假小子，看看你周围，你看到宫中有什么敬慕我的男女了吗? 除了我的妻子和你之外，我再没有别的访客。除了这两个爱着我的女人，每个人都疏远了我。我不会经常派人去找你，因为我不想连累到你。我想你应该不希望宫里的人发现你的真实身份，发现了你从哪里来，发现你究竟对谁忠诚，尤其是现在。我有事要你做的时候、或是我见不到你就活不下去的时候，我才会派人去找你。”

卫兵在我身后打开门，但我动也没动。

“您想见到我吗?”我轻声说，“您真的会觉得见不到我就活不下去吗?”

他的笑容像轻柔的爱抚一般温暖。“看到你是让我最开心的事之一。”他温柔地说。卫兵轻轻地将手放到我的手臂上，于是我便离开了。

1555年春与夏

在汉普顿宫，他们为女王准备好了产房。在她的卧室后的私人房间，里面挂着华丽的挂毯，上面多是些神圣和鼓舞的画面。窗子紧紧地闩住，一丝风也无法透进房间。他们在床腿上系上了结实而又吓人的皮革带子，让她三十九岁的身体经历分娩的剧痛时可以拉住借力。床上枕头盖着华丽的枕巾，铺盖着从婚礼那天起女王和她的女伴们就开始绣制的床罩。石制壁炉里堆积着许多的木柴，足以令整个房间灼热难当。他们用地毯将地板覆盖，以便压抑所有的声音，然后又为这个即将在六周之内诞生的男孩搬来了华贵的王室用摇篮，附带两百四十件套的婴儿装。

在那只豪华的摇篮前，刻有两句迎接小王子的韵律诗：

噢伟大的主啊，您送予玛丽的子裔

将令英格兰为之欢欣：他将健康成长，抵御外敌

在外面的房间里，助产士、护士、药剂师和医生们来往不断，到处都能看见仆妇们抱着刚刚洗好的亚麻布走进产房。

得到允许，可以在宫中自由走动的伊丽莎白和我一起站在分娩室的门口。“多少个星期，都要待在这里，”她的口气带着极度的惊恐，“这就像是被人活生生砌在墙里。”

“她需要休息，”我说。我暗自担心着那位身处暗沉房间的女王。我觉得她长久地远离阳光可能会生病的。医生现在不允许她见国王，也没有音乐和歌舞的陪伴。她像囚犯那样被关在自己的房间里。然后在两个月不到的时间里，孩子就会出生，在那个封闭的房间里，在黑暗的遮蔽、床帘的包裹之中，她肯定会热得无法忍受。

伊丽莎白走了进去，未婚的她夸耀般地发着抖，穿过会见室，走进走廊。西班牙公主贵族和公主们的画像如今沿着墙壁挂成了一排。伊丽莎白目不斜视地从旁边经过，仿佛选择忽视就能让它们消失似的。

“想起她给我自由是因为她要分娩，我就觉得好笑，”她尽量地掩饰着狂喜之情，“如果她知道困在四面墙里的感觉，也许会修改惯例了。我可不想再给人关起来了。”

“她要为自己的孩子负责。”我说。

伊丽莎白笑了起来，平静而自信地坚持着自己的想法。“我听说你去伦敦塔见了罗伯特大人了。”她拉住我的手臂让我靠近，好让她能够低声耳语。

“他让我从父亲的店里带些纸给他。”我平静地答道。

“他让你给凯特带个信，”伊丽莎白继续说道，“她都告诉我了。”

“我带给她本人了。关于丝带的事情，”我说，“他经常让我帮他在成衣商和书商那儿跑腿。他第一次见到我也是在那儿，在我父亲的店里。”

她看着我。“这么说你什么都不知道了，汉娜？”

“完全不知道。”我说。

“这么说你也不会预见到了。”她机灵地说着，放开了拉住我的手，对我身后穿着深色礼服的绅士微微一笑，后者从侧面的房间来到我们身后，缓缓地跟着我们。

我认出了国王，顿时大吃一惊。我背靠着墙壁，鞠了一躬，但他并没有注意到我，他的双眸紧盯着伊丽莎白。看到伊丽莎白的脚步有片刻的迟疑，他便加快了步子，而她略微停下脚步微笑着看他，但并没有转身按规矩行礼。她一直沿着走廊直行，臀部轻轻地摇摆。她的每一步都像是在诱惑着跟随在后的男人。走到走廊尽头的那扇镶木门前的时候，她停下了脚步，手搭在门把上，转身回望，打开门像是示意他跟进去，接下来她轻轻跻身进门，消失在门后，留下仍然张望的他。

天气暖和起来，女王也不再像从前那样容光焕发。五月的第一个星期，她尽可能留到很晚，她向宫廷中的众人道别，然后走进自己私人房间的门，走进那个昏暗的里间，她必须在那里住到生下孩子为止，然后还要待上大约六周，进行产后的感恩仪式。只有她的女伴们能够见她，女王的议会则要听从代她行使大权的国王的调遣。任何消息都必须通过她的女伴送进她的房间，虽然已经有传闻说女王要求国王私下去见她。她不能忍受三个月见不到他，尽管有违传统，但他在这种时刻也应该来看她。

想到伊丽莎白抛给国王的眼神，想到他是如何像只饥饿的狗儿那样跟着她摇摆的臀部走过那条长长的走廊，我想女王要求见他是正确的，无论根据传统王室应该怎样产子，无论是谁，都不应该放任自己丈夫去和伊丽莎白这样的女孩子朝夕相处，尤其是将要被关在房间里整整三个月的女人。

婴儿来得有些晚，几星期过去了，依然没有他到来的迹象。助产士们认为这个不慌不忙的孩子肯定更加强壮，分娩的时候也会容易很多，而且产期随时都会到来。但随着五月一天天过去，她们开始议论说，这个孩子来得也太慢了。育婴女仆铺开制作襁褓用的绷带，讨论是否要弄些新鲜的药草准备撒在上面。医生们笑了笑，委婉地暗示说，像女王这样虔诚而又超凡脱俗的女士或许弄错了怀孕的日子，我们恐怕得一直等到月末才行。

在这为时数周的漫长酷热而又乏味的等待之中，曾有个令人尴尬的时刻：女王已经诞下一子的谣言点燃了伦敦市民们的热情。整个城市为之疯狂，大街小巷都鸣钟高唱，饮酒狂欢的人群一直来到汉普顿宫，才知道什么都没发生，我们仍在等待，而且除了等待无事可做。

我陪着玛丽女王坐在暗无天日的房间里。有时我用西班牙语给她读圣经，有时我给她讲一些宫里的新鲜事儿，或是把威尔的胡乱言语讲给她听。我带了些花儿给她，都是从矮树篱中采下的，像是小雏菊，然后还有玫瑰花蕾，只为了让她感到自己很快就会回到外面的那个世界。她接过花儿，露出喜悦的微笑。“哎呀，玫瑰已经长出花蕾了吗?”

“是的，陛下。”

“今年没能亲眼看到真是遗憾。”

一如我担心的那样，房间里的黑暗和寂静折磨着她的灵魂。拉下床帘、只有烛火微光照耀的这儿太过昏暗，让她无法长时间地做刺绣活儿，否则就会头痛欲裂，而且看书也很费力。医生规定她不能听音乐，侍女们也很快把能说的话题说完了。空气变得污浊而凝重，充斥着壁炉中柴火的烟气，还有她被囚禁在此的女伴们的叹息。每个和她度过的清晨之后，我都会步履匆忙地走向大门，急于回到屋外，回到新鲜的空气与阳光的所在。

女王刚来到这间屋子的时候，本以为自己很快就能安然顺产。和其他女人一样，她在迎接第一次分娩的时候有些害怕，但她更害怕的是在如此高龄第一次产子。不过她坚信是上帝赐给她的这个孩子，这个婴孩能够加速罗马天主教在英格兰的复兴，这次分娩是蒙受上帝眷顾的象征。作为一名侍奉上帝的女子，玛丽信心满满。但随着等待从几天变成了几周，她的满足之情也渐渐退去。从全国传来的祝福都像是在催促她生下一子。她的公公——也就是皇帝——来信询问产期延后的问题，听上去像是责备。医生们都说种种迹象都表示这个婴孩即将临盆，他却仍然没有出生。

简·多摩尔沉着脸进进出出。任何敢于打听女王健康状况的人都会换来她的怒目而视，进而为自己的无礼提问而羞愧。“我看上去像是乡下的巫婆吗?”我听到她这样问一个女人，“我看上去像是个念着咒语猜测产期的占星家吗？像吗？女王将会在她认为合适的时候分娩，不会早也不会迟；而且如果上帝准许，我们就会拥有一位王子，不会早也不会迟。”

她坚定的话语挡下了朝臣们，但无法抑制女王日渐增长的痛苦与不安。我以前就见过她的不快和恐惧，随着她脸上的光泽消磨殆尽，我又认出那张憔悴的面孔。

伊丽莎白则正好相反，现在的她得以自由往来，她愿意的话可以骑马、乘船、散步，做些运动，随着夏天的临近，她也愈发自信。她已经摆脱了生病时的赘肉，洋溢着对生活的热情和活力。那些西班牙人非常爱慕她——丰富多彩的她对他们来说充满诱惑。她穿着绿色骑装，骑上自己那匹灰白色猎马，让铜色的头发披散在肩头的时候，他们会叫她女巫，或是金发美人儿。伊丽莎白会笑着抗议他们的大惊小怪，也怂恿着他们做出进一步的举动。

菲利普国王从没有制止过他们，虽然作为姐夫，他本该小心防备伊丽莎白在他的宫廷里招蜂引蝶。但他从未加以阻止她日渐增长的虚荣心。他没再提过让她结婚并且离开英格兰的事，也不再让她去见自己在匈牙利的婶婶。事实上，他已经宣告伊丽莎白永远都是光荣的王宫成员，也是王位的继承人。

我本以为这只是他的政治手段而已。但之后的某天，我透过宫里的窗子向南边的一片林木荫庇的草坪看去，看到一对情侣正在散步，头靠得很近，走在种满紫杉的林荫小径上，在昏暗浓密的树木间半遮半掩着。我笑着望过去，起初我以为是女王的某个女伴和一位西班牙使臣，还觉得如果我把这桩私情告诉女王，她一定会大笑的。

但那个女孩转过了头，我瞥见她的兜帽下闪过一道光，那是再明显不过的铜色头发的反光。那个女孩竟是伊丽莎白，走在她身旁若即若离地靠近的男人，竟然是菲利普国王：玛丽的丈夫。伊丽莎白的手中拿着一本打开的书，她的头低下去，像一位用功的学生，但她的步态却是个轻扭腰肢的女子，而男人在她身边亦步亦趋。

我突然想起了第一次见到伊丽莎白的时候，那时她正在挑逗汤姆·西摩尔——她继母的丈夫——让他在切尔西的花园里追逐她。时隔七年以后，同样是这位令人燃起欲火的女孩，又在觊觎另一位女人的丈夫，诱惑着他再靠近自己一些。

国王回头看向王宫，思索着有多少人可能会从窗户后看到他，我以为他会衡量被人发现的危险，然后选择西班牙人的方式，那种谨慎的方式。但他却只是满不在乎地耸了耸肩，更加靠近伊丽莎白，后者一副无辜的惊讶表情，伸出食指指点着书中的文字做着标记。我看到她抬头望着他，双颊绯红，无辜地瞪大了双眼，但唇上却泛起狡黠的微笑。他伸手揽住她的腰，得以和她一起散步，越过她的肩看着她的书页，和她看同样的字句，仿佛他们真的在乎彼此的碰触之外的那些事情，仿佛他们的注意力没有被彼此急促的呼吸声彻底吸引过去。

我站在伊丽莎白的门外，等着她和她的女伴们出门吃晚饭。

“哈，小弄臣，”她走出自己的房间时，愉快地对我说，“你要和我一起吃饭吗？”

“如果您乐意的话，公主，”我礼貌地说着，走到她的旁边，“我今天在花园里看到有趣的东西了。”

“哪个花园？”她问。

“夏日花园，”我说，“我看到一对恋人并肩走着，看同一本书。”

“那不是恋人，”她淡淡地说，“如果你看到的是恋人，那么你的灵视能力就是出问题了，小弄臣。那是我和国王，一起散步读书。”

“你们看起来像恋人一样，”我直白地说，“我从这儿看过去。你们看起来就像一对热恋的人儿。”

她愉快地轻笑起来。“噢好吧，”她满不在乎地说，“谁又知道自己在别人眼里的样子呢？”

“公主，您应该不想回伍德斯托克去吧。”我忍不住对她说。我们说话间已经来到了汉普顿宫餐厅的那扇华丽的双开大门前，我急着想在她走进门里、成为众人瞩目的焦点之前提醒她。

“我怎么可能回伍德斯托克？”她质问道，“女王在她把自己关起来之前就已经释放了我，我知道自己是无辜的，没参加过什么密谋。国王是我的朋友，也是我的姐夫，是位可敬的男人。我像英格兰其他人一样等待着，准备为她生下的那个孩子感到喜悦。我怎么可能冒犯她？”

我向她靠近。“公主，如果女王也像我一样，看到您和她丈夫今天的那一幕，她会马上赶您去伍德斯托克的。”

伊丽莎白发出银铃般的笑声。“噢不，他不会让她这么做的。”

“他？他在这儿不能发号施令。”

“他是国王，”她指出，“他告诉过她，要尊重我，然后我就得到了尊重。他告诉过她，应该放我自由进出，然后我就得到了自由。他还会告诉她，我应该待在宫里，所以我也会留下来。还有，他还会告诉她，不要强迫我、虐待我、以任何理由指责我。我想见谁是我的自由，和谁聊天也是我的自由，总之，做什么事情都是我的自由。”

看到她极度膨胀的自信，我不禁倒吸一口凉气。“您还是会被怀疑的。”

“不会的，”她说，“再也不会了。就算明天有人发现我的洗衣篮里藏着十二柄长枪，也不会有人指控我的。他会保护我的。”

我震惊得说不出话。

“而且他真是个英俊的男人，”她满心欢喜地说，“也是基督教国度中最有权力的男人。”

“公主，您在玩一个非常危险的游戏，”我提醒她说，“我以前从没听说过您是如此不计后果的人。您的谨慎去了哪儿？”

“如果他爱我，那么我就不会惹上麻烦，”她低声说，“而且我可以让他爱上我。”

“他不应该有这种令您蒙羞，令她心碎的意图。”我冷冷地说。

“噢，他根本没什么意图，”她的脸上流露出喜悦的光彩，“用意图根本不足以形容。我已经吸引住他了。他什么意图都不会有，什么想法也不会有，我敢说他多半吃不好也睡不安稳。你知道吸引男人目光带来的快乐吗，汉娜？让我告诉你，那感觉比什么都好。如果这个男人是基督教国度之中最有权力的男人，是英格兰的国王和西班牙的王子，更是你冷漠傲慢又残暴的姐姐的丈夫，这种快乐简直无与伦比！”

几天后我外出骑马，发现自己的个子已经不适合骑达德利送我的那匹小马了，我现在骑着女王的御用马厩里选出的一匹漂亮的猎马。我渴望外出。尽管汉普顿宫宏伟壮丽，周围风景怡人，但在今年夏天就像一座牢狱，而当我早晨骑马离开时，总是有种假释出狱的感觉。女王等待孩子诞生的焦虑折磨着每一个人，我们都像是被关在狗舍里的狗儿，烦躁得想要咬自己的脚爪。

我总是沿河西行，明亮的晨间阳光照在我的背上，穿过那些花园和小牧场，来到那些更加荒凉、人烟更加稀少的乡间。我可以让马儿跳过低矮的树篱，她还会满不在乎地蹚过小溪。我会骑上一个多小时的马，然后不情不愿地回家。

在这个温暖的早晨，我庆幸自己提早出了门：等会儿天气就太热了，不适合骑马。我感觉到光照在脸上的温度，于是压低帽子遮住脸，阻挡阳光的暴晒。我调转马头，开始返回王宫，这时我看到另一名骑手骑马走在我的前方。如果他是向着马厩过去，或是留在大路上，我恐怕不会注意到他；但他却离开大路，往王宫的方向靠近，然后又转上小路沿着花园的墙壁前行。他的谨慎使我也警觉起来，我转过身，仔细打量着他。我立刻从他弯腰的动作看出了他的学者气息。我想都没想就叫出了声："迪伊先生！"

他勒住马，转身对我微笑，笑容平静。"见到你真高兴，汉娜·佛德，"他说，"我一直觉得我们会再见面的。你还好吗？"

我点点头。"我很好，谢谢您。我还以为您在意大利呢。我的未婚夫写信说他听过您在威尼斯的演讲。"

他点点头。"我回家有一段时间了。我在绘制海岸线的地图，需要到伦敦来找些地图和航海图做参考。你是不是收到了一本要转交给我的书？我把它寄给了你在加莱的父亲帮我保管，他说他会转寄给你的。"

"我好多天都没有回店里了，先生。"我说。

"如果你把书送来，我会很高兴的。"他漫不经心地说。

"女王有没有召见您，大人？"

他摇了摇头。"没有，我来这里是为了私下拜访伊丽莎白公主。她让我给她带一些手抄本。她正在学习意大利语，我从威尼斯买了一些有趣的旧书给她。"

听到这里，我仍然没有警觉起来。"要我给她带去吗？"我问道，"这条路不是通往宫中的。我们可以走大路从马厩院子那边过去。"

还没等他回答，墙上的小门已经无声地打开了，凯特·艾什莉出现在门口。

“哈，小傻瓜，”她愉快地说，“还有魔法师先生。”

“你叫错我们的头衔了。”他颇为庄重地说着，翻身下马。一个仆童低头从凯特·艾什莉的手臂下方挤了出来，牵过约翰·迪伊的马。我明白她们知道他要来，她们想让他秘密进宫，而且——有时候我确实是个傻瓜——我这才意识到，我刚才还是没看见他比较好，再不然，我当时就应该转过头去，目不斜视地离开。

“把她的马也牵上。”凯特·艾什莉对那个小仆童说。

“我还是带她回马厩去吧，”我说，“我还有事要做。”

“这就是你要做的事，”她说得很直接，“既然你都来了，就和我们一起来吧。”

“除了女王的吩咐，我不会做别的事的。”我突然说。

约翰·迪伊温柔地挽起我的手臂。“汉娜，我在这里要做的事情需要用到你的天赋。你的大人也会希望你帮助我的。”

我犹豫起来，凯特趁着我的迟疑攥住了我的手，半拖半拽地把我带进花园里。“来吧来吧，”她说，“你可以进来再走，但在这儿争论会让我和迪伊先生身陷险境。快点，就算你非要离开也待会儿再说。”

受人监视的想法一如既往地吓着了我。我将马交给那个仆童，跟着凯特走进藏在常青藤之中的小门，尽管我一直待在宫里，却从没注意到这么个地方。她带我走上一段盘旋的楼梯，走到公主的房间对面，穿过隐藏在挂毯后面的另一扇门。

她用特殊的节奏敲了敲门，门立刻打开了。约翰·迪伊和我快步走了进去，没有人看到我们。

伊丽莎白坐在窗边的一张凳子上，膝盖上放着一把鲁特琴，她的新任意大利鲁特琴教师就在几步开外的地方弹着曲子。他们看上去无辜得就像是舞台上扮演无辜者的演员。他们看上去是那么无辜，以至于我脖颈后面的毛发根根竖起，仿佛一只惊恐的狗儿。

伊丽莎白抬起头看到了我。“噢，汉娜。”

“凯特拉我进来的，”我说，“我想我应该离开。”

“等一会儿。”她说。

凯特·艾什莉扭动着她的大屁股抵住了门。

“你觉得有汉娜的帮助会不会更容易预见?”伊丽莎白问约翰·迪伊。

“如果没有她，我什么都预见不了，”他诚恳地说，“我没有那样的天赋。我所能做的只是为您查阅占星图表，没有预言家，我只能做到这些。我不知道汉娜今天会来这儿。”

“如果她愿意为你预见的话，我们能看到些什么?”

他耸了耸肩。“所有一切。或者完全看不到。我怎么可能知道？但我们或许可以知道女王的孩子诞生的日子。我们或许可以知道那个孩子是男是女，是否健康，以及他会有怎样的未来。”

伊丽莎白向我走来，双眼闪动着神采。“请帮助我们，汉娜，”她轻声说道，几乎像是恳求，“我们都想知道。你，还有其他人都想知道。”

我什么也没有说。我知道女王在那个昏暗的房间里愈发绝望，但这个消息我不想和她轻浮的同父异母妹妹分享。

“我不敢，”我说，“迪伊先生，我很害怕。这样的研究是明文禁止的。”

“现在一切都是明文禁止的，”他直截了当地回答，“世界由两群人组成。提出问题并且寻求答案的人，以及那些觉得自己知道答案的人。伊丽莎白女士是提出问题的人，女王是认为一切都是已知的人。我在这个世界上属于提问的人：向一切提出疑问。你也一样。罗伯特大人也一样。提问对我们来说就像空气，如果有人必须接受一个老掉牙的答案，甚至连问‘为什么’都不行，那他就跟死了一样。你喜欢提问，不是吗，汉娜?”

“我是提出过问题，”我说着，像在为自己开脱罪过一样，“但我已经了解了代价。我见过学者们有时需要付出的代价。”

“你不会因为在我的房间里提出问题而付出任何代价，”伊丽莎白安慰我说，“我在国王的庇护之下。我们可以随心所欲。我现在很安全。”

“但我从来都没有安全过！”我大喊道。

“好了，孩子，”约翰·迪伊鼓励我说，“我们都是你的朋友。孩子，难道在造物主的注视下，在你的朋友们的陪伴下，你都没有勇气运用上帝赐予你的天赋吗？”

“没有。”我诚恳地说。我想到了阿拉贡的城镇广场上堆起的柴薪，想到了史密斯菲尔德的火刑柱，想到了只能看到他人罪过的宗教法庭。

“可你生活在这里，生活在宫廷的中心。”他评论道。

“我在这里是为了向女王效力，因为我爱她，也是因为我现在不能离开她，不能离开还在等待孩子降生的她。我为伊丽莎白公主效力是因为……因为她和我见过的所有女人都不同。”

伊丽莎白笑了起来。“你像读书一样读我，”她说，“我看到过你这么做。我一直都知道。你观察我，学习怎样做一个女人。”

我点点头，但什么也没承认。“或许吧。”

她微微一笑。“你爱我的姐姐，是吗？”

我毫无惧色地看着她。“是的。谁会不爱她呢？”

“那你为什么不告诉她这个迟来的孩子将会到来，然后减轻她的负担呢？已经晚了一个月了，汉娜。人们都在取笑她。如果她弄错了自己的日子，为什么你不能告诉她，她肚子里的宝贝发育良好，而且这个礼拜或者下个礼拜就会降生？”

我犹豫了。“如果她问我是怎么知道的，我要怎么跟她说？”

“你的天赋！你的天赋！”她没好气地喊道，“你可以告诉她，你是预见到的。你用不着告诉她，你是在我的房间里预见到的。”

我思索了片刻。

“而且等你去见罗伯特大人的时候，你就可以给他建议了，”伊丽莎白轻声说道，“你可以告诉他，他应该跟她讲和，因为她会让儿子坐上英格兰的王位，英格兰也将永远处在天主教和西班牙人的统治之下。你可以告诉他放弃等待，做别的打算。你可以告诉他，理由已经失去，他应当改变信仰，乞求仁慈和释放。这个消息也就意味着他可以请求释放自己了。你可以帮他得到自由。”

我什么也没说，但她看懂了我的双颊飞起的红晕。“真不知道他是怎么忍下来的，”她说着，话声低沉，仿佛在对我念诵咒语，“可怜的罗伯特，他在塔里等啊等啊，却不知道未来会是怎样。如果他知道玛丽会稳坐二十年的王位，然后她的儿子继任，你觉得他会不向女王请愿，为自己求得自由吗？他的领地需要他，他的子民需要他，他这种男人需要脚踩着土地，感受吹在脸上的风。他可不是能像戴着兜帽的猎鹰那样甘于受人囚禁半辈子的男人。”

“如果他确信女王会有子嗣，他真的能得到自由吗？”

“如果她真的生下王子，她就会释放伦敦塔里的大多数人，因为她知道自己的王位算是坐稳了。我们都会放弃的。”

我不再迟疑。“那好吧。”我说。

伊丽莎白平静地点点头，“你们需要去里面的房间，对不对？”她问约翰·迪伊。

“还要点上蜡烛，”他说，“还有镜子，以及一张铺着亚麻桌布的桌子。本该需要些别的东西，不过我们只能因陋就简了。”

伊丽莎白走进会客室另一头的卧室，我们听到她放下窗帘，将桌子拉到壁炉边的声音。约翰·迪伊将他的占星图铺在桌子上；她走回来的时候，他已经在女王的生日和国王的生日之间画了一条线。

“他们的婚姻在天秤座，”他说，“代表带有合作关系的深爱。”

我飞快地瞥了眼伊丽莎白的脸，她没有露出讥笑的神情：想到自己挑逗了菲利普，她正因对姐姐的这小小的胜利而心满意足。

“会不会有很多子嗣？”她问。

他在令人眼花的数字之间画了一条直线。然后又向下画了一条，然后身子前倾，看着两线交叉处的那个数字。

“我想不会，”他说，“但我不敢肯定。我看到两次孕期。”

伊丽莎白喘息得像是猫儿的嘶嘶叫声。“两次？都不是死婴？”

约翰·迪伊再次看向那个数字，然后看了看卷轴底部的一组数字。“很难说。”

伊丽莎白仍然挺直身子，从外表看不出她究竟有多想知道。

“那谁会继承王位呢？”她紧张地问。

约翰·迪伊又画了一条线，这条线水平地穿过纸上的纵列。“应该是您。”他说。

“是啊，我早知道*应该*是我，”伊丽莎白略略收敛了自己的不耐烦，“我已经是继承人了，如果我不被推翻的话。但你*确定*会是我吗？”

他直起身子，离开了那些纸页。“很抱歉，公主。结果太模糊了。她对他的爱和她想要得到孩子的欲望让一切都模糊不清。我从没见过哪个女人如此地深爱一个男人，我也从没见过哪个女人如此渴望能有孩子。桌上的每个符号都蕴藏着她的渴望，她简直就像是能凭借意念生造出一个孩子似的。”

伊丽莎白的脸就像一张美丽的面具。她点了点头。“我明白了。如果让汉娜为你占卜，你能预言更多的事吗？”

约翰·迪伊转身看我。“你愿意试试吗，汉娜？我们一起看看还有什么。这是上帝的工作，你要记得，我们正在寻找天使的建议。”

“我试试。”我说。我不是很想进入那间昏暗的房间，看那面影影绰绰的镜子。但这也许能够给罗伯特大人带去些消息，也许能让他得到释放，也许能为女王带去些消息，让她开心地重返王位，这些都是对我的诱惑。

我走进房间。烛焰在金色的镜子中轻轻摆动。桌子上铺着洁白的亚麻布。就在我的注视下，约翰·迪伊用黑色的笔在亚麻布上画了一颗五芒星，然后在每一角画上了代表力量的符号。

“关紧门，”他对伊丽莎白说，“我不知道需要多久。”

“我不能留在这里吗?”她说，“我不会说话的。”

他摇摇头。“公主，您用不着说话，您的存在就相当于一位女王的到场。这儿只能留下我和汉娜，这样天使才可能会降临。”

“但你要把一切都告诉我，”她要求道，“不管是不是有必要让我知道的事情。你都要告诉我。”

他点点头将门关起，将她渴望的表情隔绝在外，然后他转过身看我。他拉出一张椅子放在镜前，示意我在椅子上落座，然后越过我的脑袋，看着我在镜子里的映像。“你愿意吗?”他问。

“我愿意。”我谨慎地说。

“你有一项了不起的天赋，”他轻声说，“我会尽我所能地帮助你。”

“我只希望自己能坚定一些，”我说，“我希望伊丽莎白可以坐上她的王位，女王也继续留在王位上。我希望女王可以生下她的儿子，同时也不会剥夺伊丽莎白的继承权。我衷心希望罗伯特大人能够获得自由，也不再密谋对抗女王。我希望还能待在这里，却又能和我的父亲一起。”

他笑了。“我和你都是最没用的阴谋家，”他柔声说，“我不介意王位上坐的是哪位女王，只要她能允许人民追随自己选择的信仰。我希望图书馆重建，知识不再遭到禁锢，希望这个国家开始探究海洋，向外不断扩张，一直到西方的那些新大陆。”

“可这次预言会有什么后果?”我问。

“我们会知道天使给我们的建议是什么,”他轻轻地说,“对我们而言,没有比这更好的指引了。”

约翰·迪伊后退几步,远离镜子,我听到他用拉丁语轻声祈祷,说我们只需按照主的意愿行事,天使就会降临。我发自内心地说了“阿门”,然后耐心地等待着。

感觉似乎过了很久。我看到蜡烛映在镜中,四周的漆黑变得愈加深重,烛光却看起来更加明亮。然后我看到,每道烛火的中央都有一团黑暗的光晕,光晕中央则是黑色的烛芯,周围包裹着淡淡的雾气。我被这道仿佛火焰剖析图的画面完全吸引住了,想不起自己该做什么,我只有不断地盯着跃动的火光,直到我感觉自己陷入沉睡,接着约翰·迪伊的手温柔地放到我的肩上,我听到他的声音在我耳边响起:“喝这个,孩子。”

是一杯温暖的麦酒,我坐在椅子上一口口地喝了下去,感到眼皮沉重、身体疲倦,仿佛病了一般。

“很抱歉,”我说,“我肯定是睡着了。”

“你什么都想不起来了吗?”他小心翼翼地问。

我摇摇头。“我只是看着火光,然后就睡着了。”

“你说过话,”他轻声说,“你用一种我听不懂的语言说过话,但我想那应该是天使的语言。赞美主,我想你是在用他们的语言和他们交谈。我尽可能地记录下来了,我会试着翻译……这或许就是与上帝交谈的关键!”他的话突然停住了。

“我又说了什么您听不懂的话吗?”我困惑地问道。

“我刚才用英语问了你一些事,而你用西班牙语回答。”他说。他从我的脸上看到了惊恐。“没关系的,”他说,“不管你有怎样的秘密,都没关系。你什么也没说过，也没有其他人听到。但你告诉了我女王和公主的事情。”

“我说了什么？”我问。

他有些犹豫。“孩子，如果指引你的那位天使想让你知道自己说了什么，那么他就会让你在清醒的状态下说出口了。”

我点点头。

“但他并没有。也许不让你知道最好。”

“可我见到罗伯特大人的时候，该怎样和他说呢？”我问，“我可以提到女王和她的孩子吗？”

“你可以告诉罗伯特大人，他在两年之内就会获得自由，”约翰·迪伊肯定地说，“他将会又一次觉得失去了一切，但那其实意味着一切的重新开始。他在那时千万不能绝望。而且你应当鼓励女王抱持希望。如果说世上有哪个女人有资格生下孩子——因为她会成为一个好母亲，因为她爱孩子的父亲，因为她想要一个孩子——那个人非女王莫属。至于她的子宫是否像她的心里那样也有一个孩子，我不能告诉你。她这次分娩会不会生下孩子，我也不会告诉你。”

我站起身。“我该走了，”我说，“我得把马儿带回去。不过，迪伊先生——”

“什么事？”

“伊丽莎白公主会怎样？她会继承自己的王位吗？”

他笑了。“你还记得我们第一次占卜的时候看到了什么吗？”

我点点头。

“你说过‘一子但非子’，我想这就是说女王的第一个孩子本该降生，但始终没有到来。你说‘一王却非王’，我想你说的是西班牙的菲利普，虽然我们叫他国王，但他不是也永远不会是英格兰的国王。然后你说‘处子女王被人遗忘。虽是女王却非处子’。”

“是说简女王吧，那位处子女王，现在所有人都已经遗忘她了，还有玛丽，她说过自己会是处子女王，可她现在已经结婚了。”我说。

他点点头。“或许吧。但我觉得公主的时代即将来临。还有别的预言，但我不会再告诉你更多了。你走吧。”

我点点头离开了房间。关门的时候，我在镜中看到了他俯身吹灭蜡烛时的昏暗脸孔，我很想知道他听到我在恍惚出神的时候说了什么。

“你预见到了什么?”等我关上门以后，伊丽莎白便追问道。

“什么也没有!”我说。看到她的表情，我差点笑出声来，“您可以去问迪伊先生。我什么都不知道，感觉就跟睡着了一样。”

“可你是不是说了些什么，还是他看到了什么?”

“公主，我不能说，”我向门走去，只是中途停下，对她略微鞠了一躬，“我得去把我的马儿牵回马厩，他们会发现她不见了，然后来找我的。”

伊丽莎白点头示意我可以走了，我正要打开门，却突然有阵敲门声传来，节奏和凯特·艾什莉之前的一模一样。凯特连忙走过去，打开门。一个男人闪身进了房间，她迅速在他身后将门关上。我退后几步，因为我认出那是威廉·皮克林爵士：伊丽莎白的老朋友，和怀亚特一同反叛的同谋。我甚至不知道威廉大人已经得到宽恕，重返宫中——我很快明白过来，或许他既没有得到宽恕，也没得到进宫的允许。这是秘密来访。

“女士，我必须得走了。”我冷静地说。

凯特·艾什莉拦住了我。“有人会要你给迪伊先生送几本书。他会拿几张纸给你，然后让你带到一栋房子给威廉爵士，地址我会告诉你，”她说，“现在就看一看他，好让他记住你。威廉大人，这是女王的弄臣，她会把你要的纸带过去。”

如果这话不是凯特·艾什莉所说，我恐怕还想不起罗伯特大人的警告；

但我的大人曾经很清楚地告诉我，而他的话语印证了我的担忧：这里的确酝酿着某种阴谋。

“很抱歉，”我对凯特·艾什莉说，避开威廉大人的目光，并且希望他再也不会看到我，“但罗伯特大人告诉我，不要带消息给任何人。这是他的命令。我只是奉命将丝带的事告诉您，之后不会再为您跑腿了。请你们原谅我，公主、爵士、艾什莉夫人，我不能帮助你们。”

我快步走向房门，在他们有机会抗议之前走了出去。当我平安地离开，走下台阶，我深深地吸了口气，感觉到自己心脏狂跳，仿佛刚刚从危险中逃离。当我看到门依然关着，听到插销的轻轻响声，然后是凯特·艾什莉的屁股抵住木头门板的闷响，我才明白，那儿的危险是实实在在的。

六月，玛丽女王的孩子已经迟到了一个多月，每个人都担心起来。篱笆上的山楂花已经开始落下花瓣，雪花一样覆盖在路上。草坪上盛开着鲜花，在温暖的空气中，香气令人陶醉。我们仍然逗留在汉普顿宫，即使往常宫廷都会迁到另外一座王宫。我们等到了花园里的玫瑰盛开，英格兰的鸟儿们都在巢中诞下了雏鸟，可女王仍然没有动静。

国王走到哪里都怒气冲冲，警惕着英国宫廷里的一举一动，也提防着英国乡间的危险。他让守卫日夜守在通往宫殿的路上，让士兵守住河畔的每个码头。他觉得如果女王因难产而死，就会有上千人冲进王宫，把他们这些西班牙人撕成碎片。唯一能保证他平安的，便是新女王伊丽莎白的善意。难怪公主总穿着黑色长裙，像只深受喜爱、天天吃着美味奶油的黑猫那样，在宫里转来转去。

国王带来的西班牙贵族们愈加焦虑，仿佛他们的人格也因这个婴孩的迟到而受到侮辱。他们非常害怕英格兰人民的恶意。他们就像一小支部队，被团团围困，而且没有逃脱的希望。只有那个婴孩的降生能够保证他们的平安，但这个婴孩的出生时日却危险地一拖再拖。

女王的女伴们也开始郁郁不乐，她们觉得自己被当做傻瓜一样对待，终日坐着忙于手头的刺绣活儿，为那个总是不肯出生的婴孩绣制尿布、围嘴和小袍子。年轻些的女孩子们期盼着五月舞会、野餐、化装舞会和打猎，虽然憧憬，却仍然得陪同女王坐在闷热阴暗的房间里，陪她长久地沉默地祷告。她们离开分娩室时的表情，就像那些宠坏了的孩子说着“一整天都好无聊”之类的话，而且天天如此；女王也似乎不比两个月前进入分娩室那时更接近分娩的日子。

只有伊丽莎白似乎没有受到宫中这样紧张气氛的影响，她仍然大踏步轻快地走着，沿着花园散步，铜色头发在身后飞扬，手中捧着书。没有人陪伴，也没有人愿意公然与她交友，没有人肯冒险接近这位身份复杂的公主，但每个人都再清楚不过：根据现在的状况，她仍会是王位的继承人。如果女王生下男孩，那么伊丽莎白就再次成了多余的人，成了对所有人安宁的威胁。但如果女王没有生下男孩，那么她就会是下一任女王。无论她是不是下一任君主，也无论她是不是会成为多余的公主，那位国王都无法将目光从她身上移开。

每一晚的晚餐时分，菲利普国王都在她面前低下头，优雅地闭起双眼，早上他会向她微笑，祝愿她有美好的一天。有时在舞会上，她和宫里年轻的女伴们翩翩起舞，他就靠向椅背看着她，他遮着眼睛，面孔没有流露出内心的丝毫想法。这些天来，她从来都不会直接回应他的目光，她只会眯着眼睛，冷冷地看他，小心翼翼地挪动着舞步，她挺直脖颈，纤细的腰肢从一侧扭动到另一侧，随着音乐起舞。当一曲结束，她会向着姐姐空荡荡的王位行屈膝礼，虽然她低着头，但她的笑容却带着彻底胜利的喜悦。伊丽莎白知道，菲利普尽管刻意压抑着表情，却无法移开目光。她知道玛丽因为自己的儿子疲累绝望，几乎算不上值得击溃的对手；伊丽莎白的年少轻狂让她奋力迎向另一个挑战：让她的姐夫为欲望所困扰，从而羞辱她的姐姐。

六月一日那天是个凉爽的晚上，我进了大厅去吃晚饭，突然感到有人轻轻碰了碰我的手。是个小仆童——威廉·皮克林大人的仆从，我飞快地扫了眼楼梯，看看会不会有人看到他低下头在我耳边低语。

“罗伯特大人告诉你说，约翰·迪伊因为占卜女王的命运被逮捕了，”他的呼吸弄得我耳朵发痒，“他说记得烧了他给你的所有书和信。”

下一刻他便转身离去，将我的平和心境也一并带走。我转身走去吃晚饭，面孔僵硬，心跳加速，我用手背疯狂地擦拭着自己的脸颊，头脑中只想着约翰·迪伊寄给我父亲，又希望我转交给他的那本书。就像是插在我家大门上的一支利箭。

那天夜里我躺在床上，辗转难眠，因恐惧而心跳不已。我没有想过自己应该怎样保护自己、保护我父亲仍然留在舰队街上积灰的店里那些财富。如果约翰·迪伊告诉他们我帮助他做了占卜，那会怎么样呢？如果有探子报告说那天下午他在伊丽莎白公主的房间里绘制了关于女王的占星图，那会怎么样呢？如果他们知道了英俊的威廉大人曾经靠在门上，还有人告诉他，我会为他和伊丽莎白做事，又会怎么样呢？

我看着黎明将窗口染上灰白的晨光，早上五点的时候我走向河边，扫视着水面，想要搭乘一艘路过的小船到城里去。

我很幸运。有位老船夫刚开始自己一天的工作，他听到我的招呼声，让我上了船。守着码头的卫兵睡眼惺忪，甚至没有看出穿着仆从制服的我不是男孩。

“风流快活去了?”他眨着眼睛问我，从时间猜测我刚刚跟宫里的某个厨娘在一起。

“噢是啊，棒极了。”我愉快地说着，跳上了船。

我付了船票钱，在舰队街那边爬上岸。我小心翼翼地靠近那条街，想看看我们的店门有没有被人砸坏。时间还很早，我那位多管闲事的邻居应该不会发现我，只有几个挤奶女工在呼唤着她们的牛儿走出后院，去草场上吃草，没有人注意到我的存在。

尽管如此，我还是在街对面犹豫了很长时间，看着街上，确保没有人在看着我，这才穿过肮脏的鹅卵石小径，走到店里，迅速在身后关好门。

店里昏暗积尘，窗户紧闭。我发现一切都整整齐齐，看不出有人来过这里，我回来得还算及时。那个邻居送来的，以我父亲的笔迹写着“给约翰·迪伊先生”标签的包裹还放在柜台上，足以连累我们被处以火刑。

我解开包装的绳子，撕开父亲的封缄。里面有两本书：其中一本包含了一系列表格，我只能看出里面用拉丁文记述的是行星与恒星的方位，另一本书用拉丁文写了占星学的指导。这两本书都在我们店里，上面写明寄给约翰·迪伊：因为预言了女王的死期而被逮捕的那个人，而这足以让我和父亲因为叛国罪被处以绞刑。

我将它们拿到空荡荡的壁炉边，揉皱了包装纸，准备付之一炬，双手紧张地颤抖起来。我擦了好久的火绒盒才将它点燃，恐惧每一刻都在增长。然后火石闪出火花，燃着了火绒，我点燃一支蜡烛，将火焰贴近炉膛里揉皱的纸团。我让火苗舔舐纸团的一角，直到壁炉中燃起明亮的黄色。

我拿起那两本书，打算将它们撕碎，几页几页地丢进火里烧掉。第一本是那本拉丁文写就的书，我紧张地用双手翻开书页。我捏住一把柔软的纸页。它们无力地在我的手指下变形，仿佛它们不是这个世界上最最危险的东西。我本想将那些书页从脆弱的书籍上撕下，但我又犹豫起来。

我不能这么做。我不会这么做。我拿着书退了几步，火光明灭闪烁着，这时我才意识到，即使危在旦夕，我还是没法让自己烧毁一本书。

这有违我的本性。我曾经看到父亲搬着其中一些书籍穿过基督教诸国，他把这些书绑在自己的心口处，心知书中蕴藏的那些秘密足以让他再次担上异端的罪名。我曾经看到过他买卖甚至是租借这些书籍，只要看到其中的学识流传下去，传播开去，他就满心喜悦。我也曾经看到过他找到一本失落多年的卷册的喜悦，看到过他欢天喜地地将失落的书页还回书架上，就像找回了他从未有过的儿子一样。书就是我的兄弟姐妹；即使现在，我也不能背叛它们。我不能成为那种无法理解书籍的意义，甚至加以摧毁的人。

一想到丹尼尔正沉浸于威尼斯和帕多瓦的知识之中，我的心就会充满热情，因为我也认为，有一天，一切的秘密都将为人所知，再没有隐藏的必要。而这两本书之一也许蕴涵着整个世界的秘密，也许掌握着知晓万物的钥匙。约翰·迪伊是位伟大的学者，如果他费尽辛苦才得到这两本书，又秘密送到我这里保管，那这两本书一定非常重要。我没法强迫自己烧毁它们。如果我烧掉这两本书，那我也不比烧死我母亲的宗教法庭好到哪里去。如果我烧掉这两本书，我就会变成认为所有思想都极其危险、应该摧毁的那种人。

我不是那样的人。即使我会因此担负生命危险，我也无法变成那样的人。我是一个生活在世界中心的年轻女人，刚刚开始学会提出问题，在我生活的这个时代，男男女女都认为提问才是最重要的事情。谁又知道这些问题会给我们带来什么？我父亲给约翰·迪伊的那些表格中也许记录有治愈瘟疫的药方，也许可以判断船只在海上的什么方位，可以告诉我们如何飞翔，可以告诉我们如何永生不死。我不知道手中掌握着什么。我不能烧掉它们，这比烧死新生儿更加残忍：它们是那么珍贵，承载着许多未知的希望。

我怀着沉重的心情，拿起这两本书，将它们塞入父亲书架上那些书名较为无害的书籍后面。我觉得如果有人来搜查，我也可以说自己不知情。我将包裹中最危险的部分烧掉了：包装纸，还有我父亲手写的约翰·迪伊的名字。我父亲远在加莱，没有什么能将我们和迪伊先生联系到一起。

我摇了摇头，让自己镇定下来。事实上，如果有人细究下去的话，我和迪伊先生的关联还有很多。众所周知，我是罗伯特大人的弄臣，也是女王的弄臣，还是公主的弄臣，我和任何一个危险的名字都有联系。我只希望弄臣的身份能够保护我，保护我一海之隔的远在加莱的父亲，也希望迪伊先生在痛苦挣扎的时候，他的天使们能够指引他、保护他，无论是他被烧死，还是被推上断头台的时刻。

这并不足以安慰整个童年都在逃亡、隐藏信仰和性别的女孩子。但现在我除了再次逃亡之外什么也做不了，而且从英格兰逃走比被捕更令我恐惧。当我父亲对我允诺说这就是我的家，我会一直平安地待在这儿的时候，我相信了他。当女王将我的头放到她腿上，将我的头发缠绕在她手指上的时候，我也像相信自己母亲一样相信了她。我不想离开英格兰，我不想离开女王。我拂去衣服上的灰尘，正了正帽子，又溜到了街上。

我按时回到汉普顿宫吃早餐。上岸以后，我飞奔着穿过荒芜的花园，从马厩的门进了宫殿。无论谁看到我都会以为我一如既往地早起骑马归来。

“日安。”一名侍从和我打招呼，我对他报以早已习惯了的虚假微笑。

“日安。”我答。

“女王今天怎么样了？”

“她很好。”

正如她厚遮着窗帘，隔绝了夏日阳光的分娩室一样，女王等待临盆期间也日渐黯淡失神。相反，伊丽莎白的自信却日渐增长，她的头发、皮肤都愈发明亮耀眼。每当她昂首挺胸地走进那间分娩室，拉过凳子轻声谈笑，拿起鲁特琴弹唱，或是绣制异常精致的婴儿服的时候，女王就仿佛变成了隐形人。她美得光芒四射，尤其是当她端庄地低下她火焰般醒目的头颅，专心刺绣的时候。而她身旁的人却用手按腹部，时刻等待孩子的动静，玛丽变得就像一道影子。随着时间一天天流逝，长之又长的六月过后，她几乎成了一道等待影子诞生的影子。她仿佛根本不存在，她的婴儿也仿佛根本不存在。她们都在渐渐地融化消失。

国王承受着重重压力。所有的一切都在敦促他忠实于自己的妻子：她对他的爱、她虚弱的身体、英格兰贵族需要安抚，还得努力让议会赞同西班牙人的政策，尽管整个国家都在耻笑没有带来子嗣的西班牙国王。他明白这一切，他是个卓越的政治家和外交家；但他情不自禁。伊丽莎白走过的地方，就会有他的身影跟随。伊丽莎白骑马的时候，他也会上马追赶。伊丽莎白跳舞的时候，他会目不转睛地看着她，然后让乐师们重新演奏同一首曲子。当她读书的时候，他借给她书，纠正她的发音，就像一位无私的教师，尽管他的目光始终盯着她的嘴唇、她袍子下露出的脖颈和她搭在膝上的双手。

“公主，这是个危险的游戏。”我提醒她说。

“汉娜，这是我的生活，”她说，“和国王在一起我什么也不用怕。如果他能自由选择结婚对象，肯定没有人比我更适合。”

“您是说您姐姐的丈夫？在她怀孕待产的这时候？”我愤慨地问。

她低垂的双眸就像两条细长的黑玉。“我只是觉得——正如她所做的那样——西班牙和英格兰之间的联盟将会主宰整个基督教国度。”她甜甜地说。

“没错，女王是这么想的，可她所带来的只是加诸于她的国民头上的异端律法，”我尖刻地说道，“还让她伤心地独自待在阴暗的房间里，她的妹妹却沐浴在外面的阳光里，和她的丈夫调情。”

“女王爱上了他，而他却只是出于政治考虑才和她结婚，”伊丽莎白断言道，“我可不想做这样的傻瓜。如果他和我结婚，情况就大不相同了。我是出于政治原因和他结婚，而他却是因为爱情。我们倒要看看是谁先心碎。”

“他说过他爱你吗？”我惊骇地低语，想着女王在那个封闭的房间里的失落，“他说过如果女王死去，他会娶你吗？”

“他爱慕着我，”伊丽莎白愉快地说，“我想让他说什么都可以。”

想要打听约翰·迪伊的其他消息，又不显得过度好奇，这真的很难。他就这么不见了，仿佛他根本就不存在一样，仿佛就这么被关进了英格兰圣保罗大教堂的宗教审判所的可怕地牢里，由邦纳主教负责审问，而后者毫不留情的拷问以每周半打的速度将那些可怜的男男女女送入史密斯菲尔德的烈火。

有天早上，我看到威尔·萨默斯在一张长椅上躺着，像只蜥蜴那样沐浴着夏日的阳光，便走上前去问他：“约翰·迪伊有什么消息吗？”

“他还没死，”他眼睛都几乎没有睁开，“嘘。”

“你在睡觉？”我问他，想知道更详细的消息。

“我也还没死，”他说，“在这一点上，我们有共同点。但我既没有在拷问台上躺成大字形，胸上也没有压着几百块石头，也没有在午夜、在黎明被人拉起来质问，作为对早餐的粗糙替代品。这些方面我们没有共同点。”

“他坦白了没有？”我的声音低得如同喘息。

“还没有，”威尔实话实说，“因为如果他坦白承认，就必死无疑，他和我的相似之处就消失了，因为我还没有死，只是睡着了。”

“威尔……”“快快睡，入梦乡，一个字儿也不多说。”

我去找伊丽莎白。我本想和凯特·艾什莉聊聊，但我很清楚她看不起我这乱七八糟的立场，我也不相信她能足够谨慎。我听到打猎的号角声响起，知道伊丽莎白一定会去骑马。我急忙赶去马厩，看到猎犬们蜂拥而出，一队骑手紧随其后。伊丽莎白骑着一匹黑色的猎马，那是国王送给她的礼物，她歪戴着帽子，容光焕发。宫人们下了马，喊着他们的马夫。我飞快地走过去，拉住她的马，用别人听不到的声音低声对她说：“公主，您有约翰·迪伊的消息吗？”

她掉转马头看我，拍了拍马儿。“好了，旭日，”她大叫着马的名字，“你做得很好。”她压低了声音对我说：“他们因为他施行法术把他关起来了。”

“什么？”我惊恐地发问。

她的口气异常冷静。“他们说他试图绘制女王的占星图，而且还召来了魂灵预言未来。”

“他有没有提到帮助他预言的人？”我深吸了一口气。

“如果他们指控他是异端，他会像唱歌的盲眼小画眉一般坦露一切的，”她说着，转身对我明媚一笑，仿佛她的性命没有和我一样危在旦夕，“你知道的，他们会拷打他。没人能够忍受那种痛苦。他一定会被逼着说出些什么。”

“比如异端？”

“我是这么听说的。”

她把缰绳丢给马夫，然后靠着我的肩膀向宫殿的方向走去。

“他们会烧死他吗？”

“毫无疑问。”

“公主，我们该做些什么？”

她用手臂紧紧环住我的肩，仿佛要将自己的感觉传递给我。我能感觉到她的手暂时停止了颤抖。“我们要等待。希望能够逃过这一劫。就像以往那样，汉娜。等待，并且希望能够活下来。”

“您会活下来的。”我突然充满悲痛地说。

伊丽莎白转过她明艳的脸庞看我，笑容愉悦，双眸漆黑。“噢是啊，”她说，“迄今为止，我都活得好好的哪。”

到了六月中旬，仍处于妊娠期的女王打破传统，离开了分娩室。医生们觉得外出也不会使情况更坏，而且呼吸一下新鲜空气或许会让她的胃口好些。他们担心她吃得不够多，不足以让她和婴儿存活下去。在清冷的早晨或是昏暗的傍晚，她都会在自己的花园缓缓踱步，陪伴她的只有她的女伴和其他王室成员。我目睹了她从那个与西班牙的菲利普王子结婚并且同床、沉醉于爱情的女子，变回了我初见到时的那个焦虑而早衰的女人。她对爱和幸福的信心逐渐枯竭，连同她脸颊的绯红和眼眸的蔚蓝一起，我看得出她又回到了儿时的孤独与恐惧之中，像一个渐渐步向死亡的残疾人。

“陛下。”有一天我在她的私人花园里遇到她，单膝跪了下来。她正越过船舶码头眺望湍急的河水，但她的目光却心不在焉。一窝小鸭子在水上嬉戏，鸭妈妈游在一旁，警惕地打量着那些浮浮沉沉的小毛团。就连泰晤士河上的这些鸭子都有了幼仔，可英格兰继承人的摇篮，刻着满怀期待的诗句的那只摇篮，却仍然空空荡荡。

她以无神的黑色眼眸看着我。“噢，汉娜。”

“您还好吗，陛下？”

她试着对我微笑，但我看到她的唇角并没有扬起。

“不，汉娜，我的孩子。我不太好。”

“您很痛苦吗？”

她摇了摇头。“如果有痛苦，能感觉到阵痛，我反而会高兴的。不，汉娜。是我什么都感觉不到，无论是身体里还是心里。”

我又靠近了一些。“也许这些只是分娩前的幻想，”我安慰她说，“就像他们说女人有时会想吃生水果和煤块儿那样。”

她摇了摇头。“我可不这么认为。”她像个生病的孩子那样，耐心地向我伸出双手，“你看不到什么吗，汉娜？用你的天赋也看不到吗？你能为我看一看，然后告诉我真相吗？”

我几乎不情愿地握住她的手，在接触她手的瞬间，我感觉到一阵黑暗冰冷的绝望流过我的身体，像是坠入了码头下面奔流的河水。她看着我震惊的脸色，马上就明白了。

“孩子没有了，对吗？”她轻声说，“我不知怎么的失去他了。”

“我不知道，陛下，”我吞吞吐吐，“我不是医生，我没有办法判断……”

她摇摇头，明亮的阳光照在她绣着华美图案的兜帽上，照在她的金耳环上，照在所有这些能够隐瞒心碎的世俗财物之上。“我知道的，”她说，“我的腹中曾经有那么一个男孩，现在他不见了。我在曾经感觉到生命的地方只感觉到空无。”

我仍然紧握着她冰冷的手，我发现自己正在摩挲着那双手，就像人们摩挲尸体的双手那样。

“噢，陛下！”我大喊出声，“还会有另一个孩子的。您从哪儿得来的第一个孩子，就会从哪儿得到另一个孩子。您有过一个孩子，然后失去了他，千百个女人都经历过这样的事，然后就孕育了下一个孩子。您也可以这样。”

她仿佛没有听见我的话，任由双手被我握在手中，看着河流，仿佛想要顺流而去。

“陛下?”我很小声地说，“玛丽女王？最最亲爱的玛丽?”

她转过脸的时候，我看到她的眼中充满泪水。“全都乱套了，”她说，她的声音听起来低沉而凄楚，“自从伊丽莎白的母亲将我的父亲勾引走，又伤透了我母亲的心，一切就都乱套了，而且没有恢复正常的办法。伊丽莎白的母亲夺去了我父亲，让他犯下罪孽，让他背离自己的信仰，让他死后还要经受折磨。全都乱套了，汉娜，无论我怎么努力都没法让一切恢复正常。我已经无法忍受了。有太多悲伤、罪恶与失落需要平复。这超出了我的能力。现在伊丽莎白又从我身边夺去了我人生中最大的欢乐——也是唯一的欢乐——我的丈夫，我这一生中唯一爱过的男人，自从失去母亲以后唯一爱过的人。可她却从我身边夺走了他。现在我的儿子也离我而去了。”

她的阴郁流经我的身体，就像一股最为深沉的绝望水流。我攥住她的手，仿佛她是个溺水的女子，即将被黑暗的洪流冲刷而去。

“玛丽!”

她轻轻地抽回手，再度孤身走开，一如她从前那样，而她此刻一定觉得自己始终是孤独的。我跟在她身后，她听得到我的脚步声，但她没有停下脚步，也没有回头。

“您会再有一个孩子的，”我又重复了一次，“您也会夺回您的丈夫。”

她仍然没有停下脚步或是转过头。我知道她仍然高扬着头走路，眼泪却流下了她的脸颊。她不能求助，也不能接受帮助。她心中的痛苦来自失去的种种。她曾经失去父亲的爱，曾经失去母亲。现在她失去了自己的孩子，而且每一天，在整个宫廷的众目睽睽之下，她都在因为自己的漂亮妹妹而失去自己的丈夫。我转过身，任由她走远。

漫长炎热的七月，女王什么也没有说，没有解释她的孩子为什么依然没有出生。伊丽莎白每天早上都会关切地打探姐姐的健康，每天都用她甜美清晰的嗓音说：

“天哪，都这么久了，这孩子也该出世了吧！”

每天都会有从伦敦出发，为祈祷女王平安分娩而参加弥撒的人，我们也都每天三次站在教堂里，说“阿门”。他们从伦敦带来的消息意味着那座城市已经陷入了恐慌。女王相信她的孩子直到英格兰的异端得到清洗之前都不会降生，于是采取了激烈的行动。她麾下的审判官们——其中包括邦纳主教——实行了包括秘密逮捕和严刑拷打在内的野蛮手段。关于不公的异端审判的流言传播开来，那些拒绝交出圣经的无知女仆们，最终被带上火刑架，因为信仰而被焚烧至死。还有个耸人听闻的流言，讲述一个初次怀孕的女子被控异端然后受审。因为她不愿在罗马天主教神父的命令下低头，他们便将她绑上火刑柱，点燃了柴堆。她在惊恐中当场生下了孩子，掉到了柴堆上。婴儿扭动着钻出她颤抖的大腿时，嘹亮的哭声盖过了火焰的噼啪声，行刑者用干草叉将赤裸身体的婴儿叉回火中，仿佛他只是一团会哭喊的引火物。

他们确保这些故事不会流传到女王耳中，但我相信如果她知道了这些，她就会制止这些残酷的行为。一个等待自己孩子降生的女子不会将另一个孕妇送上火刑柱。有天早晨，在她外出散步时，我找到了和她说话的机会。

“陛下，能和你说句话吗？”

她转过脸，露出微笑。“可以，汉娜，当然可以。”

“是有关国家的事情，不过我没有资格去评判，”我小心翼翼地说，“而且我还年轻，也许我并不明白。”

“明白什么?”她问。

“伦敦城传来了很残酷的消息，”我决定冒险一试，“如果我有点语无伦次，请您别见怪，只是有人以您的名义做出了很多残酷的事，而您的顾问们没有告诉您。”

我的大胆引发了一阵小小的骚动。在那群女伴后面，我看到威尔·萨默斯朝我转了转眼珠。

“噢？这话怎么说，汉娜?”

“陛下，您知道的，这片土地上许多的新教徒都默默地参加着弥撒，那些神父也离开了自己的妻子，遵从新的律法。只是他们的仆从和那些愚蠢的乡下人不会在受到盘查时说谎。您当然不会希望这些单纯的民众因为信仰而被烧死吧？您当然会宽恕他们的吧?”

我本以为她会露出认同的微笑，但她转向我的那张面孔却眉头紧蹙。“如果有这种转变立场却不肯转变信仰的家庭，那我很想知道他们的名字，”她口气严肃，“你说得对：我的目的不是烧死仆从，我希望他们所有人，无论主人还是下人，都重返教会的怀抱。如果我没有在法律上对穷人和富人一视同仁，那我这个英格兰女王也太可悲了。如果你知道哪个神父私下里还有妻子，汉娜，你最好现在就告诉我他的名字，否则你本人的不朽灵魂也有受到玷污的危险。”

我从来没见过她的神情如此冰冷。

“陛下!”

她仿佛没听到我的话。她手按心口，大喊道：“上帝作证，汉娜，我将拯救这个王国脱离罪恶，即使有许多人会因此送命。我们必须回归上帝，远离异端，就算需要燃起成百上千的火堆，我们也要办到。即使你，如果是你包庇着什么人，我也会从你那里问出来，汉娜。没有任何例外。即使你也会受到审问。如果你不肯坦白，我就会把你送去受审……”

我能感觉到自己脸色发白，心跳加速。我居然在幸存了这么久以后，还以身犯险，自行靠近拷问台！“陛下！”我结结巴巴地说，“我是无辜的……”

后方突然传来一声尖叫，我们全都转头去看。有个侍女朝着女王飞奔而来，同时拉起自己的裙摆，免得绊到双脚。“陛下！”她抽噎着说，“救救我！是那个弄臣！他发疯了！”

威尔·萨默斯蹲伏在地，弯着长长的双腿。他身边的草地上是一只翠绿色的青蛙，正眨着那双大大的眼睛。威尔也学着它眨着眼睛。

“我们在赛跑哪，”他庄严地说，“这位**青蛙先生**[①]跟我打了个赌，我要抢在他前面赶到果园。可他还在深思熟虑哪。他打算以策略胜过我。要是有谁拿根棍子给他挠挠痒就好啦。”

整个宫廷的人都在捧腹大笑，先前尖叫的那名女子也转身大笑。威尔像只青蛙那样蹲在地上，膝盖靠近耳朵，瞪大的眼睛时不时地眨一眨，简直好笑得要命。就连女王也在微笑。有人拿起一根棍子，站到青蛙后面，轻轻捅了捅它。

那只吓坏了的小东西立刻跳向前去。威尔也出人意料地奋力一跳。他第一跳之后就遥遥领先。宫人们大喊一声，飞快地排成两列，围出了一条跑道，然后又有人捅了捅那只青蛙。这次它更加惊恐，连跳了三次，然后又开始爬行。侍女们甩动裙子，让它维持在跑道上，而威尔跳着跟了上来，但青蛙显然开始了加速。棍子再次伸出，它再次跳起，威尔紧追不舍，众人大喊着赔率和赌注，西班牙人对英国佬的愚蠢摇着头，但随后便忍俊不禁，更将一袋又一袋的钱币押在青蛙身上。

---

① 原文为法语。

“谁来挠挠威尔的痒!”有人喊道,“他落后了。”

有人找到了一根棍子,走到威尔身后,后者为了躲开他,跳得略微快了些。“我来!”我说着从他手里抢过棍子,做出用力挥击的动作,而棍子却砸到了威尔身后的地面上,总是差那么点碰着他的裤子。

他用尽全力跳着,可青蛙已经吓得魂飞魄散,又似乎觉得果园尽头的那片长着豆子花的浓密荆棘篱会是安全的港湾。它蹦蹦跳跳地冲过终点,而威尔以毫厘之差屈居第二。众人高声喝彩,在叮当的响声中钱币易手。女王捧腹大笑,简·多摩尔搂住女主人的腰,欣慰地看着她少有的快乐模样。

威尔站起身来,瘦长的双腿终于伸直,一张脸笑得皱了起来,然后鞠躬行礼。整个宫廷的人继续散起步来,谈笑着威尔·萨默斯和青蛙的这场赛跑,但我一手按住他的胳膊,拉住了他。

“谢谢你。”我说。

他定睛看着我,再不是先前那个弄臣的样子。“孩子,你无法改变女王,你只能让她大笑。如果你是个真正了不起的弄臣,有时候你可以让女王嘲笑自己,也可以让她成为更好的人和更好的女王。”

“我太笨拙了,”我承认道,“可威尔,今天我跟一个女人说过话,她告诉我的那些事差点让我落泪!”

“法兰西的情况更糟,”他语速飞快,“意大利还要糟糕。你应该是个明白人,孩子,你应该知道西班牙的情况比这些都要糟糕。”

我欲言又止。“我来到英格兰的时候,还以为这个国家会更仁慈些。女王肯定不是那种能烧死牧师的妻子的女人。”

他搂住我的肩膀,“孩子,你可真是个小傻瓜,”他温柔地说,“女王没有教导她的母亲,没有爱她的丈夫,没有吸引她注意力的孩子。她只想做正确的事,然后她身边的每一个人都告诉她,让这个国家听话的最好方法,就是烧死几个注定要下地狱而且无足轻重的人。她为他们心痛，但她会牺牲他们以拯救剩下的那些人，正如她会牺牲自己以拯救她不朽的灵魂。而你我的本领，就是用来确保她永远不会牺牲我们。”

我转向他时的神情如同他希望的那样严肃。“威尔，我相信过她。我也会把性命托付给她。”

“你做得对，”他用装模作样的赞许口气说，“你的确是个傻瓜。只有傻瓜才会相信一国之主。”

七月的时候，宫廷本该开始旅行，在英格兰的那些大宅之间迁移，享受狩猎、聚会和英格兰夏日的种种乐事，但女王完全没有提起离开的日子。我们起程的日子在等待王子的出世中耽搁了一天又一天，直到现在，十二个星期已经过去，已经没有人相信这位王子真的会出生。

但最糟糕的是，没有人跟女王说话。没有人问她感觉怎么样，有没有不舒服，有没有流血或者反胃。她失去的那个孩子对她而言比整个世界还要重要，没有人问她是怎么回事，也没有人去安慰她。她被一道名叫“礼貌的沉默”的高墙包围，当她经过的时候他们会对她微笑，还有些人掩口大笑，说她是个又老又蠢的女人，居然把绝经的症状当成了怀孕！她多么愚蠢啊！她让国王显得多么愚蠢啊！他又会多么痛恨让他沦为基督教国度之笑柄的她啊！

她一定知道别人在背后怎样说自己，她抽动的嘴角暴露了她的伤心；但她走路时仍然高昂着头，穿过充斥种种恶意与流言的夏日王宫，而且仍旧一言不发。七月末的时候，尽管女王没有公开下令，但助产士们都将自己的绷带打包好，将绣花的白色丝质婴儿服装弃置一旁，将那些小圆帽、小靴子拿走收好，最后还从婴儿房里搬走了那只华丽的木头摇篮。仆从们将挂毯从窗上和墙上撤下，厚厚的土耳其地毯从地上搬走，寝具也从床上拿走。医生们没有出言解释，助产士和女王本人也没有说过半句话，但每个人都已经明白过来，没有什么婴孩，也没有怀孕的事实，这件事到此结束。女王的宫廷几乎无声无息地搬到了奥特兰兹宫[1]，定居下来，安静得足以让人觉得有什么人不光彩地死去了。

约翰·迪伊被指控信奉异端和施行法术，消失在大主教位于伦敦的那座宫殿的血盆大口里。据说煤库、柴房和地窖都塞得满满当当，就连宫殿下面的排水沟也充当着数百个等待邦纳主教审问的嫌疑异端的牢房。在隔壁的圣保罗大教堂，钟塔里关满了囚犯，他们几乎连坐的地方都没有，更别提躺下了，头顶拱门上的大钟鸣响，几乎震聋他们的耳朵，残酷的审问让他们筋疲力尽，折磨和等待让他们身心伤痛，又在惊恐中等待着必将到来的火刑。

我听不到关于迪伊先生的消息，伊丽莎白公主那里没有，宫廷内外的流言飞语也没有。甚至连总是知晓一切的威尔·萨默斯也没听说约翰·迪伊的情况。我问起他的时候他瞪着我说："弄臣，留着你那些愚蠢的箴言吧。有些名字最好不要在朋友之间提起，即使说的人和听的人都是弄臣。"

"我想知道他的遭遇，"我急切地说，"这对我来说……相当重要。"

"他消失了，"威尔低沉地说，"看起来他是位真正的魔术师，能够彻彻底底地消失不见。"

"他死了吗？"我把声音压得很低，威尔甚至听不到我说的话，他从我惊骇的表情猜到了我的意思。

---

① 位于英格兰萨里郡的王宫，都铎家族和斯图亚特家族都曾将其作为王宫使用。

"失踪了,"他说,"消失不见。也许这比死更糟。"

我不知道那男人消失之前会说些什么,所以我每晚只睡几个小时,门外稍有动静就会醒来,担心有人来抓我了。我开始做梦,梦到他们来找我的母亲那天。在我童年为她而生的恐惧以及如今为自己而生的恐惧的夹攻下,我变得精神不振。

伊丽莎白公主可不一样。她就像从未听说过约翰·迪伊似的。她在宫中自在地生活,释放着自己伴随都铎血统而来的魅力,她在花园里散步,在大厅中进餐,坐在姐姐的身后做弥撒,并且与国王的视线相交之时,眼里总是带着不言自明的承诺。

他们对彼此的欲望点燃了这座王宫,几乎到了尽人皆知的地步。每当她走进房间的时候,每个人都看得出,他就像一只听到了捕猎号角声的猎犬。每当他走到她的椅子背后,她就会不由自主地颤抖起来,仿佛他们之间的空气爱抚着她的颈背。他们偶然在走廊里遇到的时候,会间隔三英尺站着,仿佛彼此都不敢靠近到伸手可及的距离,他们互相绕开走路,一会走向这边,过一会又会折回去,就像是随着只有他们才能听到的音乐起舞的两个人。只要她转过头去,他就会盯着她的脖颈,盯着悬挂在她耳垂上的那颗珍珠,就好像他从未见过这种东西一样。每次他扶她下马,都让她靠在自己身上,一直到她落了地,他才依依不舍地放开她。

他们一句话都没有说过,至少没有传入女王的耳中,也没有人看到他们的相互爱抚。这种简简单单、日复一日的生活就足以让他们两人欲火焚身:跳舞的时候,他会双手搂在她腰上,她也将手搭在他的双肩上,等到他们贴近的时候,就会四目相对,很久都不放开。毫无疑问,这个女人能够避免任何责罚,只要国王仍旧主宰着王国。他几乎无法让她离开自己的视线，更不可能让她被人送进伦敦塔。

女王只能将一切都看在眼里。女王形销骨立，腹部平坦，只能看着妹妹只是扬一扬眉毛，国王便趋之若鹜。女王只能看着她仍旧深情地爱着的那个男子任由另一个女子呼来喝去，而那个女子，伊丽莎白，那个偷走了玛丽父亲的多余的妹妹，如今又在勾引她的丈夫。

玛丽女王从未将自己情感的动摇表现出来。即使她曾在椅子上身子前倾，笑着和菲利普说话，可却发现他根本没有听见，他正一心一意地看着伊丽莎白的舞蹈。即使伊丽莎白曾在整个宫廷面前给他送来一本她正在读的书，又即席创作了一句拉丁文格言作为致辞。即使伊丽莎白高唱为他谱写的歌曲，即使伊丽莎白在捕猎的时候邀他赛马，两人甩开了整个宫廷的人，消失了整整半个钟头。玛丽和她母亲，和阿拉贡的凯瑟琳拥有同样的庄重性格，后者曾目睹自己丈夫沉迷于另一个女子长达六年之久，而她却作为第一任女王对那两人露出微笑。就像她母亲那样，玛丽带着爱与理解微笑地看着自己的丈夫，又对伊丽莎白露出礼貌的微笑，但只有我，以及少数几个真正爱戴她的人，知道她的心正在承受一次又一次的伤痛。

八月的时候我从父亲那里收到过一封信，问我什么时候去加莱找他们。我确实很想早点过去。现在我在英格兰彻夜难眠，我视之为家的这里已经不再安全。我想和自己的同胞在一起，想和父亲在一起。我想远离邦纳主教，远离史密斯菲尔德的尘烟。

我先是去了伊丽莎白那里。“公主，我父亲让我去加莱，去他身边，您能允许我去吗?”

她美丽的脸孔立刻沉了下来。伊丽莎白喜爱收罗仆从，她不喜欢任何人离开。“汉娜，我需要你。”

“上帝祝福您，公主，但我觉得您的仆从已经足够侍奉您了，”我笑着说，“而且当初我来伍德斯托克的时候，您好像并不特别欢迎我。”

“那是因为我病了，”她恼怒地说，“而且你那时还是玛丽的探子。”

“我不是任何人的探子，”我几乎忘了自己曾经为罗伯特大人做过事，“我告诉过您，是女王让我来陪您的。现在我看到您在宫里已经得到了尊重和良好的待遇，我可以离开您，您也不再需要我了。”

“我来决定我需要怎样的仆从和不需要怎样的仆从，”她立刻说，“不是由你决定。”

我以仆童的方式鞠了一躬。“求您了，公主，让我去父亲和未婚夫那里吧。”

她转而想起了我的婚事，正如我的预料。她笑了起来，就连她的恼怒也散发着都铎家族的魅力。“这就是你的目的？准备脱下这套乱七八糟的衣服，去找你的恋人？你觉得自己做好成为女人的准备了吗，小弄臣？你对我的学习足够了吗？”

“如果我想成为好妻子的话，您就不再是我的学习对象了。”我直白地说。

她银铃般地笑了起来。“真是谢天谢地。但你都从我身上学到了什么呢？”

“学到如何将一个男人折磨到发疯，如何让一个男人追随您哪怕您不看他一眼，还有如何在下马的时候让自己贴着他的每一寸肌肤。”

她昂起头大笑起来，笑得非常大声。“你学得不错，”她说，“我只希望你能从这些技巧中得到和我同样多的快乐。”

“但这有什么好处呢？”我问。

伊丽莎白看着我的目光意味深长。“一些愉悦，”她不情愿地说，“还有真正的好处。我和你能够安稳地睡在自己的床上，因为那位国王迷恋着我，汉娜。从世上最有权势的那个男人发誓要支持我的那一刻起，我通往王座的路就又清晰了一些。”

“他对您发过誓？”我惊讶地看着她问。

她点点头。“噢，是的。我对我姐姐的背叛远比她知道的更深。她的国家里的一半人都爱着我，现在她的丈夫也爱着我。我给你的建议是，如果你回到你丈夫那里，永远不要相信他，永远不要爱他比他爱你更多。”

我摇摇头笑了。“我想做一个好妻子，”我说，“他是个好人。我想离开王宫，想去他身边，做他贤惠的妻子。”

“哈，这是不可能的，”她说，“你还没有真正成为女人。你害怕自己的力量。你害怕他的欲望。你害怕你自己的欲望。你害怕成为女人。”

我什么也没说，虽然我觉得她说得没错。

“噢，那你去吧，小弄臣。但当你厌倦的时候——你会厌倦的——你可以再回到我身边。我喜欢让你做我的仆从。”

我鞠了一躬，又去了女王的房间。

我打开门的瞬间就意识到有什么不对。我的第一感觉是玛丽女王病了，不知为什么病得很重，而且没人在照料她。她那些女伴都不在了，只留下她一个人。房间门窗紧闭，阴沉冰冷，夏天的暖意也渗不进厚厚的墙壁。她蹲伏在地上，屈着身体，双膝跪地，前额抵在空壁炉冰冷的石壁上。只有简·多摩尔陪着她，坐在她身后的阴影中，沉默不语。当我走过去跪倒在女王面前的时候，我看到她满脸泪水。

“陛下！”

“汉娜，他要离开我了。”她说。

我以困惑的神情看着简，她却对着我皱眉，仿佛我就是罪魁祸首。

“离开您？”

“他要去低地王国[①]了。汉娜，他要离开我了……离开我了。”

我握住她的双手。“陛下……”

她双眼无神，饱含热泪，目光定格在空荡荡的炉膛里。“他要离开我了。”她说。

我走到正在窗边座位上绣着亚麻衬衫的简·多摩尔身旁。“她这样子多久了?”

“从今早他告诉她这个消息以来就这样了，”她冷冷地说，“因为她开始尖叫说自己的心快要碎了，他就遣走了她的女伴们，见自己也没法阻止她的哭泣，于是他也走了。国王没有回来，女伴们也没有回来。”

“她一直没吃饭吗？你没给她拿些吃的来吗?”

她怒视着我。“他让她心碎了，正如你预言的那样，”她断然道，“你不记得了么？我还记得。把画像拿来的时候，我曾是那么满怀希望，她也那么为他着迷。你说他会让她心碎，他也确实这么做了。他和他的孩子曾经在这里，然后又走了，他和他那些西班牙贵族一直渴望着离开，去跟法国人打仗，而且他们没完没了地抱怨着英格兰。现在他又告诉她准备跟法国人开战，却没说何时会回来，而她只能不停地说他要离开她了，离开她了。女王还号啕大哭，伤心得死去活来。”

“我们不能让她上床去吗?”

“为什么?”她质问道，“如果说他不肯因为怜悯来找她，也就不会为了欲望上她的床，只有他在这里才能让她好受些。”

“简女士，我们不能就这么坐在这儿，看着她不停地哭泣。”

“那我们能做什么?”她问，“她的幸福维系在那个对她不够关怀的男人身上，连她失去自己的孩子，又因为他失去自己子民的爱戴的时候，他都不肯留下陪她。那个男人甚至缺乏最基本的同情心，连安慰她的话都不肯

① 指比利时、荷兰和卢森堡这三个低地国家。

说。我们没法用一杯温暖的麦酒和垫在脚下的热砖治愈她的创伤。”

“至少我们能给她拿来这些吧。”我思索着说。

“你去拿吧，”她说，“我不会留下她一个人的。这位女子会因为孤寂而死的。”

我走上前去，悄无声息地跪倒在女王身边，她的额头随着前后摇晃的身躯不时撞在壁炉上。“陛下，我要去厨房了，需要我给您拿点吃的喝的来吗？”

她后仰身子，但没有看我。她的额头被石头擦破，鲜血淋漓。她的目光定格在空无一物的炉膛里，然后她伸出那双冰冷的小手，握住了我的手。“别离开我，”她说，“不要连你也离开我。他要离开我了，你知道的，汉娜。他刚刚告诉我的。他要离开我了，我都不知道怎么才能活下去。”

亲爱的父亲：

感谢您上一封信给我的祝福。很高兴听到您身体健康以及加莱的店生意兴隆的消息。我原本很愿意按照您的要求立刻去您那里，但当我去见女王，请求她容许我离开的时候，我发现她病得很厉害，我不能就这样离开她，至少这个月不能。国王坐船去了低地王国，没有他陪伴，女王没法开心起来，她非常孤单。我们搬去了格林威治，感觉整个宫廷都像在哀悼似的。我要一直陪她直到他如约回来，他诚恳地发过誓很快就会回来。他回来以后，我就立刻赶去您那里，决不耽搁。我希望能得到您的同意，父亲，请您和丹尼尔及他的母亲解释一下，我很愿意看到他们，但我觉得在女王非常难过的时候，待在她身边是一种责任。

献上我的爱与忠诚，希望很快就能见到您——

您的汉娜

亲爱的丹尼尔：

原谅我，我还不能回去。女王现在深陷绝望，我不敢离开她。国王离开了，她需要和她的朋友们在一起。她现在如此孤单，我很担心她。原谅我，亲爱的，我会尽量早日赶回去。国王发誓说他只是短时间离开，去保卫他在低地王国的利益，我们估计他会在月内回来。最迟是九月或十月，我也就能回去见你了。我想要成为你的妻子，真的。

汉娜

1555年秋

在曾经最为欢乐的格林威治宫，女王退入了一个无声而痛苦只属于她自己的世界。与国王的分别令她极度痛苦。他用复杂的告别仪式逃避着她的绝望，他确保两人都会到场，让她无法偷偷为他哭泣。他安排了一切，让她只能像个玩偶女王那样对他道别：如今操纵着她的双手、双脚和嘴巴的，已经是一位对她漠不关心的木偶师。他的最终离去就像是切断了操纵她的那些线，而她落到地上，乱作一团。

伊丽莎白微笑着送走了他，仿佛在说，她对他何时返回英格兰的看法比他的妻子更加准确，而他的安排也印证了这一点。他保持着体面，没有在分别时抱住她，但等他上船以后，他的身子越过船舷，挥了挥手，又亲吻了自己的手，但这个动作的对象却模糊不清：可以是对着公主，也可以是对着心碎的女王。

女王一直留在那个昏暗的房间里，只允许简·多摩尔或者我来服侍她，这座宫廷成了鬼魂出没之地，她的不幸萦绕不去。留下的少数几个西班牙廷臣不顾一切地想要回到国王身边，他们的急于离开让我们觉得，这桩婚姻对这些西班牙人而言只不过是人生中的小小插曲，而且还是个错误。当他们请求女王的允许时，她几乎因猜忌而发了狂，还赌咒发誓说，他们要走是因为私底下知道在英格兰等待菲利普归来也毫无意义。她对着他们尖叫，而他们鞠躬行礼，匆匆逃离狂怒的她。她的女伴们匆匆溜出房间，或是紧靠在椅背上，试图什么都不听，什么都不看，只有简和我走到她身边，乞求她冷静下来。她愤怒得失去了理智，于是在这场风暴过去之前，简和我只能拼命拉住她的双臂，阻止她用脑袋去撞击房间的木板墙。她只是个普通女人，因为对他的深爱而发狂，因为相信自己将永远失去他而发狂。

等女王的愤怒平息之后，状况却更糟糕了，因为她瘫坐在地板上，抱住双膝，脸深深地埋在里面，就像个刚刚挨过打的小女孩。我们有好几个钟头，没法让她起身，甚至没法让她睁开眼睛。她遮住自己的脸，深陷在绝望之中，又对自己因为爱变得如此卑贱而满心羞愧。我坐在她身边冰冷的木头地板上，不知该说什么来缓解她的痛苦，只能看着她的泪水缓缓浸湿她的天鹅绒礼裙，而她始终没有发出任何声音。

她整整一天一夜没有说话，之后的那天，她也像一尊绝望的雕塑那样面无表情。等她出现在众人面前，在空荡荡的王室里坐上王座的时候，却发现那些西班牙人公然违抗她强行留下他们的命令，宫廷里的英国男女也都很愤怒。女王的仆从们的生活不再像国王还在时那样，宫廷也不再像是宫廷。没有了文艺和音乐、运动与舞蹈，这儿就像是一座患了绝症的女院长管理下的修女院。没有人敢大声说话，宴会不再举办，不再有消遣和庆祝，而女王表情茫然而痛苦地坐在王座上，之后便独自返回房间，不让他人作陪。宫中的生活只剩下漫长而绝望的等待，等待国王的归来。我们都知道，他不会回来了。

如今伊丽莎白公主没有男人可以折磨，也没办法让女王更加悲惨，于是她趁此机会，离开了格林威治的王宫，回到了她在哈特菲尔德的宫殿。女王放任她离开，一句善意的道别都没说。她曾经对幼年伊丽莎白抱持的爱已被成为年轻女子的伊丽莎白的背叛消磨殆尽。伊丽莎白在玛丽怀孕（而且没能生下孩子）的最后数周与国王的调情则是她故意伤害她姐姐的行为中最严重的一次。在玛丽的心中，她把这看做伊丽莎白是妓女和鲁特琴师之女的最后一件证据。哪一个女孩会像伊丽莎白那样对待自己的姐姐？她在心里否认与伊丽莎白的血缘关系，否认她是自己的妹妹，否认她是她的继承人。她收回了自己始终给予那位年轻女子的爱，将她从心中驱逐出去。她乐于放她离开，也不在乎自己还能不能再见到她。

我走到正门那里，去向公主道别。她穿着那件黑白相间的庄重礼裙，那是新教公主的制服，因为她离开时将会穿过伦敦城，市民们将会为她侧目，为她欢呼。她调皮地对我眨了眨眼，然后让一个马厩小弟捧起她的靴底，帮她跨上马鞍。

“我打赌你更想跟我走，”她幸灾乐祸地说，“我不觉得你在这儿过圣诞能快乐到哪去，汉娜。”

“我会跟我的女主人同甘共苦。”我坚定地说。

“你能肯定你那个年轻男人会等着你？”她戏弄着我。

我耸耸肩。“他说过他会等的。”我可不会告诉伊丽莎白，看到玛丽因为对丈夫的爱而毁掉自己，对我结婚的打算可算不上鼓励。“我答应过，只要能离开女王，就跟他结婚。”

“好吧，你可以来找我，什么时候都行。”她说。

“谢谢您，公主。”我说着，不禁为自己听到她的邀请时的愉快而惊讶，但没有人能抵抗得了伊丽莎白的魅力。即使在昏暗宫廷的阴影里，伊丽莎白也仿佛一缕阳光，她姐姐的消沉丝毫无法掩盖她的微笑的光辉。

“别等到太迟了才想走。”她装模作样地警告着我。

我走到马儿的脖子旁边，好抬起头看着她。“什么太迟？”

“等我成为女王，所有人都会抢着来侍奉我，到时候你肯定想排在第一个。”她直白地说。

“还得有好些年呢。”我反驳道。

她摇了摇头。在这个清爽的秋日早晨，她显得极度自信。“噢，我可不这么想，”她说，“女王不是个坚强的女人，也不是个快乐的女人。你觉得菲利普国王会一有机会就赶回家看她，并且跟她生下儿子和继承人吗？不可能。而且在他离开的这段时间，我想我可怜的姐姐只会因为悲伤而衰弱凋零。等到那时候，他们会找到我，发现我正在阅读圣经，而我会说——”她停顿了片刻，“我姐姐当初在得知自己成为女王的时候说什么来着？”

我犹豫起来。我清楚地记得她说过的每一个字，那时她还是那么乐观，她还承诺会成为处子女王，让英格兰恢复真正的信仰和幸福。“她原本打算说：‘这是主所作的，在我们眼中看为稀奇。’不过最后我们是在逃跑的时候才知道的，而且她的王位没有人拱手奉上，只能靠武力自己夺取。”

“我得说，这可真不错，”伊丽莎白赞赏道，“‘这是主所作的，在我们眼中看为稀奇。’棒极了。我到时就这么说。到了那时候，你会陪在我身边吧？”

我张望四周，想确保没人偷听我们的话，但伊丽莎白知道没人听得见。我自始至终都知道，她从不会亲身涉险——被关进伦敦塔的永远都是她的朋友。

这支小小的骑兵队整装待发。伊丽莎白低头看着我，黑色丝绒帽子下面的笑脸显得那么明亮。“所以你还是快点来找我的好。”她提醒我。

“如果我能来的话，我会来的。上帝保佑您，公主。”

她弯下腰，拍了拍我的手以示道别。“我会等下去，”她说着，转起了眼珠，“我会活下去。”

菲利普国王时常会写信给她，却从不回应玛丽的关于爱的承诺以及希望他回来的要求。那些信件中提到的是各类事务，以及给他妻子的命令，教导她该如何治理她的王国。他没有回应她让他回家的恳求，甚至连何时返回都只字不提，也不允许她去找他。起先他言辞温和，嘱咐她找些能够排解烦恼的方法，并且期待着与她重聚的那一天，但随后他每天都会收到她的信件，不断地乞求他回来，警告说她因为忧愁而不适，因为他的离开而患病，而他的回信也换成了处理公务般的口气。他的信件只剩下议会该如何决定这件事或者那件事，女王被迫拿着他的来信出席议会，把那个徒有其名的国王的命令拿给议员们看，又用自己的权力去强迫他们实行。他们并不欢迎双眼红肿地走进房间的她，也公开质疑那位为自身利益而开战的西班牙王子会把英格兰的利益放在心上。红衣主教波尔是她唯一的朋友和伙伴，但他长年流亡在英格兰之外，对许多英格兰人都抱着不信任的态度，玛丽也觉得自己不再是从前的英格兰统治者，而是一位身处敌人之中的流亡女王。

十月份的一天，我在晚餐前寻找简·多摩尔，但找了很多地方都一无所获，最后我把头探进女王的礼拜堂的大门里，看着那位女伴正在花时间祈祷。我惊讶地发现威尔·萨默斯跪倒在圣母雕像前，在他脚边燃起一支蜡烛，他低着头，弄臣的尖顶帽在他手中揉成了一团，拳头紧紧攥住帽子上的小铃铛，让它保持安静。

我从没想过威尔也会这么虔诚。我后退几步，在门口那里等着他。我看着他低垂着头，在胸前画起了十字。他重重地叹了口气，站起身来，略微佝偻着身子走进过道，显得比他三十五岁的年纪还要苍老许多。

“威尔？”我说着，迎了上去。

“孩子。”他的脸上浮现出习以为常的愉快笑容，但他的眼神仍旧阴沉。

“你有麻烦了吗？”

“噢，我不是在为自己祈祷。”他简短地回答。

“那是为谁？”

他扫视着空无一人的礼拜堂，然后把我拉到一张座位上。“你觉得陛下会听你的话吗，汉娜?”

我思索了片刻，然后遗憾但诚实地摇了摇头。“她只听红衣主教和国王的话，”我说，“而且比起任何人来，她更相信自己的良心。”

“如果你是用你的天赋说的话，她会听吗?”

“她会的，”我小心翼翼地说，“但我没法让灵视能力听我的话，威尔，你知道的。”

“我觉得你可以假装一下。”他直率地说。

我吓了一跳。“这项天赋是神圣的！假装它可是渎神的行为!”

“孩子，这个月有三位侍奉上帝的人受控异端的罪名，如果我没弄错的话，他们会被带出牢房烧死：可怜的克兰默大主教、拉蒂默主教和瑞德里主教。”

我等着他的下文。

“女王不该烧死这些好人，何况他们还是她父亲的教会里侍奉上帝的主教，”这位弄臣断言道，“这种事不应该发生。”

他看着我，伸出手臂搂住我的肩膀，抱住了我。“去对她说，灵视能力告诉你，他们应当遭到流放，”他怂恿着我，“汉娜，如果这些人死去，女王就会成为所有尚存怜悯者的敌人。这些都是好人，是可敬的人，她父亲亲自任命的人。他们没有改变信仰，只是他们身边的世界改变了。他们不应该死于女王的命令，如果她这么做，她就将永远蒙羞。历史会将她作为焚烧主教者而铭记。”

我犹豫了。“我不敢，威尔。”

“如果你答应，我也会在场，”他承诺道，“我会帮助你。我们会想办法克服难关的。”

“你告诉过我，不要干涉，”我焦虑地低语着，“你告诉过我，不要试图改变君王的想法。你的前主人砍过两任妻子的头，更别提主教了，可你也没有阻止他。”

“而他会作为‘杀妻者’为人铭记，”威尔预言道，“而关于他的其他一切，那些勇敢、忠诚而真挚的一切都会被人遗忘。他们会忘记他为国家带来了和平和繁荣，忘记是他亲手塑造出这个人人喜爱的英格兰。他们对他的记忆将会仅限于他有过六任妻子，还砍掉了其中两个的脑袋。”

“而他们对女王的记忆将止于她为这个国家带来了洪水、饥荒和烈火。她将作为英格兰的诅咒为人铭记，而不是我们的处子女王，我们英格兰的救星。”

“她不会听我的……”

“她肯定会听的，”他坚持道，“否则她将会受到蔑视和遗忘，他们将会记住——上帝知道是伊丽莎白还是玛丽·斯图亚特——某个水性杨花的女孩儿，而不是那位真心实意的女王。”

“她所做的一切都在遵循自己的良心。”我为她辩护道。

“她应该遵循自己的软心肠，”他说，“她的良心近来可不是什么好顾问。她应该遵循自己那颗仁慈的心。你也应该为了你对她的爱，去尽你的职责，把那句话告诉她。”

我站起身来，发现自己的膝盖正在颤抖。“我害怕，威尔，”我小声地说，“我太害怕了。你见过我先前说出真相的时候，她的样子……我不能让她指控我。我不能让任何人问我从哪里来，我的家族又是……”

他陷入了沉默。“简·多摩尔也不肯找她谈，”他说，“我试着劝过她了。女王除了你没别的朋友了。”

我迟疑了一下，几乎能感觉到他的决心和我的良心同时压迫着我的脑袋，迫使我克服恐惧，做出正确的事。“好吧。我去找她说，”我大叫起来，“但我要自己去。我会尽我所能的。”

他拉住我的手，又拉过去仔细察看。我在发抖，我的手指也震颤不已。

"孩子，你真这么害怕吗？"

我盯着他看了片刻，发现我们都害怕得很。在女王统治下的这个国家，每个人都害怕说错或者做错什么，因为那就意味着在集市上的火刑柱，还有一堆绿油油的引火物，能够缓缓燃烧，冒出浓烟。

"是的。"我坦白地回答，同时抽出自己的手，抹去脸颊上的烟尘，"我这一生都在逃离这种恐惧，可如今我却似乎要自投罗网了。"

那天晚上，我一直等到女王就寝前在卧室角落的祈祷台前祈祷的时候。我也跪倒在她身边，但我没有祈祷。我在脑海中回顾着等会儿要用来说服她的话。漫长的一个钟头过后，她仍然跪着，我微微睁开眼睛偷看，却发现她正抬头看着十字架上受难的耶稣，泪水自她的双颊滚落。

最后她站起身来，在壁炉边的椅子上坐下。我拔出在余烬里烤得发烫的拨火棍，插进旁边那杯麦酒里，为她温酒。我握住她的双手，却触手冰冷。

"陛下，我有些事想问您。"我十分平静地说。

她看着我，却好像根本看不到我似的。"什么事，汉娜？"

"我在您身边的这些年，一直没求过您什么。"我提醒她。

她略微皱起眉。"对，你是没有。你现在有什么要求？"

"陛下，我听说您的监狱关着三个被指控异端的好人。拉蒂默主教、瑞德里主教和克兰默大主教。"

她转头看着壁炉里的小小火苗，所以我看不见她的表情，但她的口气却不容反驳。

"是的。那些人的确受到了指控。"

"我想请求您宽恕他们，"我直截了当地说，"处死好人是很糟糕的事。

所有人都认为他们是好人。只是犯了些错误……只是和教廷的教义有分歧。但他们是您弟弟的好主教，陛下，他们是英格兰教会的圣职者。”

她沉默良久。我不知该趁热打铁还是岔开话题。沉默开始让我有些害怕。我坐在自己的脚踝上，等着她说话，我能听到自己过于急促和微弱，不像是无辜者的呼吸声。我能感觉到危险的迫近，就像嗅到猎物气息的狗儿，随之而来的是惊恐的汗水，它令我的腋窝刺痛，又让我的背脊冰凉而潮湿。

等她转向我的时候，已不再是我爱的那个玛丽。她的面孔就像一张白雪做成的面具。“他们不是什么好人，他们否认上帝的言语和规条，又令他人堕入原罪，”她嗓音嘶哑，“他们可以为自己的罪恶而忏悔，然后得到宽恕，否则他们就得死。你应该找他们谈话，汉娜，不是我。这就是律法：不是人类的律法，不是任何人的律法，不是我定下的律法，而是教廷的律法。如果他们不想受到教廷的惩罚，他们就不该犯罪。我不会裁决他们的命运，做出决定的是教廷，而他们必须遵守，我也一样。”

她停顿了片刻，可我无法反驳她的坚定。

“正是他们这样的人为英格兰带来了上帝之怒，”她说，“自从我父亲转而对抗教廷之后，再没有好的收成，再没有丰饶的年头，而自从他抛弃我母亲之后，便再没有健康的婴孩诞生于英格兰王家之中。”

我看到她的双手在颤抖，嗓音也因为激动而颤抖，“你不明白吗?”她问，“就连你也不明白吗?你难道没看到，他抛弃了我母亲，就再也没有得到过一个血统纯正的健康孩子?”

“伊丽莎白公主呢?”我小声说道。

女王沙哑地大笑起来。“她不是他的种，”她嘲弄地说，“看看她吧。她是个私生女，全身上下无处不是。她母亲企图用她的私生女冒充国王的女儿，可现在她已经长大，所作所为都像是鲁特琴师和妓女的孩子，每个人都看得出她的出身。上帝只给了我父亲唯一一个健康的孩子：那就是我。然后我可怜的父亲就厌恶起我和我母亲来。从那天起，这个国家就再没交过一天的好运。他们说服他摧毁上帝的圣言，摧毁修道院和修女院，然后我弟弟又让英格兰更加深陷于罪恶。看到我们付出的代价了吗？举国上下饥荒不断，大小城镇疫病流行。

“我们必须安抚上帝。只有等到这个国家的罪恶连根拔除，我才能怀上一个孩子，并且把他生下来。像这样的国家，不会有神圣的王子降生。我父亲最先犯下、又由我弟弟延续的那个错误，必须纠正过来。一切必须得恢复原样。”

她停了下来，喘起粗气。我什么都没说。她的愤慨令我目瞪口呆。

“你知道的，有时候我会觉得自己的能力根本办不到这样的事，”她絮叨，“但上帝给了我力量。他给了我决心，去下令实行这些耸人听闻的审判，去开口让他们继续下去。上帝给了我力量，让我执行他的意愿，将罪人送上火刑柱，让这片土地得到净化。可你——我如此信任的你！——竟然在我祈祷的时候来找我，诱惑我犯下错误，诱惑我心软，请求我否认上帝和我为他施行的一切神圣之举。”

“陛下……”我的话卡在了嗓子眼里。她站起身，我也跳了起来。我跪了这么久，右腿开始抽筋，令我膝盖发软，因此我只好又俯下身去。我半趴在地板上，抬头看着她，而她也低头看着我，仿佛是上帝本人将我打倒在地的一般。

“汉娜，我的孩子，你向我提出这样的要求，就已经在不可饶恕的罪孽之路上走到了半途。一步也别再向前走了，否则我会派神父来审视你的灵魂。”

我几乎能嗅到烟味，我努力告诉自己，那是因为壁炉里的火，但我知道那是来自焚烧我母亲的火堆，来自乡间集市上男男女女遭到焚烧时的烟气，很快他们就会把拉蒂默主教和瑞德里主教带出来，人群将会看着他们，而瑞德里博士将会告诉他的朋友，要与人为善，他们将在英格兰燃起一支永远无法吹灭的蜡烛。我像个残疾人那样摸索着女王的双脚，而她拉起裙摆，远远走开，仿佛她无法容忍我的碰触，然后一言不发地离开了房间，留下我躺在地板上，嗅着烟气，在彻底的恐惧中哭泣不止。

1555年冬

整个王宫都在庆祝圣诞节，仪式隆重，但并无喜悦气氛，正如伊丽莎白所预见的那样。每个人都记得去年女王解开三角胸衣，自豪地捧着大肚子走来走去的样子。去年我们在等待我们的王子。今年我们知道肯定不会有王子到来，因为国王早已离开了女王的床榻，她红肿的眼睛和单薄的身体证实了她没有身孕而且孤单无助。整个秋天都有各种地下消息传来，说英格兰的人民已经无法忍受西班牙国王的统治。菲利普的父亲即将把帝国传给自己的儿子，到时候绝大部分的基督教王国都会在他的统治之下。人们还说英格兰只是个偏远的岛国，说他只需要通过那位不育的女王统治它就可以，而且女王对他的爱慕丝毫不减，虽然人人都知道他找了个情妇，再也不会回家来看她了。

女王至少对半数的谣言有所耳闻，所有针对她丈夫、她本人以及她的王位的威胁，议会都会告知她。她变得沉默寡言、消极而又固执。她不肯放弃自己的理想：要营造出一个虔信上帝的平和国度，国民们在教会的保护下安居乐业。她努力说服自己：只要不动摇自己的立场，就终有一天可以实现，无论她会因此付出怎样的代价。女王的议会通过了新的法律：异教徒即使在火刑柱上反悔也为时已晚——他仍然要被烧死。而且任何同情这位异教徒的人也将被一并烧死。

1556年春

湿冷的冬季渐渐变成了更加潮湿的春。女王等待着越来越罕有的来信，喜悦也越来越少。

五月初的一天晚上，她宣布自己要花整晚时间来祈祷，打发我和她的其他女伴离开。我很高兴不必陪她度过又一个沉默而漫长的夜晚，我们得在壁炉边做针线活儿，而当女王的泪水打湿她为国王缝制的亚麻衬衫时，我们还得装出毫无察觉的样子。

我脚步轻快地走进我跟另外三个女仆分享的房间，这时我看到了走廊的一道门边有个身影。我没有犹豫，也没有停下脚步去等待想找我说话的人，那个身影走到我身边，跟上了我飞快的步子。

“你必须跟我走，汉娜·佛德。”他说。

即使听到他叫出我的全名，我也没有停下脚步。

“我只听女王的命令。”

他站在我身前，像拉开一面缓缓摊开的旗帜那样，在我面前拉开一张卷轴直到完全展开。我不由自主地放缓脚步，停了下来。我看到落款的印章和最上面写着的我的名字——汉娜·佛德，化名汉娜·格林，又名弄臣汉娜。

“这是什么？”我明知故问。

“授权令。”他说。

“授权什么?”我再一次明知故问。

“授权作为异端而逮捕你。”他说。

“异端?”我深吸了一口气，仿佛我从没听过这个词儿，仿佛他们烧死我母亲之前我并没有一直等待这一刻似的。

“是的，异端。”他说。

“关于这件事，我得先问问女王。”我半转过身，想要向她那儿跑去。

“你得跟我走。”他说着紧紧抓住我的手臂，钳住我的腰，让我无法挣脱，虽然我早就害怕得连力气都没有了。

“女王会为我说情的!”我呜咽着，听到自己的声音虚弱得像个孩子。

“这就是王室的授权令，”他说，“正是她给了我们权力，让我们可以逮捕并且审问你的。”

他们带我去了城里的圣保罗大教堂，把我在牢房里关了一整夜，陪着我的是个受了严刑拷打，像个破布娃娃那样瘫倒在牢房角落的女人，她手臂和双腿的骨头都断了，脊椎脱节，双足外伸的姿势仿佛一面大钟上的指针，指着两点四十五分，染血的嘴唇发出仿佛风声的呻吟。她整夜都轻声痛呼，仿佛春天时的阵阵轻风。牢房里还有个女人，她的所有指甲都被人拔掉了。她将自己破破烂烂的双手放在膝盖上，当他们转动钥匙，把我丢进来的时候，她连头都没有抬。她只是皱起嘴唇，露出有些滑稽的痛苦神情，然后我才意识到，他们连她的舌头也割掉了。

我就像乞丐那样盘腿坐在门口，背靠着门。她们什么话也没跟我说：无论是浑身骨折、呻吟不止的那个人，还是没有指甲也没有舌头的那个人。恐惧的我也没有和她们说话。我看着月光洒落在地板上，先是照亮了那个身体扭曲得像是布娃娃的女人，然后又照亮了那个双手放在膝盖上、皱着嘴唇的女人的指甲。在银色的光辉中，她的指尖就像蘸了印刷墨水的钢笔尖一样漆黑。

夜晚终于过去，虽然我以为它将会永远持续下去。

到了早晨，牢房门开了，但那两个女人都没有抬起头来。那个受过严刑拷打的女人一动不动，像是死了一般，或许她的确死了。“汉娜·佛德。”外面的那个声音说。

我正准备顺从地起身，但我的双腿却因为剧烈的恐惧而僵住了。我很清楚，如果他们拔掉我的指甲，我会尖叫求饶，将一切都和盘托出。如果他们把我绑在拷问台上，我肯定会背叛我的主人、伊丽莎白、约翰·迪伊，说出每一个他们曾轻声吐露的名字，甚至是他们从未提起过的名字。既然他们叫我出来的时候，我连站都站不起来，又怎么可能反抗他们呢？

守卫抓住我的双臂，把我拉了起来，然后一路拖着我，我的双脚胡乱踩踏着石头地板，就像醉汉的脚步。那守卫的身上散发着麦酒的气味，还有更难闻的味道，那是他的毛线帽上驻留不去的烟味和燃烧过的脂肪气味。我这才意识到，他身上的气味来自于火堆：烟味来自引火物和烙印，脂肪的味道来自于将死之人灼伤起泡的皮肤。就在我明白过来的那一刻，我发觉胃里开始翻腾，几乎因呕吐物而窒息。

“嘿，看着点儿！”他恼火地说着，推开我的脑袋，让我的脸重重撞到了石壁上。

他拖着我走上几级台阶，然后又穿过一座庭院。

“去哪儿？”我有气无力地说。

“去见邦纳主教，”他简短地回答，“愿主保佑你。”

“阿门，”我立刻说道，仿佛准确的答复就能拯救我的性命似的，“亲爱的主，阿门。”

我知道我完了。我不会有机会说话，更别提为自己辩护了。我在想，我是多么愚蠢的女孩啊，丹尼尔那时是为了救我，可我却不肯跟他走。我变得多么傲慢自大，竟然觉得我能够在这重重阴谋之中迂回而行，却不引起他人的注意。橄榄色皮肤、黑色眼眸的我，名叫汉娜的我。

我们走到一座镶木房门前，上面钉满了钉子，显得十分可怕。他拍了拍门，听到里面的答复便将门打开，走了进去，手臂仍然紧紧地箍住我，仿佛我们是一对儿很不相称的恋人。

主教坐在一张正对房门的桌子前，他的书记官背对着门。稍远处有张椅子，同时面对桌子和主教。监狱看守粗鲁地把我按在椅子上，然后后退几步关上房门，背靠在门上。

“姓名?”主教疲倦地发问。

“汉娜·佛德。”看守答道。我努力寻找自己的声音，却发现恐惧令它消失不见。

“年龄?”

他伸出手来，戳了戳我的肩膀。

“十七岁。”我低声说道。

“什么?”

“十七岁。”我抬高了些许嗓音。我早已忘记了宗教审判庭上这些一丝不苟的记录，这种可怕的官僚作风。起先他们会记录我的姓名、年龄、我的家庭住址、我的职业、我父母的姓名、他们的住址、他们的职业、我祖父母的姓名和他们的住址和职业，之后，等到这一切之后，等他们把一切都登记归档以后，他们会拷打我，直到我吐露出我所知的一切，我能想象到的一切，还有我认为他们或许想要知道的一切。

“职业?”

“女王的弄臣。”我说。

房间里传来液体的泼溅声，我的马裤里面变得潮湿而温暖，带着令人羞耻的马厩气息。我吓得尿了裤子。我垂下头，耻辱盖过了我的恐惧。

那位书记抬起头，仿佛意识到了那股温热刺鼻的气味。他转过头，打量着我。“噢，我可以为这个女孩儿做担保。”他的口气仿佛这件事根本不重要似的。

那是约翰·迪伊。

我甚至没能认出他来，更别提思考为什么曾是囚犯的他会成为主教的书记官。我只能以惊恐到无法思考的茫然双眼对上他不偏不倚的目光。

“是吗?”主教怀疑地问。

约翰·迪伊点点头。“她是个神启弄臣，”他说，“她曾经在舰队街上看到过一个天使。”

“那肯定就是异端了。”主教不肯让步。

约翰·迪伊思考了片刻，仿佛这对我来说并非生死攸关似的。“不，我想这应该是真正的灵视天赋，玛丽女王也这么认为。如果她发现我们逮捕了她的弄臣，她恐怕不会太高兴的。”

这话让主教迟疑了一下。我能看出他的犹豫。“女王给我的命令是根除我能找到的一切异端，无论是她的身边还是在街道上，而且绝不宽容。这个女孩的逮捕是经过王室批准的。”

“噢好吧，如您所愿。”约翰·迪伊满不在乎地说。

我张开嘴想要说话，却一个字也说不出口。我简直无法相信他居然这么心不在焉地为我辩护。但那确实是他，而他再次背过身去，把我的名字记录在审判登记簿上。

“详述罪行。”邦纳主教说。

“十二月二十七日的早晨，有人目击被告在高举圣体时转过脸去，”约翰·迪伊以书记官的口气喃喃说道，“被告曾当着整个宫廷的面向女王请求宽恕异教徒。被告是伊丽莎白公主的熟人。被告在学术和语言方面的知识与女子的身份不符。"

"你要如何辩护?"邦纳主教问我。

"我没在举起圣体的时候转过头……"我开口说道，口气疲惫而绝望。如果说约翰·迪伊不会支持我，那么光这一项指控就足以判我死罪了。而且一旦他们开始调查我那场横跨欧洲之旅，还有我的未婚夫的家世，我就会被认出犹太人的身份，这也就意味着许多人的死亡：我、我的父亲、丹尼尔、丹尼尔的全家人、他们的朋友，还有那些我根本不认识的、住在伦敦、布里斯托尔和约克的男男女女。

"噢！这完全是私怨嘛。"约翰·迪伊不耐烦地说。

"呃?"主教说。

"公报私仇，"约翰·迪伊语气轻快，把登记簿拨到一旁。"他们真觉得我们有时间处理女仆们的闲言碎语？我们应该做的是根除异端，可他们却把侍女们的口角也报告上来了。"

主教看了看那张纸。"同情异教徒?"他用询问的口气说，"这已经足够烧死了。"

约翰·迪伊抬起头，对他的上司露出自信的微笑。"她是个神启弄臣，"他的语气带着笑意，"她毕生的使命就是问出正常人根本不会问的问题。她经常胡言乱语，而且她就该胡言乱语才对，难道我们还得让她解释那些话是什么意思？像是什么'公鸡坐在公鸡山'？我想我们应该寄出一封言辞生硬的信，告诉他们，别再拿这些荒谬的指控来愚弄我们了。我们的作用可不是调停仆从之间的纠纷的。我们应该狩猎信仰的敌人，不是折磨没脑子的女孩儿。"

"那就释放她?"主教扬了扬眉毛，问道。

"在这儿签字，"约翰·迪伊说着，递过书桌上的一张纸，"赶紧让她走，我们好继续工作。这女孩是个傻子，要是审问她，我们也就成了傻子。”

我屏住了呼吸。

主教叹了口气。

“带她走，”约翰·迪伊疲惫地说。他转过椅子，看着我。“汉娜·佛德，又名弄臣汉娜，我们要释放你，不再质询你的异端行为。你不必回答。你能听得懂这些吗，孩子？”

“是的，大人。”我用很低很低的声音说。

约翰·迪伊对那个看守点点头。“放了她。”

我奋力站起身来，发软的双腿仍旧站立不稳。守卫搂住我的腰，帮助我站稳。“我牢房里的那些女人，”我轻声对约翰·迪伊说，“一个快死了，另一个的指甲都被拔掉了。”

约翰·迪伊爆发出一阵大笑，仿佛我刚刚说了个最最下流又好笑的笑话，而邦纳主教大喊起来。

“她真是太棒了！”主教叫道，“我还能为您做点儿什么，弄臣大人？您对您的早餐有什么不满吗？您的床榻呢？”

我的目光从面孔通红、大呼小叫的主教转到那位眨眼微笑的书记官，然后摇了摇头。我向主教垂下头去，然后又向那位我有幸认识的男子低下头，然后我从他们染血的双手中逃脱出来，任由他们继续审问无辜的民众，将他们送上火刑柱。

我不知该如何返回位于格林威治的王宫。他们粗鲁地把我推到肮脏的大街上，而我在圣保罗大教堂的后面徘徊，没头没脑、跌跌撞撞地走着，直到伦敦塔那不祥的阴影与我因恐惧而纷乱的脚步之间有了一段安全距离为止。然后我像个流浪汉那样坐在某户人家的门前，发起抖来，就好像得了疟疾似的。房主大喊要我滚开，以为我得了瘟疫，于是我走到另一户人家前面，再次瘫倒下来。

明亮的阳光灼烤着我的面孔，让我知道时间已经过了正午。我在冰冷的石阶上又躺了很久，然后奋力起身，走了一小段路。我发现自己像孩子那样号啕大哭，只好再次停下脚步。我一步一步地前进，只在双腿发软的时候停下一会儿，最后找到了我父亲在舰队街上的那间小店，捶打起邻居的大门来。

"上帝啊，你这是怎么搞的?"

我努力挤出一个笑，"我发烧了，"我说，"我忘了带钥匙，还迷路了。您能让我进去吗?"

他退开几步。在这样的艰难时期，每个人都害怕染上瘟疫。"你需要食物吗?"

"嗯。"我顾不上什么自尊了。

"我等会儿放些吃的在门口，"他说，"钥匙给你。"

我无言地接过钥匙，摇摇晃晃地走向店门。我打开门锁，走进窗户紧闭的房间里。印刷墨水和纸张的美妙气息包围了我。我站在那儿，深吸一口异端的香气，那熟悉的、我深爱的家的气息。

我听到门口传来碗碟的刮擦和轻轻的碰撞声，于是走过去拿起一块馅饼，还有一小杯麦酒。我坐在柜台后面的地板上，远离紧闭的窗户，背靠在温暖的书本上，闻着皮革书皮的香气，吃喝起来。

等我吃完以后，我把碗放回门口的台阶上，锁上了门。然后我走进父亲的印刷室和储藏间，从最下面的书架开始清空书本。我不想睡在我那张小床上。我甚至不想睡在父亲的床上。我想要离他更近一些。我有种近似于迷信的恐惧，觉得如果我上了床，邦纳主教就会在梦中把我拖走，但如果我藏在父亲钟爱的这些书中，它们就会保护我的平安。

我睡在他的收藏书籍的底层书架上。我把几册对开本塞在脑袋下面，权当枕头，又搜罗了些法文的四开本挡在身侧。我自己就像一本失落的卷册那样，蜷缩成字母“G”的形状，然后闭上眼睛，沉入梦乡。

第二天早上，等我苏醒过来时，我已经决定了我的未来。我找到了一张手抄的稿纸，写了一封信给丹尼尔，一份我原本以为永远不会写的信。

亲爱的丹尼尔：

到了我应该离开宫廷和英格兰的时候了。请你立刻来接我走，并且带上印刷机。如果这封信没有送到，或者我没能在一周之内见到你，我就自行前来。

汉娜

在我封好信口的这一刻，我已经断定——正如我在过去的几个月里早已心知肚明的那样——在玛丽女王统治下的英格兰，任何人都没有安全可言。

轻轻的叩门声传来。我的心伴随着熟悉的恐惧沉了下去，但随后我透过百叶窗看到，门前的身影只是隔壁邻居而已。

我为他开了门。“睡得好吗?”他问我。

“嗯。”我说。

“吃得如何？味道不错吧?”

“嗯。谢谢您。”

“好些了没?”

“嗯。我没事了。”

“你今天就要回王宫去了吗？”

我犹豫了片刻，然后才意识到自己无处可去。如果我就此失踪，就等于招认了罪行。我必须回去，扮演一个依法得到释放的无辜女子的角色，直到丹尼尔来接我，我才能离开。

“是的，今天就回去。”我笑着说。

“你能把这个给女王看看吗？”他的表情有些窘迫，但语气坚定。他递给我一张商业名片，上面图文并茂地向读者保证，他能够提供所有合乎道德、有益并且经过教会许可的书籍。我接了过来，自嘲地想到自己上次到店里来的时候，还曾经评论教会允许的书籍种类有多么贫乏。现在的我可不会再出言反对了。

“我会拿给她看的，”我对他撒了谎，“这事就交给我吧。”

我回到了压抑的宫廷里。和我同住一室的那几个女仆还以为我回父亲的店里去了。女王也并不想我。只有威尔·萨默斯在我去吃饭的时候质询地扬了扬眉毛，然后走到我坐的这张长凳旁。我挪了挪身子，他在我身边坐下了。

“你还好吧，孩子？你的脸白得像纸一样。”

“我才刚刚回来，”我简短地回答，“我被捕了。”

换做宫廷里的其他人，肯定会找个理由把午餐搬到别处去享用。威尔却将双肘抵在桌上，“这不可能！”他说，“你是怎么出来的？”

我不由自主地笑出了声。“他们说我是个傻子，所以不用承担什么责任。”

他的大笑声令左邻右舍的人们纷纷转过头来，露出微笑。“你！好吧，这对我来说是个好消息。我现在知道怎么为自己辩护了。他们真是这么说的吗?”

“对。不过，威尔，这事儿可不好笑。那儿有两个女人，一个被拷打得半死，另一个指甲全给拔掉了。整个房子从地窖到阁楼都塞满了等待审判的人。”

他神色黯然。“轻点声，孩子，现在你什么都做不了了。你已经尽你所能了，而且你说出口的那些话或许就是你被捕的原因。”

“威尔，我好害怕。”我小声说着。

他温暖的大手轻轻地握住了我冰冷的手指。“孩子，我们俩都很害怕。不过好时光会来的，对不对?”

“可什么时候会来?”我轻声说。

他摇摇头，什么也没说，但我知道他想到了伊丽莎白和她的统治开始的时刻。如果说威尔·萨默斯真的把伊丽莎白看做了希望，那么女王也就失去了一个真正朋友的爱。

我计算着日子，等待丹尼尔的到来。在我坐船顺流而下前往格林威治之前，我将信件交给了一位会在当天早上航向加莱的船主。我在心里计算着总共要花去的时间:“大概要一天到加莱，再大概花一天找到那栋房子，假如丹尼尔明白我信里的意思，然后立刻动身，他应该能在一周内赶到我这里。”

我决心如果在七天之内都收不到他的消息，我就到店里去，收拾最珍贵的书籍和手稿，装进一个我能搬动的大盒子里，然后自己坐船去加莱。

在此期间，我必须等待。我跟随女王去做弥撒，我每天饭后都在她的房间里用西班牙语给她读圣经，我在她上床之前陪她祈祷。我看着她的不快乐转变成根深蒂固的痛苦，我相信她会在这种痛苦中度过今后的人生，然后郁郁而终。她深陷绝望之中，我从未见过一个女人的绝望如此深重。那比死还要糟，那是不断渴望死亡，拒绝生命的过程。即使在白天，她也仿佛被黑暗笼罩着。很明显，现在再做什么都无法解消她心灵的阴影，也正因如此，我和其他人一样，什么也没有说，什么也没有做。

一天早晨，我们做完弥撒离开，女王一马当先，她的女伴们跟随在后，最近雇佣的那些女仆之一跟在我身边。我打量着女王。她的步子很慢，低着头，双肩垂下，仿佛悲伤是她不得不承担的重担。

“你听说了吗？听说了吗？”我们走进女王的会见厅的时候，女孩对我耳语道。走廊里挤满了来见女王的人，绝大部分都是来为受控异端者求情的。

“听说什么？”我生气地说。我将袖子抽出一个试图阻拦我的老妇人的手。“夫人，我帮不了你的忙。”

“不是帮我，是帮我儿子，”她说，“我的孩子。”

我不由自主地停了下来。

“我存了些钱，如果女王能开恩流放他的话，他就可以到国外去了。”

“你要恳求女王流放你儿子？”

“邦纳主教逮捕了他。”她用不着再说下去了。

我抽身退开，仿佛她染上了瘟疫似的。“很抱歉，”我说，“我无能为力。”

“你就不能为他求情吗？他的名字叫约瑟夫·伍兹。”

“夫人，如果我为他求情，就会丢掉自己的性命，”我告诉她，“你光是跟我说这些就已经很危险了。回家去，为他的灵魂祈祷吧。”

她盯着我，仿佛我是个蛮族人。“你让一位母亲为无辜儿子的灵魂祈祷？”

“对。”我难过地说。

那个女仆不耐烦地把我拉到一旁。“听说那个消息没！”她提醒我。

“哦，什么消息？”我转过头去，不去看那个老妇人脸上令我无法理解的痛苦，我很清楚，现在最适合她的建议，就是让她带着为她儿子获释后的生活而存的那笔钱，买上一包火药挂在他的脖子上，让他不必忍受几个小时的火烤，只要等火焰点燃火药，他就能一命呜呼了。

“伊丽莎白公主被控叛国罪！”女仆声嘶力竭地说，她太想说出这个消息了。“她的仆从都被捕了。他们把她在伦敦的住处掀了个底朝天，现在正在里面搜查呢。”

尽管周围挤满了人，我却觉得有股寒意一直传到我靴子里的脚趾尖。“伊丽莎白？为什么说她叛国？”我轻声问道。

“她密谋杀死女王。”女孩用冰冷的嗓音说。

“合谋的还有谁吗？”

“我不知道！没人知道！肯定有凯特·艾什莉，或许每个人都有份。”

我点点头，我知道某个人肯定知道。我离开了正跟着女王走进会见厅的队伍。她会在那儿待上至少两个钟头，聆听一个又一个人的要求：要求她的恩泽、要求她的宽恕、要求土地或是钱财。听到每一个借口的时候，她都会显得更加疲惫，也比她实际上的四十岁苍老许多。但她肯定不会想念正沿着走廊前往大厅的我。

威尔不在那儿，有个士兵指点我去马厩，于是我在某个马厩间里找到了正和一头小猎鹿犬玩耍的他。那个小家伙迈开长腿，兴奋地在他身上爬来爬去。

“威尔，他们正在搜查伊丽莎白公主在伦敦的住处。”

“噢，我知道。”他说着，抬起头来，而那只小狗崽子仍然热情地舔着他的脖子。

“他们在找什么?”

“他们在找什么不重要，重要的是他们找到了什么。”

“那他们找到了什么?”

“你应该能猜到的。”他说了句废话。

“我猜不到,”我生气地说,“告诉我吧。他们找到了什么?”

“凯特·艾什莉的箱子里有书信、小册子以及各种各样煽动性的玩意儿。还有一份反叛计划，是她和公主的新任鲁特琴师以及达德利——”他看到我惊恐的表情，顿了顿,“噢，不是你那位大人。是他的堂弟，亨利爵士。”

“罗伯特大人不是嫌疑人?”我问他。

“他有嫌疑吗?”

“没有,”我立刻撒了谎,“他怎么可能参与这事? 不管怎么说，他一直对玛丽女王忠心耿耿。”

“我们也一样,”威尔巧妙地回答,“就连这头叫托拜厄斯的猎狗也一样。好吧，托拜厄斯比我们更忠诚些，因为他没法说一套做一套。他对给他吃食的主人的爱远比我能想到的其他人多多了。”

我脸红了。“如果你是在说我，我要说我爱女王，而且一直都很爱她。”

他的表情软化下来。“我知道。我是说她漂亮的小妹妹没有等待的耐心，又开始密谋了。”

“她没有罪过。”我立刻答道。我对伊丽莎白的忠诚和我对女王的爱戴一样多。

威尔短促地大笑几声。“她是下一任继承人。她就像大树吸引雷电那样吸引着麻烦。于是凯特·艾什莉和鲁特琴师西格诺进了伦敦塔，连带半打达德利家族的人一起。外面已经在通缉她的旧盟友威廉·皮克林爵士了。我甚至都不知道他还在英格兰。你知道吗?”

我一时间没有答话，恐惧抽紧了我的喉咙。“不。”

“不知道最好。”

我点点头，然后感到我的头点了点，又点了点，我试图表现出正常的样子，结果却显得十分滑稽。我觉得我的脸就像一本写满了恐惧的对开书，每个人都看得懂。

“怎么了，孩子?”威尔语气和蔼，“你脸色惨白。你也卷进去了吗，小家伙？你想再来个叛国罪指控，好配得上你的异端指控吗？你真的成了傻子吗?”

“不,”我嗓音沙哑地说，“我不会密谋对抗女王的。我只是从上周开始就不太舒服。我病了。有点发烧。”

“希望不会传染。”威尔讽刺地说。

为了把发烧的谎言圆下去，我早早上床躺下，想到伊丽莎白似乎在需要的时候就能立刻让身体不适，从而开脱罪行。而我明白，这种能让我汗流浃背的剧烈恐惧正是我这样装病的女孩所需要的。

我从我的室友们那里听说了新的消息。红衣主教波尔开始调查这桩谋反，每一天都会有一个人受到逮捕，并且被带去审问。先是亨利·达德利，他背叛了祖国，投向法兰西人那边，以回报他们的种种帮助。他的口袋里装满了法兰西的金子，法国人还答应送来由志愿者组成的一小支佣兵部队。他们又顺藤摸瓜，找到了国库管理者之中的叛徒：他答应挪用国库的钱财来支付军饷和武器的开销。经过审问，他坦白说他们打算把女王送去她在低地王国的丈夫那里，然后让伊丽莎白坐上王位。接着红衣主教又发现凯特·艾什莉和威廉·皮克林是旧相识，而且曾在宫廷中密会：也就是说威廉爵士悄悄潜入了英格兰，随后又潜入了汉普顿宫。

在伊丽莎白位于伦敦的宅邸，凯特·艾什莉的箱子里放着鼓励英格兰人起身对抗天主教女王，让新教公主登上王位的宣传小册子的初版印刷本。

红衣主教波尔把目光转向了伊丽莎白的那些朋友和熟人，寻找着可能拥有印刷机，能暗中印刷这种小册子的人。我想到了舰队街上的印刷店里的那台盖着床单的印刷机，思索着他们要过多久才会找到我这里。

在上帝的启迪下，坚定而又智慧的红衣主教正在追寻着蛛丝马迹，并且将会逮捕许多英格兰的新教徒，还有伊丽莎白的朋友和仆从，也将无可避免地找上我。每次有人被带走审讯，就有可能提到女王的弄臣总是陪伴在公主身边。会有人告诉别人，说女王的弄臣经常跑腿或者送信，说很多人都见过她和威廉·皮克林在一起，说她虽然总宣称自己忠于女王，却是达德利家族信赖的仆从。

如果红衣主教波尔把我带到他那个窗帘厚重的房间，让我站在他光滑锃亮的黑色书桌前，告诉他我的过去，他一定会马上提出质疑。我们逃离西班牙搬来英格兰的举动，我父亲丢下印刷店失踪的举动，这些都指向我们身为玛拉诺的罪孽，身为试图伪装基督徒的犹太人的罪孽，我们会在史密斯菲尔德作为异端被烧死，正如我们原本会在阿拉贡死在火刑柱上那样。如果他去了我父亲的店，他会找到那些禁忌的异端典籍。其中一些之所以非法，是因为其中质疑了上帝的圣言，甚至暗示说地球是围绕着太阳转动的，又或是说如今这些动物并非上帝在创世的六天里所创造出来的。另一些是因为敢于违背圣言的译法，说“智慧的果实”并非苹果，而是杏子。还有些只是因为没人看得明白。书中讲述的是神秘之事，而红衣主教大人的教会却在努力抹消任何神秘的存在。

店里的这些书本将会见证我们因异端而死，印刷机将会见证我们因叛国而死，如果红衣主教把我父亲的常客约翰·迪伊和罗伯特·达德利与我联系起来，那么叛国罪的绞索立刻就会套上我的脖颈。

我整整三天卧床不起，注视着白色的天花板，在恐惧中瑟瑟发抖：尽管明亮的阳光一直照在石灰墙上，蜜蜂也不时笨拙地撞上窗棂。到了第三天的夜里，我起了床。我知道女王这时应该正准备走进大厅，坐在她无法下咽的晚餐前。我费力地走到她的房间，而她刚好从祈祷台前站起。

“汉娜，你好些了吗？”她语气和蔼，但双眼却黯淡无光：她正沉浸在自己的悲伤世界里。她的女伴之一弯下腰，帮她整理了一下长裙的后摆，但她甚至没有转头去看，仿佛她根本感觉不到似的。

“我好些了，只是今天寄来的那封信让我非常苦恼，”我说。我苍白的脸上留下的泪痕印证着我的话，“我父亲病了，病得快死了，我想回去看他。”

“他在伦敦？”

“在加莱，陛下。他在加莱有间店铺，和我的未婚夫还有未婚夫的家人住在一起。”

她点点头。“你当然可以去看他。等他病好了，你就回来吧，汉娜。你可以去国库那里领取迄今为止的薪水，你会需要钱的。”

“谢谢您，陛下。”想到她对我如此亲切，我却要逃离她身边，我就感到喉咙发紧。但我随即想起，史密斯菲尔德的灰烬仍留着余温，还有圣保罗大教堂里那个双手血淋淋的女人，于是垂下目光，闭上了嘴。

她向我伸出手来，我跪下吻了她的手指。她温柔的手最后一次触摸我的头颅。“愿上帝祝福你，汉娜，并且保佑你平安。”她温柔地说着，却不知道令我颤抖不止的是她所信任的红衣主教和他展开的那些调查。

女王后退一步，我也站了起来。“早点回到我身边。”她命令道。

“我会尽快的。”

“你何时动身？”她问。

“明天黎明时。”我说。

“那么愿上帝保佑你一路顺风，并且安全归来。”她以从前那样和蔼的口气说。她对我露出疲惫的微笑，走向双开大门前，他们为她打开了门，然后她走了出去，头颅高昂，面无表情，双眼因悲伤而黯淡，面对着这个已经不再敬重她的宫廷，虽然她经过的时候他们会鞠躬，而且吃喝花的都是她的钱。

我没有等待拂晓到来。等我听说宫人们都入席就餐，我便穿上我墨绿色的制服，我的新马靴，我的斗篷和我的帽子。我从箱子里拿出我的小背包，把女王送给我的那本祈祷书装了进去，然后还有我从国库那边拿到的，用小钱袋装着的薪水。再没有别的东西属于我，尽管我在宫中工作了三年——我有过充实自己荷包的机会，但我没有那么做。

我蹑手蹑脚地走下侧面的楼梯，在大厅入口处犹豫起来。我能听到宫人们用餐时的熟悉声响，嘈杂的交谈声和不时响起的大笑声，坐在大厅另一端的女人们的高声谈笑，餐刀在木制食盘上的刮擦声，瓶子碰到杯子的叮当响声。那些是充斥于我过去三年生活的声响，我不敢相信这儿已经不再是我的家，我的避风港。我不敢相信这儿对我来说已经成了最最危险的地方。

我将双眼紧闭了片刻，渴望着灵视能力的到来，好让我知道做什么才能保护自身的平安。但最后让我做出决定的不是灵视能力，而是我心中最为古老的恐惧。有人正在厨房焚烧什么东西，烤肉的气息突然随着一名飞奔着的仆从飘进大厅里。有那么一瞬间，我不再身处女王的宴会厅，嗅着烤肉的气味，而是来到了阿拉贡的城镇广场上，女人焚烧的气味令人作呕，而她目睹着自己逐渐烤焦的双腿，发出惊恐的尖叫。

我转身冲出门去，不顾他人的目光。我走向河边，那是前往城中最快也最不引人注目的路线。我走向码头的栈桥，等待着路过的小船。

我忘记了玛丽的宫人们所担心的事：西班牙人已经遭到公开的憎恨，

而玛丽也失却了民众的爱戴。栈桥上有四个士兵，还有另外十二个守卫着河岸。我只好挤出微笑，谎称自己是溜出宫和情人幽会去的。

“你的情人会是个什么样子?”一个年轻士兵嘲笑道，“会喜欢你这样打扮得像个男孩、嗓音却像个女孩的人?你的梦中情人是个什么样的东西，宝贝儿?”

幸好有艘小艇摇摇摆摆地顺流而来，带上了一群前往王宫的伦敦市民，也让我不必寻思合适的答案。

“我们来迟了吗?她还在用餐吗?”小艇前方的一个胖女人问道。他们扶着她上了栈桥。

“她还在用餐。”我说。

“还在华盖之下?”她又问。

“一如既往。”我确证道。

她满意地笑了。“我以前从没见过华盖的模样，虽然能看到她我就满足了，”她说，“我们能直接进去吗?”

“入口直接通向大厅，”我给她指着路，“门那边会有卫兵，不过他们会让你和你的家人过去的。我能搭你们这艘船吗?我想到城里去。”

她挥手和船夫道别。“记得回来接我们。”她对他说。

我踏上晃晃悠悠的小船，一直等到他们走远，才告诉船夫划到舰队街那边。我不想让王家卫兵知道我要去哪儿。

我又一次以闲逛般的步伐走向我们家的印刷店。我想在自己走进店里之前确认别人是否来过。突然，我停住了脚步。就在我转过街角的那一刻，我惊恐地发现有人已经闯进了店里。大门敞开着，摇曳的光源照亮了黑暗的门口，两三个人正在里面走动。门外停着一辆有两匹马儿拉着的马车。那些人正搬运着大桶大桶的货物，我认出那是父亲离开时收藏起来的那些手抄本，而且我很清楚，这些证据足够吊死我两次了。

我退到某户人家昏暗的门口，压低帽子，挡住我的面孔。如果他们找到了那些成桶的手抄书，肯定也会找到成箱的禁书。我们会被冠以散播异端思想的罪名。他们会悬赏我们的人头。我最好现在就转身，回到河边去，然后尽快找一艘船去加莱找我父亲。如果他们在伦敦找到我们，我们肯定会变成烤肉的。

我正要退回小巷的时候，店里的一个人影搬着一只大箱子走了出来，又把箱子装到后车厢里。我停下脚步，想等待他返回店里，我也就可以安全地逃离，但这时那道身影的某些特点让我的身体僵住了。那个轮廓有某些熟悉之处：学者常见的驼背，还有他破旧斗篷下的瘦削身材。

我的心脏因希望和恐惧而怦然跳动，但我直到完全确认之后才敢走出去。然后那另外两人也走了出来，还搬运着一块裹得严严实实的印刷机零件。为首的那人是隔壁邻居，而另一个则是我的未婚夫丹尼尔。我立刻意识到，他们正在打包店里的货物，并非有人发现了我们的秘密。

“父亲！我的父亲！”我轻呼着，跳出那昏暗的门口，来到阴影笼罩的街上。

听到我的声音，他猛地抬起头来，张开了双臂。我立刻扑进他的怀里，感受着他温暖强壮的手臂包裹着我，拥抱着我，仿佛再也不愿放开。

“汉娜，我的女儿，我的好女孩，”他说着，连连亲吻我的头顶，“汉娜，我的女儿，mi querida①！”

我抬起头，看着他比我记忆中更加憔悴而苍老的面孔，他也打量着我的脸。我们两人同时开了口：

“我收到了你的信，你遇到危险了吗？”

“父亲，你还好吗？我好高兴……”

我们大笑起来。“先告诉我，”他说，“你遇到危险了吗？我们来找

① 西班牙语，意为“我亲爱的”。

你了。”

我摇摇头。“感谢上帝，”我说，“他们以异端的罪名逮捕了我，不过后来又释放了。”

听到我的话，他飞快地张望四周。我想任何一个英格兰人看到他的样子，都会明白他是犹太人：那是无家可归、又不受陌生人欢迎的民族所特有的、充满罪孽的眼神。

丹尼尔走过鹅卵石路面，跨过排水沟，在我们面前突然停下了。

“汉娜。”他不好意思地说。

我不知道怎么回答才好。上一次我们见面时，我恶语相向，还解除了他和我的婚约关系，而他像是要咬我似的吻了我。然后他写下了那份激情洋溢的信，我们又一次缔结婚约。我写信要他来拯救我，而现在却这样郁郁不乐地咕哝说：“你好啊，丹尼尔。”这可有点太对不起他了。

“你好。”他和我同样欲言又止。

“我们到店里去吧。”我父亲说着，再度警惕地打望了街道一番。他领着我跨过门槛，等我们进来后便关上了门。“我们准备把这儿的东西收拾好，然后丹尼尔就去接你。你来这儿干什么？”

“我刚刚逃出宫廷，”我说，“我不敢等你们来。我是来找你们的。”

“为什么？”丹尼尔问，“发生什么事了？”

“他们正在逮捕那些阴谋推翻女王的人，”我说，“红衣主教波尔正在调查，我很怕他，我觉得他会发现我是从哪儿来的，或者……”我停了口。

丹尼尔用锐利的眼神打量着我。“你也牵扯进密谋里了？”他突然问我。

“没有，”我说，“算不上。”

在他怀疑的目光下，我涨红了脸。

“我确实牵扯进去了。”我承认。

“谢天谢地，我们正好来了，”他说，“你吃过饭了吗？”

"我不饿，"我说，"我可以帮忙收拾。"

"很好，因为我们要搭的船会在一点钟涨潮的时候出发。"

我跳下印刷机旁的凳子，开始跟丹尼尔、我父亲，还有隔壁邻居一起忙活起来，把箱子、木桶和印刷机零件搬上马车。马儿们仍旧安安静静地站着。有个女人推开窗，问我们在做什么，我们的那位邻居走过去告诉她，这间店面终于要租出去了，他们正在清理以前那个书商留下的垃圾。

等我们收拾停当的时候，时间已经快到十点，在这个温暖的春日夜晚，黄色的月亮升上高空，照亮了街道。我父亲跳进车厢，丹尼尔和我坐到驾驶座上。我们的邻居摇摆双手，向我们道别。丹尼尔示意马儿们前进，于是它们迈开步子，车轮也缓缓滚动起来。

"就像上次那样，"丹尼尔评论道，"我只希望你这回别再半途放弃了。"

我摇摇头。"不会的。"

"没有未完的承诺了？"他笑了。

"没了，"我伤心地说，"女王不需要我的陪伴了，她不需要国王之外的任何人，而且我觉得他再也不会回去见她了。虽然伊丽莎白女士受到叛国罪的指控，但她还是受到国王喜爱。她也许会入狱，但他们现在不会杀她。她会坚定地生存下去，等待下去。"

"她就不怕女王跳过她的顺位，把王位传给其他人——比如玛格丽特·道格拉斯或者玛丽·斯图亚特？"

"有人预言过她的未来，"我用很低很低的声音说，"并且明确地告诉她，她就是下一个继承王位的人。她不知道自己会等多久，但她很有信心。"

"预言她未来的这个人是谁？"他一针见血地问。

看到我内疚地沉默下来，他点点头。"我就觉得你这次确实得跟我走了。"他不动声色地说。

“我受到了异端指控，”我说，“不过无罪释放了。我没做错事。”

“你做过的那些足够作为叛国者被绞死，作为巫婆被掐死，作为异端被烧死三次，”他的脸上毫无笑意，“按理说你该跪下来求我带你走才对。”

我差点气得大叫起来，这时我才发现他在戏弄我，于是不由自主地大笑起来。他立刻眨了眨眼睛，拉起我的手，举到唇边。他的嘴唇碰触到我的手指，感觉温温的，我的皮肤能感觉到他的呼吸，有那么一瞬间，我看不见也听不见任何东西，脑海里除了他的碰触之外别无其他。

“你不需要求我，”他温柔地说，“我无论如何都会来接你的。没有你我根本活不下去。”

这条路带着我们经过了伦敦塔。在罗伯特·达德利的监狱的影子落在马车上的时候，我能感觉到——而不是看到——丹尼尔的身体僵住了。

“我是情不自禁地喜欢他，你知道的，”我小声地说，“我初次见到他的时候还是个孩子，而且他是我这辈子见过的最漂亮的男人，还是英格兰最有权势的那个人的儿子。”

“好吧，但你现在成了女人，而他成了叛徒，”丹尼尔语气平淡地说，“而且你还成了我的人。”

我斜眼看了看他。“你说得对，我的丈夫，”我温顺地说，“你说什么都对。”

那艘船正如丹尼尔安排的那样等在那里，我们忙碌了好几个钟头，把拆下的印刷机零件和成桶成箱的书籍手稿装上船去，最后我们也上了船，水手们解开缆绳，船身在涨潮的帮助下缓缓向下游前进。我父亲带了一大篮子食物，我们坐在甲板上，时而避让某个飞跑过去执行命令的水手，吃着冷掉的鸡肉和气味古怪、味道浓郁的奶酪，还有发硬易碎的面包。

“你最好早点习惯这种吃食，”丹尼尔嘲笑我说，“加莱的食物就是这样的。”

“我们要留在加莱吗？”我问。

他摇摇头，“对我们来说，那儿不会永远安全下去的，”他说，“很快玛丽女王就会把注意力转到那儿去。那个地方充斥着逃亡的新教徒、路德教徒、伊拉斯督派教徒以及各种各样的异端，他们都渴望尽快逃去法兰西、佛兰德斯地区或者德意志。还有谋反者。而法兰西王国也在镇压胡格诺派教徒以及任何并非教会正统的教派。在这两股力量的对抗下，我想我们这样的人恐怕不会有立足之地。”

我的心中那种不公平的感觉再次浮现，“那我们该去哪里？”我问他。

丹尼尔笑了笑，按住了我的手，“去和平的地方，我亲爱的，”他说，“我已经为我们找到了一个家。我们要去热那亚。”

“热那亚？”

“他们在那儿建起了犹太人的社区，”他压低声音说着，“他们允许我们的同胞在那里定居。他们想要贸易交流，还有我们的同胞能够带去的黄金与可靠的信用。我们要去那里。医生总是能找到工作的，书商也肯定能把书卖给犹太人。”

“那你的母亲和妹妹们呢？”我问他。我希望他告诉我，她们会留在加莱，说她们已经找到了丈夫和新家，我们可以每两年去看她们一次。

“玛丽和我妈妈会跟我们去，”他说，“另外两个有了好去向，想要留在加莱，不管会有怎样的危险。有个非犹太人正在追求萨拉，她或许会嫁给他。”

“你不介意吗？”

丹尼尔摇摇头，“我在威尼斯和帕多瓦学习的可不仅仅是新科学而已，”他说，“我改变了对我的同胞的看法。我现在把我们看做基督教国度的发酵剂。我们的使命就是来到基督教徒之中，把我们的学识和技艺，我们的贸易能力和荣誉感教给他们。或许有一天，我们又可以拥有我们自己的国家，以色列。到了那时，我们将会温和地治理国家，因为我们都知道处在残酷统治之下的感受。但我们并不是生来就要躲藏，就要为自己感到羞耻的。我们生来就是我们自己，而且应当为自己生来就是佼佼者而自豪。如果我的妹妹嫁给了一位基督徒，她就会把她的学识和智慧带给他的家庭，他们将会因此成为更好的基督徒，即使他们可能永远不会知道她的犹太人身份。”

“那我们要像犹太人还是非犹太人那样生活？”我问他。

他给我的笑容格外温暖。“我们会按照适合我们的方式去生活，”他说，“我不需要限制我学业的那些基督教规条，也不需要限制我生活的那些犹太教规条。我会阅读那些探讨究竟是太阳围绕地球还是地球围绕太阳的书籍，我会吃猪肉，只要它经过良好的喂养，正常的宰杀和适宜的烹煮。我不会接受任何禁止我的思想和行为的规定，除非我认为它们有意义。”

“我也可以吗？”我问他，一面思索这样独立的生活方式究竟能走多远。

“当然，”他简短地回答，“你的那些信件、你说过的每一句话都对我很有意义，而在这场冒险中，你将是我的搭档。没错。你可以寻找自己的生活方式，而我希望我们能够达成共识。我们将会找到全新的生活方式，会给我们的父母以及他们的信仰带来光荣，也让我们不再只是他们的儿女，还有了做回自己的机会。”

父亲坐在稍远处，小心地不去聆听我们的谈话，这时打了个不够令人信服的呵欠。“我要去睡觉了。”他说。他把手按在我的头上。“祝福你，孩子，你能回到我身边真是太好了。”他用斗篷裹住自己，躺在冰冷的甲板上。

丹尼尔向我伸出手臂。“到我这儿来，我来温暖你。”他说。

我一丁点儿也不冷，但我却一言不发地钻进他的臂弯，然后伸展身体，贴在他充满神秘的男性身体上。我能感觉到他温柔地亲吻着我的短发，然后我的耳朵感觉到了他的呼吸。

“噢，汉娜，”他轻声说道，“我一直都渴望得到你，几乎要像怀春的少女那样哭泣了。”

我笑出了声，“丹尼尔。”我试着念出那个并不熟悉的名字。我抬头看着他，感受着和他双唇相触的温暖，那个吻融化了我的骨髓，我觉得自己正在逐渐消融，化作某种化学混合物，化作一剂愉悦的灵药。他在斗篷下的双手爱抚着我的背脊，又笨拙地滑进我的上衣和亚麻衬衫，抚摸着我的乳房，喉咙，腹部，我觉得自己仿佛一只受人抚摸的猫儿那样伸直了身子，又一次低声念出“丹尼尔”几个字，这次更像是邀请。他的双手温柔地探索着我的身体轮廓，就像一个来到异乡的旅人。在逐渐增长的好奇心的驱使下，我羞涩地用手指摩挲他胸口的细密软毛，他马裤之下的皮肤的温暖，还有在我的碰触下和丹尼尔的呻吟声中挺立搏动的阴茎。

那一晚太过漫长，天空也太过昏暗，令羞耻没有立足之地。在丹尼尔的斗篷下面，我们脱下裤子，带着确然的愉悦结合在一起，先是无法呼吸，随后是狂喜。我从来都不知道那种感觉竟会是如此。我见过宫中的男男女女，也曾在罗伯特大人的碰触之下颤抖，但我从来都不知道竟有如此的快慰存在。我们只是略微分开小睡了一会儿，但还不到一个钟头，我们就醒了过来，再度相拥。等到我们看到左方的天际亮起，我才从高涨的欲望与满足中抽身而退，精疲力竭地睡了过去。

我在冰冷的早晨醒来，连忙赶在水手们发现我们做了什么之前套上衣服。起先我除了陆地的黑暗轮廓之外什么都看不到，然后那轮廓慢慢地、逐渐地清晰起来。那是一座冷漠而坚实的要塞，守卫着码头的入口处。“那是瑞斯班要塞，”丹尼尔说着，站到我身后，让我依靠着他温暖的胸口，“看到远处那个码头了吗?”

我略微踮起脚尖，然后察觉到他的身体的反应，像个小女孩那样咯咯笑了起来。“在哪儿?”我天真地问。

他困窘地嘟哝一声，把我推远了些。“你真够轻佻的，”他直言不讳地说，“在那儿，正前方。那儿是主要港口，还有从那里开始围绕全城的运河，因此它的周围既有城墙，又有护城河。”

船只驶入码头时，我待在船舷，看着那座城镇的模样，心里不禁涌起一种感觉——就像我的许多同胞那样——我又要重新开始生活，重新在这里安家了。这些勉强高过厚重城墙的红瓦屋顶将会成为我眼中熟悉的风景，这些高大房屋间的鹅卵石道路将成为我来往于面包房、市场和我的家的必经之路。那股陌生的气息，人头攒动的码头的气味：晒干的网子上驻留不去的鱼腥气，刚刚锯好的木料的清新气味，海风中浓浓的盐味，这些都将成为我唇上的熟悉味道，还有驻留在我的羊毛斗篷上的气味。很快这一切对我来说都将成为家的象征，要不了多久，我就会不再思索女王今早如何，是好还是坏，伊丽莎白活得怎样，是否像她必定会做的那样等待着，而我的大人又是否在透过那间牢房的箭孔注视着太阳的升起。我必须将这些念头、爱意和忠诚抛诸脑后，迎接我的新生活。我已经离开了宫廷，抛下了女王，抛弃了伊丽莎白，还离开了我所爱慕的那位男子：我的大人。现在我要为我的丈夫和我的父亲而活，我要学会归属于这个新家：一个丈夫、三个妹妹和我的婆婆。

“我母亲在等着我们呢。”丹尼尔在船舷的栏杆边靠在我身上，呼在我头发上的气息是那么温暖。我也靠向了他，感受着他裤子里的那话儿在我的碰触下蠢蠢欲动，而我更用力地贴了上去，心中再度涌起对他的渴望。

我循着他的目光望去，看到了可怕的她，她双臂交叠，捧在宽阔的胸前，巨细靡遗地打量着船甲板，仿佛要看看她那位不情不愿的媳妇儿这次是否尽到了应尽的职责，和丈夫一起归来。

她看到丹尼尔的时候，伸手打起了招呼，我也挥手回应。我离得太远，看不到她的脸，但我想象着她正谨慎地选择着恰当的表情。

“欢迎来到加莱。”等我们走下踏板的时候，她对我说。而对于丹尼尔，她无言而又怜爱地献上了拥抱。

他挣脱了她，“我得去看着他们卸下印刷机。”他告诉她，然后回到船上，向甲板下的货舱走去。卡朋特太太和我站在码头边上，在来往穿梭的人群之中，我们仿佛一座尴尬而沉默的孤岛。

“这么说他找到你了。”她不怎么愉快地说。

“嗯。”我说。

“你现在准备嫁给他了吗？”

“嗯。”

“你得扔掉这些衣服，”她说，“加莱都是些体面人，他们不喜欢看到你穿着马裤。”

“我知道，”我说，“我走的时候很匆忙，不然的话我会换一身衣服再回来的。”

“那就还好。”

我们又陷入了沉默。

“你的薪水带来了吗？”

“嗯，”她的口气让我生气，“前两个季度的薪水我都带来了。”

“光是买袜子、礼裙、替换用的衣服和帽子，你这些都得全花光，价钱会让你吓一跳的。”

“总不会比伦敦还贵吧。”

“贵多了，”她不容置疑地说，“有好多东西要从英格兰运来。”

“我们为什么不买法国货?”我问她。

她板起脸来。“很少买。”她说道，但又没有解释的意思。

丹尼尔走了过来，看到我们在聊天，他似乎很高兴，“我想我已经把所有东西都搬下来了，”他说，“你父亲要留在那里看着东西，等我去找马车来。”

“我去陪着他吧。”我连忙说。

“不用，”他说，“跟我母亲回家去，她会给你看看我们的房子，你也可以在那儿暖和一下。”

他是想确保我的舒适。但他不明白，我最不想做的那件事就是和他母亲去家里，坐在他的妹妹们身边，等待男人们忙完活儿回来。“那我跟你去叫马车，”我说，“我不冷。”

看到他母亲的眼神，他犹豫起来。“你不能穿成这样去马车行，”她坚定地说，“你会让我们所有人丢脸的。裹好你的斗篷，跟我回家。”

她说的“家”是一栋伦敦街上的漂亮小房子，与其他房子一起坐落于城镇的南门附近。顶楼划分成三间卧室：丹尼尔的三个妹妹同住那个有张大床的朝南房间，他母亲有个自己的小房间，我父亲住在第三个房间。丹尼尔大部分时间都住在他的导师家里，不过在家过夜的时候就睡在我父亲房间的一张活动矮床上。下面那层用作全家人的就餐室和起居室，底层是我父亲面朝街道的店铺，靠后面是个小厨房和碗碟储藏室。后院里有丹尼尔和我父亲亲手搭起的茅草棚屋，印刷机将在那里拼装起来，然后摆放在那里。

丹尼尔的三个妹妹正在楼梯上的起居室里等着，她们一起向我们打招呼。我能清楚地感觉到我在旅途中沾满尘灰的衣服，还有脏兮兮的面孔和双手，又看到她们上下打量着我，然后无言地彼此对望。

“这就是我的女儿们，”她们的母亲说，“玛丽、萨拉和安妮。”

三个女孩就像布娃娃那样站起身来，动作一致地行了个屈膝礼，然后再次坐下。我穿着这身仆童装束没法行屈膝礼，只能略微鞠躬。她们顿时瞪大了眼睛。

“我去烧水。”卡朋特太太说。

“我来帮忙。”安妮说着，一溜烟地跑出房间。另外两个女孩和我沉默而嫌恶地互相打量。

“一路上还顺利吗?”玛丽问。

“嗯，谢谢你。”和丹尼尔互相爱抚的那个迷蒙的夜晚仿佛已是很久之前的事了。

“你现在要嫁给丹尼尔了吗?”

“玛丽！好啦!”她的姐妹出言制止。

“我不明白有什么不能问的。他们都订婚好久了。如果她将要成为我们的嫂子，我们有权利知道。”

“那是她和丹尼尔之间的事。”

“这是我们所有人的事。”

“嗯，没错。”为了结束她们的争论，我承认道。

她们转过写满好奇的面孔，“的确，”玛丽说，“你已经离开宫廷了吗?”

“对。”

“你不会回去了吗?”萨拉问。

“不会了。”我努力压抑语气中的遗憾。

“在宫廷住过以后，你会不会觉得这儿特别无聊？丹尼尔说你是女王的女伴，天天都陪着她。”

“我想我会在店里给父亲帮忙。”我说。

她们惊恐地对视着，仿佛忙活书本和印刷机这件事比嫁给丹尼尔并且跟他住在一起还要可怕。

“你和丹尼尔要睡在哪里呢？”玛丽问。

“玛丽！够了！”

“噢，他们可没法在活动矮床上睡觉，”她有条有理地分析起来，“母亲也不可能搬出去。我们也肯定得有最好的卧室。”

“丹尼尔和我会决定的，”我的语气中带上了一丝怒气，“如果没有足够的地方可以住，我们就自己盖一栋房子。”

玛丽震惊地尖叫一声，而她母亲恰好在这时走上楼来。

“孩子，怎么了？”她问道。

“汉娜在这个家里待了才不到五分钟，就开口说她和丹尼尔要住到别处去！”玛丽大叫着，几乎哭了起来，“她这就已经要带丹尼尔离开了！我们才刚刚认识她！我说得没错——她会把一切都毁掉的！”她跳了起来，拉开房门，往楼上自己的房间跑去，木头房门在她身后砰然合拢。然后我们听到她倒在床上的时候，地板发出的嘎吱响声。

“噢，天哪！”她母亲愤怒地大叫起来，“这太荒谬了！”

我正要出言赞同，然后我才发现她正以责备的目光看着我。

“你才刚来第一天，怎么就惹得玛丽这么不开心？”她质问道，“每个人都知道她很敏感，而且她爱她哥哥。你得学会管好你的舌头，汉娜小姐。你现在是在跟家人一起住。你已经没有像弄臣那样口无遮拦的权利了。”

在震惊中，我没有出言辩驳。然后我从牙缝里挤出两个字来：“抱歉。”

1556年夏

这是一个漫长炎热的夏季，也是在加莱度过的第一个夏季。我像个信奉太阳的异教徒那样迎接着阳光，而丹尼尔告诉我，他明白了一个新的理论：在广袤的太空中，地球是围绕太阳旋转的，而不是反过来。我得承认，我觉得这个理论非常有道理，因为我能感觉到自己的身体也在这炎热中舒展开来。

我在广场里闲逛，在捕鱼码头闲逛，看着耀眼的阳光在海中泛起的涟漪。他们将这里叫做“le Bassin du Paradis①”，在明亮的阳光之下确实仿如天堂一般。只要有机会，我就会找个借口离开镇子，穿过城门，心不在焉的卫兵们在这里看着镇民们来来往往，看着远道而来的乡下人。我在城墙外的菜地间闲逛，呼吸着温暖的泥土中生长的气息，我还想走得更远，走去海滩看惊涛拍岸，穿过有苍鹭窥视着自己倒影的沼泽，走到乡村，去看看阳光照耀的绿地旁边的昏暗密林。

这夏日让人感觉如此漫长，对我而言，它更是沉闷到无法呼吸的地步。我和丹尼尔现在住在同一屋檐下，但必须像少女和求婚者那样生活，几乎没有独处的机会。我渴望他的抚摸，渴望他的亲吻，渴望他给我带来和我们一同乘船去法兰西那晚一样的愉悦。但他几乎无法忍受和我接近，他知

① 法语，意为“天堂之池”。

道自己必须保持距离，知道自己只能亲吻我的嘴唇和手，不能有进一步的举动。甚至当我和他擦肩而过，或是待在狭小的房间时，我的气息也会让他颤抖，当他递过杯盘，与我手指相触的时候，我也会渴望他的爱抚。我们两人都不愿在他好奇的妹妹们面前展露自己的欲望，但我们无法将其彻底隐藏。而她们打量我们俩的目光也令我厌恶。

我在第一周便脱下马裤换上长裙，很快便上起了一堂永不结束的年轻女士礼仪课。看起来我父亲和丹尼尔的母亲达成了某种默契，就是由她来教我年轻女人必须学会的事。我母亲教我的那些居家技巧在我逃出西班牙时便抛诸脑后。从那时起，就没有人教我怎样做面包，怎样搅拌黄油，怎样将乳清和奶酪分离。没有人教我怎样将亚麻布浸在天仙子和薰衣草染料里，怎样摆桌子，怎样提纯奶油。父亲和我就像店主和他的学徒那样生活着，相处融洽。在宫里我从威尔·萨默斯那里学会了用剑格斗，翻筋斗和风趣妙语，从罗伯特·达德利那里学会了欲望和对政治的敏感，从约翰·迪伊那里学会了数学，从伊丽莎白公主那里学会了不为人知地活动。很明显，对于一个年轻医生的家庭来说，我没有任何有用的本领。我算不上什么年轻女人，也算不上妻子。丹尼尔的母亲声称自己是在“手把手地教导我”。

她这位学生阴沉而又不情不愿。我没有做家务的天赋。我不想学习怎样用沙子来刷洗黄铜平底锅，让它闪闪发光。我也不想学习如何刷洗门前的台阶。我不想学习如何用完全不浪费的方式削土豆皮，然后用削下来的皮去喂我们在城墙外的小花园里养的鸡。我不想学习这方面的任何事情，也不想知道为什么要学习。

“作为我的妻子，你应该知道怎样做这些事情。”丹尼尔理由充分。我之前溜了出来，在他回家的半路上——就在他穿过集市，来到斯坦普礼堂前面的时候——截住了他，这样我就能在受到他母亲的掌控之前跟他说说话了。

“为什么我非知道不可？你都不知道。”

“因为我要外出工作，而你要在家照顾孩子，准备他们的食物。”他说。

“我想我也可以开一家印刷店，像我父亲那样。”

“那谁来做饭，谁来打扫房间？”

“我们为什么不雇个女仆？”

他不由得笑起来。“或许以后吧。但我一开始可付不起女仆的薪水，你知道的，汉娜。我不是有钱人。我刚刚开业做医生的那段时间，得靠我一个人的薪水来养活我们。”

“那我们会有只属于我们两人的房子吗？”

他拉起我的手，绕过自己的臂弯，仿佛我会因为他的回答而转身走开。

“不会，”他说，“我们会搬去一个大点儿的房子，也许在热那亚。但我还是要让妹妹们和母亲住进来，还有你的父亲。你肯定不会反对吧？”

我什么都没有说。说真的，我只想和父亲和丹尼尔一起生活。他的母亲和妹妹们让我觉得难以忍受。但我无法对他说我能和父亲一起生活，却不能容忍他的母亲。

“我还以为我们能单独住在一起。”我撒了个谎。

“我必须照顾我母亲和妹妹们，”他说，“这是神圣的职责。你明白的。”

我点点头。我真的明白。

“她们对你不好吗？”

我摇了摇头。我无法对他解释她们是怎样对待我的。我每晚都睡在女孩子们的房间里，睡在一张滑轮矮床上，每晚我睡着的时候，都能听见她们在我旁边的大床上窃窃私语，我觉得她们在谈论我。早上她们会拉起床帘，不让我看到她们穿衣服的样子。然后她们会钻出帘子，在一面小镜子前为彼此梳头发编辫子，偷眼看着我已经长了不少，只能半遮在帽子下面的蓬松头发。我的裙子和亚麻内衣都是新的，吸引着她们无言的羡慕，还会不时偷偷试穿。简而言之，她们都是善妒、不友好却又团结的女孩子，很多夜里我都将自己的脸埋在干草床垫里，无声地流下气恼的泪水。

丹尼尔的母亲从未说过一句能让我向她儿子告状的话。她从没说过能让我援引并且抱怨的事情。她以一种潜移默化的方式，让我觉得自己配不上她的丹尼尔，配不上她的家庭，只是个无法胜任日常家务的年轻女人，一个外表看起来就笨手笨脚的年轻女人，一个在信仰方面犯了错的年轻女人，是个不孝的女儿，更有潜质成为一个不听话的妻子。如果让她说出真话，她会说她根本就不喜欢我；但在我看来，她似乎极端反对在任何一件事上说出实话。

“然后我们就可以幸福地生活在一起，”丹尼尔说，“终于得到平安。终于能在一起了。你应该很快乐吧，是不是，亲爱的？”

我犹豫起来。“我和你的妹妹们相处得不够好，你母亲也不太认可我。”我轻声说道。

他点了点头，我说的这些他全都知道。“她们会对你改观的，”他温柔地说，“一定会的。我们必须生活在一起。为了我们的平安和生存，我们必须生活在一起。只要我们学会各让一步，就能够幸福地生活下去了。”

我点点头，隐藏了自己许许多多的感受。“但愿如此。”我给了他一个微笑。

六月末的时候，等我的全套礼裙做好，头发也蓄到——按照丹尼尔的母亲的说法——过得去的程度，我们便在圣母院教堂举行了婚礼，这座加莱的大教堂支撑拱顶的圆柱看上去像是法国大教堂里的那样，却又建造了英国大教堂式的方形塔楼。这是一场基督教式的婚礼，婚礼后还会举行一场弥撒，我们每个人都一丝不苟地遵循着教堂里的仪式。然后，在我们坐落于伦敦街上的那栋房子里，丹尼尔的妹妹们将围巾高举过我们的头顶，当做彩棚使用，而我父亲则为婚礼念诵七项祝祷，不过仅限于他还记得的那部分，丹尼尔的母亲将一只包好的玻璃酒杯放在丹尼尔的脚下，让他踩碎。我们拉起百叶窗，打开每一扇门，让送来礼物的邻居们参加宴席，一同起舞。

我们如何作为已婚夫妻而休息的恼人问题得到了解决：我父亲搬到了放着印刷机的那间小棚屋里，睡在一张简陋的小床上。丹尼尔和我睡在父亲位于顶楼的老房间里，只有一道薄薄的灰泥墙壁挡在我们和他总是失眠的母亲之间，而他好奇的姐妹们则在另一边侧耳倾听。

在我们新婚之夜，我们像一对放肆的恋人那样彼此相拥，渴望释放长久以来压抑的欲望。他们说说笑笑地将我们推到床上，装出不好意思的样子，然后他们才刚刚离开，丹尼尔便闩上了门，关紧窗户，拉着我来到床上。终于独处的我们把毛毯盖在头上，在炽热的黑暗中亲吻爱抚，希望毯子能够掩去我们的低语。但他触碰下的愉悦征服了我，我便发出喘息般的低呼。我立刻用手掩住了自己的嘴。

“没关系的。”他说着掰开我的手指，又一次亲吻我的嘴唇。

“有关系。”我说出了实话。

“吻我。”他求我说。

“嗯，轻一点……”

我吻了他，感觉到他的嘴唇在我的碰触下融化。他滚到一旁，指引我骑到他身上。他的坚挺才刚刚碰触我的双腿之间，我发出愉悦的呻吟，连忙咬住手掌边缘，试图让自己安静下来。

他转过我的身体，让我平躺在他身下。“把手放在我的嘴上。”我催促他说。

他犹豫起来。“那样就好像我强迫你似的。”他不快地说。

我低低地笑了起来。“你强迫我的话，我会更安静的。”我开了个玩笑，但他没有笑。他放开了我，转身躺下，又把我拉到他身旁，让我的头靠在他的肩上。

“等他们都睡了再说，”他说，“他们不会整夜都醒着的。”

我们等啊等，但他母亲爬上楼梯时的沉重脚步直到很晚才传来，然后我们尴尬地、异常清晰地听到她坐在床边叹气的声音，然后是一只再一只木鞋丢在地上发出的咔嗒、咔嗒的声音。我们更加清晰地意识到墙究竟有多薄。这时又传来她脱衣服的沙沙声，再然后是她上床盖好被子时，床板发出的吱嘎声。

之后便没了可能。只要我一转身，床就会吱嘎响得厉害，我知道她一定听得到。我把嘴唇贴近他的耳朵低声说：“等明天他们都出去了，我们再做爱吧。”我感觉得到他沉默地点了点头。我们躺下来，被欲望折磨着，因欲火而彻夜难眠，我们没有碰触彼此，甚至没有看着对方，而这就是我们的新婚之夜。

第二天早上他们来取床单，要将它挂到窗子上，让染有血渍的床单旗帜一样表明这场婚姻的圆满，丹尼尔却制止了他们。“没这个必要，”他说，“我不喜欢旧规矩。”

女孩们没说什么，可她们对我挑了挑眉毛，仿佛她们知道我们昨晚根本没有做爱，更怀疑他根本对我不抱欲望。而另一方面，他的母亲看我的目光仿佛确信我不是处女，而她的儿子娶了个荡妇进家门。

新婚之夜很糟糕，新婚的早餐也令人不快，她们又碰巧一整天都没有出去，全都待在家里，于是我们没能在白天做爱，晚上也不能，第二天晚上也不能。

没过几天，我便学会了像石头一样躺在丈夫身下，他也学会了在沉默中尽快享受愉悦。在最初的几周里，我们尽可能地少做爱。早先在船上的那次体验曾让我心满意足，而如今在这间卧室里，在四个喜欢窥探隐私的女人的聆听下，我的欲望根本得不到探究或是满足。

我开始厌恶自己燃起的欲望，然后是厌恶自己的羞涩。我无法忍受自己所说的每一个词儿、每一次呼吸，甚至是每一次亲吻都有一群挑剔而专注的听众在倾听。我害怕让他的妹妹们知道我有多么爱他，又因为她们如此关注这种本该专属于我们两人的事情而退缩。在我们终于做爱的第二天早上，丹尼尔走下楼梯，我看着他母亲目光闪烁地看着他。那表情饱含着占有欲，仿佛农民看着自己牛栏里健壮的公牛。她听到我昨晚愉悦的叫声，正为自己儿子的勇猛而骄傲。对她来说，我就像一头母牛，应该尽快诞下牛犊，她所赞赏的只有她儿子一个人，而组建新家庭的功劳则归属于她。

那之后我就再也不愿和丹尼尔同时下楼。他的妹妹们会用炽热的目光看向他，再看向我，然后再看向他，仿佛能看出那一夜无声的交流是如何令我们变成了男人和妻子的。我要么就在其他人之前起床，下楼去点燃壁炉里的余烬，在其他人起床之前煲好粥，要么就是一直等到他吃好早饭并且出门。

每次我下楼晚了，他妹妹们就会互相戳戳手臂，窃窃私语。

"我看你还保持着宫里的作息呢。"玛丽不怀好意地说。

她的母亲做手势示意她闭嘴。"别烦她，她需要休息。"她说。

我飞快地看了她一眼，这是她第一次出言为我反驳玛丽刻薄的语言，不过然后我才发觉，那并不是因为我——就好像所有属于丹尼尔的一切都沾了他的光似的——是因为她希望我怀孕。她还想要一个男孩，为迪斯累利家族增添一个男孩，好继承家族的血脉。如果我能快点生下儿子，趁她还年轻，还有精力，她就可以视如己出地将他抚养长大，作为她家族的一员，然后她就会说："这是我儿子的孩子，我儿子是个医生，你知道的。"

如果我这三年没有在宫中度过，我就会跟我的婆婆及三个妹妹成日争吵不休：但我曾目睹、听闻和经历过的那些远比她们所能想象的可怕得多。

我知道，即使我向丹尼尔抱怨她们，也只会惹得他为她们、为我、为这个他试图组建的家庭而担忧。

他还太年轻，无法承担起在如此艰难而又危险的时期保护家庭平安的重任。他正在学习内科大夫的技艺，每天他都要为那些目睹死神将至的男男女女提出建议。他肯定不希望自己每晚回家时，看到的是一群在恶意和嫉妒中钩心斗角的女人。

因此我守口如瓶，而当他的妹妹们讽刺我的开销，甚至公开批评我从市场买回来的面包，批评我练习厨艺时有多么浪费材料，批评我手上沾到的印刷墨水，批评我放在厨房桌子上的那些书的时候，我一言不发。我在宫中的时候，见过那些女伴向女王争宠的情景。我对女性之间的怨恨了然于胸，只是从没想到过自己在家里也得忍受这些。

我父亲目睹了其中一些，试图保护我。他为我找了些翻译工作，我可以坐在书店的柜台上，将拉丁文翻译成英文，或者从英文翻译成法文，同时印刷机里的墨水的气息则从外面的院子里飘扬而来。有时我会帮助他印刷，但如果我的围裙沾到墨水——尤其是弄脏礼裙的时候——卡朋特夫人就会大加抱怨，因此我和父亲都尽量不去触怒她。

夏日一天天过去，丹尼尔的母亲开始为我的食物精挑细选，从瘦骨嶙峋的法国鸡的鸡胸肉到最大最甜的桃子，我突然意识到她在等我跟她说话。在八月的最后那几天，她终于忍不下去了。

“你有什么要告诉我的吗，女儿?”她问。

我的身体僵住了。她每次叫我“女儿”的时候，我总会害怕。我根本不想要生母之外的母亲。事实上，我认为这个不讨人喜欢的女人只是在无礼地宣称我是她的所有物。我是我母亲的孩子，不是她的，就算我真的想要另一个母亲，我也会选择女王，因为她会允许我将头靠在她的膝盖上，抚摸我的卷发，说她相信我。

除此之外，我现在已经了解丹尼尔的母亲了。我观察了她一整个夏天，对她的行事习惯绝对不能说毫无了解。如果她叫我“女儿”或者赞扬我帽子下面的头发梳理得多么齐整，那她肯定有什么目的：想要得知消息、承诺或者某种隐私。我看着她，等待着，脸上没有一丝笑意。

“有什么要告诉我的吗?”她提示我，“比方说，能让一个上了年纪的女人非常、非常高兴的事?”

我猜到了她的意思。“没。”我简短地说。

“还没法肯定?”

“我可以肯定自己没有孩子，如果这就是您想知道的，”我断言道，“我两周前才来了月经。您还想知道更详细的吗?”

她太过专心地听着我的回答，甚至没注意到我口气的粗鲁。“噢，那你是怎么了?”她质问道，“从你们结婚起，丹尼尔每周起码会要你两次。没人会怀疑他有问题。你病了吗?”

“没有。”我冰冷的双唇间吐出这两个字。她当然知道我们具体多久做爱一次。她毫无羞耻地偷听着，而且还会继续偷听下去。她甚至不会想到，明知她在那堵薄墙的另一边竖起耳朵偷听的我，即使在丹尼尔的碰触和亲吻下也感觉不到丝毫愉悦。她根本想不到我渴望着愉悦。她所关心的只是丹尼尔的愉悦，以及我应当为她生下的孙子。

“那问题出在哪儿?”她说，“过去这两个月里，我天天都在等你告诉我，说你已经有了孩子。”

“那么我抱歉让您失望了。”我以伊丽莎白公主傲慢时的冰冷口气回答。

她猛地抓住我的手腕，用力一拉，强迫我转过身看着她，她紧握的手指嵌进了我的皮肤。“你没在服用什么吧?”她嘶声说道，“你没在喝什么阻止孩子到来的药水吧？是你在宫里的哪个好朋友给的？还是荡妇常用的什么把戏?”

“当然没有!”我怒气冲冲地说，“我干吗要这么做?”

“天知道你要做什么又不要做什么!”她痛心地大叫起来，然后将我甩到一旁，“你为什么要去宫里？你当时为什么不跟我们来加莱？为什么你这么反常，这么不像女人，这么不男不女？为什么这么晚才来，等到加莱的所有女孩都任由丹尼尔挑选的时候？如果你不打算生孩子，又干吗要来?”

她的愤怒震住了我，让我说不出话来。我好一会儿没有说话。然后我慢慢地找回了语言能力。“是别人为我求来的弄臣职位，不是我自己选的。”我说，“如果您对此不满，也该去责备我父亲而不是我。我穿着男孩的衣服是为了保护自己，您应该很清楚。而且我当初没跟您来，是因为我曾向伊丽莎白公主发誓，我会在她接受审讯的这段时间陪着她。大多数女人都会认为这代表了真心而不是假意。我现在回来，是因为丹尼尔需要我，我也需要他。而且我不相信您说的话。他不会选择加莱的女孩子的。”

“他当然会!”她气呼呼地说，“那些女孩不光漂亮，而且还能生。她们会带着嫁妆过来，而且不穿马裤，她们会在这个夏天就生下孩子，而且清楚自己的身份，会高高兴兴地住在我的家里，自豪地叫我母亲。”

我感到身体冰冷，感到恐惧和犹疑，“我还以为您没有特指，”我说，“您是说这儿真有个喜欢丹尼尔的女孩?”

卡朋特夫人绝不会说出任何一件事的全部真相。她转过脸去，走到挂在壁炉边的早晨锅前，将它取下挂钩，仿佛要拿出去重新刷洗一遍似的。“你管这个叫干净?”她愤怒地质问道。

“丹尼尔有个喜欢的女人，而且就在加莱?”我问。

“他从没提过要跟她结婚，”她不情不愿地说，“他总是强调你和他有婚约，他对你有承诺要遵守。”

“她是犹太人还是非犹太人?”我轻声问道。

“非犹太人，”她说，“不过如果丹尼尔娶她，她就转信犹太教。”

“娶她？”我惊叫道，“但你刚刚才说过，他总是强调自己跟我有婚约。”

她把锅子放在案台上，“跟那个没关系，”她试图掩饰自己的口不择言，“这些是她跟我说的。”

“你跟她谈过丹尼尔娶她的事？”

“我没办法！”她大为光火，“他在帕多瓦的时候，她来过这儿，肚子耸得高高的，还想要知道我们要怎么补偿她。”

“她的肚子？”我麻木地重复道，“她有了孩子？”

“她有了他的孩子，”丹尼尔的母亲说，“而且是个健康强壮的孩子，和他小时候一模一样。没人会否认这个孩子是他的，绝不可能，也不会否认她是个可爱的好女孩。”

我重重地坐在桌边的凳子上，困惑地抬头看她。“他为什么不告诉我？”

她耸耸肩，“他为什么要告诉你？你自己让他等了这么多年，又把发生的每一件事都告诉他了吗？”

我想到罗伯特大人注视着我的黑暗双眸，还有他的嘴唇碰触我脖颈的感觉。“我没有对他撒谎，也没有生下什么孩子。”我静静地说。

“丹尼尔是个英俊的年轻男人，”她说，“你真觉得他会等着像你这样一个修女？在你扮演弄臣，穿得像个男人，追求不知道什么人的时候，真的想过他吗？”

我一言不发地听着她语气中的憎恨，观察着她涨红的双颊上的怒意，还有她嘶声质问时的口沫横飞。

“他常去看他的孩子吗？”

“丹尼尔每个周日都会在教堂见到他，”她说。我捕捉到了她一闪即逝的胜利笑容。“而且每周两次，他告诉你他要工作到很晚的时候，就会去她的家，和她吃晚饭，看望他的孩子。”

我站起身来。

“你要去哪儿?”她突然警觉起来，问道。

“我去他回家的路上等他，”我说，“我有事要跟他谈。”

“别打扰他，”她急切地说，“别跟他说你知道那个女人的事。就算你们争吵也对你没有好处。要记得，他娶了你。你应该做个好妻子，睁一只眼闭一只眼。聪明的女人会转过身去，当做什么都没看见。”

我想起了玛丽女王听说伊丽莎白和国王调笑时，脸上那茫然的痛苦神情。

“是啊，”我说，“但我不想再当什么好妻子了。我不想知道该想什么，该关心什么了。”

我突然注意到那口沾着稀粥痕迹的锅子就放在一旁，于是我抄起锅子，朝后门砸去。它撞上木头门板，发出一声巨响，然后掉到地板上。“现在你可以自己刷你该死的锅子了!”我对着震惊的她大叫道，“你想要我给你生的孙子也可以永远等下去了。”

我气冲冲地离开屋子，穿过集市，看也没看常去的那些货摊。我径直穿过捕鱼码头，没有理会那些渔夫因我匆忙的步子和没有用头巾盖住的面孔而发出的嘘声。我快步走到内科医生的家门前，却发现自己不能就这样用力敲门，要求见到丹尼尔。我只能等着。我爬上那栋房子对面的一堵低矮的石墙，坐在那里等着他。路过的人对我微笑眨眼，我也毫不羞涩地瞪着他们，仿佛自己又穿上了男孩子的装束，忘了压低裙角，垂下目光。

我没有思考该和他说什么，也没在计划该做什么。我就这样像一只等着主人的狗儿那样等待着。我就这样痛苦地等待着，像只被捕兽夹夹住爪子的狗儿那样，除了等待什么也做不了，不明白自己为何痛苦，也不知道还能做些什么。只是忍耐。只是等待。

我听到钟敲了四下，然后又过了半小时，旁边的门开了，丹尼尔走了出来，他大声向着什么人告别，接着关上了门。他一手拎着瓶绿色的液体，而等走出大门以后，他朝着和家相反的方向走去。我突然很害怕，怕他是去见自己的情人，而他会觉得我像个多疑的妻子那样监视着他。我立刻起身穿过街道，向他跑了过去。

“丹尼尔!”

“汉娜!”他见到我的喜悦看起来发自真心。但看到我苍白的脸色后，他说：“出什么事了？你生病了吗?”

“没有，”我的嘴唇颤抖着，“我只是想见见你。”

“现在你见到了。”他轻快地说。他将我的手搭在他的手臂上。“我必须把这个带去寡妇杰林的家里，你愿意跟我一起去吗?”

我点点头，跟在他身旁。但我没法跟上他的步子。我穿在礼裙下面的衬裙太宽松了，没法让我像身穿仆童装束时那样大步走路。我拉起裙角，但裙子还是让我行走不便，仿佛驯马场上的一头四蹄绑起的母马。他偷眼看了看我，从我严肃的表情猜到有什么不对劲，但他决定还是先把药送到再说。

寡妇的家是栋老房子，位于旧城区那些阡陌交通的街道上。那些房子挤在高大的城堡边，在两侧房屋的遮掩下，每一条小巷都显得影影绰绰，它们向着南北延伸，与下一条东西朝向的道路交错。

“我们第一次到这儿来的时候，我还以为我永远找不到路了呢。”他没话找话地说，“然后我记住了小酒馆的名字。别忘了，这儿两百年来都是英国城镇。每个街角都会有一间‘小树丛’、‘猪与口哨’或者‘旅人安歇’[①]。这条街上有个小酒馆，名字叫做‘冬青树丛’。就在那儿。”他指了指一栋有块破旧招牌晃荡着的屋子。

---

① 以上均为常见的英国小酒馆的名字。

“我很快就回来。”他转向走向一道狭窄的房门，敲了敲门。

“噢，丹尼尔大夫!”门里传来一个女人嘶哑的嗓音，“请进，进来坐!”

“夫人，恕我不能，”他轻松地笑着说，“我妻子还在等我，我这就要跟她回家去了。”

房间里传来一阵大笑，又说了句“她能嫁给你可真是有福气”，然后丹尼尔走出门来，把一枚钱币塞进口袋。

“好了，”他说，“要我陪你在城墙上走回家吗，女士？呼吸一下海风?”

我试图对他微笑，但我的心太痛了。我跟着他走到街道的尽头，然后转进一条小巷。在巷子的另一头，便是城区高耸的城墙，以及通向城墙内部的平缓石阶。我们拾阶而上，最后来到城垛上，看向北方的地平线，那儿便是英格兰的所在之处。英格兰，女王，公主，我的大人：他们似乎都在很远很远的地方。此刻我不禁觉得，即便是作为女王弄臣时的生活，也比待在丹尼尔和他铁石心肠的母亲以及满肚子坏水的妹妹们身边要好。

“好了，”他说着，放慢了步子。我们在城墙上走着，海鸥尖啸着飞过我们的头顶，海浪拍打着石岸。“出什么事了，汉娜?”

我没有像普通女人那样拐弯抹角。我直指问题的核心，仿佛我只是个不安的仆童，不是什么遭受背叛的妻子。“你母亲告诉我，你在加莱有别的女人，还有了孩子，”我直率地说，“还说你每周会去看她和孩子两次。”

我能感觉到他的步伐蹒跚起来，等我抬头看他的时候，只见他脸色发白。“是的，”他说，“你说得没错。”

“你应该早点告诉我。”

他点点头，整理着纷乱的思绪。“我想我是应该告诉你。但如果我告诉了你，你还会嫁给我，然后和我住在这儿吗?”

“我不知道。不，也许不会。”

“那你就应该明白，为什么我不告诉你了。”

“你欺骗了我，将我们的婚姻建立在谎言之上。”

“我说过你是我今生的挚爱，确实如此。我说过为了我的母亲和你的父亲，我们应该结婚，我现在仍旧认为我们做得没错。我说过作为以色列人的后裔，我们应该结婚，这样我们就能生活在一起，我就能保证你的安全。”

“安全地住在小破屋子里？”我脱口而出。

丹尼尔吓了一跳：这是我第一次坦言自己嫌弃他的小屋子。“我为你对自己的家有这样的看法感到遗憾。我告诉过你，将来会让我们住进更好的房子的。”

“你欺骗了我。”我重复道。

“是的，”他简短地说，“可我是不得已。”

“你爱她吗？”我问。我能听到自己口气中的悲伤。我从他臂弯里抽出手来，满心愤恨地想着：爱情竟然将我变得如此卑贱，让我为他的背叛而哭泣。我退开一步，让他无法抱住我、安慰我。我再也不想变成沉浸在爱情中的女孩了。

“不，”他直言道，“只是我们刚到加莱的时候，我很孤单，她漂亮又热情，而且和我很谈得来。如果我有点脑子的话，就不该去找她，但我还是去了。”

“不止一次？”我是在伤我自己的心。

“不止一次。”

“我猜你跟她做爱的时候，不必用手捂着她的嘴巴，免得让你的母亲和妹妹们听见。”

“嗯。”他简短地回答。

“那她的儿子呢？”

他的神情立刻温暖起来。“他差不多五个月大，”他说，“长得很壮实，而且精力旺盛。”

“她跟你改姓了吗?”

“没有。她保留了自己家族的姓氏。”

“她还跟自己家人住在一起吗?”

“她住在工作的那户人家。”

“他们允许她带自己的孩子?”

“他们对她很好，而且他们上了年纪，喜欢房间里有个孩子。”

“他们知道你是孩子的父亲?”

他点点头。

我震惊不已，“所有人都知道? 你的妹妹们，还有神父? 你的邻居? 那些出席我们的婚宴并且祝福我们的人都知道? 所有人都知道?”

丹尼尔犹豫起来。“这个镇子很小，汉娜。是的，我想所有人应该都知道。”他努力挤出一个微笑，“现在我想所有人都知道你对我很生气，知道我在请求你的宽恕。你必须习惯成为家庭的一部分，镇子的一部分，还有整个民族的一部分。你不再只是汉娜而已。你是女儿也是妻子，而且有一天，我希望你能成为母亲。”

“不可能!”我带着愤怒和对他的失望脱口而出，“想也别想!”

他把我拉到他面前，紧紧抱住我，“别这么说，”他说，“即使你对我再生气，也不该说出这样的话来伤害我。即使我活该受到惩罚。你很清楚，就算我认为你爱着另一个男人，或许永远不会嫁给我的时候，我还是等着你，爱着你，相信着你。现在你来到了这儿，我们也结了婚，我要为此感谢上帝。既然你已经到了这儿，我们就该好好生活，无论我们要在一起会有多艰难。我会成为你的丈夫和爱人，而你将会宽恕我。”

我奋力挣脱他的怀抱，面对着他。我敢发誓，如果我的手中有剑，我一定会一剑刺穿他。“不，”我说，“我再也不会和你躺在一张床上了。你真虚伪，丹尼尔，你满口谎话，却叫我信任你。我看错你了，你不比别的男人更好。你根本说一套做一套。”

他本想打断我的话，可我的话语却连珠炮似的没有停歇之意。“我就只是汉娜而已。我不属于这个镇子，不属于整个民族，不属于你的母亲或者你的家庭，而且你也证明了我并不属于你。我否认你，丹尼尔。我否认你的家庭，否认你们这些人。我不属于任何人，我将会独自一人。”

我转身离开，滚烫的泪水流下我冰冷的脸颊。我本以为他会匆忙追赶我，但他却没有来。他就这么看着我，而我大步走开，仿佛要跨越泡沫翻涌的灰色浪涛，一路返回英格兰的家中，回到罗伯特·达德利那里去，并且告诉他，如果他愿意的话，我今晚就可以成为他的情妇，因为我已经没什么可以失去了。我曾经尝试过体面的爱情，但它除了谎言和不忠之外别无其他：过程艰难，而结果又令人懊恼。

我怒气冲冲地走在城墙上，最后绕着镇子走了一整圈，发现自己又回到了刚才吵架的地方，俯瞰着下方的海面。丹尼尔已经走了，我也不认为他会一直留在那里。他应该已经回家去吃他的晚餐，在全家人的面前佯装镇定，一如既往地压抑着自己的感受。又或许他会去找他的另一个女人，去找他孩子的妈妈吃晚餐，就像他母亲说过的那样每周两次，而在那些夜晚，我都会伫立在窗前等待着他，为辛苦工作的他而担忧。

我的双脚——如今被迫穿着那双愚蠢的高跟女鞋——因为绕行城墙的这一圈而隐隐作痛，我一瘸一拐地走下狭窄的石阶，穿过那扇小门，来到码头旁。几条渔船正准备在晚潮的时候扬帆出航，那些定期横穿法兰西和英格兰之间海洋的小商船之一正在装载货物：一辆装满了返回英格兰的一家人行李的马车，给伦敦酒商送去的桶装葡萄酒，一篮篮熟透的桃子、未熟的李子和无籽葡萄，还有大包大包的成衣。码头上有个女孩正在和母亲道别，母亲拥抱了女儿，把自己的头巾盖在女孩的头上，仿佛这样就能在下次见面之前给她以温暖。那女孩不情不愿地转过身去，跑上踏板，然后从船舷那里探出身子，亲吻她的手，然后又挥手道别。那女孩也许是要去英格兰的某户人家做佣人，也许是嫁到别人家。我自哀自怜地想着，我出来闯荡世界的时候没有母亲的祝福。为我策划婚礼的人没有考虑过我的喜好。我的丈夫也是由媒人所选，只为给我父亲和我一个安全的家，给丹尼尔的母亲一个孙子。但对我们来说根本没有什么安全的家，她也已经有了个五个月大的孙子。

我有那么片刻的冲动，想要跑到船主那里，问他能否让我搭船。如果他愿意让我暂欠船费，我可以等到了伦敦就付账。我的渴望仿佛腹中的一把尖刀，它催促着我赶往罗伯特·达德利的身边，回到女王的身边，回到有许多人重视我的宫廷里，我的大人会需要我，那里绝不会有人背叛我或者羞辱我，我可以做我自己的女主人。我当过弄臣：一个比侍女还要低下的仆从，比乐师还要卑微，或许和一条受宠的哈巴狗差不多，但即便如此也比如今的我更加自由和更加自信。我就这么站在码头上，口袋里没有半分钱，除了丹尼尔的家以外无处可去，却又知道他曾经对我不忠，而且完全可能再次不忠。

黄昏时分我推开门，跨过家里的门槛。我进到店里的时候，丹尼尔正在穿他的斗篷，而我的父亲正等着他。

“汉娜！”父亲喊道，丹尼尔几步穿过房间，将我抱入怀里。我任他抱着，但目光却看向我的父亲。

“我们正要出去找你。你回来晚啦！”父亲高声说道。

“抱歉，”我说，“我没想到你们会担心我。”

“我们当然担心你，”丹尼尔的母亲站在楼梯中央，靠着栏杆责怪道，“年轻女人不该在黄昏时到处乱逛。你应该马上回家。”

我意味深长地看了她一眼，但什么都没有说。

“我很抱歉，”丹尼尔将嘴唇贴近我的耳边，“我们谈谈吧。别难过，汉娜。”

我抬头看他，他深色的脸上写满了焦虑。

“你还好吧？”父亲问。

“当然，”我说，“我好得很。”

丹尼尔从肩上取下斗篷。“你说‘当然’，”他叹了口气，“但城里满是粗鲁的兵士们，你现在打扮得像个女人，既没有女王的庇护也不熟悉周围的路。”

我挣脱丹尼尔的怀抱，从柜台下拉出一张凳子来。“我活着穿过了半个基督教王国，”我温和地说，“我觉得自己应付得了加莱的两个钟头。”

“你现在是年轻女士了，”父亲提醒我说，“不是扮作小男孩的女孩了。你晚上根本不应该单独外出。”

“除了集市和教堂以外，哪儿也不应该去。”丹尼尔的母亲站在楼梯上，居高临下地补充道。

“嘘，”丹尼尔温柔地对她说，“汉娜现在没事儿了，这是最重要的。我敢说她饿了。我们留了什么吃的给她吗？”

“什么都没了，”她无助地说，“你连最后的肉汤都喝光了，丹尼尔。”

“我不知道只有那么多！”他叫道，“为什么我们不留一点给汉娜？”

“噢，谁知道她什么时候回家？”她一脸无辜，“谁又知道她是不是在别的地方吃晚饭？”

“好了好了。”丹尼尔不耐烦地说着，拉起了我的手。

“要去哪儿？”我从凳子上站起身。

“我带你去小酒馆吃晚饭。”

“我可以找些面包和一片牛肉给她，”他母亲立刻站起身，想阻止我们俩单独外出用餐。

“不用了，”丹尼尔说，“她晚餐应该吃些热的东西，我还会给她叫一大杯麦酒。不用等我们了，妈妈，还有您，先生。”他将斗篷搭在我的肩上，抢在他母亲提议自己也跟去之前拉着我走出门，然后又抢在他的妹妹们评论说我的穿着不适合夜间外出之前走上大街。

我们沉默地走向街道尽头的那间酒馆。酒馆的前面是供人喝酒谈天的地方，后面也有个专为旅客准备的隔间。丹尼尔叫了一些肉汤和面包，还有一盘肉和两小杯麦酒，我们坐在高背椅上，这是我到加莱以后第一次得以在无人打扰的地方和丹尼尔单独说话。

“汉娜，我很抱歉，”女侍应将酒放到我们面前，才刚刚离开，他便立刻说道，“我为自己所做的事情感到非常非常的抱歉。”

“她知道你结婚了吗？”

“是的，我们第一次见面时她就知道我已有婚约，我也告诉过她，我会去英格兰接你，回来后就跟你结婚。”

“那她不介意吗？”

“不介意，”他说，“她已经接受了。”

我什么也没有说。我觉得一个沉浸在爱中、能为对方生下孩子的女人，实在不太可能在一年之内就接受他将会娶别人为妻的事实。

“你知道她有了你的孩子的时候，难道不想和她结婚吗？”

他犹豫起来。酒馆老板端来了肉汤、面包和肉，匆匆摆在桌子上，也让我们得到了片刻沉默的机会。他离开后，我舀了一匙肉汁，咬了口面包。我用食物塞满了嘴，让自己看上去不像是因为心痛而失去食欲的样子。

“她不是我们的同胞，”丹尼尔说，“而且无论如何，我想结婚的对象都是你。当我得知她有了我的孩子的时候，我为自己做过的事情感到羞愧；但她清楚我并不爱她，也清楚我对你有着誓言。她不指望我会娶她。但我给了她一些钱做嫁妆，每个月我都会给她一些钱作为抚养费。”

“你想和我结婚，但却没有拒绝别的女人。”我刻薄地说道。

“是的。”他没有否认。他没有在实情面前退缩，甚至从一个发怒的女人口中听到那么直白的话也没有退缩。“我想和你结婚，但我没有拒绝别的女人。但你呢？你的良心是否绝对清白呢，汉娜？”

我没有理会他，虽然这句谴责算得上公平。“那孩子叫什么名字？”

他深吸了一口气。“丹尼尔。”他依然毫无退缩地看着我。

我又喝了口肉汤，然后咬了一大口面包，咀嚼着，虽然我的心里很想把嘴里的东西吐到他身上。

“汉娜。”他非常温柔地说。

我又咬了一块肉。

“我很抱歉，”他又重复了一遍，“但我们可以克服这些的。她不会向我提出别的要求。我会在经济上支持这个孩子，但我可以不去见她。我会想念那个孩子，想要看着他长大成人，但如果你不能忍受我去看他，我也可以理解。我会放弃他。我们都还年轻。你会原谅我，我们可以有自己的孩子，我们可以找一栋更好的房子。我们会幸福的。”

我结束了咀嚼，和着一大口麦酒吞咽下去。“不。”我简短地回答。

“什么？”

“我说‘不’。明天我就去买一套男装，父亲和我会找一个新地方开店。我继续做他的学徒。我在有生之年再也不会穿起高跟鞋。它们夹得我脚痛。我在有生之年再也不会相信男人。你伤害了我，丹尼尔，你对我说谎，背叛了我，我永远都不会原谅你。”

他脸色惨白。“你不能离开我，”他说，“我们在上帝的见证下结婚。你不能违背在上帝面前发过的誓言。你不能违背对我许下的誓言。”

我站起身，仿佛在回应他的挑战。“我不在乎你的上帝，也不在乎你。我明天就离开。”

我们一夜无眠。我除了家之外没别的地方可去，我们只能躺在一张床上，在黑暗的卧室中僵硬得仿佛两根锥子，而他的母亲警觉地守在一堵墙后，他的妹妹们急切地等待在另一堵墙后。到了早晨，我拉着父亲离开了屋子，告诉他我意已决，我再也不会作为丹尼尔的妻子和他住在一起了。

他回答时的口气仿佛我的双肩之下又长出了一颗脑袋，变成了某个远方岛屿上的可怕怪物。“汉娜，你的人生要怎么办？”他焦急地说，“我不可能一直陪着你，等我不在了，谁来保护你呢？”

“我可以回到王宫里去，我可以去公主或者我的大人那里。”我说。

“你的大人是众所周知的叛徒，公主不出这个月就会嫁给某个西班牙王子。”

“不可能！她可不是傻瓜。她不会嫁给男人，而且还相信他！她懂的很多，不可能会把自己的心交给一个男人。”

“她没法独立生活，就像你没法独立生活一样。”

“父亲，我的丈夫背叛了我，让我蒙羞。我不能就这么接纳他，还当做什么都没发生过。我不能忍受他的妹妹和母亲每当他晚归时就捂住嘴巴窃窃私语。我不能装作自己属于这儿的样子生活下去。”

“我的孩子啊，如果你不属于这儿，那又属于哪儿呢？你不属于我吗？不属于你的丈夫吗？”

我有我的答案。“我不属于任何地方。”

我父亲摇摇头。年轻女人总该有属于自己的位置，如果没有从属的对象，她就根本活不下去。

“父亲，我们就像在伦敦那样，做自己的小生意吧。让我在印刷店里帮您的忙。让我跟您一起生活，我们和和睦睦地过自己的日子。”

他犹豫了许久，突然间我用陌生人那样的眼光打量起他来。他已经是个老人了，而我却要让他离开这个对他来说相当舒适的家。

“你要穿什么?”最后，他问道。

我差点大笑出声，因为这对我来说太不重要了。但我随即意识到，有个看起来与世界合拍的女儿，还是永远和世界格格不入，这对他而言意义重大。

“如果您希望的话，我可以穿着裙子，”我讨他欢喜地说，“但我会穿上靴子。上身我会穿着无袖短上衣，外面套一件外套。”

“还有你的结婚戒指，”他强调说，“你不能否认你的婚姻。”

“父亲，他每一天都在否认。”

“女儿，他是你的丈夫。”

我叹了口气。“好吧。但我们能走了吧？可以现在就走吗?”

他把手按在我的头上。“孩子，我还以为你嫁了个好丈夫，他会爱你，而你会幸福快乐。”

我咬紧牙关不让泪水涌出，免得让他觉得我的态度可以软化下来，我还可以做一个年轻女人，还有机会去爱。“您错了。”我简短地回答。

要把印刷机再次拆开，然后从院里搬走，这可不是什么简单的事。我只有新裙子和亚麻内衣要带，父亲也只有一小箱衣服，但我们还得搬走大量的藏书和手抄本，以及所有印刷器材：白纸、墨水、装订书籍用的线。搬运工们花了一个礼拜，才把所有东西从卡朋特家搬到新的店面那里，那个星期的每一天，父亲和我都会在桌子上闷声不响地吃着饭，而丹尼尔的妹妹们则会惊恐地看着我，丹尼尔的母亲也每次都满怀轻蔑地重重放下碗碟，仿佛她在喂养两条流浪狗。

丹尼尔逃避着我，他睡在导师的家里，只在换衣服的时候才回家来。在他回家来的时候，我会确保自己跟父亲在后院忙碌，或者在店铺的柜台后面打包书籍。他没有试图跟我争辩或者向我恳求，我固执地认为这证明了我离开的决定是正确的。我觉得如果他真的爱我，就会跟在我身后，再次恳求我留下来。我努力让自己忘掉他的固执和自尊，而且尽全力不去回想我们曾经对彼此承诺的那种生活：我们都可以成为自己想要成为的那种人，不受犹太、非犹太与世俗的规条所束缚。

我在城市的南门那里开起了一家小店：对于准备离开加莱进入法兰西的旅人来说，那儿是绝佳的场所。这是他们购买母语书籍的最后一次机会，而对于那些要去法兰西或者西班牙统治下的荷兰旅行因而需要地图或者建议的人，我们会提供大量的游记类书籍，虽然大部分都是虚构，但对于那些容易上当受骗的人来说仍然是不错的指导读物。我父亲已经在城内树立起了良好的名声，他的那些老客户很快发现了新店的所在。大部分时候，他都会搬出一张凳子，坐在店外的阳光下，而我会在店里忙碌，靠在印刷机上校正铅字，这回不会有人责怪我让围裙沾上墨水了。

搬到加莱，又遭逢我婚姻的失败，我父亲感到身心疲惫。我很乐意做两个人的工作，让他坐在外面休息。我重新学会了阅读倒转的文字，重新学会了运用印刷机：涂上墨水，放下纸张，轻轻地拉一下握把，让铅字样刚好接触到纸面，不留多余的墨迹。

我父亲绝望地担忧着我，担忧着我不幸的婚姻，担忧着我的未来生活，但当他看到我已经学会了他的全部技能，学会了他对书的全部热爱，他开始相信即使自己明天就死去，我也能独立生存。“但我们必须存些钱，querida，”他这样说，“为你的将来做准备。”

1556年秋

在我们的小店度过的第一个月，我真心为自己逃离了卡朋特家族而喜悦。我有两次在集市和捕鱼码头看到过丹尼尔的母亲和他的两个妹妹，他母亲转过头去，假装没看到我，他的妹妹则交头接耳，像是盯着麻风病人那样盯着我看，又像生怕被传染一样不敢靠近。每天夜里我躺在床上，像海星一样伸展四肢，手和脚伸向床角，为宽敞的空间而喜悦，并且感谢上帝我终于可以做回单身女人，躺在完全属于自己一个人的床上了。每天早上我都快活地醒来，不必再受什么人的约束。我可以在长裙的遮盖下穿着我舒服的靴子，我可以帮忙印刷，可以去面包店买早餐，可以和父亲一起在小酒馆吃晚饭，可以做我想做的事情；不用像年轻的已婚女人那样身不由己，终日努力取悦她挑剔的婆婆。

我直到第二个月的中旬才见到丹尼尔，那时我刚刚走出教堂，几乎和他撞了个满怀。我现在在教堂里只能坐在后排：作为擅自离家的妻子，我处在罪恶之中，并且只有彻底忏悔并返回丈夫的身边才能消除罪恶——如果他愿意好心接纳我的话。神父本人对我说过，我和淫妇一样邪恶，甚至更加邪恶，因为我是自行犯下的罪孽，没有他人的逼迫。他给了我一张关于赎罪项目的清单，让我在第二年的圣诞节之前完成。我一如既往地努力表现出虔诚的样子，许多个晚上，我都在教堂里跪着度过，坚持参加弥撒，将头裹在黑色的方巾里，坐在后排的座位上。因此我当时是从阴暗狭小的长凳上站起，走进教堂门口的光芒中，头晕目眩地撞到了丹尼尔·卡朋特的身上。

“汉娜!”他说着伸出手来，扶住我。

“噢，丹尼尔。”

我们站了一会儿，距离很近，目光相接。有那么片刻我感觉到自己身体内跃动的欲望，明白我想要他，他也想要我，我退到一旁，低着头轻声地说：“抱歉。”

“不用抱歉，”他连忙说，“你还好吗？你父亲还好吗？”

我抬头看他，不由自主地笑出了声。他当然知道这两个问题的答案。有他母亲和妹妹们那样的探子，他恐怕对我们的印刷机上印着哪一页书、我们的橱柜里有什么吃的都了如指掌。

“很好，”我答道，“我们都好。谢谢你。”

“我想你想得很痛苦，”他说着，想要留住我，“我一直都想和你谈谈。”

“很抱歉，”我冷冷地说，“但我没什么要说的，丹尼尔，原谅我，请原谅我。”

我想在他继续和我聊下去之前，在他惹我生气、伤心或是妒忌之前离开。我不想对他有任何感觉，不论是欲望还是怨恨。我想对他冷淡下来，于是我转过身，迈步想要走开。

他快步走到我身边，用手拉住我的手臂。“汉娜，我们不能就这么分开。这是不对的。”

“丹尼尔，我们根本就不该结婚。这才是不对的。好了，让我走吧。”

他放开了手，但仍然紧紧盯着我。“今天下午两点钟我到你的店里去，”他说得很坚决，“我想和你单独谈谈。如果你出去的话，我就在店里等你回来。我不会这样就离开你，汉娜。我有权利和你谈谈。”

人们陆续从教堂中走出，而另一些人在等着进入。我不想再吸引更多人的注意了：我已经是加莱有名的出走新娘了。

“那好吧，两点钟。”我说着，微微向他行了个屈膝礼，然后原路离开。他的母亲和妹妹们跟着他进了教堂，她们一手拽着她们的裙子，避开我所在的地方，仿佛碰到我就会弄脏裙摆似的。我鼓起勇气对她们笑笑。“早啊，卡朋特小姐们，”我愉快地说，“早，卡朋特太太。”等她们走远以后，我补充道：“愿上帝让你们全都腐烂。”

两点钟的时候丹尼尔来了，我拉着他走出房子，攀上旁边的石阶，一直走到城门顶上的城墙，在那里可以俯瞰英格兰的海岸线，以及南方的法兰西。在城墙之外的背风处，有一片新建的房屋，是为了容纳逐渐增长的英格兰居民而建造的。如果法国人前来攻打我们，这些新房的主人就只能抛弃自己的房产，躲进城门之内。但在法兰西接近之前，这儿还有源自大海的运河，八座雄伟的壁垒，土制的城墙，还有顽强的守军。如果他们能攻破这些，还得面对高墙环绕的加莱城本身，每个人都知道它的固若金汤。英格兰人在两个世纪前攻陷这里时，足足围困了十一个月，才让加莱的公民因饥饿而投降。这座城市的高墙从未陷落。也绝不会陷落，这是一座无论陆路还是海路都无法攻下的壁垒。

我靠在墙上，眺望着南方的法兰西，等着他说话。

“我和她达成一致了，我不会再见她了，”丹尼尔平静地说着，嗓音低沉，“我给了她一些钱，等我有自己的独立事业以后我会再给她一些。然后我就永远也不见她和她的孩子了。”

我点点头，但仍然没有开口。

“她说我不必再对她负责任，她的主人和女主人说他们会收养她的孩子，把他当做孙子那样抚养成人。她不会再见我，我的儿子也不会再需要我什么。他无须父亲也能长大。他甚至不会记得我。”

他等待我的回答。但我依然什么也没有说。

“她还年轻，也……”他犹豫着，努力思索着不会触怒我的言语，“也很漂亮。她很有可能嫁给别的男人，彻底忘记我，正如我会彻底地忘记她，”他顿了顿，“因此我们已经没有分开生活的理由了，”他竭力劝说着我，“我不再有别的责任和义务，我是你的，你一个人的。”

我转过身，看着他。“不，”我说，“我已经给了你自由，丹尼尔。我不需要丈夫，也不需要任何男人。我不会回到你身边，不管你和她达成了怎样的共识。我生命中的这一段已经结束了。”

“你是我明媒正娶的妻子，”他说，“这片土地上的法律已经认可了我们的婚姻，上帝也见证过。”

“噢！上帝！”我轻蔑地说，“那可不是我们的上帝，对我们来说又意味着什么呢？”

“你父亲亲口读了犹太教祷文。”

“丹尼尔！”我大吼，“他根本记不全了，甚至你和你母亲搜肠刮肚都记不住全部祝福祷文。我们没有拉比①，我们也不在犹太教堂，我们甚至没有两个人给我们作证。只有信任才能够约束我们——再无其他。我嫁给你，是因为我相信自己，也相信你，而你却带着口中的谎言，隐藏在身后的女人，还有摇篮里的孩子娶了我。无论我们恳求的是哪一位上帝——这都毫无意义。”

他面色苍白。“你说话的样子像个炼金术士，”他说，“我们发誓要结合在一起的。”

“你那时根本没资格发誓！”我吼道。

“你要是因为这样的理由结束我们的关系，那就是真的疯了。”他绝望

① 犹太人的学者阶层，同时也是智者的象征。

地说，“不管这场婚姻是对是错，现在我请求你修复我们的婚姻。我在请求你原谅我，像个女人那样地爱我，而不是像学者那样分析我。你要用你的心，而不是头脑来爱我。”

“很抱歉，”我说，“我不能。我的头脑和我的心是一致的。我不会将自己割裂开来，不可能让我的心和我的头脑互相矛盾。无论这个决定会给我带来怎样的后果，我都会作为一个完整的女人去承受。我可以付出代价，但我不会回到你身边、回到那个家里。”

“如果是因为我的母亲或是妹妹……”他说。

我抬起手。“好了，丹尼尔，”我镇定地说，“她们就是那个样子，我确实不喜欢她们；但如果你能够一直忠实于我，我也会找到办法和她们相处的。但现在我们之间不再有爱，所以这些已经没有意义了。”

“那你打算怎么样?”他问，我听得出他嗓音里的绝望。

“我会和我的父亲一起生活，等到时机合适，我们就回英格兰。”

“你的意思是说，等那位虚伪的公主登上王位，等你爱的那个叛徒离开伦敦塔。”他指责道。

我扭过头去不看他。“不管发生什么，我做什么都不需要你操心，”我轻声说，“现在，我要走了。”

丹尼尔伸手拉住我的手臂，我能透过薄薄的亚麻袖子感觉到他手掌的热度。他因痛苦而浑身发烫。“汉娜，我爱你，”他说，“如果你不愿见我，对我来说就意味着死亡。”

我背过身去，直直地对上他的目光，像是个孩子，而不是和丈夫的目光交会的女人。“丹尼尔，除了你自己以外，你无权指责任何人，”我冷冷地说，“我不是可以玩弄的女人。你犯了错，我也抹去了内心和头脑中对你的爱，而且做什么都无法弥补。现在你对我来说是个陌生人，将来也是。一切都结束了。你走你的路，我走我的。都结束了。”

他从喉咙发出一声低哑的呜咽，转身步履沉重地走开。我沉默着匆匆回到店里，走上楼梯，走进我曾经庆祝自己的自由的那间小小的、空无一人的卧室，脸朝下趴在床上，用枕头埋住了头，为自己失去的爱情无声地哭起来。

这不是我最后一次见到他，但我们再也没有亲密交谈过。几乎每个周日去教堂的时候我都会瞥他一眼，看他认真地打开他的弥撒书，念出祷文，遵守着每一个弥撒的动作，目光不离圣体和神父，一如我们所做的那样。他的母亲和妹妹们总会偷偷地在自己的位置上看我，有次我看到他们身边有个一头金发、年轻漂亮的女人，膝盖上坐着一个婴儿，我想那应该就是丹尼尔的孩子的母亲，丹尼尔的母亲带着她是为了带她的孙子到教堂来。

我别过头，避开她们好奇的目光，但我有一种多年来未曾有过的奇怪感觉。我身体前倾，抓住光滑的长凳表面，等待着那种感觉消失，但它却越来越强烈。我又出现了灵视。

我愿意付出一切，只要灵视能离我远去。我最不希望的事就是在教堂里引人注目，特别是在那个女人带着她的孩子在场的时候；黑暗仿佛从圣坛的屏风后面、从神父的身后、从带有石制拱顶的窗台上那些蜡烛里不断涌出，吞没了我，我甚至看不到自己用力抓住长椅的手指逐渐发白。然后我双膝跪倒，只能看到自己的裙子，接下来就是无尽的黑暗。

我听到两军交战的声音，然后有人尖叫道："别动我的孩子！带他走！带他走！"我听到自己说："我不能带他走。"但那个声音坚持叫道："带他走！带他走！"紧接着传来仿佛森林轰然倒塌的可怖声音，人马奔腾的声音，我感觉到危险，想要逃开，但无处可去，我恐惧地尖叫出声。

"现在没事了。"是丹尼尔满怀爱意的声音。我躺在他的怀中，阳光温暖地照在我的脸上，没有了黑暗，没有了恐惧，也没有了可怖的森林崩塌和马蹄踩在石头上的声音。

“我昏过去了，”我说，“我刚才说了什么吗？”

“你只说‘我不能带他走’，”他说，“是灵视吗，汉娜？”

我点点头。我应该坐起身，推开他才是，但我靠着他的肩膀，便能感觉到他向来能够给我的那种迷人的安全感。

“是警示？”他问道。

“可怕的事情，”我说，“上帝啊，情景非常可怕。但我不知道那是什么。真的，我看到的那些足够让我感到恐惧，但不足以让我理解具体的意义。”

“我还以为你已经失去灵视能力了呢。”他轻声说。

“看起来没有。但我并不想看到这样的情景。”

“那就别说话了。”他轻呼。他把脸转向一边，说，“我会带她回家。你们可以走了。她没事的。”

我突然明白过来，他的身后站着一群人，他们好奇地围在我这个在教堂里大叫然后又昏倒的女人身边。

“她是位先知，”有人说，“她是女王的神启弄臣。”

“看来她也不太能预言到什么……”有人窃笑着说，然后取笑说我从英格兰赶来结婚，可三个月就离开了那个男人。

我看着丹尼尔，脸色因怒意而通红，我挣扎着站起身。他立刻抱住了我。“别动，”他说，“我会带你回家，然后帮你放些血。你发烧了。”

“我没有，”我立刻反驳他说，“什么事也没有。”

我父亲出现在丹尼尔的身边。“如果我们两人一起扶你，你能走回家吗？”他问，“还是要我为你叫一顶轿子？”

“我能走，”我说，“我没有生病。”

他们两人扶着我站起来，我们沿着狭窄的小路走向通往城门的大路，走回我们的店里。在转角我看到了几个等待着的女人，是丹尼尔的母亲和他的三个妹妹，还有一个背着婴儿的女人。她盯着我看，我也盯着她，我们打量着彼此、审视着彼此、比较着彼此。她有哺乳期年轻女人的宽阔臀部，丰满得像桃子一样，她有粉红的嘴唇，一头金黄的头发，宽大的脸庞上看不出半点虚伪，蓝色的双眼微微有些突出。她对我羞涩地微笑，那笑容半是歉意半是希冀。她背上的婴孩是个特征明显的犹太男孩，黑色的头发、黑色的眼睛、严肃的面孔，还有橄榄色的可爱皮肤。即使卡朋特太太没有向我泄露秘密，看到他的那一刻，我也能认出那是丹尼尔的孩子。

我看她的时候，她身后有阴影在我的注视下一闪而过。我看到那似乎是一名骑手，在她身后骑着马，正朝着她弯下身子。我眨了眨眼，然后眼前就只剩下那个抱着孩子的年轻女人，还有和我面面相觑的丹尼尔一家的女人们。

“走吧，父亲，”我疲惫地说，“带我回家。”

1556年—1557年冬

几天之内就谣言四起，说我在教堂里晕倒是因为我怀了孕，几周后女人们纷纷来到印刷店里指名要放在高处的书，我不得不从柜台后走出来直起身子去拿，她们借机打量着我的腹部。

冬天的时候她们知道了自己的判断是错误的，书商的女儿，那个奇怪的小女人并没有得到她应得的报应。到了圣诞节的时候这件事情已经被彻底遗忘，而到了漫长寒冷的春季，在这个充斥着逃亡者、流浪人、海盗、随军人员和傻瓜的城市里，他们几乎已经认为我只是又一个怪人而已。

除此之外，这里流传着更加有趣的谣言。据说国王菲利普一直渴望将他妻子的国家卷入与法兰西的战争，最终如愿以偿，英格兰和法兰西宣布彼此为敌。即使我们躲在加莱的坚实城墙之后，但想到法兰西大军压境的情景，也让人惊恐不已。我们的顾客的观点分为两派，有些觉得女王只是个受到丈夫操纵的傻瓜，疯狂到去和强大的法兰西对抗，还有些人认为这是英格兰和西班牙联手战胜法兰西的好机会，而这一次，他们可以分享胜利的成果。

1557年春

春季的风暴困住了港口的船只，让英格兰的消息来得很迟，且不那么可靠。我和许多人一样，每天在码头守候，向每一艘抵达的船只高声询问："有什么消息吗？英格兰有什么消息吗？"春风挟裹着雨水，将盐气覆上每一栋房子的砖墙和窗户，寒气刺痛了父亲的骨头。有些日子他冷得盖着厚厚的被子躺在床上，我为他在卧室的壁炉里生起一小团火，坐在他的床边给他读一小段圣经。我会在蜡烛的照明下，悄悄地，安静地用我们种族的语言读给他听。我用希伯来语读，他靠着枕头，微笑着听那些古老的言语中、将会属于我们同胞的应许之地最终得到平安。我没有告诉他，我们避难的这个国家已经陷入了和最强大的基督教王国之一的战争中，当他问起的时候，我会告诉他说现在我们在城墙的保护之中，无论其他在法国的英格兰人发生了什么，或是在格拉沃利纳[①]的西班牙人会遭遇怎样的事，至少我们都知道加莱绝不会沦陷。

三月的时候，菲利普国王打算途经这座港口，驶向格雷夫森德，整个城市都为之疯狂，但我并不关心谣言中提到的他的开战计划，还有他对伊丽莎白公主的打算。我越来越为父亲担心，他的身体看起来没有康复的迹象。我担心了两星期，之后我收敛了自己的骄傲，遣人去找已经得到行医

---

① 法国北部城市。

执照的丹尼尔·卡朋特医生，他在码头的另一边自己开了家诊所。在收到口信以后，他便立刻赶来。他把脚步放得很轻，仿佛不想打扰我似的。

“他病了多久了?”他一边问我，一边抹去他深色的厚斗篷沾上的海雾。

“他没有真的生病。他看起来只是太累了而已，”我说着接过了他的斗篷，挂在火边烘烤，“他吃得不多，除了汤和干果他什么都不吃。他整日整夜都在昏睡。”

“他的尿液呢?”丹尼尔问。

我将尿壶递给他，他拿到窗边，在日光下分析其中的颜色。

“他在楼上吗?”

“在后面的卧室里。”我跟着我过去的丈夫，走上楼梯。

我等在外面，丹尼尔测了我父亲的脉搏，将冰凉的手放在他的额上，温柔地问他感觉怎么样了。我听到他们用男人特有的语言低声交谈着，用毫无意义的词语表达着各种各样的意思，这是女人永远也弄不懂的密语。

丹尼尔走了出来，面色凝重。他领着我走下楼梯，途中一言不发，直到我们走到店里，又关上通向楼梯的木门。

“汉娜，我可以给他放血，给他开药，用十几种方法来治疗他，但我想不论是我还是其他医生都没办法治好他。”

“治好他?”我傻乎乎地重复道，“他只是累了呀。”

“他快要死了。”我的丈夫低声说。

我一时间没法接受。“可是丹尼尔，这不可能！一定有什么地方弄错了!”

“他腹部的肿块已经长得太大，压迫到他的肺和心脏，”丹尼尔轻轻地说，“他自己能感觉得到，他很清楚。”

“他只是累了。”我反驳说。

“如果他不只感觉到累，如果他能感觉到疼痛，那么我们就得给他服药让他减轻痛苦了,”丹尼尔对我说,“感谢上帝,他现在除了累之外没有别的感觉。”

我走到店门那里,将它打开,仿佛在等待顾客的到来。其实我只是想逃避那些可怕的字眼,逃避我心里逐渐涌起的悲痛。雨水从每栋房子的屋檐上滴落到街上,汇作一条条泥泞的细流,流过鹅卵石路面,进入排水口中。“我还以为他只是累了。”我又傻傻地重复了一遍。

“我知道。”丹尼尔说。

我关起门回到店里。“你觉得他还能活多久?”

我以为他会说几个月,或是一年。

“几天,”他轻声说,“也许是几周。但我觉得不会更多了。”

“几天?”我不解地问,“为什么只有几天?”

他摇着头,眼中满是同情。“我很抱歉,汉娜。他撑不了太久了。”

“我可以叫其他人来看看他吗?”我问,“你的导师什么的?”

他并没有觉得自己受了冒犯。“如果你愿意的话。但不管是谁都会这么说的。你也能摸到他腹部的肿块,汉娜,这是不治之症。肿块压迫着他的腹部、心脏还有肺部。就是它榨干了他的生命。”

我扬起手。“够了,”我不快地说,“别说了。”

他立刻收了声。“很抱歉,”他说,“但他不会痛苦。他也不会害怕。他已经做好了死的准备。他知道这一天的到来。他只是担心你。”

“我!”我大叫出声。

“是的,”他平静地说,“你应该让他明白,你会照顾自己,一直平安的。”

我犹豫起来。

“我向他发过誓,如果你有什么困难或是遇到什么危险,我都会最先站出来保护你。在你的有生之年,我都会将你当做自己的妻子来保护。”

我扶着门把手才没有让自己倒在他怀里，我像个失去亲人的小孩子那样哭了起来，“你真好，”我努力开口道，“我不需要你的保护，但我要感谢你宽慰我父亲。”

“无论你是否需要我都会保护你的，”丹尼尔说，“我是你的丈夫，这一点我不会忘记。”

他从火边的凳子上拿过自己的斗篷穿好。“我明天再来，每天中午都会来，”他说，“我会帮他找一个女人看护，你就可以休息了。”

“我会照顾他的，”我有些恼火，“我不需要任何帮助。”

他在门边站定。“你需要帮助，”他温柔地说，“这件事不是你一个人就能做好的。你需要帮助。我会帮助你的，无论你是否愿意。一切结束以后你会觉得开心，即使你现在有多么反感。我会好好待你，汉娜，无论你是否需要我。”

我点了点头，不敢开口说话，生怕说出什么不该说的。他出了门走进雨中，我回到楼上的父亲身边，拿起希伯来文的圣经，继续给他读了起来。

正如丹尼尔所说，我父亲的生命飞快地流逝。他遵守诺言，找来了一位晚班护工，好让父亲永远不会独自一人，让他的房间里永远燃着蜡烛，耳边也永远会传来他爱听的话。那个女人——玛莉——是个矮胖的法国农夫之女，她的父母十分虔诚，因此她能够一篇接一篇地背诵所有的圣诗。到了夜晚，我的父亲会在抑扬顿挫的法语声中安然入睡。我也找了个男孩在白天为我看店，我则坐在父亲床边，用希伯来语给他读圣经。四月的时候，我拿来了一本新书，上面摘录有一小段念诵给死者的悼词。我看到了他理解的微笑。他抬起手，而我安静下来。

“是时候了，”他说。他的声音细若游丝，“你会好好地过活吗，我的孩子?”

我将手中的书放在椅子上，跪倒在他床边。而他用尽全力将手放到我头上。“别担心我，”我轻声说，“我会过得很好的。我有书店和印刷生意，我可以赚钱生存，丹尼尔也会一直照顾我的。”

他点点头。他正在离我远去，无法再给我建议，也无法再规劝我什么了。“祝福你，querida。”他轻声说。

“父亲!”我双眼满含泪水，将头靠在他的床上。

“祝福你。”他重复了一遍，然后便不再说话了。

我支撑着坐回椅子上，眨了眨眼。泪水模糊了我的双眼，让我几乎看不见书上的字迹。稍后我开始读了起来。“伟大与神圣为主之名，在祂所造之世界无人不知。愿祂在汝在生之时、在全体以色列人在生之时建起祂的王国，宜早勿迟，阿门。”

夜里，护士敲响我们家门的时候，我穿戴整齐，坐在自己的床上，等着她来叫我。我走到他的床边，望着他的脸，他微笑着、容光焕发，毫无惧意。我知道他想起了我的母亲，如果他的信仰是真诚的，即使是对基督教的信仰，那他就会在天堂和她见面了。我轻声对护士说：“你可以去找丹尼尔·卡朋特医生来。”然后听着她匆匆走下楼梯的声音。

我坐在他的床边，将他的手握在自己的手里，他的脉搏在我手指下微微地跳动，像一只鸟儿的心脏。在楼下，有人将门轻轻推开又关上，我听到两双脚走进门来的声音。

丹尼尔的母亲站在卧室门口。“我无意打扰，”她轻声说，“但你应该不知道该做些什么。”

“我不知道，”我说，“我给他念了祷文。”

“很好，”她说，“你做得对，我来做其余的事情。你可以在一旁看着、学着点儿，好知道该怎么做。等我快要死的时候，你可以为我做这些事情，或是为别的什么人去做。”

她安静地走近床边。“怎么样了，老朋友?”她说，“我是来为你平安送行的。”

父亲什么也没说，只是给了她一个微笑。她将手轻轻地放到他的肩后，将他托起，转过他的身体让他面向墙壁、背对房间。然后她在他的身侧坐了下来，背诵她记忆中那些为濒死之人献上的祈祷。

“再见，父亲，”我轻声说，“再见，父亲。再见。”

丹尼尔如他承诺的那样照顾着我。作为我父亲的女婿，他继承了我父亲所有的财产；但他当天就将这些尽数转移到我的名下。他到我家里，帮助我清理父亲在漫长的旅程中保留下来的财物，他还让玛莉再住上几个月。她可以睡在楼下的厨房里，可以陪陪我，在夜里保护我。卡朋特太太因为我独立得不像个女人而眉头紧蹙，但还是努力闭上了嘴。

她准备好了安魂弥撒和一场秘密的犹太葬礼，安排在同一天，我们关起门悄悄举行。我向她道谢的时候她却摆了摆手。“这是对待同胞的方式，”她说，“我们必须记住他们。我们必须送他们最后一程。如果忘记他们，就相当于忘记自己。你的父亲是我们之中了不起的学者，他有那么多的禁书，但他有勇气将它们保存下来。如果没有他那样的人，我们就不会知道在他的床边该祈祷些什么。现在你知道该怎么做了，你可以教给你的孩子们，我们的习俗也就可以流传下去。”

“总有一天会忘记的，”我说，“只是时间问题。”

“为什么?”她说，“我们在巴比伦河畔记得锡安山，我们在加莱的大门旁依然记得。为什么我们会忘记?”

丹尼尔没有问我是否会忘记他，没有问我是否愿意再次和他以夫妻身份生活。他也没有问我是否渴望一次爱抚、一次亲吻，渴望像春天里的年轻女人那样生活，而不总是作为和世界抗争的女孩。他没有问我父亲去世以后我的感受，没有问我是否感觉到生存在世上如此孤独，没有问我是否永远都是汉娜自己，不是他的同胞的一员，也不是谁的妻子，甚至不是谁的女儿。他没有问我这些，我也没有主动提起，我们在门口沉默地道别，周围弥漫着悲伤和遗憾的气氛，我想象他回到家里，又去拜访他的儿子的那位丰满的金发母亲，而我回到自己的家，关起门，久久地坐在黑暗之中。

寒冷的季节对我来说总是煎熬的，我稀少的西班牙血液难以忍受北方沿海的潮湿冬季，加莱也不比总是阴云密布，时而暴雨倾盆的伦敦好多少。没有了父亲，我感觉海水和天空的一部分寒意仿佛涌入了我血管中的血液，甚至涌入了我的眼睛，因为我会无缘无故地哭泣起来。我不再按时吃饭，只是像印刷店的童工一样随便吃一片面包，喝一杯牛奶。我不再遵守父亲的那些进餐的规矩，不再在安息日燃起蜡烛。我在安息日也工作不休，我也印刷世俗的书籍和笑话书，还有剧本和诗歌，仿佛知识对我来说再无意义。我让自己的信仰与对幸福的寄望一并随风而逝。

我每晚都难以安眠，白天也哈欠连天。店里的生意很差，在这样不安定的时代，没有人重视祈祷书之外的书籍。我经常去港口和那些伦敦来的旅客攀谈，问他们有没有什么消息，我觉得自己也许该回英格兰去看看女王是否会原谅我，是否允许我重回她的身边。

他们从英格兰带回的消息如同下午的天空般暗沉。菲利普国王去伦敦拜访了他的妻子，但这并没有让她开心起来，每个人都说他回家只是想看看从她那儿还能得到些什么。还有些恶毒的谣言说，他的身边一直带着他的情妇，在女王痛苦的注视下翩翩起舞。她仍然坐在王座上，看着他和别的女人笑着、舞着，还要忍受他对着那些不愿与法兰西开战的议员大发雷霆。

我想回到她身边。我觉得她一定非常孤独绝望：在这个充斥着西班牙人和他们的邪恶愉悦的王宫里，在这个由国王的新情妇所领导，成日嘲笑英国人的不知世故的宫廷里。但从英格兰传来的其他消息证明了对异教徒的火刑仍在继续，而且毫不留情，我明白英格兰对于我来说仍然不安全——说实话，到哪里都不安全。

我决心留在加莱，尽管这儿很冷，尽管我很孤独，但我还是留守在这儿等待，希望有一天我能够做出决定，有一天我能够重新乐观起来，希望有一天，某一天，我能够找到快乐的感觉。

1557年夏

初夏的街头充斥着征兵官员来往时的声音，他们用鼓声和哨声鼓励着英格兰人加入迎战法兰西的军队。港口的船只来往不息，卸下武器、火药还有马匹。在城外的田野上，帐篷已经搭好，兵士们齐步行军，高声喝令，然后又返回营地。我只知道，尽管穿过城门的人流有所增加，却没有给我带来更多生意。这支匆匆招募来的军队里的军官和士兵都不是什么学者，我也害怕他们贪婪的目光。整座城市已经因为成百上千的外来者而失控，我穿上一条深色马裤，把头发塞在帽子下面，又不顾酷暑穿上厚厚的上衣。我在靴中藏了一柄匕首——这是用来防范侵入店铺的人们。我让父亲的护士玛莉做我的房客，在每晚六点钟，我就会和她闩上门，直到第二天早上都不会打开，如果听到街头有打斗的声音，我们就吹熄所有的蜡烛。

港口被进港的船只堵得水泄不通；军人们一上陆地就行往城外偏远的堡垒，营盘很快就住满了这些兵士。骑兵们的吵嚷声终日响彻屋顶。和我年纪相仿的其他女人都在街道上站立，向经过的男人挥手欢呼，将花儿丢到他们的面前；但我仍然低着头。我已经见过太多的死亡，我的心跳不会因为激烈的乐声和鼓声而加快。我看见丹尼尔的妹妹们穿着她们最好的裙子，手挽手在城墙上走过，努力显得端庄有礼，渴望着某位经过的英格兰军官的注意。我感觉不到自己的欲望。我感觉不到这种感染了除我之外所有人的兴奋。我只担心自己的存货，如果那些士兵真的失控，我就会庆幸自己选择了在城门内而不是城门外的住处。

仲夏的时候，英格兰的军队已经集结完毕，经过了不太充足的训练，而且渴望着战斗。他们撤出了加莱，由菲利普国王亲自指挥。他们对圣昆廷发动了攻击，八月的时候攻下了那座城市，将它从法兰西人手中夺了过来。面对着英格兰的宿敌，他们打了一场大胜仗。加莱的全体市民都雄心勃勃地打算收回英格兰在法兰西的失地，他们为这个好兆头而狂喜，每一位凯旋的兵士都收到了满怀的鲜花和满溢的美酒，更被誉为整个国家的救世主。

周日的时候我在教堂见到了丹尼尔，神父宣布了这次对抗法兰西的胜利是上帝的安排，而接着，让我们吃惊的是，他祈求女王顺利诞下子嗣继承王位。对我而言，这是比夺取圣昆廷更好的消息，这是长久以来我第一次由衷地感到快乐。当我想到她的子宫中又孕育了一个婴孩，我阴郁的面孔便舒展开来，露出微笑。我知道她会多么高兴，这件事又让她回到了新婚时的快乐，我也知道她是多么感谢上帝能够原谅英格兰，让她得以成为一位温柔的女王和一位伟大的母亲。

走出教堂的时候丹尼尔向我走来，看出了我脸上的幸福和笑容。“你不知道女王的事吗?”

“我要怎么知道?”我说，“我平时不跟任何人见面。只能从大众流言中听到点什么。”

“还有关于你旧主人的消息，”他提高了声音，“你听说了吗?”

“罗伯特·达德利?”听到他名字的时候，我感到自己在颤抖，“什么消息?”

丹尼尔扶住我的手肘，不让我跌倒。“是好消息，”他轻声说着，但我从他的脸上看不出喜悦之情，“好消息，汉娜，镇定些。”

“他被释放了吗?”

“他和其他六个被指控叛国罪的人不久前都被释放了，正在陪国王征战。”他嘴角的弧度暗示着他觉得罗伯特大人心里有自己的盘算，“你的主子一个月前组织了自己的骑兵队……”

“他经过了这座城镇？而我却不知道？”

“他在圣昆廷开战，战况报告里说他非常骁勇。”丹尼尔说。

我顿时容光焕发。“噢！真了不起！”

“是啊，”丹尼尔兴趣缺缺地说，“你该不会去找他吧，汉娜？城市周边可不安全。”

“他回去的时候也要经过加莱，不是吗？等法兰西求和的时候。”

“应该会吧。”

“那我会试试看能不能见到他。也许他能帮助我回到英格兰。”

丹尼尔脸色发白，他的表情比之前更加严肃。“你不能冒险回去，那儿的法令对异端还是很严厉，”他轻声说，“他们肯定会调查你的。”

“如果我的大人能够保护我，我就会平安无事。”我自信十足地说。

他很不想承认罗伯特大人的权力。“但愿如此。但是当你做出决定之前，请一定告诉我。过分信任他也许并不是好事，你明白的，这只是他漫长的叛徒生涯中唯有的一次勇敢之举而已。”

我没有理会这样的指责。

“我能陪你走回家吗？”他向我伸出手臂，我挽了过去，走在他身边。这是几个月来我第一次感觉到自己心中的阴霾渐渐消散。女王有了孩子，罗伯特大人获得了自由，又因勇敢而得到赞赏，英格兰和西班牙同盟击败了法兰西军队。对我来说一切都开始好转起来。

“我母亲告诉我说，她在集市上看到你穿着马裤。”丹尼尔说。

“没错，”我漫不经心地说，“街上有太多的兵士和粗鲁的男人女人，这种装束会让我感觉安全一些。”

“你愿意回来和我一起住吗?”丹尼尔问,“我会保证你的安全。你可以继续开着自己的店。”

“这店没赚到什么钱,”我坦白地说,“我不跟你一起住不是为了看店。我不能回到你身边,丹尼尔。我已经决定了,而且不会改变。”

我们已经到了我家门口。“但如果你遇到什么麻烦或是危险,就来找我。”他坚持道。

“好吧。”

“如果你要动身去英格兰或者去见罗伯特大人,能不能先告诉我?”

我耸耸肩。“我还没这个打算,我只想去再见见女王。她一定很幸福,我想见见现在的她,期待着孩子降生的她。看到她开心,我也会很开心的。”

“也许等签署停战协议之后会好一些,”他建议道,“那时候如果你愿意的话,我会带你去伦敦看看,再带你回来。”

我仔细打量了他。“丹尼尔,那样的话就太好了。”

“我可以做任何事情取悦你,任何事情,只要你开心。”他柔声说。

我打开门。“谢谢你。”我轻声地说着,在犯下扑进他怀里的错误之前远远走开。

1557年冬—1558年春

有谣言说落败的法兰西军队又在英格兰境外重整旗鼓，每个出现在加莱的基督教集市上的陌生人都被看做是探子。法兰西人一定会为圣昆廷报仇而攻打加莱，但他们明白，我们也都明白，这座城不可能陷落。每个人都害怕法国人会挖地道通过城外的城墙，假想中的法兰西老练矿工们正无时无刻不像蠕虫一样挖掘着英格兰的泥土。每个人都担心法国人会收买守军，这座要塞会因为背叛而失陷。但每个人又都乐观地相信法兰西人不会成功。西班牙的菲利普是一位杰出的指挥官，他指挥着英格兰的精锐部队，法国人要如何对付像我们这样不断骚扰边境的部队，还有军队后方的这样一座坚不可摧的要塞呢？

随后关于法兰西进军的传言更加详细起来。有个女人来到我的店里警告玛莉，让我们将书籍藏好，把财产埋起来。

“怎么了？”我问玛莉。

她脸色惨白。“我是英国人，”她说，“我的祖母是血统纯正的英格兰人。”

“我不会怀疑你的忠诚。”我不敢相信竟有人要向我证明自己的忠心，向我这样的出身、教育、宗教信仰和行事方法都毫不纯正的人。

“法兰西人要来了，”她说，“那个女人是从我的镇子上来的，她也收到了来自朋友的警告。她是来加莱藏身的。”

她只是许多人之中的第一个。城门外那些原本居住在乡间的人们开始搬进城里，他们觉得这座固若金汤的城镇是理想的避难之所。

负责管理这座镇子的商会安排大部分人居住在斯坦普礼堂，在法兰西人到来前购入食物，警告加莱所有健康的年轻男女们，他们必须做好受到围困的准备。法兰西人就要来了，但英格兰和西班牙人的军队一定会紧随其后。我们无须害怕，但应该做好准备。

然后在夜里，尼约雷要塞毫无预警地陷落了。它是守卫加莱的八座要塞之一，因此只算是小小的损失。但尼约雷要塞在哈默斯河上控制着海水的闸门，本该给城镇周围的运河提供水源，让任何一支军队都无法进入城中。在尼约雷要塞落入法兰西人之手以后，保护我们的就只有其他要塞和城镇的高墙了。我们失去了第一道防线。

就在第二天，我们听到了怒吼的炮火声，紧接着流言便在城中蔓延。瑞斯班要塞，守护加莱内港的要塞也失守了，尽管它在近期才落成，并且刚刚经过加固。现在港口已经向法兰西船舰敞开，而在港内停泊的那些英勇的英格兰船只随时都会遭受攻击。

“我们该怎么办?”玛莉问我。

“才两座要塞而已，”我用坚决的语调掩饰自己的恐惧，“英格兰的军队会知道我们受到包围，然后就会来援护我们的。你等着瞧吧，三天之内他们就会抵达这里。”

但法兰西的军队已经在加莱的城墙前列队，他们的士兵射出一轮箭矢的风暴，越过墙头，杀死了许多在街上奔跑，不顾一切地想要回到自己家里的人们。

“英格兰人会来的，”我说，“罗伯特大人会从后方歼灭法兰西人的。”

我们关好店里的百叶窗帘，躲到后面的房间里，担心离我们的小店极为接近的城门会成为攻击的目标。法兰西人搬来了攻城器械。尽管我们躲在书店的里间，但我能清楚地听到攻城锤撞击城门的沉闷响声。我们驻守在城墙上的士兵向下射击，拼命地想要赶走那些撞击城门的敌人，我听到一声呼啸和嘶嘶的响声，那是滚开的柏油沿着城墙淋了下去，浇在下方的敌军身上，我听到他们被烫伤和烧伤时的尖叫声，他们的仰起的脸伤得最厉害。我和玛莉因恐惧而感到绝望，我们蹲在店门后，仿佛这些厚厚的木板能够保护我们似的。我不知道该做些什么，也不知道去哪儿才能安全。曾经有那么片刻，我想要穿过几条街去丹尼尔的住处，但我怕得甚至不敢走过去拔下门闩，而且除此之外，受到炮击的街道混乱不堪，还有炮火在城墙上方横飞，落在街道上，燃烧的箭矢雨一样落在稻草铺就的屋顶上，而我们的援军也纷纷穿过狭窄的街巷，走上城墙。

一阵马蹄声响彻我们门外的街道，我立刻意识到这是驻扎在镇内的英格兰军队，他们正在集结部队，准备反攻。他们一定觉得如果能把城门处的法军赶走，周边的乡村地带就能收复，城镇守军的压力也能够减轻。

我们听到马蹄声从身边经过，然后是他们聚集在城门时的寂静。我意识到为了让他们出城，大门将会敞开，而我的小店也将处在战火的中心。

已经够了。我低声用法语对玛莉说："我们必须离开这儿。我去丹尼尔那里，你要跟我来吗？"

"我去我的亲戚那里，他们住在港口附近。"

我弯腰走到门边，将门打开一条缝。我透过门缝看到的那幕景象让人害怕。外面的街道一片混乱，士兵们背着各种武器攀上石阶前往城墙上，伤兵则在他人的搀扶下离开。一大桶柏油正在几码远处的明火上加热，而提供燃料的是附近一栋房子的茅草屋顶。城门外传来可怕的喧闹，一支部队正在撞击城门，攀爬城墙，向上方开枪，用大炮瞄准开火，显然铁了心要攻破城墙，进入城中。

我打开门，几乎在同一时刻听到墙外传来无比骇人的哭喊声，与此同时就在我的店上方落下一片箭雨，落在毫无遮蔽的一群人身上。我和玛莉溜上了街头。在我们的身后，然后是周围，都传来激烈的碰撞声。法兰西人的攻城器械投出了一大堆石块，越过城墙。整条街道像高山崩塌那样飞沙走石。周围屋檐上的瓦片如同纸牌一样纷落到地上，砸在我们周围的鹅卵石地面上，响声仿佛炮火一般。天空像是下起了石与火的大雨，而恐惧也仿佛要将我们吞噬。

"我走了！"玛莉大喊着，冲向通往捕鱼码头的小路上。

我甚至没法大声道别，房屋燃烧的烟气呛进我的喉咙里，仿佛刀割一般，让我说不出话来。烟的气息——我的那些噩梦中的气味——充斥着空气，充斥着我的鼻腔、我的肺部，还有我的双眼，让我无法呼吸，双眼满是泪水，让我什么也看不到。

上方的城墙传来一声惊恐的尖叫，我抬头看到一个身上着了火的男人，燃烧的箭支还插在他的身上，他纵身跳到地面上，翻滚着想要扑灭身上的火，尖叫着像是一位正受到火刑煎熬的异教徒。

我低头穿过大门，准备逃跑，逃到什么地方都好，只要能避开这个男人燃烧的气味就好。我想去找丹尼尔。他在我看来就像是这个如同噩梦般的世界上唯有的一座避风港。我知道我必须穿过这些混乱的街巷，穿过那些惊恐地奔向港口的人们，还有四处冲撞着壁垒的兵士们，再想个办法穿过骑兵队，他们骑着马在狭窄的街巷间横冲直撞，等待着冲出大门，击退法兰西军队。

当那些马儿在街上集结的时候，我将身体贴在房屋外面的墙上。那些高头大马并肩站到一起，而我退回门里，唯恐它们将我撞倒，将我踩得粉身碎骨。

我等待着通过的时机，盯着那些在马蹄间穿梭的人们，看着丹尼尔所在的广场另一侧的街道，听着人们的呼喊声、马儿的嘶鸣声、冲锋的号声，我想到的并非我的母亲，面对死亡就像圣人的母亲，而是想起了女王，面对死亡就像斗士的女王。女王曾牵出自己的马，骑马奔向黑暗之中为了自己而战。想起她，我发现自己有了冲出门口，穿过危险的马蹄，躲进更远处街上的隐蔽处的勇气，这时有一大群骑兵在雷鸣般的马蹄声中赶来。紧接着我抬头看到了他们的旗号，上面留有之前的战斗染上的血渍和泥污，当我看到上面的熊和木杖图案的时候，便大喊道："罗伯特·达德利!"

有个士兵回头看看我。"他在最前面，他向来都在那里。"

我向后跑去，现在我什么也不怕了，我拨开马头，从它们健壮的侧腹间穿了过去。"借过一下，借过一下，大人。我要去找罗伯特·达德利。"

这一切像是一场梦。高高骑在马上的人们都高得像是神话中的人马。他们沉重的盔甲在阳光下闪闪发光，与战友擦身而过的时候便会哐当直响，而他们的长戟敲打盾牌的声音就像铜锣，他们粗野的吼声盖过了马蹄踩踏路面的响声，比风暴更加响亮。

我发觉自己已经来到了队伍的最前面，那儿是他的旗手，而旗手的身边是……

"大人!"我叫了起来。

那戴着头盔的头缓缓转向我的方向，面盔遮挡下，他看不到我。我从头上摘下帽子，头发纷纷披散下来，我扬起脸，看着那位深色盔甲、高高地坐在骏马上的骑士。

"大人！是我！弄臣汉娜。"

他用戴着铁手套的手掀起面甲，但头盔的阴影还留在他的脸上，我还是看不到他。马儿在他另一只手的有力的掌握下动了动。他转头看我，我感觉得到他的目光，在他的头盔下显得那么锐利。

"假小子?"

是他的声音，从他的嘴里传出，从这个伟大的男人的金属盔甲中传出。

但仍然是他的声音，亲切温暖，一如当初在爱德华国王的夏日宴席上听到的那样。

马儿侧过身子，我后退几步，踩上了一级台阶，但它只让我高了四英寸而已。“大人，是我！”

“假小子，你怎么会在这儿？”

“我住在这儿，”我说着，因为再次见到他而既哭又笑，“您过得怎样？”

“得到释放，打仗、获胜——或许眼下的情况不太妙。你在这儿还平安吗？”

“不算平安，”我说了实话，“我们能守住这座镇子吗？”

他将右手的金属手套脱下，扭下手指上的戒指，漫不经心地丢给我，仿佛不在乎我能否接住似的。“带着它去**风翔号**，”他说，“那是我的船。出海的时候我们会在甲板上碰面的。现在就上船去。我们要开始冲锋了。”

“瑞斯班要塞已经失守了！”我努力让自己的声音盖过周围的嘈杂，“您不能坐船离开，他们已经把大炮对准了港口。”

罗伯特·达德利大声笑了起来，仿佛死亡本身就是一个笑话。“假小子，我没打算在这次冲锋中活下来！但你也许能幸运地逃走。走吧。”

“大人……”

“这是命令！”他大喊道，“快走！”

我喘息着，将指环套在自己的手指上。这是他小指上的戒指，刚好能套在我的中指上，就在我的结婚戒指上方：达德利的戒指，却戴在我的手指上。

“大人！”我再次叫他，“请平安归来。”

嘹亮的军号响起，没人能听到我的话。他们就要发起冲锋了。他放下面甲，戴回自己的金属手套，举起长枪，轻轻一拍头盔向我致意，然后掉转马头，看着自己的军队。

“达德利！”他高喊，“在此为上帝和女王而战！”

“为上帝和女王而战！”他们高声回应，“为上帝和女王而战！达德利！达德利！”

他们向城墙方向走去，离开了广场，而我就像随军的平民那样，抗拒着他的命令，跟在他们后面。我的左侧是通往港口的小路，但我还是跟着在鹅卵石路上咔嗒作响的马蹄声前进。攻城部队的呼号声越来越响亮，也越来越接近城门，在法兰西人的怒吼声中，我犹豫起来，转头看向通往港口的路。

接着我看到了她。丹尼尔的女人，全身湿透，漂亮的裙子几乎脱落下来，露出她的胸部。她的孩子伏在她的背上，紧贴着她，他深色的双眼瞪得大大的，而她长发散乱，双眸漆黑，面色痛苦，跑得像一只被追猎的母鹿，跌跌撞撞地走过鹅卵石铺就的小路。

她很快认出了我。在每个周日的弥撒上，她都见过我，而我也见过她。我们都坐在教堂后方简陋的长凳上。我们都曾因为对方的决定而蒙受羞耻。

“汉娜，”她大声呼唤着我，“汉娜！”

“怎么？”我恼怒地大喊道，“你有什么事？”

她给我看了看她的孩子。“带他走！”

我立刻想起了当时在教堂里出现的那个幻觉，那是我第一次见她。和此时此地一样充满了尖叫和轰鸣声。然后，在我的梦魇里，她大叫着“带他走！”她大叫出声的时候，天幕突然暗沉下来，飞石如同冰雹般落下，我抽身钻进一扇门里，但她却在街对面继续走着，闪身躲开坠落的石块。“汉娜！汉娜！我需要你的帮助。”

“快回家，”我袖手旁观地喊道，“躲到地窖或是别的什么地方。”

最后一名骑兵离开以后，我们听到了城门的呻吟，他们为罗伯特大人打开了大门，而他的骑兵队冲了出去，在雷霆般的怒吼声中冲向法兰西军队。

“他们要抛下我们?”她发出恐惧的尖叫声，“他们在逃跑?”

“不，他们是去作战的。你快去寻找隐蔽的地方藏……”我匆匆喊道。

“上帝保佑，他们无须出去作战，他们已经来了！他们已经来了！法兰西人就在这里！就在我们的城里！我们失败了！”丹尼尔的女人大喊，“是他们……”

她的话语突然惊醒了我，我转身看向她。突然我想到了她失神的目光和撕裂的长裙意味着什么。法兰西人已经攻进了城内，而且还强暴了她。

“他们攻陷了港口！就在十分钟前!”她对我大喊，听到她喊声的同时我看到她身后紧追而来的骑兵，是法兰西骑兵队，奔走在街头巷尾，跟在罗伯特大人的后面，阻挡在他和他从码头赶来的部下之间，他们的马儿口吐白沫，他们垂下长枪准备冲锋，他们都戴着面甲，看起来仿佛有着一张张铁做的面孔，他们的马刺沾染着马匹侧腹的鲜血，马蹄声响彻鹅卵石小路，在狭小的空间里，情况万分紧张。前排的敌人眼看就要冲到我们面前，一支长矛向我投来，我毫不犹豫地从靴中拔出匕首，格挡开这次进攻。冲击之力打落了我的武器，但却将我甩在身后那栋房子的门上，救了我一命。我感觉到房门洞开，而我倒在陌生房屋里的黑暗之中，耳边只听到丹尼尔的女人的叫喊。“救救我的孩子！带他走！快带他走!”

她抱着孩子向我跑来，将他交到我手里，他的触感温暖柔软而又沉重，我却听到自己在说：“我不能带他走。”

我看到长枪向她投来，贯穿了她的背脊，而她再度大喊着：“带他走！带他走!”就在这时，两队人马开始交锋，传来仿佛森林倾塌般的巨响，我跌跌撞撞地退回到黑暗的屋子里，这个男孩紧紧地抓着我，在如同雷鸣般的响声中，房门关上了。

我转身去谢那个救了我的人，但还没等我开口说话，就听到烈焰的咆哮，看到了突然冒出的滚烫烟气，有人从我身边挤过，再次打开了门。

这个临时避难处的茅草屋顶着了火，像火葬的柴堆一样烧了起来，火势蔓延得很快。每个在这栋房子中藏身的人都挤过我的身边，回到外面的街上，他们宁愿面对骑兵队无情的冲锋，也不想面对被烧死的命运，而我闻到烟气的时候像一只吓坏了的老鼠，跟在后面直直冲了出去，那个孩子紧紧地抓着我，抱住我的肩头。

幸亏街头没有太多的人。法兰西骑兵们已经追逐罗伯特大人的军队而去。但丹尼尔的女人还留在原地，身体被两根长矛洞穿。她倒在血泊之中，已然死去。

看到这一幕，我抱紧了她的孩子，沿街跑去，远离城门，走下石阶跑向港口，我的脚步因恐惧而凌乱。我来不及去找丹尼尔，什么也来不及做，只能寄望于罗伯特大人给我的戒指。我像个罪犯那样向着港口飞奔，身后是追兵的呐喊，我能清楚地感觉到周围的每一个人都在狂奔，有些背着成捆的行李，另一些抱着孩子，不顾一切地想要赶在法国人掉转马头追来之前离开镇子。

那些船都用一根绳索拴着，船帆随时准备展开。我拼命地寻找着罗伯特大人的旗号，最后发现它就在醒目的位置，位于码头的尽头，也是能最快离开港口的地方。我奔跑起来，脚步在码头的木板上重重地响起，这时有个水手跳下船，站在登船的踏板前面，我急忙停了下来。他拿出一柄寒光闪闪的弯刀，指着我的喉咙。“别过来，小子。”他说。

“是罗伯特大人让我来的。”我气喘吁吁。

他摇了摇头。“谁都这么说。城里发生了什么事情？”

“罗伯特大人率领部队向城外冲锋，但法兰西人已经进了城里，包抄他的后方。”

“他能回来吗？”

"不知道。我没留在那里看。"

他大声吩咐着什么。甲板上的人们纷纷站到了帆索旁，其中两个人跳上岸，接住了抛出的绳索。

我伸出手，给他看紧紧箍在我手上，贴着我的婚戒的那枚戒指。

水手看了一眼，表情变得认真起来。"是他的戒指。"他说。

"是他的。他亲手交给我。他在被追赶之前遇到了我。我是他的臣属。我来这儿以前叫做弄臣汉娜。"

他后退了几步快速打量我。"我没有认出你，"他说，"这是？你的儿子？"

"是的。"我想都没想就撒了谎，稍后我也没打算反悔，"让我上船吧。大人的命令是让我回英格兰。"

他走到一旁，点了点头，示意我走上狭窄的踏板，他则回到自己的位置。"但你是最后一个，"他很坚定地说，"就算再有人拿着他的一缕头发或者相思结来也不行。"

我们等了漫长的一个小时，而其他人则从城镇向码头蜂拥而来。那个水手不得不找来其他几个人，将难民们赶出罗伯特大人的码头上，骂他们是胆小鬼，冬天的下午时分天就暗了下来，没人告诉我们罗伯特大人是不是击败了法兰西的军队，还是被城内的敌军砍落马下。我们看到城中四处燃起火光，那是法兰西的攻城部队攻破了城墙，将房屋一栋接一栋地烧毁。

指挥的水手跳上踏板，在他的吩咐下全体船员都已经准备就绪。我安静地坐在甲板上，摇晃着靠在我肩上的孩子，担心他因惊吓而哭起来，他们会觉得为这个多余的乘客冒险太不值得。更何况罗伯特大人可能不会再回来了。

紧接着就有一队人马冲向码头，他们慌乱地跳下马鞍，丢盔弃甲，兔子似的登上那些等待出航的船舰。

“镇定点，孩子们，镇定点。”那个站在踏板上指挥的水手大声喊道。有六个守卫站在他身后，肩并着肩，雪亮的刀已经备好，他们检查着每一个试图走上甲板的人，又赶走了好些在码头上没命地奔跑、寻找着能带走他们的船只的人。城中的炮火轰鸣、房顶的砖瓦破碎声和建筑物的燃烧声始终没有止歇。

“这不是失败，而是溃败。”我在婴孩小小的耳边说，他转过身，用他玫瑰花苞一样的小嘴打了个呵欠说“喔——”仿佛他已经彻底安全下来，什么也不用害怕了。

然后我就看到了我的大人。我能从任何人群中认出他。他大步走着，一手执剑，一手拎着头盔，像失败者一样步履拖沓。跟在他身后的是一队拖着步子、受着伤、低垂着头的人们。他站在踏板旁，让他们登上船，在甲板上脱下他们破损的盔甲。

“人够多了，大人。”他们悉数登船以后，那名水手对他说，罗伯特大人扬起头，仿佛如梦初醒的人，他答道：“我们还得带上其余的人。我答应过，只要他们侍奉我，我就会带领他们取得胜利。我不能把他们留在这里。”

“我们会回来接他们的，”水手轻声说。他将强壮有力的手臂搭在罗伯特大人的肩上，让他走上踏板来。罗伯特大人走得很慢，像是在梦游，他双眼睁大但什么也没有看到。

“他们会找到别的方法回去的。开船！”水手对船尾拉绳子的人喊道。那个人把系船的缆绳丢回岸上，其他人扬起帆。我们缓缓地离开码头。

“我不能丢下他们！”罗伯特突然清醒过来，他转过身，看着船与岸之间的距离渐渐变宽，“我不能把他们丢在这儿。”

留在岸上的人们痛苦地叫喊：“达德利！达德利！”

那个水手紧紧地抱住罗伯特大人，拉着他远离船舷，以防他跳上岸去。

“我们会回来接他们的，”他安慰他说，“他们也会安全地登上其他的船，最糟糕的情况也不过是被法国人当做人质要求赎金。”

“我不能丢下他们!”罗伯特·达德利挣扎着，“喂！你们！水手们！回港口！重新靠岸!”

风吹动了船帆，他们调整帆索，所有的船帆都鼓满了风。我们身后的加莱传来一声巨响，城堡的大门被打开，法兰西军队随即涌入了英格兰在法国最重要的据点。罗伯特转过身，痛苦地看着那片土地。“我们应该重整旗鼓!”他大喊，“如果现在不回去，我们就要失去加莱了。想想吧！是加莱！我们必须回去重新投入战斗!”

那名水手依旧没有放开他，但他如今不是为了阻止这位年轻的领主，而是在压抑他的悲伤。“我们会回来的，”他边说边活动着双脚，“我们会回来接他们的，然后我们也会夺回加莱。别怀疑，大人。永远不要怀疑。”

罗伯特大人走到船尾，远远地望着码头，看着那一片混乱渐渐淡出自己的视线。我们仍然能闻到从燃烧的建筑那里飘到水面上的烟气。我们仍然听得到人们的尖叫，那是法兰西人正向许久之前因饥饿而投向英格兰的加莱市民复仇。罗伯特大人看起来几乎要跳进水里游回港口协助撤离，但即使他怒火冲天，也能看出这毫无意义。我们失败了，英格兰失败了。这事实简单而又残酷，而真正男人的做法不是把自己的性命浪费在某种夸张的戏剧化情节里，而是思考如何打赢下一场仗。

他一路上都站立在船尾，凝视着法兰西逐渐远去的海岸线，一直到堡垒的轮廓尽数沉入地平线下。当一月的灰色天空里最后一丝光线消失的时候。他仍然伫立在那里眺望，当寒冷的月亮升上天空的时候，他仍然伫立在那里，试图从黑暗的地平线找出一些希望。我都知道，因为我一直都坐在船桅下的一卷绳索上看着他，就在他的身后。我是他的弄臣，他的臣属，因他的无眠而无眠，因他的焦虑而焦虑，为了他而恐惧，也是为了我自己，为了我们这个奇怪的组合抵达英格兰本土之后发生的事情：一名犹太叛教者，带着一名异教徒私生子，还有一名刚刚被释放、又率领部队战败的叛国者。

我没料到他的妻子艾米会出现在码头，但她就在那儿，手搭凉棚，在甲板上寻找着他。我先发现了她，在他的耳边说："是您的妻子。"

他快速走下踏板，迎向她，他没有将她拥入怀抱，也没有深情地和她打招呼，但他专心地听着她讲话，然后转身看我。

"我必须去宫里，我必须和女王解释在加莱发生的事情，"他说，"肯定会有人因此人头落地，或许就是我的人头。"

"大人。"我深吸一口气。

"没错，"他恨恨地说，"看起来我没给我的家族作出什么贡献。汉娜，你跟艾米走，她和她的朋友住在苏赛克斯。我要派你去那儿。"

"大人，"我稍稍靠近了些，"我不打算住在乡下。"我说。

罗伯特·达德利对我笑了起来。"我知道，甜心。我自己也受不了。但你必须忍上一两个月。如果女王因为我办事不力而砍我的头，你可以随心所欲地去你想去的地方。好吗？但如果我活了下来，我会接你去我伦敦的住所，你也可以继续为我效力。看你的意愿了。这孩子多大了？"

我犹豫起来，想起自己并不清楚他的年龄。"快两岁了。"我说。

"你和他的父亲结了婚？"他问。

我看着他的脸。"是的。"

"孩子的名字叫什么？"

“丹尼尔，和他父亲一样。”

他点点头。“艾米会好好照顾你们的，”他说，“她很喜欢小孩子。”他打了个响指，他的妻子便走到他身边。我看到她摇着头一副不同意的表情，然后又低垂双眸表示顺从。当她看我的时候眼中带着恨意，我猜他虽命令她照顾我和这个儿子，但她更想跟他去女王的宫廷。

她为他牵过马。我看着他坐上马鞍，他的人已经在身旁等候了。“伦敦。”他简短地说着，向着北方前进，不管接下来有怎样的命运在等待着他。

1558年1月，正是寒冷的时候，我们骑马穿过英格兰冰冷的乡间，我猜不透艾米·达德利的态度。她的骑术很好，但我看不到她乐在其中，即使太阳如红色圆盘一般升上地平线，知更鸟蹦跳着藏进光秃的矮木树篱，而晨间的寒霜反射着阳光。我想是因为丈夫不在身边让她如此恼火；但她的同伴奥丁赛尔太太也没有让她开心一些的意思，她们甚至没有谈起他。她们一路骑行，沉默无语，似乎早已习惯了这一切。

我骑马跟在她们身后，一直从格雷夫森德抵达奇切斯特，我的背上还背着个男孩，每天晚上我从脖子到臀部都疼痛难忍。这个身份特殊的孩子自从母亲被法兰西骑兵碾过的时候将他抛给我以后，就几乎没有再吵闹过。我用船上拿来的亚麻衣服换掉了他那身破布，用一个水手的毛织背心裹起他，仿佛他就是别人丢给我、强迫我背着的一个箱子。他一言不发，不好奇、也不抗议。他睡觉的时候依偎着我，紧紧贴着我，仿佛他就是我亲生的孩子；他醒来的时候坐在我的膝上，或是我脚旁的地板上，有时候站着，一只手牢牢地抓着我的马裤。他不说话，不说母亲的法语，也不说英语。他用漆黑的眼睛认真地注视我，但一言不发。

他似乎很确定自己应该跟我在一起。如果我不一直注视着他，他就睡不着，如果我将他放下离开一会儿，他就会站起来跌跌撞撞地跟在我身后，仍是一言不发，毫无怨言，但脸上会显露出焦虑不安的神情，仿佛我会丢下他似的。

我并不是那种生来就有母性的女人，我小时候没有洋娃娃玩，当然也没有哥哥或姐姐的孩子需要我来照顾。我很欣赏这个小人儿的坚持。我突然就闯进了他的生活，成为他的保护者，他在我身边寸步不离。我开始爱上他的小胖手紧紧抓住我的感觉，有了他抱着我，我开始睡得香甜。

在漫长寒冷的一路骑行中，艾米·达德利夫人没有帮我照顾过他。她没有理由这么做，她既不想让我跟在身边，也不想让他跟在身边。她本该命令一个手下让我坐在他身后的马鞍上，让我能把这个孩子抱在怀中，也减轻我背上的痛苦。她一定看到了漫长的一天下来，我疲累得几乎无法站立。她本该来我的住处看上一眼，确保这个孩子有一些麦片粥喝。但她什么也没为我做过，什么也没为他做过。她用愤怒而怀疑的目光打量着我们，没有对我说半个字儿，除了命令我们在指定的时间上路。

因为这个孩子，我感到自己有着莫名的骄傲，也是这个孩子提醒了我，她仍然膝下无子。我也想到，也许她怀疑自己的丈夫是这个孩子的真正父亲，于是她的嫉妒让她一直折磨着我们。我决定找时间和她说清楚，我有好多年没有见到大人，而且我现在已经结婚了。但艾米·达德利没有给我和她说话的机会，她对待我就像对待随行的男人一样，如同冰冷的风景画，也如同一棵结霜的树。她根本就没有多看我哪怕一眼。

因为道路的冰冻，还有呼啸着穿过乡村和田野的寒风，我们南行和西行的路走得很慢，给了我很多时间思考。那些谷仓的门大开着，没有干草或是稻草需要保存。这些乡村总是昏暗无光，村舍空空如也。一些小型村落已然荒芜，人们对生活在这样贫瘠和寒冷的地方早已失去了希望。

我在空旷的道路上策马行进，打量着荒寂凄凉的村落，但心中却一直惦记着我的丈夫和我离开的那座镇子。现在逃亡已经结束，我们已经到达了相对安全的地方，我开始担心起丹尼尔来。现在我终于意识到，丹尼尔和我再度失散了，也许我们将永远无法见面。我甚至不知道他是否还活着。我们和其他人一样在战乱的国家中颠沛流离，我们在这场基督教王国有史以来最大的争斗中失散了。我不可能再回到加莱，而他或许已经在敌军的第一轮冲锋时就已遭到杀害，或者感染了军队的伤者带来的传染病。我知道他认为救助伤病是他的责任，我只能为他祈祷，祈祷法兰西人能对这座两个世纪来被他们视为眼中钉的城镇里的这名敌方的医生网开一面。

紧随军队而至的是法国的天主教会，他们会警惕地在这座曾经以信仰新教而自豪的小镇上寻找异端。就算丹尼尔能在战争中逃过一死，就算他没有感染士兵的瘟疫，他也许仍旧会因为犹太人的身份，作为异端被这些人杀死。

我知道担心他对我们两人都毫无助益；但在这条冰冷坚硬的道路上一路骑行的我无法控制自己。我知道如果加莱无法重归和平，我就无法收到从加莱捎来的信件，而这并不是几个月就能解决的事情。更糟的是，我恐怕不会收到他的任何消息，他一定不知道我去了哪儿，也不知道我是否还活着。即使他来到我的店里找我——他一定会这么做的——除了烧过的废墟他什么也看不到，连玛莉也看不到，即便她能够活下来，能够告诉他我去了哪里，他也只能找到小丹尼尔的母亲的尸体，却找不到她的孩子。他不可能猜到我和他的儿子一同平安地待在英格兰。他只会觉得自己在这场可怕的战争中失去了妻子还有孩子。

我没有因自己的平安而感到快乐，因为我知道他也许还没有脱离险境，在没有得到他平安无事的消息之前我感觉不到幸福。我在英格兰无法安居，在任何地方都无法安居，除非我知道丹尼尔平安无事。我沿着寒冷的道路骑行，他的儿子紧紧地攀在我的背上，我思索自己的不安究竟来自何处。在半路上——我想应该是在肯特——就在地平线上的冬日太阳晃了我的眼睛的时候，我想明白了。我无法在没有丹尼尔的情况下安居下来，因为我爱他。我爱他，即使我们曾经在白厅宫的门前见面争吵过，但我爱他的坚定，他的忠诚和他的耐心，一直如此。我觉得自己仿佛跟他一同成长。在我做国王的弄臣、女王的弄臣、伊丽莎白公主的弄臣期间，他一直看着我。他看到过我对自己主人如同学童般的仰慕，他看着我烦恼着直至现在长成女人。唯一他没有看到的事情，我从未给他机会去猜测的事情，是我内心挣扎的结果，而现在我已经可以亲口说出："是的，我是一个女人，爱着这个男人。"

加莱发生的一切都在这件事面前显得微不足道。他母亲的干扰、妹妹们的厌恶，他天真地以为我们会幸福地生活在同一屋檐下。我清楚地知道我是爱他的，除此之外再没有什么更重要的了，但我知道自己已经来不及把这句话告诉给他。他或许已经死了。

如果他真的死了，那么他和另一个女孩上床的背叛行为就不再重要了。每天早上我骑上马、晚上疲累地下马的时候，我都意识到自己已经是个名副其实的寡妇了。我失去了丹尼尔，而现在我才知道自己始终都爱着他。

我们要住在奇切斯特北部的一座大房子里，正午时分，我感激地骑马走到马厩里，将劳累的马儿交给马夫。我疲倦地跟着达德利夫人一步步走进大厅，不禁忧心忡忡——我对这些人并不熟悉，而且任何一个女人恐怕都不会相信达德利夫人的仁慈之心。我的自我意识很强，而她则和任何人都保持着冷漠的距离。

达德利夫人带路走进大厅，我背着小丹尼尔跟在奥丁赛尔太太身后，这栋房子的女主人菲利普女士向达德利夫人伸出手，行了一个深深的屈膝礼。“您可以住在您常住的那个可以俯瞰花园的房间。”她一边说，一边转身对我和奥丁赛尔太太露出微笑。

“这位是卡朋特太太，她可以跟您的女管家一起住，”达德利夫人突然说，“她是我家大人的熟人，他从加莱救了她。希望他早点告诉我，她能派什么用场。”

菲利普女士对艾米唐突的语气挑了挑眉：她简直在说我就是罗伯特·达德利的情妇一样。奥丁赛尔太太行了个屈膝礼走向楼梯，我没有立刻跟着她走开。“我需要一些这个孩子用的东西。”我不自在地说。

“奥丁赛尔太太会帮你的。”罗伯特·达德利的妻子冷冷地说。

“在下人的衣柜里有几件婴儿的衣服。”菲利普女士说。

我屈膝行礼。“大人好心地在他从加莱驶来的船上给我留了位置，”我说，“虽然自从我去宫里为女王效力之后就很久没见过他了。我现在已经结婚，我的丈夫是加莱的一名医生，这是我丈夫的孩子。”

我看到她们对我表示理解，开始认真地倾听这样一位王室仆从的话。

“大人对他的仆从都很好，不管他们位阶多低。”艾米·达德利不快地说着，挥手示意我走开。

“我想为我的儿子要一些体面的衣服，”我站在原地说，“不是下人用的那种。”

两个女人重新打量着我。“我需要为绅士的儿子准备的衣服，”我说，“我会自己缝制他的亚麻衣服的。”

菲利普夫人不敢相信我这个客人竟敢这么大胆，她拘谨地对我笑了笑。“我还是有些这样的东西，”她说，“我姐姐的孩子穿过的。”

“我觉得一定非常合适，”我愉快地笑了起来，“感谢您，女士。”

这一周以来我非常渴望离开，苏赛克斯刺骨的冬天冻得我的脸像一方冰冷的玻璃。多恩斯丘陵高耸在这座小城堡的上方，如同要将我们碾碎在这片白垩上。山上的天空一片铁灰，洋洋洒洒地落下雪来。两周以来头痛终日折磨着我，只有在夜里我睡得如同死去一样，痛楚才有所减缓。

艾米·达德利是这儿很受欢迎的常客。约翰·菲利普爵士和罗伯特大人之间有债务关系，于是他对达德利夫人待若上宾。没人知道她会住多久，没有人提起她会在什么时候离开，也没有人说起她会去往何处。

“她没有自己的房子吗？”我沮丧地问奥丁赛尔太太。

“没有她愿意住的地方。”她克制了自己说闲话的冲动。

我没有明白她的意思。我的大人在被捕入狱期间确实失去了大部分的封地和财产，但他的妻子应该有自己的家庭和朋友，至少可以为他们保留一栋小宅子吧？

“他在伦敦塔期间，她住哪儿？”我问。

“和她父亲一起住。”奥丁赛尔太太答道。

“那她父亲呢？”

“去世了，上帝保佑他安息。”

没有房子也没有领地，达德利夫人已经成了无所事事的人。我从来没看到过她手里拿着书，也没有看到过她写过一封信。她早上骑马外出，直到晚餐时分才回来，漫长的过程中只有一名马夫作陪。她晚餐几乎不吃东西，也没什么食欲。到了下午她会和菲利普夫人边做刺绣活儿边聊些闲话。从菲利普宅邸里的大小事务到邻居和朋友的情况，她们事无巨细地聊着。奥丁赛尔太太和我与她们坐在一起的时候，菲利普夫人反复讲述的那些苏菲的闲言碎语、对艾米莉亚的评价还有皮特说过的话让我昏昏欲睡。

奥丁赛尔太太看到了我的呵欠。“你怎么了?”她并无同情地问。

“我觉得好无聊，”我坦言，“她说起闲话就像个农妇。为什么她会对牛奶场女工的生活感兴趣?”

奥丁赛尔夫人作出嘲笑的表情，但什么都没说。

“她在宫里没有朋友吗，她没有罗伯特大人的消息吗?干吗非得整个下午聊这些无聊的事?”

那个女人摇了摇头。

我们睡得很早，这对我倒是没什么影响，艾米·达德利早上起得很早。日日如此，日日无聊，但她日复一日地行走在寒冷的空气中，仿佛浪费的并不是她自己的生命一样。她的生活方式就像在舞台上表演一场漫长且无聊的哑剧。她终日活得就像一台机械人偶——就是我在格林威治的藏宝展柜里看到的那种。一名小小的，会打鼓、鞠躬或是点燃火炮的金色兵士人偶。她做起每件事的时候，都好像有看不见的齿轮操纵着，她转身和说话都仿佛只是身体内齿轮的动作。没有什么事情能让她变得鲜活起来。她总是在听天由命地等待着。后来我渐渐明白她在等什么。她在等他的消息。

从一月到二月，始终没有罗伯特的消息。尽管她告诉我，罗伯特很快就会回来，然后把我派去工作，尽管罗伯特没有被女王逮捕，可依然没有他的消息；无论他人如何指责他在加莱打的那场败仗，却没有任何相关的消息传来。

艾米·达德利已然习惯了没有他的生活。这么多年来她都孤枕独眠，而他则被关在伦敦塔中，她知道自己为什么会在双人床上孤独入睡。对每个人来说——包括她的父亲、他的拥护者和家人——她都是一位爱的殉道者，他们都在祈祷他的早日归来和她的幸福。但现在，她渐渐地明白，每个人都渐渐地明白，罗伯特·达德利不会回到她身边，是因为他不愿意这样做。不知为什么，他并不急于赶回她的床前、她的身边。离开伦敦塔并不意味着他会回到他微不足道的妻子身边。自由对罗伯特大人而言意味着宫廷，意味着女王，意味着战场、政治、权力：这样的世界是达德利夫人闻所未闻的。比无知更糟的是，她感到恐惧。对于那个更加宽广的世界，她除了恐惧没有别的念头。

这个符合罗伯特大人天性的宽广世界，对她而言却是充满威胁和危险的所在。她看到他的抱负、他与生俱来的野心，她将他的全部机遇都看做风险。无论在何种意义上，她都是个对丈夫毫无助益的妻子。

最后，在二月的第二个星期，她派人去找他。她让一个人去里士满的宫里，女王正在那里的分娩室等待孩子的降生。她让女伴的仆从去告诉他，说她在奇切斯特等他，需要他回家相陪。

“为什么她不给他写信呢？”我问奥丁赛尔太太，很好奇达德利夫人为什么不将希望他回家的愿望公诸于众。

她犹豫着开口。“我觉得，她可以按照自己的意愿行事。”她说。

看来真相让她难以启齿。“她不会写字？”我问。

奥丁赛尔太太怒视着我。“写得不好。”她不情愿地答道。

“为什么不好？”我问，对书商的女儿来说，读书和写字就像吃饭和走路一样必要。

“她有什么时间学？”奥丁赛尔太太反驳道，“她还是小女孩的时候就嫁给了他，他进伦敦塔的时候，她才新婚没多久。她父亲认为女人不必懂太多，会写自己名字就可以了，她的丈夫从来都不会拿出点时间教她。她会写字，但写得很慢，如果必要的话她也会读书。”

“不需要男人教，也可以读书写字，”我说，“这是女人可以自己学习的事情。我可以教她，如果她愿意的话。”

奥丁赛尔太太转过头去。“她不会屈尊跟你学习的，”她蛮横地说，“她只会跟他学习。可他不想给自己添麻烦。”

她派出的人没有耽搁，径直回到了家里，告诉她说他答应回家看看，还说自己一切都好。

“我告诉过你等待明确回音的。”她恼火地说。

“夫人，他说他很快就会回来看您。公主她……”

她猛然抬头。“公主？哪个公主？伊丽莎白？”

“是的，伊丽莎白公主说他现在不能回来，因为他们都要等待女王的儿子出生。她说他们或许面临着又一场可能持续好几年的分娩。他不在的话，她可忍受不下去。罗伯特大人也说他会回来，即使身边有公主的陪伴，因为他自从到英格兰就没有再见到您，而您又要求他回来看您。”

听到这里她的脸红了红，傲慢像火一样燃起。“还有什么吗？”她问。

信使露出了尴尬的表情。“还有就是大人和公主之间的玩笑了。”他说。

“什么玩笑？”

“公主调侃说他喜爱宫廷多过喜爱这个国家，”他寻找着恰当的措辞，“她调侃说宫廷比较有魅力。说他死后不会和妻子一同埋葬在田野里。”

笑容彻底从她的脸上淡去。“那他说了些什么？”

“还是玩笑，”他说，“我不记得了，夫人。大人是个幽默机智的人，他和公主……”他突然停了下来看着她。

“他和公主——什么？”她怒道。

信使拖着步子上前，伸手摘下帽子。“她也是个幽默机智的人，”他茫然地说，“他们之间的交流太快，我记不得他们说些什么。有些是关于国家的事情，有些是关于承诺的事情。有时他们会用别的语言谈一些他们之间的秘密……当然了，她很喜欢他。他是个很有魅力的男人。”

艾米·达德利从椅子上跳起，大步走向窗边。“他是个不忠实的男人，”

她低声说。然后她转身看向信使，“很好，你可以走了。下次我让你去找他的时候，不想再看到你独自回来。”

他看了我一眼，那表情分明是在说，作为仆从的他不可能命令他正和英格兰公主调情的主人回到妻子身边。我等他离开房间，也找了个借口走出去，跟着他走上了走廊，小丹尼尔扑到我的身后，攀上了我的肩，我跑出去的时候他的腿紧紧环在我的腰上。

“等等！等等！”我喊道，“告诉我一些宫里的事儿。所有的医生都在女王身边吗？那助产士呢？一切都准备好了吗？”

“是的，”他说，“她希望孩子能在三月中的时候降生，下个月，上帝保佑。”

“他们说她还好吗？”

他摇了摇头。“他们说她失去加莱、丈夫又离开以后，心脏就出了问题，”他说，“国王没说过自己会回到英格兰等待孩子出生，她必须在婴儿床边独自面对痛苦。也没有太多人服侍她。她的财产都投入了军队，所以无力支付仆从的开销，也不能从集市买食物。宫里看不到几个人，而且因为她去待产了，没有人去监督那些宫人。”

想到她无人照料的时候我却在艾米·达德利夫人身边无所事事，我就感到一阵心痛。“有人陪着她吗？”

“只有几个女伴。现在根本没有人想待在宫里。”

“那伊丽莎白公主呢？”

“她看上去气色绝佳，”信使说道，“整日和主人在一起。”

“这是谁说的？”

“没有必要说出来。这是众所皆知的事情。她也没必要隐瞒。甚至以此夸耀。”

“她是怎么夸耀的？”

“每天早晨和他一同骑马，在他身边用餐，和他跳舞，她的目光总是看着他的脸庞，在他的身边读他的信，对他微笑，仿佛他们的秘密心照不宣，在走廊里和他低声交谈，每当离开他身边的时候都频频回望，那表情让任何男人都想扑过去抱住她。你明白的。”

我点点头。我见过伊丽莎白对别人的丈夫调情的样子。“我非常明白。那他呢？”

“乐在其中。”

“你觉得他会回来吗？”

信使支吾起来。“除非公主肯让他回来。他们形影不离。我不觉得有什么能让他离开她身边。”

“他不是青涩少年了，”我突然恼火地说，“我想他可以自己做决定。”

“她也不是青涩少女了，”他说，“她可是英格兰的下一任女王，但也对罗伯特大人目不转睛。所以你觉得结果会如何呢？”

我在这里没有什么工作可做，于是把全部时间都花在了小丹尼尔身上，我脑海里全都是他的父亲。我决定给丹尼尔写信，留下我父亲在伦敦的书店地址。如果丹尼尔来看我，或是拜托别人来找我，那会是他首先去找的地方之一。我也会抄写一封给我的大人，让他派人送去加莱。应该会有些大使要去那座城市吧？

亲爱的丈夫：

奇怪的是我们经历了这么多之后又要再次分开，我又一次回到了英国而你却在加莱，但这一次我想你比我危险得多。我每晚都在为你的平安无事而祈祷。

我幸运地获准坐上了罗伯特大人的船，在战乱之中，我认为自己应该坐船离开。我多希望当时去见了你，可是丹尼尔，我不知道该怎么做。还有，我还有另一个小生命需要考虑。你孩子的母亲在我面前被一名法国骑兵杀死，她最后的举动就是把你的儿子放到我的怀中。我现在带着他生活，视如己出。他很平安也很健康，只是还没有学会说话。如果你能回信的话，或许你能告诉我该做些什么。他从前说话吗？他会说哪一种语言呢？

他吃得很好，长得很快，正在学习独自行走。我们现在暂住在苏赛克斯的奇切斯特，和达德利大人的妻子一起住，直到我自己找到住处为止。我想去宫里或是去伊丽莎白公主那儿，如果她还需要我的话。

我真希望你能告诉我，我应该怎样做才好。我真希望你如今陪在我身边，或是我留在你身边。我为你的平安祈祷，丹尼尔，而且我要告诉你——虽然早就该说出口——那就是，自从我离开你的家以后，我从未停止过爱你。那时我爱你，现在也爱着你。无论那时还是现在，我都希望我们能在一起。如果上帝能够再给我一次机会，丹尼尔，那么我愿意再次成为你的妻子。

你的妻子（如果你允许我这样自居的话），

汉娜·卡朋特

我把这封信寄给了我的大人，附带一封短信。

我的大人：

您的妻子对我非常和善，但我在这里还是给她添了麻烦。请让我进宫，或是看看伊丽莎白公主是否需要我为她效力。

汉娜·格林

我没有收到丹尼尔的回信，我也并未抱有期望，尽管我不清楚那是因为距离还是因为死亡。他的杳无音讯让我不知道自己现在是一名寡妇还是独居的妻子，或者仅仅只是和他暂时失散。我也在等待罗伯特大人的回音，可依然没有任何消息。

在等待罗伯特大人回信的时间里，我想到了他的妻子也是这样长久地等待着他的消息。我们都祈祷着能够听到一名骑手从小路向我们的住处跑来的声音。我们都在冬夜降临、寒意笼罩了城堡的时候倚窗张望，但一天又一天过去了，依然没有他的消息。日子一天天过去，我看到她对他的期望渐渐消弭。艾米·达德利渐渐地明白，无论他对她有过怎样的爱意——在他还年轻而她也年轻的时候——从他追随父亲的计划开始，野心便渐渐损耗了他的热情，以至于将她抛诸脑后，而在伦敦塔的几年里则将他的爱意消磨殆尽，只剩下生存的意志。在那些年里，他努力维持着理智，以免在孤寂和囚禁以及死刑的威胁下发疯，他根本没有心思去考虑他的妻子。

我等待着他的消息，但并不像一个因爱生怨的女人。我等待着他的消息，是因为他能够将我从昏昏欲睡的沉闷生活中解放出来。我习惯了经营自己的店铺，按照自己的方式赚钱和花销。这样子依赖他人不情不愿的救济而活，让我非常不舒服。我习惯了在这个世上生活，即使是英格兰的加莱城里那个沉闷的小圈子，也比除了天气和季节之外毫无变化的乡间生活要有趣得多。我想知道女王的消息，她分娩的消息，还有那个期待已久的婴儿的消息。如果她现在有了儿子，英格兰人民就不会计较她在加莱的败战，还有这个难熬的冬天，甚至是在这湿冷天气中于乡间蔓延的瘟疫。

宫里终于送来了一张便条。

下周我们就会在一起了。RD[①]

艾米·达德利的反应冷静，分外庄重。她没有叫人给屋子做一番大扫除，等他归来，也没有邀请房客和邻居参加接风宴。她只是监督下人们将银盘和白镴餐盘重新刷洗了一遍，给她的床铺上最好的亚麻床单，但再无其他，她没有为罗伯特大人的归来特意做什么准备。只有我看得到她的等待，如同一只在门口等待主人脚步声的狗儿。其他人没有注意到她每天拂晓就起床，等待可能早早到来的他；或是等他直到黄昏，想着他也许会回来得晚一些。她一等天黑就上床就寝，仿佛整天的等待如此难熬，而她想在睡梦中度过他不太可能归来的那段时光。

最后在一个星期五，他的队伍和我们之间仅剩下一道护城河的阻隔，我们也看到了他的队伍沿着小路从远方行来，他的旗帜在队伍的前面高高飘扬，他的队伍步伐稳健，那些人身穿他的制服，显得威武而欢快，罗伯特骑马走在队伍的前面，像一位年轻的国王；在他身后——我在冬日的阳光中眯起眼睛——是约翰·迪伊，那位邦纳主教值得尊重和敬仰的私人助手。

我走向楼上走廊的窗边，我刚刚正和小丹尼尔在那儿玩耍，在那里我能看到罗伯特的欢迎队伍。屋子的大门开着，艾米·达德利站在阶梯上方，双手交握在身前，一副端庄的样子，但我知道她无比渴望他的归来。我听到其他人匆匆走下楼去，鞋底在光洁的地板上打起了滑，然后各自就位，等待那位贵客走进大厅。

罗伯特大人勒住他的马，从马鞍上跳下，把缰绳抛给马夫，他转过头和约翰·迪伊说了几句话，弯下腰亲吻了他妻子的手，就好像他和妻子只分别了一两个晚上，而不是婚后的大半个人生。

---

① 罗伯特·达德利的缩写。

她冷静地行了个屈膝礼，然后转向迪伊先生点了点头，没把礼貌浪费在那位主教的助手身上。我笑了，我知道罗伯特大人不愿意看到自己的朋友受到漠视，她冷落迪伊先生可真是个错误。

我抱起小丹尼尔，他急切地扑到我的怀里笑了起来，但还是没有说话，我带着他走下长长的楼梯来到大厅。整个宅邸的人都聚集列队，仿佛一支等待审阅的军队，为首的是约翰·菲利普爵士和他的夫人。罗伯特大人站在门口的光线中，他宽阔的双肩碰到了门框，笑容充满自信。

他的魅力一如既往地让我着迷。连年的狱中生活给他留下的只有他嘴角深深的两条沟壑和他愈发深邃的眼神。他看起来像是那种能够承受打击，并且能够汲取失败教训活下去的男人。除了牢狱留下的阴影，他和我几年前在舰队街上看到的那位和天使并行的男人并无二致。他的头发仍然乌黑浓密且有微微的卷曲，他的表情仍然富有魅力，他的嘴唇仿佛随时都能露出微笑，他的举止如同一位王子。

“我非常高兴能够见到诸位，”他对所有人说，“我也很感谢诸位在我离开的时候为我所做的事情，”他顿了顿，“你一定很关心女王的消息。”他说。他抬起头望向楼梯，第一次看到我穿着长裙的模样。他惊愕地看着我在奥丁赛尔太太的帮助下绣好的长裙，我兜帽下的黑发梳得整整齐齐，背上背着黑发的小男孩。他表情滑稽地盯着我看了又看，终于认出了身着长裙的我，难以置信地摇了摇头，然后继续他的话题。

“女王待在她的分娩室里，等待着儿子的降生。婴儿出生的时候国王也会回到英格兰；在此期间，他都会在低地王国保护西班牙领地的边境安全，也发誓要为英格兰夺回加莱。伊丽莎白公主去看望了她的姐姐，并祝她一切顺利。感谢上帝，公主很健康，很有精神，愈发美丽。她告诉女王说，她不会嫁给任何西班牙的王子，不会嫁给国王选择的任何一个人。她会永远做英格兰的新娘。”

我觉得这种诉说女王消息的方式相当奇怪，但那些仆从却相当感兴趣，又窃窃私语起公主的谣言来。这儿和英格兰的其他地方一样，民众反对女王的情绪十分强烈。他们把加莱的败北都归咎于她，因为她不听议会的劝告，一反她家族的传统，和法兰西人开战。他们谴责她为这个国家带来了饥饿和糟糕的天气，他们谴责她还没有诞下子嗣，他们谴责她处死那些异教徒。

一名健康的男婴是她唯一能够扭转他们注意力的事情，有些人甚至连婴孩也不关注。有些人——现在也许是大多数人，希望她无后而死，这样王冠就属于伊丽莎白公主了——又一个女人，虽然他们并不喜欢女王，但这是一名善良的新教公主，她已经拒绝了和西班牙王子的婚事，如今又发誓说自己不打算结婚。

听到这些消息，仆人们低声交谈了一阵，然后便各自散去。罗伯特亲切地握了握约翰·菲利普的手，亲吻了菲利普夫人的脸颊，然后转身看向我。

“汉娜？真的是你吗?”

我缓步走下楼梯，发现他的妻子就站在他身后，站在门口不远处。

“大人。”我说。我走下最后一级台阶，来到他面前行了屈膝礼。

“我一直没有你的消息，”他难以置信地说，“你已经不是个女孩子了，汉娜。你现在是成熟的女人，已经不再穿马裤了！你是不是又重新学习了走路的方法？给我看看你的鞋子！来吧！你穿了高跟鞋没有？还有你怀里的孩子？一切都变了!”

我笑了起来，但我感觉到艾米的目光充满反感。“这是我的儿子，”我说，“谢谢您在加莱救了我们。”

他的脸色稍稍沉了片刻。“我希望我能救出他们所有人。”

“您有加莱的消息吗?”我问他，“我的丈夫和他的家人或许还留在那儿。您帮我把信寄出了吗?”

他摇了摇头。“我把信给了我的仆童,让他交给一位能够深入法兰西海域的渔民,让他在见到法兰西舰船的时候转交给他们,但我没法为你做更多。我没有听说关于你要找的人的消息。我们还没有开始和平会谈。菲利普国王会尽量拖长和法国的战争,女王也没有立场去反对。我们经常会交换一些囚犯,人们会回到家里的,不过只有上帝知道那会是什么时候的事儿了。”他摇了摇头,仿佛要赶走记忆中那座不可攻陷的城堡陷落时的情景,“你知道的,我以前从没见过你穿长裙的样子。你变了!”

我努力笑出声来,但我看到艾米走向了她的丈夫。

“你应该洗个澡,换下骑马赶路时的衣服。”她说得很坚决。

罗伯特向她轻鞠一躬。

“你的卧室里有热水。”她说。

“我这就上去,”他转头对她说,“必须有人告诉迪伊他应该住在哪儿。”我退了几步,但罗伯特大人并没有注意到。他喊道:“这边,约翰——看看这是谁!”

约翰·迪伊走了过来,我看到他比罗伯特的变化大得多。他鬓角的头发变得灰白,双眼因疲倦而黯淡。但他自信的气质和内心的平和却一如既往。

“这位女士是谁?”他问。

“迪伊先生,我是汉娜·卡朋特,”我谨慎地说。我不知道他是否记得我们最后一次见面是在英格兰最危险的地方,那时我正面临审判,而他就是审判我的人,“以前叫做汉娜·格林。女王的弄臣。”

他很快又看了我一眼,然后他的唇角和眉梢展露出欣喜的微笑。“哈,汉娜,我还没见过你穿裙子呢。”

“他现在是迪伊博士了,”罗伯特大人介绍说,“邦纳主教的助手。”

“噢。”我依然戒备地答道。

“这是你的儿子?”约翰·迪伊问。

“是的。他叫做丹尼尔·卡朋特。”我骄傲地说，约翰·迪伊伸出手指去触碰男孩的手指。有趣的是，小丹尼尔扭过头去，将脸伏在我的肩上。

“他多大?”

“快两岁了。”

“他的父亲呢?”

我皱了皱眉。“我和我丈夫在加莱失散了，我不知道他是不是平安无事。”我说。

“你感觉不到……他吗?”约翰·迪伊很小声地问我。

我摇了摇头。

“迪伊博士，汉娜会带你去你的房间的。”艾米的声音突然打断了我们的谈话，她说起我的口气仿佛我是她的仆从一般。

我走到楼上的一间小卧室前，约翰·迪伊跟在我身后。罗伯特大人也随即大步走上楼梯，我们听到他走进房间关门的声音。

我才刚刚告诉约翰·迪伊该在哪里睡觉，在哪个橱柜放他的衣服，又准备好给他洗手的热水，这时房门便打开了，罗伯特大人走了进来。

“汉娜，你别走，”他说，“我想要听听你的消息。”

“我没什么消息，”我冷淡地说，“我如您所愿地来到这里，一直都住在这儿，和您的妻子住在一起，什么也没做。”

他短促地笑了笑。“你觉得很无聊吗，我的假小子？比婚姻生活更糟糕吗，你确定?”

我笑了。我没打算告诉罗伯特大人，我和丈夫结婚不到一年就已经分居了。

“你的天赋还保留着吗?”约翰·迪伊轻声问，“我一直以为天使只会眷顾处子。”

我想了一会儿，我不会忘记上一次看到他劝告邦纳主教的情景。我想起了那个将饱受折磨的十指放在膝盖上的女人。我想起了那个小房间里尿液的气息，还有我马裤中湿暖的感觉，以及我感到的羞耻。“我不知道，大人。”我用非常轻的声音说。

罗伯特·达德利听出了我声音中的拘谨，目光从他的朋友那里转移到我身上。“怎么了？”他尖声问，“你们这是怎么了？”

迪伊博士和我交换了一个怪异但却心领神会的眼神：那是不为人知的拷问者看着无人知晓的受刑者的眼神，那是感受到同样恐惧的眼神。他什么话也没有说。

“没什么。”我说。

“我看不是没什么吧，”罗伯特冷冷地说，“你来说，约翰。”

“她曾经被带到过邦纳面前，”约翰·迪伊说，“作为异教徒。当时我也在场。不过罪名取消了。她无罪释放了。”

“上帝啊，你一定是失禁了，汉娜！”罗伯特大叫。

他戳到了我的痛处，我的脸不由得红了起来，我紧紧地抱住丹尼尔的孩子。

约翰·迪伊带着歉意地看我。“那时我们都很害怕，”他说，“但在这个世界上，我们都有非做不可的事情，罗伯特。我们都在尽力而为。有时我们戴着面具，有时我们做回自己，有时面具比自己更加真实。汉娜没有背叛任何人，她是清白无辜的。所以她得到了释放。就这么回事。”

罗伯特大人弯下身子，和邦纳主教手下最保守、最严格的助手握了握手。“确实就这么回事。我可不想让她受刑，她知道得太多了。我很高兴你当时在场。”

约翰·迪伊并没有因此高兴起来。“没人会希望自己在场，”他说，“有太多比她更加无辜的人遭受拷打，然后处以火刑。”

我看了看他们俩，思索着究竟什么才是真正的忠诚。至少现在的我不会问出这样的问题，也不去相信任何答案。

罗伯特大人转身看我。“这么说，在你失去处子之身以后，你的天赋还保留着？”

“出现的次数太少了，因此很难说。但我在加莱有一次真的预见到了，在我结婚以后：我预见到了骑兵们穿过我们的街巷。”我闭上眼睛回忆道。

“你看到了法国人进了加莱？”罗伯特不敢相信，“上帝啊，为什么你没有事先警告我？”

“如果我真的明白那个场面的意义，我会告诉您的，”我答道，“请别怀疑。如果我能明白我所看到的事情，我会第一时间告诉您的。但画面太模糊了。还有一个女人在逃跑途中被他们杀死了，她那时还在大喊……”我住了口。我没有告诉这些人，她曾经叫我带走她的儿子。小丹尼尔现在是我的孩子了。“如果我知道，我就会警告那个女人……我不想让任何人像那样死去。”

罗伯特摇了摇头，转过脸去看窗外。“我真希望你能早点警告我。”他情绪低落地说。

“你还愿意再为我占卜吗？”约翰·迪伊问，“这样我们就能知道你的天赋是不是真的还在了。”

我难以置信地看着他。“您要寻求天使的建议吗？”我问这位宗教审判官的助手，“您这样身份的人？”

约翰·迪伊没有被我尖锐的口气所干扰。“我并未改变自己的信仰。在这段艰难岁月里，我们需要更多的指引。但我们必须谨慎地询问。寻求知识的路上总是伴随着危险。如果我们知道女王能够诞下一名健康的子嗣，我们就最好开始为将来做打算。如果她幸运地生下男孩，那么伊丽莎白公主就得改变她的计划了。”

“我也得改变我的计划了。”罗伯特·达德利讽刺地说道。

“总之我不知道自己是不是能做到，”我说，“我只看到过一次未来，就是在加莱的那一次。”

“我们今晚能试试吗？”罗伯特·达德利问，“你愿意试试你的天赋能否顺利出现吗，汉娜？像从前那样？”

我的目光从他身上转到约翰·迪伊身上。“不。”我坚决地说。

约翰·迪伊直视着我，他黑色的眸子里带着真诚。“汉娜，我不会否认自己的道路黑暗而曲折，”他简短地说，“但你在圣保罗大教堂受到审讯的时候，应该庆幸我也在那儿。”

“我庆幸有人发现我是无辜的，”我坚定地说，“我可不想再去那儿了。”

“不会了，”他说，“我向你保证。”

“那你愿意为我们占卜吗？”罗伯特大人又问道。

我犹豫起来。“如果您能帮我问一件事情的话。”我提了个要求。

“什么事情？”约翰·迪伊问。

“我的丈夫是不是还活着，”我说，“我只想知道这个。我甚至不会去问自己将来还能否见到他。知道他活着我就很高兴了。”

“你那么爱他吗？”罗伯特大人表示无法相信，“你那个年轻男人？”

“是的，”我答，“我在知道他平安的消息之前根本无法安睡。”

“如果你为我们占卜的话，我可以问问天使，”约翰·迪伊承诺道，“今晚可以吗？”

“小丹尼尔睡着以后，”我说，“听着他的声音我没办法占卜。”

“八点？”罗伯特大人问，“就在这儿如何？”

约翰·迪伊四下里看看。“我去找几个人把我的桌子和书抬上来。”

罗伯特大人看到狭小的房间，不耐烦地哼了一声。“她总是这样，”他不悦地说，“她从来不会让我的朋友住最好的房间。她嫉妒他们，我得告诉她……”

“这儿的空间足够大了，”迪伊平静地说，“她一定因为你带来这么大队随从而怨恨，她只想和你单独相处。你不回她那里去吗？”

罗伯特大人不情愿地向门口走去。“跟我来，”他说，“你们两个跟我来，我们去喝杯麦酒接风洗尘。”

我停下了脚步。“我不能去。”他打开门的时候，我说。

“什么？”

“她并不喜欢我，”我尴尬地说，“我不能和她平起平坐。”

罗伯特的眉毛拧成了结。“我告诉过她，对待你要像对待自己的朋友那样，一直到我们为你安排好住处，”他说，“你在哪儿用餐？”

“和女仆们同桌。我和您的妻子不能同坐。”

他匆匆向楼梯走去，很快又折返。“来吧，”他把手伸给我说，“我是这儿的主人，不会有人反驳我的命令。来吧，现在你可以和我一起用餐。她这个蠢女人从不善待她丈夫的忠实仆从。她还是个善妒的女人，觉得任何一张漂亮面孔都不安全。”

我没有回应他伸过来的手。我平静地笑了，仍然站在窗边。“我的大人，”我说，“我想您几天之后就要回宫了吧？”

“是啊，”他说，“怎么了？”

“您能带我走吗？”

他一脸惊讶。“我不知道。我还没想过。”

我笑出了声。“我想也是，”我说，“也就是说，我还要在这里待上几个星期吧？”

“对。所以呢？”

“那么我宁愿不要让您妻子的恼怒变成盛怒，因为您只会匆匆来去，就像一股扰乱果园安宁的春风。"

他大笑起来。"你还安宁吗，我的小果园?"

"她现在默默地憎恨着我，"我坦白地说，"但您还是不要公开挑起冲突的好。现在就去陪她吧，今晚我在这儿等您回来。"

罗伯特捏了捏我的脸颊。"上帝祝福你的谨慎，汉娜。我想我真不该把你交给国王的。如果我一直听从你的忠告，我就会成为更出色的人。"

他吹着口哨跑下楼，我听到肆虐于窗外的风声回应着他，不由得战栗起来。

晚餐的时候我看到了艾米。在漫长的晚餐中，她的目光自始至终都没有从丈夫身上移开。她渴望让丈夫注意自己，但她并没有吸引他的手段。她不知道宫中的任何传言，连他提起的那些名字也有大半从未听闻。我坐在下席，目光始终不离自己的盘子，不让自己抬头笑话这个女人，也不去向他打听那些宫人的事情。

艾米夫人甚至连让他开口跟她说话的智慧都没有，虽然她原本就什么都不懂。他提到其他女人的时候，她就会紧抿嘴唇，他大笑着提起女王的时候，她就会低下头表示不满。她对约翰·迪伊表现出明显的无礼，显然把他看成了新教的叛徒。但她对伊丽莎白公主的事情也毫不关心。

我觉得罗伯特大人初次见她的时候，爱的一定是她的纯真无邪，她还是女孩子的时候，对宫里的事情一无所知，当然也不会知道他父亲的狡诈计划。她那时只是诺福克一名普通乡绅的女儿，有着大大的蓝眼睛和长裙遮不住的丰满乳房，她有着宫中女士们没有的一切：坦率、不谙世故、真实。但现在这些美德对他而言都变成了缺点。他需要一位审时度势，能够根据环境发表不同看法，在乎他关注他的妻子。他需要一位能够反应迅速，能够适应不同场合的妻子，能够让他带进宫里的妻子，能够和宫中的女士们交好并且打探消息的妻子。

而她的自负、随时都会出言羞辱那位整个王国最有权势的圣职者之一的助手的态度、对宫中和世间的事物不闻不问的无知，甚至对他的兴趣的厌恶，让她成了他的负担。

“如果她再不努力，我们就不会有下一位达德利了。”有个年长的女仆不屑地对我低语。

“她究竟怎么了？”我问，“我一直以为她的心思都在他身上。”

“她无法原谅他进宫帮助他父亲实行他的计划。她本以为这次监禁可以好好地给他上一课。教他不要太自以为是。”

“他是达德利家的一员，”我说，“他们生来就自负。他们是整个世界上最有野心的血脉。只有西班牙人对黄金的喜爱和爱尔兰人对土地的喜爱比得上他们。”

我看向桌边的艾米。她正在吃蜜饯，满口都是沾满糖霜的梅子。她直视前方，完全没有理会她丈夫和约翰·迪伊的交谈。“你很了解她吗？”

年长的女仆点了点头。“很了解，我很同情她。她喜欢过普普通通的生活，而且希望他也一样。”

“她还是嫁给别的乡绅比较好，”我说，“罗伯特·达德利是个有远大前程的男人，他不会允许她阻挡他前进的。”

“她会尽她所能阻止他的。”她告诫我。

我摇了摇头。“她办不到的。”

艾米本想和她丈夫对坐到很晚，然后一起就寝，但八点钟的时候他借故离开，和约翰·迪伊以及我在约翰·迪伊的房间里碰头，关起门，拉上窗帘，只留一支燃着的蜡烛，烛光闪烁，映在镜中。

“你乐意这么做吗?”约翰·迪伊问。

“你们打算问些什么?”

“女王会不会生下男婴，”罗伯特说，“没有比这更重要的事情了。然后我们问问能否夺回加莱。”

我看向约翰·迪伊。“还有我丈夫是否活着。”我提醒他说。

“我们会看情况问的，”他轻声说，“开始祈祷吧。”

我在他絮絮的拉丁文祷词中闭起双眼，感觉到自己恢复了从前的模样。我又回到了家中，伴随我的有我的天赋、我的罗伯特大人，还有我自己。当我睁开眼睛的时候，烛光照在我的脸上，温暖明亮，我对约翰·迪伊微笑了起来。

“你的天赋还在吗?”他问。

“我确定还在。”我轻声说。

“看着烛火，告诉我们，你听到了什么、看到了什么。”

烛焰在微微的风中抖动，光亮进入了我的头脑。仿佛西班牙夏日的阳光，我听到了母亲呼唤我的声音，她的声音充满快乐和自信，一切都没什么异样。突然我听到一阵响亮的撞打声，我喘息着站起身来，脱离了我的梦境，心脏因为害怕被捕而狂跳起来。

约翰·迪伊脸色煞白。有人发现了我们的意图，我们完蛋了。罗伯特大人从腰间拔出佩剑，从靴中拔出匕首。

“开门!”紧锁的门外传来喊声，然后是撞击木门的巨响，门开始朝内倾斜。我很肯定那些是宗教法庭的人。我走到罗伯特大人身边。“求您了，大人，”我急急地说，“不要让他们烧死我。杀了我吧，在他们抓走我之前，还有，请救救我的孩子。”

他动作流畅地跳到窗边的椅子上，将我拉近他的身旁，抬脚踢碎玻璃。

"跳出去，"他说，"尽量往远处逃。我会拖延他们一会儿。"又一阵可怕的撞门声响起。他对约翰·迪伊点头示意。"把门打开。"他说。

约翰·迪伊打开门，艾米·达德利夫人跌进房间里。"你！"她看到我的时候立刻大叫出声，"不出所料！你这个荡妇！"

她身后的那名仆从举起手里的钉头槌，表示歉意。菲利普家的华丽木门被打得木屑飞溅，已经无法修复了。罗伯特狠狠地将剑收回鞘中，对约翰·迪伊作了个手势。"麻烦你，约翰，把门剩下的部分关起来，"他疲惫地说，"这事儿在黎明之前就会传遍大半个乡村的。"

"你们在这里做什么？"艾米质问着，大步走进屋中，她的目光紧盯着桌上，看着那几支蜡烛，在窗外的寒风吹拂下摇曳不定的烛火，然后是那些神圣的符号，"做什么下流勾当？"

"没什么。"罗伯特仍然疲倦地说。

"那她在你这儿做什么？还有他呢？"

他上前握住她的双手。"我的夫人，他是我的朋友，而她是我的忠实仆从。我们在为我的前程而祈祷。"

她甩开他的手向他打去，她握紧拳头，狠狠地打在他的胸上。"她是个荡妇，他是个行使巫术的家伙！"她大喊，"而你是个让我无数次伤心的大骗子！"

罗伯特抓住她的双手。"她是我的好仆从，是个体面的已婚女人，"他轻声说，"迪伊博士是这个国家最重要的教士之一的助手。夫人，我求你镇定下来。"

"我会看着他因此被吊死！"她直视着他大喊出声，"我一直当他是和魔鬼打交道的人，而她就是个巫婆和荡妇。"

"别让你自己成为笑柄，"他平静地说，"艾米，你看看你现在像什么样子。冷静些。"

“你在你自己的朋友面前让我蒙羞，要我怎么冷静?”

“你没有蒙羞……”他开口道。

“我恨你!”她突然尖叫起来。

我和约翰·迪伊退了几步靠在墙上，渴望地看着房门，希望能够逃离这场争执。

她把头伏在床上抽泣起来。她尖利地哭着，周围一片沉寂。约翰·迪伊和罗伯特大人彼此交换了一个惊骇的表情。轻微的撕裂声传来，我意识到那是她用牙齿撕破了床单。

“噢，看在上帝的分上!”罗伯特扶着她的双肩将她拖到床上。她立刻用指甲抓挠他的脸，双手像猫儿亮出的爪子。罗伯特紧紧抓住她的双手，一直到她倒在地上，跪在他的脚边，手腕还被他抓在手里。

“我了解你!”她开始咒骂起来，“如果不是她，也会是别的什么人。你重视的就只有自尊和欲望而已。”

他的面孔先是因为愤怒而涨红，又缓缓地平静下来，但他仍然紧紧握着她的双手。“我确实是个罪人，”他说，“不过感谢上帝，至少我还没有发疯。”

她的嘴唇颤抖起来，接着发出一声哭号，她抬头看向他坚毅的脸庞，两行泪水从她眼中流下，她哀哀地哭起来。“我也没有疯，我病了，罗伯特，”她绝望地说，“我得了悲伤的病。”

他越过她看向我。“去找奥丁赛尔太太来，”他吩咐，“她知道该怎么做。”

我一时间呆住了，看着艾米紧咬牙关、摸索着她丈夫的双脚。“什么?”

“去找奥丁赛尔太太。”

我点点头出了房间。半个宅子的人都挤在房间外面的楼梯平台上。“去干你们的活儿!”我粗鲁地说，然后我穿过走廊，发现奥丁赛尔太太就坐在生着一堆小火的壁炉前。

“夫人哭了，大人派我来找您。”我直接说明了来意。

她立刻站起身，神色毫不惊讶，然后快步走出房间。我小跑着跟在她身边。“以前也发生过这种事吗？”

她点点头。

“她病了吗？”

“她很容易因为他而痛苦。”

我思索着这句话，又考虑到她因为忠诚而隐去的那部分。“她总是这样吗？”

“他们年轻而且相爱的时候，还把这看做激情。但他去了伦敦塔以后，她就平静下来了——不过公主也被囚禁在那里的时候除外。”

“什么？”

“之后她就得了嫉妒的病。”

“他们可都是囚犯啊！”我惊呼道，“他们又不可能在化装舞会上跳舞。”

奥丁赛尔太太点点头。“她觉得他们是情人。现在，他自由了。而她知道他和那位公主经常见面。他会让她心碎的。这可不是修辞上的说法。她真的会因此而死。”

我们来到了迪伊博士的门口。我将手搭上她的手臂。“那您是她的看护吗？”我问。

“更像她的看守。”她说着，轻声地走了进去。

那一晚的占卜前功尽弃，第二天，达德利夫人留在自己的房间里不愿见人，而迪伊博士让我帮忙破译他有关女王的预言。我为他读了一段看起来毫无联系的希腊词语，他仔细地记了下来，每个词儿都有一个对应的数值。我们在长久无人问津的藏书室里见面。罗伯特大人吩咐点起壁炉，一个仆从走了进来，拉开了百叶窗。

“看上去像是密码。”等他们做完活儿，只剩下我和迪伊博士的时候，我说。

“这是古代人的密码，”他说，“也许他们甚至知道生命的密码。”

“生命的密码？”

“如果一切都由同样的物质构成会是怎样？”他突然问我，“沙土和奶酪、牛奶和泥土？如果剥离事物的外表之后，世界上只有一种物质呢？如果我们能够看到、画出甚至重塑它，那又会怎样？”

我摇摇头。“然后呢？”

“这种物质就是一切的密码，”他说，“是世界中心的一首诗篇。”

在我写字的时候，小丹尼尔睡在我旁边的一张宽阔的矮凳上，我不时地站起来微笑着看他。他看我的时候面露欣喜。“嘿，我的孩子。”我轻轻地说。

他爬下凳子，蹒跚地向我走来，一只手小心翼翼地扶着凳子，然后是扶着我。他抓着我的裙子，抬头入神地看着我。

“他真安静。”约翰·迪伊轻声说。

“他从不说话，”我低下头，对着仰起面孔的小丹尼尔露出微笑，“但他不傻。我知道，他什么都懂。他会拿东西给我，也知道那些东西的名字。他知道自己的名字——对吧，丹尼尔？他只是不愿意说话。”

“一直都这样吗？”

恐惧攫住了我的心：我并不知道这个孩子从前的样子，如果我承认自己不知道，就会有人把他从我身边带走。他不是我的孩子，不是我亲生的孩子，但他的母亲将他放到我的怀里，他父亲是我的丈夫，我亏欠丹尼尔的爱和责任，都应该通过照顾这个孩子来偿还。

“我不清楚，他过去在加莱和乳母一起生活，”我撒了谎，“攻城开始以后她才将孩子交给我。”

“他也许是被吓到了，”约翰·迪伊说，“他看起来像是受了惊吓吗?”

我的心紧缩了一下，感到一阵痛楚。我难以置信地看着迪伊先生。“惊吓？但他只是个小婴儿。他怎么知道什么是危险?”

“谁知道他能不能思考和明白呢?”约翰·迪伊说，“我不相信孩子没有人教就什么也不知道，就像个等着别人往里装东西的空罐子。他认识自己的家，认识照顾他的女人，他也就有可能害怕，有可能跑去街上去找你。我认为，孩子们知道的事情多得超乎我们的想象。或许他现在很怕说话。”

我靠近了他，他明亮漆黑的眼睛回望着我，那双大眼睛像小鹿那样水汪汪的。“丹尼尔?”我说。

我第一次将他看做一个独立的人，会思考、有感觉，曾经在他母亲的怀抱之中，又被硬生生塞进一个陌生人的手里。他曾亲眼看到母亲遭受马匹践踏、又被长枪刺穿，看到他的母亲死在街边的水沟里，又感觉自己像是件无主的行李那样被人带上了船，又莫名其妙地来到英格兰，在马上一路颠簸，来到一个陌生地方的冰冷宅邸里，周围没有半个熟识的人。

这是个曾经亲眼目睹母亲死去的孩子。这是一个没有了母亲的孩子。我躬身看他，只觉得热泪在自己的眼眶中打转。我最能理解这个孩子的悲伤和恐惧。我将自己童年的恐惧掩盖在所有基督教王国的语言之后，流利地说着每一种语言。而比我那时更小也更加害怕的他，选择了缄默。

“丹尼尔，”我轻声叫他，“我会做你的母亲的。你会平安无事的。”

“他不是你的孩子?”约翰·迪伊问，“他看上去那么像你。”

我抬头看他，很想相信他、向他吐露实情，但恐惧却让我住了口。

“他也是上帝的选民①吗?”约翰·迪伊轻声问道。

---

① 这里指犹太人。

我一言不发地点了点头。

“行过割礼了没有?”他问。

“没有,”我说,“没有在加莱接受割礼,到这儿就更不可能了。”

“他也许需要能够证明他身为上帝选民的外在特征,”迪伊建议道,“或许要等真正成为你们的一分子后,他才能开口说话。”

我迷惑不解地看着他。“他怎么会知道这些?”

他笑了。“这个小家伙从天使中来,”他说,“他也许比我们加起来知道得还多。”

艾米·达德利夫人闭门不出整整三天,而罗伯特和约翰·迪伊外出狩猎、在图书室读书、用小钱赌博以及聊天,无论日夜都在聊天,无论是骑马、散步、吃饭、看戏的时候,他们都在聊天。他们会聊国家的未来,会聊应该采用怎样的贵族制度和议会形式,边境应当拓展到海外的何处,英格兰这个小小的岛国该如何对抗大陆国家的力量,以及——最令约翰·迪伊着迷的——位置得天独厚的英格兰要怎样将船队派遣到整个世界,并且创造出一种全新形式的王国,可以扩张到海外的帝国。一个能够支配世界上所有那些未知地带的帝国。他计算了一下世界的面积,信誓旦旦地说还有好几块大陆尚未发现。“克里斯多佛·哥伦布,”他对罗伯特大人说,“是个勇敢的人,但他不是数学家。在几周之内就能到达中国的航道当然是不存在的。如果进行正确的计算,您就会发现世界是圆的,但非常博大,远比哥伦布预计的更加博大。在如此博大的世界上,至少还有四分之一的地方肯定是陆地。如果这些陆地都属于英格兰,那会怎么样呢?”

我常常和他们一同散步、骑马、用餐,他们也常常问起我西班牙的民风民俗、我在葡萄牙的所见所闻,或者某个计划如何才能成功。我们谨慎地不去讨论王位上坐着怎样的国君才会去实施如此充满自信、如此野心勃勃的计划。正逢女王等待新生儿和继承人降生之时，一切都充满了不确定。

第三天的晚上，从多佛来了一位信使与达德利大人会面，我和约翰·迪伊单独留在图书室里。约翰·迪伊根据他的朋友杰勒德·墨卡托做的那只模型画了一张地图，试着向我解释世界是圆的，让我把这张地图看做就是世界剥下的表皮，就像剥下并展平的橘子皮。

他努力想让我明白，最后大笑着说我肯定是太满足于能够看到天使了，所以我才看不懂什么经纬。他拿起地图去了自己的房间，这时罗伯特大人进了图书室，手中拿着一张纸。“我总算得到你丈夫的消息了，他平安无事。”他说。

我跳了起来，发现自己在颤抖。“罗伯特大人?”

“起初他被法兰西人当做间谍带走了，但他们把他和英格兰士兵关在一起，”他说，“我可以在交换俘虏的时候把他带回来，或是直接赎回来。”

“他平安无事?”我问。

他点点头。

“平安无事?”我不敢相信。

他又点点头。

“没有生病?也没有受伤?”

“你可以自己看，”他说着，将字迹潦草的纸页递给我，“他就关在城堡里。如果你想给他写信，我可以帮你送到。”

“感谢您。”我说。我一遍又一遍地读那封信。上面的内容他已经都告诉我了，但那张历尽周折的纸上的黑色字迹看上去更加真实，“感谢上帝。”

“确实该感谢上帝。”罗伯特大人笑着说。

我冲动地抓住他的手。“也要谢谢您，大人，”我热切地说，“您为我费心了。我明白的。我很感激。”

他轻轻地拉过我，用温暖的手臂环住我的腰。“甜心，你知道的，我会尽我所能地让你开心。”

我犹豫起来。他的手很轻，隔着长裙，我也能感觉到他手掌的热度。我渐渐地向他靠了过去。他迅速地扫视了一眼空旷的走廊，向我撇了撇嘴。他有些犹豫，他是调情的个中高手，知道适当地拖延更能挑起情欲。他略微弯下腰亲吻我，先是温柔，然后逐渐热切起来，他将我按在墙上，我仰起头，闭上双眼，放弃了抵抗，享受着他抚摸的美妙感觉。

“罗伯特大人。”我轻声说。

“我去准备床。跟我来，我的甜心。”

我没有迟疑。“我很抱歉大人，不可以。”

“你很抱歉大人，不可以？”他滑稽地重复了一遍，“你是什么意思呢，假小子？”

“我不能和您上床。”我平静地说。

“为什么不呢？不要告诉我刚才你没有欲望，我是不会相信的。我想品尝你的嘴唇。你也像我需要你一样地需要我。今晚会很美妙的。”

“我确实有欲望，”我承认道，“但如果我没有结婚，一定很愿意成为您的情人。”

“噢，汉娜，远在天边、身在监狱的丈夫是不会顾及你的。只要你的一句话，他就会一直待在那儿直到举国大赦。我也可以让他永远待在那里。来我的床上，就现在。”

我固执地摇了摇头。“不可以，大人。我很抱歉。”

“你的歉意一点也不诚恳，”他愠怒地说，“你这是怎么了，孩子？”

“不是因为他可能会发现，”我说，“是我真的不想背叛他。”

“你的心已经背叛了他，”罗伯特说，“你躺在我的怀里，低下头张开嘴向我索吻。你已经背叛了他，假小子。其余的事情还是听凭欲望吧。不会比你刚才做的事更不堪。”

听到他看似很有道理的劝说我微笑了。“或许吧，但这是不对的。大人，说真的，我从第一次见您就非常爱慕您。但我爱丹尼尔，是真实而且体面的那种爱，我想成为他贤淑的妻子，忠于他。”

“这不妨碍我们之间的真实的爱，甜心。”他直白地说。

“是的，”我说，“现在我需要的是爱。欲望对我没有好处。我需要爱。他的爱。”

他望向我，深邃的眼眸里满是笑意。“哈，汉娜，对于像你这样没什么可以失去的女人来说，这可是个大错误。你是我所见过的最接近自由的女人。一个受到的教育远远超出了性别限制的女孩，一个丈夫在千里之外的女人，一个有天赋、有抱负，有运用它们的头脑和漂亮的荡妇身体的女人。看在上帝的分上，孩子，做我的女人吧。你不该只沦为一名妻子。”

我忍不住笑了起来。“感谢您，”我说，“但我只想做妻子而已。我想找到他和他重新开始生活，用我的心、我的忠诚去爱他。”

“和我共度一夜会让你乐在其中的，你明白的。”他说这话既是出于自负，又是他最终的尝试。

“我非常相信，”我和他一样毫不羞耻地说，“如果我没有在乎的事情，我会乐在其中的，甚至会向您乞求更多这样的夜晚。但我深陷爱河，大人，除了我的恋人，我不想和任何人发生关系。”

他退了几步，优雅地躬了躬身，像是对待一位女王。“假小子，你总是出乎我的意料。我知道你长成了优雅的女人，但我没想过你竟然会成为这么一位令人惊讶而又可敬的女人。希望你的丈夫值得你的忠诚。如果他……”

我笑了起来。“如果他让我心碎，我就回到你身边，像您一样没心没肺地过下去，大人。”我说。

“噢好吧，我们说定了。”他笑了起来，独自回卧室去了。

没过几天，约翰·迪伊和罗伯特大人便做好了回宫的准备。约翰·迪伊要回到邦纳主教那里，记录数以百计的异教徒的罪名细节以及审讯的过程。他会看着他们受尽折磨，等他们招认，然后看着他们被送往火刑场。

我们一同走进马厩，检查那些马儿是否做好了旅行的准备，我们之间有种尴尬的沉默。我没有开口问他如何忍心结束这种无罪的日子，回去做他的刽子手。

他先开口了。“汉娜，你知道的，我去那儿劝告主教总比别人去的好。”

起初我没能理解，片刻后我明白了这是一场阴谋，又一场阴谋，阴谋中的阴谋，只是那些大阴谋的一部分。由约翰·迪伊来审查公主的支持者和朋友，总比让女王的忠实部下来做顾问，然后烧死他们所有人来得好。

“我不知道您怎么忍得下去，”我说，“我看到的那个女人，她连指甲也没了……”

他点点头。“上帝会宽恕我们的，”他轻声说，“抱歉把你也卷进来了，汉娜。”

“我应该感谢您的救命之恩才对，如果那真是您的意愿的话。”我不太情愿地说。

“你不明白我那时候是在为你说情吗？”

“我那时候真的不太明白。”我说。

约翰·迪伊拉过我的手拍了拍。“你说得对。我有比救你更重要的目的。但我很高兴你只是受了点擦伤，没有伤筋动骨。”

我们进了马厩，罗伯特·达德利等在那里，看着马车上装载的都是他打算带去里士满的东西：一张漂亮的挂毯和几块上好的地毯。我走上前和他轻声交谈。

“您会写信告诉我女王的情况吗?”我问。

“你开始对下一任继承人感兴趣了?”

“我是对女王感兴趣,”我说,“我刚到她身边那会儿,没有比她更真诚的朋友了。”

“但你很快就离开了她。”他说。

“大人,如您所知,因为时局危险。我必须离开王宫自保。”

“那现在呢?”

“我不觉得自己很安全。但我必须找到谋生的方法,把我的儿子抚养长大。”

他点点头。“汉娜,我想把你暂时留在这儿,但夏天的时候我希望你能来宫里找我。我希望你能再次去见女王,并且为她效力。”

“我的大人,我不再是个傻孩子了。我有需要照顾的孩子,而且我在等待自己的丈夫。”

“孩子,如果你觉得自己能跟我争辩的话,那么你确实仍然是个傻孩子。”

他的话让我呆了一下。“我无意和您争辩,”我平静地说,“但我不想和我的儿子分开,我也不想再穿上马裤。”

“你可以给他找个保姆。你可以做穿裙子的弄臣而不必穿马裤。其实很多弄臣都是穿衬裙的。你不是异数。”

我咬着嘴唇努力让自己镇定下来,尽管我能感觉到危险。“大人,他还是个孩子,还不会说话。他身处陌生的乡村,而且我们都不认识任何人。请让他跟我待在一起。请让我带着他吧。”

“如果你坚持要带他在身边的话,那你就得和艾米一起留在乡村了。”他提醒我说。

我衡量了一下成为小丹尼尔的母亲所要付出的代价，而我惊讶地发现这种代价是值得的。我不会离开他，无论要我付出怎样的代价。

“那样也不错。”我说。我将身体靠在墙上，远远地看着有人把桌子和椅子放到马车后面的车厢里。

罗伯特大人沉着脸看我，他根本没想过我会把孩子看得比自己的抱负更重要。“噢，汉娜，你没有成长为我希望看到的那种女人。忠诚的妻子和深爱孩子的母亲对我可没有什么用！很好，等我需要你的时候会派人来接你，也许要到五月。到那时你可以带上这个孩子，”他说，“但我派人接你的时候你要立刻赶去。我需要你在宫里充当眼线。”

在寒冷的三月里的这一天，罗伯特大人在中午时分骑马出发，他的妻子从病床上起来目送他出门。她沉默地站在宅子的大厅那里，就像一个用雪堆成的女人，而把帽子扣在头上，又将斗篷围在身上。

“很抱歉，你因为我的到来而生了病，”他轻快地说着，仿佛在和一位并不熟识的房主说话，“从第一天吃过晚餐以后，我就再也没有见过你了。”

她仿佛没有听到他的话。她努力摆出茫然的微笑，却更像是在做鬼脸。

“我希望下次再来的时候能看到康复的你。”

“那要等到什么时候？”她轻声问。

“我不知道。我会给你捎信来的。”

他拒绝承诺的这个事实仿佛一句魔咒，将她唤醒过来。她轻轻地颤抖着，怒视着他。“如果你不能尽快回来，我会写信给女王向她抱怨的，”她用低沉而愠怒的嗓音威胁道，“她了解被终日猎艳的丈夫冷落的感觉。她了解她妹妹那样的人。伊丽莎白让她遭受的痛苦与我现在的痛苦相同。你看，我知道的。我了解你和那公主的相似之处。”

“说这种话本身就是叛国，”他用愉快的语调轻声说，“这封信就是你叛国的证据。我们才刚刚把一家人弄出伦敦塔，艾米，不要再把我们塞回去了。”

她咬着嘴唇，脸色涨得通红。“无论如何，别再让你那个妓女再和我待在一起了！”

罗伯特叹了口气，远远地望着大厅另一头的我。“这儿没有我的什么妓女，”他耐着性子说，“你也知道，我在这儿只能勉强算是有个妻子。这位可敬的女士，卡朋特太太，她会待在这儿，等我带她回宫里工作。”

艾米·达德利愤怒地尖叫起来，用手按着自己的嘴唇。“你说带她回宫‘工作’？”

“是的，”他轻声说，“正如我所说。我派人来找她。我也会回来看你的。”他声音低沉，语调温柔，“我会祈祷，为你也为我自己祈祷，祈祷再见到你的时候你会平静下来。我们别无选择，艾米。你不能像个疯婆子那样。”

“我没疯，”她嗤道，“我是生气。是在生你的气。”

他点点头，并不想和她争辩，很明显不管她说什么，在他看来都那么微不足道。“我会祈祷你的怒气平息，祈祷你更加聪慧理智。”他说着，转身走向大门，他的马儿等在那里。

约翰·迪伊从旁走过的时候，达德利夫人看也没看他一眼，虽然他停下了脚步，平静如常地向她鞠躬。当他们越走越远，她反应过来的时候已经迟了，她急急地攀上阶梯追了出去。她打开门，冬日的阳光照进阴暗的门厅。我在刺眼的光线下几乎睁不开眼睛，隐约看到她的影子。就在那一刻，我仿佛觉得她脚下的并非宽阔的石阶，而是生死攸关的刀锋，我走上前去，伸手想要扶住她。我碰到她的时候，她急转过身，差点滚落石阶，还好约翰·迪伊恰好抓住了她的手臂，帮她稳住身子。

“别碰我！”她狠狠盯着我，“你竟敢碰我！”

“我想我看到了……”

约翰·迪伊放开了她，认真地望着我。“你看到了什么，汉娜？”

我摇了摇头。他迅速将我拉到一旁，确保没有人听到我们的话，我还是什么都没有告诉他。“看不清，”我说，“很抱歉。我看到她好像处在什么的边沿，努力保持着平衡，随时都会摔下去，刚才她也确实差点摔倒。没什么特别的。”

他点点头。“你回宫的时候我们再试试，”他说，“我觉得你的天赋还在，汉娜。我觉得天使还会和你说话。那些话是我们这些愚钝的凡人无法听到的。”

“你在耽搁我的大人的时间。”达德利夫人刻薄地说。

约翰·迪伊看向不远处罗伯特大人骑马远去的位置。“他会原谅我的。”他说。他拉起她的手，正要弯下腰去，但她却不客气地将手抽回。

“谢谢您能让我拜访。”他说。

“我丈夫的任何朋友我都欢迎。”她说话间连嘴唇都几乎没有动作，“无论他选择和哪种人相伴。”

约翰·迪伊走下楼梯，骑上他的马，然后抬起帽子向达德利夫人致意，又对我微笑，然后两人便骑马走远了。

她盯着他们远去的背影，我能感觉到她对他的怒气和怨愤，仿佛他的到来带给她的伤口正不断流出鲜血，直到他离开也无法愈合。她直直地站着，等到他们消失在转角之处，她才瘫软下来，奥丁赛尔太太搀起她，带她走回屋子，上楼去她自己的房间。

“现在该怎么办？”奥丁赛尔太太小心地关上门走出来的时候，我问。

“现在她会哭上几天睡上几天，即使起床也会像个半死的人一样：冰冷、空虚，没有眼泪可流，没有怒气也没有爱。接下来她会像只被束缚的猎犬。直到他回来，她就会重燃怒火。”

“每次都会这样?”我觉得这种痛苦和愤怒的循环真是太可怕了。

“每次都是,”她说，“只有她以为他会被砍头的那段时间，她才真正得到安宁。这样一来，她就能为他、为自己、为他们年轻时的相爱而悲伤了。”

“她希望他死?”我觉得难以置信。

“她并不怕死,”奥丁赛尔太太不无悲哀地说，“我觉得她甚至对此充满渴望，希望他们一同死去。除此之外，还有什么能让他们解脱呢?”

1558年春

我等待着宫中的消息，但除了平常的流言飞语再无其他。预计三月出生的孩子又迟迟未能降生，到了四月份，人们开始说女王又弄错了，根本就没有什么孩子。每天早晚我在菲利普家的小祈祷室里跪着，在圣母面前祈祷女王能够平安诞下孩子。我无法想象如果无法生育，女王该有多么失望。我知道她是个勇敢无畏的女人，世界上没人比她更加勇敢，但如果走出分娩室，她被告知这次的十月怀胎也未能让她拥有一个孩子——我不知道有多少女人能够忍受这样的羞辱，尤其是欧洲的每一双眼睛都盯着的英格兰女王。

关于女王的所有谣言都带着恶意。人们说她假装怀孕，目的是为了让自己的丈夫回家，人们说她打算偷偷带一个婴儿进宫，让他充当信仰罗马天主教的英格兰王子。我没有去反驳那些日复一日传播的流言。他们所有人都不如我对她了解更深，我知道她绝对无法对自己的丈夫撒谎，对自己的人民撒谎。她不可能做出欺瞒上帝的事来，这才是她心目中最重要的事情。女王爱慕菲利普，为了将他留在身边可以为他做任何事情。但她不会为他犯下罪行，也不会为任何人这么做。她从来不会违背她的上帝。

但随着天气日渐转暖，婴孩依然没有降临，我觉得她的上帝一定很冷酷无情，他接受了这样一位女王的祈祷，但仍然没有如愿给她一个孩子。

假小子：

女王很快就要离开分娩室了，我需要你来给我一些建议。你可以带上我放在礼拜堂的座位上的那本蓝色丝绒封皮的弥撒书，立刻前来。

罗伯特

我走进祈祷室，小丹尼尔走在我前面。我弯下腰好让他双手够到我的手指，借助我的力量走路。在走进祈祷室坐在罗伯特的椅子上，把丹尼尔稳稳地放在长凳上的时候，我的背又开始痛起来。换做从前的我，绝不会相信自己有天会弯腰去逗弄小男孩，直到自己腰酸背痛。我带着弥撒书和小丹尼尔回房间去的时候，我又弯下腰，让丹尼尔握着我的手指。我安静地祈祷，即使到了现在，我仍然期望女王会有一个儿子，而她或许就会像我这样，得到意料之外的陌生喜悦——去关怀一个人生与命运都取决于我的孩子。

他不是普通的孩子。即便我对孩子知之甚少，也能看出这一点。这孩子对自己的保护如同门窗紧闭的房子，将自己与外面的世界隔绝开来。而我觉得自己站在外面，呼唤着却从来未曾得到回应。但我决心继续呼唤他。

王宫现在在里士满，我抵达的那一刻，就明白肯定发生了什么事。马厩中紧张的空气令人激动不已，每个人都躲在角落里窃窃私语，没有人为我们牵马，甚至包括达德利的马夫。

我把缰绳抛给最近的一名年轻人，背着小丹尼尔大步走过小路，来到宫殿的花园入口。更多的人们聚集在一起窃窃私语着，我的心头一紧。如果伊丽莎白掀起了一场叛乱，就在这里，就在这宫廷的中心，而且她已经将女王关押起来了，那我该怎么办？又如果女王此刻已经待产，正准备迎接自己迟来的婴孩呢？她会不会已经像很多人警告过她的那样难产而死？

我不敢走上前去向陌生人打听，因为我害怕可能的回答，于是我继续前行，走得越来越快，走进房门进了里面的门厅，我四处张望试图发现一张友善的面孔。看看有什么人能让我信任，好让我问一些问题。威尔·萨默斯在门厅的最里面，独自一人坐着，在窃窃私语的人群中显得异常孤单。我向他走去，轻轻地拍了拍他的肩。

他呆滞的目光最先看到的是小丹尼尔，然后是我。他没有认出我来。“太太，我什么也无法为您做，”他说着转过头去，“我今天没有力气开玩笑，我只剩下最微不足道的幽默感，正如我的身份的微不足道。”

“威尔，是我。”

听到我的声音他才仔细打量我。“汉娜？弄臣汉娜？来去无踪的弄臣汉娜？”

我点点头，回应了他话语里暗含的指责。“威尔，发生什么事了？”

他没有对我的衣服、我的孩子或是别的什么多做评价。“是因为女王。”他说。

“噢，威尔，女王没有死吧？”

他摇摇头。“还没有。但只是时间的问题。”

“她的孩子呢？”我问了一个直白的问题。

“和上次一样，”他说，“没什么孩子。这一次也没什么孩子。她又一次成了整个欧洲的笑柄，也让她自己蒙羞。”

我想都没想就伸出双手安慰他，他紧紧地握住了我伸过去的手。

“她病了？”我低声问。

“她的女伴们都说她病得无法站立，”他说，“她整天坐着，弯着腰几乎快要扑到地板上，更像是个女乞丐而非女王。我不知道怎么会这样，汉娜。我不知道怎么会发生这种事情。我想起她当年像个孩子的模样，那么聪明漂亮，我想起她母亲对她的照顾、她父亲对她的疼爱，说她是他的威尔士公主，现在却落得如此悲惨的下场……接下来还会发生什么？”

“什么？接下来会发生什么？”我惊讶不已地问。

他佝偻着身子，勉强挤出个沉痛的微笑。“这儿不会再有什么了，”他轻蔑地说，“该发生的会在哈特菲尔德发生。继承人在那里，而且我们不可能在这里创造一个继承人。我们曾经做过两次尝试，但如今得到的只是空气。可是在哈特菲尔德——那里已经差不多是她的王宫了，其余的人正火速向她倒戈。我很确定，她很快就会召集一次演说。她的所有准备都是为了这一天的到来——她会等着人们告诉她，女王已经死了，而她将是新的女王。她已经全部都计划好了：坐在那儿、说些什么。”

“你说得对，”我也充满悲伤地望着他，“她已经准备好说什么了。她会在演说里提到：‘这是主所作的，在我们眼中看为稀奇。’”

威尔苦笑起来。“上帝哪！她真是位稀奇的公主。可你是怎么知道的？你怎么知道她会说这些？”

我很想发笑。“噢，威尔！她曾经问过我，女王本想在自己继位的时候说些什么，我把那句话告诉了她，她觉得很棒，而且打算自己拿去用。”

“是啊，干吗不呢？”他说着，再度悲痛起来，“反正伊丽莎白会把剩下的那些也都带走。玛丽女王的丈夫、人民的爱戴，还有王位，甚至是她姐姐曾经说过的那些话。”

我点点头。“你觉得我能去见女王吗？”

他微微一笑。“她认不出你的。你已经长成了一个非常美丽的女人，汉娜。只是因为这么条长裙？你应该给你的裁缝更好的报酬。难道不是她改变了你吗？”

我摇了摇头。“改变我的是爱情。”

“你丈夫的爱情？你找到他了，对吗？”

“我找到了，但很快我又再度失去了他，威尔，因为我是个傻瓜，充满骄傲和嫉妒的傻瓜。但这是他的儿子，是他教会我什么是无私的爱。我可以忘我地爱他，比爱任何人都要强烈。这是我的儿子，丹尼尔。如果我们能够再见到他的父亲，我可以告诉他，我终于长成了成熟的女人，可以去爱人的女人。”

威尔对小丹尼尔笑笑，男孩羞怯地低下头，很快又抬头看着他和善的面孔，报以微笑。

“一会我要去问问能否见到女王，你能帮我抱着他吗？”

威尔立刻伸出双臂，而小丹尼尔满怀信任地扑进他的怀里，就像其他信任威尔的人那样。我爬上楼梯，来到女王的会客室，然后走到里间紧闭的房门前。我只是报出了名字，便畅行无阻地来到了这里，然后我看到简·多摩尔站在紧闭的门前。

“简，是我。”我说，“我是汉娜。”

她甚至没有对我的突然出现表示惊讶，也没有留意我的新装，这让我意识到女王的悲伤和简的绝望有多么强烈。

“也许她会愿意和你聊聊，”她一边轻声说，一边留意着房间里的动静，“说话当心。别提国王也别提婴儿的事情。”

我发现自己的勇气突然消失不见。“简，我不知道她是不是真的愿意见我，你能帮我问问吗？”

她用手推了推我的背部示意我进去。“也别提加莱，”她说，“别提火刑也别提红衣主教。”

“为什么不能提红衣主教？”我扭过身体问，“你是说红衣主教波尔吗？”

“他病了，”她说，“而且名誉扫地。罗马教廷召他回去。如果他死去，或者在罗马接受了惩罚，她就真的孤身一人了。”

“简，我没法就这样进去安慰她。我说什么也无法安慰她。她失去了一切。”

“任何人都没法说什么，”她冷冷地说，“她情绪低落，但她不得不振作起来。她仍然是女王。她必须振作，必须统治这个国家，否则伊丽莎白一星期内就会将她推下王位。如果她不坐在王位上，那伊丽莎白就会将她推进坟墓。”

简一手为我打开门，另一只手将我推进房间。我颤抖着行了屈膝礼，听到身后房门轻轻关上的声音。

房间里一片暗沉，窗帘仍然遮挡着光。我四下打量。女王没有坐在她的椅子上，也没有躺在她华丽的床上。她也没有在祈祷台前双膝跪倒。我到处都看不到她的身影。

我听到一阵轻微的响动，像小孩子哭过后竭力喘息的声音。那声音细微单薄，充满痛苦，像是哭了很久已经忘记了该怎么哭，甚至为悲伤的离去而绝望。

“玛丽，”我轻唤，“您在哪儿?”

等我的视线习惯了这片黑暗的时候，我终于找到了她。她躺在地毯之间的地板上，面向衣橱，像个几近饿死的女人那样蜷缩身体，捂住自己空无一物的肚子。我手脚并用地爬到她身边，拂开那些散落一地的药草，在浓郁的药味中，我来到她身边，温柔地抚摸她的肩膀。

她没有回应。我觉得她甚至感觉不到我的存在。她将自己关闭在深邃而厚重的悲伤之中，我想她宁愿在那片黑暗之中度过余生。

我抚摸她的肩头，像在抚摸一只濒死的小动物。既然言语没有效果，轻柔的抚摸也许帮得上忙；但我不知道她是不是能够感觉到。接下来我从地上微微将她抬起，将她的头放在我的膝上，从她疲倦的头上摘下兜帽，擦去她眼上和脸上的泪痕。我和她就这样静默地坐着，直到她的呼吸声变得沉重，我明白她已经沉沉睡去。就连睡觉的时候，她的眼泪还是止不住地流下，打湿了她的面颊。

我走出女王的房间时，看到了罗伯特大人。

“是您。”我没有太多欣喜。

“嗯，是我，”他说，“别这么刻薄地看着我。这又不是我的错。”

“您是个男人，”我说，“女人的痛苦大部分都要归咎于男人。”

他笑了几声。“我承认身为男人我有罪。你可以来我的房间用餐。我让他们给你做点肉汤和面包、拿点水果。也给你的孩子带一些。他在威尔那里。”

我和他并肩而行，他的手臂环着我的腰。

“她病了吗？”他的嘴唇贴在我耳边问。

“我从没见过有人病得这么重。”我说。

“在出血吗？还是呕吐？”

“是心碎。”我说。

他点点头，拉着我进了他的房间。这儿不是达德利家过去在宫廷里的豪华房间。这儿只有三间屋子，但他把这里安排得井井有条，干净整洁，有两间是给他的仆从准备的，还有他自己的独立卧室，火炉上放着一锅肉汁，桌子上摆着三人份的餐具。我们走进去的时候小丹尼尔坐在威尔的腿上，咿咿呀呀地叫着，这是他能发出的最响亮的声音，同时他向我伸出手。我把他抱在自己怀里。

“谢谢你。”我对威尔说。

“他和我在一起很愉快。”他说。

“你可以留下，威尔，”罗伯特说，“汉娜要和我一起用餐。”

“我没有胃口，”威尔说，“我在这个国家里看过太多的悲伤，我的胃已经被它们填满。悲伤让我倒胃口。我希望有点快乐来当调料。”

“时代会变化的，”罗伯特鼓励他说，“其实已经在改变了。”

“您已经准备好迎接新时代了，”威尔说着，突然间来了精神，“在上一位君主统治时期，您就已经是最伟大的领主了，到了这一任的君主，您又成了等待大斧的叛国者。我想您应该非常欢迎改变才对。接下来您会得到什么呢，大人？下一位女王给了您怎样的承诺？”

我感觉到身体在微微颤抖。这正是罗伯特·达德利的仆从想问的问题，是每个人在问着的问题。既然罗伯特大人得到了伊丽莎白的垂青，那他的未来将会怎样呢？

“我不想得到什么，只希望这个国家变得更好，”他带着愉快的微笑说，“来吃饭吧，威尔。你也是我的朋友。”

“好吧，”他说着在桌边坐下，将一只碗拉到自己面前。我把小丹尼尔放在身旁的椅子上，让他可以从我的碗里吃东西，我拿过罗伯特大人为我斟的一杯酒。

“敬我们，”罗伯特说着举起酒杯，祝酒词不无讥讽，“敬那位悲伤欲绝的女王、敬那位不在此地的国王、敬那个消失不见的婴孩，敬那位即将继位的女王、两位弄臣和改过自新的叛国者。祝我们健康。”

“两位弄臣和一位老叛国者，”威尔也举起酒杯说，“一共三个傻瓜。”

1558年夏

在女王的默认下，我再次成为了她的仆从。身边的每个人都让她感到焦虑和猜疑，她只接受那些早年就跟随她的仆从的侍奉。她似乎没有察觉我已经离开了她两年有余，如今已是个成熟的女人、穿着女性的衣着。她喜欢听我用西班牙语读书给她，也喜欢我坐在她的床边陪她入睡。第二次的怀孕失败让她陷入深深的绝望之中，现在她对我的话深信不疑。我告诉她，我父亲已经去世，我嫁给了我的未婚夫，现在我们有一个孩子。她独独对这件事感兴趣——我和丈夫分开，他身在法兰西而我在英格兰。我没有提起加莱这座城镇的名字，她为这座城镇的失守感到耻辱，一如她为自己失去的婴孩而羞愧。

“你怎么能忍受与丈夫两地分隔？”在沉默了漫长的三个小时的午后，她突然问我。

“我想念他，”我也为她突如其来的问题而惊讶，“但我希望能再次找到他。我会尽可能早日赶去法兰西，去那里找他。我也希望他能来找我。我还衷心地希望您能帮我给他带封信。”

她转过身看向窗外的河流。“我备好了船队等待国王回到我身边，”她说，“还有从多佛到伦敦的马匹和住所。这一切都在等待着他。还有一队人马除了等他之外什么都不做。我、英格兰的女王、他的妻子，也在等他。可他为什么不回来？”

我没办法回答她。没有人能回答她。当她询问西班牙大使的时候，后者深鞠一躬，低声答复说国王必须在军中——她应该理解这一点的必要——法兰西仍然威胁着他的国土。他的回答让她满意，但等到第二天，她却发现那位大使不见了踪影。

“他去哪儿了？”女王问道。我拿着她的兜帽，等待她的女仆们将她的头发梳理完毕。她美丽的栗色长发已经变得灰白稀疏，等梳理完毕之后，便显得干燥而散乱。脸上的皱纹和眼中的倦意让她比实际上的四十二岁苍老得多。

“您找谁，陛下？”我问。

“那位西班牙使臣，菲尔里尔伯爵在哪儿？”

我走过去，将她的兜帽交给女仆，希望自己能想到什么有趣的话题来转移她的注意力。我看向她在西班牙宫室里最亲密的朋友简·多摩尔，看到她脸上掠过惊骇的表情。看来她帮不上忙了。我咬了咬牙，说了实话。“我想他应该是去见公主了。”

女王转身看我，眼中充满震惊。“为什么，汉娜？为什么他要这么做？”

我摇了摇头。“我怎么知道，陛下。他平时难道没有向那位公主大献殷勤吗？”

“没有。他从不这么做。他在英格兰的大多数时候，她都作为嫌疑的叛国者被软禁着，他还催促我将她处死。为什么他现在才去向她献殷勤？”

我们谁也没有回答。她从旁边的女仆手中接过兜帽戴好，望着镜中的自己坦诚的眼神。“一定是国王让他去的。我了解菲尔里尔，他不是能够策划阴谋的人。一定是国王命令他这么做的。”

她沉默了一会儿，想着自己该做些什么。我低着头，不时地忍不住抬起头看她，想着她竟然知道了自己的丈夫给未来的继承人、她的对手、他的情妇送信。

她转身看我们的时候表情已然平静下来。“汉娜，来，我和你说句话。”说着，她伸出手。

我走到她身边，她拉过我的手臂轻轻靠着我，我们并肩走进她的会客室。“我希望你能去伊丽莎白那里，”她轻声说着，推开了门。现在外面几乎已经没有等着见她的人了。他们都去了哈特菲尔德。“当做一次普通的拜访就好。告诉她，你是刚从加莱回来的，想看看她的近况。可以吗？”

“我得带着我的孩子去。”我迟疑着说。

“那就带上吧，”她点点头，“去看看你能从伊丽莎白或是她那些女伴那里知道些什么，看看菲尔里尔有什么目的。”

“她们也许什么都不会告诉我，”我尴尬地说，“她们肯定知道我在您身边效力的事。”

“你可以问问，”她说，“你是我信任的朋友里唯一能去伊丽莎白那里的人。你一直都在我们之间传递消息。她很喜欢你。”

“也许那位使臣只是出于礼节前去拜访，并没有别的意思。”

“或许吧，”她说，“但也或许是国王逼迫她嫁给萨伏伊的王子。她曾经对我发誓说她不会嫁给他，但伊丽莎白是个没有原则的人，她空有其表。如果国王答应她会支持她继承我的位置，她或许会觉得嫁给他的亲戚也是值得的。我一定得知道原因。”

“您想让我什么时候动身？”我问。

“明天一早，”她说，“不要写信给我，我身边充斥着探子。我希望你回来的时候能把她的计划告诉我。”

玛丽女王放开我的手臂，独自去吃晚餐。当她走进华丽厅堂的桌边时，所有的绅士与贵族们都站起身来，我发现她竟显得如此矮小：在这个充满敌意的世界里，她的职责压倒了她，令她抬不起头来。我看着她走向王位，坐在上面，目光扫过她所剩无几的廷臣，露出她坚定的微笑，而我不禁觉得——不止一次地觉得——她真是我所见过的最最勇敢的女人。也是全世界运气最最糟糕的女人。

骑马去哈特菲尔德的旅程对我和小丹尼尔来说非常愉快。我骑马的时候他跨坐在我身前，等他感觉疲倦的时候，我就将他放到自己的背上，他很快在颠簸中沉沉睡去。路上有两名士兵保护我们的安全。自从冬季的流行病蔓延以来，庄稼歉收、一路上充满了路匪的威胁，流浪者和乞丐用暴力和威胁的口吻讨钱。但有了这两个男人跟在我们身后，我和小丹尼尔就不必顾忌这些。天气很好，那场绵绵细雨终于停歇，正午烈日炎炎，而我们会快活地在田野里树木的荫庇下用餐，有时则在河水或者溪流旁。这时我会让小丹尼尔在水边嬉戏，或者一屁股坐在水中，令水花四溅。现在他已经学会了稳稳地站立，不会再倒在我身上，而且他总是想要人举高他，以便看到更多的东西，能够碰触某些东西，或是拍打我的脸颊吸引我的注意。

路上我唱起小时候听过的西班牙歌曲给他听，我知道他能听懂。他的小手跟着节拍挥舞，他总会在我唱起歌的时候愉快地扭动着身体，但他从不会跟唱。他安静得像只躲藏起来的小野兔，像一头趴在蕨丛中的小鹿。

哈特菲尔德的旧宫殿几个世代以来都是王室保育院，因为这儿空气新鲜、靠近伦敦。这是一栋古旧的建筑，窗户狭小、暗不透光，士兵们领着我们来到正门处，让我和小丹尼尔能够下马进门，而他们则将马牵去稍远处的马厩。

没有人在门厅里迎接我们，只有个男孩往壁炉里添了几块木柴让它继续燃烧，即便现在已经是仲夏时节。“他们都在花园里，”他说，“在演戏。”

他作了个手势让我从门厅的后门走，我抱着小丹尼尔打开门，沿着石阶走到另一扇门前，然后步入阳光之中。

他们演的那幕戏显然已经结束，剩下的只有嬉闹调笑。金银相间的面纱和倾倒着的椅子散落在整个果园里，伊丽莎白的女伴们四散奔逃，中间的一名男人脸上覆盖着黑色的头巾，遮住了他的视线。我看到他抓到了一角飞扬的裙摆，然后把裙摆的主人拖向自己身边，但她扭动挣脱，然后笑着跑远。她们从果园各处望着他，咯咯地笑着绕着他跑来跑去，直到他头晕目眩，她们才各自藏匿起来。他再度四下摸索冲撞，而她们又开始四散奔逃，咯咯地笑着沉溺在这少女的游戏之中。她也在她们中间，红发飞扬，斗篷丢在一旁，她脸色红润，写满笑意，这就是伊丽莎白公主。她不是以前我见过的因惊惧而面色苍白的伊丽莎白。她不是以前我见过的终日卧床不起、每一根骨头都因恐惧而酸软的公主。她是正逢自己生命中的仲夏，步入成熟女性的行列，即将登上王位的公主。她是童话里的公主，美丽、强大、任性、绝不犯错。

“噢，真了不起。”我喃喃地说着，像弄臣那样语带讽刺。

我看到她轻轻上前拍打蒙着眼睛的那个男人的肩，再迅速转身逃开。这一次他的动作太快了。他的手如同闪电般伸出，而她撤退的动作太慢了，他揽住她的腰肢，将挣扎的她抱紧。他肯定能感觉到她的喘息。他肯定能嗅到她发间的香水。他肯定立刻便猜出了她的身份。

“我抓到你了!”他喊，“她是谁?”

“你得猜！你得猜!”女伴们大喊。

他将手抚上她的额头、她的头发、她的鼻子、她的嘴唇。“一位美人。”他十分肯定地说。女伴们对他的话报以一阵大笑。

他让自己的手缓缓抚到她的下颌，然后是她的脖颈，在颈上抚摸。我看到伊丽莎白的双颊飞起了红晕，明白她是在他的抚摸下燃起了欲火。她没有逃离他的怀抱，她在他的触碰确认下也没有动。她就站在原地任凭他的手指抚摸她的每一处，在她的宫人们的众目睽睽之下。

我靠近了一点，以便更清楚地看到那名男子，但那条头巾覆盖了他的脸庞，我只能看到他浓密的黑色头发和宽阔的肩膀。我想我认识这个人。

他牢牢地抓住她，一只手揽着她的腰，另一只手滑到她脖颈与长裙的交界处，他的指尖掠过她的乳尖，而她的女伴们发出近乎惊恐的低语声。他不疾不徐地将手伸进她裙子的前方，摸到她的三角胸衣，再滑向她腰带包覆的纤腰，透过她轻薄的裙子，仿佛要在她衬裙的遮蔽下探入她的私处，仿佛要像抚摸妓女那样抚摸她。但公主仍然没有阻止他，甚至没有在他的爱抚下退缩。她一动不动地靠着他的手臂站着，她贴近他，仿佛是个生活放荡的女仆，随时都能献上拥抱和亲吻。他的手伸进她裙下的时候，甚至伸到另一重裙下的时候，她也没有丝毫的反抗，他的手很快就滑到后方，捏住她的臀部，再将另一只手从她的腰间向下探去，他紧紧地拥抱着她，双手握着她丰满的臀部，仿佛她就是他的女人。

伊丽莎白娇吟一声，挣脱他的掌握，几乎倒在她的女伴之间。“她是谁？她是谁？”她们吟诵道，为她的逃脱而松了口气。

“我放弃，”他说，“我不能玩这么愚蠢的游戏。我已经触摸过天堂的轮廓了。”

他取下脸上的遮罩，我看到了他的脸。他与伊丽莎白四目相交。他早就知道自己怀中的是谁，也早就知道自己能抓到她，一如自己的打算；显然她也知道他的打算。他在大庭广众之下爱抚她，像情人那样爱抚她，她也像个荡妇一样任他摆布。她朝他微笑，充满渴望地微笑，他也报以微笑。

毫无疑问，那个人就是我的大人——罗伯特·达德利。

“你在这里做什么，孩子？”晚餐前他走到阳台上问我，伊丽莎白的女伴们留神观察着我们，却又装出没在看的样子。

“玛丽女王派我为伊丽莎白送上祝福。”

“啊哈，我的小间谍，你又开始行动啦?”

“是啊，而且非常不情愿。”

“那女王想知道点什么呢?”他问，“是关于威廉·皮克林的事情呢？还是关于我的事情呢?”

我摇了摇头。“跟我知道的那些事全都无关。”

他拉着我在石阶上坐下。我身后的墙上忍冬盛开，散发着甜蜜的香气。他伸手摘了一朵花。花瓣绯红，气息甜美，像一只游走的小蛇。他用花轻轻触碰我的脖颈。“那么女王想知道什么呢?”

“她想知道菲尔里尔伯爵在这里做些什么，”我说，“他在这里吗?”

“昨天离开了。”

“他来干吗?”

“他从国王那里捎来了信。玛丽女王深爱的丈夫寄来的。他是一只背信弃义的狗，不是吗，那个好色的西班牙人?”

“为什么这么说?”

“假小子，我的妻子从不肯帮我的忙，也没给过我好脸色看，但只要我妻子还活着，我就不会在她的鼻子底下追求她的亲姐妹，让她蒙羞。”

我在座位上扭了扭身子，伸手握住他摆弄着花的手。“他正在追求伊丽莎白吗?”

“他已经写信给教皇，要求他允许他们结婚，”他断言道，“你觉得这些西班牙佬是不是很喜欢拘泥形式？如果女王一直活下去，那么我觉得菲利普一定会申请废除他们的婚约，然后迎娶伊丽莎白。如果女王死去，那么伊丽莎白就会作为继承人继承王位，皆大欢喜。他不出一年就会把她弄到手。”

我看着他，表情惊恐而茫然。“不可能，”我惊骇万分地说，“这是背叛。这是他对她所能做的最坏的事情。这是整个世界上对她来说最坏的事情。”

“的确没人能想到，”他说，“他居然会厌恶深爱他的妻子。”

“女王会因为悲伤和羞愤而死的。就像她母亲那样遭受抛弃？然后他还要去找安妮·波琳的女儿？”

他点点头。“我说过，他是一只背信弃义的西班牙狗。”

“那伊丽莎白呢？”

他越过我的肩头看向我身后，站起身子。“你可以自己问她。”

我行了个屈膝礼，也站了起来。伊丽莎白的黑色双眸瞪着我。她可不喜欢看到我坐在罗伯特·达德利身边，而他还用手中的忍冬花轻挠我的脖颈。

“公主。”

“我听说你回来了。我的大人说你已经长成女人了。但我没想到你竟然变得这么的……”

我等着她说下去。

“胖。”她说。

尽管受到了侮辱——显然她是故意的——我还是为她孩子气的嫉妒而笑出了声。

她也眉飞色舞起来。伊丽莎白总是能让自己开心。

“但是您，公主殿下，您比以前更美丽了。”我说。

“但愿如此。还有，你们两个交头接耳的到底在说什么哪？”

“在说您，”我说，“女王派我来看看您的情况。我很高兴能来见您。”

“我警告过你，别太迟离开的。”她说。她这句话让那些等候在旁的女人、闲逛的英俊男人，以及那些来自伦敦、被我认出的廷臣们面露窘态。

几名女王手下的议员在我审视的目光下退缩，与他们同行的还有一名法兰西使节，以及一两位小国的王子。

“我看到您让这座宫殿充满快乐，”我说，“一如您所希望的那样。我没办法成为其中一分子，即使您屈尊邀请我也不行。我必须待在您的姐姐身边。她没有充满快乐的宫殿，也没什么朋友。我现在不会离开她身边。”

“那么你肯定是全英格兰唯一没有抛弃她的那个人，”她高兴地说，“我上周接收了她的厨子。她现在还有能吃的东西吗？”

“她会想办法的，”我冷冷地说，“而且我离开的时候，就连那位西班牙使臣，菲尔里尔，她最好的朋友也是她最信任的议员，也不见了踪影。”

她很快看了罗伯特·达德利一眼，我看到他点头示意允许她说出来。

“我拒绝了他的求婚，”她轻声说，“我不打算嫁给任何人。你可以让女王放心，这是真的。”

我行了个屈膝礼。“很高兴您让我带这些消息回去，虽然这还是无法让女王开心起来。”

“我希望她能体察到这个国家的人民的疾苦，”伊丽莎白尖锐地说，“对异教徒的火刑还在继续，汉娜，痛苦的是百姓。你应该告诉你的女王，失去一个本就不存在的孩子的痛苦，远远比不上亲眼目睹自己的孩子被绑在火刑柱上烧死的女人的痛苦。而成百上千的女人都在被迫经历这样的痛苦。”

罗伯特·达德利上前为我解了围。“我们去吃晚餐吧？”他轻声问，“晚餐后来些音乐。我想跳一支舞。”

“就一支？”她情绪立刻高涨起来。

“就一支。”他说。

她嘟起嘴表示不满。

“我想跳一支从晚餐后就有音乐响起，一直到第二天的太阳升起时才结束的舞，”他说，“就一支。”

“然后我们要做些什么呢？难道跳完舞以后就傻站着吗？”她语带挑逗。

我的目光从她身上转移到他身上，我几乎不敢相信他们之间的对谈能用如此亲昵的语调。任何听到他们说话的人都会以为他们是一对如胶似漆的恋人。

“当然是做你想做的任何事情，”他的声音柔滑如丝，“但我知道我也有想做的事情。”

“是什么？”她声若吐息。

“躺在……”

“躺在？”

“躺在晨间的阳光能照耀到的地方。”他把话说完。

伊丽莎白又靠他近了一些，用拉丁语轻声说了些什么。我故意作出茫然不知所措的样子。我和罗伯特大人同时听到了那些拉丁语，她说自己明天早上想要一个吻……当然是太阳的吻。

她转身走向自己的女伴们。“我们去吃饭吧。”她大声说。她独自一人走在最前面，走向大厅的门。走进暗沉的大厅里她停下了脚步，回望了罗伯特一眼。我看到她表情中的诱惑，发觉那样的表情时突然一阵晕眩感袭来。我以前见过同样的表情，是她对女王的丈夫菲利普国王做出的表情。更早以前也见过同样的表情，那时她还是个孩子，我也是个孩子：是她对托马斯·西摩尔大人做出的表情，那是她继母的丈夫。同样的表情，同样充满欲望的诱惑表情。伊丽莎白喜欢从有妇之夫中挑选自己的情人，她喜欢挑起一个受到束缚的男人的欲望，她喜欢挫败那些无法保住自己丈夫的女人，而她最喜欢的一件事，就是这样转头回望，看着一个男人走到自己的身旁——而现在的这个人就是罗伯特·达德利。

伊丽莎白的宫中充满了年轻与乐天的气氛。那个年轻的女人正在等待她的命运、等待她的王座，而毫无疑问，现在她就快等到了。女王是否指定她为下任继承人，这一点并不重要；所有那些懂得审时度势、为自己着想的廷臣和议会成员已经向她这颗冉冉升起的新星宣誓效忠。他们之中有半数人已经让自己的女儿和儿子去为她效力。菲尔里尔伯爵的到来只是又一根稻草，在那阵吹向哈特菲尔德的甜美柔和的风中飘舞。这就宣告着女王的权力，如同她的幸福和健康一样衰退了。甚至连她的丈夫也加入了她对手的阵营。

这是个愉快欢乐的夏日宫廷，我整个下午和晚上都在这些欢快的人群中度过。可我却只感到恶心，还有渗入骨髓的寒意。晚上的时候我睡在小床上，手中紧紧环抱着自己的孩子，第二天我们就骑上马回去女王身边。

一路上究竟有多少位高权重的男人和女人经过我们身边，赶往哈特菲尔德，我知道自己肯定数不清。我的嘴里有种酸涩的味道。早在这一天之前很久，我曾见过整个宫廷抛下患病的国王，聚集在下一任继承人的面前，那时我就知道这些廷臣的忠诚有多不牢靠。但即便如此，即便我早已知晓，在我看来，这股转变的浪潮还是不比变节光彩多少。

我发现女王正沿着河边散步，只有少数的几个廷臣跟在她身后。我认得出他们：至少有一半是坚定的天主教徒，无论王位上坐着的是谁，他们的信仰都不会改变；还有两个是西班牙贵族，是国王请到宫中陪伴他妻子的人；威尔·萨默斯也在，那个真诚的威尔·萨默斯，他说自己是个傻瓜，但我从来也没有听他说过哪怕一句傻话。

“陛下。”我迅速行了个屈膝礼。

女王看到了我的样子：斗篷上溅着泥浆，孩子跟在我的身旁。

“你直接从哈特菲尔德赶过来吗?”

“是的，遵照您的吩咐。”

“有人能帮你带这个孩子吗?”

威尔走了过来，丹尼尔笑了。我将丹尼尔放在地上，他发出欢快的咯咯声，蹒跚地向威尔走过去。

“很抱歉带着他来见您，陛下，我以为您见到他会很高兴。”我有些尴尬地说。

她摇了摇头。“不，汉娜，我一点也不想见他。”她打了个手势示意我走到她身旁，“你见到伊丽莎白了?”

“见到了。”

“关于西班牙大使，她是怎么说的?”

“我问了她的一个女伴，”我急于掩盖罗伯特大人作为伊丽莎白面前的红人的身份，“她说那位使臣是去问候伊丽莎白公主的。”

“还有别的吗?”

我犹豫起来。我的责任是将实情告诉女王，我的心愿则是不让她因一些争端而受到伤害。我带着这样的困扰一路骑马回宫，决定像其他人那样隐瞒真相。我无法亲口对她说出，她的丈夫正准备和她的妹妹结婚。

“他提议让她嫁给萨伏伊公爵，”我说，“伊丽莎白亲口保证说绝对不会嫁给他。”

“萨伏伊公爵?”她问。

我点点头。

女王伸出手让我拉住，我等待着，不知道她要和我说些什么。“汉娜，你是我这么多年来的好朋友，也是最真诚的朋友。”

“是的，陛下。”

她压低了声音低语道。“汉娜，有时候我觉得自己快要疯掉了，嫉妒和不幸折磨着我。”

她眼中满是泪水。我紧紧地握住她的手。“怎么了?”

“我在怀疑他。我怀疑自己的丈夫。我怀疑我们的婚姻誓约。如果我怀疑这些，我的世界也就要崩溃了，但我已经开始怀疑了。”

我不知道该说些什么。她握得我的手发疼，但我没有缩回手。“玛丽女王?”

“汉娜，你回答我一个问题，我就不会再胡思乱想了。你要说真话，并且不告诉任何人。”

我不知所措起来，不知道即将有什么可怕的事情等待着我。“我会的，陛下。”我暗自发誓，如果这个问题伤害到我或是丹尼尔，或是我的罗伯特大人，我就允许自己撒谎。熟悉的震颤的感觉让我的心跳加速，我甚至听得到自己的心跳声。女王面色苍白，目光专注得吓人。

“有人暗示说国王正在向她求婚吗?”她低声问，声音低得连我也几乎无法听清，“即使他是我的丈夫，即使他在上帝面前、教皇面前和两个国家之间都发过誓。请告诉我，汉娜。我知道只有疯女人才会问出这样的问题。我知道我是他的妻子，他不可能做这种事情。但我头脑里都是他对她大献殷勤的画面，不是开玩笑的那种献殷勤，也不是普通的调情：是想让她成为他的妻子。我必须知道。我一直被这样的担心折磨着。”

我咬紧嘴唇，而她便不需要我回答了。看到我的表情，她就立刻明白了。

“上帝啊，真的是这样，”她缓缓地说，“我以为我对他的怀疑只是症状的一部分，但并非如此。你的面孔告诉了我。他在追求我的妹妹，想要和她结婚。我的亲妹妹？我的丈夫?”

我紧紧抓住她冰冷的手。“陛下，这只是国王的政治手段，”我说，“就像事先立下遗嘱，以备不时之需。他必须预防您遭遇意外或是死亡的情况。他在为了西班牙保护英格兰。保护英格兰的安全是他的责任，是他的信念。如果您在未来的时间里一旦死去，他会在您死后与伊丽莎白公主结婚，这样英格兰就仍然维持罗马天主教——这是您和他都想保护的事情。”

她摇了摇头，仿佛她虽然听到了我匆匆的话语，但这些对她都毫无意义。“最亲爱的上帝，这是我这一生所遭遇的最最不幸的事情，”她轻声说，“我看到自己的母亲被推下王后的位置，被一个比她更年轻的女人夺走了国王，并且还大声嘲笑她。现在这个女人的女儿，那个女人的私生女，也在对我做着同样的事情。”

她突然停口看着我。“难怪我无法相信。难怪我一直以为这些都是我自己疯狂的猜测，”她说，“这是我毕生最担心的事情。像我母亲一样的结局，遭到忽视和抛弃，让波琳家的荡妇登上王位。这种罪行何时才能止歇？波琳家的巫术何时能被挫败？他们砍下了她的头，现在她毒蛇般的女儿却卷土重来，口中也含着相同的毒液！”

我用力回握了她的手。“陛下，别放弃。不能在这里。不能在所有人的面前。”

我想起了她，想到伊丽莎白的宫廷里的那些人，如果他们听说女王知道自己的丈夫背叛了她，知道了整个欧洲几个月前就已知晓的事实，因而彻底崩溃，那他们肯定会放声大笑，直到笑出泪水为止。

她压抑着自己，从头顶到脚趾都在颤抖；可她还是挺直身子，不让泪水流下。“你说得对，”她说，“我不会让自己蒙羞。我什么也不会多说，什么也不会多想。跟我走，汉娜。”

我回头看了看小丹尼尔。威尔坐在地上，而小丹尼尔跨坐在他的膝头，看着威尔会动的耳朵。小丹尼尔欢快地咯咯笑着。我挽起女王的手臂，跟上她缓慢的步伐。廷臣们跟在我们身后，哈欠连天。

女王看着飞快流淌的河水。河面上已没有了船来船往，英格兰的贸易活动境况不佳，既是因为和法兰西的战争，也是因为田地里一年比一年收成更少。

“你知道的，”女王低声对我说，“你知道的，汉娜，我从第一次见到他的画像时就爱上他了。你还记得吗？”

“我记得。”我说着，同时也想起了当年我对她心碎的预言。

“我见到他本人的时候更加爱慕，你还记得我们婚礼的那天吗，他看上去多么英俊，我们又是多么幸福？”

我又点了点头。

“他将我抱到床上，在我身边躺下的时候我是多么爱慕他。他给了我一生中绝无仅有的快乐。没有人知道他对我来说意味着什么，汉娜。没有人知道我有多爱他。现在你却告诉我，他正计划在我死后和我最大的敌人结婚。他正期盼着我的死，期盼着在我死后的新生活。”

她静默地站了一会儿，她的宫人们则茫然地站在她身后，看看她再看看我，想知道我带来了怎样的坏消息。我看着她，看着她以手掩住自己的双眼，仿佛突然剧痛难当。“也可能他不会等到我死去。”她轻声说。

她瞥见我发白的面孔，明白了我没说出口的那部分真相。她摇着头。“不，不可能，”她轻声说，“不会的。他不会和我离婚的，对吗？不会像我父亲对母亲那样对我的，对吗？就因为他对另一个女人的欲望？为了她那样的荡妇，为了她那样的荡妇之女？”

我一言不发。

她没有哭泣。她是玛丽女王，也是曾经的玛丽公主，她在还是个孩子的时候，就已经学会不管发生什么都抬起头忍住眼泪，用嘴唇紧紧地咬住丝带直到咬出血来，既然她哭泣也没有人会看，那么为什么要哭呢？

她只是点点头，仿佛头被人重重敲打了一下。她示意威尔·萨默斯过去握住她的手，小丹尼尔也跟在他身边。

“你知道的，威尔，”她轻声说，“这件事很有趣，配得上你的风趣妙语，但对我来说也许是一生中最可怕的事情，我已经尽最大努力去避免了，但我还是会重蹈母亲的覆辙：被丈夫抛弃、没有子嗣，被一个荡妇夺去自己的位置，”她望着他，微笑着却满含泪水，“你瞧，威尔，这不是很可笑吗？关于我，关于发生在我身上的事情。你能为此创作一个笑话吗？”

威尔摇摇头。“不能，”他说，“我听不出这有什么好笑的。有些事情根本不好笑。”

她点点头。

“而且，不管怎么说，女人根本没有幽默感。”他坚决地说。

她没在听他说话。我看得到她仍在为自己的梦魇终于成真而惊恐。她会像自己的母亲一样，被国王抛弃，在心碎中结束自己的一生。

“我想看到眼下这样子，是个人就该明白了吧，”威尔说，“我是说，为什么女人会缺乏幽默感。”

女王放开他的手转身看我。“很抱歉，我没有善待你的孩子，”她说，“我敢肯定他是个好孩子。他叫什么名字？”

威尔·萨默斯拉起丹尼尔的小手向她走去。

“陛下，他叫做丹尼尔·卡朋特。”我能看出她是凭借仅剩的意志力站稳身子的。

“丹尼尔，”她望着他微笑道，“你是个好孩子，长大后一定是个可靠的男人。”她的嗓音出现了片刻的颤抖。她将戴着结婚戒指的手放在他的头上。“上帝保佑你。”她柔声说。

那天晚上，等到小丹尼尔睡着，我便拿出一页纸，给他的父亲写了信。

亲爱的丈夫：

在这儿生活，在这悲伤的基督教宫廷中生活，陪伴着那位只会去做自己认为真正正确之事、却被这世界上她爱过的所有人甚至是那些曾向上帝发誓永远爱她的人背叛的女王，我不由得想起了你，还有你一直以来对我的忠诚。我祈祷有那么一天我们能够再次一起生活，你会看到我是多么值得你献出爱与忠诚的女人，我也会对你报以同样的爱与忠诚。

你的妻子

汉娜·卡朋特

我拿起这张纸，在他的名字上轻轻一吻，然后丢进火中。

宫廷本该在八月份迁往白厅宫。因为女王怀孕，往常的计划都乱了套，而如今她没有了孩子，仿佛连同夏天也抛弃了。显然坏天气也让宫人们打消了搬去乡间的念头。每天都湿冷多雨，粮食将再度歉收，饥荒又会蔓延在这片土地上。这显然是玛丽执政期间的又一个坏年头，这一年上帝仍然没有向英格兰展露笑容。

对于没能按照计划搬走的抱怨声也小了不少；这一年陪在女王身边的人少了很多，比之前的任何时候都少，仓库里的物资和廷臣身边随从也都减少了。宫廷的规模也在变小。

“人都去了哪儿？”我问威尔，我们骑着马走在这支去往城内的队伍最前面，紧跟着玛丽的轿子。

“哈特菲尔德。”他恼怒地说。

新鲜空气对女王丝毫没有助益，她在当晚就开始发烧。她没有在白厅宫的大厅里吃晚餐，而是带着两三碟食物回到自己的房间。她几乎什么都没吃。我经过大厅的时候路过她的房间，停下来往门里张望。突然我的脑海中闪过非常清晰的一幕画面，明亮得几乎可以看见：空空如也的王座、狼吞虎咽的廷臣，甚至连女士们也不例外，仆从们单膝跪倒在空王座前，为缺席的国王呈上食碟，虽然注定不会有人动这些食物。就像我在五年前第一次来到王宫时的景象。但那时是爱德华国王卧病在床、无人照看，而宫廷里却一片欢腾。现在轮到我的玛丽女王了。

我退了几步，正碰上走在我后面的人。我转身道歉。发现那人竟然是约翰·迪伊。

“迪伊博士!”我的心脏吓得重重地跳了一下。我向他行了屈膝礼。

“汉娜·格林，”他说着握住我的手，“你还好吗？女王还好吗?”

我扫视周围，确认四下里没有人。“她病了，”我说，“全身发热，每一根骨头都疼，流泪加上鼻涕不止。而且很难过。”

他点点头。“半个城市都病了，”他说，“我觉得我们整个夏天都没有一个阳光普照的晴天。你的儿子还好吗?”

“挺好的，感谢上帝。”我说。

“他还是一个字儿也不会说吗?”

“嗯。”

“我一直在想他的事，想起我们那次聊起他。我在这儿认识一位学者，也许可以介绍给你认识。是一位内科医生。”

“他在伦敦?”我问。

他拿过一张纸。“我把他的地址写下来了，打算遇到你的时候就交给你。你可以信任他，可以和他说任何你想说的话。”

我惊恐不安地接过这张纸。没有人能弄清约翰·迪伊的关系网，包括他所有的朋友在内。

"您来这儿是为了见罗伯特大人的?"我问,"我们认为他今晚会从哈特菲尔德赶来。"

"我可以在他的房间等他,"他说,"我不想在大厅用餐,因为首席已经没有女王就座了。我不喜欢看到英格兰的王位空着。"

"嗯,"尽管我害怕,但他的话还是让我温暖起来,"我在想自己的事情。"

他将手搭上我的手。"你可以完全信任这位内科医生,"他说,"告诉他你的身份、你的孩子需要怎样的帮助,我相信他会帮助你的。"

第二天我背着小丹尼尔进了城,找到了那位内科医生的住处。他住在"宫廷酒馆"隔壁的一栋狭长房子里,一个面带笑容的女孩给我开了门。她请我在起居室里稍等片刻,那位内科医生马上就会来见我,于是我和小丹尼尔在他堆满奇怪石头的架子之间坐了下来。

他很快走了进来,看到我正在打量一块大理石,那块石头的样子很可爱,颜色就像蜂蜜。

"你对石头有兴趣吗,卡朋特太太?"他问。

我轻轻将手中的石头放下。"没有。但我读过书,知道不同种类的岩石分布在世界的不同地方,一块挨着一块,有一些堆叠在另一些之上,没有人能解释清楚原因。"

他点点头。"也没有人知道为什么有些是煤,有些是金子。我和你的朋友迪伊先生都希望有一天能够明白。"

我靠近了一些,望着他,我想我能认出他也是上帝的选民之一。他的皮肤颜色和我相同,他的双眸和我同样漆黑,和丹尼尔同样漆黑。他有高挺的鼻子和弯成弧形的眉毛，还有我最欣赏的高颧骨。

我深呼吸，鼓起勇气，不加犹豫地吐露一切。“我叫做汉娜·佛德。在我还是个孩子的时候就和父亲从西班牙来到这里。瞧我皮肤的颜色，瞧我的眼睛。我也是和您一样的选民。”我转过头用手指抚摸自己的鼻子，“看到了吗？这是我的孩子，我的儿子，他两岁了，他需要您的帮助。”

他用否认一切的表情看着我。“我没听说过你的家族，”他谨慎地说，“我不知道你说的选民是什么意思。”

“我父亲是阿拉贡的佛德家，”我说，“一个古老的犹太家族。我们已经改换了姓氏。我的亲戚是住在巴黎的加斯顿一家。我的丈夫现在的姓氏是卡朋特，他来自迪斯累利家族。他现在在加莱。”说到他名字的时候我的声音都颤抖起来，“加莱陷落的时候他就在那儿。我相信他现在的身份是一名囚犯。我失去了他最近的消息。这是他的儿子。我们离开加莱的时候他还不会说话，我想是因为害怕。但他是丹尼尔·迪斯累利的儿子，他应该有与生俱来的权利。”

“我懂了，”他轻声说，“你能拿出证据，证明你的种族和诚意吗？”

我将声音压得很低很低。“我父亲去世的时候，我们帮助他面朝墙壁，然后我们说：‘伟大与神圣为主之名，在祂所造之世界无人不知。愿祂在汝在生之时、在全体以色列人在生之时建起祂的王国，宜早勿迟，阿门。’”

男人阖起双眼。“阿门，”然后他再次睁开，“你想要我做些什么呢，汉娜·迪斯累利？”

“我的儿子，他不会说话。”我说。

“他是哑巴？”

“他在加莱亲眼目睹了保姆的死。从那天起他就再也没有说过话。”

他点点头，接过丹尼尔放在自己的膝上。小心翼翼地抚摸着他的脸、他的耳朵和双眼。我想我的丈夫工作时也会这样小心翼翼地对待那些孩子，我很想知道他再度见到自己的儿子会怎样，如果我能教会这个孩子说出他父亲的名字，那又会怎样。

“我看不到他无法说话的外在原因。”他说。

我点点头。“他会笑，也能发出声音。但就是不能说出词句。”

“你想让他行割礼吗?”他压低了声音问，“这将会标志他的人生开始。他会成为真正的犹太人。他会明白自己是一名犹太人。”

“我现在内心有了信仰，”我稍稍提高了声音，“当我还年轻的时候没想过这些，也不了解。我只是想念我的母亲。现在我长大了，有了自己的孩子，明白了母亲和孩子剪不断的联系。这就是我们的种族和我们的信仰。我们的小家与同胞血脉相连。血脉还将延续下去。不管他的父亲是生是死，也不管我自己是生是死，种族都会繁衍下去。即使我失去了我的父母双亲，现在又失去了自己的丈夫，但我知道种族会延续，上帝还在，我知道他名为以罗欣。我知道信仰依然存在。丹尼尔也是其中一部分。我无法否认。也不应该否认。”

他点点头。“请让我带他离开一会儿。”

他抱着丹尼尔走进里间。我看到我的儿子伏在他的肩上，眼神流露出一丝忧虑，我努力在丹尼尔被抱远之前给他一个宽慰的笑容。然后我走到窗边，握住窗闩。我就这么紧紧地抓着它，它在我的手掌上留下了白印，而我直到手指痉挛才察觉到。我听到里间传来哭声，我知道手术结束了，丹尼尔终于完完全全和他的父亲一样了。

那位拉比抱着我的儿子走了出来，交到我的手中。“我想他应该会说话了。”他说。

“谢谢您。”我说。

他和我走向大门。现在他无须提防我了，也无须再让我反复承诺什么。我们都知道这扇门外是一个鄙视和憎恨我们的种族与信仰的国家，即使我们现在已是世界上最颠沛流离的民族，我们的信仰也几近遗忘：只剩下几段记不真切的祷文，以及某些例行的仪式。

“Shalom[①]，”他轻声说，“一路平安。”

“Shalom。”我说。

白厅宫中依然毫无欢乐可言，而曾经为玛丽挺身而出的这座城市的人们，如今对她生出了恨意。史密斯菲尔德的烟雾像毒烟那样笼罩了方圆半英里的地方；而事实上，它所毒害的是整个英格兰的空气。

她没有动摇。她无比确信那些不愿去教会参加圣礼的男男女女都注定要在地狱里受到焚烧。在俗世受到的折磨根本无法与死后的痛苦相比。所以只要能将那些聚集在史密斯菲尔德，嘲笑刽子手、咒骂神父的暴民们以及他们的家人和朋友导向正途，一切极端手段都是值得的。尽管他们自己不情不愿，但那些都是需要拯救的灵魂，而玛丽承诺将会成为她的子民的母亲。无论如何，她都会拯救他们。她不会聆听那些请求宽恕而非责罚的声音。她甚至不肯听从邦纳主教因为担心城内动荡，想在清晨人还不多的时候焚烧异教徒的请求。她还说无论她自己和她的王位要担负怎样的风险，上帝的意愿必须达成，而她也必须加以确保。他们必须被烧死，而且要在众目睽睽之下烧死。她说自己痛心的是世上有这么多男男女女，为何没有一个人来请求她让人民免受罪恶之苦？

① 犹太语，此处意为“再见”。

1558年秋

九月的时候我们搬到了汉普顿宫，希望那里的新鲜空气能够对女王的呼吸有好处，因为她的嗓子总是又哑又痛。医生们调配了许多油膏和药剂，可都未见疗效。她已经不愿意再见他们，也常常拒绝服用他们拿来的药。我觉得她一定是想起了自己的弟弟，认为他是被这些内科医生推荐的一种又一种的药最终毒死的；但我很快明白过来，她已经不关心自己的身体了，她不关心任何事，甚至是她的健康。

我骑马赶去汉普顿宫，小丹尼尔第一次坐在了我身后的软鞍上。他已经长大，在短途旅程中有足够的气力跨坐在马上抱紧我的腰。他仍然不会说话，但割礼留下的伤势已经痊愈，他一如既往地安静，不时露出微笑。我可以从他紧抱住我的腰部的双手看出，他很兴奋，因为这算是他第一次真正意义上的骑马旅行。马儿温和平缓地载着我们走在女王的轿子旁边泥泞的小路上，两旁是种植着黑麦的麦田。

小丹尼尔四下张望，不肯错过他骑行过程中的每一个片段。他向田间劳作的人们挥手，他向站在自家门口看我们经过的村民们挥手。连女人都不肯挥手回应一个小男孩，只因为他位列女王的随从之中，我觉得可以看出如今乡间的状况。连乡下也像城市那样开始反抗玛丽，不肯原谅她的所作所为。

一路上她轿子上的轿帘都低垂着，轿子里一片黑暗，当抵达汉普顿宫的时候她径直走进自己的房间里，那里门窗紧闭，仿佛走进黄昏之中。

我和小丹尼尔走进马厩后，马夫将我扶下马鞍。我转身去抱小丹尼尔。有那么一会儿，我还以为他会固执地待在马背上不肯离开。

“你想摸摸这匹马吗？”我怂恿他。

他脸上立刻出现了惊喜的神色，他伸出小手，微微颤抖着。我扶着他接近马儿的脖颈，让他摸了摸马儿散发温暖气息的毛皮。那匹有着红棕色皮毛的骏马转身看着他。丹尼尔小小的，马儿大大的，他们互相盯着彼此，突然小丹尼尔愉快地深吸一口气，说道：“好。”

这是再自然不过的一个瞬间，我甚至还没有意识到他刚才开口说话了；当我反应过来的时候，几乎不敢相信，我试着让他再次开口。

“它是一匹好马，对吗？”我装作若无其事地说，“我们明天再去骑马好不好？”

小丹尼尔看了看马又看了看我。“好的。”他语气肯定。

我抱紧他，吻了他光滑的额头。“我们明天就去，”我轻声说，“现在让它先睡个觉。”

走出马厩的时候我的双腿几乎脱力，小丹尼尔走在我身旁，用小手握住我的手。我知道自己在笑，眼泪也止不住地流下脸颊。小丹尼尔会说话了，小丹尼尔成长为正常的孩子了。我将他从加莱救下，带他到英格兰生活，没有辜负他母亲的信任，也许有一天我会告诉他父亲，我一直在保护这个孩子，因为我爱我的丈夫，也因为我爱这个孩子。他说“好”的时候我有种奇妙的感觉。也许这也是一种预言。也许我儿子丹尼尔的生活也会越来越“好”。

远离城市以后，女王的身体有过短暂的好转。每天早上或是傍晚，她都带着我沿河边散步；她无法忍受正午明亮的阳光。但汉普顿宫充斥着魂灵。它们出没于她和菲利普曾经一同散步的小径和花园之中，那时他们刚刚新婚不久，红衣主教波尔也刚刚从罗马赶来，整个基督教国度仿佛一幅画卷，在他们面前展开。她正是在这里向他低语，说她有了孩子，也第一次走进分娩室，对自己的幸福确信无疑，深信自己会有个孩子。也正是在这里，她走出了分娩室，没有孩子，病弱不堪，而伊丽莎白在胜利中显得美丽而喜悦，离王位也又近了一步。

“我在这儿感觉一点都不好。”有一天，在我和简·多摩尔进她的房间道晚安的时候，她这样说。她依然很早就寝，因为腹痛和高烧的痛苦几乎蜷缩成了一团。“我们下周去圣詹姆斯宫。在那里过圣诞节。国王喜欢圣詹姆斯那里。”

我和简·多摩尔安静地交换了一个沉默的眼神。我们不认为菲利普国王会回来和他的妻子共度圣诞，因为在女王失去他们的孩子的时候，他也没有回来，即使她写信说自己病得很重，说她觉得活不下去，他也无动于衷。

如同我们担心的那样，圣詹姆斯宫也是荒凉冷寂。罗伯特大人有了更大更华丽的房间，这并不是因为他得到了宠信，而仅仅是因为宫廷里的人越来越少了。有些日子我会看到他和大家一同用餐，但他通常会在哈特菲尔德，那儿有公主和她快乐的宫廷，还有络绎不绝的访客。

旧王宫[1]里的那些人也并不成天都在玩乐。他们都在议论公主登上王位以后会怎样治理这个国家。以我对伊丽莎白和罗伯特大人的了解，他们肯定在猜测这还有多久成真。

罗伯特大人很少来看我；但他并没有忘记我。九月里的一天他来探望

① 指哈特菲尔德宫，下同。

我。“我帮了你一个大忙，”他露出他那极富魅力的微笑，“你还爱你的丈夫吗，卡朋特太太？还是让我们把他丢在加莱算了？”

“您有他的消息？”我问。我垂下手，发现小丹尼尔把手伸了过来。

“也许吧，”他挑逗地说，“但你还没有回答我的问题。你想让他回英格兰，还是让我们把他彻底遗忘？”

“请别开这种玩笑，特别是当着他儿子的面，”我说，“我想让他回家，大人。请告诉我，您有他的消息吗？”

“这张名单上有他的名字，”他拿出一张纸给我看，“待赎的士兵和即将回英格兰的市民名单。住在加莱城外的所有英格兰人都将回到故乡。女王从国库筹了些钱，我们可以把他们接回来了。”

我感到自己的心狂跳起来。“国库没有钱了吧，”我说，“整个国家都废墟一片了。”

他耸了耸肩。“还有供给护送国王回家的舰队的钱。有保护国王旅途安全的经费。等女王更衣准备用膳的时候跟她提提看，晚餐后我会找她谈的。”

我等着女王起床、坐到她的镜子前，她的女仆站在她身后为她梳头。简·多摩尔——女王一贯强悍的私人护卫，最近也发了烧卧病在床。所以房间里只有我和女王，还有些来自诺福克的家庭，没什么地位的女孩们。

“陛下，”我说，“我得到了我丈夫的消息。”

她转过木然的脸看我。“我都忘记了你已经结了婚。他还活着吗？”

“他还活着，”我说，“他就在加莱那些待赎的英格兰人中间。”

她露出些微感兴趣的神色。“这件事是谁负责的？”

“罗伯特大人。他的人也被俘虏了。”

女王叹了口气，转过头去。“他们要求的赎金多吗？”

“我不清楚。”我承认道。

“我会和罗伯特大人谈谈的，”她非常疲惫地说，“我会尽我所能帮助你和你丈夫的，汉娜。”

我单膝跪倒。“谢谢您，陛下。”

我再抬头时看到她依然精疲力竭。“我多么希望自己也能这么轻易带我丈夫回家，”她说，“但我不相信他真的会跟我回来。”

女王病重得已经无法亲自谈判，高烧一天比一天严重，咳得几乎没办法呼吸；但她在财政拨款的单据上签了字，罗伯特大人宽慰我说一切都会顺利。在他准备骑马赶往哈特菲尔德的时候，我们在马厩旁的院子里碰了面。

“他会到宫里来找你吗？”他漫不经心地问。

我犹豫起来，因为我从没想过我们见面时的细节。“希望如此，”我说，“我应该在他以前的住处和我在舰队街上的店铺里留封信给他。”

我没再说下去，但我的心底更加担忧起来。如果丹尼尔在这段时间里已经不那么爱我了，那该怎么办？如果他以为我死了，那么他会像他自己经常说起的那样，在意大利或是法国或是别的什么地方开始自己的新生活吗？更糟的情况是：万一他觉得我和罗伯特大人一同私奔，背叛了他呢？如果他已经决定抛弃我了呢？

“他被释放以后，我还能带信给他吗？”我问。

罗伯特大人摇了摇头。“你只能相信他一定会回来找你，”他说，“他是那种值得信赖的男人吗？”

我想起他也曾几年如一日地耐心等待我，他是怎样等待着我爱上他，又是怎样放我离开又回到他身边的。“他是。”我肯定地说。

罗伯特大人迅速跃上马鞍。“如果你看到约翰·迪伊，告诉他，伊丽莎白公主想要他那张地图。”他说。

“为什么她想要地图?”我不解地问。

罗伯特大人对我眨了眨眼。他在马上俯下身来，压低声音说道。“如果女王死时没有指名伊丽莎白做她的继承人，那我们或许还有一场战争要打。”

他掉转马头，而我后退了几步。“噢不，”我说，“千万不要。”

“我说的不是和英格兰人打仗，”他宽慰我说，“他们喜欢新教公主。我说的是和西班牙国王的战争。你觉得他会放过能够据为己有的胜利果实吗?”

“您已经武装好士兵，准备下一场战争了?”我焦虑地反问道。

“否则我干吗急着想要我的士兵们回来?”他问，“谢谢你的帮助，汉娜。”

我哽咽了。“大人!”

他拍了拍马儿的鬃毛，勒紧缰绳。“这是一摊浑水，”他说，“你一直身陷其中，汉娜。你不可能既和女王生活，又不卷进一系列阴谋中。你一直住在遍布毒蛇的深坑里，而且说真的，你根本没这方面的天分。现在回她那里去吧，我听说她的情况恶化了。”

“根本没有，”我坚定地说，“您可以告诉公主，女王她有所好转，今天的情况不错。”

他点点头，虽然他根本不相信我的话。“好吧，上帝保佑她，”他温和地说，“无论是生是死，她都已经失去了加莱，失去了她的两个孩子，还有她的丈夫、她的王位、她一切的一切。”

罗伯特大人已经离开了一个多星期，我却还没有听说释放英格兰战俘的消息。我去了以前的印刷店，在门上别了一张便笺。时局每况愈下，伦敦的房租也低得可怜，但到如今仍然没人租下我们这间店，我父亲的书和手稿都还堆在地下室里，无人染指。我想，如果丹尼尔不来接我，如果女王无法康复，这儿也许会重新成为我的避难所。我可以作为书商重新开业，等待着时局好转。

我去了丹尼尔在新门的旧居，就在圣保罗大教堂后面。邻居们都刚刚搬来这座城市，没有人听说过卡朋特一家。他们希望在苏赛克斯的农场荒芜以后，在这里能够找到新的工作。我看着他们冻得皱缩的脸庞，对他们说祝愿他们一切顺利。他们答应如果丹尼尔回来，他们会转告他，他的妻子曾经来找过他，希望他回宫找她团聚。

"多漂亮的孩子啊，"有个女人看着牵着我的手站在我身边的小丹尼尔，"你叫什么名字？"

"丹奈尔[①]。"他用小拳头捶了捶胸口。

她对我微笑。"多活泼的孩子啊，"她说，"他的父亲不会认不出他的。"

"但愿如此，"我说。如果丹尼尔没有收到我的信，他就不会知道他的儿子现在平安地和我生活在一起。如果他被释放回到我身边，我们一家人就能开始新的生活。"我也希望如此。"我答道。

我回到宫里，一路小跑着赶回女王的住处。她在着装准备用餐的时候昏倒了，仆从们把她抬上了床。他们叫来了医生为她放血治疗。我悄悄地

① 小丹尼尔发音含混不清。

把小丹尼尔交给房间里的威尔·萨默斯，然后走进女王的卧室。

简·多摩尔脸色惨白如纸，显然她自己也病得很重，她坐在床边，当医生们将肥大的水蛭放到女王的腿上、片刻后再丢回玻璃瓶中的时候，她握着女王的手。女王细瘦的双腿被这些紧紧吸附的肥虫弄得满是淤痕，其他的女仆则紧紧扯着床单。女王羞愧地紧闭双眼，头扭向一旁，不去看那些神情紧张的医生。直到最后医生们躬身退出房间。

“去睡吧，简，”女王虚弱地说，“你看起来和我一样虚弱。”

“我看着陛下喝点汤再去睡。”

女王摇了摇头，挥手让她离开。简屈膝行礼，走了出去，房间里留下了我和女王。

“是你吗，汉娜?”她问，但没有睁开眼睛。

“是我，陛下。”

“你能用西班牙语帮我写一封信吗？是给国王的，不要让任何人看到。”

“可以的，陛下。”

我从桌上拿过纸笔，拉过一张凳子坐在她的床边。她用英语口述，我用西班牙语写了下来。都是一些流畅的长句，我知道她想给他写这封信很久了。那些为他哭泣的夜里，她都在这张病床上构思这封信，即使知道他已经远离自己，正快乐地生活在荷兰，女人们追求着他，男人们奉承着他，而他正在筹划和她妹妹的婚礼。她像自己的母亲给父亲写信一样，也在病床上给他写下这封信：一封充满了爱与忠贞的信，一封写给负心男人的信。

我最亲爱的丈夫：

尽管你在我病弱和悲伤的时候与我远隔两地，我写下这些话语的时候，却想看着我深爱的你的脸，亲口说出。

你再也不会遇到比我更加爱你、更加忠于你的妻子了。我们在一起的每一天，我只要看到你就会感到心情愉悦，我唯一的遗憾就是我们分别的时间太久太久。

对我来说，面对死亡和面对生活都同样艰难：因我孤身一人，我爱的人不在身边。我祈祷你永远不会知道孤独与我整日相伴的滋味。你仍然有着爱你的双亲为你提供建议，你有一位爱你的妻子，除了与你相伴别无他求。再没有人能像我这样爱你。

他们不会告诉我，但我很清楚自己快死了。这是我最后一次和你道别、表明爱意的机会。也许我们会在天堂重逢，但我们已经无法在人间相聚。多保重。

你的妻子

玛丽·R

听她口述这封信的时候眼泪不断从我眼中流下，但她却显得很平静。

“你会好起来的，陛下，”我安慰她说，“简告诉我说您经常在秋天生病。当第一次降霜的时候，您就会好起来，我们可以一同欢度圣诞。”

“不会的，”她的声音里没有一丝自怜的情绪。仿佛她已经厌弃了这个世界，“不会的。这次不会再好起来了。我想不会了。”

1558年冬

罗伯特大人和女王的议会成员一同进宫来，催促她写下遗嘱，指定下一位继承人。每一个议会成员从上个月起就待在哈特菲尔德，他们如今给玛丽女王的建议只是在转达下一任女王的指令而已。

“她已经病得看不见东西了。”简·多摩尔狠狠地说。

我和她并肩站在女王房间的门口。罗伯特·达德利对我眨了眨眼，但我并没有微笑着回应。

“这是她的义务，”首相大人温和地说，“她必须立下遗嘱。”

“她已经立过遗嘱了，”简粗鲁地说道，“就在她上次待产之前。”

他摇了摇头，看上去有些尴尬。“她指定下一任继承人是她的孩子，指定国王作为摄政王，”他说，“但她并没有什么孩子。她现在必须指定伊丽莎白公主为下一任继承人，而且没有摄政王。”

简犹豫起来，但我依然站着不动。“她病得太重了。”我坚持道。这是事实，女王曾经咳出过黑色的胆汁，她甚至没有办法躺卧下来。还有，我也不想让他们看到她卧病在床的样子，看到她为丈夫而哭泣的样子，看到她被伊丽莎白摧毁了全部希望的样子。

罗伯特大人朝我笑笑，仿佛明白了我的心思。“卡朋特太太，”他说，“如你所知。她是女王。她不是能够事不关己的普通女人。她自己也明白，我们都明白。她对自己的国家负有责任，你不应该阻止我们见她。”

我动摇了，他们也都看得出。“走开。”公爵说。我和简不情愿地退开，让他们走进女王的房间。

他们没有耽误太多时间，当他们走出房间的时候我进去看她。她仍然靠在自己的枕头上，她身旁的碗中装着她每次咳嗽的时候吐出的黑色胆汁，还有一罐随时准备喂给她喝的加了糖的柠檬汁，只有一位女仆照料着她，再无多余的人。此时的她就像一位在陌生人门口苟延残喘的乞丐。

“陛下，我已经将那封信递出了，”我轻声说，“上帝保佑他读完这封信能够立刻赶回您的身边，这样您就能和他一同欢度圣诞了。”

玛丽女王听到我描绘的未来甚至没有笑。“他不会的，”她绝望地说，“我更不希望看到他骑马经过，径直往哈特菲尔德那里去。”她咳嗽起来，用手帕掩住嘴。女仆走过来接过手帕，递上那只碗。

“我还有个任务要交给你，”再次能够说话的时候她开口道，“我希望你能和简·多摩尔一起去哈特菲尔德。”

我静待下文。

“去让伊丽莎白以自己不灭的灵魂起誓，发誓她继承王位以后能永远保持真正的信仰。”

我犹豫起来。“她不会起誓的。”我太了解伊丽莎白了。

“那我就不会承认她做继承人，”她断然说，“我还有能够在法兰西的支持下继位的法兰西的玛丽·斯图亚特。伊丽莎白可以自己决定。她可以去寻求足够多的愚民支持，靠斗争得到王位，或是在我的祝福下登基。但她必须发誓坚持真正的信仰。而且要发自真心。”

“我怎么知道她是不是发自真心?”我问。

她虚弱得甚至无法转身看我。“用你的灵视能力看看她，汉娜，”她说，

“这是我最后一次让你去看她。用你的天赋看看她，告诉我怎样才是对英格兰最好的选择。”

我本想反驳，但同情让我住了口。她只是一个气若游丝，处于弥留之际的女人。她唯一的请求就是对自己的上帝、对自己母亲的上帝尽到责任，在一息尚存的时候守护自己父亲的国家。如果她能够得到伊丽莎白的保证，知道她已经尽己所能为英格兰求得罗马教廷的庇佑，那她死也瞑目了。

我躬身一礼，走出了房间。

简·多摩尔仍然高烧不退，又因为女王而精疲力竭，于是她坐在轿子里，而我骑着马，丹尼尔跨坐在我身前，我们北行前往哈特菲尔德，愠怒地看着一路上高头大马的数量，他们和我们一样，也在从病弱不堪的女王身边赶往欣欣向荣的继承人那里。

那座旧宫殿依旧灯火通明。我们到达时，那里正好在举行某种小型宴会。“我可不会跟她分享面包，”简直白地说，“我们是来见她的，随后就走。”

“我们当然得吃饭，”我说得很现实，“不吃饭你会饿死的，我也会，小丹尼尔也要吃饭。”

她脸色苍白，激动地颤抖起来。“我不会跟那个女人一起吃饭的，”她嗤道，“你觉得这儿都是些什么人？半个英国的贵族都来向她谋求官职，现在都成了她最好，可当女王掌权的时候，那些人都曾嘲笑伊丽莎白、唾弃她，还把她叫做私生女。”

“是的，”我说，“还有你爱的那个人，西班牙使臣菲尔里尔伯爵，曾经希望她死掉的人之一，现在也位列他们之中。现在他还为女王的丈夫传递着情信。背叛在英格兰不是什么新鲜事儿。如果你不想和任何虚伪的人分享面包，你就会饿死，简。”

她摇摇头。“你已经没有是非观念了，汉娜。你已经没有信仰了。”

“我不觉得信仰可以填饱你的肚子，”我这样说着，想起了我曾违背民族的律法食用咸肉和贝类，“我觉得信仰存在于自己的内心。我爱女王，也景仰这位公主，至于其他事情，这些虚伪的男男女女，他们都在寻求自己的方式保护自己的信仰。如果你愿意的话可以去厨房吃饭。我就在这里吃。”

我看着她震惊的表情，几乎大笑起来。我将小丹尼尔背在背上，就这样肩负着他的重量走进哈特菲尔德的大厅。

伊丽莎白俨然已经是女王的排场了，仿佛她是全副打扮来排演这幕剧的演员。她的木椅上方罩着金色的华盖，厚重繁复如同王位一般。她让西班牙使臣坐在右手边，仿佛在夸耀自己和他的关系一般；左手边是她最爱的领主，罗伯特大人。在他左边的是伦敦大审判官的左右手，新教徒的天敌约翰·迪伊博士，另一边坐在西班牙使节身边的，是伊丽莎白的那位叔公，他曾经逮捕过她，如今却是爱她的亲人。离他稍远的是一位沉默的雄心勃勃的男人，也是一位坚定的新教徒：威廉·塞西尔。我看着伊丽莎白的餐桌，微笑起来。没有人能猜到她这只猫儿是如何排列身边的座次的。她让来自西班牙和英格兰、分属天主教和新教的顾问并肩而坐，谁又能猜到她在想些什么？

巡视整个大厅的约翰·迪伊看到了我的微笑，他向我举起手表示对我的欢迎。罗伯特大人和他看着同样的方向，也看到了我，示意我到他身边。我穿过人群、向公主屈膝行礼，而她对我报以微笑，眼中却露出箭一样的光芒。

“啊，这就是那个害怕长大所以选择做弄臣的女孩，现在却成了寡妇。”她刻薄地说道。

“伊丽莎白公主。”面对她一针见血的评论，我再度屈膝行礼。

“你是来看我的吗？”

“是的，公主。”

“是女王让你带口信给我的？”

“是的，公主。”

桌旁的众人开始留神倾听。

“陛下她身体可好？”西班牙使臣菲尔里尔伯爵听出了我们话中的火药味，连忙问道。

“她本人比我清楚得多，”看到他出现在伊丽莎白的桌旁，我不禁一阵酸楚，“因为她只会给一个人私下写信，因为全世界她只爱那个男人，而他是您的主子。”

伊丽莎白和罗伯特大人交换了一个心照不宣的笑容。伯爵扭过头去。

“你可以在我的女伴中间找个位置坐下，晚餐后单独来见我，”公主说，“你只带了儿子来吗？”

我摇了摇头。“还有简·多摩尔，以及两名护送的随从。”

伯爵立即转过身来。“多摩尔女士也来了？”

“她正在独自用餐，”我冷着脸道，“她不想和这些人在一起。”

伊丽莎白咬着嘴唇忍住笑，对我招了招手。“看来你没有这么挑剔。”她嘲笑道。

我毫无畏惧地迎上她明亮黑眸的注视。“饭菜就是饭菜，公主。而且我们俩过来的途中都饿了。”

她大笑起来，点头示意她们为我空出位置。“她变成机智的弄臣了，”她对罗伯特大人说，“对此我很满意。我一直都不相信她的灵视和预言什么的。”

“她曾经预言过我的美好前景，”他的声音低沉，目光注视着我但却在对她微笑。

“噢？”

“她说我将会得到一位女王的垂青。”

他们都笑了起来，是情人之间特有的隐秘的笑声，随后他对我微微一笑。我面对他目光时的脸仿佛燧石。

“你这是怎么了？”晚餐过后，伊丽莎白质问我。我们站在哈特菲尔德走廊里的壁龛前。伊丽莎白的宫人们站在远处，我们的声音被附近的鲁特琴声所掩盖。

“我不喜欢菲尔里尔伯爵。”我直白地说。

“你表现得太明显了。你真觉得我会允许你在我的餐桌上羞辱我的客人吗？你脱下了弄臣的衣服，就得表现得像女士一样检点。”

我微微一笑。“我带来了您想知道的消息，所以我想无论我是弄臣还是女士，您都会在赶我出门之前听听看。”

看到我无礼的样子，她大笑起来。

“而且我怀疑您也不喜欢他，”我大胆地说，“起先他是您的敌人，现在他是您的朋友。我能想象，您身边的人大都如此。”

“大部分宫廷成员都这样。你也是其中一员。”

我摇了摇头。“您和她我都很敬慕。”

“你爱她多于爱我。”她不无嫉妒地说。

我为她的孩子气大笑起来；罗伯特大人站在一旁，转身对我微笑。“可是公主，她爱我，您却除了辱骂和指控我是她的探子之外什么也没做过。”

伊丽莎白也笑了。“是啊。但我不会忘记你到伦敦塔来侍奉我。我也不会忘记你为我所做的真正的预言。当你闻到焚烧的气味时，我就知道自己必须成为女王，为这个国家带来和平。”

“阿门。”我说。

“你带了什么口信给我?”她突然问。

“我们能在您的私人房间里谈吗？我能带简·多摩尔去吗?”

“还有罗伯特大人，”她特地说，“以及约翰·迪伊。”

我低下头跟着她穿过走廊，来到她的房间里。宫人们站在两侧如同浪潮般依次向她鞠躬，仿佛她已经成了女王。我笑笑，想起曾经有那么一天，她手中提着鞋子蹒跚而行，却没有人肯对她伸出援助之手。换做现在的他们一定会将斗篷脱下来铺在泥泞的地上，好让她的脚底不致沾湿。

我们走进她的房间，伊丽莎白拉出一把木椅靠近壁炉。她作了个手势示意我拉把椅子坐在壁炉的另一侧，我把小丹尼尔放到膝上，自己则靠着椅背。我觉得自己应该安静地聆听。女王让我询问她，伊丽莎白是否会坚持真正的信仰。我必须听出她说的每一个词儿背后的意思。我也必须看穿她那张微笑的面具下的心中所想。

门打开了，简也走进了房间。她扫了伊丽莎白一眼，没有屈膝行礼便径直站到她面前。伊丽莎白示意她坐下。

“如果您不反对的话，我站着就好。”简冷冷地说。

“你们有事找我。”伊丽莎白示意她进入正题。

“女王让汉娜和我来见您，是来问您一个问题的。女王想让您诚实地回答。她希望您用灵魂发誓，作出您最真实的回答。”

“那么问题是什么呢?”

小丹尼尔在我的膝上扭动起来，我抱他抱得更紧了些，让他的小脑袋贴着我的脸颊，也让我能够越过他的头，看到公主苍白的面容。

“女王让我告诉您，她会指名您做她的继承人，她唯一的真正的继承人，您会是毫无争议的英格兰女王，前提是您发誓会忠于真实信仰。”简轻声说。

约翰·迪伊深吸了一口气，但公主还是没有什么反应。

“如果我拒绝呢?”

“那她就会指名另一位继承人。”

“玛丽·斯图亚特?”

“我不知道，也不会妄加推断。”简答道。

公主点了点头。“要我对着圣经发誓吗?”她问。

“对着您的灵魂，”简说，“对您不灭的灵魂，在上帝面前发誓。”

一阵严肃的沉默之后，伊丽莎白望向罗伯特·达德利，后者向她走了一步，像是要保护她一样。

“她也会发誓指名我为继承人?”

简·多摩尔点了点头。“如果您信仰真实的话。”

伊丽莎白深深地吸了口气。“我会发誓的。”她说。

她站起身。罗伯特·达德利伸手似乎想要阻止她，但她却没有看他。我也忘记了自己本该也站起身来，但我完全呆住了，我的眼睛紧盯着她苍白的脸庞，仿佛在读一页刚刚印好的、墨迹未干的书。

伊丽莎白举起手。“我起誓，以我不灭的灵魂，我会让这个国家维持真实的信仰。”她说。她的手有些轻微的颤抖。她放下手，双手在身前紧紧交握，转身看着简·多摩尔。

“她还要求了别的什么吗?”

“没有了。”简的声音微弱。

“那么你可以告诉她，我按照她的命令去做了吗?”

简的目光投向我，公主也立刻看了过来。

“哈，你来这儿就是为了这个，”她打量着我，“我的小先知间谍。你在打开一扇通往我灵魂的窗，窥视我的内心，然后去告诉女王，你看到了什么、想到了什么。”

“你去告诉她，我举起手，按照她的意愿发了誓，”她吩咐道，“你去告诉她，我是她的真正继承人。”

我站起身来，丹尼尔的小脑袋懒洋洋地搭在我的肩上。“如果可以的话，我们今晚住在这里，明天就回去。”我用无法回绝的口吻说。

“还有一件事，”简·多摩尔说，“女王陛下希望您能偿还她的负债，以及好好对待她曾经信任的仆从。”

伊丽莎白点点头。“当然了。让我姐姐放心，我会遵照她的意愿，做好真正的继承人该做的事情。”

我觉得只有我一个人听得到伊丽莎白严肃的声音中愉快的波澜。我并不会因此谴责她什么。玛丽一生都在等待听到自己成为女王的消息的那个瞬间，现在伊丽莎白也一样，而且她觉得这次不会有任何异议，也许是明天，也许是之后的某一天，她就会实现心愿。

“我们一早就走。”我担心着女王的身体健康。我知道她一定彻夜期盼英格兰能永保真实信仰的消息，无论她之前失去了什么，至少她还能够恢复英格兰的荣耀。

“那么祝你晚安，上帝保佑你一路顺风。”伊丽莎白嗓音甜美地说道。

她让我走到门前，简·多摩尔在我之前离开，这时伊丽莎白开了口，声音微弱到只有一直凝神聆听的我才能听见：“汉娜。”

我走过去。

“我知道你是她的挚友，正如你是我的挚友，”她轻声说，“为你的女主人做好最后的工作，相信我的誓言，让她安然回到她的上帝身边吧。让她得到安宁，也让我们的国家得到安宁吧。”

我对她欠了欠身，走了出去。

我以为我们离开哈特菲尔德的时候不会有人送别，但在那个寒冷的清晨，阳光刚刚从苍白的地平线后升起的时候，我牵出了马，竟看到罗伯特大人英俊的笑脸出现在我面前，他穿着深红色的天鹅绒斗篷，约翰·迪伊站在他身边。

"你的孩子穿得够暖吧?"他问我，"结霜了，天气也变坏了。"

我指了指身后。小丹尼尔穿着一件笨重的加厚羊毛上衣，披着我坚持要带给他的方形披肩。他从沉重的羊毛帽下偷眼看着我。"这可怜的孩子都快要被衣服淹死了，"我说，"他只可能出汗，不可能冻着。"

罗伯特点点头。"加莱的那些人一周内就会得到释放，"他说，"有一艘船会带上他们，把他们送去格雷夫森德。"

我感觉到自己的心跳加快了一些。

"你脸红了，就像小女孩一样。"罗伯特大人温柔地打趣说。

"您认为他能收到我的信吗，就是我刚到家的时候寄给他的那一封?"我问。

罗伯特大人耸耸肩。"也许他收到了。但你可以自己问他，反正你很快就要见到他了。"

我靠了过去。"您知道的，如果他没有收到那封信，他就不知道我已经逃出了加莱。他也许会以为我死了。他也许不会回到英格兰，他也许会去意大利或是别的什么地方。"

"他怎么可能无缘无故想到你的死?"罗伯特大人说，"有人对他提到过吗？有什么证据吗？还有他的儿子不也在你这里吗?"

"但那天兵荒马乱的。"我有气无力地说。

"一定有人找过你，"他说，"如果当时你被杀死，他们一定能找到你的尸首。”

我笨拙地耸了耸肩。小丹尼尔向我走来，高举双臂。“丹奈尔要上去!”他喊道。

“等一会，”我漫不经心地对他说。然后我转身看罗伯特大人，“您瞧，如果有人告诉他，说我和你一起私奔……”

“那他至少知道你还活着，也知道该去哪儿找你，”他冷静地说道。突然他一拍额头：“假小子，你一直都在把我当笨蛋耍啊。你早就跟他疏远了，对不对？所以你才担心他会认为你和我一起私奔？而且他有可能不来找你，因为他已经抛弃了你？现在你不想要我，但又失去了他，你的全部就是他的儿子……”他顿了顿，突然想到了什么，“他是你丈夫的儿子，是不是?”

“是的。”我说得很肯定。

“是你的吗?”他说。某种感觉在提醒他，我的话语里暗藏着一个谎言。

“是的。”我毫不动摇地答道。

罗伯特大人大声地笑了起来。“上帝啊，孩子，你确实是个傻瓜。直到失去他之前，你都不爱他。”

“是的。”我咬紧牙关，承认道。

“好吧，与其说是傻瓜，倒不如说是女人，”他说，“我觉得女人永远是在失去男人之后才最爱他。很好，我可爱的小弄臣。你最好找一条船，尽快去找你的丹尼尔。否则他一旦脱离牢笼，就会自由得像鸟儿一样飞走，那你就再也找不到他了。”

“找一条船去加莱?”我茫然地问。

他想了一会儿。“不用立刻就准备，但你可以搭我准备接士兵回来的那条船。我会写张便笺给你。”

他对一名马童打了个响指，让他去找个书记官拿些纸笔。那个男孩回来以后，他在纸上写了三行字交给我，让我和我的儿子在他的船上得以自由行动。

我屈身行礼表示真诚的感谢。“谢谢您，大人，”我说，“我真的非常非常感谢您。”

他报以充满魅力的微笑。“我很荣幸，亲爱的小弄臣。但那艘船一星期之内就要起航了。你能离开女王吗？”

“她快不行了，”我缓缓开口，“这也是我这么着急离开这儿的原因。她支撑到现在，就是想要等到伊丽莎白的回答。”

“好吧，谢谢你告诉我这个消息，虽然你先前否认过。”他说。

我咬着嘴唇，这才明白自己告诉了他，也就等于告诉了伊丽莎白，还有为她出谋划策，准备召集军队帮她登上王位的那些人。

“没关系的，”他说，“我们贿赂了她的半数医生，让他们告知我们她的情况。”

约翰·迪伊走了过来。“你能看穿公主的内心吗？”他轻声问，“你觉得她说会坚持真实信仰是发自内心的吗？你相信她会成为一位天主教女王吗？”

“我不知道，”我说，“我在回去的路上会祈祷上帝的指引的。”

罗伯特还要说些什么，但约翰·迪伊将手搭在他的手臂上。“汉娜知道该怎么对女王说，”他说，“她知道谁来做女王都不重要，她们的上帝叫什么名字也都不重要，最重要的是为这个国家带来和平，让那些受到残酷对待或者迫害的国民拥有公平申诉的机会。”他顿了顿，我想起了我和父亲，我们来英格兰就是为了寻找一处和平的乐土。

“重要的是任何一个男女都可以信仰他们想相信的宗教，信仰他们想相信的神，无论那个神叫什么名字。重要的是我们能让自己的国家强大起来，能够让世界变得更加美好，让人民可以在这片土地上自由地提出问题和得到解答。这个国家注定要成为一个让每个人都得到自由的地方。”

他说完这些话，罗伯特大人对我微笑起来。

“我知道她会怎么做，”罗伯特大人温柔地说，“因为她仍然是我那个温柔的假小子。她知道该说些什么能够抚慰女王生命的最后时刻，上帝保佑她，我可怜的女士。没有哪位女王像她那样，继位时如此雄心壮志，去世时却如此悲怆凄楚。”

我俯下身将丹尼尔抱进臂弯。马夫牵起我的马走出马厩，简·多摩尔也钻进了她的轿中，没有和任何人开口说话。

“祝你去加莱一切顺利，”罗伯特·达德利微笑着说，“几乎没有女人能够成功找到她们生命中的真爱。我希望你可以，我的假小子。”

他挥了挥手，停下了脚步，目送我远去。

经过寒冷漫长的骑行，我们终于到达圣詹姆斯宫，但我怀中的小小身躯依然温暖，我能听到他在愉快地轻唱着赞美诗。

我安静地骑着马、思索着。等到抵达目的地的时候，应该何时去见女王成了我最大的难题。我还不知道该怎么和她开口。我还不知道自己看到了什么，也不知道该回报什么。伊丽莎白曾举起右手，按照她的吩咐立下誓愿。而她是否真心实意就要由我来判断了。

当我们回到宫中的时候，大厅里一片寂静，只有几名守卫在玩纸牌，壁炉中闪动着微弱的火光，火把没精打采地燃烧着。威尔·萨默斯待在女王的会客室里，还有几位官员和医生也在场。没有等待与女王相见的朋友或是亲人，也没有人来为她的病情祈祷。她不再是全英格兰最爱的人，整个房间里充满了空寂的回音。

小丹尼尔一看到威尔就连忙扑了过去。“你进去吧，”威尔说，“她一直说要见你。”

“她好些了吗?”我抱着一线希望问。

他摇了摇头。“没有。”

我小心翼翼地推开她私人房间的门，走了进去。壁炉边坐着本该照看她的两个女伴，聊得正欢。看到我们走进去的时候她们负疚地站了起来。“她不想要人陪，”一个人对简·多摩尔解释道，“而且她一直在哭泣。”

“好吧，我希望有一天你独自躺在床上哭泣的时候也没人管你。”简挖苦她说，说完我们走过她们身旁来到女王的床前。

她在床上蜷曲着身子像个小女孩，她的头发披散在脸上。她听到开门的声音也没有转过头，依然沉浸在自己深深的悲伤里。

“陛下?”简·多摩尔柔声说。

女王还是没有动，但我们听到她又开始了断断续续的抽泣声，随心跳声有规律地响起，仿佛那哭泣声变成了生命的迹象，就像脉搏一样。

“是我，”简说，“还有弄臣汉娜。我们从伊丽莎白公主那儿回来了。”

女王重重地叹了口气，转过头，虚弱地看着我们。

“她已经发过誓，”简说，“她发誓会坚持这个国家的真实信仰。”

我走到窗边拉起玛丽女王的手。她的手小小的、轻轻的，像个孩子，她的生命已经所剩无几。悲伤已将她磨碎成灰，随时都会随风飘散。我想起了她骑马来伦敦的时候，那时的她穿着红裙，脸色明亮充满希望，还有她勇敢地对抗王国中的大人物，并在这场权力的游戏中击败了他们。我想起了她和丈夫在一起的快乐，想要生下一个孩子，想要为英格兰生下继承人的渴望。我想起了她对回忆中的母亲和她的上帝的热爱。

她的手在我手中轻轻翕动，像只濒死的鸟儿。

“我亲眼看到伊丽莎白起誓。”我说。我本来决定将自己最善意的谎言告诉她。但我还是无法克制地、温柔地，将真相告诉了她，仿佛灵视能力正在透过我说出真相。“陛下，她不会遵守自己的誓言。但她会做得更好，我希望您能明白。比起做个好女人，她更能做好一位女王。她可以教会全国人民用自己的善良内心思考，自己找到与上帝沟通的方式。她会给这个国家带来和平与繁荣。您已经为这个国家的人民尽了最大努力，您是成功的。伊丽莎白不会成为您希望的女人；但她会成为英格兰的好女王，我知道。”

她稍稍将头抬起，颤抖着睁开眼睛。她再次诚恳地注视着我，然后她闭上了眼睛，再也没有睁开。

我没有留下来看那些仆从如何匆匆赶赴哈特菲尔德。我收拾好行李，带着小丹尼尔乘船去了格雷夫森德。我把罗伯特大人的信给船长过目，他答应在起航的时候留一个位置给我。一两天的等待之后，我和小丹尼尔搭上了那条船，驶往加莱。

小丹尼尔坐船时非常兴奋，在起伏的甲板上走来走去，一路上浪花翻涌、船桅吱嘎作响，海鸥呼啸着飞过。“海！”他一次又一次地大叫。他用双手捧起我的脸，用他那大大的黑眼睛和我对视，迫切地将他的喜悦讲给我听。“海。妈妈！海！”

“你说什么？”我吃了一惊。他从来没有叫过我的名字，我一直以为他会叫我“汉娜”。但我没有想过，从来也没有想过他会叫我“妈妈”。

“海。”他听话地重复了一遍，然后扭动着身体想要从我怀里跑开。

加莱完全改换了模样，城堡四周都是残垣断壁，上面涂着黑色的油，石头被那场大火熏得漆黑。我们走进港口，看到那些停泊在港口时遭到炮击的英格兰船只，仿佛火刑柱上的众多异教徒，而船长的脸色沉了下来。他以军人特有的麻利动作将自己的船停好，挑衅般重重放下踏板。我将丹尼尔抱在怀里，沿着踏板走入城中。

我走进已成废墟的旧居，如同身在梦中。我看着熟悉的街道和房屋——现在已经缺失了墙壁或屋顶，那些茅草顶的房子遭受重创，大都已被大火夷为平地。

我不愿意沿着我和丈夫曾经住过的街道走下去，我害怕会看到些不愿意看到的事情。如果我们的房子还在，他的母亲和妹妹们也还在，我不知道该怎样面对她们。如果我遇到他的母亲，而她也生我的气，想从我身边带走小丹尼尔，我恐怕会手足无措。但如果她死去，他的房子也已经毁掉，情况就更糟了。

于是我选择和船长还有他全副武装的守卫们一起走向城堡，城堡上高挂着象征休战的白色旗帜。他们知道我们会来，指挥官礼貌地迎了出来，语速飞快地说起了法语。船长脸色不快，他三个词里恐怕只能听懂一个，接着他身子前倾，非常响亮而又非常缓慢地说："我是来接英格兰人的，我们之前已经达成协议，因此我要求你们立刻放人。"

见对方没有回答，他便提高了嗓音又重复了一遍。

"船长，我会法语，我能帮您说吗？"我自告奋勇。

他转过身，松了一口气。"你会说法语？太好了。为什么那个蠢货不回我的话？"

我向前走了几步，用法语说："盖汀船长向您表示抱歉，他不会说法语。我可以为您翻译。我是卡朋特太太。我是来接我已经交过赎金的丈夫，船长是来接其他人的。我们的船等在港口。"

他欠了欠身。"太太，感谢您。那些人已经准备好了。我们先释放平民，然后释放士兵去港口。他们的武器不予归还。这些都同意吧？"

我翻译给船长听，后者听完突然沉下脸来。“武器也应该一并归还。”

我耸耸肩。我只想着我的丹尼尔，他正在城堡里的某处等待释放。“我们不能这样要求。”

“那就告诉他，好吧，但我不太高兴。”船长不悦地说。

“盖汀船长同意了。”我用流利的法语说。

“请进来。”指挥官让我们通过吊桥，走进内院。穿过又一道厚厚的幕墙上带有闸门的入口之后，我们来到了城堡中央的庭院，那里大约有两百个人，士兵们聚集成一组，平民则在另一组。我逐排寻找着丹尼尔，但并没有看到他。

“指挥官大人，我在找我的丈夫丹尼尔·卡朋特，他是平民，”我说，“我没看到他，我担心人太多，没能看清。”

“丹尼尔·卡朋特？”他问。他转过身，向那个负责看守平民的士兵高声下令。

“丹尼尔·卡朋特！”那人高喊。

人群之中，有个男人走上前来。“谁找他？”说话的人是丹尼尔，我的丈夫。

我闭起双眼，刹那间，仿佛整个世界都在我身边起了变化。

“我就是丹尼尔·卡朋特。”丹尼尔的声音再度响起，他的声音没有丝毫颤抖，他已经站在自由的边缘，却仍然毫不犹豫地面对任何可能的危险。

指挥官示意他走出来站到一边，让我能够看到他。丹尼尔向我看过来的时候，我发现他的皮肤白了很多。他看起来更加成熟，有一点疲倦，他变瘦了，但没有比冬天的时候更白，也没有比冬天的时候更瘦。他还是从前的模样。他仍然是我爱的丹尼尔，有着黑色卷发、黑色眼睛、性感的嘴唇，还有他对我微笑时的独特笑容，曾经温暖着我的笑容，仍然坚定、迷人而又愉悦。

“丹尼尔，”我轻声说，“我的丹尼尔！”

“啊，汉娜，”他也轻声说，“是你。”

在我们身后，平民们正签下名字，走入自由的行列中。我没有去听高声下达的命令或他们沉重的脚步声。我看到的和知道的都只有丹尼尔。

“我逃走了，”我说，“很抱歉。我很害怕，我不知道该做什么。罗伯特大人让我平安回到了英格兰，回到了玛丽女王身边。我给你写过信。我不应该留下你一个人走，无论是否有时间考虑。”

他走到我面前，温柔地拉起我的手。“我做梦都梦到你，”他轻声说，“我还以为你终于得到机会，离开我去找罗伯特大人了。”

“我没有！永远也不会。我只想和你在一起。我试过给你写信，也试过和你取得联系。我发誓，丹尼尔。我离开以后只想着你一个人。”

“你会回心转意做我的妻子吗？”他问。

我点了点头。在最最重要的这个时刻，我竟然失去了所有的语言能力。我什么话也说不出。我无法争辩，无法用我会的任何一种语言去说服他。我甚至连自言自语都做不到。我只能用力点头，而我背上的小丹尼尔用手臂环住我的脖子，在我点头的时候模仿着我的样子，咯咯笑了起来。

我多希望丹尼尔能够高兴地将我抱在怀里，但他却脸色阴郁。“我会带你回去，”他严肃地说，“我不会盘问你，我们都不会对这段分离的时间说什么。我不会责怪你哪怕一个字儿，我保证；我会把这个孩子视为自己的亲生骨肉。”

起初我没有理解他的意思，然后我倒吸一口凉气。“丹尼尔，他是你的儿子！是你和那个女人的儿子。这是她的儿子。法兰西骑兵追赶我们的时候她倒下了，把他交到了我手上。很抱歉，丹尼尔。她死了。这是你的孩子，我将他视若己出。他现在是我的儿子了。不仅仅是你的孩子。”

“他是我的孩子？”他惊讶地问。他第一次仔细打量这个孩子，任谁都能看出来，他黑色的眸子和勇敢的笑容都和他一般无二。

“也是我的孩子，”我妒忌地说，“他知道自己是我的孩子。”

丹尼尔笑了笑，几乎又要哭出来了，他伸出双臂。小丹尼尔信任地扑到父亲怀里，用胖胖的小手臂环住他的脖颈，看着他的脸，他也细细看着小丹尼尔。小丹尼尔用小拳头捶着自己的胸前，自我介绍说：“丹奈尔。”

小丹尼尔点点头，也指着自己的胸前。“父亲。”他说。小丹尼尔月牙般的小眉毛兴趣盎然地挑了挑。

“你的父亲。”丹尼尔说。

他拉住我的手，稳稳地搭在他的手臂上，另一只手紧紧地抱着他的儿子。他走过去对调度官说了自己的名字，从名单上划掉。接下来我们一同向敞开的铁闸门走去。

“我们要去哪儿？”我问他，尽管我并不在意。只要和他还有小丹尼尔在一起，我们可以去世界上的任何地方，无论世界是圆还是方，无论它是天堂的中心，还是疯狂地环绕着太阳。

“我们要去建立一个家，”他坚定地说，“为了你我，还有小丹尼尔。我们要和其他人一样生活，你做我的妻子、他的母亲，做以色列人的儿女。”

“我同意。”我说。我的回答再次让他吃惊。

他停下了脚步。“你同意？”他夸张地重复道。

我点点头。

“小丹尼尔也会按照选民的一员抚养长大吗？”他进一步确认。

我点点头。“已经是了，”我说，“我带他行了割礼。你可以教育他，等他长大后可以研读我父亲的希伯来圣经。”

他深呼吸。“汉娜，在我那么多的梦里，从没梦到过这一幕。”

我依偎在他身上。“丹尼尔，当我还是个孩子的时候，不知道自己想要什么。后来我做了弄臣，也是个小傻瓜。现在我成长为女人，我明确地知道我爱你、爱你的儿子，希望我们能有更多的孩子降生。我看到过一个为爱而心碎的女人：玛丽女王。我还看到为了避免心碎而撕碎自己灵魂的女人：伊丽莎白公主。但我既不想做玛丽也不想做伊丽莎白，我只想做我自己：汉娜·卡朋特。”

“那我们就要住在一个能够自由选择自己信仰的地方。”他说。

“好啊，”我说，“住在伊丽莎白统治下的英格兰吧。”

·全书完·

作者手记

汉娜和她的家庭都是虚构的角色，但在历史上有许多犹太家庭都在伦敦或是欧洲的其他地方隐藏着自己的信仰，由始至终。感谢塞西尔·罗斯描写的动人历史，感谢广播以及电影制片人娜欧米·格里恩，他们让我得以窥见那些勇敢者的人生。小说中的其他人物是真实存在的，以我所理解的史实进行了艺术加工。以下书单中列出的都是我的灵感来源，在加莱历史的描写方面，我要感谢法国历史学家乔治·福凯，感谢他不吝惜自己的宝贵时间，为我提供他所知的一切。

参考书目

Billington，Sandra，*A Social History of the Fool*，1984

Braggard，Philippe，Termote，Johan，Williams，John (ed)，*Walking theWalls*，*Historic Town Defences in Kent*，*Co^te d' Opale and West Flanders*，Kent County Council，1999

Brigden，Susan，*New Worlds*，*Lost Worlds*，*The rule of the Tudors1485-1603*，2000

Cressy，David，*Birth*，*Marriage and Death*，*Ritual*，*Religions and the*

Life Cycle in Tudor and Stuart England, 1977

Darby, H.C., *A New Historical Geography of England before* 1600, 1976

Doran, John, *A History of Court Fools*, 1858

Fontaine, Raymond, *Calais, ville d' histoire et de tourisme*, Syndicat d' initiative de France, (P.d.C.) 2002

Green, Dominic, *The Double Life of Doctor Lopez*, 2003

Guy, John, *Tudor England*, 1988

Haynes, Alan, *Sex in Elizabethan England*, 1997

Hibbert, Christopher, *The Virgin Queen*, 1992

Lenoir, Laurent, *A' la decouverte' des anciennes fortifications de Calais*, Nord Patrimonie Editions, 2002

Loades, David, *The Tudor Court*, 1986

Marshall, Peter, *The Philosopher' s Stone, A quest for the secrets of alchemy*, 2001

Neale, J.E., *Queen Elizabeth*, 1934

Plowden, Alison, *Elizabeth: Marriage with my Kingdom*, 1999

Plowden, Alison, *The Young Elizabeth*, 1999

Plowden, Alison, *Tudor Queens and Commoners*, 1998

Ridley, Jasper, *Elizabeth I*, 1987

Roth, Cecil, *A History of the Marranos*, The Jewish Publication Society of America, Philadelphia, USA, 1932

Somerset, Anne, *Elizabeth I*, 1997

Starkey, David, *Elizabeth*, 2001

Turner, Robert, *Elizabethan Magic. The art and the Magus*, 1989

Weir, Alison, *Children of England*, 1997

Weir，Alison，*Elizabeth the Queen*，1999

Welsford，Enid，*The Fool: His social and literary history*，1935

Woolley，Benjamin，*The Queen' s Conjuror*，2001

Yates，Frances，*The Occult Philosophy in the Elizabethan Age*，1979